TRACY WOLFF

paixão

TRADUÇÃO
IVAR PANAZZOLO JUNIOR

Copyright © 2020, Tracy Deebs
Título original: Crush
Publicado originalmente em inglês por Entangled Publishing, LLC
Tradução para Língua Portuguesa © 2021, Ivar Panazzolo Junior
Todos os direitos reservados à Astral Cultural e protegidos pela
Lei 9.610, de 19.2.1998.
É proibida a reprodução total ou parcial sem a expressa anuência
da editora.
Este livro foi revisado segundo o Novo Acordo Ortográfico da
Língua Portuguesa.

Produção editorial Aline Santos, Bárbara Gatti, Jaqueline Lopes,
Natália Ortega, Renan Oliveira e Tâmizi Ribeiro
Preparação Letícia Nakamura
Revisão Audrya Oliveira, João Rodrigues
Capa Elizabeth Turner Stokes e Bree Archer
Adaptação da capa Aline Santos
Fotos de capa Sebastian Janicki/Shutterstock, xpixel/Shutterstock, s-ts/Shutterstock, Renphoto/Gettyimages
Foto da autora Mayra K Calderón

Dados Internacionais de Catalogação na Publicação (CIP)
Angélica Ilacqua CRB-8/7057

W837p
    Wolff, Tracy
      Paixão: não confie em ninguém/ Tracy Wolff; tradução de Ivar Panazzolo
Junior. — Bauru, SP : Astral Cultural, 2021.
      608 p.

    ISBN 978-65-5566-188-0

    1. Ficção infantojuvenil I. Título II. Panazzolo Junior, Ivar

21-3472   CDD: 028.5

Índices para catálogo sistemático:
1. Ficção infantojuvenil

 ASTRAL CULTURAL EDITORA LTDA.

BAURU
Avenida Duque de Caxias, 11-70
8º andar
Vila Altinópolis
CEP 17012-151
Telefone: (14) 3879-3877

SÃO PAULO
Rua Major Quedinho, 111 - Cj. 1910,
19º andar
Centro Histórico
CEP 01050-904
Telefone: (11) 3048-2900

E-mail: contato@astralcultural.com.br

Para Elizabeth Pelletier e Emily Sylvan Kim, as duas mulheres mais impressionantes na indústria editoral. Vocês são as duas pessoas com quem mais quero fazer essa jornada.

Capítulo 1

E FOI ASSIM QUE ACORDEI

Ser a única humana em uma escola para criaturas paranormais, na melhor das hipóteses, é uma situação bem precária. Na pior das hipóteses, é como ser o último brinquedo de borracha em uma sala cheia de cães raivosos.

Quando não estou num extremo nem no outro... Bem, nesses casos, até que é legal.

É uma pena que hoje definitivamente não seja um dia desses.

Não sei por quê, mas tudo parece estar meio esquisito à medida que caminho pelo corredor rumo à minha aula de literatura britânica, segurando na alça da mochila como se fosse uma corda num precipício.

Talvez seja pelo fato de que estou praticamente congelando, o corpo inteiro trêmulo de frio, que parece entranhado nos meus ossos.

Talvez seja pelo fato de que a mão que segura a mochila esteja dolorida e coberta de hematomas, como se eu tivesse resolvido brigar com uma parede — e obviamente perdido a briga.

Ou talvez seja pelo fato de que todo mundo, todo mundo mesmo, esteja olhando fixamente para mim — e de um jeito bem diferente da "melhor das hipóteses".

Mas, pensando bem, quando é que a situação fica diferente?

Seria possível pensar que já me acostumei com os olhares a esta altura, já que isso se torna parte da vida quando se é a namorada de um príncipe vampiro. Mas... não. E com certeza não é algo legal quando todos os vampiros, bruxas, dragões e lobos metamorfos ficam me encarando com olhos arregalados e bocas cada vez mais abertas... como hoje.

O que, para ser sincera, não é uma imagem muito agradável em nenhum deles. Afinal, será que não sou a pessoa que deveria ficar confusa nessa equação? Eles sempre souberam que os humanos existem. E faz somente uma semana que descobri que o monstro dentro do meu armário é real.

Assim como aqueles que estão no meu quarto no alojamento, nas minhas aulas e, às vezes, nos meus braços. Assim, será que não deveria ser eu a pessoa que anda de um lado para outro, boquiaberta, encarando cada uma das criaturas que passam por mim?

— Grace? — Reconheço a voz e me viro com um sorriso, percebendo que Mekhi me encara com o queixo caído. Sua pele, cujo tom normalmente é um marrom-escuro, parece mais pálida do que já vi.

— Ah, você está aí — digo a ele com um sorriso. — Achei que teria que ler *Hamlet* sozinha hoje.

— *Hamlet*? — A voz de Mekhi soa rouca e suas mãos trementes quase deixam cair o celular que ele acabou de tirar do bolso.

— Sim, *Hamlet*. A peça que estávamos lendo na aula de literatura britânica desde que cheguei aqui. — Arrasto um pouco os pés, acometida por um desconforto súbito, quando percebo que ele continua me olhando como se tivesse visto um fantasma... ou coisa pior. Definitivamente, esse não é o comportamento típico de Mekhi. — Vamos apresentar uma cena hoje, não lembra?

— Nós não vam... — Ele interrompe a palavra no meio, com os polegares voando sobre a tela do celular, enquanto digita o que seu rosto transparece ser a mensagem de texto mais importante que já enviou na vida.

— Está tudo bem com você? — pergunto, me aproximando. — Você está meio esquisito.

— Eu estou esquisito? — Ele solta uma risada nervosa e passa a mão trêmula pelas tranças negras e longas. — Grace, você está...

— Srta. Foster?

Mekhi para de falar, quando uma voz que não reconheço praticamente ribomba pelo corredor.

— Você está bem?

Olho para Mekhi com uma expressão de "mas que merda é essa?", quando ambos nos viramos para ver o sr. Badar, o professor de astronomia lunar, chegando pelo corredor.

— Estou bem — respondo ao dar um passo assustado para trás. — Estou apenas tentando chegar à sala de aula antes que o sinal toque. — Pisco os olhos, quando ele para diretamente à nossa frente. E parece muito mais assustado do que em geral aconteceria num encontro casual pela manhã. Principalmente, considerando que a única coisa que estou fazendo é conversar com um amigo.

— Precisamos conversar com o seu tio — ele me diz, enquanto coloca a mão sob o meu cotovelo para tentar me tirar dali e me levar na direção por onde ele acabou de chegar.

Há uma nuance em sua voz que não chega a ser uma advertência, mas sim um pedido; e isso faz com que eu o acompanhe sem reclamar pelo corredor longo e estruturado com arcos ogivais. Bem, isso e também porque Mekhi, que não costuma se deixar abalar sem motivo, se apressa para sair do caminho.

No entanto, a cada passo desferido, tenho a sensação de que alguma coisa não está certa. Em especial, quando as pessoas literalmente param a fim de assistir enquanto passamos, uma reação que só serve para deixar o sr. Badar mais nervoso.

— O senhor pode me explicar o que está acontecendo? — pergunto conforme a multidão abre caminho. Não é a primeira vez que presencio esse fenômeno. Bem, de fato namoro com Jaxon Vega, mas esta é a primeira vez que vi esse tipo de coisa acontecer quando ele não está por perto.

O sr. Badar olha para mim como se uma segunda cabeça tivesse brotado sobre os meus ombros.

— Você não sabe? — O fato de ele falar com um toque de aflição, com aquela voz grave ficando cada vez mais estridente, aumenta a minha ansiedade. Em especial, porque isso me faz lembrar da expressão no rosto de Mekhi quando ele tirou o celular do bolso, há alguns minutos.

É a mesma expressão que vislumbro no rosto de Cam quando passamos por ele, que está sob o vão da porta de uma das salas de química. E na de Gwen. E na de Flint.

— Grace! — Flint me chama, saindo da sala a passos largos para caminhar junto de mim e do sr. Badar. — Meu Deus, Grace, você voltou!

— Agora não, sr. Montgomery — esbraveja o professor, batendo os dentes a cada palavra.

Então, ele sem sombra de dúvida é um lobisomem... Pelo menos, a julgar pelo tamanho daquele canino que vejo brotar por baixo do seu lábio. Mesmo assim, acho que já devia ter adivinhado pela matéria que ele ensina. Quem estaria mais interessado na astronomia da Lua do que as criaturas que ocasionalmente gostam de uivar para ela?

Pela primeira vez, começo a ponderar se desconheço alguma situação que aconteceu hoje pela manhã. Será que Jaxon e Cole, o lobisomem alfa, brigaram outra vez? Ou Jaxon e outro lobo desta vez... talvez Quinn ou Marc? Não parece muito provável, já que todo mundo vem nos evitando nos últimos tempos. Mas por qual outro motivo um professor lobisomem com quem nunca conversei antes está tão apavorado e querendo tanto me levar à sala do meu tio?

— Espere, Grace... — Flint estende o braço para me tocar, mas o sr. Badar impede que ele encoste em mim.

— Já disse que agora não é hora disso, Flint. Vá para a sua aula. — As palavras, pouco mais do que rosnados, saem do fundo da garganta.

Flint parece querer discutir, com os próprios dentes de súbito refletindo a luz suave do candelabro que ilumina o corredor. Mas provavelmente decide que não vale a pena — apesar dos punhos cerrados — porque, no fim das contas, Flint não diz nada. Apenas para de avançar e nos acompanha com os olhos, assim como todas as outras pessoas presentes no corredor.

Várias pessoas querem se aproximar — como Gwen, a amiga de Macy —, mas basta um grunhido de advertência do professor, que está quase me fazendo marchar pelo corredor, e o grupo inteiro se mantém distante.

— Aguente firme, Grace. Estamos quase chegando.

— Quase chegando aonde? — Quero exigir uma resposta, mas a minha voz sai meio estrangulada.

— No escritório do seu tio, é claro. Ele está à sua espera há um bom tempo.

Isso não faz nenhum sentido. Vi o tio Finn ontem.

Uma inquietação desliza por minha nuca e desce pela coluna, afiada como uma navalha, fazendo os pelos nos meus braços se eriçarem.

Nada parece bem.

Nada disso parece certo.

Quando viramos de novo, desta vez no corredor com tapeçarias na parede, que passa diante do escritório do tio Finn, é a minha vez de enfiar a mão no bolso para pegar o celular. Quero falar com Jaxon. Ele vai me contar o que está acontecendo.

Afinal de contas, tudo isso não pode estar acontecendo por causa de Cole, não é? Ou por causa de Lia. Ou então... Solto um grito de susto, quando meus pensamentos se chocam com o que se assemelha a uma muralha gigante. Uma muralha que parece ter esporões gigantes de metal em sua estrutura, que se projetam para fora e espetam diretamente a minha cabeça.

Mesmo que a muralha não seja tangível, trombar mentalmente com ela dói muito. Por um momento, me limito a ficar parada, um pouco atordoada. Quando consigo afastar a sensação de surpresa — e de dor —, tento ultrapassar a obstrução com uma intensidade ainda maior, forçando a mente na tentativa de organizar os pensamentos. Forçá-los a percorrer esse caminho mental que de repente se fechou para mim.

E é nesse momento que percebo que não me lembro de ter acordado hoje de manhã. Nem do café da manhã. Ou de me vestir. Ou de conversar com Macy. Não consigo me lembrar de nada do que aconteceu hoje.

— Que diabos está acontecendo?

Não percebo que verbalizei aquilo em voz alta até que o professor responde, com uma expressão taciturna no rosto:

— Tenho certeza de que Foster espera que você mesma consiga explicar isso a ele.

Não é a resposta que quero e levo a mão ao bolso de novo à procura do celular, determinada a não me distrair desta vez. Quero Jaxon.

Só que o meu celular não está no bolso em que sempre o deixo e não está em nenhum dos outros bolsos. Como isso é possível? Nunca saio sem ele.

A inquietação se transforma em medo, e o medo se transforma num pânico insidioso que me bombardeia com perguntas, uma após a outra. Procuro manter a calma, tento não demonstrar o quanto estou abalada às duas dúzias de pessoas, mais ou menos, que me olham neste exato instante. Mas é difícil manter a calma quando não faço a menor ideia do que está acontecendo.

O sr. Badar toca o meu cotovelo para fazer com que eu volte a andar, e o sigo como se estivesse no piloto automático.

Viramos mais uma vez e paramos diante da porta que leva à antessala do diretor de Katmere, também conhecido como meu tio Finn. Espero que o sr. Badar bata à porta, mas ele simplesmente a abre e nos faz entrar na sala de espera, onde a assistente do tio Finn está em sua mesa, digitando alguma coisa em seu notebook.

— Um minuto, por favor — pede a sra. Haversham. — Só preciso de um...

Ela ergue os olhos para nós, por cima da tela do computador e dos óculos roxos em formato de meia-lua, e para de falar no meio da frase, no instante em que seu olhar cruza com o meu. De repente, ela dá um pulo e a cadeira bate ruidosamente contra a parede atrás de si, quando ela grita pelo meu tio.

— Finn, venha aqui agora. — Ela sai de trás da mesa e joga os braços ao meu redor. — Grace. Que bom ver você. Estou tão feliz por estar aqui.

Não faço a menor ideia do que ela quer dizer com isso, assim como não faço a menor ideia da razão pela qual está me abraçando. A sra. Haversham até que é uma pessoa legal, mas não fazia ideia de que a nossa relação havia progredido de cumprimentos formais para abraços espontâneos e cheios de êxtase.

Mesmo assim, retribuo o abraço. Chego até mesmo a lhe dar uns tapinhas nas costas... Um pouco acanhada, mas imagino que seja a intenção que vale. Pelo lado positivo, os cabelos brancos e sedosos dela têm cheiro de mel.

— É bom ver a senhora também — respondo, quando começo a recuar um pouco, esperando que um abraço de cinco segundos seja o suficiente nessa situação já tão bizarra.

Mas a sra. Haversham não permite que eu me afaste, apertando tanto o abraço que estou começando a ter dificuldade para respirar. Isso para não mencionar o constrangimento que estou começando a sentir.

— Finn! — ela grita outra vez, sem prestar atenção ao fato de que, graças ao abraço, aquela boca pintada com batom vermelho está bem ao lado da minha orelha. — Finn! É...

A porta do escritório do tio Finn se abre com brusquidão.

— Gladys, você sabe que nós temos um interfo... — Ele também para de falar no meio da frase, arregalando os olhos quando eles, enfim, apontam para o meu rosto.

— Oi, tio Finn. — Sorrio para ele quando a sra. Haversham finalmente me liberta daquele abraço de urso com fragrância de mel e madressilvas. — Desculpe incomodar.

Meu tio não responde. Em vez disso, fica só olhando para mim; sua boca se move, mas não emite nenhum som.

E, de repente, tenho a impressão de que o meu estômago está cheio de cacos de vidro.

Posso não me lembrar do que comi no café da manhã, mas de uma coisa tenho certeza: algo está muito, muito errado.

Capítulo 2

O QUE FOI QUE EU PERDI?

Tento reunir coragem para perguntar ao tio Finn o que está acontecendo. Ele tem um histórico de não mentir para mim (pelo menos quando é confrontado de maneira direta). Mas, antes que consiga forçar as palavras pela garganta absurdamente seca, ele exclama:

— Grace!

E, em seguida, vem correndo da porta do escritório até onde estou.

— Grace. Ah, meu Deus, Grace. Você voltou.

Voltei? Por que as pessoas estão me dizendo isso? Para onde fui, exatamente? E por que eles não estavam esperando que eu voltasse?

Mais uma vez, reviro a minha memória e, mais uma vez, bato contra aquela muralha gigante. Não dói tanto desta vez; talvez porque o choque tenha passado. Mas ainda assim é desconfortável.

Assim como a sra. Haversham, o tio Finn me agarra quando chega perto de mim, com os braços passando ao redor das minhas costas num enorme abraço de urso, enquanto seu odor amadeirado paira ao meu redor. É mais reconfortante do que eu esperava e percebo que deixo meu corpo encostar no dele, ao mesmo tempo que tento descobrir o que está acontecendo. E por qual motivo não consigo me lembrar de nada que possa ter causado esse tipo de reação no meu tio ou em qualquer pessoa com quem cruzei.

Eu estava simplesmente andando pelo corredor, a caminho da minha aula, assim como todos os outros alunos deste lugar.

Após certo tempo, o tio Finn se afasta um pouco, mas apenas o bastante para contemplar o meu rosto.

— Grace. Não acredito que você voltou. Sentimos muito a sua falta.

— Sentiram a minha falta? — repito, determinada a conseguir respostas, enquanto dou um passo atrás. — Como assim? E por que todo mundo está agindo como se tivesse visto um fantasma?

Por um segundo, por um segundo apenas, vislumbro um lampejo do meu próprio pânico no olhar com que o tio Finn encara o professor que me trouxe até aqui. No entanto, em seguida, seu rosto se recompõe e seus olhos ficam totalmente sem expressão (algo que não é assustador, de jeito nenhum. Juro que não) e ele passa o braço ao redor dos meus ombros.

— Vamos até o meu escritório conversar sobre isso, Grace.

Ele dá uma olhada para o sr. Badar.

— Obrigado, Raj. Agradeço por trazer Grace até aqui.

O sr. Badar confirma com um aceno de cabeça, estreitando os olhos para me encarar por um instante antes de voltar para o corredor.

O tio Finn me leva pela porta do escritório e... Aliás, por que todo mundo está me levando de um lado para outro hoje, hein? Enquanto andamos, ele olha para a sra. Haversham.

— Pode mandar uma mensagem para Jaxon Vega e pedir que ele venha falar comigo assim que for possível? E veja também quando... as provas da minha filha terminam, por favor.

A sra. Haversham começa a fazer um aceno afirmativo com a cabeça, mas a porta pela qual o sr. Badar saiu se abre com tanta força que a maçaneta bate com um estrondo alto na parede pedregosa logo atrás.

Minhas terminações nervosas entram em estado de alerta vermelho, e todos os pelos do meu corpo se eriçam imediatamente. Porque, mesmo sem me virar para trás, cada célula do meu corpo sabe com exatidão quem entrou no escritório do meu tio.

Jaxon.

Uma rápida avaliação do rosto dele por cima do meu ombro diz tudo o que preciso saber. Inclusive que ele está prestes a transformar tudo isto em um inferno. E nós definitivamente não estamos falando de nada de bom aqui.

— Grace. — A voz dele sai sussurrada, mas o chão sob os meus pés treme quando nossos olhares colidem.

— Está tudo bem, Jaxon. Estou bem — asseguro a ele, mas as minhas afirmações não parecem ter importância. Não quando ele atravessa a sala em pouco mais de um segundo, puxando-me das mãos do tio Finn e para o meio dos seus próprios braços musculosos.

Definitivamente, essa é a última coisa que eu esperava e precisava — demonstrações de afeto em público bem na frente do meu tio —, mas no instante em que os nossos corpos se tocam, não consigo me importar. Não quando toda a tensão dentro de mim derrete assim que sua pele roça na minha. Em especial, quando esta parece ser a primeira vez em que consigo respirar desde que Mekhi chamou o meu nome no corredor. E talvez há muito mais tempo do que isso.

É disso que eu estava sentindo falta, percebo ao me aconchegar ainda mais naquele abraço. Era isso que eu nem sabia que estava procurando até os braços dele se fecharem ao meu redor.

Jaxon deve estar sentindo a mesma coisa, porque me aperta com ainda mais força, mesmo enquanto exala longamente o ar. Está tremendo e, embora o chão tenha parado de vibrar, ainda consigo sentir as vibrações mais um pouco.

Aperto Jaxon com mais força.

— Estou bem — digo-lhe outra vez, embora não entenda por que ele parece estar tão abalado. Ou por que o tio Finn ficou tão chocado ao me ver. Mas a confusão está sendo substituída por um pânico que não consigo conter.

— Não estou entendendo — murmuro, enquanto me afasto um pouco para fitar Jaxon nos olhos. — O que houve?

— Vai ficar tudo bem. — As palavras são bem claras, e o olhar de Jaxon, escuro, intenso e devastador, não se afasta do meu.

É muita coisa, principalmente se combinada com tudo o que aconteceu esta manhã; de repente, é demais para mim. Desvio o olhar, só para recuperar o fôlego, mas algo não parece certo, também. Assim, apenas encosto o rosto na solidez do peito de Jaxon outra vez e inspiro seu aroma.

O coração de Jaxon está batendo forte e rápido — rápido demais, na verdade — sob a minha bochecha, mas ainda assim me sinto como se estivesse em casa. O cheiro é como o do meu lar — laranja, água fresca e canela. Familiar. Sexy.

Meu.

Suspiro outra vez e me aproximo ainda mais. Estava com saudade disso e nem sei por quê. Somos quase inseparáveis desde que saí da enfermaria, há dois dias.

Desde que ele disse que me amava.

— Grace — ele suspira o meu nome como se fosse uma oração, inconscientemente ecoando os meus pensamentos. — Minha Grace.

— Sua — concordo em um sussurro que realmente espero que o tio Finn não consiga ouvir, mesmo enquanto aperto os braços ao redor da cintura de Jaxon.

E, naquele momento, alguma coisa ganha vida dentro de mim — forte, poderosa e faminta. Algo que me atinge como uma explosão, fazendo-me tremer até nas profundezas da alma.

Pare!

Não!

Não com ele.

Capítulo 3

A BELA ADORMECIDA
QUE SE CUIDE

Sem pensar, empurro Jaxon para longe de mim e recuo alguns passos.

Ouço um som grave passar pela garganta dele, mas Jaxon não tenta me impedir. Em vez disso, simplesmente me encara com um olhar tão chocado e trêmulo quanto como eu me sinto por dentro.

— O que foi isso? — sussurro.

— O que foi... o quê? — responde ele, me observando com cuidado. É quando percebo que ele não ouviu o que ouvi, não sentiu o que senti.

— Não sei. — As palavras saem por instinto. — Tive a impressão de...

Ele faz um gesto negativo com a cabeça, mesmo enquanto dá um passo para trás, também.

— Não se preocupe com isso, Grace. Está tudo bem. Você passou por muita coisa.

Ele está falando do que aconteceu com Lia, digo a mim mesma. Mas ele também passou pela mesma coisa. E dá para ver isso com clareza, conforme percebo ao dar uma boa olhada nele. Jaxon está mais magro do que da última vez que o vi, o que deixou suas maçãs do rosto e o queixo afilado parecendo ainda mais definidos do que o habitual. Seus cabelos escuros estão um pouco mais longos e um pouco mais volumosos do que aquilo ao qual me acostumei — e, assim, sua cicatriz quase não está visível. E as olheiras estão tão escuras que se parecem com dois hematomas.

Ainda é bonito, mas agora essa beleza é uma ferida aberta. E isso me dói por dentro.

Quanto mais o observo, mais profundamente o pânico toma conta de mim. Porque essas não são mudanças que acontecem da noite para o dia. O cabelo das pessoas não cresce tanto em tão pouco tempo, e elas, em geral, não perdem peso com tanta rapidez. Alguma coisa aconteceu; algo grande e, por algum motivo, não consigo me lembrar do que foi.

— O que está acontecendo, Jaxon? — Quando ele não responde com a agilidade que espero, volto a atenção para o meu tio, com uma raiva súbita queimando logo debaixo da minha pele. Já estou ficando com o saco cheio das pessoas que escondem as coisas de mim. — Fale, tio Finn. Eu sei que tem algo errado. Posso sentir. Além disso, sinto que minha memória está toda esquisita e...

— A sua memória está esquisita? — repete o tio Finn, chegando perto de mim pela primeira vez desde que Jaxon entrou na sala. — O que significa isso, exatamente?

— Significa que não consigo lembrar do que comi no café da manhã hoje. Ou do que Macy e eu conversamos antes de nos deitar, ontem à noite.

Mais uma vez, Jaxon e o tio Finn trocam um longo olhar.

— Não façam isso — repreendo-os. — Não me deixem de fora.

— Não estamos deixando você de fora — garante o tio Finn, enquanto ergue a mão para me acalmar. — Estamos só tentando entender o que está acontecendo, também. Por que vocês não vêm ao meu escritório para conversarmos um pouco?

Ele relanceia para a sra. Haversham.

— Pode ligar para Marise, por favor? Avise que Grace está aqui e peça que ela venha assim que for possível.

Ela concorda com um meneio de cabeça.

— É claro. Vou informar que é urgente.

— Por que precisamos de Marise? — O meu estômago se retorce quando penso em ser examinada mais uma vez pela enfermeira titular de Katmere, que também é uma vampira. Nas últimas duas vezes que ela fez isso, tive de ficar deitada numa cama por mais tempo do que gostaria. — Não estou me sentindo mal.

O problema é que cometo o grande erro de olhar para as minhas mãos pela segunda vez e, enfim, percebo o quanto elas estão machucadas e ensanguentadas.

— Parece que você já teve dias melhores — comenta meu tio numa voz deliberadamente tranquilizante, enquanto entramos no seu escritório e ele fecha a porta. — Só quero que seja examinada para ter certeza de que tudo está bem.

Tenho um milhão de perguntas e estou determinada a conseguir respostas para todas elas. Mas, quando me sento em uma das cadeiras diante da escrivaninha pesada de cerejeira do tio Finn, ele se empoleira no canto da mesa em questão e se põe a fazer as próprias perguntas.

— Sei que essa pergunta provavelmente vai soar meio estranha, mas você pode me dizer em que mês estamos, Grace?

— O... mês? — Sinto o meu estômago pesar como se tivesse engolido uma pedra. Quase não consigo responder conforme a minha garganta vai se fechando. — Novembro.

Quando os olhares de Jaxon e do tio Finn colidem outra vez, percebo que há alguma coisa muito errada com a minha resposta.

A ansiedade percorre minha coluna e tento respirar fundo, mas tenho a sensação de que há um peso comprimindo o meu peito, impossibilitando a respiração. O latejamento nas minhas têmporas piora ainda mais a sensação, mas me recuso a ceder ao início do que reconheço como algo que poderia facilmente se transformar num ataque de pânico.

Em vez disso, fecho as mãos ao redor da beirada da minha poltrona a fim de conseguir uma base mais sólida. Em seguida, começo a observar e listar mentalmente vários objetos que estão naquele escritório, assim como a mãe de Heather me ensinou a fazer depois que meus pais morreram.

Escrivaninha. Relógio de parede. Planta. Varinha. Computador. Livro. Caneta. Pastas. Outro livro. Régua.

Quando chego ao fim da lista, meu coração já está quase batendo no ritmo normal e a minha respiração também. Assim como a certeza absoluta de que alguma coisa muito errada aconteceu.

— Em qual mês estamos? — pergunto em voz baixa, mirando Jaxon. Ele foi direto comigo desde o meu primeiro dia na Academia Katmere e é disso que preciso agora. — Consigo dar conta de qualquer situação que esteja acontecendo. Só preciso saber a verdade.

Seguro uma de suas mãos com ambas as minhas.

— Por favor, Jaxon. Me explique o que está acontecendo aqui.

Jaxon concorda, embora relutante, e faz um aceno com a cabeça.

— Fazia quatro meses que ninguém conseguia falar com você.

— Quatro meses? — O choque ricocheteia por todo o meu corpo mais uma vez. *Quatro meses? Isso é impossível!*

— Sei que essa é a impressão que você tem — intervém o tio Finn, em uma tentativa de me tranquilizar. — Mas estamos em março, Grace.

— Março — repito, porque, ao que parece, repetir é a única ação que consigo executar agora. — Que dia?

— Cinco de março — Jaxon fala com a voz sombria.

— Cinco de março. — Esqueça o pânico. Uma onda enorme de terror me chicoteia agora, castigando-me por dentro. Fazendo com que eu me sinta exposta, ferida e vazia de um jeito que não consigo descrever. Quatro meses da minha vida, do meu último ano na escola, simplesmente desapareceram. E não consigo me lembrar de nada. — Não estou entendendo. Como é possível que...

— Está tudo bem, Grace. — O olhar de Jaxon está fixo no meu e seu toque na minha mão é tão firme e carinhoso quanto eu poderia querer. — Vamos dar um jeito de descobrir o que houve.

— Mas como pode estar tudo bem? Perdi quatro meses, Jaxon! — A minha voz vacila quando falo o nome dele. Puxo o ar com dificuldade e tento outra vez. — O que aconteceu?

Meu tio se aproxima e toca o meu ombro.

— Respire fundo outra vez, Grace. Isso, muito bom. Agora, respire mais uma vez e solte o ar devagar — diz ele, sorrindo.

Faço como ele orienta, percebendo que seus lábios se movem durante todo o tempo em que estou exalando o ar. *Será que é um feitiço tranquilizante?* É o que me pergunto quando, mais uma vez, inspiro e expiro o ar, contando até dez.

— Agora, pense com cuidado e me conte qual é a última coisa da qual você se lembra. — Seus olhos carinhosos estão fixos nos meus.

A última coisa da qual me lembro.

A última coisa da qual me lembro.

Essa deveria ser uma pergunta fácil, mas não é. Em parte, por causa de um vazio enorme na minha mente e também porque muito do que me lembro parece turvo, distante. Como se as minhas recordações estivessem mergulhadas em águas profundas e eu só conseguisse ver sombras do que está ali. As sombras do que existiu.

— Me lembro de tudo o que aconteceu com Lia — digo por fim, porque é verdade. — Lembro-me de estar na enfermaria... E lembro de fazer um boneco de neve.

A lembrança daquilo faz com que eu me sinta um pouco melhor e sorrio para Jaxon, que sorri de volta... Pelo menos com a boca. Seus olhos parecem tão preocupados quanto sempre estiveram.

— Lembro que Flint pediu desculpas por tentar me matar. Lembro que... — Paro de falar, levando a mão até a minha bochecha, que de súbito ficou quente quando me lembro da sensação de presas deslizando sobre a pele sensível do meu pescoço e ombro antes de afundarem. — Jaxon. Me lembro de Jaxon.

Meu tio pigarreia, parecendo meio constrangido. Mas a única coisa que ele verbaliza é:

— Mais alguma coisa?

— Não sei. Está tudo muito... — Interrompo a frase quando uma lembrança clara como um cristal toma conta do meu cérebro. Olho para Jaxon, à espera de uma confirmação. — A gente estava andando pelo corredor. Você estava me contando uma piada. Aquela sobre...

A clareza está se desfazendo, sendo substituída pela confusão que cobre muitas das minhas lembranças agora. Luto para desfazê-la, determinada a não perder esse pensamento claro.

— Não, não é bem isso. Eu estava perguntando a resposta. Daquela piada do pirata.

Fico paralisada quando outra parte da lembrança, muito mais assustadora, fica mais clara.

— Ah, meu Deus. Hudson! Lia conseguiu. Ela o trouxe de volta. Ele estava aqui. Ele estava bem aqui.

Olho para Jaxon e para o tio Finn em busca de uma confirmação, enquanto as lembranças tomam conta de mim. E me sufocam.

— Ele está vivo? — pergunto, com a voz trêmula sob o peso de tudo que Jaxon me disse sobre o seu irmão. — Ele está em Katmere?

O tio Finn estampa uma expressão bem séria no rosto, quando responde:

— É exatamente isso que nós queremos saber de você.

Capítulo 4

PARECE QUE O SEXTO SENTIDO É O SACRIFÍCIO HUMANO

— A mim? E por que eu teria condições de responder isso?

Só que, quando ainda estou fazendo a pergunta, outra lembrança surge. Olho para Jaxon, que está abalado por um horror completo a esta altura.

— Fiquei entre vocês dois.

— Ficou, sim. — A garganta dele se move, e os olhos, em geral da cor de uma noite sem estrelas, ficam ainda mais ensombrecidos.

— Ele tinha uma faca.

— Uma espada, na verdade — intervém o meu tio.

— Sim, isso mesmo. — Fecho os olhos e me lembro de tudo.

De caminhar pelo corredor abarrotado de pessoas.

De perceber Hudson, com a espada erguida, pelo canto do olho.

De ficar entre ele e Jaxon, porque Jaxon é meu — meu para amar e meu para proteger.

Do golpe da espada.

E em seguida... nada. É isso. Isso é tudo de que me recordo.

— Meu Deus! — O horror me domina quando algo novo e terrível me ocorre. — Meu Deus!

— Está tudo bem, Grace. — Meu tio já está se aproximando para me tocar no ombro de novo, mas já estou me movendo.

— Meu DEUS! — Empurro a cadeira para trás, levantando-me com um salto. — Estou morta? É por isso que não consigo me lembrar de mais nada? É por isso que todo mundo estava me olhando daquele jeito estranho no corredor? É por isso, não é? Estou morta.

Começo a andar de um lado para outro, enquanto meu cérebro parece se abrir em vinte direções diferentes.

— Mas ainda estou aqui com vocês. E as pessoas conseguem me ver. Isso significa que virei um fantasma?

Estou me esforçando para processar essa ideia na minha mente quando outra coisa — uma bem pior — me ocorre.

Dou meia-volta e encaro Jaxon.

— Diga que virei um fantasma. Diga que você não fez o que Lia queria. Que não prendeu um pobre coitado naquela masmorra asquerosa e usou essa pessoa para me trazer de volta. Diga que não fez isso, Jaxon. Diga que não estou caminhando aqui por causa de um ritual com sacrifício humano que...

— Ei, ei, ei! — Jaxon passa ao redor da minha cadeira e segura meus ombros. — Grace...

— Estou falando sério. É melhor você não ter dado uma de Dr. Frankenstein para me trazer de volta. — Estou perdendo o controle e sei disso, mas não consigo parar; uma mistura de terror, horror e asco se revira dentro de mim, combinando-se em algo escuro e tóxico sobre o qual não tenho controle algum. — É melhor que não haja sangue envolvido. Nem cânticos. Nem...

Ele balança a cabeça em um sinal negativo, com as pontas dos cabelos tocando os ombros.

— Não fiz nada!

— Então virei mesmo um fantasma? — Ergo as mãos e olho para o sangue fresco nas pontas dos dedos. — Mas como posso estar sangrando se estou morta? Como é possível...

Jaxon segura nos meus ombros com gentileza e me vira de modo a ficar de frente para ele.

E respira fundo.

— Você não é um fantasma, Grace. E você não estava morta. E não fiz nenhum sacrifício, nem humano nem de qualquer outro tipo para trazer você de volta.

Leva um segundo, mas aquelas palavras e o tom ansioso na voz de Jaxon enfim conseguem chegar até mim.

— Não fez?

— Não... não fiz. — Ele dá uma risadinha. — Não estou dizendo que não faria. Esses últimos quatro meses me fizeram entender Lia muito melhor. Mas não precisei chegar a esse ponto.

Pondero as palavras dele com todo o cuidado, procurando brechas à medida que as comparo com a lembrança cristalina daquela espada batendo no meu pescoço.

— Não precisou porque há outra maneira de trazer alguém de volta da morte? Ou não precisou fazer isso porque...

— Porque você não estava morta, Grace. Você não morreu quando Hudson a acertou com aquela espada.

— Ah.

De tudo que me preparei para ouvir, tal ideia nem chegou a estar entre as dez principais. Talvez nem mesmo entre as vinte principais. Mas, agora que eu me deparo com a explicação que é bem lógica, embora improvável, não faço ideia do que devo dizer.

— Então... Eu estava em coma?

— Não, Grace. Nada de coma. — Desta vez é o meu tio quem responde.

— Então, o que está acontecendo? Porque eu posso ter buracos gigantes na minha memória, mas a última coisa de que me lembro é que o seu irmão psicopata tentou matá-lo e...

— E você entrou na frente para receber o golpe. — Jaxon rosna e não é a primeira vez que percebo que suas emoções estão perto da superfície. Eu só não tinha percebido, até agora, que uma dessas emoções era raiva. O que até entendo, mas...

— Você teria feito a mesma coisa — eu o rebato. — Não negue.

— Não vou negar. Mas só é aceitável se eu fizer isso. Eu sou o...

— Homem? — Eu o interrompo, com um tom de voz que o avisa para tomar cuidado com o que vai dizer.

Mas ele simplesmente revira os olhos.

— Vampiro. Eu sou o vampiro.

— E daí? Está tentando dizer que aquela espada não poderia matá-lo? Porque, pelo que me lembro, tive a impressão de que Hudson realmente queria ver você morto.

— Ele podia ter me matado. — É uma admissão relutante.

— Foi o que pensei. E qual é o seu argumento, então? Ah, claro. Você é o homem. — Faço questão de que a minha voz esteja gotejando desdém quando pronuncio essa última palavra. Mas o efeito não dura muito tempo, conforme o pico de adrenalina dos últimos minutos por fim se esgota. — E, então, onde foi que estive nesses últimos quatro meses?

— Três meses, vinte e um dias e cerca de três horas, se quiser ser mais específica — anuncia Jaxon e, embora sua voz esteja firme e seu rosto não demonstre muita coisa, consigo sentir o tormento nas palavras. Consigo ouvir tudo que ele não está me dizendo e isso me faz sofrer. Por ele. Por mim. Por nós.

Punhos fechados, queixo tensionado, a cicatriz no rosto repuxada... Ele parece pronto para adentrar uma briga. Se conseguisse ao menos saber contra quem ou contra o quê.

Passo uma mão reconfortante pelos ombros dele e em seguida fito o meu tio. Porque, se perdi quase quatro meses da minha vida, quero saber por quê. E como.

E se vai acontecer outra vez.

Capítulo 5

GÁRGULAS SÃO O NOVO
PRETINHO BÁSICO

— A última coisa de que me lembro é me preparar para receber um golpe da espada de Hudson. — Olho para o meu tio e depois para Jaxon; os dois estão com os queixos retesados, como se não quisessem ser as pessoas que têm alguma coisa para me dizer. — O que aconteceu depois? Ele me acertou?

— Não exatamente — diz o meu tio. — Bem, você recebeu o golpe, então de certa forma, sim. Mas a lâmina não a machucou porque você já tinha se transformado em pedra.

Repasso as palavras na cabeça, mas não importa quantas vezes eu as repita, elas ainda não fazem absolutamente nenhum sentido.

— Desculpe. Você disse que me transformei em...

— Pedra. Você se transformou em pedra, Grace, bem diante de mim, porra — conta Jaxon. — E continuou sendo nesses últimos cento e vinte e um dias.

— Como assim? O que você quer dizer com "pedra", exatamente? — pergunto outra vez, ainda na tentativa de entender algo que parece impossível.

— Estou dizendo que o seu corpo era feito completamente de pedra — responde o meu tio.

— Como se eu tivesse virado uma estátua? Esse tipo de pedra?

— Não como uma estátua — meu tio apressa-se em corrigir, mesmo enquanto me encara de um jeito desconfiado, enquanto tenta decidir se sou capaz de aguentar mais informações. Um pedaço de mim consegue entender isso, mesmo que me irrite bastante.

— Por favor, me diga logo — suplico por fim. — Pode acreditar, é bem pior ficar presa na minha própria cabeça em busca de descobrir o que está havendo do que apenas saber. Assim, se eu não era uma estátua, eu era... o quê? — Tento buscar algumas ideias, qualquer que seja. Mas nenhuma surge.

Mais uma vez, o meu tio vacila, o que me faz pensar que seja lá qual for a resposta, é algo muito, muito ruim.

— Uma gárgula, Grace. — É Jaxon quem finalmente me diz a verdade, como sempre. — Você é uma gárgula.

— Uma gárgula? — Não consigo falar sem deixar a minha incredulidade aparente.

Meu tio encara Jaxon com um olhar frustrado, mas por fim concorda com certa relutância.

— Uma gárgula.

— Uma gárgula? — Não podem estar falando sério. Definitivamente, absolutamente, não podem estar falando sério. — Como aqueles trecos que ficam nos cantos das igrejas?

— Isso mesmo. — Jaxon sorri agora, de leve, como se percebesse o quanto tudo isso é ridículo. — Você é uma gárg...

Levanto a mão.

— Por favor, não diga isso de novo. As duas primeiras vezes já foram bem difíceis de escutar. Fique quieto por um segundo. Shhhh.

Viro de costas e vou até a parede oposta do escritório do tio Finn.

— Preciso de um minuto — informo a eles. — Só um minuto para...

Absorver aquilo? Negar? Chorar? Gritar?

Gritar me parece uma ideia excelente neste momento, mas tenho certeza de que só vai servir para assustar ainda mais Jaxon e o tio Finn. Assim...

Respiro. Só preciso respirar. Porque não tenho a menor ideia do que devo dizer ou fazer depois.

Bem, há um pedaço de mim que deseja mandar que parem de brincar com isso. "Vocês são muito engraçados, ha ha ha". Mas outra parte, um pedaço bem grande, sabe que não estão mentindo. Não em relação a isso. Em parte, porque nem o meu tio nem Jaxon fariam isso comigo e também porque há algo dentro de mim, algo pequeno, assustado e encolhido que simplesmente relaxou no instante em que eles verbalizaram aquela palavra. Como se soubesse daquilo o tempo todo e estava só esperando que eu percebesse.

Que eu entendesse.

Que eu acreditasse.

Então... Uma gárgula. Certo. Não é algo tão ruim, né? Afinal, podia ser pior. Estremeço. A espada podia ter arrancado a minha cabeça.

Respiro fundo, encosto a testa na tinta cinzenta e fria da parede do escritório do meu tio e reviro a palavra "gárgula" várias vezes na cabeça, enquanto tento entender como me sinto sobre a situação.

Gárgula. Como aquelas criaturas enormes de pedra, com asas, presas saltadas e... chifres? Discretamente, deslizo a mão pela cabeça apenas para me certificar se algum chifre brotou de repente na minha cabeça e eu não percebi.

Mas percebo que isso não aconteceu. Tudo que sinto é o meu cabelo castanho e cacheado de sempre. Tão longo, tão rebelde e tão irritante quanto sempre foi, mas, definitivamente, nada de chifres. Ou de presas, percebo ao passar a língua pelos dentes da frente. Para dizer a verdade, tudo em mim parece do mesmo jeito que sempre esteve. Graças a Deus.

— Ei. — Jaxon se aproxima de mim por trás e dessa vez é ele quem coloca uma mão gentil nas minhas costas. — Sabe que vai ficar tudo bem, não é?

Sei. É claro que sei. Não há nada de mais acontecendo. Afinal, gárgulas estão super na moda, não é? Tenho a impressão de que ele não vai gostar muito do meu sarcasmo. Assim, no fim das contas, simplesmente mordo a língua e faço que "sim" com a cabeça.

— Estou falando sério — continua ele. — Vamos dar um jeito de entender o que houve. E, pelo lado positivo, gárgulas são incríveis.

Ah, com certeza. Brutamontes gigantescos de pedra. Totalmente incríveis. *De jeito nenhum.*

Sussurro:

— Eu sei.

— Tem certeza? — Ele se aproxima ainda mais, baixando um pouco a cabeça de modo que seu rosto esteja bem ao lado do meu. — Porque não parece saber. E com certeza não está falando como se soubesse.

Ele está tão perto que consigo sentir sua respiração junto à minha bochecha, e, durante segundos preciosos, fecho os olhos e finjo que tudo isso vinha acontecendo quatro meses atrás, quando Jaxon e eu estávamos sozinhos em seu quarto, fazendo planos e dando uns beijos, pensando que enfim tínhamos tudo sob controle.

Que piada. Nunca me senti tão sem controle na vida, mesmo quando comparava a situação com aqueles primeiros dias depois que meus pais morreram. Pelo menos naquela época eu ainda era humana ou pensava que era. Agora sou uma gárgula e não faço a menor ideia do que isso significa e menos ainda de como aconteceu. Ou de como consegui perder quase quatro meses da minha vida transformada em rocha.

E por que eu faria uma coisa dessas? Entendo a razão pela qual me transformei em pedra; imagino que algum impulso latente que havia no fundo de mim aflorou para impedir que eu morresse. Será que isso é mesmo tão difícil de acreditar, considerando que soube recentemente que o meu pai era um feiticeiro? Mas por que permaneci transformada em pedra por tanto tempo? Por que não voltei para junto de Jaxon na primeira oportunidade?

Reviro o meu cérebro à procura da resposta, mas ainda não há nada ali além de um abismo escuro e vazio em que as minhas lembranças deveriam estar.

Agora é a minha vez de fechar os punhos com força. Quando o faço, meus dedos castigados começam a latejar. Olho para eles e imagino como isso aconteceu comigo. Parece que tive de abrir caminho por entre pedras com as próprias mãos para chegar até aqui. E, pensando bem, talvez eu tenha feito isso mesmo. Ou talvez tenha feito algo ainda pior. Não sei. E esse é o problema: simplesmente não sei. De nada.

Não sei o que fiz nesses últimos quatro meses.

Não sei como foi possível eu me transformar numa gárgula — ou como foi possível me transformar em humana outra vez.

E percebo, com um horror que me faz gelar a própria alma, que não sei a resposta para a pergunta mais importante de todas.

Eu me viro para trás e relanceio para o meu tio.

— O que aconteceu com Hudson?

Capítulo 6

A ROLETA VAMPÍRICA NÃO É
A MESMA COISA SEM SANGUE

O tio Finn parece envelhecer bem diante de mim, com os olhos perdendo o brilho e os ombros encolhendo no que se assemelha muito a uma sensação de derrota.

— Não sabemos — replica ele. — Em um instante, Hudson estava tentando matar Jaxon. No instante seguinte...

— Ele se foi. E você também. — A mão de Jaxon se fecha por reflexo ao redor da minha.

— Ela não se foi — corrige o tio Finn. — Apenas ficou incomunicável por um tempo.

Mais uma vez, Jaxon parece não se impressionar com o resumo dos eventos, mas não discute. Em vez disso, apenas olha para mim e pergunta:

— Não se lembra mesmo de nada do que aconteceu?

Dou de ombros.

— Nada.

— É estranho — continua o meu tio, balançando a cabeça. — Chamamos todos os especialistas em gárgulas que conseguimos encontrar. Cada um deles tinha relatos e conselhos conflitantes, mas ninguém mencionou que, quando você finalmente voltasse, não se lembraria de onde esteve. Ou do que se tornou. — A voz do meu tio é baixa e, com certeza, sua intenção é me acalmar, mas cada palavra pronunciada só me deixa ainda mais nervosa.

— Acham que tem alguma coisa errada comigo? — pergunto, nervosa, olhando para ele e para Jaxon.

— Não tem nada de errado com você — rosna Jaxon e aquilo serve como aviso para o tio Finn e como uma maneira de me reconfortar.

— É claro que não há nada de errado — concorda o tio Finn. — Nem pense numa possibilidade dessas. Só lamento por não estarmos mais preparados para ajudá-la. Nós não previmos... isso.

— Vocês não têm culpa. Eu só queria... — Paro de falar quando a minha memória bate naquela maldita muralha outra vez. Tento forçar a passagem, mas não consigo quebrá-la.

— Não force a situação — sugere Jaxon, e desta vez coloca o braço ao redor dos meus ombros, de um modo gentil.

A sensação é boa; ele me causa uma sensação boa e me permito afundar nele, enquanto o medo e a frustração continuam a circular dentro de mim.

— Eu tenho que forçar — digo a ele, me aconchegando um pouco mais. — De que outra maneira será possível descobrir onde Hudson está?

O aquecedor da sala está ligado, mas ainda estou gelada; imagino que passar quatro meses transformada em pedra causa esse efeito em uma garota. Esfrego os braços para esquentá-los.

O tio Finn me observa por uns segundos e, em seguida, murmura alguma coisa discretamente, enquanto faz um gesto no ar. Momentos depois, um cobertor morno se enrola ao redor de Jaxon e de mim.

— Melhor assim? — pergunta ele.

— Bem melhor, obrigada. — Fecho o cobertor ao nosso redor.

Ele volta a se acomodar no canto da escrivaninha.

— Para ser sincero, Grace, o nosso maior receio era que ele podia estar com você. E um receio tão grande quanto esse, caso ele não estivesse.

As palavras dele pairam pesadamente no ar por vários minutos.

— Talvez ele estivesse comigo. — Só o ato de pensar em estar presa com Hudson forma um enorme nó em minha garganta. Paro de falar, forço-me a engoli-lo e pergunto: — Se ele estava comigo, vocês acham... Vocês acham que eu o trouxe de volta comigo? Ele está aqui agora?

Olho para o meu tio e também para Jaxon, e os dois me encaram com rostos intencionalmente sem expressão. A reação faz com que as minhas veias, o meu coração, a minha própria alma se transforme em gelo. Porque, enquanto Hudson estiver à solta, Jaxon não está seguro. E ninguém mais está.

Meu estômago se retorce enquanto reviro o meu cérebro. *Isso não pode estar acontecendo. Alguém diga que isso não está acontecendo.* Não posso ser responsável por deixar Hudson à solta outra vez. Não posso ser a responsável por trazê-lo de volta e permitir que ele aterrorize todo mundo, criando um exército de vampiros natos e seus simpatizantes.

— Você não faria isso — Jaxon me diz, finalmente. — Eu a conheço, Grace. Você jamais voltaria se achasse que Hudson ainda é uma ameaça.

— É verdade — concorda o meu tio, após certo tempo. Enquanto ele prossegue, procuro me apegar às suas palavras e não ao silêncio que as precedeu. — Então, vamos trabalhar com essa perspectiva por enquanto. De que você só retornou porque era seguro fazê-lo. Isso significa que Hudson provavelmente se foi e nós não temos com que nos preocupar.

Mesmo assim, ele parece preocupado. É claro que parece. Porque, não importa o quanto desejem o desaparecimento de Hudson, há um enorme ponto fraco na lógica deles: Jaxon e o tio Finn falam como se eu estivesse aqui porque decidi voltar.

Mas... E se não foi assim que as circunstâncias aconteceram? Se eu não tomei conscientemente a decisão de me tornar uma gárgula tempos atrás, talvez não tenha feito conscientemente a escolha de me tornar humana agora. E, se for o caso, onde está Hudson, exatamente?

Morto?

Congelado em alguma realidade alternativa?

Ou escondido em algum lugar aqui em Katmere, só esperando uma chance de se vingar de Jaxon?

Não gosto de nenhuma dessas alternativas, mas a última delas é sem sombra de dúvida a pior. No fim das contas, eu a deixo de lado porque ficar em pânico não vai ajudar em nada.

Mas é preciso começar por algum lugar, então decido aceitar a hipótese do tio Finn — só porque gosto mais dela do que de todas as outras juntas.

— Está bem. Vamos imaginar que, se eu tivesse controle sobre Hudson, não teria simplesmente deixado que ele se fosse. E agora?

— Agora, nós esperamos um pouco. Paramos de nos preocupar com Hudson e começamos a nos preocupar com você — orienta o meu tio, com um sorriso encorajador. — Marise deve chegar aqui a qualquer momento e, depois que ela a examinar e decidir que você está saudável, acho que devemos deixar as coisas correrem por algum tempo. Vamos observar aquilo de que você consegue se lembrar em alguns dias, depois que comer, descansar e voltar à rotina de sempre.

— Deixar as coisas correrem? — pergunta Jaxon, com a voz tomada pela mesma incredulidade que sinto por dentro.

— Sim. — Pela primeira vez percebo um toque de aço na voz do meu tio. — O que Grace precisa agora é que as coisas voltem ao normal.

Acho que ele está se esquecendo de que ter um vampiro psicopata na minha cola virou algo "normal" desde que cheguei a esta escola. O fato de que nós aparentemente trocamos Lia por Hudson só parece confirmar a hipótese. O que é bem deprimente, para dizer o mínimo, mas não deixa de ser verdade.

Juro que, se estivesse lendo esta história, diria que as reviravoltas são ridículas. Mas não estou lendo a história, estou vivendo a história. E isso é bem pior.

— O que Grace precisa é se sentir segura — corrige Jaxon. — E ela não vai conseguir fazer isso até termos certeza de que Hudson não é uma ameaça.

— Não. O que Grace precisa é de rotina — rebate o meu tio. — Existe segurança em saber o que vai acontecer e quando isso vai acontecer. Ela vai ficar melhor se...

— Grace vai ficar melhor se o seu tio e o seu namorado começarem a falar com ela, em vez de falarem sobre ela — interrompo, sentindo a irritação borbulhar e chegar à superfície. — Afinal de contas, tenho um cérebro que ainda funciona e sou dona da minha própria vida.

Pelo menos os dois têm a decência de parecerem constrangidos depois daquela patada. Como deveria ser, mesmo. Talvez eu não seja uma vampira ou uma feiticeira, mas isso não significa que vou simplesmente me encolher e deixar que os "homens" tomem decisões em meu lugar e sobre a minha vida. Em especial, quando ambos parecem favoráveis à opinião de que o melhor a fazer seria "embrulhar Grace em algodão para protegê-la". O que também não vai dar muito certo comigo.

— Você tem razão — concorda o meu tio com um tom bem mais manso. — O que você quer fazer, Grace?

Reflito sobre a questão por um minuto.

— Quero que as coisas sejam normais. Ou, pelo menos, tão normais quanto possível para uma garota que mora com uma bruxa e que namora um vampiro. Mas também quero descobrir o que aconteceu com Hudson. Estou com a impressão de que vamos ter que encontrá-lo para conseguir manter todo mundo a salvo.

— Não estou preocupado em manter todo mundo a salvo — rosna Jaxon. — Só estou preocupado em manter você a salvo.

Aquela é uma bela declaração, e não vou mentir: faz com que eu me derreta um pouco por dentro. Mas, por fora, continuo firme, porque alguém precisa dar um jeito nessa situação e, como sou a única com um assento reservado na primeira fileira — ainda que não consiga me lembrar do que vi quando estava naquele assento —, acho que eu é que vou ter de ser esse alguém.

Fecho os punhos, frustrada, ignorando a dor que percorre meus dedos, já bastante castigados quando faço isso. O que estamos decidindo aqui é importante, muito importante. Preciso me lembrar do que aconteceu com Hudson.

Será que eu o deixei acorrentado em algum lugar onde ele não possa ameaçar ninguém?

Será que ele escapou e é por isso que as minhas mãos estão tão machucadas? Porque tentei detê-lo?

Ou ele usou o seu poder de persuasão em mim e me obrigou a deixá-lo escapar? É a ideia que mais detesto. E, se for o caso, será que é a razão de a minha memória estar tão bagunçada?

Não saber o que está acontecendo é algo que me mata por dentro, assim como o medo de ter decepcionado todo mundo.

Jaxon lutou com todas as forças para se livrar de Hudson da primeira vez. Ele sacrificou tudo, incluindo o amor que sua mãe tinha por ele, para destruir o irmão — e para impedir que Hudson destruísse o mundo inteiro.

Como vou poder viver comigo mesma se descobrirmos que simplesmente o libertei? Que lhe forneci uma oportunidade de continuar a instaurar o caos em Katmere e no restante do mundo?

Que lhe dei outra chance de machucar o garoto que amo?

Tal pensamento, mais do que qualquer outro, alimenta o medo dentro de mim e me faz dizer, com a voz cheia de preocupação:

— Temos que encontrá-lo. Precisamos descobrir para onde ele foi e nos assegurar de que Hudson não pode machucar ninguém.

E precisamos descobrir por que tenho a certeza de que estou me esquecendo de algo muito importante que aconteceu durante esses quatro meses.

Antes que seja tarde demais.

Capítulo 7

AQUILO QUE NÃO CONHEÇO VAI MACHUCAR
A MIM... E A TODOS TAMBÉM

Depois que Marise me examina pelo que parecem horas, o tio Finn por fim permite que Jaxon me leve dali. Fica óbvio, pela maneira que aqueles dois e também Marise se ocuparam comigo, que ninguém queria dar chance para o azar em relação à minha saúde. Marise me examinou até mesmo para ver se detectava lesões cerebrais. Afinal de contas, temos uma amnésia na área.

Mas estou incrivelmente saudável, com exceção de alguns arranhões e hematomas nas mãos, e em plenas condições de voltar a frequentar a Academia Katmere. Ao que parece, virar pedra por quatro meses pode ser a próxima mania na área da saúde.

Entretanto, conforme Jaxon e eu caminhamos casualmente de volta ao meu quarto, a minha mente não para de repassar uma parte da minha conversa com Marise quando ela se desculpou por não conhecer mais a respeito da fisiologia das gárgulas.

Você é a primeira gárgula a existir em mil anos.

Fantástico. Afinal, quem nunca teve vontade de criar tendências em relação à sua fisiologia básica? Ah, é mesmo. Ninguém.

Não vou mentir, não tenho ideia de como processar a informação de que sou o primeiro exemplar moderno da minha espécie. Assim, guardo essas informações numa pasta mental chamada "Merdas para as quais não tenho tempo hoje". E em outra chamada de "Obrigada por me contarem tudo, papai e mamãe".

É aí que percebo que Jaxon não está me levando para o meu quarto, e sim para os seus aposentos na torre. Puxo a mão dele para atrair sua atenção:

— Ei, não podemos ir para o seu quarto. Preciso ir ao meu por uns minutos; depois, quero tomar banho e pegar uma barra de cereal antes da aula.

— Aula? — Jaxon demonstra estar chocado. — Não prefere descansar um pouco hoje?

— Tenho certeza de que passei os últimos quatro meses "descansando". O que quero mesmo é voltar para as aulas e saber das matérias que perdi. Minha formatura é daqui a dois meses e meio e não quero nem pensar em quantos trabalhos deixei de fazer.

— Sempre soubemos que você voltaria, Grace. — Ele sorri para mim e aperta a minha mão com carinho. — Por isso, o seu tio e os professores já tinham montado um plano. Você só precisa marcar horários para conversar com eles a respeito.

— Ah, isso é ótimo. — Dou um abraço apertado em Jaxon. — Obrigada por ajudar com tudo.

Ele retribui o abraço.

— Não precisa me agradecer. É para isso que estou aqui.

Ele dá meia-volta e nós seguimos para o meu quarto.

— A sra. Haversham já deve ter mandado um e-mail com a sua nova grade de horários a esta altura. As aulas mudaram quando o semestre terminou, mesmo que... — Ele deixa a frase morrer no ar.

— Mesmo que eu não estivesse aqui para acompanhar a mudança — eu a termino, porque acabei de decidir que não vou passar o restante do ano letivo pisando em ovos por causa da minha nova realidade. As contingências são como são e, quanto mais rápido todo mundo aprender a conviver com isso, mais rápido as coisas vão voltar ao normal. Inclusive eu mesma.

Tenho uma longa lista de perguntas sobre gárgulas para fazer a Jaxon e Macy. E, quando tiver as respostas, vou tentar descobrir como viver bem com isso. Amanhã. Pelo lado positivo, o fato de eu não ter chifres provavelmente vai tornar a parte de viver bem com isso mais fácil de acontecer.

Jaxon olha para mim e fico à espera de que ele me beije; estou louca para beijá-lo desde que entramos no escritório do meu tio. Mas, quando me aproximo, ele faz um gesto negativo com a cabeça. A rejeição dói um pouco, pelo menos até eu me lembrar de quantas pessoas estavam me encarando enquanto eu passava pelos corredores, mais cedo.

Isso foi há mais de uma hora. Agora que é provável que a notícia já tenha se espalhado, sobre a gárgula da escola ter voltado a ser humana, não posso imaginar quantas pessoas vão estar nos observando — mesmo que devam supostamente estar em aula.

E, como previa, ao entrarmos em um dos corredores laterais, há pessoas por todos os lados — e todos, sem exceção, estão olhando para nós. Percebo minha tensão antes mesmo de termos dado mais do que um passo ou dois. Mas eles desviam o olhar quando Jaxon passa.

Jaxon coloca o braço ao redor dos meus ombros e em seguida baixa a cabeça até que a sua boca esteja quase encostada na minha orelha.

— Não se preocupe com eles. Depois que todos derem uma boa olhada em você, a situação vai se acalmar.

Sei que ele tem razão; depois dos meus primeiros dois ou três dias aqui, ninguém prestava mais atenção em mim, a menos que eu estivesse andando ao lado de Jaxon. Não há motivo para pensar que isso vai mudar agora, ainda bem. A notoriedade não é exatamente algo que eu deseje.

Nós apertamos o passo para chegar ao meu quarto, transformando o que seria uma caminhada de dez minutos num percurso de cinco ou seis. E ainda assim não é rápido o bastante. Não com Jaxon ao meu lado, com o braço ao redor dos meus ombros. E com o seu corpo magro e alto encostado no meu.

Preciso que ele esteja mais perto. Preciso sentir seus braços ao redor de mim e os seus lábios macios nos meus.

Jaxon deve sentir o mesmo, porque, quando chegamos ao alto da escada, a caminhada acelerada se transforma quase em uma corrida. E, quando chegamos ao meu quarto, minhas mãos estão trêmulas e o meu coração está batendo rápido demais.

Graças a Deus, Macy deixou a porta destrancada; caso contrário, não sei se Jaxon iria arrancar as dobradiças. Em vez disso, ele abre a porta e me faz passar por ela, sibilando só um pouco quando a cortina encantada de Macy roça em seu antebraço.

— Tudo bem com o seu braço? — pergunto, quando a porta se fecha atrás de nós. Jaxon está ocupado demais, prensando meu corpo contra a porta para responder.

— Eu estava com saudades — rosna ele, com os lábios a poucos centímetros dos meus.

— Senti saudades tamb... — Isso é tudo que consigo dizer antes de sentir aquela boca sobre a minha.

Capítulo 8

COLOQUE UM POUCO DE AMOR EM MIM

Eu não sabia.

Não sabia o quanto senti a falta disso, não sabia o quanto eu sentia a falta de Jaxon, até este momento.

Seu corpo pressionando o meu.

Suas mãos no meu rosto, com os dedos entrelaçados nos meus cabelos.

Sua boca devorando a minha — lábios, dentes e língua me incendiando por dentro. Fazendo-me querer. Fazendo-me necessitar.

Jaxon. Sempre Jaxon.

Eu me ajeito junto a ele, querendo chegar mais perto, e ele rosna baixo, um som que vem do fundo da garganta. Sinto a tensão em seu corpo, o desejo dele é o mesmo que queima dentro de mim. Mas, mesmo com tudo isso, seu toque continua gentil, seus dedos acariciando o meu cabelo em vez de puxá-lo, seu corpo aconchegando o meu em vez de tentar invadir o meu espaço.

— Meu — sussurro a palavra nos lábios de Jaxon e ele estremece, afastando a boca dos meus lábios.

Gemo, tento puxá-lo de volta para perto de mim, mas ele estremece outra vez, encostando o rosto na curva em que meu ombro e pescoço se unem. Em seguida, ele respira — inalações e exalações longas, vagarosas, profundas —, como se tentasse puxar a minha própria essência para dentro de si.

Conheço a sensação.

Deslizo as mãos até a cintura de Jaxon e, conforme minhas mãos sentem o seu corpo, percebo que ele realmente perdeu peso enquanto eu estava... indisponível.

— Desculpe — sussurro junto à sua orelha, mas ele simplesmente balança a cabeça, enquanto me puxa para si.

— Não faça isso. — Ele dá beijos suaves no meu pescoço. — Nunca se desculpe pelo que você passou. A culpa foi minha por não lhe proteger.

— Não foi culpa de ninguém — asseguro a ele, enquanto inclino a cabeça para facilitar as carícias. — As coisas simplesmente aconteceram.

De repente, lágrimas começam a arder nos meus olhos. Pisco para afastá-las, mas Jaxon sabe. Suas mãos, que já me tocam com gentileza, ficam mais carinhosas quando acariciam o meu braço, meu ombro e o meu rosto.

— Vai ficar tudo bem, Grace. Eu prometo.

— Já está tudo bem. — Engulo o nó que se formou na minha garganta. — Estamos aqui, não estamos?

— Sim. — Ele beija o ponto sensível da minha orelha. — Finalmente.

Minhas pernas amolecem. Sinto um calor correr por mim. Meu coração treme no peito. Jaxon me segura, como sempre, e murmura, enquanto desliza os dentes pela minha clavícula:

— Amo você.

E, nesse momento, tudo que há dentro de mim fica paralisado. Minha respiração, meu sangue, até mesmo o desejo que queima dentro de mim desde que entramos no escritório do meu tio. Tudo some. Sem explicação.

Jaxon deve sentir o que houve, porque ele para imediatamente. E, quando ergue a cabeça, há uma expressão desconfiada e perspicaz em seus olhos que me dá a impressão de ter feito algo errado.

— Grace? — ele pergunta, afastando-se um pouco de modo a não me tirar todo o espaço. — Está tudo bem?

— Sim, sim. Estou bem. Eu só...

Não completo a frase porque não sei como responder, não sei o que dizer. Porque eu o quero. De verdade. Só não sei como lidar com essa sensação esquisita e desconfortável que começou a crescer dentro de mim, de repente.

— Você só...? — Jaxon espera uma resposta. Não de maneira agressiva, mas de um jeito preocupado, como se só quisesse confirmar que estou bem.

Mas saber disso só piora a sensação dentro de mim, aumentando a pressão até que eu me sinta como um foguete prestes a decolar.

— Eu não... eu quero... parece que... — falo como uma idiota, tentando encontrar uma explicação, mas é quando o meu estômago ronca bem alto. E a compreensão substitui a preocupação de Jaxon.

— Eu devia ter esperado para darmos esses amassos até você poder comer alguma coisa — afirma ele, recuando mais uns dois passos. — Desculpe.

— Não se desculpe. Precisava beijar você. — Aperto a mão dele, feliz por explicar a sensação esquisita dentro de mim. Minha mãe sempre disse que pouco açúcar no sangue faz coisas estranhas com a gente e só consigo imaginar como o meu deve estar baixo agora, considerando que passei quase quatro meses sem comer. — Vou só pegar uma barra de cereal de Macy e ir para a aula. Você também tem que ir para a sua aula logo mais, não é?

— Claro — responde ele, mas percebo que a luz perdeu o brilho nos olhos de Jaxon.

Sei que a culpa é minha. Sei que ele só está sendo Jaxon e sou eu quem está agindo desse jeito esquisito, de repente. Mas... Não sei. Tudo parece meio estranho em relação a mim e não faço a menor ideia do que posso fazer para consertar a situação.

Provavelmente deveria me aproximar, para que o meu cabelo toque na mão de Jaxon e ele saiba que tudo está bem. Ou pelo menos me encostar nele para ganhar mais um abraço. Mas não sinto vontade de fazer nenhuma dessas coisas, então não faço. Em vez disso, sorrio para ele e pergunto:

— A gente se vê mais tarde?

— Claro — diz ele, retribuindo o sorriso. — Com certeza.

— Ah, e acho que perdi o meu celular. A gente se encontra aqui?

Ele faz que "sim" com a cabeça; em seguida, faz mais um aceno e sai do meu quarto, seguindo pelo corredor até chegar à escada.

Eu o acompanho com os olhos, admirando o jeito com o qual ele caminha, cheio de propósito, autoconfiança e uma pose de "me encare por sua própria conta e risco" que não deveria me atrair, mas que definitivamente me atrai. Além disso, estou admirando o que aquele bumbum gostoso faz com as calças pretas e sem graça do uniforme da escola.

Quando Jaxon vai para o outro corredor, volto para o meu quarto e paro na porta, enquanto ele se vira para olhar para mim. Agora está com um sorriso enorme no rosto, que lhe cai muito bem. Assim como as linhas de expressão nos cantos dos olhos e a leveza que parece cobrir o seu rosto.

O sorriso se desfaz um pouco quando nossos olhares se cruzam — quase como se ele estivesse constrangido por ter sido pego com uma aparência tão feliz —, mas é tarde demais. Consegui ver como Jaxon Vega fica quando está sorrindo e descobri que gosto disso. Gosto muito, muito mesmo.

A ansiedade no meu estômago se dissolve com a mesma facilidade com que surgiu e, de repente, a coisa mais fácil do mundo é mandar para ele o beijo que não consegui lhe dar antes. Os olhos de Jaxon se arregalam com o gesto e, embora não faça nada tão cafona quanto estender a mão para pegá-lo no ar, ele pisca o olho para mim.

Estou rindo quando fecho a porta e me dirijo para o chuveiro. E como poderia ser diferente, quando o Jaxon Vega que eu presenciei é um milhão de vezes mais doce e encantador do que aquele que o mundo conhece?

Mas, quando deixo a água correr, sinto um calafrio passar por mim. Porque, se deixei Hudson escapar, se eu de fato o trouxe de volta comigo, então serei a responsável por machucar Jaxon e arrancar sua felicidade.

Não vou deixar que isso aconteça com ele. Nem agora, nem nunca mais.

Capítulo 9

VIVENDO DE ALUCINAÇÕES INDUZIDAS
PELA ESPERANÇA

Depois de três aplicações de xampu e de esfregar o corpo inteiro com uma esponja duas vezes, finalmente me sinto uma nova mulher. Uma mulher que talvez não se transforme num monstro de pedra gigante com a menor das provocações. Enrolo o corpo e o cabelo com as minhas toalhas (que são rosa-choque, é claro. Obrigada, Macy) e estendo a mão para pegar o meu celular e consultar que horas são.

O que não posso fazer, porque não tenho mais o meu celular. Ugh.

Da mesma forma, como não temos um relógio na parede e não tenho um celular, eu me sinto bem irritada enquanto passo hidratante no rosto e começo a secar os cabelos.

O fato é que vou ter que dar um jeito logo nessa situação de não ter um celular. Em parte, porque a minha vida inteira está no celular e também porque preciso muito, muito mandar umas mensagens para Heather. Não consigo nem imaginar o que a minha melhor amiga está pensando agora — exceto, é claro, que eu a deixei no vácuo sem nenhuma razão.

Por sorte, meus aparelhos eletrônicos são as únicas coisas que sumiram. Aparentemente a minha mochila estava comigo durante o tempo todo e os uniformes da escola estão bem onde eu os deixei — no meu armário. Passo um tempo reaplicando os curativos nos dedos machucados, pego uma saia preta e uma camisa polo roxa para vestir. Completo o look com uma *legging* preta e as botas da escola, passo um pouco de gloss nos lábios e máscara nos cílios; em seguida, pego a mochila e vou para a porta.

Não sei ao certo que horas são, mas Jaxon saiu daqui por volta do meio-dia. O que significa que devo ter bastante tempo para chegar até a minha aula das treze horas: arquitetura mística.

Não faço a menor ideia de que tipo de aula seja essa, mas a verdade é que estou animada. Mesmo que um pedaço de mim se perguntando se estou matriculada nessa turma porque, aparentemente, sou um exemplo vivo de arquitetura mística.

Decidida a não ficar encucada com a possibilidade de eu ser um dos assuntos da aula, abro a porta do quarto e ando pelo longo corredor do alojamento, com suas portas decoradas e as arandelas pretas em formas de diferentes dragões. Como sempre, solto uma risadinha quando passo diante da porta decorada com morcegos.

No dia em que cheguei à Katmere, imaginei que o quarto pertencia a um fã do *Batman* e achei que era a ideia mais legal que alguém poderia ter. Agora sei que é uma piada de vampiros criada por Mekhi, o melhor amigo de Jaxon, e gosto ainda mais dela. Principalmente, quando percebo que ele acrescentou dois novos adesivos de morcego.

Vou até a escada dos fundos e desço dois degraus por vez, deslizando minha mão pelo corrimão cuidadosamente trabalhado. Estou com tanta pressa para chegar à sala de aula que não percebo a ausência de um pedaço do corrimão — e também da escada — até ser tarde demais e eu quase passar direto pelo buraco.

Consigo me segurar, mas, ao fazê-lo, acabo observando de perto as beiradas nos dois contornos do buraco. Estão chamuscadas e enegrecidas; parecem ter sido vítimas de alguma espécie de jato de fogo de alta intensidade. Alguém obviamente perdeu a paciência ou, pelo menos, perdeu o controle dos próprios poderes.

Dragão ou bruxa? É o que pondero ao entrar no corredor onde está situada a sala da minha turma de arquitetura. Essas criaturas são as únicas que têm condições de manipular esse tipo de poder. Isso é muito legal, mas definitivamente também um pouco assustador.

Talvez eu esteja pensando nessa questão das gárgulas da maneira errada. Pelo menos não preciso me preocupar com a possibilidade de incendiar a escola quando for uma estátua gigante de pedra.

Um detector de presença começa a tocar *Sympathy for the Devil*, dos Rolling Stones — a versão criada para Katmere e colocada ali especialmente pelo tio Finn — quando atravesso a porta da sala de arquitetura. Tento observar o lugar e encontrar uma carteira vazia, mas nem sequer tenho a chance de inalar o ar antes de me assustar quando percebo que Flint está logo atrás de mim.

Ele coloca uma mão tranquila no meu ombro enquanto um sorriso enorme lhe atravessa o rosto.

— Novata, você voltou.

— Você já sabia disso — respondo, revirando os olhos. — Você me viu mais cedo.

— Ah, sim. Bem, mais cedo eu não sabia se você era uma alucinação induzida pela esperança. — Ele me envolve num abraço enorme e me ergue do chão. — Agora sei que você é real.

— E por que está dizendo isso, exatamente? — pergunto quando ele, enfim, me põe no chão. Flint é tão quente e estou tão gelada que cogito encostar nele outra vez para ganhar um segundo abraço. Mas esse é o cara que tentou me matar há pouco tempo. Até entendo que ele teve quatro meses para superar o que aconteceu, mas, para mim, tudo parece ter acontecido há poucos dias. Incluindo o fato de que ele tentou me esganar nos túneis sob a escola.

Mas Flint simplesmente pisca para mim e diz:

— Porque ninguém que não precisa estar aqui viria para esta aula.

Capítulo 10

UM GIGANTESCO PÉ NO SACO

— Fantástico — digo, com o meu melhor e mais falso sorriso. — Porque isso nem parece um mau presságio.

— Ei, estou só dizendo as coisas como elas são. — Ele se aproxima. — Quer mais uma dica?

— Nem sabia que você já tinha me dado uma dica — retruco, revirando os olhos.

Desta vez, quando ele sorri, seus dentes reluzem com um brilho branco e ligeiramente afiados contra a sua tez escura e não consigo evitar a ponderação de como senti a falta daquilo por tanto tempo.

Tudo nesse garoto parece gritar "dragão", da maneira com que ele se move até o jeito que seus olhos acompanham cada um dos meus movimentos. Isso sem contar o anel grande no quarto dedo de sua mão direita e que nunca o vi tirar — pelo menos quando está na forma humana. É literalmente uma pedra verde e brilhante com um dragão entalhado incrustada numa base prateada bem produzida.

— Vou fingir que não percebi essa sua falta de entusiasmo, Novata, e lhe dizer assim mesmo. Porque é assim que eu sou.

— Você é mesmo um paladino — concordo, estalando a língua, embora não consiga impedir que o humor entre no meu olhar. É quase impossível eu continuar brava com Flint.

— Ou melhor, espere. Acho que é melhor se eu disser... Você é mesmo um assassino. Desculpe. — Arregalo os olhos de propósito. — Sempre confundo essas duas palavras.

As bochechas de Flint ficam um pouco coradas e sua expressão se transforma numa combinação de constrangimento e estupefação quando ele se aproxima e sussurra:

— Eu também.

Olho nos olhos dele.

— É, eu me lembro.

— Eu sei.

Flint parece triste, mas não tenta discutir comigo. Não tenta fingir que não tenho o direito de ficar desconfiada quando estou perto dele. Em vez disso, ele simplesmente indica as carteiras da sala com um movimento de cabeça e diz:

— É melhor você pegar uma carteira no fundo da sala.

— E por que diz isso, exatamente?

Flint apenas balança a cabeça e aquele sorriso enorme se abre em seu rosto outra vez. Ele estende as mãos num gesto que é ao mesmo tempo conciliador e que diz "faça o que você quiser".

— Sente-se na frente da sala por um dia, se achar que deve. Você vai descobrir.

Quero perguntar mais coisas, mas o último sinal toca e todo mundo entra correndo para pegar uma cadeira — tão longe da primeira fileira quanto possível.

Então, a dica era real e não só mais uma das brincadeiras que Flint faz para me zoar. É uma pena que demoro um pouco para perceber isso, porque, agora, quase todas as carteiras do fundo da sala estão ocupadas.

Imaginando que a parte da frente não pode ser tão ruim assim, vou até a fileira junto à parede. A segunda cadeira está livre e parece um lugar tão bom quanto qualquer outro.

Estou quase lá quando um braço esguio, cheio de braceletes com cristais incrustados, se estende para me interromper.

— Ai, meu Deus. Grace. — Gwen, a amiga de Macy, faz um sinal para que eu me sente ao seu lado. — Bem-vinda de volta. — ela praticamente grita para mim quando me sento na carteira à sua frente. — Já falou com Macy? Ela vai surtar!

Gwen coloca uma mecha dos cabelos negros, longos e sedosos atrás da orelha enquanto conversa e, quando a mecha lhe cai mais uma vez sobre o rosto, faz um ruído exasperado e se abaixa para tirar da bolsa uma presilha de cabelo antiga — também incrustada com cristais.

— Ainda não a vi. Meu tio disse que ela está fazendo uma prova desde...
— Deixo a frase no ar desajeitadamente, já que não faço a menor ideia de como terminar essa frase.

Desde que voltei?

Desde que voltei a ser humana?

Desde que deixei de ser uma gárgula?

Ugh. Que desastre.

Gwen abre um sorriso solidário e sussurra algo em chinês para mim. Pela expressão em seu rosto, percebo ser algo especial, mas não tenho a menor ideia se é um feitiço, uma bênção ou alguma outra coisa.

— O que significa? — sussurro em resposta, quando o professor de arquitetura, o sr. Damasen, de acordo com a minha grade horária, entra na sala. É um homem enorme, com mais de dois metros de altura, cabelos ruivos e longos amarrados num rabo de cavalo e olhos dourados antigos que parecem enxergar tudo.

Por instinto, me endireito na cadeira e percebo que todo mundo na sala faz a mesma coisa — com exceção de Flint, que, no momento, está com as pernas longas sobre o tampo da carteira como se estivesse numa espreguiçadeira em algum lugar no meio das Bahamas.

O sr. Damasen olha diretamente para ele, os olhos girando como dois redemoinhos — e essa visão me assusta demais. Mas Flint continua com aquele sorriso preguiçoso de dragão e chega até mesmo a erguer a mão num gesto que fica entre um aceno e uma saudação.

No começo, tenho a impressão de que o professor vai arrancar a cabeça dele com uma mordida — talvez até literalmente. Mas, no fim, ele não pronuncia uma única palavra. Apenas dá uma rápida olhada no restante dos alunos presentes na sala.

— É um provérbio chinês que a minha mãe costumava dizer o tempo todo, enquanto eu estava crescendo e tinha dificuldades para entender os meus poderes e o meu lugar no mundo da bruxaria. "Se o céu criou alguém, a terra pode encontrar um uso para essa pessoa". — Os braceletes de Gwen tilintam num ritmo surpreendentemente tranquilizante, quando ela se inclina um pouco para a frente e dá palmadinhas leves no meu antebraço. — Não seja tão dura consigo mesma. Você vai descobrir. É só dar a si mesma um pouco de tempo.

As palavras dela são certeiras. Tão certeiras, inclusive, que até me assustam um pouco. Não gosto da ideia de que a escola inteira saiba como estou me sentindo. Achei que tinha conseguido manter minhas emoções ocultas, mas agora começo a duvidar disso, considerando que esta é somente a segunda vez que converso com Gwen.

— Como sabia disso?

— Sou empática e também curandeira. É mais ou menos o que eu sei fazer. E você tem todo o direito de estar assustada agora. Mas tente apenas respirar fundo até conseguir se estabilizar, está bem?

— Fingir que sei fazer até conseguir fazer? — brinco, porque esse vem sendo o meu mantra desde que entrei na Academia Katmere.

— Mais ou menos por aí — ela responde com uma risada discreta.

— Srta. Zhou. — A voz do sr. Damasen ribomba pela sala de aula como uma trovoada, abalando tudo o que encontra pela frente, inclusive os nervos dos alunos. — Gostaria de se juntar ao restante da turma e entregar o seu trabalho para a avaliação? Ou não está interessada em ganhar esses pontos?

— É claro, sr. Damasen. — Ela empunha uma pasta laranja fluorescente. — Estou com o trabalho bem aqui.

— Desculpe — sussurro, mas ela simplesmente pisca o olho para mim ao passo que se levanta a fim de depositar sua pasta na pilha que está na parte da frente da sala.

— E você, srta. Foster... É bom tê-la de volta. — Eu salto com um susto quando a voz do sr. Damasen troveja tão alto que quase faz meus olhos balançarem na cabeça. Ele veio até o corredor da minha mesa e agora está bem diante de mim, com um livro didático na mão. — Aqui está o livro que você vai precisar para a minha aula.

Estendo a mão cuidadosamente para pegar o livro, tentando manter as orelhas longe daquela voz, caso ele decida que tem mais alguma coisa a dizer. Agora entendo com exatidão por que Flint deu aquele aviso. É uma pena que eu não possa correr até a farmácia mais próxima e pegar um par de protetores auriculares antes da próxima aula.

Percebo que manter as orelhas longe do alcance foi uma boa tática, porque, logo depois que estou com o livro nas mãos, ele continua:

— Mas você decidiu voltar bem no dia em que vamos fazer a prova do meio do semestre, algo para o qual você decerto não está preparada. Então, depois que todo mundo começar a prova, venha até a minha mesa com o sr. Montgomery. Tenho um trabalho para vocês dois.

— Flint? — O nome dele brota da minha boca antes que eu saiba o que vou dizer. — Ele não tem que fazer a prova também?

— Não. — Flint finge que está polindo as unhas na camisa antes de soprá-las, no gesto universal que indica *eu já sei de tudo*. — A pessoa com a maior nota da sala não precisa fazer a prova. Assim, fico livre para ajudar com qualquer coisa de que você precise.

O sorriso que ele abre para mim quando pronuncia aquela última palavra é absolutamente malandro.

Não estou com a menor vontade de discutir com o meu professor logo no primeiro dia de aula, então espero enquanto o sr. Damasen entrega grossos envelopes de prova para todos os alunos que estão na sala. É somente depois que ele responde às várias perguntas que surgem com a prova que me levanto e vou até a sua mesa, na frente da sala, levando Flint a reboque. Consigo sentir todos olhando para nós — olhando para mim — e as minhas bochechas ardem em resposta. Mas estou determinada a não deixar que ninguém perceba o quanto isso me afeta. Assim, olho diretamente em frente e finjo que Flint não está tão perto de mim a ponto de eu conseguir sentir a sua respiração no meu pescoço.

O sr. Damasen resmunga algo quando nos vê e abre a primeira gaveta da sua mesa para pegar um envelope amarelo. Em seguida, numa voz que eu tenho certeza de que ele deve achar que é um sussurro, mas que, na realidade, é quase um grito, o professor nos diz:

— Preciso que vocês saiam e tirem fotos de certos locais da escola que estão nesta lista e me entreguem as imagens em até duas semanas. Preciso usá-las como referências em um artigo que estou escrevendo para a edição de maio de *Aventuras Gigantescas*.

Ele olha para nós dois.

— Seu tio disse que isso não seria problema.

O tio Finn sempre tenta dar um jeito em tudo; é bem típico dele.

— Não, nenhum problema, sr. Damasen — concordo, especialmente porque não sei que outra resposta poderia dar.

Ele me entrega o envelope e, em seguida, espera que eu o abra, um pouco impaciente.

— Alguma dúvida? — pergunta ele com um timbre trovejante no instante em que coloco os olhos na lista.

Tenho umas cem, mas a maioria delas não tem nada a ver com o que ele espera que eu fotografe. Não, as minhas perguntas são todas sobre o que farei se precisar passar a próxima hora e meia com o garoto que, até bem pouco tempo atrás, queria me matar.

Capítulo 11

DIGA QUE TENHO UM CORAÇÃO
GELADO E FEITO DE PEDRA

— Está tudo bem com você? — pergunta Flint depois que chegamos ao corredor. Pelo menos, ele não está zoando quando pergunta. Na verdade, parece completamente sério.

A verdade é que não tenho certeza se está tudo bem comigo ou não. Afinal, sei que Flint não vai tentar me machucar outra vez — agora que Lia está morta e Hudson está sabe-se-lá-onde, não há mais razão para que Flint tente me matar para impedir que eu seja usada na ressurreição bizarra de Hudson. Ao mesmo tempo, não estou empolgada com a ideia de correr para alguns dos lugares (muito) isolados que constam na lista na companhia dele, também. Errar uma vez é aceitável, mas persistir no erro é idiotice... Coisas desse tipo.

Mesmo assim, um trabalho é um trabalho. Além disso, se cuidar desse projeto significa que não vou precisar fazer a prova do meio do semestre, então estou disposta a levar isso adiante.

— Está tudo bem — digo a ele depois que alguns segundos constrangidos passam. — Vamos só acabar logo com isso.

— Ah, claro. — Ele analisa a lista na minha mão. — Por onde quer começar?

Entrego a pilha de papéis para ele.

— Você conhece a escola melhor do que eu. Por que não escolhe?

— Com prazer. — Ele não diz nada enquanto se põe a examinar a lista. O que deveria ser uma coisa boa, porque a última coisa que eu quero é que Flint pense que somos bons amigos outra vez. Mas, ao mesmo tempo, não gosto da sensação que isso me causa.

Não gosto dessa distância entre nós. Não gosto desse Flint sério que não está contando piadas ou me zoando. E não gosto nada, nada mesmo, de que cada minuto passado nesse corredor pareça deixar a situação mais constrangedora, e não menos.

Sinto saudade do amigo que assou marshmallows para mim na biblioteca. Que fez uma flor brotar para mim, do nada. Que se ofereceu para me carregar na garupa, enquanto subíamos as escadas.

Mas em seguida me lembro de que esse amigo nunca existiu de verdade, que mesmo quando estávamos fazendo todas essas coisas ele também estava planejando me machucar. E me sinto ainda pior.

Flint fica me observando por cima da lista do sr. Damasen, mas não se pronuncia. E isso só serve para deixar a situação ainda mais esquisita, até que o silêncio se estende entre nós como se fosse uma mola distendida, tensa e frágil. Quanto mais a situação se prolonga, pior fica. Até que, quando Flint por fim termina de ler a lista, já estou quase surtando.

Sei que ele está sentindo a mesma coisa, porque esse garoto diante de mim não é o mesmo que brincou comigo quando entramos na sala de aula hoje. Sua voz está mais contida; sua atitude, mais hesitante. Até mesmo sua postura mudou. Ele parece menor e menos autoconfiante do que jamais o vi, quando anuncia:

— Os túneis também estão nesta lista.

As palavras pairam no ar, assombrando o espaço entre nós.

— Eu sei.

— Posso ir até lá sozinho, se quiser. — Ele pigarreia, arrasta os pés e não olha diretamente para mim. — Você pode fotografar alguma outra coisa na lista e posso ir até os túneis e tirar as fotos de que o sr. Damasen precisa.

— Não posso tirar fotos sozinha. Perdi o meu celular no meio de toda a... — Em vez de verbalizar em voz alta, agito a mão no que espero que ele entenda que estou me referindo à situação de virar uma gárgula.

— Ah, sim. — Ele pigarreia pelo que parece a quarta vez em um minuto. — Bem, posso ir sozinho até os túneis. Você pode esperar aqui e depois podemos fazer as fotos do resto do castelo.

Faço um gesto negativo com a cabeça.

— Não vou obrigar você a fazer isso.

— Você não está me obrigando a fazer nada, Grace. Eu me ofereci.

— Bem, não pedi que você se oferecesse. Sou eu que estou conseguindo uma nota com isso, afinal de contas.

— É verdade, mas fui eu que agi como um cuzão. Por isso, se não se sentir à vontade em descer até aqueles malditos túneis comigo, vou entender. Está bem?

Aquelas palavras me abalam. Fico um pouco chocada pela súbita *mea culpa*, mas também um pouco irritada pela petulância, como se houvesse algo errado com o fato de eu querer me proteger. Mesmo ciente de que ele pensava não ter escolha, mesmo ciente de que ele provavelmente não poderia ter matado Lia sem dar início a uma guerra entre dragões e vampiros... Nada disso o absolve de suas ações.

— Quer saber de uma coisa? Você foi mesmo um cuzão. Mais do que um cuzão, na verdade. Sou eu que ainda tenho cicatrizes no corpo por causa das suas garras. Então, por que diabos *você* é quem fica aí com essa cara toda triste e ofendida? Foi você que agiu como um amigo horrível, não eu.

As sobrancelhas dele baixam.

— E acha que não sei disso? Acha que não passei cada dia desses últimos quatro meses pensando em todas as maneiras com que a magoei e a prejudiquei?

— Sinceramente, não sei o que você andou fazendo nesses quatro meses. Eu estava transformada em uma maldita estátua, caso tenha esquecido.

E, com isso, todo o ardor de Flint parece se desfazer no ar e seus ombros murcham.

— Não esqueci. E é de fato uma droga.

— Com certeza é uma droga. Tudo isso é uma droga. Achei que você fosse meu amigo. Achei que...

— Eu era seu amigo. Eu sou seu amigo, se você permitir que eu seja. Sei que já pedi desculpas e sei que não há nada que possa dizer ou fazer para reparar o que fiz... Não importa quantos castigos Foster tenha me dado. Mas juro, Grace, nunca mais vou fazer nada como aquilo. Juro que nunca mais vou machucar nem magoar você.

Não são aquelas palavras que me convencem a lhe dar outra chance, embora sejam bem persuasivas. É a maneira como ele as diz, como se a nossa amizade realmente importasse para ele. Como se sentisse a minha falta tanto quanto estou descobrindo que sinto a dele.

É porque sinto a falta dele, porque não quero acreditar que todos aqueles momentos que foram importantes para mim não tenham sido importantes para ele também, que cometo o meu pior erro. Em vez de mandá-lo para o inferno, em vez de dizer que é tarde demais para isso e que nunca vou lhe dar outra chance, eu digo:

— É melhor que seja verdade. Porque, se você fizer algo como aquilo outra vez, não vai nem precisar se preocupar em me matar. Porque, juro, eu mesma vou matar você primeiro.

O rosto de Flint se abre naquele sorriso ridículo ao qual nunca consegui resistir.

— Combinado. Se eu tentar te matar de novo, você vai ter o direito de tentar me matar também.

— Não tem essa coisa de tentar — eu o rebato, com o meu olhar assassino mais fajuto. — Somente a morte. A sua morte.

Ele coloca a mão sobre o coração, fingindo que está horrorizado.

— Sabe de uma coisa? Você diz isso com muita convicção. Tenho até a impressão de que está falando sério. — E o seu sorriso fica ainda maior.

— Estou falando sério mesmo. Quer que eu prove?

— De jeito nenhum. Eu estava naquele corredor no dia em que você se transformou em pedra. Vi o que aconteceu com Hudson — diz Flint. — Você se transformou numa guerreira, Grace.

— Correção: eu sempre fui guerreira. O problema é que você estava ocupado demais querendo me matar para perceber. — É difícil empinar o nariz e olhar de cima para alguém que é mais alto do que eu, mas aqui, neste momento com Flint, me orgulho em afirmar que consegui.

— Estou percebendo agora — comenta ele, agitando as sobrancelhas. — E estou gostando bastante.

Suspiro.

— Ah, sim. Bem, não vá gostar demais, hein? Isso aqui... — eu digo, apontando para mim e para ele repetidamente — ... Ainda não é definitivo. Portanto, tome cuidado para não estragar tudo.

Ele leva as mãos aos quadris, numa postura em que parece que está se preparando para levar um golpe sem se defender.

— Pode deixar comigo — diz ele. E parece estar falando sério.

Continuo olhando fixamente nos olhos dele e, em seguida, faço que "sim" com a cabeça; o sorriso que venho lutando para esconder desde que o revi enfim chega aos meus olhos.

— Ótimo. Agora, podemos voltar a nos concentrar no projeto? Ou vamos passar o dia inteiro aqui falando sobre os nossos sentimentos?

— Nossa! — Ele me encara com um olhar assustado totalmente fajuto. — É só uma garota se transformar em gárgula que o seu coração fica duro e frio feito pedra.

— Nossa! — Retribuo aquele olhar com outro. — É só um garoto se transformar em um dragão que ele começa a agir de um jeito bem ridículo.

— Isso não acontece só quando viro dragão, neném. Sou assim mesmo.

Reviro os olhos, mas não consigo me impedir de sorrir ante o jeito bobo de Flint. É realmente ótimo poder fazer essas brincadeiras com ele de novo.

— Detesto ter que lhe dizer isso, neném, mas tenho certeza de que você é assim em qualquer forma.

Flint finge que vai desmaiar e aproveito a oportunidade para arrancar a lista de assuntos a fotografar das suas mãos. Sei com exatidão que, se eu não colocar o garoto para trabalhar, não vamos terminar isso nunca. E, como preciso de todos os pontos que puder conquistar nessa matéria, seria bom irmos andando.

Só que, ao reexaminar a lista — e desta vez com a cabeça bem mais relaxada —, percebo que temos um problema enorme.

— Algumas das coisas que ele quer que a gente fotografe ficam num lugar muito alto. Não vamos conseguir fotos boas o suficiente para serem usadas na pesquisa.

Mas Flint apenas pisca o olho para mim, com aquele sorriso malandro enorme no meio da cara.

— Você se lembra de que dragões sabem voar, não é?

Ah, que diabos. Nada disso. Faço um gesto negativo com a cabeça.

— Desculpe, mas a nossa árvore da confiança ainda é só um raminho. Não vou deixar que você me leve tão alto.

Ele ri.

— Tudo bem, sua estraga-prazeres. Vamos nos concentrar nas fotos fáceis hoje. Mas, algum dia desses, e não vai demorar, vou levar você para voar comigo.

Estremeço e quase o lembro que ele já me levou para voar uma vez, presa em suas garras. Mas não quero quebrar a nossa trégua recém-formada.

— Você vai ter que me dar ótimas razões para que eu tope um pedido desse tipo.

— Vivo para servi-la, minha senhora — diz ele, curvando-se em uma mesura elaborada e só consigo rir daquilo. Ele é tão ridículo que é difícil levá-lo a sério.

Até tento empurrá-lo pelo ombro, mas acho que talvez ele seja a gárgula aqui. Flint definitivamente é rígido o bastante a ponto de ser feito de pedra.

— Vamos lá, me dê o seu celular e vamos começar logo com isso, seu pateta — digo, brincando, e Flint rapidamente me entrega o seu celular. Mas, quando viro para o outro lado, percebo que Jaxon nos observa com olhos que se transformaram em gelo negro.

Capítulo 12

#CLUBEDALUTADASFACÇÕES

— A aula de vocês já terminou? — questiona Jaxon, me encarando com um ligeiro olhar que pergunta "que merda é essa?".

— Ah, não. — Dou um bom passo para longe de Flint, não porque Jaxon fez ou disse algo que me causou algum desconforto, mas porque consigo imaginar como me sentiria se estivesse andando pela escola e o encontrasse abraçado com uma garota-dragão atraente e encantadora. Mesmo que fosse algo totalmente inocente. — A turma está fazendo prova, e Flint foi dispensado. Por isso, o professor pediu que ele me ajudasse com um trabalho que posso fazer para ganhar os mesmos pontos.

Flint encosta casualmente o ombro na enorme parede de pedra, cruzando os braços e os tornozelos como se não se importasse com nada no mundo. O olhar de Jaxon continua fixo em mim.

— Que maravilha. Assim você não precisa se preocupar com os trabalhos que deixou de fazer, não é mesmo? — pergunta Jaxon, lançando um sorriso que não chega até os seus olhos. Mas pode ser que eu esteja sendo paranoica à toa.

— Isso mesmo. Só espero que todos os professores sejam tão tranquilos em relação a isso quanto o sr. Damasen.

— Damasen? — repete Jaxon, com uma risada de surpresa. — Acho que esta é a primeira vez que ouço alguém o chamar de "tranquilo".

— Não é? — intervém Flint. — Falei a mesma coisa para ela. Aquele cara é um monstro.

Jaxon não responde. Na verdade, ele nem olha para Flint. Constrangedor? Nem um pouco.

— Bem, eu gostei dele. Digo... Claro, ele fala alto demais, mas não sei qual é o problema que as pessoas têm com ele.

— Ele é um gigante.

— Percebi, mesmo. — Meus olhos se arregalam quando me lembro do professor de arquitetura. — Acho que ele é a maior pessoa que já vi.

— Porque ele é um gigante — reitera Jaxon e, desta vez é impossível não perceber a ênfase que ele coloca na última palavra.

— Espere aí... — Sinto a minha mente trabalhar para internalizar o que ele está dizendo. — Quando você diz "gigante", não está só dizendo que ele é "um ser humano grande". Ele é...

— Um gigante. — O que resta daquela frieza em seus olhos se derrete e é substituído pelo olhar de alguém que está se divertindo com a situação. E isso finalmente dissipa a tensão nos meus ombros.

— Tipo aquele gigante que diz... "Fi-fa-fo-fum, estou sentindo o cheiro de um inglês"?

— Eu diria que é algo mais próximo de um gigante que devora bebês, mas acho que a referência a *João e o Pé de Feijão* sirva.

— É verdade? — Balanço a cabeça, enquanto procuro assimilar essa revelação.

— É verdade, Grace — reitera Flint. — Damasen é um gigante. Tem uma pilha enorme de ossos de alunos-problema em seu apartamento para provar.

Viro a cabeça com brusquidão na direção de Flint.

— O quê?

— Mas não se preocupe. Foster não o deixa comer nenhum dos bons alunos, então você não vai ter problemas.

Flint se esforça para manter a expressão séria enquanto eu o encaro, horrorizada. Mas, no fim das contas, ele não consegue. Começa a sorrir, mas, no instante em que aperto os olhos para encará-lo, o sorriso se transforma numa gargalhada.

— Ahhh, meu Deus! Você devia ter visto a sua cara. — Flint olha para Jaxon como se quisesse compartilhar a piada, mas Jaxon não se preocupa em lhe dar atenção. O que se parece com uma expressão de tristeza invade discretamente o olhar de Flint, mas ele tenta esconder o sentimento com um sorriso enorme, que fico me perguntando se cheguei realmente a perceber.

— Você é terrível! — digo a Flint e o cutuco com uma cotovelada. — Como foi capaz de fazer uma coisa dessas comigo?

Olho para Jaxon.

— Damasen é mesmo um gigante?

— Sim, ele é um gigante. Mas... Não, ele não come pessoas.

Ele faz uma pausa e por fim mira Flint.

— Pelo menos, não mais.

— Não mais? — Eu me encolho, horrorizada, até perceber o indício de um sorriso no canto do olho de Jaxon. — Meu Deus. Isso não foi nem um pouco legal. Por que vocês dois estão me zoando desse jeito?

— Achei que essa fosse a minha função, já que sou seu namorado — cutuca Jaxon, mas está sorrindo.

— Me matar de susto?

— Não. Zoar com a sua cara. — Ele estende a mão e enrola um dos meus cachos ao redor do dedo.

— Tenho certeza de que ele só está tentando se autoafirmar, Grace. — Flint coloca um braço descuidado ao redor do meu ombro e encara Jaxon com um olhar que até eu percebo ser totalmente provocador. — Ele não ficou muito feliz ao descobrir que talvez você aceite sair comigo.

— Flint! — O meu queixo cai pela segunda vez em poucos minutos. — Por que disse isso? — Eu me viro para Jaxon. — Ele está se referindo ao dragão. Ele está falando sobre dar uma volta no dragão.

Flint agita as sobrancelhas.

— Exatamente.

Fico tão constrangida com a minha própria frase de duplo sentido, totalmente sem intenção, que tenho certeza de que as minhas bochechas estão da mesma cor de duas beterrabas.

— Flint, pare com isso.

Nem consigo fazer com que ele esclareça as coisas, porque, com a rapidez de um relâmpago, Jaxon avança e acerta um soco bem na boca de Flint.

Capítulo 13

UM SOCO A MAIS NÃO FAZ MAL

Durante vários e longos segundos, o mundo inteiro parece se mover em câmera lenta.

A cabeça de Flint chicoteia com tanta força que ele dá vários passos para trás, tentando não perder o equilíbrio.

Nesse tempo, Jaxon baixa o braço e inclina a cabeça só um pouco, encarando Flint com os olhos estreitados, enquanto espera para ver o que o seu ex-melhor amigo decide fazer.

E fico ali no meio de ambos, com a cabeça indo de um lado para outro, enquanto tento descobrir o que devo fazer na sequência. Gritar com Jaxon? Gritar com Flint? Apenas ir embora e deixar que os dois se matem? Fala sério... Aff, maldita testosterona.

Antes que eu consiga tomar uma decisão, Flint se endireita. Prendo a respiração, à espera de que ele parta para cima de Jaxon ali mesmo, no meio do corredor. Mas, como sempre, ele me surpreende. Em vez de atacar com as mãos, punhos ou fogo, ele simplesmente toca o lábio e enxuga o sangue, enquanto encara Jaxon com um brilho cruel no olhar que eu não sou capaz de identificar.

Quando ele enfim fala, as palavras são tão inesperadas quanto o restante da sua reação.

— Isso é novidade, Vega. Você nunca foi o tipo de cara que soca alguém que está desavisado.

Jaxon se limita a elevar uma sobrancelha.

— Talvez você devesse repensar isso, Montgomery. Não pode ser considerado sem aviso quando se sabe o que está para acontecer. Ou quando provoca isso deliberadamente.

Flint ri, mas não desvia o olhar. Jaxon também não; ambos estão se encarando de novo. Há tanta tensão entre esses dois que sinto que posso acabar sendo arrastada ladeira abaixo, também. Fico parada, tentando entender o que está de fato acontecendo, o que eu perdi. Porque definitivamente perdi alguma coisa. Até que decido que não me importo. Se os dois querem sair por aí batendo no peito e surrando um ao outro, não os vou impedir. Mas, com certeza, também não vou ficar aqui assistindo a isso.

— Querem saber de uma coisa? Enquanto vocês dois resolvem seus assuntos — informo, apontando para um e depois para outro, várias vezes —, eu vou terminar o meu trabalho. Depois devolvo o seu celular, Flint.

Eu me viro para ir embora sem dizer nada específico para Jaxon, e isso parece ser o que finalmente atrai sua atenção. Ele me alcança e interrompe o meu passo indignado, passando o braço ao redor da minha cintura e me trazendo para junto de si.

— Você não precisa pegar o celular dele — anuncia Jaxon, com os lábios junto à minha orelha.

É a coisa errada para me dizer neste momento, e a olhada que lanço para ele expressa exatamente isso.

— Vou só dar uma volta com o celular dele, Jaxon, e não "dar uma volta no dragão" dele. Faço gestos para indicar que estou falando entre aspas, só para enfatizar o quanto isso é ridículo. — Não tem nada de mais com isso.

Jaxon suspira.

— Não me importo se você vai usar o celular de Flint ou não. Só achei que talvez você quisesse usar o seu próprio aparelho. — Ele leva a outra mão ao bolso para tirar um celular do bolso frontal da mochila e, em seguida, o entrega para mim.

Fito o aparelho e depois Jaxon.

— Este não é o meu celular. O meu tem uma capinha com imagens de praia e... — Paro de falar quando me dou conta do que está acontecendo. — Espere aí. Está dizendo que comprou um celular novo para mim?

Ele me encara com uma expressão que significa "é óbvio".

— Quando foi isso? Eu estava tentando descobrir onde ia encontrar um aparelho, já que moramos neste fim de mundo. E agora você conseguiu encontrar um celular para mim em uma hora, enquanto fazia uma prova? Como isso é possível?

Ele dá de ombros.

— Não sei. Porque moro aqui há mais tempo? Porque conheço todos os truques?

— É claro que conhece. Mas você podia simplesmente ter me ensinado os seus truques. Assim, poderia ter conseguido o meu próprio celular.

— Não me importo em comprar um celular para você, Grace. Considere um presente pelo seu retorno.

— Você já me deu um presente pelo meu retorno. Você. — Apoio a cabeça no ombro dele, encostando o nariz naquela garganta forte e morna, enquanto tento descobrir o que quero dizer. Ele ainda cheira a laranja e água fresca e, quando eu inspiro aquela fragrância, sinto que a ansiedade no meu estômago se acalma. E eu nem sabia que ela estava ali.

— Acho que não quero que você pense que tem que me comprar coisas. Porque não precisa fazer isso. — Eu me afasto um pouco a fim de encará-lo nos olhos. — Sabe disso, não é?

Ele balança a cabeça e me contempla com uma expressão confusa.

— Ah... está bem.

Flint ainda está por perto e provavelmente nos observa à medida que nos afastamos. Assim, Jaxon me puxa para uma alcova que fica a alguns metros mais adiante.

— Por que está dizendo isso?

Procuro pelas palavras certas quando me dou conta, mais uma vez, de que nos conhecemos muito pouco.

— Não fui criada com tanto dinheiro para gastar quanto você. Aquele pingente, agora...

Observo o celular que ainda está na mão dele.

— E agora um iPhone novinho. Isso é demais e não quero que pense que estou com você só por causa das coisas que pode comprar para mim.

— Esta é uma frase bem complexa, então vou precisar de alguns minutos para destrinchá-la. Mas antes disso...

Jaxon guarda o celular novo no bolso do meu casaco e pega da minha mão, sem resistência da minha parte, o celular de Flint. Ele se inclina para fora da alcova e surge no corredor outra vez.

— Ei, Montgomery! — Jaxon espera até que Flint se vire a fim de olhá-lo com uma expressão de curiosidade no rosto e grita: — Pense rápido!

Em seguida, lhe arremessa o celular numa trajetória perfeita em arco. Flint responde mostrando o dedo médio enquanto pega o aparelho, o que faz Jaxon rir.

Juro que nunca vou conseguir entender esses dois.

Ele ainda está rindo quando volta a me observar e, por um momento, não consigo deixar de pensar no garoto que conheci, quatro meses atrás. Ele nunca ria, nunca sorria e definitivamente nunca fazia brincadeiras. Escondia o coração por trás de uma carranca e a cicatriz por trás dos cabelos compridos. Olhe só para ele agora.

Não tenho a pretensão de achar que sou responsável por tudo aquilo, mas fico grata por poder ajudar a tirá-lo da escuridão em que ele se encontrava. Por poder salvar Jaxon tanto quanto ele me salvou.

— Certo. Bem... Agora, vamos voltar ao que você estava dizendo — anuncia Jaxon, enquanto continuamos a caminhar e adentramos um corredor que vai culminar na porta principal da escola. — Em primeiro lugar, sei que isso parece uma atitude bem arrogante, mas é assim que as coisas são. Dinheiro não é um assunto sobre o qual eu pense muito. Já vivi por muito tempo e tenho muito dinheiro, as coisas são simplesmente assim. E você pode não achar, mas, para ser sincero, até que me contive bastante nesses últimos tempos.

Levo a mão ao bolso e pego o celular de mais de mil dólares que ele acabou de me dar.

— Isso é você se contendo?

— Você não faz ideia do quanto. — Ele dá de ombros num gesto discreto, algo que considero incrivelmente sexy. — Eu lhe compraria o mundo, se você deixasse.

Começo a fazer uma piada, alegando que ele já fez isso, mas o olhar de Jaxon é sério demais para isso. Assim como quando ele segura na minha mão, como se fosse uma corda em um penhasco. Por outro lado, é assim que me sinto em relação a ele, esse garoto que faz com que eu sinta tantas coisas, o tempo todo.

— Jaxon...

— Sim?

— Nada — digo, balançando a cabeça. — Somente "Jaxon".

Ele sorri e, quando nossos olhares se cruzam, juro que me esqueço de como se respira. Não consigo pensar direito até que ele diz:

— Venha, vamos tirar logo algumas dessas fotos antes que o sinal toque.

— Ah, é mesmo. As fotos.

— Você está superanimada, hein? — Ele me olha de lado, enquanto viramos em um dos corredores e suas duas sobrancelhas estão erguidas. — Elas são importantes, não? Ou estava pensando em dar um passeio com Flint para fazer outra coisa?

— O quê? — Viro a cabeça bruscamente, pronta para dar uma bronca nele, mas percebo que ele está rindo bem baixinho. — Aff. Você fez isso de propósito!

— Fiz o quê? — questiona ele, com um ar todo inocente, à exceção daquele brilho malandro nos olhos que Jaxon nem tenta esconder.

— Você é um... — Tento me afastar, mas ele passa o braço ao redor dos meus ombros e me segura com força junto de si. O que me deixa apenas com um curso de ação: eu lhe acerto com o cotovelo bem na barriga.

Claro, ele nem se abala. Simplesmente ri mais alto e responde:

— Eu sou um...?

— Nem sei mais. Eu só... — Balanço a cabeça e jogo os braços para cima. — Nem sei o que devo fazer com você.

— É claro que sabe.

Ele se aproxima para me beijar e aquilo deveria parecer a atitude mais natural do mundo. Estou apaixonada por esse garoto, ele está apaixonado por mim e, com certeza, adoro beijá-lo. Mas, no instante em que a sua boca se aproxima, o meu corpo inteiro se enrijece, como se tivesse vontade própria. Meu coração começa a bater mais rápido — mas não de um jeito agradável — e o estômago começa a embrulhar.

Tento esconder a reação, mas quem está comigo é Jaxon e ele sempre percebe mais do que eu quero que ele perceba. Assim, em vez de me beijar do jeito que sei que ele deseja, Jaxon vira um pouco para o lado e dá um beijo suave na minha bochecha.

— Desculpe — peço a ele. Detesto o que está acontecendo dentro de mim; detesto que não conseguimos continuar do ponto onde paramos, há quatro meses.

E odeio ainda mais o fato de ser eu quem está abrindo esse abismo entre nós dois, quando Jaxon vem agindo de um jeito impecável.

— Não se desculpe. Você passou por momentos muito difíceis. Posso esperar.

— Mas é esse o problema. Você não devia ter que fazer isso.

— Grace... — Ele encosta a mão no meu rosto. — Você passou cento e vinte e um dias transformada em pedra a fim de manter a salvo todo mundo aqui. Se acha que não posso esperar o tempo que for necessário até que se sinta confortável para estar comigo outra vez, então você não faz a menor ideia de quanto eu a amo.

Sinto a respiração ficar presa na garganta, junto ao meu coração e possivelmente à minha alma também.

— Jaxon... — Mal consigo fazer com que o nome dele passe pelo nó logo acima das minhas cordas vocais.

Mas ele simplesmente balança a cabeça.

— Esperei uma eternidade por você, Grace. E posso esperar um pouco mais.

Eu me inclino para a frente à procura de beijá-lo e, quando isso acontece, a doçura entre nós se transforma em outra coisa. Algo que faz minhas palmas suarem e o medo tomar conta da minha garganta.

Capítulo 14

É TUDO CENA DELA

Meu estômago se revira, meus olhos se enchem de lágrimas e eu me esqueço de como se respira.

Porque o problema não é quanto tempo Jaxon vai esperar, mas sim se algum dia vou estar pronta para ele de novo. Se vou conseguir encontrar o caminho de volta para junto desse garoto lindo que roubou o meu coração tão facilmente. Tão completamente.

E não consigo deixar de imaginar o que de fato há dentro de mim, que faz com que eu me sinta assim. Sim, houve algumas vezes antes em que ouvi uma voz me avisando sobre perigos, dizendo-me o que devia fazer em situações em que estava completamente perdida. Situações nas quais nunca imaginei estar.

Em tais momentos, tinha certeza de que a voz não era somente formada por pensamentos aleatórios, por coisas pescadas a esmo do meu inconsciente e que a minha mente ainda não havia registrado até o momento. Mas agora começo a me perguntar: será que essa era a minha voz de gárgula? Flint comentou, certa vez, que o seu dragão era uma entidade consciente, que tinha seus próprios pensamentos, totalmente separados daqueles que ele tinha quando estava na forma humana. Será que com as gárgulas acontece o mesmo?

Vindo de lugar nenhum, uma raiva irracional começa a crescer dentro de mim. Direcionada à gárgula que está dentro de mim. A Lia e Hudson. Ao próprio destino, por orquestrar tudo que nos trouxe até aqui.

Abro a boca para dizer que não sei o que poderia explicar esses sentimentos estranhos que se digladiam dentro de mim, mas Jaxon apenas balança a cabeça antes que eu consiga pronunciar qualquer palavra.

— Está tudo bem.

— Não está...

— Está, sim — responde ele com firmeza. — Você voltou há quatro horas. Por que não pega mais leve consigo mesma?

Antes que eu consiga responder, o sinal da aula toca outra vez.

Segundos depois, alunos trajados com o roxo e o preto dos uniformes de Katmere preenchem as áreas comuns. Eles passam longe de nós; Jaxon está comigo, então isso não me surpreende. Mesmo assim, não quer dizer que não estejam nos observando. Que não estejam sussurrando às escondidas quando passam, olhando fixamente para nós como se fôssemos manequins em uma vitrine.

Jaxon se afasta com relutância.

— Qual é a sua próxima aula? — pergunta ele, soltando a minha mão.

— Artes. Eu ia passar no meu quarto para colocar umas roupas mais pesadas para seguir pela trilha, lá fora.

— Ótimo. — Ele dá um passo para trás, com os olhos escuros cheios de compreensão. — Me diga quando estiver planejando pegar o atalho. Você não precisa fazer isso sozinha. Pelo menos, não na primeira vez.

Começo a dizer que não há problema em fazer isso, mas me contenho. Porque há um enorme problema.

E porque não quero descer até lá sozinha agora, não quero passar pelo pórtico que leva até o lugar onde quase fui transformada em sacrifício humano — cortesia de Lia, aquela assassina, e do seu namorado ainda mais assassino, Hudson.

Um berro muito alto soa a vários metros de distância, assustando-nos e fazendo com que nos afastemos.

— AHHHHHH! GRAAAAAAAAAAAAAACE.

Como eu reconheceria esse berro em qualquer lugar, olho para Jaxon com uma expressão pesarosa e dou dois passos para trás, logo antes da minha prima Macy se chocar violentamente contra mim.

Ela joga os braços ao redor de mim como se fosse um polvo e fica dando pulinhos sem parar, enquanto fala com a voz esganiçada:

— Você voltou de verdade! Eu não queria acreditar até que a visse com meus próprios olhos. Eu estava revirando a escola inteira à sua procura.

Jaxon pisca para mim e forma as palavras *me mande uma mensagem mais tarde* com os lábios antes de se misturar com a multidão que transita por ali.

Concordo com um aceno de cabeça antes de me virar para abraçar Macy, chegando até mesmo a ponto de acompanhá-la nos pulinhos. E, quando ela me envolve naquele abraço gigantesco, não consigo deixar de me sentir grata; não consigo deixar de pensar em como senti sua falta, embora eu não soubesse o quanto até este instante.

— Como você está? Está tudo bem? Como está se sentindo? Sua cara está ótima! Qual é a aula que você tem agora? Será que pode faltar? Tenho quase um balde de sorvete Ben & Jerry's guardado na geladeira do meu pai; estou guardando os potes há semanas, só esperando até você voltar.

Ela se afasta e sorri para mim e, em seguida, me abraça com ainda mais entusiasmo.

— Estou muito feliz por você ter voltado, Grace. Senti muita saudade.

— Também estava com saudade, Macy — replico, quando ela enfim me solta. E porque não faço a menor ideia de a que entre aqueles oito milhões de perguntas e comentários devo responder primeiro. Assim, digo a primeira coisa que pipoca na minha cabeça. — Você mudou o cabelo.

— O quê? Ah, sim. — Ela sorri para mim, enquanto passa a mão pelos cabelos curtos, que agora estão pintados de rosa. — Fiz isso há umas semanas, quando estava sentindo saudade de você. Tipo uma homenagem, saca?

Claro que é uma homenagem, porque ela ainda acha que rosa-choque é a minha cor favorita.

— Está fabuloso — eu digo a ela, porque é verdade. E porque ela é mesmo a melhor prima e amiga que uma garota poderia querer.

— E, então, qual é a sua próxima aula? — pergunta Macy, puxando-me pelo saguão, rumo à escadaria. — Porque acho que você deveria cabular essa aula e vir até o quarto para a gente conversar.

— Você não tem aula, também?

— Sim, mas é só uma revisão para a prova de sexta. — Ela faz um gesto no ar. — Não tem problema se eu faltar a essa aula para ficar com a minha prima favorita.

— Entendo, mas a sua prima favorita tem aula de artes agora e não acho que seria uma boa ideia faltar. Preciso descobrir se tem alguma coisa que posso fazer para compensar todo o tempo que perdi. Não estou preparada para repetir o último ano do ensino médio — explico, encarando-a com um certo pesar.

— Se quiser a minha opinião, você não deveria ter que compensar nada. Afinal de contas... salvar o mundo deveria lhe dar nota dez em tudo, eternamente.

Eu rio, porque é impossível não rir quando Macy está empolgada. E ela definitivamente está empolgada agora.

— Eu não chamaria isso de salvar o mundo, exatamente.

— Você se livrou de Hudson, não foi? É quase a mesma coisa.

Meu estômago se retorce. É exatamente esse o problema. Não sei se consegui me livrar de Hudson ou não. Não sei se ele está morto ou escondido em algum canto, planejando suas próximas ações para dominar o mundo, ou se está preso em algum lugar entre esses dois pontos. E, até que eu tenha certeza, não acho muito certo deixar que as pessoas pensem que alguma ação minha ajudou a "salvar o mundo".

Pelo que sei, só piorei as coisas.

— Não faço a menor ideia de onde Hudson está agora — confesso, após certo tempo.

Os olhos dela se arregalam, mas Macy se recompõe e reabre um sorriso.

— Ele não está aqui e isso já é o suficiente para mim. — Ela me abraça outra vez, mas com um pouco menos de entusiasmo desta vez. — E, então, o que acha? Que tal um pote de sorvete no quarto?

Dou uma olhada no celular que Jaxon me deu e percebo que só tenho quinze minutos para chegar até a aula de artes agora. E quero muito ir para a aula, por mais tentador que seja jogar tudo pro ar e ir para o nosso quarto, para que Macy me atualize sobre tudo o que aconteceu nesses últimos meses.

— E se a gente fizer assim? — sugiro, enfiando o celular de volta no bolso. — Vou para a aula de artes, você vai para a sua última aula e nós nos encontramos no quarto às cinco para tomar sorvete?

Ela ergue uma sobrancelha, olhando para mim.

— Você vai aparecer? Não vai me dar o cano e me trocar pelo chefe dos vampiros da escola, certo?

Desato a rir de novo, porque é claro que não vou fazer uma coisa dessas. Como posso não cumprir com o acordo quando Macy está agindo assim?

— Vou contar a Jaxon que você o chamou assim.

— Pode contar — responde ela, revirando os olhos. — Mas só depois que terminar com aqueles potes de sorvete. Tenho um monte de novidades para te contar. Além disso, quero saber como é ser uma gárgula.

Eu suspiro.

— Pois é, eu também queria saber.

— Ah, é mesmo. Meu pai disse que você estava com problemas de memória. — O sorriso de Macy se desfaz, mas apenas por um segundo antes que ela deixe aquilo de lado. — Mas tudo bem. Você pode me contar como foi se reencontrar com o seu consorte.

Os olhos dela assumem um ar sonhador.

— Você teve muita sorte em encontrar Jaxon tão jovem. A maioria de nós tem que esperar muito mais.

Consorte. A palavra soa como um gongo dentro de mim, reverberando em cada canto do meu ser. Não tinha pensado nisso desde que voltei. Mas agora que Macy tocou no assunto, tenho um milhão de perguntas a respeito. Tipo... Eu sei que Jaxon é o meu consorte, mas sempre foi uma coisa mais abstrata. Só aprendi o termo antes de me transformar em gárgula e não tive tanto tempo assim para pensar a respeito depois que fiquei aprisionada em uma pedra.

Como a ideia de não saber muito a respeito me causa certo desconforto, decido ignorar a palavra — e os sentimentos em relação a ela — até ter tempo para conversar a respeito com Macy e Jaxon. Ou, pelo menos, até ter tempo de correr até a biblioteca e pesquisar.

— Preciso ir mesmo — digo a Macy e, desta vez, sou eu quem a abraço. — Senão vou me atrasar para a aula de artes.

— Tudo bem, tudo bem. — O abraço dela é tão entusiasmado como sempre. — Mas vou estar no quarto, com os potes de sorvete, exatamente às quinze para as cinco. E espero ver você lá.

— Palavra de escoteiro. — Ergo a mão no que penso ser uma reprodução fiel da saudação com os três dedos.

Macy não fica muito impressionada. Ela simplesmente faz um gesto negativo com a cabeça e diz:

— Não deixe que Jaxon a convença a fazer alguma travessura até lá.

— Travessura? — repito, porque, quando tenho a impressão de que Macy não pode agir de um jeito mais ridículo (e mais fabuloso, também), ela consegue me fazer mudar de ideia.

— Você sabe exatamente do que estou falando. — Ela agita as sobrancelhas de um jeito bem sugestivo. — Mas, se quiser, posso falar com todas as palavras, bem aqui no meio do saguão. Não deixe que Jaxon a leve para sua torre para vocês fazerem...

— Está bem, já entendi! — informo a ela, enquanto sinto as bochechas arderem.

Mas ela verbalizou aquela última parte alto o bastante para ser ouvida até a torre de Jaxon. Como resultado, há um monte de risadinhas por todos os lados.

— Artes. Vou para a aula de artes agora.

Mas, enquanto vou até o meu quarto a fim de me trocar e depois correr pela porta e encarar o ar gelado de março, não consigo deixar de imaginar se Jaxon vai tentar aprontar alguma "travessura" comigo outra vez. E por que a minha gárgula é contrária a isso.

Capítulo 15

VAMOS BRINCAR DE ENCONTRAR
O MANÍACO HOMICIDA

A aula de artes corre muito bem; a dra. MacCleary diz que não preciso me preocupar em fazer os dois primeiros trabalhos do semestre e me passa o terceiro: uma pintura que reflita quem eu sou por dentro. E como a arte sempre foi a perspectiva que me ajudou a entender o mundo, esse é com certeza um trabalho ao qual vou conseguir me dedicar.

Normalmente, passaria um bom tempo planejando a composição e as fontes de luz, mas depois de passar uma hora inteira rabiscando um monte de coisas sem sentido, decido: dane-se. Pego um pincel e passo a última meia hora da aula deixando que o meu inconsciente tome as rédeas da tela. E o que ele cria — pelo menos por enquanto — é um fundo com um redemoinho azul-escuro que seria o resultado caso Van Gogh e Kandinsky tivessem um filho.

Não é meu estilo habitual, mas namorar com um vampiro e me transformar em gárgula também não são, então vou simplesmente aceitar o que vier.

Em determinado momento, preciso esperar que algumas das cores sequem um pouco. Assim, pego o meu notebook da mochila, entro na conta do meu provedor e ativo o meu novo celular. Minutos depois, dúzias de mensagens de texto começam a encher a minha tela.

Começo a passar as mensagens de texto de Heather que começam como "E aí, como você está?", e depois leio outras com um tom cada vez mais preocupado, até um último e triste "Espero que você não tenha me mandado mais mensagens porque está ocupada demais com a nova escola. Mas saiba que estou aqui se você precisar de uma amiga. E eu adoraria receber uma mensagem só para saber que você está viva".

Sou oficialmente a pior amiga de todos os tempos. Minhas mãos estão até tremendo um pouco quando, enfim, mando a Heather algumas mensagens que devia ter enviado há muito tempo.

Eu: Mds, me desculpe. Desculpe meeeeeesmooo!

Eu: É uma longa história. Perdi o meu celular e o Alasca fica inacessível no inverno.

Eu: Acabei de pegar um celular novo e realmente peço desculpas. Vamos conversar no FaceTime esta semana?

Não sei mais o que posso dizer além de *eu realmente mereço o prêmio "amiga de merda"*. Detesto não poder revelar a verdade a ela, mas detesto ainda mais a ideia de perdê-la. Só espero que ela responda à minha mensagem.

Guardo o celular na mochila e volto a me concentrar na pintura, que penso ser o começo de uma sala ou algo parecido.

Fora isso, nada mais acontece na aula de artes — assim como no caminho de volta para o meu quarto no alojamento. Ainda bem. Assim... As pessoas ainda ficam me olhando quando eu passo, mas, em algum ponto da última hora e meia, decidi assumir aquela postura de dizer "dane-se" para mais do que apenas a minha arte. Quando passo por um bando de bruxas que nem se incomodam em baixar a voz quando falam de mim — uma prova de que garotas más existem em qualquer lugar —, simplesmente sorrio e mando um beijinho para elas.

Por que eu deveria me sentir constrangida, afinal de contas?

Chego ao quarto às 16h31 e calculo ter uns dez minutos para começar a fazer a minha lista de tarefas, intitulada "Encontrar o maníaco homicida", antes que Macy chegue. Mas, no instante em que abro a porta do nosso quarto, sou recebida por uma chuva de confetes.

Bato os pedaços de papel colorido quando fecho a porta atrás de mim, mas tenho certeza de que vou passar o restante da noite tirando os confetes dos meus cachos — talvez até mais tempo. E, mesmo assim, não consigo deixar de sorrir para Macy, que já está vestida com uma camiseta regata roxa e sua calça de pijama favorita — tingida ao estilo *tie-dye* com as cores do arco-íris, é claro. Ela tirou tudo o que havia na sua escrivaninha e a cobriu com um lençol (também tingido com as cores do arco-íris) antes de montar um piquenique com sorvete, pacotes de Skittles e latas de Dr. Pepper com canudos de caramelo.

— Pensei que, já que vamos celebrar o seu retorno, seria melhor fazer isso em grande estilo — explica Macy, piscando o olho. E aperta o "play" no seu celular, colocando *Watermelon Sugar*, de Harry Styles, para tocar, enchendo o quarto com a música.

— Dance! — ela grita, e eu danço, porque Macy consegue me influenciar a fazer todo tipo de coisa que eu nunca faria para mais ninguém. Além disso, a música me lembra tanto da minha primeira noite em Katmere que não consigo resistir. É insano pensar que isso aconteceu há quase quatro meses. Ainda mais insano é o fato de que, de algum modo, a sensação é de que isso aconteceu há muito mais tempo, mas também há tão pouco tempo.

Quando a música enfim termina, arranco os sapatos e desabo na cama.

— Ah... Nada disso. É hora das máscaras faciais. Comprei uns cremes e máscaras novos e estou louca para experimentar — pontua Macy, segurando na minha mão e tentando me puxar para fora da cama. Percebendo que me recuso a deixar que ela me puxe, ela suspira e vai até a pia do banheiro. Em seguida, vira o rosto para trás e diz: — Vamos lá. Uma de nós passou quase quatro meses transformada em pedra.

— Como assim? — pergunto, quando um pensamento horrível me ocorre. — Ser gárgula faz alguma coisa com a pele?

Macy baixa o conjunto de produtos dermatológicos que está examinando como se fossem um mapa para encontrar o Santo Graal.

— Por que acha isso?

— Bem, já vi várias catedrais góticas. Gárgulas não são exatamente as criaturas mais bonitas que existem.

— Sim, mas você não está parecendo um monstro. — Macy parece ainda mais confusa, se é que isso é possível.

— E como sabe? Provavelmente tenho chifres, garras e sabe-se lá mais o quê. — Sinto um calafrio só de pensar no assunto e por saber que Jaxon me viu daquele jeito.

— Você tem chifres mesmo, mas eles são uma fofura.

Ergo o corpo, sentando-me na cama.

— Espere aí. Você me viu?

Não sei por quê, mas estou chocada com a revelação. Será que eles me deixaram à vista de todo mundo no meio do corredor ou algo do tipo? Sinto que o ar me falta quando outro pensamento horrível surge na minha cabeça. Será que isso significa que todas as garotas da escola têm a minha foto no celular?

— É claro que a vi. Você passou meses na sala dos fundos da biblioteca. E antes disso você estava no escritório do meu pai.

Sinto meus ombros relaxarem, aliviados. É claro. Faz muito mais sentido assim.

Aconselho a mim mesma para não perguntar o que quero saber, que isso não tem importância. Mas, no fim das contas, a curiosidade acaba vencendo e não consigo me conter.

— E como eu era?

— Como assim? Você parecia uma gárg... — Macy para de falar e seus olhos se estreitam, indignados. — Espere aí. Você está me dizendo que nem

Jaxon nem o meu pai lhe mostraram como você era quando estava transformada em gárgula?

— É claro que não me mostraram. E como poderiam ter feito isso, agora que eu sou... — Levanto as mãos e as giro de um lado para outro, mostrando que sou humana e não feita de pedra.

— É sério? — Macy revira os olhos. — Você acha que não tirei pelo menos uma dúzia de fotos suas? Da minha prima gárgula? Me poupe.

— Espere aí. Você tirou fotos de mim?

— É claro que tirei. Tipo... Você era a criatura mais incrível que existe. Por que eu não tiraria? Quer dar uma olhada? — pergunta ela, pegando o celular.

Sinto as borboletas no meu estômago acordarem por uma razão que não tem nada a ver com Jaxon ou com a Academia Katmere e tudo a ver com o que pode aparecer naquela foto. Sei que não deveria ficar preocupada com a minha aparência quando isso não tem tanta importância no plano mais amplo das circunstâncias, mas não consigo evitar. Aparentemente, tenho chifres.

— Sim. Quero ver, sim.

Fecho os olhos e estendo a mão em busca do celular.

Ao fazê-lo, respiro fundo, seguro o ar, conto até cinco e exalo com lentidão.

Em seguida, respiro fundo outra vez e faço a mesma coisa.

Quando finalmente estou pronta para ver a monstruosidade que está esperando por mim — ou tão pronta quanto possível, pelo menos —, abro os olhos e contemplo a minha foto.

Capítulo 16

NÃO HÁ NADA DE ERRADO
EM SER UM POUCO CHIFRUDA

O meu coração explode no instante em que vejo a foto selecionada por Macy, porque... Puta merda, sou mesmo uma gárgula. Acho que, pelo menos até agora há pouco, ainda havia um pedacinho de mim que não queria acreditar nisso.

Mas ali estou eu, praticamente esculpida em carrara. Ou qualquer que seja a pedra da qual as gárgulas são feitas.

E, mesmo totalmente chocada diante da revelação, até mesmo eu tenho de admitir que não chego nem perto de ser tão horrível quanto imaginei que seria.

Graças a Deus.

Na verdade, pelo que percebo, a minha aparência de gárgula não se parece tanto com um monstro. Na verdade, me pareço bastante... Comigo mesma. O mesmo cabelo longo e cacheado. O mesmo queixo pequeno e pontudo. Até os mesmos seios grandes e a pouca altura. Somente eu, mas feita de pedra cinza-claro.

Bem, há uns detalhes a mais, claro. Tipo dois pequenos chifres no alto da cabeça, que se curvam um pouco para trás. As asas enormes e majestosas, que são quase tão grandes quanto eu. As garras não muito longas nas pontas dos meus dedos.

E o melhor de tudo: não tenho rabo. E pode ter certeza de que analisei com cuidado. Obrigada, universo.

Consigo aguentar os chifres. Não é algo que me deixa morrendo de alegria, mas dá para viver com eles desde que eu também não precise viver com um rabo.

Macy me dá um minuto. Na verdade, me dá vários minutos, antes de finalmente se pronunciar:

— Viu? Você é um arraso. Totalmente demais.

— Pareço uma estátua — eu comento, erguendo uma sobrancelha. — Mas acho que poderia ganhar uma luta desse jeito. Ficando imóvel e deixando o meu oponente morrer de tédio.

Macy dá de ombros, pega uma lata de Dr. Pepper e bebe o refrigerante com um canudo caramelado de morango.

— Tenho certeza de que gárgulas têm todo tipo de poder. — Ela balança a mão e uma segunda lata de Dr. Pepper flutua pelo ar até chegar onde estou.

— Está vendo? — Pego a lata flutuante e tomo um longo gole. — Também pelo canudo caramelado, porque, embora eu seja uma gárgula, não sou nenhum animal. — Você pode fazer coisas legais, como agitar os dedos e aplicar a maquiagem completa. A única coisa que consigo fazer é...

— Salvar o mundo?

Reviro os olhos.

— Tenho certeza de que isso é um exagero.

— E tenho certeza de que você não sabe o bastante sobre quem e o que você é para decidir se é um exagero ou não. Grace, ser uma gárgula é... - Ela para de falar por um instante, respira fundo e exala o ar enquanto passa a mão por aquele cabelo rosa bizarro. — Ser uma gárgula é a coisa mais legal que existe.

— E como você sabe? Marise me falou que faz mil anos que não existe uma gárgula.

— Exato. É disso que estou falando. Você é única! Não é incrível?

Na verdade, não. Ser o foco desse tipo de atenção nunca foi exatamente o que eu quis. Mas já conheço Macy — e a expressão em seu rosto agora — muito bem para saber que não adianta discutir com ela sobre a questão.

Mesmo assim, não consigo deixar de dizer:

— Talvez "incrível" seja uma descrição meio exagerada.

— Não é, não. Todo mundo acha isso.

— Quando você diz "todo mundo", está falando de si mesma e do seu pai? — pergunto, brincando.

— Não, estou falando de todo mundo! Todos na escola viram você, e... — Ela para de falar, interessando-se muito mais em tomar o seu refrigerante.

O que parece um mau sinal para mim. Um sinal muito, muito ruim.

— Quantas pessoas me viram, Macy? Você disse que eu estava no escritório do seu pai e que depois fui guardada na biblioteca.

— E foi mesmo! Mas lembre-se: você passou quase quatro meses aprisionada em pedra. Meu pai e Jaxon quase enlouqueceram de preocupação.

— Achei que você tinha dito que ser gárgula era legal.

— Ser gárgula é legal. Mas ficar aprisionada na forma de gárgula... nem tanto. Eles tentaram de tudo para fazer você voltar ao normal. E quando digo tentaram "de tudo" é porque eles consultaram todos os especialistas que conseguiram encontrar. E os especialistas queriam ver você, porque não acreditavam que você era uma gárgula. Achavam que você tinha sido amaldiçoada por uma bruxa, uma sereia ou algo do tipo. E, depois, quando a notícia se espalhou de que você era realmente uma gárgula... Bem, todos eles exigiram vê-la antes de opinar.

Eu me coloco de pé e começo a andar de um lado para outro no quarto.

— E o que aconteceu, então? Apenas viajaram para o Alasca a fim de me examinarem pessoalmente?

— É claro que sim! — Ela me encara com uma expressão exasperada. — Tenho a impressão de que você não está entendendo essa coisa de ser uma criatura única. Os especialistas teriam viajado até a Lua se você estivesse lá. Além disso, Jaxon e o meu pai também teriam ido até a Lua se achassem que isso poderia ajudá-la.

Entendo. Até que faz certo sentido para mim. E, mesmo assim, não consigo parar de pensar que havia pessoas que não conheço me examinando, quando eu estava totalmente apagada. E que Jaxon e o meu tio deixaram isso acontecer.

Não é porque não entenda o que os motivou. Penso no que teria acontecido se os meus pais tivessem sobrevivido ao acidente e estivessem em coma ou algo parecido. Se precisassem de cuidados médicos, faria tudo em meu alcance para garantir que eles recebessem o tratamento.

E não vou mentir: isso parece mais uma coisa que perdi. E mais uma coisa que eu não podia perder.

Paro de andar de um lado para outro e afundo na cama, derrotada.

— Grace? — Macy vem até onde estou e se senta ao meu lado. E, pela primeira vez desde que nos encontramos no saguão da escola, ela demonstra preocupação. — Você está bem? Sei que isso tudo é muita coisa para assimilar, mas juro que não há nada de ruim. Você tem que dar uma chance para si mesma.

— E a minha memória? — Engulo o nó na minha garganta, porque não choro na frente de outras pessoas, nem mesmo das minhas melhores amigas. — E se eu nunca me lembrar? Sei que me transformei em pedra e talvez a razão pela qual não me lembre de nada seja porque não há nada para lembrar.

Macy faz um gesto negativo com a cabeça.

— Não acredito nisso.

— É exatamente assim. Eu também não acredito. — Tento dizer alguma coisa cinco ou seis vezes, mas desisto porque nada do que quero dizer parece fazer sentido.

Macy fica em silêncio por um momento antes de pegar na minha mão.

— Vamos encarar as coisas um dia de cada vez por um tempo. Vamos ver o que surge conforme você se adapta à rotina. Garanto que vai ficar tudo bem. Certo? — pergunta ela, com um sorriso encorajador.

Com um aceno de cabeça, concordo com ela, e o nó que se formara no meu estômago havia horas por fim começa a se dissolver.

— Tudo bem.

— Ótimo — replica ela, me encarando com um sorriso malandro. — Agora, vamos aplicar alguns daqueles cremes faciais. Vou lhe contar todas as fofocas que você deixou passar, daí pode me relatar como é ter um consorte.

Capítulo 17

OLHAR VIDRADO

Não consigo dormir.
Não sei se isso acontece porque passei os últimos quatro meses dormindo ou por causa de tudo que aconteceu hoje. Talvez seja uma combinação dessas duas coisas.
É provável que seja uma combinação de ambas.
Perder a memória causa isso a uma garota. Do mesmo modo, descobrir que o garoto pelo qual você está apaixonada, o seu consorte, é o garoto — o homem — com quem você vai passar o resto da sua vida.
Macy ficou superempolgada com isso, falando sem parar sobre a sorte que tenho por ter encontrado Jaxon quando ainda tenho dezessete anos. Não preciso me envolver com cafajestes como Cam (aparentemente ela e Cam terminaram o namoro, enquanto eu estava ocupada sendo uma estátua), ao mesmo tempo espero e não preciso me preocupar com a possibilidade de nunca encontrar meu consorte (já que, ao que parece, isso acontece com mais frequência do que deveria). Tenho um consorte e, de acordo com Macy, isso é provavelmente a melhor coisa que eu poderia desejar e ainda melhor do que ter voltado a ser humana. E bem melhor do que recuperar a minha memória.
Consortes são para sempre, afinal de contas, ao passo que quase todo o restante é passageiro; pelo menos, foi isso que ela repetiu várias e várias vezes ontem à noite.
E eu entendo. De verdade. Eu amo Jaxon. Eu o amei desde o começo. Mas será que isso é porque o amo ou por causa do elo entre consortes que, supostamente, existe desde a primeira vez que nos tocamos?
E quando foi isso? Naquele primeiro dia, ao lado da mesa de xadrez, quando ele estava agindo daquele jeito tão escroto comigo e encostei a mão na sua cicatriz... Será que foi nesse momento que nos tornamos consortes?

Antes que um soubesse de alguma coisa sobre o outro? Antes que nós gostássemos um do outro?

Engulo o nó que se formou na minha garganta. Será que foi antes de algum de nós ter escolha?

Por enquanto, eu me recuso a me concentrar no fato de que ele sabia desde aquele primeiro toque, mas nunca me contou. Mais uma vez, arquivo essa informação naquela pasta mental chamada "Merdas para as quais não tenho tempo hoje" — e estou começando a achar que essa pasta vai precisar se transformar numa estante inteira antes que tudo se resolva.

Em vez disso, tento me concentrar na questão de que tenho um consorte, em primeiro lugar. Entendo o conceito. Já li vários livros de fantasia urbana e romances *young adult* para entender que o elo entre consortes é a melhor coisa que pode acontecer a duas pessoas. Mas passar desse entendimento para uma coisa real que está acontecendo entre Jaxon e eu... Aí já é demais.

Mais uma vez, tudo isso parece coisa demais para a minha cabeça.

Pego o celular e percebo que Heather me mandou uma mensagem mais cedo. Respiro fundo e solto o ar, quando leio a mensagem dela. Ela quer conversar no FaceTime na semana que vem e me apresso em responder que aceito a proposta. Em seguida, passo alguns minutos navegando por um site de notícias, me atualizando com todos os eventos mundiais que perdi nos últimos quatro meses. E, pelo jeito, perdi bastante coisa. Mas depois de determinado tempo as notícias me entediam, então coloco o telefone sobre o peito e fico mirando o teto.

Mas não posso simplesmente ficar deitada aqui a noite inteira deixando que as questões da gárgula, as questões da memória e as questões sobre o elo entre consortes girem na minha cabeça o tempo todo, num *looping* que não para de se repetir.

Eu ligaria a TV, mas não quero incomodar Macy. Está tarde, já são quase duas da manhã e ela tem uma prova logo cedo. E isso significa que preciso sair daqui.

Eu me levanto da cama, tentando fazer o mínimo de barulho possível, e pego um moletom com capuz no guarda-roupa — o castelo é bem gelado à noite e tem várias correntes de ar. Em seguida, calço meu par favorito de Vans com estampa de margaridas e vou até a porta tão silenciosamente quanto posso.

Hesito por um momento quando vou abrir a porta. Da última vez que saí para zanzar pelo castelo sozinha no meio da noite, quase fui atirada à neve do lado externo. Eu definitivamente não quero que isso aconteça outra vez. Sendo consorte ou não sendo, não posso andar por aí à espera de que Jaxon venha me salvar sempre que eu me meter em encrenca.

E imagino que ele não vai ficar muito contente em vir me resgatar hoje à noite. Especialmente porque cancelei os planos com ele, alegando estar exausta.

Mas as circunstâncias são diferentes agora em relação a como eram há quatro meses. Ninguém tem motivo algum para querer me matar, por exemplo. Além disso, mesmo que quisessem, ninguém se atreveria a caçar a consorte de Jaxon Vega. Especialmente, depois que Jaxon bebeu praticamente todo o sangue de Cole depois que ele tentou me matar esmagada sob um candelabro.

Além de tudo, sou uma gárgula agora. Se alguém tentar me machucar, sempre posso me transformar em pedra. E a ideia é tão empolgante quanto parece. E, é claro, não tenho a menor ideia de como vou fazer isso. Mas aí é um problema para outro dia.

Antes que consiga reconsiderar, já deixei o meu quarto no alojamento e desci até o saguão para ir até... não sei direito aonde. Exceto porque os meus pés parecem saber o que meu cérebro não sabe, porque não demora muito até que eu esteja em frente ao pórtico daquele corredor estreito que leva até a entrada dos túneis.

Um pedaço de mim acha ridículo ir sozinha até lá — ou ir até lá, de qualquer maneira. Na tarde de hoje, evitei percorrer este caminho com Flint por causa de toda aquela merda que aconteceu da última vez que estive lá embaixo.

Mas não estou com roupas para sair na neve. E, de repente, a única coisa que eu realmente quero fazer é continuar a pintar o meu trabalho de artes. A única maneira de chegar até a sala de artes agora é pelos túneis, então... Parece que estou prestes a passar novamente pelo local onde quase morri.

Imaginando que a melhor maneira de passar pelos túneis é simplesmente atravessá-los — sem se desviar do caminho, sem entrar por alguma porta lateral —, desço o mais rápido que consigo até o corredor que vai se estreitando e escurecendo. Meu coração bate com força, mas não permito que isso me detenha.

Finalmente chego até a sala com as celas de masmorra, com suas dobradiças enferrujadas e correntes antigas. Como estou sozinha aqui e não há ninguém por perto para me apressar, me permito parar um pouco e dar uma espiada ao redor. À noite, sozinha, este lugar é bem mais assustador do que durante o dia. E mesmo durante o dia tudo já é bastante assustador.

Há cinco celas enfileiradas, cada qual equipada com uma porta reforçada com ferro. Cada porta tem um cadeado bem antigo encaixado no ferrolho, mas cada um dos cadeados está fechado (e não há nenhuma chave à vista). Não há qualquer chance de que alguém fique trancado nas celas por acidente ou até mesmo por outro motivo que não seja um acidente.

As celas em si são feitas de pedras gigantes, cada uma delas do tamanho do pé de um dragão (ou, pelo menos, do tamanho do pé de Flint, já que ele é o único dragão que já vi). E fico conjecturando se há algum motivo para isso ou se é a minha imaginação que só está fora de controle. De qualquer maneira, as pedras são negras, ásperas e têm uma aparência não muito agradável.

Pensando bem, todos os aspectos dessas celas não são muito agradáveis, especialmente os três conjuntos de grilhões chumbados na parede. A julgar pela idade deste lugar e pela condição dos cadeados, imaginei que os grilhões já estariam meio detonados também.

Mas não estão. Em vez disso, têm uma cor prateada reluzente e estão livres de qualquer sinal de ferrugem ou envelhecimento. E não vou mentir: isso me faz ponderar quantos anos eles têm. E por que diabos a Academia Katmere — que é administrada pelo meu tio, ainda por cima — precisaria de grilhões grossos o bastante para prender um dinossauro raivoso. Ou talvez um dragão, um lobisomem ou um vampiro...

Como o ato de pensar nisso me leva por um caminho meio perturbador, um caminho pelo qual não estou nem um pouco disposta a trilhar esta noite, comento comigo mesma que deve haver alguma explicação razoável — uma que não envolva prender alunos numa masmorra gelada por sabe-se lá quanto tempo.

Imaginando que vou perder a coragem se passar muito tempo aqui, respiro fundo e entro na quinta cela, que é a única com uma porta extra que leva para os túneis.

Ao fazê-lo, deslizo a mão por cima do cadeado só para me assegurar de que ela está trancada firmemente e de que nenhum lobisomem pode chegar e me deixar presa nos túneis.

Só que, no momento em que os meus dedos tocam a tranca, ela se abre com um clique... e cai do ferrolho da porta, bem na minha mão.

Não era exatamente o que eu tinha em mente quando pensava em algo que pudesse aumentar a minha confiança, em particular considerando que sabia que o cadeado estava trancado. Eu sabia.

Totalmente perplexa agora, guardo o cadeado no bolso do meu moletom; não há nada capaz de me convencer a colocá-lo de volta na porta até que volte do estúdio de artes e vá para a minha cama. Em seguida, me abaixo e digito o código que Flint me ensinou para abrir a porta do túnel, meses atrás.

Pressiono a última tecla e a porta se abre, assim como aconteceu todas as outras vezes em que estive aqui. Mas em todas essas outras vezes eu estava acompanhada. E isso ajudou a fazer com que a coisa não parecesse tão assustadora.

A menos que eu me concentre no fato de que duas das quatro pessoas com as quais estive nos túneis tentaram me matar aqui embaixo. Nesse caso, a probabilidade parece favorecer que eu esteja sozinha.

Decidindo que preciso parar de me assustar desse jeito ou então voltar para o meu quarto, eu passo pela porta. E tento ignorar o fato de que todas as velas nos archotes e candelabros ainda estão acesas.

Por outro lado, é até bom que estejam. Porque não posso simplesmente apertar um interruptor e encher o lugar de luz. Mesmo que eu quisesse. Os candelabros de osso parecem um milhão de vezes mais assustadores agora que sei que são feitos de ossos de verdade, em vez de serem somente um projeto artístico criado por algum aluno.

Por um segundo, penso em esquecer tudo aquilo. Em voltar para o meu quarto e mandar os túneis para o inferno. Ficar deitada na cama e observar o teto deve ser melhor do que atravessar sozinha a versão local das Catacumbas de Paris.

Mas a necessidade de pintar vem crescendo exponencialmente dentro de mim desde que saí do quarto, há algum tempo, até que eu praticamente possa sentir o pincel na minha mão. Até que praticamente consiga sentir o cheiro pungente do óleo das tintas da minha tela.

Além disso, se eu deixar que esses túneis — e as lembranças que eles guardam — me botem para correr daqui, não sei quando vou conseguir criar coragem de novo para voltar.

Com isso em mente, pego o meu celular e abro o aplicativo de músicas que baixei hoje cedo. Escolho uma das *playlists* mais alegres, como *Alegria de Verão*, e *I'm Born to Run* preenche o silêncio ao meu redor. É difícil sentir medo quando os American Authors estão cantando sobre o quanto querem viver suas vidas como se nada nunca fosse o bastante. É praticamente um hino criado sob medida para esta situação.

Assim, no fim das contas, faço o que eles sugerem: começo a correr. E não é somente uma corrida curta; eu corro sem parar, ignorando a sensação que a altitude me causa, de que meus pulmões vão explodir.

Ignorando tudo, exceto a necessidade de passar por esses túneis apavorantes o mais rápido possível.

Não diminuo o passo até sentir que o piso do túnel que leva até o chalé das artes se inclina um pouco para cima. Quando finalmente chego até a porta destrancada, a empurro e quase tropeço nos meus próprios pés pela ânsia de entrar no chalé.

Minha primeira ação é estender a mão à procura de ligar o interruptor logo à esquerda da porta. A segunda é bater a porta com toda a força e passar a tranca. Sei que a dra. MacCleary diz que sempre deixa a porta aberta caso algum de seus alunos se sinta inspirado, mas, até onde sei, ela não acabou de escapar de uma transformação em sacrifício humano. Imagino que isso sirva como justificativa.

Além disso, se houver alguma outra pessoa ridícula o suficiente para querer entrar aqui esta noite, pode bater à porta. Desde que eu tenha certeza de que a pessoa em questão não vai tentar me matar, vou ficar feliz em permitir que entre.

É claro, talvez eu esteja sendo meio paranoica. Mas não fui suficientemente paranoica quatro meses atrás e tudo que isso me trouxe foram alguns meses de férias — dos quais não consigo me lembrar... —, além de um par de chifres.

Não é um erro que vou cometer pela segunda vez.

Depois de passar um minuto recuperando o fôlego, pego as tintas de que preciso e entro na sala de aula. Já tenho uma boa ideia da versão final do fundo da tela e do que preciso para completar o trabalho.

Se eu tiver sorte, os monstros da Academia Katmere vão esperar um pouco para tentar me matar e, assim, vou conseguir avançar com o trabalho. Por outro lado, a noite mal começou.

Capítulo 18

ACHO QUE TIVE AMNÉSIA
UMA VEZ... OU DUAS

— Vamos lá, Grace, acorde. Você vai perder o café da manhã caso não se levante logo.

— Sono... — balbucio enquanto viro de bruços, tentando me esquivar da voz irritantemente alegre de Macy.

— Sei que está com sono, mas é melhor se levantar logo. A aula começa daqui a quarenta minutos e você nem tomou banho ainda.

— Sem banho. — Pego o edredom e o puxo por cima da cabeça, fechando os olhos para não ficar ofuscada pelo tecido rosa-choque. Ou dar a Macy a ideia de que estou acordada. Porque definitivamente não estou.

— Graaaaaaaace — choraminga ela, puxando o edredom com toda a força. Mas também estou segurando a coberta como se a minha vida dependesse disso e não estou disposta a soltá-la tão cedo. — Você prometeu a Jaxon que o encontraríamos na cantina em cinco minutos. Você tem que se levantar!

A menção ao nome de Jaxon acaba rompendo o meu estupor entorpecido e faz com que Macy tire o edredom de cima de mim. O ar frio bate no meu rosto e ainda tento pegar as cobertas, sem abrir os olhos.

Macy ri.

— Tenho a impressão de que os nossos papéis se inverteram aqui. Sou eu quem deveria ter dificuldade de sair da cama.

Tento pegar o edredom de novo e consigo enfim segurar uma ponta dele.

— Me dê isso — imploro, tão cansada que mal consigo me imaginar saindo da cama. — Eu quero, eu quero, eu queroooooo.

— Nada disso. A aula de história da bruxaria não espera ninguém. Ande logo. — Ela puxa mais uma vez, e as cobertas saem voando da minha cama.

Reajo, erguendo o corpo a fim de me sentar na cama com um movimento muito rápido. Mas, antes que eu consiga verbalizar um *pooor favooooor* tristonho, Macy está me segurando pelos ombros.

— Meu Deus, Grace! Você está bem? — Ela parece prestes a chorar enquanto passa as mãos freneticamente por meus ombros, minhas costas e meus meus braços.

Aquele pânico óbvio espanta o sono remanescente no meu cérebro. Meus olhos se abrem com rapidez e eu focalizo o rosto de Macy, que parece imerso num terror ainda maior do que a sua voz.

— O que está acontecendo? — pergunto, olhando para mim mesma à procura do que a abalou tanto, e fico paralisada no instante em que vejo o sangue encharcando a parte da frente do meu moletom roxo. Meu coração começa a bater com força na minha garganta e o pânico arranca o meu fôlego.

— Meu Deus! — exclamo, saltando da cama. — Ai, meu Deus.

— Pare de se mexer. Preciso ver o que aconteceu — pede Macy, segurando na barra do meu moletom e puxando-o por cima da minha cabeça com um movimento rápido, deixando somente a camiseta regata que visto por baixo. — Onde dói?

— Não sei. — Paro e tento perceber o que está acontecendo no meu corpo, mas não sinto dores. Pelo menos, nada que possa causar tamanha perda de sangue.

Outra rápida olhada para baixo me mostra que a camiseta regata continua toda branca; nada de sangue. O que significa que...

— Não é meu.

— Não é seu — diz Macy, exatamente ao mesmo tempo.

— Então de quem é? — sussurro enquanto nos encaramos, aterrorizadas.

Ela olha para mim e pisca os olhos.

— Você não deveria saber?

— Deveria... — concordo, enquanto ainda apalpo os braços e a barriga em busca de pontos doloridos. — Mas não sei.

— Você não sabe como ficou coberta de sangue? — indaga ela, sem acreditar.

Engulo em seco. Com força.

— Não faço a menor ideia de como isso possa ter acontecido. De verdade.

Reviro o cérebro, na tentativa de recordar o caminho de volta do chalé de artes na noite passada, mas não consigo. Não há nem mesmo aquela muralha gigante, como o que acontece com o restante das lembranças que não consigo acessar. A única coisa que existe é um... vazio. Não há nada ali.

Apavorante? Nem um pouco.

— E o que vamos fazer agora? — pergunta Macy, com a voz mais aflita do que jamais ouvi antes.

Balanço a cabeça, fitando-a.

— Quer dizer que você não sabe?

Ela me olha como se a minha cabeça tivesse acabado de girar três vezes ao redor de si mesma e eu estivesse prestes a começar a cuspir sopa de ervilhas.

— E por que eu saberia?

— Não sei. Eu... Achei que... Bom... — Levanto as mãos para afastar os cabelos diante do meu rosto e, em seguida, fico paralisada quando percebo que elas estão sujas de sangue também. Assim como os meus antebraços. Não vou entrar em pânico. Não vou entrar em pânico. — O que você normalmente faz quando esse tipo de coisa acontece por aqui?

Agora ela está me olhando como se eu realmente tivesse cuspido sopa.

— Ah... Olhe, Grace, detesto ter que contar isso a você, mas coisas como essa não acontecem por aqui. Ou melhor: só acontecem quando você está por perto.

Estreito os olhos e a encaro.

— Maravilha. Isso faz com que me sinta muito melhor. Obrigada, viu?

Ela ergue as mãos, como se dissesse "o que você quer que eu diga?".

Antes que possa responder, o meu telefone apita com uma longa série de mensagens de texto. Nós duas nos viramos ao mesmo tempo para olhar para o aparelho.

— É melhor você dar uma olhada nisso — sussurra Macy depois de um segundo.

— Eu sei. — Mesmo assim, não me aproximo da minha mesa, onde deixei o aparelho ligado no carregador.

— Quer que eu o pegue para você? — oferece Macy, quando o sinal de mensagens toca outras três vezes.

— Não sei.

Macy suspira, mas não discute comigo. Provavelmente porque está com tanto medo quanto eu de descobrir o remetente dessas mensagens. E o porquê delas.

Contudo, não podemos esconder isso para sempre. E, quando um terceiro grupo de mensagens chega, respiro fundo e aviso:

— Tudo bem, pode pegar o celular. Eu não quero... — Desta vez sou eu quem ergue as mãos. Todas ensanguentadas.

Quero me lavar, estou louca para me lavar, mas todos os filmes com procedimentos policiais que já vi estão passando pela minha cabeça agora. Se eu me lavar, será que isso equivale a destruir provas? Será que vai fazer com que eu pareça mais culpada?

Sei que parece uma coisa horrível, mas no momento estou coberta com o sangue de alguém e não faço a menor ideia de como isso aconteceu. Pode me chamar de pessimista, mas, pelo que estou vendo, tudo isso parece um caminho que vai me levar direto à prisão.

E sei que deveria me preocupar com a pessoa que posso ter machucado, mas... Bem, não me sinto nem um pouco culpada pelo que houve se alguém me atacou nos túneis e eu revidei. Tenho direitos.

Solto um gemido exasperado. Por que eu estou agindo como se já estivesse ensaiando o que dizer em minha defesa para um juiz?

— Ai, não — diz Macy, depois de entrar no meu aplicativo de mensagens. — É Jaxon quem está mandando as mensagens. Ai, não...

— O que houve? — pergunto, esquecendo-me de toda a questão das provas quando atravesso o quarto em um salto. — Eu o machuquei? Esse sangue é dele?

— Não, você não o machucou.

Sinto uma onda de alívio tomar conta de mim tão rápido que chego até a ficar um pouco tonta. Ainda assim, fica óbvio pela expressão de Macy que Jaxon tem algo terrível para me dizer.

— O que foi? — finalmente sussurro, quando o silêncio entre nós se torna insuportável. — O que houve?

Ela não olha para mim. Em vez disso, fica rolando a tela para cima e para baixo, como se quisesse confirmar que leu as mensagens corretamente.

— Ele mandou uma mensagem para pedir desculpas por não ter aparecido para tomar o café da manhã. Está no escritório do meu pai.

— Por que ele está lá? — questiono, sentindo o medo crescer no meu estômago, mesmo antes de Macy erguer os olhos assustados do meu celular.

— Porque Cole foi atacado ontem à noite. Parece que ele vai ficar bem depois de passar um dia ou dois na enfermaria, mas... — Ela respira fundo. — Alguém arrancou uma quantidade enorme de sangue dele, Grace.

Capítulo 19

OPERAÇÃO MÃOS LIMPAS

— Cole? — sussurro, levando a mão à garganta quando ela menciona o lobisomem alfa.

Macy responde com um ar taciturno:

— Cole.

— Não poderia ter feito uma coisa dessas. — Fito minhas mãos sujas de sangue, sentindo uma nova onda de horror. — Eu não faria isso.

Acho que eu esperava que isso fosse algum acidente que ocorreu enquanto Jaxon se alimentava. Tipo, talvez esse fosse mesmo o meu sangue, porque fui até o quarto dele ontem e ele mordeu uma artéria ou coisa parecida; depois fechou a ferida, como fez da última vez, no episódio com os cacos de vidro da janela.

Bem, é claro que, pensando de maneira razoável, sei que Jaxon nunca seria descuidado a ponto de morder uma das minhas artérias. Ele definitivamente não me deixaria deitada na cama, encharcada com o meu próprio sangue. E, com toda certeza, não me faria dormir tão profundamente a ponto de a tentativa de me acordar ser parecida com o que eu imagino que uma pessoa sente ao sair de um coma. Mas, mesmo assim, talvez eu preferisse que todas essas coisas fossem verdade do que descobrir que o sangue com o qual estou coberta é de outra pessoa. E que a culpa por derramá-lo pode ser minha.

— Sei que você não faria nada com Cole. — Macy tenta me tranquilizar, mas a expressão em seus olhos diz o contrário.

Pensando bem, a expressão nos meus olhos provavelmente não é muito diferente. Porque, embora não consiga imaginar sob quais circunstâncias eu tentaria atacar um lobisomem alfa — e, consequentemente, ganhar a luta —, também não posso negar que é uma coincidência infernal eu ter acordado coberta de sangue logo após Cole ter perdido tanto sangue em um ataque.

Ah, e, como isso aconteceu logo na primeira noite depois que voltei à forma humana, isso só deixa a coincidência ainda mais esquisita.

Para eu tentar acreditar que não tive nada a ver com o que houve com Cole — mesmo depois que Macy me revelou que coisas do tipo não acontecem na Academia Katmere —, preciso contar a mim mesma uma mentira de proporções gigantescas.

E sou péssima em mentir.

— Precisamos ligar para o seu pai — sussurro. — Precisamos contar tudo a ele.

Macy hesita e depois responde em voz baixa:

— Eu sei.

Mas ela não faz nenhum movimento para ligar para o pai ou para qualquer outra pessoa.

— O que vamos dizer a ele? Isso é muito sério, Grace.

— Eu sei. É por isso que temos que contar a ele. — Minha mente está funcionando em alta velocidade, passando de um possível desfecho para outro enquanto ando de um lado para outro.

— Você não tem condições de lutar contra um lobisomem alfa — infere Macy. — É por isso que essa história não faz sentido.

— Sei que não faz. E por que machucaria Cole, também? E, se cheguei a fazê-lo, por que não consigo me lembrar de nada? — Eu me dirijo até a pia. Prova ou não, agora que tenho certeza de que o sangue não é meu, não suporto a ideia de estar coberta por ele nem mais um segundo.

— Certo, vamos usar a lógica aqui — sugere Macy, chegando cuidadosamente atrás de mim. — Do que se lembra sobre a noite passada? Você se lembra de sair do quarto?

— Lembro, sim — respondo, enquanto me encharco com água e sabão. — Eu não conseguia dormir, então saí do quarto por volta das duas da manhã.

Encaro o espelho e percebo algumas gotas de sangue na minha bochecha também. E é quando quase surto. É quando quase me esqueço de tentar ficar calma e sinto vontade de berrar até perder a voz.

Mas gritar só vai atrair atenção para essa confusão na qual estou metida, nem eu nem Macy estamos preparadas para lidar com tudo isso. Eu me forço a engolir o horror, enquanto esfrego o rosto sem parar. Estou com uma sensação asquerosa de que nunca mais vou conseguir me sentir limpa outra vez.

Continuo esfregando o restante do corpo, enquanto conto a Macy, que está bem impaciente, sobre a minha ida até o chalé de artes pelos túneis.

— Mas eu juro, Macy. A última coisa de que me lembro é de pegar as tintas para trabalhar no meu projeto. Eu estava no depósito de materiais artísticos e tive uma visão muito forte do que queria fazer com a minha tela. Assim, peguei tinta cinza, verde e azul, entrei na sala de artes e comecei a pintar pelo que me pareceu serem horas.

E uma ideia subitamente emerge na minha cabeça.

— Espere aí... — Eu me viro para olhar para Macy, enquanto tento desvendar o enigma. — Jaxon mencionou onde Cole foi atacado? Se isso aconteceu porque ele me viu indo para a sala de artes e veio no meu encalço, então talvez não tenha sido o ataque a sangue frio que parece ter sido.

Talvez, tenha sido legítima defesa.

Por favor, por favor, tomara que tenha sido legítima defesa.

Por outro lado, em que planeta eu teria condições de me defender de um lobisomem? Ou de sair de uma luta dessas sem um arranhão? Meu único poder até agora é a capacidade de me transformar em pedra e, embora eu perceba que isso é um benefício quando estou sendo atacada — desde que o meu oponente não esteja armado com uma marreta —, não faço a menor ideia de como isso funcionaria numa situação em que estou na ofensiva.

Tipo... Como eu poderia ter arrancado todo esse sangue de alguém enquanto fazia a minha imitação de anão de jardim?

— Ele não mencionou. — Macy me entrega o celular. — Talvez você devesse perguntar a ele.

— Vou perguntar quando nos encontrarmos. — Estremeço, enquanto pego uma calça de moletom e uma camiseta. — Tenho que ir conversar com o seu pai, de qualquer maneira. Mas, primeiro, preciso tomar um banho.

Macy concorda com uma expressão bem séria no rosto.

— Certo. Tome o seu banho, enquanto escovo os dentes. E depois nós vamos conversar com o meu pai.

— Você não precisa se envolver — eu digo a ela, embora admita que não gostaria nem um pouco de ter de enfrentar tudo isso sozinha.

Ela revira os olhos, colocando as mãos nos quadris.

— Como é aquele velho ditado, mesmo? "Um por todos e todos por um"? Não vou permitir que você vá até o escritório do meu pai confessar qualquer coisa sem mim.

Até penso em discutir, mas ela me encara com um olhar tão severo e intenso que decido só ficar de boca fechada. Macy é a pessoa mais gentil que já conheci, mas ela definitivamente tem uma força de vontade enorme por baixo daquela fachada divertida.

Macy ainda está terminando de se arrumar quando concluo o meu banho, então pego do chão as roupas ensanguentadas e as enfio em uma sacola vazia que está por ali. Uma coisa é contar ao tio Finn o que penso ter ocorrido, enquanto outra é desfilar com o que se assemelha muito a uma prova do meu envolvimento diante de toda a escola. Também pego o meu caderno, para o caso de precisar dele, e o coloco na mochila antes de pendurá-la sobre o ombro.

Quando saímos do quarto, espero que Macy vá na direção da escadaria principal, que nos levaria para perto do escritório do seu pai. Mas ela vira à esquerda, passando por dois corredores diferentes do alojamento, cheios de portas de quartos, antes de finalmente parar diante de um dos quadros de que menos gosto na escola: uma representação dramática dos julgamentos das *Bruxas de Salem*, que mostra todas as dezenove vítimas enforcadas juntas, enquanto as chamas consomem o vilarejo atrás delas.

Mesmo assim, a última coisa que espero que aconteça é que Macy sussurre algumas palavras e faça um gesto diante do quadro. E a pintura desaparece por completo.

Ela olha para mim, com a expressão séria outra vez.

— As coisas vão ficar bem agitadas nas salas principais.

E, em seguida, ela faz algo inesperado. Macy sorri.

— Por isso, vamos pegar um atalho.

Segundos depois, uma porta surge bem diante de nós.

Capítulo 20

KARMA É A PRIMA DE
UMA BRUXA

À diferença das outras portas aqui em Katmere, esta é de um amarelo-vivo e tem adesivos de arco-íris colados por toda a superfície — o que me diz tudo de que preciso saber sobre quem é a sua dona.

Macy coloca a mão na porta e sussurra algo que se parece com "trancas" e "portas" em uma cadência quase melódica. E, em seguida, a porta se abre.

— Vamos lá — convida Macy, fazendo um gesto urgente com a mão conforme a porta se abre ainda mais para dentro. — Antes que alguém nos veja.

Ela não precisa falar duas vezes. Eu a sigo pelo vão da porta e não me assusto quando ela se fecha sozinha por trás de nós com um ruído baixo.

Claro, quando a porta se fecha, estamos em meio a uma escuridão total — o que me causa um medo enorme por vários motivos. Com o coração batendo acelerado, tateio o bolso para tentar pegar o celular e ligar o aplicativo da lanterna.

Mas Macy já está preparada e, antes que eu consiga tocar no aparelho, ela murmura algo sobre "luz" e "vida". E uma fileira de velas alinhadas do lado esquerdo da passagem se acende.

É a cena mais legal que já vi e, quanto mais observo Macy usando seus poderes, mais impressionada fico. No entanto, conforme meus olhos se ajustam àquela luz suave e por fim consigo enxergar o que há ao nosso redor, não consigo conter um sorriso.

Porque, com certeza, a passagem secreta de Macy não é nada parecida com qualquer outra passagem secreta na história dos castelos e dos livros de terror. Não cheira a mofo, não é tão estreita e definitivamente não é um lugar assustador. Na verdade, tudo isso é quase a antítese de um lugar assustador. E é completamente fantástico.

Assim como a masmorra no subsolo, as paredes são feitas com pedras negras grandes e ásperas. Mas, colocados aleatoriamente em meio às pedras, há belos cristais e joias de todas as cores do arco-íris e outras mais. Pedras de quartzo rosa polidas cintilam ao lado de águas-marinhas azul-celeste, e um grande citrino brilha logo acima de uma bela pedra retangular da lua.

E essas não são as únicas pedras preciosas. Até onde o olho pode ver, a passagem está cheia delas. Esmeraldas, opalas, pedras do sol e turmalinas... A lista vai ficando cada vez maior. Assim como a própria passagem secreta.

Quem teve a ideia de construir um corredor oculto como este? Eu me pergunto, enquanto começamos a descer pela passagem. *Com todas essas joias e cristais que nunca veem a luz do dia?* Eu me lembro de que dragões são famosos pelo seu amor por tesouros, mas este túnel está num patamar bem diferente.

Há adesivos aqui também, assim como na biblioteca. Grandes, pequenos, coloridos, em preto e branco e, pela primeira vez, me pergunto se Macy é a responsável pela decoração da biblioteca, da qual tanto gostei. Ou se ela e Amka, a bibliotecária, simplesmente compartilham dos mesmos gostos estéticos.

Algum dia desses — se eu não for expulsa de Katmere e jogada em alguma prisão paranormal por tentativa de homicídio —, quero voltar aqui e ler cada um desses adesivos.

Mas, por ora, me contento em ler alguns que estão na altura dos meus olhos, enquanto continuamos andando pela passagem ensombrecida.

É claro que tenho habilitação para voar, com a figura de um chapéu de bruxa e uma vassoura.

Bruxa, ria!, esse tem uma bola de cristal ao fundo.

E o que mais gostei: *Bruxismo do bom*, cercado por uma cama feita com rosas e ervas.

Não consigo evitar uma risada quando leio este último e Macy abre um sorriso quando pega na minha mão.

— Vai ficar tudo bem, Grace — ela reassegura quando passamos por uma curva. — Meu pai vai descobrir o que aconteceu.

— Espero que sim — digo a ela, porque ser uma gárgula é uma coisa. Ser um monstro violento que perde a consciência e depois tenta assassinar pessoas da maneira mais sanguinolenta possível é algo totalmente diferente.

Pela primeira vez me questiono se Hudson está realmente morto. Além disso, começo a me perguntar se talvez eu o tenha matado. Todo mundo parece ter certeza de que eu não retornaria à Katmere se achasse que Hudson ainda fosse uma ameaça, então venho agindo conforme algumas hipóteses. Ou o deixei aprisionado em alguma espécie de limbo do qual ele não é capaz de sair, ou ele descobriu uma maneira de se libertar e voltei para ajudar a encontrá-lo.

Mas, se eu não posso drenar quase todo o sangue de um lobisomem alfa sem um único indício de como fiz uma coisa dessas — embora continue sem a mínima noção de como isso é possível —, o que me faz pensar que não fiz o mesmo com o cara que tentou assassinar o meu consorte?

Será que é por isso que não consigo me lembrar do que aconteceu nos últimos quatro meses? Porque ser uma assassina foi tão traumático que a minha mente bloqueou tudo o que houve? E agora está bloqueando tudo de novo?

Macy me leva por outro longo corredor e, em seguida, por uma escadaria longa e estreita em espiral, sussurrando:

— Estamos quase chegando.

Fantástico.

"Quase chegando" significa que é hora de encarar as consequências do que aconteceu com Cole.

"Quase chegando" significa que é hora de descobrir se realmente me transformei no monstro, como receio que tenha acontecido.

"Quase chegando" significa que as coisas estão prestes a ficar bem pavorosas, bem rápido.

— Certo — diz Macy, quando finalmente paramos diante de uma porta pintada com listras das cores do arco-íris. Que surpresa, não? — Está pronta?

— Não. Nem um pouco — respondo, agitando a mão.

— Eu sei. — Ela me abraça com força por alguns segundos antes de se afastar. — Mas respire fundo, amiga. É hora de descobrir que diabos está acontecendo por aqui.

Ela segura na maçaneta e abre o melhor sorriso que consegue formar.

— Afinal de contas, o que pode ser tão ruim?

Não tenho uma resposta para ela e isso provavelmente é bom. Porque, logo em seguida, ela abre a porta e percebo que estou olhando diretamente para Jaxon e para o tio Finn.

Capítulo 21

MANTENHA SEUS INIMIGOS POR PERTO, A MENOS QUE ELES SANGREM DEMAIS

Jaxon me fita com uma expressão séria.

— O que está fazendo aqui, Grace? Eu lhe disse onde estava para que você não se preocupasse. Está tudo sob controle.

— Não está, não. — Faço um gesto negativo e tento encontrar uma maneira de explicar como acordei hoje pela manhã.

— É claro que está. — Pela primeira vez, Jaxon parece não ter muita certeza do que está dizendo. — Não tive nada a ver com o que houve com Cole, e Foster sabe disso.

— Sei que você não machucou Cole. — Respiro fundo e continuo: — Sei que não foi você quem fez isso, porque tenho quase certeza de que a culpa é minha.

Por vários segundos, nem Jaxon nem o meu tio dizem nada. Eles simplesmente ficam me olhando como se repetissem as minhas palavras em suas cabeças várias vezes, sem parar, em busca de compreendê-las. Mas, quanto mais tempo permanecem em silêncio, mais confusos parecem ficar — e mais tensa eu mesma fico.

E é por isso que, depois de certo tempo, decido não esperar que eles se manifestem. Despejo a história inteira, começando com a ida até o chalé de artes e terminando com as roupas encharcadas de sangue, as quais tiro da minha sacola e entrego para o tio Finn.

Ele não parece muito empolgado para pegá-las, mas, também, quem ficaria? Especialmente depois que acabei de jogar um problema de proporções gigantescas sobre a sua mesa.

— Você está bem? — indaga Jaxon no instante em que eu finalmente paro de falar. — Tem certeza de que ele não conseguiu machucá-la de algum modo? Tem certeza de que ele não a mordeu?

Fico paralisada quando percebo a aflição em sua voz.

— Por quê? O que acontece se ele me morder? Eu não vou virar um lobisomem, não é? — Porque isso só iria foder ainda mais com a minha vida.

Uma gárgula-lobisomem? Ou uma lobisomem-gárgula? Uma lobisgárgula? Ou uma garguloba? Meu Deus, não quero ser uma garguloba.

Mas, pensando bem, quem se importa com a palavra exata? Eu balanço a cabeça para clarear as ideias. Só sei que não quero, não quero mesmo me transformar numa coisa dessas.

— Não — intervém o tio Finn, tentando me convencer a não me deixar levar pelos meus pensamentos... O que talvez seja melhor. — Não é assim que funciona. Você não vai se transformar num lobisomem ou em nenhuma outra criatura.

— Como é que funciona, então? E, já que tocamos no assunto, como eu posso ter dado uma surra em Cole e tirado o sangue dele? Não faz sentido. Por que não consigo me lembrar? Como é possível que eu tenha simplesmente me deitado na cama sem perceber nada?

O tio Finn simplesmente suspira e passa a mão pelos cabelos loiros.

— Não sei.

Eu olho para o meu tio sem conseguir acreditar em suas palavras.

— Você é o diretor de uma escola cheia de seres paranormais. Como é que "não sei" é a sua melhor resposta?

— Porque nunca vi nada assim antes. E, por falar a respeito, toda essa situação com a gárgula é novidade para todos nós, assim como é para você. Estávamos aprendendo, enquanto você não voltava, é claro, mas ainda há muita informação que não sabemos.

— É claro. — Não tenho a intenção de retrucar de um jeito irônico. Não tenho mesmo. Sei que ele só quer ajudar. Mas o que eu devo fazer? Não posso simplesmente sair por aí agredindo pessoas. E a desculpa de que não me lembro de nada não vai durar muito tempo.

Macy se aproxima e fica entre nós.

— O que vamos fazer então, pai? Como impedimos que isso se repita?

Cruzo os braços e baixo a cabeça, encolhendo-me um pouco.

— Vocês não vão chamar a polícia, né? Não tive a intenção de machucar Cole. Sinceramente, ainda não consigo entender como o machuquei. Ele é...

— Ninguém vai chamar a polícia, Grace — garante Jaxon, com firmeza. — Não é assim que resolvemos os problemas aqui. E, mesmo se fosse, você não pode ser responsabilizada por algo que fez quando não estava consciente. Certo, Foster?

— É claro que sim. Bem, nós vamos ter que deixá-la sob observação para assegurar que isso não ocorra outra vez. Você não pode sair por aí atacando outros alunos.

— Mesmo que mereçam — intervém Macy. — Eu sei que é errado, mas, depois de tudo que Cole lhe fez no semestre passado, tenho dificuldade de sentir empatia por ele.

Jaxon bufa, soltando o ar pelo nariz.

— Eu devia ter matado Cole quando tive a chance. Assim, isso nunca teria acontecido.

— Não, nada disso — eu o repreendo. — Que coisa horrível de se dizer.

— Horrível, mas não deixa de ser verdade — concorda Macy.

Encaro Macy com um olhar que diz "mas que merda é essa?", mas ela se limita a dar de ombros, como se dissesse: "o que você esperava?".

Sem poder contar com ela nem com Jaxon, relanceio para o meu tio.

— Como está Cole? Ele vai ficar bem?

— Ele não corre riscos. Recebeu transfusões de sangue hoje de manhã e provavelmente vai passar o restante do dia em repouso na enfermaria. Sabe o que é bom entre os paranormais? A gente se recupera rápido, especialmente quando nossos curandeiros ajudam.

— Ah. Graças a Deus. — Eu me encosto em Jaxon, sentindo uma onda de alívio tomar conta de mim.

Lutar para me defender de Lia, quando ela estava tentando me matar, era uma coisa. Tentar machucar Cole sem nenhum motivo é algo totalmente diferente. Tenho certeza de que Cole também deve pensar assim.

— Ele disse alguma coisa? — pergunto, depois de me permitir aproveitar o alívio de saber que não causei nenhum estrago permanente. — Tipo... Ele deve saber que quem o atacou fui eu, não é?

— A história que ele conta é que não sabe quem foi que o atacou — responde o meu tio. — O que pode ser verdade ou não.

— É um monte de besteiras — comenta Jaxon, sem se alterar.

— Não sabemos com certeza — repreende-o tio Finn. — E, se ele não sabe se foi Grace que o atacou, não estou disposto a deixar que essa notícia se espalhe. Não até que a gente saiba o que está acontecendo com ela.

— Cole sabe — insiste Jaxon. — Ele só não quer contar. Porque, nesse caso, vai ter que admitir para a escola inteira que levou surra de uma garota.

— Ei! — Encaro Jaxon com uma expressão irritada.

— Isso é o que ele pensa, não eu — esclarece Jaxon, dando um beijo no topo da minha cabeça.

— Se o lobisomem alfa admitir que levou uma surra de qualquer pessoa, enquanto estava consciente, vai estar bem encrencado. Vai passar o mês inteiro lutando contra todo lobisomem na matilha que ache que tem alguma chance de conquistar o título de alfa. Certo, Foster? — pergunta Jaxon, olhando para o meu tio.

O tio Finn concorda com um relutante meneio de cabeça.

— De maneira geral, é isso mesmo. Depois do que aconteceu com Jaxon em novembro ele vai precisar tomar muito cuidado com a maneira com a qual vai lidar com isso.

— E isso significa que você tem que tomar cuidado também, Grace. — Macy fala pela primeira vez em vários minutos. — Porque se ele souber que foi você que fez aquilo... Que foi você que ameaçou tudo pelo qual ele vem trabalhando, Cole vai vir atrás de você. Não vai fazer isso abertamente, porque Jaxon acabaria com a raça dele. Mas vai encontrar um jeito. Ele é assim.

— Um covarde — conclui Jaxon em tom de zombaria.

O tio Finn olha nos meus olhos.

— Mas isso só o torna ainda mais perigoso, Grace. Porque ele é diferente de mim. Ele é astuto, ardiloso e sabe esperar a ocasião certa. Eu poderia até ir conversar com ele, mas, se fizer isso, ele vai desconfiar que você me contou o que aconteceu. E aí vai começar a pensar em quem mais sabe. E em quanto tempo vai demorar até que tudo estoure nas mãos dele.

— Acham mesmo que ele vai tentar alguma coisa? — eu pergunto, olhando para Jaxon e para o meu tio.

— Não se tiver metade da inteligência que Foster acha que ele tem — pontua Jaxon. Mas seu olhar revela um posicionamento bem diferente.

— Ah, tenho certeza de que ele vai tentar alguma coisa — responde o tio Finn. — A única incógnita é saber quando.

Não sei o que devo dizer em relação a isso nem como deveria estar me sentindo. A única sensação que tenho agora é o cansaço. Muito cansaço.

Mal consegui me livrar do último maníaco homicida que estava tentando acabar comigo e agora surge outro para me infernizar. Bem... Obviamente, fiz alguma coisa para provocá-lo, mas isso não faz nenhum sentido para mim. Por que a minha gárgula tentaria matar Cole quando não tenho nenhuma razão para fazê-lo? Bem, já tinha superado o que aconteceu no semestre passado. Ou achava que tinha. Toda a situação é muito assustadora.

Quando esta minha nova vida vai se normalizar? Quando isso aqui vai ficar menos parecido com os *Jogos Vorazes* e mais parecido com uma escola de ensino médio? O meu pulso começa a doer e eu levo a mão até o local para esfregá-lo, mas percebo que estou tocando nas cicatrizes deixadas pelas cordas que Lia usou para me amarrar. E Jaxon, Macy e o meu tio conseguem perceber exatamente o que estou fazendo.

Eu baixo a mão, mas é tarde demais. Jaxon me abraça por trás e coloca as mãos sobre as minhas, acariciando o meu pulso com o polegar.

— Ele já mostrou que está disposto a matar para conseguir o que quer — diz Macy, depois de uma pausa complicada que faz com que eu me sinta ainda pior. — E isso foi antes que a reputação dele estivesse ameaçada. Agora que ele corre o risco de perder a única coisa com a qual se importa... Sim, ele vai tentar alguma coisa. Mas temos que estar prontos para isso.

— Nós vamos estar prontos — diz Jaxon, com olhos da cor da meia-noite fixos que nunca se afastam dos meus. — Se ele vier atrás de você, eu...

— Deixe que cuido disso — interrompe o meu tio. — Dei outra chance a ele depois de tudo que aconteceu com você devido a circunstâncias extenuantes. Mas, se ele tentar alguma outra coisa, vou mandá-lo para bem longe daqui.

— E o que vai acontecer comigo? — finalmente pergunto ao meu tio, quando meus pensamentos conseguem falar mais alto do que meu latejamento na cabeça.

— Como assim? — pergunta ele.

— Fui eu que causei este problema. Fui eu que saiu à caça de Cole sem qualquer razão que eu saiba. Você disse que ele vai ser expulso se tentar fazer alguma coisa comigo. Mas e o que eu fiz? O que vai acontecer comigo?

Capítulo 22

A MINHA PALAVRA FAVORITA
QUE COMEÇA COM "F" É... FAMÍLIA

— Nada — responde Jaxon. — Não vai acontecer nada com você. Você não tem culpa de nada.

— Você não sabe se isso é verdade — respondo, afastando-me dos braços dele. — Não temos a mínima ideia do motivo pelo qual ataquei Cole.

— Você tem razão. Não sabemos — diz o tio Finn. — E ninguém vai fazer nada até descobrirmos o que está acontecendo com você.

Ele coloca o braço ao redor dos meus ombros e me aperta com carinho.

— Não tenho o hábito de expulsar alunos que estejam com dificuldade de controlar seus poderes, Grace. Ou que fazem escolhas erradas com seus poderes pelas razões certas. É por isso que Flint continua aqui, mesmo depois de tudo que aconteceu no semestre passado. E Jaxon também. E é por isso, também, que Katmere tem os melhores curandeiros. Para que, quando alguém comete um erro, nós possamos consertá-los.

— Nós não sabemos se isso foi um erro que eu...

— Você queria machucar Cole quando saiu do seu quarto?

— Não.

— Você montou um plano para machucá-lo ou matá-lo enquanto esteve fora?

— É claro que não. — Paro por um instante e reflito de novo sobre a pergunta. — Bem, eu não me lembro de ter feito algo assim.

— Tudo bem. Vou presumir que o que houve com Cole ontem à noite foi uma espécie de deslize com os seus novos poderes. E vamos tratar a questão desse jeito. Já liguei para dois especialistas em gárgulas que vieram analisar o seu caso, esperando que pudessem dizer alguma coisa sobre as suas recordações desaparecidas. Mas, agora que isso está acontecendo, vou ver se consigo convencer um deles a vir até Katmere a fim de trabalhar com você.

Ele abre um sorriso reconfortante.

— Prometo que vamos chegar ao fundo dessa questão, Grace.

Meus olhos ardem um pouco com essa nova demonstração de que o tio Finn sempre me defendeu e que está movimentando tantas peças no tabuleiro, enquanto tenta descobrir a melhor maneira de me ajudar.

Não é exatamente como ter os meus pais de volta; nada nunca vai ser assim outra vez. Mas há algo de bom no meio de toda essa situação. E é muito melhor do que a sensação de estar perdida e sozinha, algo que senti de um jeito bem intenso quando cheguei a Katmere, quatro meses e meio atrás.

— Obrigada — murmuro, quando finalmente consigo fazer com que as palavras passem pelo nó que existe na minha garganta. — A todos vocês. Não sei o que faria sem vocês.

— Claro. Bem, considerando que você não pode se livrar da gente, acho que é uma coisa boa — diz Macy, chegando para me abraçar bem quando o sinal da aula toca, anunciando o fim da primeira aula do dia.

— Que bom que é assim — respondo, retribuindo o abraço.

— Certo, certo — pronuncia-se o tio Finn. Posso estar enganada, mas tenho certeza de que ele também está sentindo o aperto na garganta. — Vão para a aula. E, pelo amor do que houve em Salem, não se metam em problemas.

— Mas isso não é divertido — murmura Jaxon na minha orelha ao sair do escritório comigo. Usamos a saída normal desta vez, não a passagem secreta.

— Divertido é eu não acordar coberta de sangue de lobisomem outra vez — respondo, sentindo um calafrio.

— Acho que você se esqueceu de que está conversando com um vampiro — brinca ele, e sua boca ainda está suficientemente perto da minha orelha para causar todo tipo de arrepio em vários lugares. Eu me encosto nele e, por um instante, ambos simplesmente aproveitamos a sensação de estarmos juntos, com a dureza do corpo dele aninhada na maciez do meu.

Mas ele chega mais perto, como se fosse me beijar, e eu fico paralisada de novo. E novamente tento esconder, mas Jaxon percebe — como sempre. E esta não é a primeira vez que me pergunto quanto tempo vai demorar até que o meu lado gárgula aceite um vampiro como consorte. Ou por que o meu lado gárgula tem problemas com vampiros, para início de conversa.

Não tento inventar uma desculpa desta vez. Em vez disso, simplesmente lhe abro um sorriso triste e formo a palavra "desculpe" com os lábios. Jaxon não responde; apenas balança a cabeça como se quisesse dizer "não se preocupe com isso". Mas percebo que isso o magoa, mesmo enquanto ele ergue o rosto para beijar a minha testa.

— Posso acompanhar você até a sua aula? — pergunta ele, afastando-se um pouco.

— É claro que pode. — Passo a mão ao redor da cintura de Jaxon e o puxo para junto de mim com força antes de perscrutar ao redor, à procura do cabelo rosa-choque de Macy, enquanto nos misturamos com os outros alunos. Não quero que ela se sinta como se estivesse segurando vela para nós.

Mas, como sempre, ela já está mais adiante, conversando animadamente com Gwen e outra bruxa, que estão a caminho das suas salas de aula.

Quando começamos a caminhar, me afasto um pouco, seguro na mão de Jaxon e entrelaço os meus dedos nos dele. Talvez eu não possa beijá-lo agora, mas isso não significa que não o amo. E não significa que não quero ficar com ele de qualquer maneira que possa.

Jaxon não diz nada, mas também não se opõe. E, quando olho para ele, percebo que o sorriso discreto em seu rosto tem um toque extremamente apalermado. Por minha causa.

Eu sou a garota que transforma o Jaxon Vega, o príncipe vampiro malvadão, num bobo.

Não vou mentir, a sensação é ótima.

— E, então, para onde você vai? — pergunta Jaxon, quando finalmente chegamos ao corredor central.

— Não sei. Eles mudaram a minha aula de ciências. Passei de química básica para física do voo, mas não sei por quê.

— Sério? Você não sabe? — pergunta Jaxon, com as sobrancelhas erguidas e um toque de provocação no olhar.

— Não. Você sabe?

— Bem, não tenho certeza, mas imagino que tenha algo a ver com aquelas asas enormes e bonitas que o seu alter-ego tem.

— O meu alter... ahhhh! Quer dizer que física do voo é uma aula sobre o poder de voar? — Isso faz com que eu arregale os olhos.

— Sim. — Jaxon me encara, incrédulo. — Sobre o que você pensou que fosse?

— Não sei. Aviões, acho. É por isso que eu estava tão confusa.

— Não, Grace. Em Katmere, a aula sobre voo é aquela em que realmente se aprende a voar.

— É que eu... isso é... bem... — No fim, simplesmente faço um gesto negativo com a cabeça. Afinal, o que mais eu posso dizer?

— Aula de voo. Eles acham que preciso estar na aula de voo. — O que mais posso fazer?

— Bem, asas são um dos pré-requisitos para voar — ironiza Jaxon, quando entramos em outro corredor. — Assim como aprender a usá-las.

— Ah, é mesmo? — Agora é a minha vez de olhar para ele e erguer a sobrancelha. — Porque tenho certeza de que você é capaz de voar sem elas.

Ele ri.

— Opa, espere aí. Tenho uma piada nova para você.

— Uma piada? — As minhas sobrancelhas se erguem tanto que quase chegam a encostar nos cabelos, enquanto abro um sorriso. — Ótimo. Pode mandar.

A olhada que ele me dá fica superquente de súbito e expressa com *toda* a clareza que ele gostaria de me mandar fazer um monte de coisas. E muito poucas dessas coisas têm a ver com as piadas ruins que tanto amo.

Há um pedaço de mim que quer desviar o olhar, que se sente desconfortável com a intimidade repentina do momento. Mas isso não seria justo com ele; não seria justo com nenhum de nós, na verdade. Assim, mantenho o olhar fixo no rosto de Jaxon, mesmo enquanto o calor e a incerteza crescem em partes iguais dentro de mim.

Por um momento, só um momento, tenho a impressão de que Jaxon vai comentar sobre os sentimentos que eu nem tento esconder; seus olhos da cor da meia-noite se transformam num negrume profundo e implacável, conforme o seu queixo se repuxa.

Mas o momento passa e percebo que ele toma a decisão de deixar que a tensão e tudo que vem com ela se dissipem.

Não sei se me sinto aliviada ou decepcionada. Provavelmente, um pouco de cada. Mas, quando Jaxon dá um passo atrás de maneira bem intencional, física e emocionalmente, tenho a impressão de que não me resta muita coisa a fazer além de aceitar.

— Então... De qual é a flor que a gárgula mais gosta?

— Uma piada de gárgula? É sério? — Eu reviro os olhos.

Jaxon ri.

— O que foi? Está muito cedo para isso?

Ele parece tão contente consigo mesmo que não consigo negar nada.

— Não. Pode ir em frente.

— De qual flor a gárgula mais gosta?

Eu o encaro, desconfiada.

— Estou com medo de perguntar.

— Um afloramento rochoso.

— Ai, meu Deus! Que piada horrível.

Ele sorri.

— Eu sei que é. Quer ouvir outra?

— Não sei — respondo, com o ceticismo bem aparente na voz. — Será que quero?

— É claro que quer. — Ele segura na minha mão e a aperta. — Por que a gárgula se atrasou para o trabalho?

— Acho que não quero saber. — Eu me preparo para ouvir a resposta.

— Porque estava dormindo feito uma pedra.

— Meu Deus! — Olho para ele e faço uma careta. — Essa foi péssima.

— Foi realmente horrível — concorda Jaxon.

— E, obviamente, você adorou. Criei um monstro — brinco, fingindo que estou assustada, enquanto me encosto nele.

Mas os olhos de Jaxon estão cobertos por uma sombra agora, e o riso se esvai com a mesma facilidade com que chegou.

— Não. Sempre fui um monstro, Grace. — Jaxon me olha com uma intensidade que me abala até os ossos. — Foi você que ajudou a ser humano.

Sinto meu estômago afundar como se tivesse engolido uma pedra.

Porque, enquanto Jaxon está certamente ficando mais humano... morro de medo de estar me tornando o verdadeiro monstro da Academia Katmere.

Capítulo 23

OS DESENHOS ANIMADOS DAS MANHÃS DE SÁBADO NUNCA ME PREPARARAM PARA ISSO

As palavras de Jaxon ficam na minha cabeça o dia inteiro, fazendo com que eu me derreta sempre que penso nelas. E nele também. Me deixando mais determinada do que nunca a encontrar o caminho que vai me levar de volta a ele.

Com isso em mente, decido não almoçar naquele dia — já que tanto Jaxon quanto Macy vão se encontrar com seus grupos de estudo — e vou direto para a biblioteca, onde posso ter algumas horas de tranquilidade para pesquisar sobre gárgulas.

Para pesquisar sobre mim mesma.

E isso é algo que preciso muito, muito fazer, considerando que o meu conhecimento sobre o assunto é bem limitado. E, quando pesquisei no Google, ontem à noite, tudo que consegui foi uma aula de arquitetura quando o que eu realmente precisava saber era por que tenho essa predisposição a ataques selvagens e amnésia.

Talvez eu devesse marcar um horário para conversar com o sr. Damasen e averiguar que tipo de informação ele pode me fornecer sobre gárgulas — algo que não envolva páginas e mais páginas sobre como elas são ótimos escoadouros de água e pontas de calha.

Afinal de contas, não sabia tanto sobre vampiros, dragões ou bruxas quando cheguei aqui, mas tinha uma noção básica do que eram e como as coisas funcionavam para eles — embora Jaxon, Macy e Flint tenham me surpreendido em várias ocasiões.

Mas... gárgulas? Não sei de quase nada. Somente que elas não parecem gostar muito de vampiros.

Inclusive, tudo que sei sobre mim mesma veio depois de estudar a catedral de Notre-Dame nas aulas de artes e das reprises do desenho *Os Gárgulas*, a que eu assistia na TV quando era criança. Minha mãe sempre ficava um pouco agitada quando me via assistindo a esse desenho... e agora não consigo deixar de pensar que talvez fosse porque ela e o meu pai soubessem o que estava por vir.

É horrível pensar que os meus pais esconderam quem eu realmente era durante toda a minha vida. Assim, jogo esse pensamento para o fundo da cabeça e me obrigo a não permitir seu retorno. Porque aprender que sou uma gárgula já é ruim o suficiente. Aceitar que meus pais não consideravam importante eu me preparar para isso... é imperdoável.

Ou seria, se eles estivessem vivos. Agora que estão mortos, não sei. É mais uma coisa para eu guardar na pasta "Merdas para as quais não tenho tempo hoje", que está ficando cada vez maior. Afinal, ficar remoendo tudo isso não vai me ajudar em nada.

Em vez disso, abro um sorriso no rosto — um sorriso que estou muito longe de sentir agora — e vou direto até o balcão central da biblioteca.

Por sorte, Amka está lá e abre um sorriso tão grande quanto o meu quando me vê. E o sorriso dela é genuíno, o que acho ótimo.

— Grace! Que bom ter você de volta. — Ela estende o braço sobre a mesa e segura minha mão. — Como você está?

Começo a dar uma resposta trivial — *estou bem, obrigada* —, mas o calor e a preocupação em seus olhos me afetam, mesmo que eu não queira. Assim, em vez de mentir, simplesmente dou de ombros e replico:

— Estou aqui.

O que não é com precisão o que estou sentindo, mas é suficientemente próximo para comunicar a ideia.

Ela abre um sorriso gentil.

— Sim, está sim. E fico muito feliz por isso.

E, novamente, Amka está colocando os eventos em perspectiva para mim bem rápido.

— Pois é... eu também. E você, como está? — Os meus bons modos entram em ação um pouco atrasados.

— Estou bem. Preparando a biblioteca para o torneio Ludares. As equipes gostam de se encontrar aqui para montar estratégias antes do grande dia.

— O que é Ludares? E para que serve aquilo? — Aponto para a mesa que agora está no meio da biblioteca. Não consegui dar uma boa olhada nela quando entrei, mas quero observá-la com calma mais tarde, quando for a hora de fazer uma pausa na minha pesquisa. Pelo o que percebi, está cheia com vários tipos de objetos mágicos e interessantes.

— Originalmente, o Ludares foi criado como uma competição para conquistar lugares no Círculo, que é a entidade que governa os seres sobrenaturais. Mas, como nenhum membro do Círculo morreu nos últimos mil anos, nenhuma nova vaga se abriu. E isso significa que, por enquanto, é apenas um evento esportivo.

— Claro, a versão do Ludares que é o Teste, de fato, é muito mais perigosa do que aquela que jogamos agora, e as chances nunca estão em favor do desafiante. Agora se joga mais por diversão e para promover as relações entre as espécies, já que as equipes são compostas de todas as quatro facções de Katmere. É o ponto alto de todo o ano escolar — explica ela, com um brilho nos olhos.

— E como se joga?

— Você não acreditaria se eu lhe dissesse. É uma coisa da qual você precisa participar para entender.

— Que legal. Estou louca para ver.

— Ver? — Amka ri. — Você deveria entrar na competição.

— Eu? — Estou chocada. — Não posso competir contra um bando de vampiros e dragões. O que vou fazer? Me transformar em pedra? Tenho certeza de que isso não ajudaria muito numa competição.

— Não seja tão negativa. Gárgulas podem fazer muito mais do que se transformar em pedra, Grace.

— É mesmo? — A empolgação borbulha na minha voz. — Tipo o quê?

— Você vai descobrir em breve.

Fico irritada, porque aquilo não chega realmente a ser uma resposta. Meus ombros murcham, mas Amka aponta para uma das mesas de madeira pesadas que ficam no canto da biblioteca. Há umas três dúzias de livros colocados em várias pilhas instáveis, além de um notebook bem diante de uma poltrona de aparência bem confortável forrada com retalhos coloridos.

— Tomei a liberdade de pegar todos os livros que temos sobre gárgulas. É melhor você começar pelas pilhas que estão mais perto do computador; elas abordam a questão de um jeito mais amplo e dão uma boa visão geral do assunto. As pilhas do fundo são pesquisas mais técnicas e podem ajudar a responder perguntas mais específicas que você possa ter, conforme for aprendendo mais.

— E o notebook já está cadastrado nos três principais bancos de dados sobre magia do mundo. Se tiver alguma dúvida sobre como usá-los para pesquisar, é só dizer. Mas, para ser sincera, eles são bem autoexplicativos. Acho que você não vai ter problemas.

Embora eu não seja do tipo que chora — nunca fui uma garota chorona —, estou sentindo as lágrimas arderem no fundo da minha garganta pelo que penso ser já a terceira vez hoje. Detesto isso, realmente odeio, mas não consigo evitar. Estou me sentindo tão perdida e, quando percebo que tenho tantas pessoas para me ajudar, a sensação chega a ser meio arrebatadora.

— Obrigada — agradeço, quando a minha garganta por fim relaxa o bastante para que eu consiga falar. — É... É muita gentileza.

— Por nada, Grace. Sempre que precisar, estou às ordens. Nós, bibliófilos, precisamos ajudar uns aos outros — diz Amka, sorrindo.

Sorrio de volta.

— Precisamos mesmo.

— Ótimo. — Ela abre o pequeno frigobar cheio de adesivos que deixa em seu ambiente de trabalho e pega uma lata de La Croix sabor limão e uma de Dr. Pepper, entregando-as para mim. — Pesquisar é um trabalho que dá sede.

— Uau. — Minhas mãos ficam trêmulas ao pegarem as latas que ela me oferece. — Muito obrigada. Nem sei o que dizer.

— Não diga nada. Vá trabalhar — sugere ela, piscando o olho.

— Sim, senhora. — Abro um último sorriso e, em seguida, vou até a mesa do canto.

Meus dedos estão coçando para mergulhar nos livros — assim como o restante de mim, para ser sincera. Mas, antes de começar, decido me situar melhor. Pego o caderno que separei apenas para as minhas pesquisas e algumas das minhas canetas preferidas.

Encaixo os fones nas orelhas e abro a minha playlist favorita antes de pegar o pacote de M&Ms que comprei na máquina automática situada no salão dos alunos no caminho até aqui. E é somente então que me acomodo naquela que pode muito bem ser a poltrona mais confortável do mundo... e estendo a mão para pegar um livro.

Só espero que ele tenha algumas das respostas de que preciso. E eu não me importaria nem um pouco se encontrasse um bom feitiço para recuperar lembranças perdidas, também...

Capítulo 24

VÁ SE BORRAR

— Graaceeee. Vamos, é hora de acordar. — Uma voz familiar penetra na névoa sonolenta que me envolve. — Ande logo, Grace. Você precisa se levantar.

Sinto alguém dar palmadinhas no meu ombro.

Deslizo a mão pelo rosto. Em seguida, viro para o outro lado e me encolho toda.

— Não sei mais o que fazer.

Desta vez, estou suficientemente consciente para identificar a voz de Macy, embora não tenha a mínima noção sobre a pessoa com quem ela está falando ou mesmo do assunto da conversa. E também não me importo.

Estou tão cansada que só quero dormir.

— Deixe-me tentar. — Desta vez é o meu tio Finn que se debruça sobre mim e diz: — Grace, preciso que você acorde. Faça isso por mim, está bem? Abra os olhos. Vamos lá. Agora.

Finjo não escutá-lo, me encolhendo ainda mais e, quando ele passa a mão carinhosamente pelo topo da minha cabeça, gemo e tento esconder a cara embaixo do travesseiro. Mas não há nenhum travesseiro sob a minha cabeça e não tenho cobertas para puxar e me esconder debaixo delas.

Estou quase consciente o bastante para reconhecer que isso é estranho — ou quase — e, quando alguém balança o meu ombro com mais força desta vez, eu consigo entreabrir os olhos o bastante para distinguir Macy, meu tio e Amka me encarando, todos com expressões preocupadas nos rostos.

Não faço a menor ideia do que o tio Finn ou Amka estão fazendo no nosso quarto e, no momento, nem me importo com isso. Só quero que saiam daqui para eu poder voltar a dormir.

— Aí está você, Grace — diz o meu tio. — Pronto. Pode se sentar? E talvez nos deixar dar uma olhada nesses seus olhos bonitos? Vamos lá, Grace. Volte para nós.

— Estou cansada — reclamo numa voz da qual, tenho certeza, vou me sentir envergonhada quando lembrar dela mais tarde. — Eu só quero...

Paro de falar quando percebo a dor pela primeira vez. Minha garganta está tão seca que cada palavra que emito parece uma navalha me raspando por dentro.

Danem-se as manhãs. E dane-se se há três pessoas para me acordar.

Fecho os olhos outra vez, enquanto o sono continua a me atrair, mas parece que o meu tio já está de saco cheio. Ele começa a me balançar gentilmente e eu não consigo nem mais me encolher em paz agora.

— Acorde, Grace. — Sua voz está mais firme do que antes, mais severa do que jamais ouvi. — Você precisa parar com isso. Agora.

Solto um longo suspiro, mas finalmente viro de frente para ele.

— O que aconteceu? — questiono, forçando-me a falar e para engolir em seco, apesar da dor. — O que você quer?

Ouço uma porta abrir e fechar, seguida por passos rápidos que se aproximam.

— O que aconteceu? Ela está bem? Vim assim que recebi a mensagem de Macy.

A preocupação na voz de Jaxon finalmente consegue aquilo que as pessoas não conseguiram fazer quando me chamavam e me balançavam. Eu ergo o corpo até estar sentada e, desta vez, consigo abrir completamente os olhos.

— Alguém pode me dar um pouco de água? — peço, sentindo os lábios absurdamente ressecados, considerando que não saí para andar pelo deserto do Saara.

— É claro. — Macy pega algo que está na sua mochila e entrega para mim: uma garrafa de aço inox destampada. Sorvo um longo gole. Em seguida, tomo mais dois, quando a minha garganta finalmente começa a parecer mais humana.

Assim como o restante de mim.

A água gelada serve também para fazer o meu cérebro entrar em funcionamento. Assim que a minha sede está saciada, fito Jaxon com olhos que tenho certeza de que ainda estão sonolentos.

— O que está acontecendo? — pergunto. — Por que vocês todos estão aqui no nosso quarto?

Um silêncio esquisito se forma, enquanto os quatro se entreolham e depois se concentram em mim outra vez.

— O que foi? — insisto na questão.

Macy suspira.

— Detesto ter que lhe contar isso, Grace, mas este lugar definitivamente não é o nosso quarto.

— De quem é este quarto, então? — pergunto. E neste momento sinto o pânico crescente, porque percebo que Macy tem razão. Este não é o nosso quarto. Não é o quarto de Jaxon. Na verdade, tenho quase certeza de que não é nem mesmo um quarto, a menos que a pessoa que o mobiliou seja fã de masmorras escuras e assustadoras.

— Onde estamos? — indago, quando consigo encontrar a minha voz.

Amka se aproxima antes que Jaxon ou a minha família consigam responder, agachando-se ao meu lado — e eu percebo, pela primeira vez, que estou no chão —; ela pergunta:

— Onde você acha que estamos?

— Não sei. — Analiso ao redor à espera de encontrar alguma pista, enquanto minha agitação aumenta. Estou começando a perceber que, além de não saber onde estou, também não faço a menor ideia de como vim parar aqui.

E será que posso dizer que já estou ficando cansada disso tudo?

A última coisa da qual me lembro é de me sentar para fazer pesquisas na biblioteca, com uma lata de água mineral e um pacote de M&Ms. Depois disso... nada. Somente um vazio. De novo.

— Alguém se machucou? — pergunto, sentindo o pânico me dominar. — Fiz aquilo de novo? Eu ataquei alguém?

— Não, Grace. Está tudo bem. — Amka coloca a mão no meu ombro em busca de me tranquilizar, mas não funciona. Isso só me deixa ainda mais inquieta, assim como o tom baixo e conciliador da sua voz.

— Não faça isso. Não tente me acalmar. — Eu me afasto dela, levanto-me com um salto... e contemplo Jaxon. — Por favor, não minta para mim. Por favor. Eu machuquei alguém? Eu...

— Não — reitera ele de um jeito bem mais veemente, com a voz e os olhos firmes, enquanto me encara. — Você não machucou ninguém, eu juro. É com você que estamos preocupados agora.

— Por quê? O que aconteceu? — Acredito em Jaxon, mas a lembrança de acordar coberta de sangue na manhã de hoje é tão forte que não consigo evitar olhar para as minhas mãos e as roupas, só para ter certeza. Só para me sentir segura.

Não estou ensanguentada, graças a Deus. Mas a manga do meu blazer está toda rasgada e retalhada. E isso é, no mínimo, muito preocupante, considerando que a temperatura está vários graus abaixo de zero do lado de fora.

De repente, a preocupação no olhar de todo mundo faz muito mais sentido. Eles não estão preocupados com a possibilidade de que possa ter machucado alguém. Desta vez, estão preocupados porque talvez eu é que esteja machucada.

Engulo o medo que está explodindo dentro de mim como uma granada e tento respirar. Eu vou dar um jeito de entender o que está acontecendo. Já é ruim o bastante eu ter perdido quatro meses por causa disso. Não vou simplesmente aceitar que eu trouxe isso de volta comigo. Não vou deixar que se transforme no meu "novo normal".

— Que lugar é este? — repito, porque tenho certeza absoluta de que nunca estive numa sala com bola de cristal antes, especialmente na Academia Katmere. E, com certeza, nunca estive numa sala com uma coleção de velas capaz de rivalizar com o estoque da Bath & Body Works — isso se a Bath & Body Works tivesse uma linha de velas ritualísticas entalhadas, além de incenso o suficiente para cobrir o Alasca inteiro duas vezes.

— Você está na torre da feitiçaria — esclarece Macy.

— A torre da feitiçaria? — Eu nem sabia que isso existia.

— É a torre oposta à do meu quarto, no castelo — emenda Jaxon, tentando me ajudar a entender a referência.

— Ah, sim. Aquela torre menor do lado do gazebo. — Eu passo a mão (a mesma que estou me esforçando bastante para impedir que trema) pelos cabelos. — Achei que estava no quarto de outra pessoa.

— Não. — Macy abre um sorriso largo. — O seu namorado é o único que tem uma torre só para ele. Esta aqui pertence a todas as bruxas.

É claro que pertence a todas as bruxas. Se pertencesse a qualquer outra pessoa, eu ficaria bem preocupada. Especialmente, porque acabei de olhar para baixo e percebi que estou bem no meio de um pentagrama gigante.

E não é um pentagrama gigante qualquer. É o pentagrama gigante que está no centro de um círculo de feitiçaria ainda mais gigantesco...

Ah, mas que inferno. Lia me tirou qualquer vontade de estar perto do centro de outro feitiço. Permanentemente.

Dou vários passos longos para trás. E não porque quero me afastar de Jaxon, Macy ou dos outros, mas porque não quero ficar nesse círculo por nem mais um segundo. Não mesmo.

Alguém pode dizer que isso seria um excesso de cautela, outros que é a síndrome do estresse pós-traumático ou qualquer outra coisa; não me importa. Vou sair agora mesmo deste círculo cercado por velas pretas e vermelhas.

Chega disso.

As pessoas vêm comigo. Cada um delas dá um passo adiante conforme eu recuo um passo. Meu tio e Amka parecem bem preocupados e Macy simplesmente está curiosa. Mas Jaxon... Jaxon estampa um sorriso malandro no rosto, bem discreto, como se soubesse exatamente o que me assustou tanto. Mas, pensando bem, ele é a única pessoa nesta sala que estava comigo naqueles túneis.

Com tudo que aconteceu com ele naquele dia, fico surpresa por ele não sair correndo desta sala. Só Deus sabe que estou considerando fazer exatamente isso.

— Grace? — pergunta Macy, enquanto eu continuo a andar para trás. — Aonde você está indo?

— Saindo desse... — Paro de falar, frustrada, enquanto percebo que ainda estou no meio do círculo. — Qual é o tamanho dessa coisa, hein?

— Ele ocupa praticamente a sala inteira — responde o tio Finn, ainda mais confuso. — Temos muitas bruxas que precisam caber no círculo. Por quê?

Mas Macy finalmente parece ter entendido.

— Ah, meu bem, o círculo não está ativo. Não há nada que possa machucar você agora. E aqui nós fazemos magias que não causam mal a ninguém. Não há nada a temer.

— É claro que não. Eu sei. Mesmo assim, vou só... — Uso o polegar para apontar para trás, por cima do ombro.

— Se a gente sair desta sala, você vai se sentir melhor? — pergunta Amka. Eu me concentro nela enquanto sinto o alívio tomar conta de mim.

— Nossa, muito melhor.

— Tudo bem. Então, vamos. — Com toda a tranquilidade, o tio Finn começa a levar todos para a porta. — Há uma coisa na biblioteca que você precisa ver, de qualquer maneira.

— Na biblioteca? — Agora estou ainda mais confusa. — Está falando dos livros sobre gárgulas que Amka separou para mim? Já os vi e pretendo passar um bom tempo com eles.

— Não. É outra coisa. Vamos conversar quando chegarmos lá.

Isso parece preocupante?

Estou querendo pressioná-lo para conseguir detalhes, mas o meu tio está com uma expressão muito séria no rosto. Séria de verdade e isso me assusta mais do que eu quero admitir.

Antes de Katmere, nunca imaginei que teria medo de entrar em uma biblioteca. Por outro lado, antes de Katmere, havia muitas coisas que jamais imaginaria.

Capítulo 25

E OS APAGÕES CONTINUAM...

Assim que saímos da sala de feitiços, Jaxon me faz parar, tocando o meu pulso.

— O que foi? — pergunto, totalmente disposta a levar o máximo de tempo possível para chegar ao lugar que estou começando a visualizar como a biblioteca da perdição. — Você precisa de alguma coisa?

— Não, mas tenho certeza de que você precisa.

Fico esperando que ele explique, mas Jaxon não diz nada. Simplesmente inclina a cabeça para o lado e fica escutando, como se aguardasse o acontecimento de algo. Um minuto depois, Mekhi está bem diante de mim. E traz uma jaqueta preta e grande, que eu sei que pertence a Jaxon.

Ele sorri para mim e faz uma mesura, oferecendo a jaqueta como se eu integrasse a realeza.

— Minha senhora.

Pela primeira vez desde que acordei naquele círculo mágico gigante, tudo parece que vai ficar bem. Mekhi não está me tratando de um jeito esquisito. Está sorrindo para mim, como sempre faz. E não consigo deixar de retribuir o sorriso.

Faço uma mesura bem caricata e pego a jaqueta das mãos dele.

— Meu senhor.

— Vou querer saber de todos os detalhes depois, mas tenho que correr para a minha próxima aula agora. Tchau, Grace. — E, com isso, ele praticamente desaparece. Acho que nunca vou me acostumar com a rapidez com que os vampiros se movem.

— Você não precisava pedir a Mekhi que fizesse isso. — Tiro o meu blazer rasgado e visto a jaqueta de Jaxon, inalando seu cheiro.

— Eu sei — diz ele, me observando cuidadosamente. — Mas gosto de cuidar de você.

Meu coração já tão maltratado dói um pouco mais quando ouço aquelas palavras e olho naqueles olhos. Eu só queria saber como devo responder. Há um pedaço de mim, um pedaço bem grande, que quer se encostar nele e pressionar meus lábios nos dele. Mas também sei que a minha gárgula não vai me deixar fazer isso ainda, o que é superfrustrante de todas as maneiras possíveis.

Por que ela me deixou beijá-lo naquela primeira vez, logo depois de eu voltar para a escola, para em seguida fazer de tudo para que eu nunca o deixe chegar perto de mim desse jeito outra vez? Isso me incomoda e tenho certeza de que incomoda Jaxon também, mesmo que ele não diga nada. No fim das contas, faço a única coisa que consigo: mantenho meu olhar fixo no dele, esperando que ele consiga ver o quanto o seu carinho é importante para mim.

— Vamos lá — diz Jaxon, finalmente, e há uma amargura em sua voz que normalmente não está ali. Ele estende a mão para mim.

Eu a pego e começamos a descer juntos pela escada em espiral.

— Você sabe o que o tio Finn quer me mostrar na biblioteca? — pergunto, enquanto descemos até o andar certo.

— Não. Recebi uma mensagem de texto aflita de Macy, dizendo que você tinha sumido. Depois, os rapazes e eu começamos a procurar, junto a ela e a Finn. Eles nos mandaram uma mensagem dizendo que haviam encontrado você na torre, mas isso é tudo que eu sei.

— Não estou entendendo — confesso a ele, sentindo um arrepio correr pela minha coluna, quando finalmente chegamos ao corredor da biblioteca. — Fui à biblioteca para pesquisar sobre gárgulas por volta do meio-dia, mas não me lembro de ter feito pesquisa alguma. Não me lembro de nada depois que me sentei para trabalhar.

— São cinco da tarde, Grace.

— Mas eu estava na biblioteca. Amka sabe a que horas eu saí de lá?

— Talvez, mas eu não sei. Como disse, ela ligou para o seu tio e para Macy, mas não para mim. — Há alguma coisa na voz dele que não consigo identificar, mas Jaxon não parece muito impressionado.

Aparentemente, Jaxon acha que merece ser informado sobre coisas relacionadas a mim. O que é irritante, porque ele não é meu dono. Mesmo assim, penso como me sentiria se acontecesse com ele... E, sim, tenho certeza de que gostaria de ser avisada também.

Ele abre a porta da biblioteca para mim e, quando entramos, vejo apenas um mostruário de vidro estranhamente vazio e aberto. Qualquer que fosse o objeto que jazia ali dentro desapareceu, deixando apenas o forro de veludo roxo.

— Era isso que você queria me mostrar? — pergunto ao meu tio. — Não sei o que aconteceu. Estava tudo certo, enquanto eu estudava.

E se alguém tentou roubá-lo quando eu estava aqui, teria visto. Assim como Amka. O estande fica na diagonal da mesa que ela preparou para mim e diretamente à frente do balcão central.

— Do que você se lembra de quando esteve aqui hoje cedo, Grace? — Amka é quem está fazendo as perguntas agora, e o meu tio fica em silêncio, observando tudo.

— Pouca coisa, para ser sincera. Eu me lembro da nossa conversa e de me sentar para pesquisar, mas só. Aconteceu alguma outra coisa?

— Você não se lembra de ter trabalhado?

— Não. Lembro de me preparar para trabalhar, mas não me lembro de abrir um livro nem de fazer anotações. Cheguei a fazer isso?

— Você fez várias anotações. — Ela pega um caderno que está em sua mesa e me entrega.

Folheio as páginas e ela tem razão. Está preenchido quase até a metade com informações sobre gárgulas, das quais não me lembro, mas que agora estou louca para ler.

— Fiz tudo isso em cinco horas? — Fico surpresa com o quanto as anotações são abrangentes, quando eu geralmente copio apenas os destaques e confio na minha ótima memória (não que seja exatamente o caso agora) para preencher os espaços.

— Na verdade, você fez tudo isso em uma hora e meia. Às treze e trinta, fechei a biblioteca por uns minutos para ir até o meu chalé e buscar um remédio para uma dor de cabeça que surgiu de repente. Você disse que ficaria bem e a deixei trabalhando, mas, quando voltei, você não estava mais aqui. E a Athame de Morrigan tinha sido roubada.

O horror passa por mim, quando todas as tramas da história começam a se unir numa revelação chocante.

— Vocês acham que fui eu que fiz isso? — indago. — Acham que eu roubei a... — Agito a mão no ar.

— Athame — completa Macy. — É uma adaga cerimonial de dois gumes para as bruxas. Esta, em particular, estava com a nossa família há séculos.

Quero me sentir escandalizada por eles pensarem que eu seria capaz de fazer uma coisa dessas. Especialmente, porque não tenho a menor ideia do que estava fazendo enquanto Amka estava fora da biblioteca.

— Não achamos que você a roubou — intervém o tio Finn, com um tom de voz que está deliberadamente querendo me tranquilizar. — Mas pensamos que tem alguma coisa dentro de você, obrigando-a a fazer essas coisas. E é isso que queremos tentar entender para poder ajudá-la.

— Nós temos certeza disso? — questiono, com a voz saindo mais alta e aguda do que eu gostaria. — Digo... Vocês têm certeza de que fui eu que fiz isso?

Não que duvide deles. Simplesmente não quero acreditar neles. Porque, nesse caso, vou ter que começar a considerar certos cenários. Que tipo de poderes tem essa gárgula dentro de mim? E por que ela está me usando para fazer essas coisas horríveis?

Jaxon passa o braço ao redor da minha cintura para me dar suporte e, em seguida, apoia o queixo no meu ombro, enquanto sussurra:

— Está tudo bem. Vamos dar um jeito nisso.

Fico feliz por ele pensar assim, porque, neste momento, não parece que vou conseguir dar um jeito em nada.

— É por isso que queríamos que você viesse aqui, para podermos assistir à gravação toda juntos. E ver se conseguimos entender o que está acontecendo de verdade.

Meu tio vai até o outro lado do balcão da biblioteca.

— Ninguém está culpando você, Grace — pontua Macy, com um sorriso reconfortante. — Sabemos que há alguma coisa estranha acontecendo.

Meus joelhos fraquejam com aquelas palavras — uma gravação? — e também quando percebo a expressão amarga nos olhos do meu tio. Porque, se já viram essa gravação, então eles têm certeza de que fui eu quem roubou a Athame.

Tal percepção me atinge como uma pancada.

Sei que é ingenuidade, mas acho que passei o dia inteiro me apegando a alguma esperança. À esperança de que houvesse outra explicação para o sangue nas minhas roupas. À esperança de que outra pessoa tivesse atacado Cole e agora à esperança de que outra pessoa tivesse roubado a Athame.

Porque saber que fui eu, saber que fiz tudo isso e não me lembrar de absolutamente nada é apavorante. Não só por eu não conseguir me lembrar de nada, mas também pelo fato de que não tenho controle algum sobre o que faço quando estou assim.

Eu poderia até mesmo matar alguém, e jamais saberia.

O pânico começa a borbulhar no meu peito, deixando a minha respiração acelerada. Conto até dez... Depois até vinte. Meu coração está batendo tão rápido que sinto até mesmo um pouco de tontura. Não desvio o olhar do rosto do meu tio, enquanto ele mexe no computador do balcão central e, em seguida, vira o monitor para mim.

— Está tudo bem — repete Jaxon, mesmo que não esteja. Mesmo que tudo esteja tão longe de estar bem quanto se possa estar. — Eu prometo, Grace. Nós vamos descobrir o que houve.

— Espero que sim — respondo, enquanto nos juntamos ao redor do tio Finn para assistir à gravação das câmeras de segurança. — Por quanto tempo isso vai continuar ocorrendo antes que eu acabe em alguma prisão... ou pior?

Meu estômago afunda dentro de mim, enquanto assisto a uma gravação na qual apareço na tela, fazendo coisas que não me lembro de ter feito.

De acordo com o horário que aparece na parte de baixo da gravação, levantei da mesa em que estava lendo e fazendo anotações exatamente à uma e meia da tarde. Fui até onde Amka estava e falei alguma coisa para ela. Ela concordou com uma expressão estranha no rosto e, menos de um minuto depois, se levantou. Mas, em vez de ir embora, como disse antes, ela foi até o mostruário de vidro que guardava a Athame e vários outros artefatos mágicos preciosos. E todos eles estavam sob um feitiço de proteção, como meu tio explica.

E, às 13h37, a bibliotecária foi até lá e abriu o mostruário como se aquilo fosse a coisa mais normal do mundo. Em seguida, saiu da biblioteca e não voltou mais.

— O que aconteceu? — questiono, encarando Jaxon, Amka e meu tio e, depois, fazendo o caminho inverso. — Usei algum tipo de poder de gárgula?

Amka balança a cabeça, enquanto o vídeo continua, e observo ao mesmo tempo que levo a mão até o mostruário a fim de pegar a Athame. E a manga do meu blazer fica presa na vitrine depois.

— Não me lembro de ter destrancado o mostruário.

— Hudson — assevera Jaxon, com a voz baixa e veemente e talvez até um pouco... assustado? E isso me causa todo tipo de sensação ruim, porque Jaxon nunca se assusta.

— O quê? — pergunta o tio Finn. — O que Hudson tem a ver com isso?

— Quando éramos crianças, ele costumava fazer isso. Ele tem que conversar diretamente com a pessoa, mas é capaz de persuadir qualquer um a fazer qualquer coisa por ele, só usando a voz.

— O que foi que Hudson fazia, Jaxon? — pergunto, quando sinto as garras afiadas do medo me arranhando.

Jaxon enfim consegue tirar os olhos do vídeo.

— Ele usava o seu poder de persuasão para obrigar as pessoas a fazerem tudo que ele quisesse.

Capítulo 26

A POSSESSÃO SÃO NOVE DÉCIMOS DA LEI

As palavras de Jaxon pairam no ar entre nós por vários segundos. O poder e o horror delas se manifestam quase como uma presença física que retesa o meu corpo e me causa um arrepio.

— Mas... Como assim? — finalmente sussurro, e as palavras caem como granadas no silêncio existente entre nós. — Hudson está aqui? Eu o trouxe de volta comigo? Ele está me persuadindo a fazer coisas?

— Ele definitivamente está aqui — concorda o tio Finn. — A única questão é decidir o que vamos fazer a seguir.

— Bem, onde ele está, então? — pergunto, aflita. — Por que não o vimos?

Percebo a expressão entristecida do meu tio e o rosto contorcido pela raiva de Jaxon; a compaixão silenciosa de Amka e o incômodo que Macy tenta esconder, mas simplesmente não consegue, e começo a sentir um peso crescer no meu estômago. E ele vai se tornando mais pesado a cada segundo.

— Não... — eu digo a eles, balançando a cabeça conforme uma mistura de pânico, asco e horror passa por mim. — Não, não, não... não pode ser.

— Grace, está tudo bem. — Jaxon se aproxima e coloca sua mão em meu braço.

— Não está nada bem! — quase grito com ele. — É o contrário.

— Respire — sugere o meu tio. — Há medidas que podemos tomar para tentar consertar isso.

— Tentar consertar? — repito com uma risada que até mesmo eu percebo que está bem perto de ser histérica. — Tem um monstro vivendo dentro de mim!

— Há opções — contribui Amka, com um tom de voz tranquilizador. — Há várias tentativas possíveis antes de entrarmos em pânico...

— Não quero ser grosseira, Amka, mas não me inclua nisso. Eu já estou em pânico.

A sensação corre por mim da cabeça aos pés e, desta vez, tenho certeza de que não vou conseguir impedir o ataque. Neste momento, nem mesmo um caminhão lotado de tranquilizantes e de outros remédios de tarja preta seriam capazes de impedi-lo. Não quando a minha cabeça está girando e o meu coração está quase estourando no peito.

— Grace, está tudo bem. — Macy estende a mão a fim de me tocar, mas recuo um passo e ergo a mão, no gesto típico de quem pede um segundo para respirar.

Por sorte, todos respeitam o meu pedido. Eles me dão mais do que um segundo; não sei quanto tempo adicional me dão. Após certo tempo, os meus mecanismos de defesa — que agora já são bem familiares — começam a funcionar.

Não estou nem perto de me sentir bem; neste momento, não consigo nem imaginar qual seria a sensação de estar bem, mas forço o meu pânico para dentro de mim mesma e me concentro em elucidar as ideias.

Preciso conseguir pensar.

Preciso decidir o que fazer.

Ou melhor: nós precisamos decidir o que vamos fazer, porque, enquanto olho para as quatro pessoas que me encaram com preocupação, percebo que, só porque tenho a sensação de estar sozinha — mais sozinha do que no dia em que meus pais morreram —, não quer dizer que eu esteja.

Jaxon, Macy, o tio Finn e até mesmo Amka não vão me deixar passar por tudo isso sozinha, mesmo que eu quisesse. E a verdade é que, de fato, não quero. Eu nem saberia por onde começar.

— Bem... — consigo falar depois de tentar limpar a garganta algumas vezes. — Preciso pedir um favor.

— Qualquer coisa — responde Jaxon, e estende a mão para segurar na minha. É só depois que as nossas palmas se tocam que percebo o quanto tudo isso me deixou gelada. A palma de Jaxon parece queimar quando encosta na minha.

— Você pode explicar?

A mão de Jaxon aperta mais ao redor da minha.

— Explicar o quê? — pergunta ele, mas a expressão em seu rosto demonstra que ele já sabe.

— Preciso que você explique, para que eu não sinta que tem alguma coisa muito errada comigo. Por favor.

Jaxon exibe uma expressão mais assombrada do que jamais vi antes. Normalmente, o confortaria quando ele fica desse jeito, mas não posso fazer isso. Não sou capaz. Nem agora, nem nunca.

— Jaxon... — sussurro, porque não sei o que fazer. — Por favor.

Jaxon confirma com um aceno trêmulo de cabeça, com os olhos ardendo como discos de obsidiana que queimam com cada milímetro da minha pele à medida que ele me observa.

— O motivo pelo qual não conseguimos saber o que aconteceu com Hudson... — verbaliza ele com uma voz que rasga como vidro quebrado. — A razão pela qual não conseguimos descobrir onde você o deixou, nem para onde ele foi, é porque ele estava aqui o tempo todo.

Firmo os joelhos para não desabar. Em seguida, espero que ele faça explodir a bomba que está na minha cabeça há vários minutos. A explosão que eu não quero ouvir, que não quero saber, mas que acabei de implorar para que ele detonasse.

— A razão pela qual nós não conseguimos descobrir onde Hudson se escondeu na Academia Katmere é porque, durante esse tempo todo, ele está escondido dentro de você.

Capítulo 27

QUANDO O MAL REALMENTE
PRECISA SER MAU...

Aquelas palavras, embora eu já esperasse esse efeito, ainda me causam um choque enorme e explodem como uma bomba dentro de mim. Como se fosse um reator nuclear no estágio mais perigoso do seu colapso. Porque isso não pode estar acontecendo. Simplesmente não pode estar acontecendo.

Não posso estar com o irmão cruel de Jaxon dentro de mim.

Não posso aceitar que ele me controle sempre que quiser.

Não posso aceitar que ele apague as minhas lembranças.

Simplesmente não posso.

E mesmo assim, aparentemente, eu posso. Porque é isso que faço.

— Está tudo bem — reassegura o meu tio. — Assim que eu voltar para o meu escritório, vou fazer algumas ligações. Vou encontrar alguém que saiba como lidar com isso e mandar que venha a Katmere assim que possível.

— E eu vou começar a fazer umas pesquisas — emenda Macy. — Como Amka disse, existem feitiços que podem funcionar. Podemos entrar em contato com várias congregações para ver o que podemos descobrir. E vamos continuar pesquisando. Vamos encontrar um jeito de tirar Hudson da sua mente. Prometo.

Aquelas palavras reverberam na minha cabeça, girando sem parar, enquanto tento aceitar este novo pesadelo. Enquanto tento perceber se consigo sentir Hudson dentro de mim, com seus dedos sujos no meu coração e na minha mente.

Tento várias vezes, mas não consigo encontrar nada. Nenhum pensamento que não seja meu. Nenhum sentimento que não pertença a mim. Nada fora do comum... Exceto, claro, toda essa coisa que ele está fazendo, de dominar o meu corpo.

Conforme tento assimilar a realidade deste pesadelo, dessa violação nova e horrível, a conversa fica bem animada à minha volta. Jaxon, o tio Finn, Macy,

Amka, todos dando sua opinião sobre como vão poder consertar o que está acontecendo.

Como vão poder me consertar.

Todo mundo está dando a sua opinião sobre algo que, para mim, é o problema mais pessoal de toda a minha vida. O problema mais pessoal que alguém poderia ter — outra pessoa vivendo dentro da própria pele, assumindo o controle sempre que quer, forçando-me a cometer atos horríveis que eu jamais faria por vontade própria.

— E eu? — pergunto, quando não consigo mais suportar aquela discussão e bate-boca.

— Prometo que vamos dar um jeito nisso — reafirma o tio Finn. — Vamos tirá-lo de dentro de você.

— Não foi isso que eu quis dizer — digo a ele. — Mas... O que é que eu faço? Enquanto vocês quatro estão tentando descobrir um jeito de me salvar, o que é que eu posso fazer?

Minha preocupação atrai a atenção deles, fazendo com que se entreolhem, enquanto tentam entender do que estou falando. O que é simplesmente mais uma prova de que existe um problema aqui, não é?

— Grace, meu bem, não há nada que você possa fazer agora. — Meu tio fala comigo com um tom de voz deliberadamente calmo, como se esperasse que a pessoa com quem ele está conversando estivesse a ponto de ter um ataque histérico a qualquer momento.

Mas a histeria desapareceu. Não para sempre, porque tenho certeza de que essa sensação vai voltar antes do término deste pesadelo, mas pelo menos por enquanto. E, em seu lugar, há uma determinação de não me conformar, uma determinação de jamais ser colocada em uma situação do tipo outra vez.

— Bem, neste caso, acho que é melhor encontrarmos algo para eu fazer — sugiro a ele. — Porque, se estivermos certos, se Hudson estiver mesmo morando dentro de mim tal qual um parasita, não vou simplesmente ficar sentada esperando para ver o que vocês decidem fazer. Foi por causa disso que eu me meti em todo tipo de situação horrível desde que cheguei ao Alasca.

As palavras são ríspidas. Em outra situação, em outra realidade, nunca diria algo assim. Mas nesta situação, nesta realidade, elas precisam ser ditas.

E as pessoas com quem estou falando precisam ouvi-las, assim como precisam me ouvir. Porque me recuso a ficar só assistindo ao desenrolar dos eventos ao meu redor. Não vou simplesmente ficar parada aqui e deixar que prevariquem, que contem meias verdades e escondam coisas de mim sob o pretexto de "me proteger". Não mais.

— Sim, quero saber o que posso fazer para tirar Hudson de dentro de mim — declaro para eles. — Mas, como parece que vai ser um processo longo, preciso de algumas ideias mais imediatas capazes de me ajudar. Tipo o que eu posso fazer, agora mesmo, para garantir que ele não me obrigue a machucar ninguém mais. Não o que vocês podem fazer, mas o que eu posso fazer. Porque não vou ficar parada aqui e permitir que ele assuma o controle sobre mim sempre que quiser, até que todos esses especialistas descubram alguma coisa. Ele nunca vai me usar como uma arma outra vez; nem contra Cole, nem contra Amka e, definitivamente, não vai me usar contra Jaxon.

— Hudson não pode usar você contra mim — rebate Jaxon, me interrompendo, mas ergo a mão para que ele se cale.

— Ele já usou — informo a ele, enquanto meu cérebro funciona de modo acelerado, analisando cenários diferentes ao passo que as peças começam a se encaixar. — Por que acha que eu me sinto tão desconfortável quando estou com você? Por que acha que me esquivo toda vez que você tenta me beijar? Talvez não tenha pensado nisso ainda, mas está cada vez mais claro para mim.

Percebo, pelo olhar de Jaxon, que estou conseguindo convencê-lo, que ele está repassando todas as interações entre nós nos últimos dias, tentando saber o que era realmente eu e o que era Hudson. E não o culpo; acabei de fazer exatamente a mesma coisa. E não gosto nem um pouco do que descobri.

— Já estou cheia disso, Jaxon. Já estou cheia disso, tio Finn. Nunca mais vou acordar encharcada com o sangue de outra pessoa. Ou no meio de um círculo de feitiçaria, com a roupa em farrapos, depois de ter desaparecido. E não vou deixar que um assassino use o meu corpo ou a minha cabeça livremente nem por um segundo além do que já deixei.

Sinto um aperto no peito e percebo que minhas mãos estão trêmulas, mas a minha cabeça está límpida. Eu sei, eu sei que estou fazendo a coisa certa.

— Ou vocês falam comigo e me ajudam a descobrir o que posso fazer, ou eu juro que vou voltar para trás daquela pilha de livros. Vou ler cada um deles até descobrir como me transformar em gárgula outra vez. E, desta vez, vou ficar assim até que Hudson não consiga mais machucar ninguém.

Jaxon abre a boca para falar, mas faço um sinal negativo com a cabeça. Ainda não terminei.

— E se isso significa que vou ter que permanecer na forma de gárgula para sempre, então é exatamente o que vou fazer. Não é isso que eu quero fazer, mas é isso que vou fazer — anuncio, quando todos iniciam seus protestos. — Porque ninguém, ninguém vai me usar como um fantoche outra vez.

Foi por isso que quase morri quando cheguei aqui e por isso que Jaxon e Flint quase morreram, também. Se tivessem só me contado a verdade logo que cheguei, não teria passado meus primeiros quatro dias em Katmere tateando no escuro à procura de entender sozinha as circunstâncias, enquanto as pessoas tentavam me matar. Não teria confiado nas pessoas erradas.

E talvez eu não tivesse acabado naqueles túneis com Lia, e Jaxon não teria quase morrido. E não estaríamos aqui, agora, com Hudson usando a porra do meu corpo para passar uma temporada psicótica de férias.

Fico enjoada só de pensar a respeito, sentindo vontade de chorar. Vontade de gritar.

Quero que ele se vá. Quero que saia de mim agora mesmo. Mas, se isso não for possível, preciso saber como vou manter a mim mesma e as pessoas à minha volta a salvo dele.

Observo Jaxon, Macy, meu tio e Amka, mas tudo que vejo são essas quatro pessoas me encarando com um respeito relutante no olhar. E isso significa que é hora de fazer a pergunta que está ardendo no meu peito.

— Preciso me transformar em gárgula de novo ou há um jeito de bloquear a influência dele?

De repente, sinto algo vibrar por dentro que se parece muito com um urro — de raiva, agonia ou terror, não sei qual. Mas é definitivamente um grito... E tenho certeza de que não vem de mim.

Capítulo 28

ÀS VEZES, AS GAROTAS
SÓ QUEREM COMANDAR

Mal tenho tempo de entender o que isso significa, se é que significa alguma coisa, quando Jaxon diz:

— Vou levar você até a Carniceira.

— A Carniceira? — repito, porque não é um nome que eu tenha ouvido antes. E também porque não é algo muito, digamos... convidativo. Em um mundo cheio de criaturas paranormais que nem se abalam com perdas de sangue ou encontros que quase os matam, que tipo de monstro você precisa ser para que o chamem de "carniceira"?

É esquisito demais.

— A Carniceira? — repete o tio Finn com o mesmo ceticismo que estou sentindo. — Tem certeza de que é uma boa ideia?

— Não — responde Jaxon. — Na verdade, tenho certeza de que essa é uma ideia ruim pra caralho. Mas deixar que Grace volte a se transformar numa gárgula por sabe-se lá quanto tempo também é péssimo.

Ele olha para mim e o seu rosto está repleto de preocupação e de amor, com um toque de medo, que Jaxon está se esforçando muito para não transparecer para mim.

— Não sei se a Carniceira pode ajudar a descobrir uma maneira de isolar Hudson na sua cabeça. Mas sei que, se existe alguém capaz de fazer isso, esse alguém é ela.

— Quem é ela? — indago, porque tenho a impressão de que pelo menos preciso ter alguma noção do que vai acontecer se eu concordar com isso.

— Ela é uma Anciã — explica Jaxon. — Uma vampira que está viva há mais tempo do que quase tudo neste planeta. E ela... vive... numa caverna de gelo não tão longe daqui.

Reviro aquelas palavras na minha cabeça, à procura de um significado mais profundo para elas. Sei que deve haver um; é óbvio pela maneira como os olhares estão voando entre o meu tio e Amka. Macy parece não saber direito o que está acontecendo, mas isso obviamente se deve ao fato de que ela sabe tão pouco quanto eu sobre o assunto.

— Ela é brutal — comenta Amka depois de um segundo. — Totalmente pavorosa. Mas, se alguém souber de algo, ela sabe.

Tenho de admitir que "brutal" não é exatamente uma palavra que me desperta muita confiança. Por outro lado, "pavorosa" também não é. E, considerando que estou em uma sala com um dos vampiros mais poderosos do mundo e ninguém aqui tem nem um pouco de medo dele, sinto um calafrio só de pensar em como essa tal de Carniceira pode ser.

Em especial, porque Jaxon parece nervoso ante a ideia de me levar até ela.

— Você a conhece? — pergunto, conforme a apreensão toma conta de mim. — Tipo... Ela vai tentar nos matar assim que nos vir ou vai pelo menos escutar o que temos a dizer?

— Ela é brutal, mas não é completamente psicótica — diz Jaxon. — E eu a conheço, sim. Foi ela quem me criou.

Ele não se pronuncia mais, como se ter sido criado pela vampira mais pavorosa do mundo seja algo totalmente normal. Podia até mesmo ter começado a falar como naquele desenho *South Park,* quando dizem *circulando, circulando, não tem nada para ver aqui.*

O que só serve para me convencer de que há muitas coisas que Jaxon não está me contando. E mais preocupada ainda pela possibilidade de que essas coisas que ele não me contou sejam muito ruins.

Contudo, se visitar essa Carniceira de quem ele está falando pode ajudar a tirar Hudson da minha cabeça e talvez até me dar a oportunidade de conhecer um pouco da infância de Jaxon, então estou dentro.

— Quanto tempo demora para chegar lá? — pergunto. — E quando podemos ir?

— Algumas horas — responde Jaxon. — E podemos ir agora, se você quiser.

— Agora? — pergunta o tio Finn, mostrando que não está nem um pouco impressionado. — Por que não esperam até amanhã de manhã, quando vai estar mais claro?

— E dar a Hudson uma nova chance de tentar me controlar? — pondero, nem preciso fingir que estou traumatizada só de pensar na ideia. — Nem pensar.

Isso para não mencionar que estou com muito medo de dormir esta noite, ou em qualquer outra noite. O fato de Hudson estar dentro de mim é pavoroso, asqueroso e esquisito. Será que ele consegue ler os meus pensamentos, também? Assim... será que ele está na minha cabeça agora, ouvindo tudo o que estou pensando? Ou os talentos dele estão limitados apenas a controlar o meu corpo? Apenas. Como se a minha vida já não estivesse confusa o bastante.

Como foi que a situação ficou desse jeito? Cinco meses atrás, eu estava em San Diego e o meu maior dilema era decidir em qual faculdade iria estudar. Agora, ainda tenho que decidir isso — ou pelo menos acho que tenho (será que gárgulas vão para a faculdade?), além de lidar com lobisomens alfa malignos que estão tentando acabar comigo e vampiros psicopatas vivendo na minha cabeça.

Se não fosse por Jaxon, tenho quase certeza de que diria que a vida piorou muito... muito mesmo.

Ao decidir que a melhor maneira de aplacar as objeções do tio Finn é simplesmente agir como se isso fosse uma questão já resolvida, me volto para Jaxon.

— Vamos precisar ligar para ela para avisar que estamos a caminho? Digo... Se ela tiver um telefone na sua... caverna de gelo. — Nem consigo acreditar que eu disse isso.

— Ela não precisa de telefone. E, se já não souber que estamos indo para lá, vai descobrir muito antes da nossa chegada.

Assustador? Nem um pouco.

Sorrio para ele.

— Ótimo. Vou trocar de roupa e nos encontramos na frente da escola em quinze minutos, está bem?

Jaxon concorda com um aceno de cabeça.

— É melhor você se abrigar bem. Vamos passar um bom tempo no frio.

Quando ele diz "um bom tempo", imagino que queira dizer "o tempo todo", considerando que a Carniceira mora numa caverna de gelo. O que é outra coisa extremamente esquisita e sobre a qual eu quero saber mais — incluindo se Jaxon cresceu ou não na caverna de gelo que vamos visitar ou se ele passou a infância em algum outro lugar e se mudou para lá depois. Afinal, a primeira coisa que vem à minha cabeça quando alguém diz "aposentadoria" é criar sua própria morada no meio de uma caverna congelada no meio do Alasca.

— Dê pelo menos uns trinta minutos a ela, Jaxon — sugere o meu tio com o ar de um homem que sabe quando está derrotado.

— Prefiro colocar o pé na estrada assim que possível — reclamo.

— E eu prefiro que você coma alguma coisa antes de partir. — Ele me encara com uma expressão dura que deixa bem claro que esta é uma coisa da qual ele não vai abrir mão, em hipótese alguma. — Você não vai encontrar nenhum restaurante na parte mais remota do Alasca e a Carniceira não vai ter nada que você queira comer. Por isso, passe na cantina antes de ir. Você pode pegar um sanduíche para comer agora e vou mandar que preparem algumas coisas que você pode levar. Porque, provavelmente, vão passar a noite fora.

Eu não tinha considerado essa possibilidade; não tinha pensado em nada além de arrancar Hudson de dentro de mim. E fico feliz pelo fato de o tio Finn ter pensado no caso. Especialmente, se eu levar em conta que nem fui almoçar hoje e o meu estômago faz questão de me lembrar disso de modo que não reste dúvida alguma.

— Obrigada, tio Finn. — Fico na ponta dos pés para lhe dar um beijo na bochecha.

Ele responde fazendo um carinho meio desajeitado nas minhas costas, enquanto diz:

— Tome cuidado quando estiver por lá. E deixe que Jaxon converse com a Carniceira. Ele a conhece melhor do que qualquer outra pessoa.

Concordo com um aceno de cabeça, enquanto penso no que ele quer dizer — e em como a pessoa que criou Jaxon, a pessoa que ele melhor conhece em todo o mundo, também é uma mulher conhecida por sua crueldade.

— Vamos, Grace. Eu a ajudo a escolher as roupas de que você vai precisar — convida Macy, já me puxando para a saída.

Eu a acompanho, olhando para trás apenas a fim de acenar para Jaxon e formar as palavras trinta minutos com os lábios.

Ele assente em resposta, mas consigo vislumbrar a inquietação em seus olhos. E entendo. Entendo mesmo. Estou me esforçando para não perder a cabeça por causa de Hudson, também, mas a verdade é que a minha sanidade está por um fio. Jaxon deve estar sentindo o mesmo, com uma dose extra de responsabilidade pela situação, porque é assim que ele encara as situações — especialmente aquelas que envolvem a mim.

— Está pronta? — pergunta Macy, observando enquanto deixo de olhar para Jaxon em busca de seguir até o nosso quarto.

— Não — respondo. Mas continuo indo em frente. Porque, às vezes, o que uma garota quer fazer e o que ela precisa fazer são duas coisas bem diferentes.

Capítulo 29

SOU SEXY DEMAIS PARA O MEU CASACO...
ASSIM COMO TODAS AS OUTRAS PESSOAS

— Belo casaco — diz Jaxon quando me vê, trinta minutos depois, e a linha dolorosamente fina dos seus lábios se curva para cima.

Estou vestida com seis camadas de roupa para me proteger do tempo frio do interior do Alasca, incluindo um casaco forrado rosa-choque que pode ser avistado pelos predadores a uns cinquenta quilômetros de distância. Mas, quando Macy o colocou orgulhosamente sobre a minha cama, não tive coragem nem energia para recusar o presente.

— Não comece — respondo e, em seguida, procuro alguma coisa que eu possa usar para zoar com a cara dele também. Claro que não há nada. Ele está vestido da cabeça aos pés com roupas para o inverno e está muito, muito bonito. Nem um pouco parecido com a fugitiva de uma fábrica de algodão doce.

Enquanto descemos a escada que concede acesso à porta principal da escola, espero me deparar com um trenó motorizado logo abaixo. Mas não há nada por ali e fito Jaxon, confusa, enquanto enfio a cara um pouco mais para dentro do cachecol de lã que me cobre das maçãs do rosto até o peito.

— A temperatura vai cair pelo menos uns quinze graus nas próximas horas — ele me informa, puxando-me para junto de si. — Não quero que você fique ao ar livre mais do que necessário.

— Sim, mas um trenó motorizado não ajudaria a fazer isso? — pergunto. Deve ser melhor do que andar a pé pelas montanhas, não é?

Mas Jaxon simplesmente ri.

— Um trenó só vai nos atrasar.

— Como assim?

— Vou usar um truque que conheço. Vamos acelerar.

— Acelerar? — Não faço ideia do que isso significa, mas não parece muito agradável. Mesmo assim, o que há de agradável nesta situação? Visitar uma vampira anciã e esperar que ela não nos mate? Viver com um psicopata dentro da cabeça? Não ter nenhuma lembrança do que aconteceu nos últimos quatro meses?

Dane-se. Seja lá o que signifique acelerar ou o que Jaxon tiver em mente, tem de ser melhor do que qualquer outra coisa que estamos enfrentando.

E é por isso que apenas concordo com um meneio de cabeça, e Jaxon explica que acelerar é um poder vampírico que envolve ir muito, muito rápido de um lugar para outro.

Sinto vontade de perguntar o que exatamente ele quer dizer com muito rápido, mas será que isso realmente importa? Se conseguirmos chegar até a Carniceira e descobrir o que podemos fazer em relação a Hudson antes que ele decida transformar a minha vida num programa de TV chamado *Controladores de Corpos Alheios*, podemos até mesmo ir nadando até a caverna da Carniceira e eu não me importaria.

— Então... o que eu preciso fazer? — indago, quando Jaxon fica diante de mim.

— Vou pegar você nos braços. E você segura firme.

Não parece tão ruim. É quase romântico, inclusive.

Jaxon se aproxima e me pega no colo, com um braço sob os meus ombros e outro sob os joelhos. Quando sente que estou bem equilibrada, ele pisca o olho para mim.

— Está pronta?

De jeito nenhum. Mas faço um sinal de joinha para ele.

— Claro, totalmente.

— Segure firme. — Ele avisa e espera até que eu coloque os dois braços ao redor do seu pescoço, com toda a minha força.

E ele sorri para mim quando faço isso. Em seguida, começa a correr.

Só que não é como nenhuma corrida que eu já tenha visto antes. Na verdade, não é nem mesmo parecido com o ato de correr. Pelo que percebo, é como se estivéssemos desaparecendo de um lugar e reaparecendo no lugar seguinte, rápido demais para que eu consiga me orientar sobre o novo lugar até desaparecermos outra vez.

É estranho, apavorante e fabuloso ao mesmo tempo, e eu me seguro com toda a força que tenho, medo do que pode acontecer se eu me soltar, mesmo que Jaxon esteja me segurando com bastante firmeza junto ao peito.

Quando ele acelera, indo de um ponto a outro, continuo tentando pensar, tentando me concentrar no que quero dizer à Carniceira ou como posso arrancar Hudson da minha mente, mas estamos avançando tão rapidamente que até pensar com clareza é impossível. Em vez disso, há somente instinto e os níveis mais básicos de pensamento.

É a sensação mais estranha do mundo. E também é uma das mais libertadoras.

Não faço a menor ideia de quanto tempo passamos viajando quando Jaxon finalmente para no alto de uma montanha. Ele me coloca devagar no chão e eu fico agradecida por isso. De repente, sou acometida pela sensação de que as minhas pernas são feitas de borracha.

— Já chegamos? — pergunto, examinando ao redor à procura da entrada da caverna.

Jaxon sorri e não é a primeira vez que percebo como é bom ele não precisar se preocupar em deixar a pele exposta ao frio, como acontece comigo quando estamos ao ar livre. Gosto de poder ver o rosto dele e gosto ainda mais de poder observar as reações dele às minhas palavras.

— Eu queria lhe mostrar a vista. E achei que talvez você quisesse parar um pouco.

— Parar? Mas a gente só está viajando há uns minutos.

O sorriso dele se transforma em uma risada.

— Já faz uma hora e meia, mais ou menos. E nós já viajamos uns quinhentos quilômetros.

— Quinhentos quilômetros? Então nós estamos viajando a uns...

— Trezentos quilômetros por hora, mais ou menos. Acelerar é mais do que simplesmente se mover. Não sei como descrever; é um pouco parecido com voar, mas sem ter um corpo. Todo vampiro começa a treinar isso desde cedo, mas eu sempre fui muito bom nisso. — Ele está parecendo um garotinho, todo orgulhoso de si mesmo.

— Que... incrível. — Não me espanta o fato de que estava tendo dificuldades para pensar, enquanto Jaxon acelerava. Não estávamos simplesmente nos movendo, mas sim alterando a realidade.

Conforme reviro essa informação na minha cabeça, eu me lembro de um livro que li no sétimo ano da escola: *Fahrenheit 451,* de Ray Bradbury. O escritor falava sobre pessoas que pilotam carros em altíssima velocidade nas estradas, a uns duzentos quilômetros por hora, com a aceitação do governo, porque isso impedia as pessoas de pensarem. Eles têm que se concentrar no volante e em não morrer, excluindo todas as outras coisas.

Foi mais ou menos assim que me senti enquanto Jaxon acelerava. Como se todas as outras coisas da minha vida, até mesmo as ruins, simplesmente desaparecessem, deixando em seu lugar os instintos de sobrevivência mais básicos. Sei que Bradbury escreveu o livro como um aviso, mas acelerar é tão legal que não consigo deixar de imaginar o que Jaxon sente quando o faz.

Fico pensando se sua sensação é igual à minha, ou se vampiros têm uma capacidade maior de lidar com isso porque são feitos para aguentar tamanha velocidade. E quase faço a pergunta, mas ele parece feliz — muito feliz —, e não quero estragar o momento fazendo perguntas que podem ser difíceis de responder.

Assim, não digo nada. Pelo menos, não até que Jaxon me diga para virar para trás e eu consiga enxergar a paisagem do topo da montanha em que estamos. E é de tirar o fôlego. Picos gigantescos até onde a vista alcança, quilômetros e quilômetros de neve acumulada no alto e nas encostas das montanhas numa espécie de terra fantástica congelada. E o momento ainda é mais precioso sabendo que podemos ser as únicas duas pessoas que já pisaram aqui.

É uma sensação incrível e, ao mesmo tempo, me dá uma noção do quanto somos pequenos. E isso só aumenta conforme a noite cai à nossa volta, banhando o mundo em tons suaves de roxo.

A aurora boreal ainda não surgiu no céu, mas há algumas estrelas, e vê-las sobre esse horizonte lindo e infinito me oferece uma perspectiva melhor sobre tudo que está acontecendo na minha vida. Não consigo deixar de comparar o que uma vida humana — os problemas de um único ser humano — é em contraste com tudo isso. Não consigo evitar imaginar, pela primeira vez, qual é a sensação de ser imortal. Eu sei como me sinto quando estou aqui: pequena, insignificante, finita. Mas o que alguém como Jaxon sente e não somente com o conhecimento de que pode escalar — e conquistar — esta montanha impossível em questão de minutos, mas também o conhecimento de que ele vai estar por aqui por tanto tempo quanto esta montanha.

Não consigo nem imaginar essa sensação.

Não sei quanto tempo ficamos ali, olhando para a distância conforme escurece. Tempo o bastante para que os braços de Jaxon se fechem ao redor de mim e para que eu consiga relaxar junto dele.

Tempo o bastante para que os últimos resquícios da luz do sol desapareçam por trás das montanhas.

Tempo mais do que suficiente para que o frio comece a apertar.

Jaxon percebe o meu primeiro calafrio e se afasta a contragosto. Sei o que ele está sentindo. Neste momento, eu adoraria passar a eternidade inteira nesta montanha, só ele, eu e essa sensação incrível de paz. Nunca senti algo assim desde o dia em que meus pais morreram. E talvez nunca tenha sentido, mesmo.

Não é possível haver paz com Hudson dentro de você, diz uma voz no fundo da minha cabeça, estraçalhando a sensação de contentamento. Será que poderia ser o meu lado gárgula tentando me avisar outra vez? Fico imaginando se é o caso. Hudson, obviamente, não me avisaria sobre a sua presença.

É outro tópico para a minha pesquisa, imagino, se a minha vida voltar a acontecer numa velocidade normal algum dia. E isso me lembra de que preciso reservar um tempo, quando voltar à Katmere, para repassar as anotações sobre gárgulas que Hudson fez. Outro calafrio percorre minha coluna, quando me pergunto o que ele poderia estar procurando a meu respeito.

— Precisamos ir — avisa Jaxon, abrindo o zíper da minha mochila e tirando uma garrafa térmica de inox. — Mas você precisa beber algo antes de irmos. A altitude pode ser brutal.

— Mesmo para gárgulas? — brinco, pois parece o momento apropriado.

— Especialmente para gárgulas. — Ele abre um sorriso torto e estende a garrafa para mim.

Eu bebo, mais porque Jaxon está me olhando do que por estar com sede de verdade. É algo pequeno e não vale a pena começar uma discussão, em especial porque ele conhece o clima melhor do que eu. A última coisa de que preciso é de uma desidratação junto a todo o restante que está acontecendo em meu interior agora.

— Pode me dar uma barra de cereal? — peço ao devolver a garrafa para que ele a guarde na minha mochila de novo.

— É claro — diz ele, revirando a mochila para pegá-la para mim.

Depois de mastigar algumas vezes, pergunto:

— Quanto tempo ainda vamos demorar para chegar até a caverna da Carniceira?

Jaxon me pega nos braços outra vez e pensa na questão.

— Bem, depende.

— Depende do quê?

— De não encontrarmos algum urso no meio do caminho.

— Ursos? — exclamo em um gritinho, porque ninguém mencionou nada sobre ursos. — Eles não estão hibernando?

— Estamos em março — responde ele.

— E daí?

Ele não responde e eu o cutuco no ombro.

— Jaxon, o que você quer dizer com isso?

Ele me encara com um sorriso malandro.

— Bem, a gente vai ver.

Eu o cutuco outra vez.

— Mas e se...

Ele acelera antes que eu consiga terminar a frase. E, em seguida, somos somente Jaxon e eu descendo em alta velocidade pela encosta de uma montanha. Bem, Jaxon, eu e, aparentemente, um monte de ursos.

Estou lascada.

Capítulo 30

QUEM VAI SER O JANTAR DA CARNICEIRA?

Parece que se passaram apenas alguns minutos até que Jaxon para outra vez, mas, quando olho para o meu celular, percebo que outra hora se passou. Ou seja, se viajamos na mesma velocidade de antes, devemos estar a uns oitocentos quilômetros de Katmere.

— Chegamos — anuncia Jaxon, mas eu já imaginava. Ouço a tensão na voz dele e a percebo em seus ombros.

Observo ao redor, tentando avistar a caverna de gelo onde vamos nos encontrar com a Carniceira, mas tudo que vejo é a montanha, em todas as direções. Montanhas e neve. Mas, pensando bem, não sou exatamente uma grande especialista em cavernas de gelo.

— Tem alguma coisa de que preciso saber? — pergunto, quando ele pega na minha mão e começa a me levar para perto da base da montanha.

— Para ser sincero, há tanta coisa que você precisa saber que eu não saberia por onde começar.

No começo, rio por achar que ele está brincando, mas uma rápida olhada em seu rosto indica que não entendi direito a situação. Em resposta, a tensão no meu estômago se intensifica um pouco.

— Talvez uma versão resumida? — sugiro, quando paramos outra vez; desta vez, bem diante de duas pilhas gigantescas de neve.

— Não sei se isso vai fazer algum bem, mas posso tentar. — Ele balança a cabeça e passa uma mão enluvada pela coxa, no gesto mais nervoso que já vi Jaxon fazer, conforme o silêncio se alonga. Eu já achava que ele havia mudado de ideia, que não ia me dizer nada, mas Jaxon fala numa voz que é mais vento do que sussurro: — Não se aproxime muito dela. Não tente apertar a mão dela quando a encontrar. Não... — Ele para de falar e, desta vez, passa a mão pelo rosto em vez de pela coxa. Embora suas palavras se misturem com o uivo de um lobo ali perto, eu o ouço dizer: — Isto não vai dar certo.

— Você não sabe se vai — rebato.

Ele vira a cabeça para mim com um movimento brusco e desta vez aqueles olhos de obsidiana com os quais ele me encara não se parecem com nenhum outro olhar que eu tenha visto. Chamas prateadas dançam nas profundezas dos seus olhos e há uma montanha de desolação ali, assim como uma enorme variedade de outras emoções que não reconheço nem entendo.

— Sabe que ela é uma vampira, não é?

— Claro que sei. — Não sei aonde ele quer chegar com isso, mas as pessoas falaram bem claramente na biblioteca.

— Se já faz algum tempo que ela não se alimenta, provavelmente vai ter uma fonte de comida bem ali — elucida Jaxon, com a boca contorcida numa careta que eu nunca teria deixado passar.

— Uma fonte de comida? — repito. — Tipo... Uma pessoa?

— Sim. — Ele engole em seco. — Quero que você saiba que não faço o que ela faz. Não me alimento de pessoas do mesmo jeito que ela. Eu não...

— Está tudo bem — asseguro a ele, quando percebo que Jaxon está tão nervoso acerca do que vou pensar sobre sua criação e sobre a mulher que o instruiu por tantos anos quanto ele mesmo se preocupa com a minha segurança e com o fato de que o seu irmão está escondido em algum lugar dentro de mim.

É uma revelação chocante sobre alguém que sempre pareceu ter total autoconfiança e isso me causa, ao mesmo tempo, sensações de afeto e nervosismo.

Jaxon confirma com um aceno de cabeça.

— Às vezes, ela atrai turistas para a caverna. Ou então outros paranormais lhe trazem "presentes" em troca de ajuda. Mas eu não faço isso — justifica-se ele, olhando nos meus olhos.

— Seja lá o que acontecer lá dentro, está tudo bem — reafirmo a ele, inclinando-me para a frente, de modo que os meus braços estejam ao redor da sua cintura e apoiando o meu queixo no seu peito. — Eu juro.

— Acho que é meio exagerado afirmar que tudo está bem — pondera Jaxon. — Mas ela tem dezenas de milhares de anos de idade, então as coisas são o que são. — Ele retribui o abraço e se afasta um pouco. — Além disso, você vai ter que deixar que eu conduza a conversa lá dentro. Se ela lhe fizer uma pergunta, você responde, é claro. Mas a Carniceira não gosta muito de estranhos. Ah, e não a toque e também não deixe que ela toque você.

Bem, os avisos estão começando a ficar bem esquisitos agora.

— E por que eu teria que tocá-la?

— Só estou dizendo para não chegar muito perto. Ela não gosta muito de gente.

— Que coisa, não? Achei que morar numa caverna gelada em uma das áreas mais remotas do Alasca já indicasse isso.

— Bem, sempre há razões para as pessoas morarem onde moram. Nem sempre elas têm escolha.

Tenho vontade de perguntar o que ele quer dizer com isso, mas Jaxon praticamente encerrou o assunto com essa frase. Assim, decido não pressionar. Em vez disso, eu me limito a concordar com um meneio de cabeça e perguntar:

— Tem mais alguma coisa que eu precise saber?

— Nada que eu consiga explicar em dois ou três minutos. Além disso, está esfriando. É melhor entrarmos antes que você congele.

Estou com frio e meus dentes estão quase batendo, apesar das muitas, muitas camadas de roupa que visto no momento. Por isso, não discuto. Em vez disso, simplesmente dou um passo para atrás e espero até que Jaxon indique o caminho.

E, mesmo pensando que estou pronta para qualquer coisa, tenho de admitir que a única coisa que não esperava era que Jaxon fosse erguer a mão e erguer todo um banco de neve a alguns metros do chão. Mas, fazendo isso, ele revela uma pequena abertura na base da montanha: a entrada da caverna de gelo.

Jaxon deixa a neve cair atrás de nós e passa as mãos pelo ar, delineando um traçado complicado. Tento observar o que ele está fazendo, mas ele se move tão rápido que suas mãos são pouco mais do que um borrão. Quero perguntar o que está havendo, mas ele está tão concentrado que eu simplesmente decido esperar até que ele termine.

— Proteções — explica ele quando pega na minha mão e me leva para dentro da caverna.

— Para impedir que as pessoas entrem? — pergunto.

Ele faz um gesto negativo com a cabeça.

— Para que o meu pai não entre.

O queixo de Jaxon fica retesado e tenho a impressão de que ele não quer que eu faça mais perguntas. Por isso, não as faço.

Além disso, preciso usar toda a minha capacidade de concentração para não escorregar e cair quando ando pelo caminho mais íngreme, estreito e coberto de gelo que já vi. Jaxon segura na minha mão com força durante todo o percurso, usando sua força para ajudar a me equilibrar em várias ocasiões conforme descemos.

Ele está com o celular na mão esquerda, com o aplicativo da lanterna ligado para iluminar o meu caminho, e nós paramos várias vezes durante o percurso para que eu consiga firmar melhor os pés. Esses são os momentos de que mais gosto, inclusive, porque são as únicas oportunidades que tenho de dar uma olhada ao redor da caverna por onde estamos passando... E o lugar é absolutamente maravilhoso. Em todo lugar que eu olho, vejo lindas formações de gelo e rocha; algumas são afiladas o bastante para empalar pessoas, enquanto outras já foram bem desgastadas pelo tempo e pela água para revelar suas origens.

Essas são as minhas favoritas.

Após determinado tempo, chegamos a uma bifurcação no caminho, mas continuamos descendo pela direita.

Há uma outra bifurcação no fim da descida e, desta vez, Jaxon nos leva para a esquerda. Passamos por outro conjunto de proteções e, de repente, o terreno se torna plano. Estamos em uma sala enorme, com tantas velas acesas que, depois daquela escuridão, tenho de piscar os olhos por causa do brilho forte.

— Que lugar é este? — sussurro para Jaxon, porque parece o tipo de lugar que exige um sussurro. Aberto, com um teto alto e formações brilhantes de rocha e gelo em todas as direções, este lugar é a maravilha natural mais impressionante que já vi.

O lugar parece um sonho... Pelo menos, até eu olhar para um dos cantos e perceber que há correntes e grilhões presos no teto — logo acima de alguns baldes ensanguentados. Não há ninguém preso naqueles grilhões agora, mas o fato de que eles existem faz desaparecer toda a beleza da sala.

Jaxon percebe o que eu estou observando. É difícil ser sutil quando imaginamos seres humanos sendo pendurados e tendo seu sangue drenado — e fica na minha frente para bloquear a minha linha de visão. Não discuto com ele; já tenho uma ideia muito boa de que vou ver esses aparatos nos meus pesadelos por um bom tempo. Não preciso ver isso na vida real outra vez. Jamais.

Jaxon parece sentir a mesma coisa, porque está me puxando para o maior dos arcos bem rápido agora, embora o chão ainda esteja escorregadio e irregular.

— Está pronta? — pergunta ele logo antes de chegarmos.

Concordo com um aceno de cabeça, porque, honestamente, o que mais eu posso fazer? E, então, com o braço de Jaxon firme ao redor dos meus ombros, passo pelo pórtico em forma de arco a fim de me encontrar com a Carniceira.

Capítulo 31

BEM-VINDOS À IDADE DO GELO

Não sei exatamente o que devo esperar quando passo por aquele pórtico congelado em forma de arco, mas a sala de estar organizada com todo o bom gosto definitivamente não passa nem perto.

A sala é linda. As paredes e o teto são decorados com mais formações de gelo... e, atrás de um vidro, uma enorme pintura impressionista que mostra um campo de papoulas com todos os tons de vermelho, azul, verde e dourado.

Fico embasbacada com aquilo, assim como fiquei com o desenho de Klimt que vi no quarto de Jaxon nos meus primeiros dias em Katmere. Em parte, porque é lindo, mas também porque, quanto mais me aproximo, mais convencida fico de que a pintura é um original de Monet.

Por outro lado, imagino que seja mais fácil para uma pessoa que vive há milhares de anos colocar as mãos nas obras dos mestres. Talvez, antes mesmo de eles terem se transformado em mestres.

O restante do espaço se parece com qualquer outra sala de estar — considerando que aquilo que seria normal foi melhorado a ponto de ser espetacular. Uma lareira gigantesca de pedra domina uma das paredes laterais. Há várias estantes pela sala, cheias de livros encadernados com couro colorido e desgastado, e um tapete enorme que dá a impressão de que um buquê de flores explodiu se estende pelo piso amplo.

No centro da sala, de costas para a lareira, há duas enormes poltronas *bergère* no mesmo tom de vermelho das papoulas do quadro na parede.

E sentada no sofá, com as pernas cruzadas sob o corpo e um livro no colo, está uma senhora de aparência doce, com cabelos grisalhos cacheados e óculos de leitura coloridos. Está vestida com um vestido kaftan de seda, com estampas de redemoinhos azuis, e sua pele morena brilha à luz das velas quando fecha o livro e o deposita sobre uma mesinha de centro feita de vidro.

— Quatro visitas nesses últimos meses — diz ela, erguendo os olhos para nós com um sorriso suave. — Tenha cuidado, Jaxon, ou vou acabar ficando mal-acostumada.

A voz corresponde à sua aparência — doce, culta e tranquila — e eu tenho a impressão de que estou em alguma espécie de pegadinha. Essa é a vampira mais perigosa do mundo? Essa é a mulher a quem Jaxon se refere como "carniceira"? Ela parece o tipo de pessoa que estaria em casa com o seu tricô e brincando com os netos, em vez de pendurar pessoas de cabeça para baixo no teto a fim de drenar seu sangue.

Mas Jaxon está nos levando para perto dela, com a cabeça baixa no gesto mais submisso que já o vi fazer. Então, esta deve ser mesmo ela, apesar dos chinelos felpudos em seus pés.

— Você jamais ficaria mal-acostumada — responde ele quando paramos bem diante dela. Ou, melhor dizendo, quando Jaxon para bem diante dela. Eu paro alguns metros antes, mas Jaxon colocou seu corpo deliberadamente entre nós duas. — Gostei das novas cores.

— Já fazia algum tempo que eu queria reformar. A primavera é uma época de renovação, afinal de contas. — Ela abre um sorriso enigmático. — A menos que você seja uma vampira velha, como eu.

— Anciã não é o mesmo que velha — argumenta Jaxon para ela, e eu percebo, pelo seu tom de voz, que está sendo sincero. E também que ele a admira muito, mesmo que não confie por completo na mulher.

— Galanteador como sempre. — Ela se levanta e seu olhar cruza com o meu pela primeira vez. — Mas estou imaginando que você já saiba disso.

Confirmo com um aceno de cabeça, mais atenta do que nunca ao aviso de Jaxon para que eu o deixasse conduzir a conversa. Porque, embora a Carniceira pareça mesmo a vovó mais doce do mundo, seus olhos verdes brilham com perspicácia — e com uma boa dose de avareza — quando me observa. Acrescente-se a isso o fato de que consigo ver as pontas das suas presas brilhando sobre o lábio inferior com a luz da lareira e começo a me sentir como uma mosca que acabou de pousar na teia de uma aranha.

— Você trouxe a sua consorte. — Observa ela com um olhar curioso, que comunica muito mais do que sou capaz de compreender.

— Sim — responde ele.

— Bem, deixe-me dar uma olhada nela, então. — Ela vem andando e encosta a mão no bíceps de Jaxon em busca de fazê-lo se afastar um pouco.

Jaxon não se move, o que faz a Carniceira rir; é um som brilhante e melodioso que ecoa pelos tetos curvos e paredes cobertas de gelo.

— Este é o meu garoto — elogia ela. — Sempre superprotetor. Mas posso garantir que, desta vez, você não precisa agir assim.

Mais uma vez, ela pressiona o braço dele num gesto bem óbvio para que ele abra o caminho. E, mais uma vez, ele não se move nem um milímetro.

A irritação substitui a alegria nos olhos verdes da mulher, e ela o encara com uma expressão que, sinceramente, me faz tremer na base. Com a certeza de que ela consegue sentir o cheiro do meu medo, sufoco o tremor e encaro o olhar curioso dela com o meu próprio.

Percebo que ela gosta disso, assim como percebo que ficou infeliz com a recusa de Jaxon a se curvar à sua vontade. Decidindo tirar o foco dos dois, dou um passo à frente e sorrio para ela.

— Meu nome é Grace — eu me apresento e, embora a boa educação dite que eu devo estender a mão, o aviso de Jaxon logo que chegamos à montanha ainda ressoa nas minhas orelhas. — É um prazer conhecê-la.

Ela abre um sorriso encantado em resposta, mas não se aproxima para me tocar, também — até mesmo antes que Jaxon solte um som que obviamente demonstra seu descontentamento com aquilo.

— É maravilhoso conhecê-la, também. Fico feliz por tudo ter... funcionado bem para você.

Surpresa com aquelas palavras, eu fito Jaxon. Ele não tira os olhos de cima da mulher que o criou, mas responde à minha pergunta silenciosa:

— Ela sabe que você é uma gárgula. Vim visitá-la duas vezes quando você estava aprisionada em pedra.

— Ele não descansou um minuto enquanto procurava uma maneira de libertá-la. Mas, olhe... Gárgulas não são a minha especialidade há muito tempo. — O olhar da Carniceira parece se perder na distância quando ela continua a falar. — Cheguei a esperar que isso mudasse certa vez, mas as coisas não aconteceram assim.

Embora eu já saiba que Jaxon fez tudo que podia para me ajudar quando eu estava presa como gárgula, ainda fico feliz em ouvir aquilo. Em especial, quando é dito por uma mulher que ele obviamente respeita muito.

— Obrigada por tentar me ajudar — digo a ela. — Agradeço de coração.

— Não havia nada a se fazer — responde ela. — Para a decepção do seu consorte. Mas eu teria ajudado, caso pudesse. Sugeri a ele que a trouxesse para que eu a conhecesse, inclusive. Fico feliz por ele finalmente ter aceitado o meu conselho.

Ela recua alguns passos e indica as duas poltronas vermelhas antes de se acomodar mais uma vez no sofá.

— Sempre planejei trazer Grace para conhecê-la, depois que as circunstâncias se acalmassem — revela Jaxon.

O olhar da mulher se suaviza quando ele diz isso e, pela primeira vez, vislumbro uma afeição genuína em sua expressão quando ela olha para Jaxon.

Percebo que estou relaxando um pouco com isso — não porque imagino que ela não vai me machucar, mas porque tenho certeza de que ela não vai fazer nada que possa causar mal a Jaxon.

— Eu sei. — Ela se inclina para a frente e dá palmadinhas em sua mão. Ao fazê-lo, vejo que Jaxon parece relaxar um pouco, baixando a guarda por um momento, enquanto olha para essa mulher. É óbvio que ele a ama, mas ao mesmo tempo não confia nela.

É uma dinâmica tão bizarra que não consigo deixar de sentir pena de ambos, mesmo enquanto imagino como aquilo deve ser. Antes da sua morte, eu confiava nos meus pais implicitamente; nunca me ocorreu agir de um jeito diferente.

E, embora tenha descoberto coisas sobre os dois desde que eles morreram, como o fato de que o meu pai era um feiticeiro e que talvez eles soubessem desde o começo que eu era uma gárgula — pelo menos ainda sei que, mesmo que tenham mentido para mim, nunca teriam feito qualquer coisa para me machucar.

A mãe de Jaxon lhe deu uma cicatriz. Seu irmão tentou matá-lo. E essa mulher, que obviamente exerceu grande impacto em sua vida e que obviamente o ama, deixa Jaxon tão tenso, tão perto do seu limite, que receio que ele possa se estilhaçar assim que fizer o primeiro movimento errado.

O silêncio se estende entre nós antes que Jaxon por fim diga:

— Lamento fazer isso na primeira noite em que você conversa com Grace, mas precisamos da sua ajuda.

— Eu sei. — Ela olha para Jaxon, depois para mim e volta a encarar Jaxon em seguida. — E vou fazer o que posso. Mas não há soluções fáceis para o seu problema. Por outro lado, há muitas e muitas possibilidades de que as tentativas deem errado.

Capítulo 32

A REALIDADE DE UMA PESSOA É A INSANIDADE DA OUTRA

Que coisa... horrível.

Estou bem apreensiva quando olho para Jaxon, mas ele só me encara com um olhar reconfortante, enquanto esfrega as costas da minha mão com o polegar antes de voltar a olhar para a Carniceira.

Ele relata os eventos que aconteceram desde que voltei com uma precisão incrível; tanto que os olhos da Carniceira só perdem o foco uma ou duas vezes, enquanto ele fala. Ao final, ela fica me olhando por mais alguns segundos e, em seguida, me chama para dar uma volta.

Eu relanceio para Jaxon; não para pedir permissão, mas sim para ter certeza de que ela não vai me levar para alguma caverna mais profunda e drenar o meu sangue. E ele faz um breve gesto com a cabeça. É um gesto um pouco aflito, mas mesmo assim ele concorda.

Não é a resposta mais reconfortante do mundo, mas não estou em condições de escolher a esta altura.

A Carniceira sorri quando me levanto e faz um gesto, exibindo os anéis nas mãos, para que eu chegue mais perto.

— Não se preocupe, Grace. Não vamos muito longe. Eu penso melhor quando estou andando.

A vampira anciã me leva por um arco duplo para outra sala, mais escura. Mas, no instante em que passamos por ali, a sala ganha vida. O sol está brilhando, a areia sob as minhas botas cintila e, ao longe, consigo ver e ouvir o estrondo do som das ondas do oceano.

— Mas como... — Dou um passo meio vacilante e fico observando o azul do Oceano Pacífico. E não é uma parte qualquer do Pacífico, mas sim a minha amada La Jolla Cove. Reconheço as piscinas naturais criadas pela maré ao redor da praia pequena e pela maneira com que o oceano quebra na areia e nas pedras, num ritmo tão familiar quanto a minha própria respiração.

— Como fez isso? — indago, piscando os olhos para conter as lágrimas de saudade que querem brotar. A Carniceira me deu um presente muito além de qualquer possibilidade. E é por isso que não vou desperdiçar nenhum segundo do meu tempo aqui chorando. — Como sabia?

— Sei de muitas coisas, Grace, e posso fazer quase tantas quanto — explica ela, dando de ombros delicadamente. — Venha, vamos dar um passeio perto da água.

— Tudo bem — concordo, mesmo sabendo que a água não é real. Mesmo sabendo que estou no meio de uma ilusão gigantesca. O fato de que a sensação parece real é o suficiente para mim agora.

Não conversamos enquanto vamos até a praia, chegando perto das ondas mansas que arrebentam.

Ela para de andar, observando aquele vasto oceano pelo que parece uma eternidade antes de se virar a fim de olhar para mim, com os olhos vibrando com aquele verde-elétrico esquisito outra vez.

— Se quiser a sua mente e o seu corpo de volta, terá que fazer alguns sacrifícios. Provavelmente mais do que você está disposta a abrir mão.

Eu engulo em seco.

— Como assim?

Mas ela dá palmadinhas discretas na minha mão e diz, simplesmente:

— Isso é algo que você vai aprender outro dia. Por enquanto, por que não aproveita para sentir a água?

Olho para baixo e percebo que estamos perto de onde o mar já deveria estar beijando os meus pés se não fosse por alguns centímetros.

— Mas isso não é real — eu digo a ela. — Não há nada ali.

— "Real" é algo que está nos olhos de quem vê — responde ela. — Sinta a água.

— Como você consegue fazer isso? — pergunto com um suspiro à medida que deixo a água correr pelos dedos da mão. A sensação me atinge bem profundamente, mesmo que eu não queira permitir. Mas como posso fazê-lo quando tudo isso me lembra de todas as vezes que estive ali com os meus pais ou com Heather?

— Uma boa ilusão engana todos os sentidos — assevera ela. — Uma ótima ilusão faz com que seja impossível perceber onde a realidade termina e onde a mentira começa.

Ela faz um gesto e, de um instante para outro, estamos no meio do deserto. Somente areia onde antes estava o mar.

Eu engulo o meu protesto instintivo, meu desejo de implorar para que ela traga a água de volta. Que traga a minha cidade natal de volta. E, em vez disso, enfio a mão na areia bem diante de mim.

Puxo um punhado de volta, assim como imaginei. E, quando deixo a areia escorrer por entre os dedos, alguns grãos se prendem à umidade na minha mão, de modo que eu preciso limpá-la, esfregando-a nas calças de esquiar que estou usando.

— Não estou entendendo o que acontece aqui.

— Porque você não acredita no que está vendo — retruca ela.

— Mas não posso acreditar nisso. Não é real.

— É tão real quanto você quiser que seja, Grace. — Outro gesto da mão da Carniceira e uma tempestade de areia começa a se formar, rápida e cruel. Grãos de areia fustigam o meu rosto, enchem o meu nariz e a boca até que eu mal consiga respirar.

— Chega — consigo verbalizar por entre tossidas.

— Já chega? — indaga a Carniceira em uma voz tão fria quanto o Alasca, onde ela criou sua morada. — Você entende o que estou tentando lhe dizer?

Não. Nem um pouco. Mas receio que, se responder isso a ela, vou acabar sendo enterrada sob uma tonelada de areia e, por isso, simplesmente confirmo com um aceno de cabeça.

Mesmo assim, tento me concentrar. Não só no que ela está dizendo, mas no significado mais profundo do que ela quer que eu compreenda.

Ela está me encarando, olhos verdes que me incitam a pensar além da minha compreensão sobre o mundo. A reconhecer que é preciso acreditar em algumas coisas antes de entendê-las, em vez de fazer o caminho oposto.

É um salto de fé e não tenho certeza se me sinto confortável com isso depois do que aconteceu. Mas que outra escolha eu tenho? Posso acreditar nela ou não. E não somente pela areia que ela continua a fazer soprar contra mim, mas pela vontade sombria e dominadora de Hudson.

Engulo em seco, sabendo que não há outra opção. Assim, fecho os olhos, baixo um pouco minhas defesas e deixo que as palavras dela girem na minha mente, se acomodem nos meus ossos e se transformem em realidade.

No momento em que faço isso, a ilusão deste mundo começa a esmaecer em algo que parece ainda mais real. Algo que me dá a sensação de que estou voltando para casa.

De repente, há outra voz na minha cabeça e não é aquela com a qual estou acostumada. Não, esta voz é baixa e irônica. E também muito familiar.

— *Bem, já estava na hora.*

— Ah, merda. — Sinto o meu estômago afundar dentro de mim e direciono meu olhar para a Carniceira. — Você o ouviu? Diga que ouviu o que ele disse.

— Está tudo bem, Grace — responde ela. E, se chega a falar mais alguma coisa, não sei ao certo. Porque, de um momento para o outro, o mundo ao meu redor fica completamente escuro.

Capítulo 33

É DIFÍCIL ESCOLHER AS MINHAS
BATALHAS QUANDO AS MINHAS BATALHAS
VIVEM ME ESCOLHENDO

Tem alguma coisa errada aqui.

Essa é a primeira coisa que penso, enquanto abro os olhos devagar. Minha cabeça dói e meu estômago está se revirando como se eu fosse vomitar. Percebo que estou deitada em uma cama no que imagino ser um quarto mal iluminado. O que não faz nenhum sentido, porque a última coisa da qual me lembro é de conversar com a Carniceira... Até o momento em que ouvi alguém falar dentro da minha cabeça com um sotaque britânico.

Meus olhos se abrem na hora quando lembro de Hudson e ergo o corpo com um movimento brusco — para, logo em seguida, desejar não ter feito aquilo, já que o quarto parece girar ao meu redor. Faço um esforço para conseguir respirar por entre a náusea e me concentro em lembrar o que é importante. Especificamente, Hudson e o que ele fez ou não fez.

Ele assumiu o controle do meu corpo de novo?

Ele machucou Jaxon ou a Carniceira e é por isso que eles não estão aqui? Ou pior... Será que eu os machuquei?

Analiso o meu corpo à procura de sinais de sangue — algo que provavelmente vou fazer pelo resto da vida toda vez que acordar, graças a Hudson e sua pequena expedição para caçar lobisomens. Obrigada, Hudson. As cicatrizes mentais que você deixou em mim são lindas.

— *Desculpe, não achei que ele fosse sangrar tanto. Foi só uma picadinha. Mas ele não aguenta muito mais do que isso, na verdade.*

Ah, Deus... Não foi só a minha imaginação. Droga. Fecho os olhos e volto a me deitar na cama, rezando para que nada disso esteja acontecendo. Para que seja só um sonho muito ruim.

— Pare de falar comigo! — ordeno.

— *E por que diabos eu faria isso, agora que você enfim consegue me ouvir? Faz ideia de como as coisas são chatas aqui dentro? Principalmente porque você passa tanto tempo babando por causa daquele idiota do meu irmão. Sério, isso me dá nojo.*

— Ah, é claro. Fique à vontade para ir embora quando quiser — sugiro.

— *E o que você acha que eu estava tentando fazer?* — Há um toque forte de exasperação no jeito que ele fala. — *Mas você ficou irritada com isso também, embora tenha sido ideia sua. Sem querer ofender, Grace, mas você é uma mulher difícil de agradar.*

Isso não está acontecendo. Não pode estar acontecendo. Deixar que ele dominasse o meu corpo já era ruim, mas agora tenho que ouvir essa voz sem corpo dentro da minha cabeça também? E não é qualquer voz sem corpo, mas sim uma que pertence a um psicopata com sotaque britânico. *Como foi que a minha vida se transformou nisso?*

— *Ei, assim você me ofende. Não estou sem corpo. Pelo menos, não completamente.*

— Estou vendo que você nem achou ruim por eu o ter chamado de psicopata. — Balanço a cabeça, desolada.

— *Isso se chama "escolher suas batalhas". Você deveria tentar algum dia desses. Talvez não vá tantas vezes para a enfermaria. É só um aviso.*

O fato de que ele pode ter razão sobre esse comentário específico só serve para me irritar ainda mais.

— Essa conversa vai chegar a algum lugar?

— *Grace...* — diz ele, suavemente. — *Abra os olhos.*

Não quero fazer isso. Não sei nem por quê. Mas realmente não quero abrir os olhos.

Só que, ao mesmo tempo, é uma espécie de compulsão. Do tipo que sei que vai doer mais tarde, como aquela vez em que quebrei um pedaço do dente quando estava no sétimo ano da escola e não conseguia resistir ao impulso de tocá-lo com a língua, mesmo sabendo que ele era afiado e que ia me cortar. Essa é a sensação que tenho quando ouço Hudson me mandando abrir os olhos.

— *Nossa, quer dizer que sou uma dor de dente, agora?* — Ele parece bem ofendido. — *Muuuuuito obrigado, viu?*

— Se você fosse uma dor de dente, eu iria à dentista e deixaria que ela arrancasse você da minha cabeça — retruco com a voz tomada por uma frustração da qual não posso escapar. — E sem anestesia.

— *Você tem uma veia bem maldosa, Grace. Será que vai me chamar de masoquista se eu admitir que gosto disso?*

Aff. É sério? Até consigo aguentar a voz na minha cabeça. Talvez possa até mesmo viver com o fato de que essa voz pertence a Hudson. Mas as insinuações sexuais vão me fazer vomitar.

Enfim, paro de lutar comigo mesma e decido abrir os olhos, se isso servir para fazer com que ele cale a boca — mesmo que só por um segundo. E em seguida desejo não ter feito aquilo, porque...

Santo Deus. Ele está bem ali, com um ombro largo apoiado na parede coberta de gelo perto de uma luminária, pernas longas cruzadas na altura dos tornozelos e um sorriso irritante naquele rosto tão bonito que chega a ser ridículo. Tem as mesmas maçãs do rosto e o queixo definido que é comum na família Vega, mas é neste ponto que a similaridade com Jaxon termina. Onde os olhos de Jaxon podem ser negros como uma noite sem estrelas, os de Hudson são um céu azul infinito. Sobrancelhas grossas, o mesmo tom de castanho-escuro nos cabelos curtos com uma franja sobre a testa e olhos deslumbrantes que se estreitam conforme ele observa cada detalhe da minha reação. E é quando percebo: talvez Jaxon possa emanar poder e perigo com cada movimento, mas Hudson sempre foi a verdadeira ameaça a temer. Jaxon era uma arma sem corte ao lado do seu irmão, que parece estar catalogando cada uma das minhas fraquezas, cada nuance e emoção, com uma precisão cirúrgica. Esse cara sabe como atingir uma pessoa onde mais dói e ela jamais perceberia a chegada do golpe.

Nada seria capaz de conter o calafrio que desce pela minha coluna.

Eu não ficaria surpresa se ele se virasse de costas e houvesse um letreiro colado na parte de trás da camisa cinza-prata que ele veste dizendo "vilão" em enormes letras pretas.

Ele parece perfeitamente alguém cruel. E é cruel. E percebo tudo isso antes de olhar para a outra mão dele, enfiada casualmente no bolso de uma calça social preta que parece bem cara.

Parece mesmo que o diabo veste Gucci, afinal de contas.

— *Esta aqui é uma Versace* — ele responde, com a voz indignada.

— E quem se importa? — pergunto, quando o meu cérebro por fim chega junto das minhas habilidades de observação. — Faz tempo que você está aí?

— *Sim, Grace. Já estou aqui há um bom tempo* — replica ele com um longo suspiro. — *Não se ofenda, mas onde mais eu estaria? Estamos meio ligados, caso você não tenha percebido.*

— Ah, pode acreditar que percebi, sim.

— *Então, por que fez essa pergunta boba?*

Reviro os olhos.

— Ah, me desculpe. Vou parar de fazer perguntas bobas se você parar de... Ah, nem sei, sabe? Se você parar de dominar o meu corpo para tentar matar pessoas.

— *Eu já lhe disse, era para ser só uma picadinha. Não tenho culpa por lobisomens serem tão mal-humorados.*

Ele ergue uma sobrancelha escura e perfeita antes de continuar.

— *Mas vou lhe falar uma coisa: você é bem impetuosa. Acha mesmo que Jaxon consegue dar conta de você?*

— Não é da sua conta o que Jaxon pode ou não dar conta.

— *Imagino que seja um grande "não", então.*

Desta vez ele abre um sorrisinho malandro que devia ser detestável, mas que, de algum modo, só serve para aumentar a perfeição de seu rosto já perfeito.

— *Ahhh, você acha que eu tenho um rosto perfeito?* — Ele vira a cabeça para o lado, enfatizando aquelas maçãs do rosto altas e o queixo esculpido. — *E de qual parte dele você gosta mais?*

— Você não devia ter ouvido isso.

— *Estou na sua cabeça, Grace. Eu ouço tudo.*

— Mas estou vendo você aí e seus lábios estão se mexendo.

De repente, assimilo aquelas palavras. *Tudo?*

Ele ergue um dedo.

— *Em primeiro lugar, só você consegue me ver. Sua mente está fazendo com que eu me manifeste. E em segundo...*

O sorriso dele fica ainda mais malandro.

— *Tudo.*

Eu baixo a cabeça para que ele não perceba o calor que queima as minhas bochechas.

— Nem sei como responder a isso.

— *Não se preocupe.* — Hudson pisca o olho para mim. — *Estou acostumado com isso. As garotas sempre ficam sem palavras quando estou por perto.*

Solto um gemido exasperado.

— Eu não estava preocupada. — *E você vai MESMO continuar fazendo isso?*

— *Fazendo o quê?* — Ele me olha, fingindo inocência.

— Comentando os meus pensamentos, mesmo quando não estou conversando com você. — Emito outro resmungo e me deito outra vez na cama.

Ele sorri.

— *Considere isso como uma motivação adicional.*

— Motivação para quê? — questiono.

— *Não sei.* — Ele finge que está observando as unhas. — *Para me tirar da sua cabeça, talvez?*

— Pode acreditar em mim, não preciso de nenhuma motivação extra. Quanto mais rápido eu tirar você daqui, mais rápido a gente nunca mais vai ter que se ver.

Eu me preparo para o próximo comentário irônico, imaginando que vai ser algo bem ruim ou infame. Mas, durante vários segundos, ele não diz nada.

Em vez disso, faz aparecer uma bola e a joga para cima, diante do rosto, pegando-a outra vez.

Uma, duas vezes e continua sem parar. No começo, fico grata pelo silêncio e a paz que vem com ele. Mas, conforme o momento se estende, vou ficando mais inquieta. Porque a única coisa pior do que saber tudo que Hudson está pensando é não saber nada do que ele está pensando. Começo a imaginar se ele está planejando me matar, assim como eu mesma estou planejando matá-lo agora.

Após certo tempo, entretanto, ele volta a olhar para mim.

— *Viu?* — diz ele, com outro daqueles olhares sem emoção. — *Eu lhe disse, você é bem maldosa.*

Em seguida, ele joga a bola para cima outra vez.

— Bem, prefiro ser maldosa a ser um cuzão — retruco.

— *Todo mundo é um cuzão, Grace.* — Ele me olha bem nos olhos quando diz isso e, pela primeira vez, tenho a sensação de que está sendo sincero. Que ele é sincero. — *A única diferença é se as pessoas são honestas o bastante para deixar que você perceba isso. E as que não são? É com essas que você precisa tomar cuidado.*

— Por que isso parece um aviso? — pondero em voz alta.

— *Porque você não é mais somente uma humana pequena e patética. Você é uma gárgula. E os sentimentos que as pessoas têm sobre as gárgulas, sobre conhecer uma gárgula, possuir uma gárgula, controlar uma gárgula... Nada nem ninguém é o que parece.*

— Incluindo você? — rebato, mesmo quando sinto um arrepio ante aquele aviso.

— *Óbvio que sim* — concorda ele, parecendo irritado e entediado. — *Mas o que eu estou querendo dizer é que não sou o único.*

Não sei como devo responder àquilo. Não sei se ele está só zoando com a minha mente ou se há mesmo algum fundo de verdade no que Hudson está dizendo. Antes que eu consiga decidir, ele se afasta da parede. Mas, em vez de vir na minha direção, ele recua alguns passos, entrando na parte mais escura da sala.

— *Lá vem uma dessas pessoas, agora* — ele sussurra nas profundezas do meu cérebro.

— Como assim? — pergunto, com a voz tão suave quanto.

Ele balança a cabeça negativamente e se recusa a falar qualquer outra coisa.

E é somente quando eu me viro para o outro lado, quando a Carniceira chama o meu nome, que percebo que a bola que Hudson jogou para cima nunca chegou a cair.

Capítulo 34

ESTE LUGAR NÃO É GRANDE
O BASTANTE PARA NÓS DOIS

— Grace, você está acordada?

A voz da Carniceira soa muito mais distante do que eu esperava.

— Estou — respondo a ela, erguendo o corpo até estar sentada na cama e me apoiando nos travesseiros. — Desculpe. Hudson...

— O que houve com Hudson? — indaga a Carniceira, aproximando-se com olhos atentos.

Pela primeira vez percebo que as sombras escondiam barras entre ela e eu. E pior ainda é perceber que estou do lado errado dessas barras.

Eu me ergo com um movimento brusco; meus olhos procuram por entre a escuridão sombria até colidirem com os de Jaxon.

— O que está acontecendo? — questiono com uma voz esganiçada pelo medo. — Por que estou numa jaula?

— Está tudo bem — diz ele para me tranquilizar.

— Não está tudo bem. Não sou um animal de zoológico, Jaxon. Me tire daqui agora.

Estendo a mão para tocar nas barras, mas penso melhor no que estou fazendo, já que elas têm um brilho elétrico esquisito e não consigo me impedir de imaginar o que isso significa... E, especialmente, o que pode acontecer comigo se eu tocá-las.

— Não podemos fazer isso, Grace. Ainda não — responde a Carniceira.

— Por que não? — Pela primeira vez, começo a conjecturar se as palavras de Hudson eram verdadeiras. Se ele não estava simplesmente falando aquelas coisas para zoar com a minha cara.

— *Por mais que eu goste de zoar com a sua cara, Grace, não tenho o hábito de dar avisos sem motivo* — Hudson me repreende entre as sombras.

— Pare de falar comigo! — praticamente grito em resposta. — Não consegue ver que estou com um problema aqui?

Jaxon e a Carniceira trocam um olhar surpreso.

— Com quem você está falando, Grace? — pergunta Jaxon.

— *Eles não conseguem me ouvir* — me lembra Hudson, e eu fecho a boca com força.

— Está tudo bem — assegura a Carniceira. — Sei que Hudson está aí dentro com você. Fui eu que a coloquei para dormir quando percebi o quanto a dominação de Hudson é forte sobre você.

Um pedaço de mim quer perguntar como ela sabe disso, mas paro e penso: por que ela não saberia? Qual é a vantagem de ser tão velha se você não sabe tanto sobre as coisas?

— *Ah, me poupe.* — Hudson solta um suspiro longo e sofrido, saindo das sombras para andar de um lado para outro no espaço estreito que há ao lado da minha cama. — *Ela fala como se eu fosse o líder de alguma seita. Não forcei você a fazer nada que não quisesse, Grace.*

Olho para ele, chocada.

— Nada além de roubar a Athame e de tentar matar Cole? Ah, e quanto ao fato de eu ter perdido a consciência três vezes nos últimos dias?

— *Para ser sincero, Cole mereceu aquilo. E nós não tentamos matá-lo.*

Observo enquanto a Carniceira pega o braço de Jaxon e o puxa para longe das barras da jaula para lhe confidenciar algo em particular. Que vida de merda eu tenho. Mais segredos.

Mas uso o espaço para sibilar uma resposta para Hudson.

— Você tem razão. Nós não fizemos nada. Você fez.

Ele suspira e se encosta na parede de gelo outra vez.

— *Detalhes, detalhes. Mas, voltando à questão atual... Eu avisei que você não deveria confiar nela.*

— Você me avisou depois que ela já tinha me colocado em uma jaula. De que adianta isso? — retruco. — Além disso, você é a razão pela qual estou nesta jaula. Então, é você que eu deveria estar culpando.

— *Sei, sei, sei. A música é a mesma, mas o cantor é outro.* — Ele agita a mão como se aquilo não tivesse importância.

— Não sei do que está falando.

— *Significa que pessoas mais poderosas do que você já se esforçaram demais para tentar absolver o meu irmão da culpa que ele sente. Nem sei por que ainda me surpreendo, agora que percebo que você é igual ao restante delas.*

— Não estou tentando absolver Jaxon de nada — esbravejo, quase gritando entre os sussurros. — Estou só tentando sair desta maldita jaula. Como você conseguiu voltar sem um corpo? E por que tive o azar de ser obrigada a viver com você preso na minha cabeça?

— Eu tinha um corpo quando voltei. — Ele balança a cabeça e olha para Jaxon, que ainda está conversando com a Carniceira. — Fiquei confuso, também, mas de uma coisa eu sei. A última coisa da qual me lembro é do meu irmão tentando me matar, e eu estava me movendo por instinto, acelerando na direção dele para me proteger. Quando você se transformou em pedra, tenho certeza de que você assimilou o meu corpo que ainda estava no estado de aceleração. E assim... — diz ele, abrindo os braços. — ... aqui estamos.

Por mais estranho que pareça, até que faz sentido — embora eu não queira que seja verdade. Mas o que mais poderia ter acontecido? Eu não me transformei em gárgula de propósito, nem que isso era possível. Mas, se ele estava acelerando na minha direção exatamente no mesmo momento, talvez isso tenha interferido na minha transformação. Ou talvez eu tenha interferido no poder de aceleração dele. De qualquer maneira, pode até ser que ele esteja preso na minha cabeça por minha culpa. Ugh... Eu não queria saber disso.

Volto a fitar a Carniceira com essa informação se revirando na cabeça e tento atrair sua atenção outra vez.

— O que preciso fazer para que vocês me tirem daqui?

A Carniceira e Jaxon voltam para perto das barras da jaula. O rosto de Jaxon está extremamente preocupado e, de repente, sinto o impulso de abraçá-lo e dizer que tudo vai ficar bem.

— É você quem está presa na jaula e mesmo assim quer diminuir o sofrimento dele. Que beleza — rosna Hudson. Mas eu o ignoro, mantendo a atenção fixa no rosto de Jaxon.

A Carniceira interrompe:

— Você precisa deixar que eu a ensine a construir uma muralha para isolar Hudson. Você tem que erguer uma barreira entre vocês dois, Grace. Não se pode confiar em Hudson.

— Sei disso.

— Sabe? — questiona ela. — Será que sabe mesmo? Porque não acho que você consiga entender por completo a questão até conhecê-lo. Até saber como ele age, bem de perto. Talvez você não acredite, mas logo vai chegar um momento em que você vai querer simpatizar com ele.

— Eu nunca...

— Ah, você vai, sim. Com certeza. Mas não pode. Você tem que continuar forte e se manter atenta a todo momento. Ninguém no seu mundo é mais perigoso do que Hudson. Ninguém mais pode fazer o que ele faz. Ele vai lhe dizer tudo que você precisa ouvir, tudo aquilo que quer ouvir. Vai mentir para você, vai enganar você. E, quando baixar a guarda, ele vai matá-la. Ou fazer coisa pior. Vai matar todas as pessoas que você ama, simplesmente porque tem o poder de fazer isso.

Hudson para de andar pela jaula, com o rosto se transformando numa máscara de pedra, enquanto espera minha reação. Só os seus olhos parecem vivos, um azul revolto e tempestuoso que chega ao fundo do meu coração.

— Não vou permitir que isso aconteça. Eu juro — afirmo para ela, enquanto o pânico me atravessa. — Como posso isolá-lo?

— É isso que eu quero lhe mostrar — responde ela. — Se você permitir.

— É claro que permito. Achei que esse fosse o motivo pelo qual viemos até aqui: para você me ensinar o que preciso fazer para me livrar dele. Só não entendo por que achou que precisava me prender nesta jaula.

Eu olho para Jaxon.

— Ou por que você achou que seria uma boa ideia deixar que ela fizesse isso.

Ele parece enjoado.

— Eu não...

— Ele não tem escolha. E você também não. O fato de que Hudson pode controlar o seu corpo já era ruim, mas agora que ele começou a falar com você, temos que encontrar uma maneira de criar uma partição entre você e ele antes que seja tarde demais. E esta jaula vai nos dar a liberdade para fazer isso, já que ele está atrás das grades também.

Percebo que ela não menciona o fato de que a jaula pode proteger qualquer pessoa que esteja dentro da jaula dos efeitos desse poder — como eu, por exemplo. Mas resolvo não mencionar a questão. Não quando o meu estômago está fazendo um salto triplo *twist* carpado da pior maneira possível e tenho dúvidas maiores e mais importantes sobre as quais perguntar.

— Tarde demais?

— Sim, tarde demais — reitera a Carniceira. — Quanto mais esperamos, maior é a chance de que, da próxima vez que ele assumir o controle... — Ela para de falar e olha para Jaxon antes de voltar a se concentrar em mim. — Da próxima vez, pode ser que você não consiga encontrar o caminho de volta.

A voz da mulher ecoa de um jeito bem sinistro pela caverna e seu aviso me atinge como a bola de metal de uma daquelas máquinas de demolição.

— Isso não pode acontecer de verdade, não é? — sussurro, sentindo a garganta apertada pelo terror.

— *É claro que não!* — Hudson começa a andar pelo quarto outra vez. — *Pense bem. Quem iria decidir por livre e espontânea vontade passar a vida inteira como uma tiete de Jaxon Vega?*

Finjo não ouvir aquilo.

— É totalmente possível — garante a Carniceira. — E, quanto mais tempo ele ficar dentro de você, mais dificuldade vai ter para tirá-lo daí. Especialmente se ele não quiser sair.

Hudson passa a mão pelos cabelos, com os dedos se emaranhando nas mechas mais longas e cacheadas do alto da cabeça.

— *Pode acreditar no que eu digo, Grace. Quero sair de dentro de você tanto quanto você quer que eu saia.*

— E o que acontece se ele decidir ficar? — indago. — Afinal... Como isso acontece?

A Carniceira me observa por vários segundos, como se estivesse ponderando o quanto quer compartilhar.

— Em primeiro lugar, ele vai começar a controlar você com mais frequência e por períodos mais longos. Quando ele devolver o controle, você vai ter mais dificuldade para se lembrar de quem é e para voltar à rotina da sua vida normal. Até que pareça mais fácil simplesmente deixar que ele assuma o controle. Até que um dia você decide parar de lutar.

— *Eu não faria isso com você, Grace. Você tem que acreditar em mim.* — Hudson parece tão frenético quanto eu. — *Não construa essa muralha. Não deixe que ela me isole.*

Eu me viro e encaro os olhos de Hudson. Ele parou de andar pela cela agora, e nós simplesmente nos encaramos pelo que parecem vários minutos. Não consigo identificar no que ele está pensando. Mas ele provou que consegue ouvir cada um dos meus pensamentos. *Eu queria poder acreditar em você. Mas você sabe que isso é impossível.*

Os ombros dele parecem murchar, mas ele concorda com um aceno de cabeça. *Eu sei.* Ele deve pensar em suas palavras desta vez, porque seus lábios não se movem. Mesmo assim, ouço cada palavra como se fosse o disparo de um revólver.

— Não dê atenção ao que ele diz. — Jaxon me avisa, aflito. — O que ele está falando é mentira. Você não pode acreditar em Hudson. Você não pode...

Ele para de falar de repente. Seus olhos se arregalam com o choque à medida que ele leva a mão ao peito.

— Faça-o parar, Grace. — A voz da Carniceira corta como uma chicotada.

— Parar o quê? — pergunto, quando Jaxon dá alguns passos vacilantes antes de cair de joelhos.

— Você o está matando — responde ela com a voz rouca. E é neste momento que percebi minha mão estendida na direção de Jaxon; há um poder que nunca senti antes correndo pelo meu corpo.

Solto um gemido mudo e baixo a mão. Mas Jaxon continua com as duas mãos no peito.

— Pare com isso! — grito para Hudson. E, percebendo que isso não funciona, decido implorar. — Pare, por favor. Não o machuque. Não me faça machucá-lo, por favor.

Com isso, o fluxo de poder evapora.

— Jaxon? — sussurro, enquanto ele lentamente baixa as mãos até as laterais do corpo. — Você está bem?

— Você é covarde — responde ele, me olhando com tanto desprezo que sinto aquilo me atingir bem no fundo. Pelo menos até eu me dar conta de que ele está conversando com Hudson, não comigo. — Se escondendo dentro de uma garota que ainda nem entende os próprios poderes, usando-a para fazer o seu trabalho sujo. Você é patético.

— *Foda-se!* — rosna Hudson, e parece agora uma pessoa completamente diferente. — *Você não sabe nada sobre mim!*

Eu não repito o que ele disse a Jaxon. Na verdade, depois do que ele me forçou a fazer, eu me recuso a reconhecer sua existência.

— Como ele conseguiu passar pela jaula? — pergunta Jaxon, olhando para a Carniceira. — Você disse que tínhamos que colocar Grace na jaula para neutralizar os poderes dele. Como ele conseguiu passar pelas proteções?

— Não tenho certeza, mas imagino que tenha algo a ver com o elo entre consortes. Até mesmo uma magia forte como esta não é capaz de neutralizar totalmente o elo — diz ela, apontando para as barras que nos separam. — Ele deve ter encontrado uma maneira de usá-lo contra você.

— Mas, se o isolarmos, vamos conseguir impedir que ele faça isso de novo, não é? Ele vai poder machucar Jaxon outra vez? — Liberto as palavras que estão engasgadas.

— Isso vai detê-lo — responde a Carniceira. — Pelo menos por uma semana. Talvez duas. Se tivermos sorte, vai ser tempo suficiente para você fazer o que precisa ser feito visando expulsá-lo completamente.

— *Não faça isso, Grace* — intervém Hudson. — *Você não pode confiar nela.*

Talvez, não. Mas também não posso confiar em você. Por isso, vou aceitar o conselho da pessoa que pode me ajudar mais.

— *Não é assim que as coisas deviam acontecer* — rebate ele, balançando a cabeça. — *Por que não acredita em mim?*

Talvez porque você seja um psicopata dos infernos e eu esteja cansada de fazer o que você manda.

Olho para a Carniceira.

— Estou pronta. Me mostre como devo construir a muralha.

Capítulo 35

VOU ARRANCAR ESSE PSICOPATA
DA MINHA COLA

A Carniceira me avalia por vários segundos antes de responder.

— Toda criatura paranormal encontra uma maneira diferente de construir um escudo dentro de si. Eles fazem o que lhes parece natural, o que parece correto, enquanto exploram e se acostumam com seus poderes. Em alguma outra época, é assim que você aprenderia a construir a sua muralha. Como um escudo para impedir que seus poderes causem mal às pessoas que estão ao seu redor.

— Mas eu não tenho nenhum poder — informo a ela, sentindo-me bem confusa. — Só a capacidade de me transformar em pedra, acho. Ainda estou meio cética sobre a parte de voar.

Ela sorri um pouco ante minhas palavras e esboça um sinal negativo com a cabeça.

— Você tem mais poderes do que imagina, Grace. Precisa apenas encontrá-los.

Não sei do que ela está falando, mas, a esta altura, estou disposta a tentar qualquer coisa. Principalmente se isso significar que Hudson não vai mais poder machucar Jaxon ou qualquer outra pessoa.

— É assim que vou construir a muralha, o escudo ou seja lá qual é o nome que você dá para essa coisa? Canalizando o meu poder?

— Não desta vez. Porque você não está tentando manter seus poderes sob controle. Você está tentando separar a si mesma e seus próprios poderes de Hudson e dos poderes que ele tem. Por isso, embora nós normalmente estaríamos falando sobre construir um escudo, agora precisamos falar sobre uma muralha.

— Dentro de mim.

— Sim. Mas não vai durar para sempre. Como você acabou de ver, o poder de Hudson é grande demais para ser contido por muito tempo. E, cedo ou tarde, ele vai conseguir derrubar a muralha. Mas, se tivermos sorte, você vai conseguir ganhar um pouco de tempo antes que isso aconteça. Talvez uma semana ou duas, acho.

Olho para ela e, em seguida, para Jaxon.

— Tempo para fazer o quê?

Agora é Jaxon quem responde:

— Tempo para conseguir o necessário para executar o feitiço que vai arrancar Hudson de dentro de você, de uma vez por todas.

— Tem um feitiço para isso? — Sinto o alívio tomar conta de mim e volto a me sentar na beira da cama. — Por que não fazemos isso agora, então?

— *Tem alguém bem ansiosa aqui* — alfineta Hudson.

— Porque, assim como toda a magia, há um preço a pagar — explica a Carniceira. — E esse preço inclui alguns apetrechos que você ainda não tem.

— E de quais apetrechos estamos falando? — questiono ao imaginar itens como olhos de salamandra, asas de morcego e sabe-se lá mais o quê. Por outro lado, antes da Academia Katmere, a maior parte do meu conhecimento sobre bruxas advinha de filmes como *Abracadabra* e séries como *Jovens Bruxas*. Por isso, talvez eu não tenha uma imagem tão clara a respeito.

— Onde podemos consegui-los?

— Quando você estava aprisionada, e eu estava procurando uma maneira de ajudá-la, encontrei o feitiço que Lia usou para trazer Hudson de volta — anuncia Jaxon. — Ela tinha os artefatos necessários, mas esses artefatos não guardavam todo o poder de que ela precisava que guardassem. Além disso, ela teve que o trazer de volta dos mortos e não somente fazer com que ele se reagregasse depois de acelerar. É isso que temos que fazer.

— Lia, sozinha, não tinha poder suficiente para terminar o trabalho, então precisava do meu para completar o feitiço... E é claro que isso ia me matar. Portanto, desta vez, quero encontrar os objetos mais poderosos que pudermos só para ter certeza de que ninguém mais tenha que morrer. Exceto por Hudson, mas isso não é um problema para mim.

— *Por mim, podemos fazer como Lia tinha planejado* — interrompe Hudson. Ele está novamente encostado de um jeito bem indolente junto de uma parede perto das barras.

— Isso é mesmo chocante — concordo e, em seguida, fico irritada comigo mesma por responder ao comentário de Hudson, dando-lhe a atenção que ele procura. Em especial, agora que ele estampa um olhar ridiculamente arrogante na cara.

— Bem, Lia era totalmente descompensada em relação a Hudson, mesmo quando ele estava vivo — murmura Jaxon. Levo um momento para entender o que ele está falando, mas percebo que ele achou que meu último comentário foi para ele. — Mas ela sabia pesquisar. O feitiço completo pede quatro artefatos poderosos.

Quatro artefatos. Não parece tão difícil.

A Carniceira acrescenta:

— Bem, quatro para trazê-lo de volta como era antes, um vampiro. Cinco se quiser trazê-lo de volta como humano, sem os poderes.

Melhor ainda.

— E onde encontramos esses cinco? — pergunto.

— *Espere um minuto!* — Hudson está em pé de novo, andando pela jaula; sua indolência foi trocada por uma espécie de desespero silencioso. — *Não precisa de cinco artefatos para me tirar daqui. Só quatro.*

Talvez. Mas cinco vão garantir que você nunca mais vai machucar ninguém, e, até o momento, me parece a melhor opção.

— *Não é você quem vai fazer essa escolha.* — sibila Hudson.

Considerando que você acabou de usar seus poderes para atacar o meu namorado, além de estar na minha cabeça... Acho que sou eu mesma que vou fazer essa escolha, Hudson.

Mas eu estou curiosa.

— Por que precisamos de cinco artefatos para trazê-lo de volta como humano, mas só quatro para trazê-lo de volta?

A Carniceira me encara. Claramente, ela não gosta de ser questionada.

— Se não se importa com a minha curiosidade — eu emendo, um pouco nervosa.

O que deve funcionar, porque ela responde.

— Remover os poderes de um paranormal exige o consentimento mágico de todas as cinco facções dominantes, de acordo com os tratados. Mas simplesmente trazê-lo de volta como vampiro, agora que ele já voltou ao reino dos mortais outra vez, exige apenas poder. Um poder enorme. E esse poder pode ser encontrado em objetos mágicos.

Jaxon concorda com um meneio de cabeça.

— Toda facção em objetos mágicos que guardam muito poder. Por isso, vamos precisar que pelo menos quatro artefatos de facções diferentes tenham poder suficiente.

Em seguida, suas sobrancelhas se erguem e ele se vira de frente para a Carniceira.

— Espere. Como podemos ter um artefato de cada uma das cinco facções se Grace é a única gárgula que existe?

Como se já esperasse essa pergunta, ela continua:

— Os quatro artefatos necessários para trazê-lo de volta são um dente canino de um lobisomem alfa; a pedra da lua de um feiticeiro poderoso; a pedra de sangue de um vampiro nato; e um osso de dragão. O que, combinados, devem nos dar poder suficiente.

Os olhos da Carniceira assumem aquele brilho verde-elétrico sobrenatural, quando menciona o último artefato de que precisamos.

— Mas você vai precisar da pedra do coração protegida por uma Fera Imortal mítica para reunir poder suficiente e quebrar os tratados para remover os poderes de Hudson.

Aparentemente, Jaxon não percebe a mudança em sua mentora.

— Podemos conseguir alguns desses artefatos na escola — insiste ele. — No caso dos outros, vamos ter que viajar.

— E eu posso garantir que a pedra de sangue chegue até você — promete a Carniceira.

— Como vai fazer isso? — pergunta Jaxon, observando-a. — Pedras de sangue são muito raras.

A Carniceira dá de ombros.

— Há pessoas que me devem favores.

— Isso não é resposta — insiste Jaxon. A única reação da Carniceira é uma tentativa de encará-lo para que Jaxon baixe a cabeça com uma expressão gelada. De algum modo, Jaxon nem se abala com aquele olhar.

— *Parece que eles vão ficar assim por um tempo* — comenta Hudson, revirando os olhos com uma expressão exagerada. — *Sugiro que a gente aproveite para fugir daqui.*

— Sim, porque a única coisa pior do que ter você preso na minha cabeça é ter você preso na minha cabeça enquanto eu ando pelo interior do Alasca, sozinha e gelada. — Um *obrigado, mas nem pensar* fica implícito.

— *Quem não arrisca, não petisca* — diz ele, rindo.

— É fácil para você dizer isso quando vai petiscar tudo sem arriscar nada.

— *Eu não teria tanta certeza.* — Há alguma coisa em sua voz que me faz imaginar o que pode estar acontecendo. Mas, quando volto a olhar para ele, seu rosto está tão vazio quanto às planícies nevadas pelas quais Jaxon e eu viajamos para conseguir chegar até aqui.

Ainda assim, Hudson tem razão em relação ao que parece estar se transformando no mais longo duelo de olhares do mundo entre as duas pessoas mais teimosas do mundo. Se eu não der um jeito de acabar com isso logo, tenho certeza de que vamos passar a noite inteira aqui.

— Então... Lembram-se dessa muralha que eu tinha que construir? — digo em meio ao silêncio tenso que cobre a caverna. — Como posso fazer isso, exatamente? Porque já estou mais do que pronta para calar a boca de um certo Hudson Vega.

Capítulo 36

FAÇA VOCÊ MESMA O SEU EXORCISMO

— Você já começou a criá-lo antes que eu a colocasse para dormir — relata a Carniceira. — Você começou a criar o alicerce instintivamente.

— Mas como fiz isso? Como vou construir essa muralha mítica e mística? E por que você diz que já comecei? — pergunto muito confusa.

— Percebi que você começou no instante em que passou a ouvir a voz de Hudson. Porque ele não falava com você quando estava livre para controlar seu corpo. Foi somente depois que você começou a restringir a liberdade de Hudson que ele resolveu se pronunciar.

— *Não é verdade!* — Hudson joga as mãos para o ar. — *Estou tentando atrair a sua atenção desde o começo. Você simplesmente não conseguia me escutar até que essa velha que mais parece o Mestre Yoda a ensinou a fazer com que uma ilusão parecesse real.*

— Espere um pouco. — Fito a Carniceira, horrorizada. — Quer dizer que ainda vou conseguir ouvi-lo, mesmo depois que ele estiver isolado?

Meu estômago se revira só de pensar na possibilidade.

— Achei que estava fazendo tudo isso para me livrar dele.

— O mais importante é ter certeza de que ele não consiga dominar você outra vez. A muralha vai impedir que isso aconteça, pelo menos por um tempo. Mas agora que ele sabe o que tem que fazer para atrair sua atenção... — Ela faz um sinal negativo com a cabeça. — Acho que não vamos conseguir fazer nada em relação a isso.

Jaxon fecha os punhos ao ouvir aquilo, mas não se manifesta.

Suspiro.

— Bem, este dia acabou de ficar bem pior, não é mesmo?

Hudson faz que "não" com a cabeça.

— *Acha mesmo que isso é melhor para mim? Pelo menos você não conseguiu me ouvir nesses últimos dois dias. Ouvi cada pensamento que passou* pela sua cabeça e preciso lhe dizer uma coisa: não foram tão bons assim. Especialmente as horas que você passa pensando no meu irmãozinho, o seu namorado dos sonhos — cutuca ele. — Não é divertido. Nem um pouco.

— Então faça um favor a nós dois e saia daqui. — Eu me viro e grito para ele, sem me importar se Jaxon e a Carniceira conseguem me ouvir. Estou bem constrangida com a ideia de que Hudson sabe de todos os meus pensamentos, particularmente aqueles que envolvem Jaxon.

— E que diabos você acha que estou tentando fazer? — responde ele. — Acha mesmo que decidi arranjar briga com um lobisomem alfa só porque não tinha nada melhor para fazer? Há maneiras melhores de me divertir, mesmo quando estou trancado aqui com você.

Hudson continua tagarelando sobre o tormento que é ficar aprisionado dentro de mim, como se eu já não soubesse disso. Mas paro de escutar, enquanto tento repassar tudo que ele acabou de falar para mim sobre a luta contra Cole.

Nada disso faz sentido. A menos que...

— Jaxon? Quais são as cinco coisas que o feitiço diz que precisamos encontrar para tirar Hudson do meu corpo?

— Quatro — corrige Hudson. — Vocês precisam de quatro coisas. Uma, duas, três, quatro. Até mesmo uma criança no jardim de infância consegue contar até quatro.

— Ui, acho que alguém ficou nervosinho — rebato por cima do ombro, sem deixar de olhar para Jaxon.

— Melhor do que ser ignorante. Mas parece que você nem se incomoda com isso.

Isso atrai a minha atenção, e me viro para Hudson e sorrio.

— Talvez, eu possa fechar a sua boca de uma vez por todas depois que criar a tal muralha. Tenho certeza de que em algum lugar existe um feitiço para essa finalidade. — Faço questão de dizer tudo isso com a voz doce como açúcar.

— Ah, sim. Porque sou o único nervosinho por aqui. — Ele revira os olhos.

O olhar de Jaxon aponta para mim e depois para o lugar para o qual relanceio por alguns segundos antes de concentrar sua atenção em mim outra vez.

— A primeira coisa de que precisamos é a pedra de sangue de um vampiro — explica ele. — É uma pedra que se forma quando gotas do sangue de um vampiro são colocadas sob uma pressão extrema. Mais ou menos do mesmo jeito que um diamante se forma.

Uau. Se isso não dá um significado ainda pior para a expressão "diamante de sangue", não sei mais o que pode dar.

— Então, há muitas dessas pedras por aí?

— É aí que está o problema. Não existem muitas. O processo para criar uma é bem complicado e por isso poucos vampiros as têm. Bem, a minha família tem várias, incluindo as que estão nas coroas do rei e da rainha, mas são muito bem guardadas. E é por isso que estou pensando em como vou colocar as mãos em uma para...

— Eu já lhe disse que vou encontrar uma maneira de fazer com que você receba uma delas — interrompe a Carniceira. — Somos vampiros, pelo amor de Deus. Conseguir uma pedra de sangue é o menor dos seus problemas.

— E qual seria o pior dos nossos problemas, então? — indago, porque prefiro ouvir as más notícias antes. E estou cansada de ouvir apenas trechos. Pelo menos uma vez, gostaria de saber de uma história por completo.

— O osso de dragão — respondem Hudson e Jaxon ao mesmo tempo.

— Osso de dragão? — repito, com a mente confusa. — Assim... Um osso de verdade? De um dragão vivo?

— *Na verdade, é o osso de um dragão morto* — continua Hudson, sem mudar de expressão. — *Considerando que a maioria dos dragões vivos está usando seus ossos. E ninguém gosta de um dragão rabugento.*

— E onde vamos encontrar o osso de um dragão morto?

Jaxon me encara com um olhar estranho, quando eu enfatizo a palavra "morto", mas responde:

— No Cemitério dos Dragões.

Exatamente ao mesmo tempo que Hudson responde. De novo.

— Cemitério dos Dragões? — repito. — Parece meio assustador.

— *Você nem imagina* — diz Hudson. — *Ainda estou tentando entender como vamos navegar pelo cemitério. Vai ser um desastre.*

— Acho que ainda nem quero saber. Um problema de cada... — Fico paralisada quando um pensamento me ocorre. — Ei, espere um pouco. Você sabe do que precisamos para fazer o feitiço.

— *Você não deixa passar nada, hein?* — reclama Hudson com uma expressão irônica e com os olhos arregalados. — *Parece que temos uma Xeroque Rolmes aqui.*

— Sabe de uma coisa? Você não precisava ser tão irritante o tempo todo — eu o repreendo.

— *E eu pensava que você gostava de caras irritantes. Você está namorando Jaxy-Waxy, afinal de contas.*

— Seu irmão não é irritante — retruco, um pouco ofendida por Jaxon.

— *Falou a garota que o conhece há menos de duas semanas.*

Finjo não ouvir aquilo. E não porque um pedaço de mim acha que ele pode estar certo, mas porque não tenho tempo para isso agora. Temos tarefas que precisam ser executadas e elas não têm nada a ver com o meu relacionamento com Jaxon.

— Então, precisamos de um osso de um dragão morto e de uma pedra de sangue dos vampiros — listo para Jaxon. — Já temos um objeto que pertencia ao lobisomem alfa. E a Athame de um poderoso feiticeiro, cortesia de Hudson. Embora, para dizer a verdade, não sei por que precisávamos disso. O artefato do feiticeiro não deveria ser uma pedra?

Os olhos de Jaxon se arregalam quando ele percebe o que estou dizendo.

— Você acha que era isso que Hudson estava fazendo quando ele... — Jaxon deixa a frase no ar, como se o simples ato de dizer aquilo fosse demais para ele.

— Quando ele dominou o meu corpo? Parece que sim.

— Mas o feitiço pede somente um dente — reflete Jaxon. — Por que todo aquele sangue?

— *Já falei que Cole não tem um humor muito bom* — responde Hudson. — *E, ao que parece, ele não gosta nem um pouco de você, Grace.*

— Hudson alega que Cole surtou e que todo aquele sangue foi um acidente. — Permaneço em silêncio por um tempo, sem saber ao certo se a minha próxima frase vai soar como se eu o defendesse. — Cole e eu não somos muito amigos desde que cheguei a Katmere.

Jaxon confirma com um aceno de cabeça.

— Não seja tão modesta. Mas Hudson precisava ter praticamente matado Cole?

— *Detalhes, detalhes* — responde Hudson, dando de ombros sem se esforçar para esconder o brilho de satisfação em seus olhos, algo que me faz lembrar muito da expressão que o próprio Jaxon exibiu nos olhos quando bebeu quase todo o sangue de Cole.

Fico me perguntando o que Hudson faria — o que qualquer um dos dois faria — se eu dissesse que eles têm muito mais em comum do que imaginam.

Provavelmente gritariam com a mensageira, mas quem tem tempo para isso? Especialmente agora que Jaxon está tão tenso que pode começar a fazer o chão tremer a qualquer momento.

Assim, eu me contento em dizer:

— Você é terrível, sabia?

Em seguida, volto a olhar para Jaxon.

— Quer dizer, então, que a Athame pode ajudar?

— Acho que não — responde Jaxon, com um olhar contemplativo. — O quarto artefato é um talismã de uma das sete principais congregações. Não sei por que ele roubou a Athame.

— Porque há um talismã no centro da empunhadura da Athame. Uma pedra da lua — responde Hudson, num tom que indica claramente que considera Jaxon uma criança. — Não precisa me agradecer.

— E você vai dizer onde a escondeu agora mesmo. — Eu nem me preocupo em falar em tom de pergunta.

— É claro, Grace. — Ele me encara com o sorriso mais desprezível do mundo. — Como posso resistir quando você pergunta desse jeito tão gentil?

Repito o que ele disse sobre o talismã para Jaxon e finjo que não percebo o jeito que os olhos dele se estreitam quando percebe que estou tendo uma conversa intensa com Hudson ao mesmo tempo que falo com ele.

— O quinto artefato está perto do Polo Norte — continua Jaxon com a boca retorcida de um jeito irônico quando transmite a informação, provocando intencionalmente Hudson com a ideia de que vamos torná-lo humano sem que ele tenha o direito de dar sua opinião a respeito.

— No Polo Norte? E o que há ali? Além da fábrica do Papai Noel?

Jaxon e a Carniceira erguem as sobrancelhas quando digo isso, e eu abro um sorriso meio constrangido.

— Acho que não é a melhor hora para fazer piadas, não é?

— Eu achei engraçado — intromete-se Hudson. — Além do mais, aposto que você ficaria linda com uma daquelas fantasias de duende, com guizos na ponta dos sapatos.

— O que você disse? — pergunto, sem saber se ele está tirando sarro por eu ser baixinha ou se está insinuando alguma coisa safada e pouco apropriada. Qualquer que seja o caso, não estou gostando nem um pouco disso.

Desta vez, Hudson fica misteriosamente em silêncio. Que cuzão.

— A Fera Imortal — revela a Carniceira, finalmente, e alguma coisa no jeito que ela fala faz com que eu a observe com mais atenção. Algo que faz com que os pelos da minha nuca se ericem e o restante do meu corpo tente descobrir o que há de tão esquisito na voz adotada por ela.

Mas seu rosto está impassível; seus olhos são poços verdes e plácidos. Por isso, é provável que eu tenha imaginado aquilo. E me concentro nas palavras, e não no modo como foram proferidas.

— Imortal? — repito. — Não parece... muito bom.

— Você não faz ideia — concorda a Carniceira. — Mas é a única maneira de quebrar os tratados e tirar para sempre os poderes de Hudson.

Fico esperando que Hudson proteste em relação àquela ideia. Talvez ele faça alguma observação irônica sobre não haver motivo para arriscarmos nossas vidas por causa dele e comente que está bem satisfeito em poder manter os seus poderes. Mas ele não diz nada. Simplesmente encara a Carniceira com o seu olhar atento e intenso.

Quando volto a observar Jaxon, percebo que ele e a Carniceira me encaram com bastante expectativa.

— Desculpem, eu deixei passar alguma coisa? — Elevo as sobrancelhas ao terminar a pergunta.

— Perguntei se você ia querer tentar criar a muralha — diz Jaxon.

Nem espero até que Hudson tenha a oportunidade de reagir.

— Meu Deus, sim.

Porque há um pensamento que começa a tomar forma na minha cabeça e um temor que começa a crescer no meu estômago. Se Hudson já sabia como sair e estava tomando o controle do meu corpo para fazer isso acontecer... O que ele planejava fazer quando saísse? Matar a todos?

— *Eu disse que você era bem maldosa, não disse, Grace?*

É só depois que Hudson volta para as sombras e desaparece que percebo que ele não respondeu à minha pergunta.

Capítudo 37

SONHOS PODEM SER FEITOS
DE QUALQUER COISA

No fim, descubro que construir uma muralha mental não é tão difícil quanto pensei. Basta assentar alguns tijolos ao redor de uma parte da mente. E a Carniceira tinha razão: os meus próprios mecanismos de defesa tinham começado a funcionar sozinhos. Assim, a única coisa que preciso fazer é terminar de empilhá-los e cimentá-los no lugar usando apenas força de vontade e determinação.

Horas mais tarde, depois que a Carniceira ficou satisfeita e declarou que a muralha estava forte, ela faz desaparecer as barras da jaula e me liberta outra vez.

Eu atravesso a sala correndo e me atiro nos braços de Jaxon. Não tenho a intenção de ofender a Carniceira dentro da sua própria caverna de gelo, mas estou louca para voltar para a escola. Esse é o efeito que me causa o fato de ter passado algumas horas presa em uma jaula congelada sem qualquer controle sobre a minha vida ou o meu destino. Chocante, não é mesmo?

Mas ainda não é possível ir embora. Não quando Jaxon fez a gentileza de preparar uma refeição com a comida que o tio Finn insistiu que trouxéssemos para a viagem.

— Muito obrigada — agradeço, enquanto devoro o sanduíche de peito de peru e os salgadinhos que ele colocou num guardanapo, ao lado de uma garrafa térmica com água. — Acho que este é o meu novo prato preferido.

Jaxon ergue uma sobrancelha.

— E qual era o seu antigo prato preferido?

Eu rio.

— Eu nasci em San Diego. Tacos, é claro.

Agora que já comi, talvez eu consiga me sentir um pouco menos hostil à mulher que me deixou a noite inteira trancada em uma jaula. Talvez. Assim, me forço a abrir um sorriso e digo:

— Obrigada por toda a sua ajuda.

Ela faz um gesto que indica o lugar onde fica a entrada da caverna.

— É hora de vocês irem.

E, desse jeito, somos dispensados. Para mim não há nenhum problema. Estou mais do que satisfeita em finalmente me despedir dessas cavernas e dessa antiga e estranha vampira que parece ter mais segredos do que eu gostaria de saber.

A viagem de retorno não é tão empolgante quanto o trajeto que nos levou até a caverna da Carniceira. Em parte, porque ambos estamos muito cansados, mas também porque Hudson insiste em falar sem parar na minha cabeça, o que dificulta a concentração em qualquer coisa que Jaxon diga. Sei que vou ter que descobrir um jeito de lidar com isso logo, mas, por enquanto, procuro focar apenas em manter a paz.

Afinal, lidar com o que parece uma tonelada de testosterona com presas não é algo muito fácil.

Estou completamente exausta quando voltamos para Katmere. Hudson parece ter adormecido outra vez, graças a Deus. E sei que Jaxon quer que eu vá para o seu quarto, mas tudo o que quero é a minha cama e mais ou menos umas doze horas de sono ininterrupto. Mas, como temos aula amanhã, já me contento com oito.

Jaxon parece bem fatigado, com olheiras escuras que só vi quando ele estava no escritório do tio Finn. Não faço ideia do motivo pelo qual presumi que o poder de Jaxon era infinito. É claro que não é.

Mesmo assim, ele me acompanha até o meu quarto, como eu já imaginava que fosse acontecer. E, quando chegamos lá, fico na ponta dos pés e o abraço com toda a minha força.

O abraço o assusta. Talvez porque, ultimamente, eu vinha me esquivando dos seus carinhos. Ainda assim, basta um segundo para que ele me envolva num abraço e me levante do chão em retribuição.

E, quando o faz, encosta o rosto no meu pescoço e simplesmente inspira o meu cheiro. Reconheço aquele movimento, porque estou fazendo exatamente a mesma coisa com ele. Mesmo depois de passar horas acelerando, ele cheira muito bem — água fresca, laranja e Jaxon.

De repente, ele já está a uns metros de distância de mim, recuando pelo corredor, enquanto seus olhos queimam com um fogo escuro que faz evaporar o ar dos meus pulmões.

— Durma um pouco — ordena ele. — E conversamos amanhã na cantina, no café da manhã.

Concordo com um meneio de cabeça e obrigo o meu cérebro a trabalhar mais um pouco, apenas para montar a próxima pergunta.

— A que horas?

— Me mande uma mensagem de texto e diga o que é melhor para você. Confirmo e me viro para entrar, fechando a porta após passar por ela.

— Você voltou! — exclama Macy, levantando-se da cama com um salto. — Como foram as coisas? A Carniceira é mesmo tão assustadora como todo mundo conta? Ela pode... — Macy para de falar quando me observa com atenção. — Ei, está tudo bem com você?

— Claro que está. Por que não estaria?

— Ah, quem sabe? — Ela me segura pelos ombros e faz com que eu vire de costas para olhar o espelho na porta do seu guarda-roupa. — Talvez porque você esteja com essa cara?

— Ah. — Minhas bochechas estão vermelhas, os cabelos estão todos despenteados e as olheiras que tenho na cara dão a impressão de que estou doente. — Estou bem. Só exausta.

Abro a porta do meu guarda-roupa e arranco todas as roupas para a neve.

— Podemos presumir que Hudson se foi, então? — indaga ela, um pouco hesitante, sentando-se na beirada da cama.

— Nada disso — eu digo, desabando na minha própria cama, somente com a roupa de baixo longa e uma blusa com gola rolê. Sei que preciso de um banho, mas neste momento não tenho a menor motivação para fazer qualquer coisa além de ficar largada aqui e fingir que os dois últimos dias — e também os últimos quatro meses — foram somente um longo pesadelo do qual vou acordar a qualquer instante.

— Como assim? — Os olhos de Macy ficam enormes. — Ele ainda está dentro de você?

— Ugh. Por favor, não descreva a situação desse jeito. — Esfrego a mão sobre os olhos bem cansados. — Mas... sim, Hudson ainda está na minha cabeça. A Carniceira me ensinou a bloquear os poderes de Hudson para que ele não consiga mais me controlar.

— E como você sabe disso? Se ele não a controla...

— Porque ele tem um novo truque. Ele conversa comigo, agora.

Macy me observa como se não tivesse certeza de como vai processar essa nova informação.

— Ele...

— ...Conversa comigo — continuo, revirando os olhos. — O TEMPO TODO.

— Tipo... ele só conversa com você? — pergunta Macy, e, quando confirmo com um movimento de cabeça, ela continua a falar: — O que ele está falando agora?

— Ele está dormindo. Mas tenho certeza de que, quando acordar, vai ter algo a dizer.

— Sobre o quê?

— Sobre qualquer coisa. Ou sobre tudo. Ele é o tipo de vampiro que tem opiniões. E também uns delírios de grandeza.

Macy ri.

— Isso é uma característica comum a todos os vampiros. Eles não são muito conhecidos por sua humildade.

Penso em Jaxon e Lia, em Mekhi e nos outros membros da Ordem. Acho que Macy pode ter razão.

— Entãããããão... — Macy fica em silêncio por um momento, como se não quisesse ter que fazer a próxima pergunta. Mas alguém precisa fazê-la. — Como é que você está lidando com o fato de ter alguém tão cruel dentro da cabeça? Você está bem? Quer dizer... Sei que você mencionou que Hudson não pode fazer mais nada aí dentro, mas mesmo assim...

Para ser sincera, não tenho a menor energia para levar esta conversa adiante no momento. E não sei... talvez eu nunca tenha. A mãe de Heather disse, depois que meus pais morreram, que era aceitável eu não me concentrar na dor, não discutir o trauma, até que estivesse pronta. E isso é exatamente o que pretendo fazer agora.

A perda de controle, a sensação de violação nos níveis mais profundos, além do significado de ter outra pessoa na minha cabeça... ainda mais um assassino... Bem, ainda não estou pronta nem para pensar em toda a situação. Por isso, resolvo seguir o exemplo de Dory e simplesmente continuar a nadar, continuar a nadar. E, neste momento específico, mentir.

— Mais ou menos como você imagina que eu me sinto. Nauseada, mas dá para ir levando.

— E o que você vai fazer?

— Além de chorar e encher a cara de sorvete? — respondo, petulante.

— Imagino que você vai precisar de uma overdose de sorvete. Mas e depois?

Conto a ela sobre o feitiço e dos cinco artefatos que precisamos conseguir para transformar Hudson em humano.

— Então, é por isso que Hudson a fez roubar a Athame? — pergunta ela, espantada. — Ele também quer sair da sua cabeça?

— Isso é o que ele diz. Embora estivesse tentando com somente quatro artefatos. Ele não tem interesse em ser transformado em humano.

Macy parece alarmada.

— Não podemos deixar que ele saia se ainda estiver com seus poderes. Você sabe disso, não é?

— Pode ter certeza de que sei. Só não sei quanto tempo vou aguentar a presença dele na minha cabeça.

— Nem consigo imaginar como seria. — Ela vem até a minha cama e se senta ao meu lado para colocar o braço ao redor dos meus ombros. — Mas não se preocupe. Amanhã mesmo nós começamos a descobrir como conseguir os últimos três artefatos. E talvez possamos até chamar Flint para ajudar. Aposto que ele tem algumas ideias sobre como conseguir o osso de dragão.

— Eu não... você não... — Paro de falar, sem saber ao certo como dizer tudo que estou sentindo agora.

— Eu não... o quê? — pergunta ela.

— Você não precisa fazer isso. Pelo que vi, parece que já vai ser bem perigoso conseguir dois dos artefatos. E não quero que algo lhe aconteça.

— Está zoando com a minha cara? — pergunta Macy, e parece ofendida de um jeito que nunca presenciei antes. — Acha mesmo que vou deixar você fazer isso tudo sozinha?

— Não vou estar sozinha. Jaxon...

— Ter somente Jaxon não vai ser o bastante. Sei que ele é superpoderoso e coisa e tal — diz ela, agitando os braços enquanto imita um morcego. — Mas nem mesmo ele é capaz de enfrentar a Fera Imortal e vencê-la. Mesmo que você esteja lá para ajudá-lo. Há um motivo para aquela coisa ser chamada de imortal. Ouço histórias sobre aquilo desde que era criança. Para ser sincera, eu nem achava que era uma coisa real. É como aquele monstro que os seus pais avisam que está por perto para que você não vá muito longe de casa. Mas, se for real, quero estar ao seu lado para derrotá-la.

— Macy... — Há tantas coisas que quero dizer, tantas coisas que quero contar a ela, mas não consigo verbalizar nenhuma. Não estou conseguindo organizar os meus pensamentos e, definitivamente, não consigo empurrá-las pelo nó na minha garganta. Por fim, decido dizer a única coisa que consigo:
— Obrigada.

Ela sorri.

— De nada.

Em seguida, ela coloca a mão para trás de mim e afofa o meu travesseiro. Vamos descansar, está bem? Parece que amanhã teremos um dia cheio.

Concordo totalmente. Meus olhos se fecham no instante em que a cabeça encosta no travesseiro. E, quando estou quase adormecendo, juro que ouço Hudson dizer:

— *Tenha bons sonhos, Grace.*

Capítulo 38

ME LEVE PARA BAIXO
DA SUA ASA DE DRAGÃO

— Ei, Novata! Espere aí!

Reviro os olhos, quando ouço a voz de Flint, mas vou para junto do corredor para esperar por ele.

— Estamos em março. Quando você vai parar de me chamar assim? — pergunto, quando ele finalmente chega junto de mim.

— Jamais — responde ele com seu sorriso habitual. — Tenho um presente para você.

Ele segura um pacote de biscoitos sobre a minha cabeça, mas eu consigo pegá-lo. Acabei perdendo a hora e estou morrendo de fome. É por pouco que não começo a alisar a embalagem prateada e sussurro *meu precioooooso*.

À medida que continuamos caminhando por entre o restante dos alunos naquele corredor abarrotado a caminho da aula de história da bruxaria, abro rapidamente o pacote e dou uma mordida enorme no primeiro doce que puxo antes de suspirar, feliz. Cereja. Ele me conhece bem.

— E então... E o tal irmão maligno na sua cabeça? — pergunta Flint, com cuidado. Ele deve perceber o ponto de interrogação no meu rosto, porque se apressa em emendar: — Macy me contou.

Dou uma espiada nos corredores e percebo que todo mundo, como sempre, está me encarando conforme eu ando. E não consigo deixar de imaginar se Macy contou isso para a escola inteira. Os outros alunos ficam me olhando desde a noite em que cheguei a Katmere, então é difícil dizer se sou a nova atração em forma de gárgula ou a nova atração em forma de gárgula com uma boa dose de psicopatia. De qualquer maneira, isso faz com que eu sinta como se tivesse um peso sobre o peito e dificuldade para respirar.

— Ei, ei — chama Flint, colocando uma mão forte nas minhas costas. — Não tive a intenção de irritar você. Macy só me falou a respeito para que não precisasse contar toda a história de novo. Sigilo absoluto, eu garanto.

A pele ao redor da boca de Flint está repuxada e de repente me lembro do que Macy me contou há vários meses — que o irmão de Flint foi um dos que morreram no cabo de guerra entre Jaxon e Hudson no ano passado. E me sinto uma idiota por ter agido assim. Ele deve estar tão abalado quanto eu por Hudson estar de volta, e Macy imaginou que seria melhor abrir o jogo. Assim, Flint teria uma chance de digerir tudo em particular.

— Está tudo bem — asseguro a ele, quando passamos pela porta da sala de aula e sentamos em nossos lugares, bem no meio da sala. — Ele não pode machucar mais ninguém.

— Como você tem certeza disso? — pergunta Flint, com uma urgência na voz que nunca ouvi antes, nem mesmo quando estava tentando impedir que Lia trouxesse Hudson de volta. — Você não o conhece, Grace. Não pode falar uma coisa dessas sobre alguém tão cruel e poderoso quanto Hudson Vega.

Ele está deliberadamente falando baixo, mas é óbvio que não o bastante; várias pessoas olham para nós assustadas, quando ele pronuncia o nome de Hudson.

— *Cruel e poderoso, hein?* — Hudson entra na sala e larga o corpo do lado oposto ao de onde Flint está e, em seguida, começa a se espreguiçar bem ruidosamente. — *Gostei disso.*

É claro que gostou, penso. *E isso me diz tudo que preciso saber sobre você.*

— *Eu não teria tanta certeza disso* — rebate ele, enquanto alonga os ombros com movimentos circulares. — *Por quanto tempo eu dormi? Estou me sentindo ótimo.*

Levantando uma sobrancelha. *Pelo menos um de nós dormiu bem. Seus roncos me deixaram acordada até tarde.*

— *Que coisa ridícula! Eu não ronco.* — Ele parece tão indignado que preciso me conter para não rir.

Você só está enganando a si mesmo.

— Ei, Grace, o que está havendo? — sussurra Flint, quando a dra. Veracruz vai até a parte da frente da sala de aula, com seu salto agulha de dez centímetros fazendo *toc-toc* com cada passo que dá. — Você está olhando para uma cadeira vazia.

— Ah... desculpe. Acabei me distraindo.

Agora Flint parece ainda mais confuso, e também um pouco irritado.

— Com o quê?

Suspiro e decido abrir o jogo com ele.

— Com Hudson. Ele está sentado aí do seu lado, está bem?

— Ele está sentado onde? — Flint se põe de pé em um salto da sua carteira, o que me dá uma sensação de desgosto... mas faz com que a maioria dos outros alunos riam. — Não estou vendo ninguém.

— É claro que não. Sente-se aí logo — eu digo por entre os dentes. Ele não se move, mas eu seguro na mão dele e puxo até que Flint finalmente cede.

— Está tudo bem — repito. — É só uma projeção mental do fantasma dele que está morando na minha cabeça por enquanto.

Hudson me interrompe:

— *Ei, não sou um fantasma.*

Finjo que não o ouço e continuo olhando para Flint, que parece cético, mas volta a se sentar na cadeira. Em seguida, ele se aproxima e sussurra:

— Como você aguenta viver com uma coisa dessas na cabeça?

— *Nossa, Montgomery. Não precisa ser tão educado* — diz Hudson, com a voz arrastada. — *Pode falar exatamente o que acha de mim.*

Dá para calar essa boca?, rosno para Hudson. Mas continuo olhando com firmeza para Flint.

— Pode confiar em mim. Ele foi praticamente castrado. Não é muito mais do que um chihuahua na minha cabeça. Só late, mas não morde.

— *Muito obrigado, viu? Eu não sou um animalzinho castrado* — retruca Hudson, inspirando o ar com uma expressão ofendida.

Continue agindo assim e vou descobrir um jeito de verdade para arrancar suas bolas. Sustento o olhar dele para que saiba que estou falando sério.

— *Aí estão as garras de que tanto gosto.* — Ele sorri para mim. — *Você tem mesmo uma atitude forte dentro de si, Grace, mesmo que não acredite nisso.*

Flint toca no meu braço para atrair a minha atenção de novo.

— Como você sabe? Como pode ter certeza de que ele não é uma ameaça? — sussurra ele, enquanto a professora nos encara.

— Porque, por enquanto, o único poder que ele tem é o de me matar de raiva com seus papos irritantes. Além disso, tenho certeza de que Macy lhe falou que já temos um plano para tirá-lo da minha cabeça e fazer com que se torne um humano comum.

— *É um plano ruim* — responde Hudson.

— Ela falou e vocês podem contar comigo — diz Flint, mesmo percebendo que a dra. Veracruz está vindo na nossa direção, com os saltos batendo no chão como se fossem disparos de uma pistola em meio ao silêncio que se formou na sala.

— Para quê? — pergunto.

— Para qualquer plano criado por vocês para arrancar as presas de Hudson — explica Flint. — Porque estou totalmente dentro.

— *Ah, isso não vai acontecer.* — Pela primeira vez, Hudson parece totalmente alarmado. — *Eu me recuso a ter que ficar com o Bafo-de-Fogo aqui do lado, enquanto tentamos entender o que está acontecendo.*

Sorrio para Flint.

— Essa é uma ótima ideia. Eu adoraria poder contar com a sua ajuda. Obrigada.

— *É uma ideia terrível* — resmunga Hudson, enquanto volta a se acomodar na cadeira, com os braços cruzados diante do peito. Parece até uma criança de três anos à beira de um ataque de birra. Está até fazendo um beicinho. — *O garoto dragão tem um humor horrível.*

A dra. Veracruz volta para a frente da sala e começa a escrever datas na lousa. Enquanto Flint se concentra em copiar as datas em seu caderno, viro a cabeça ligeiramente na direção de Hudson.

Isso é meio estereotipado, não acha?

— *Eu não estava falando sobre todos os dragões* — justificou-se ele, revirando os olhos. — *Só desse aqui em particular.*

Pela primeira vez, percebo que Hudson está... envergonhado?

— *Vamos dizer que conheço a família dele.*

— Srta. Foster! — Levo um susto quando a dra. Veracruz praticamente grita o meu nome.

— Sim, senhora?

— Vai responder à minha pergunta ou vai passar a aula inteira admirando uma cadeira vazia?

— Mas eu não estava... — Paro de falar quando sinto as bochechas esquentando. Afinal, o que vou dizer? Que a cadeira para a qual eu estava mirando não está vazia de fato e que na verdade estava conversando com uma voz na minha cabeça?

Claro, porque isso é um argumento totalmente racional e também uma passagem só de ida rumo a um suicídio social.

— *Não sou só uma voz na sua cabeça.* — protesta Hudson, indignado.

— E, então, srta. Foster? — A voz da dra. Veracruz corta como uma guilhotina. — O que, exatamente, você não estava fazendo? Além de não estar prestando atenção na minha aula?

— Me desculpe — digo a ela, desistindo, porque não há qualquer explicação razoável que eu possa dar. E também porque, quanto mais rápido me retratar, mais rápido ela vai volta para a frente da sala e me deixa em paz. — Não vou permitir que se repita.

Durante vários segundos, ela fica simplesmente olhando para mim. E, então, bem quando penso que ela vai dar meia-volta e voltar para a frente da sala, a professora diz:

— Já que parece tão ansiosa para compensar a sua atitude desleixada nesta aula até o momento, por que não nos fala um pouco sobre os verdadeiros inimigos das bruxas durante os julgamentos das bruxas de Salem?

— Os verdadeiros inimigos das bruxas? — pergunto com a voz ínfima, porque não tenho absolutamente a menor ideia de como responder a essa pergunta.

Tudo que me ensinaram na escola foi que não havia nenhuma bruxa de verdade em Salem. Por outro lado, tudo que havia na minha antiga vida dizia que bruxas não existiam. Por isso, talvez ela tenha razão nisso.

— Bem, as bruxas durante os julgamentos das bruxas de Salem... — balbucio, esperando por uma intervenção divina que evite que eu faça um papel ainda maior de idiota diante de toda a sala. Infelizmente, nada acontece.

Pelo menos não até Hudson se manifestar.

— Diga a ela que os verdadeiros culpados pelo que houve nos julgamentos das bruxas de Salem não foram os Puritanos.

Como assim? É claro que foram.

— Nada disso. Os julgamentos foram armados pelos vampiros, pura e simplesmente, e as pessoas que morreram naquele lugar eram peões em uma batalha insignificante. E muitas pessoas esperavam que os julgamentos dariam início à Terceira Grande Guerra, incluindo o meu pai. Mas elas estavam erradas.

Capítulo 39

A VERDADE SOBRE
OS JULGAMENTOS DE SALEM

Tenho aquela sensação de que a minha cabeça explodiu completamente com essa versão alternativa da história que Hudson me apresenta. Um pedaço de mim pensa que isso não passa de um monte de besteiras, mas, com a dra. Veracruz bem diante de mim e com uma cara indicando que ela quer me transformar em alguma coisa melequenta se eu não responder logo, decido aceitar a ajuda.

Repito o que Hudson me explicou, tirando aquela referência ao "meu pai". E uma olhada no rosto atordoado da professora é o bastante para saber tudo de que preciso. Especialmente o fato de que Hudson não mentiu e de que a dra. Veracruz esperava que eu não soubesse absolutamente nada sobre os julgamentos.

O restante da aula passa num borrão, principalmente porque Hudson acordou com vontade de conversar. E como sou a única pessoa que pode ouvi-lo, tenho a alegria de ouvir tudo o que ele tem a dizer sobre todas as coisas. Realmente, é só alegria.

Guardo com rapidez os materiais na minha mochila quando o sinal toca, determinada a não me atrasar para a aula de física do voo. Descubro também que Flint está na turma do nível avançado, que acontece bem de frente à minha, então vamos caminhando até lá juntos. E isso é algo que, por alguma razão que não consigo descobrir, deixa Hudson bem incomodado.

— *Precisamos mesmo passar o dia inteiro conversando com o garoto dragão?* — reclama ele. — *O que vocês dois têm em comum?*

— Ah, não sei. Que tal o fato de que ambos detestamos você? — disparo de volta, sem me importar com o sorriso divertido no rosto de Flint, enquanto me observa dar uma resposta ácida para o ar, ao seu lado.

— *Há muito mais membros nesse clube, pode acreditar* — responde Hudson, bufando.

Reviro os olhos.

— Isso diz muito sobre as suas habilidades sociais.

— *Tudo que isso me diz é que as pessoas têm uma cabeça muito mais fechada do que eu imaginava.*

— Fechada? — pergunto, incrédula. — Só porque não gostavam daquele seu plano para conquistar o mundo? Que gente mais limitada.

Flint solta uma risada, mas parece não se importar com o fato de que só está ouvindo o meu lado da conversa.

— *Ei, o mundo poderia ser um lugar bem pior do que se eu o governasse* — diz ele. — *Observe à sua volta.*

— Nossa. Bem mais arrogante do que eu pensava.

— *Só é arrogância se não for verdade* — responde ele e faz um gesto com a cabeça, indicando as escadas que levam até a torre de Jaxon.

Não faço a menor ideia de como posso responder a isso, então fico quieta. Eu olho para Flint e pergunto:

— Sobre o que é essa próxima aula? É só a ciência que existe por trás do voo ou aprendemos mesmo a voar? Devo ficar muito assustada?

— A maioria de nós aprende a voar bem antes de vir para Katmere — explica Flint. — Então, essa aula é mais sobre o porquê do que sobre como voamos. Chamam de aula de física, mas tem bastante biologia também, porque aprendemos sobre a estrutura e composição de vários tipos de asas. E chegamos até a dissecar algumas.

— Então... nem todas as asas são iguais? — pergunto, um pouco surpresa pela ideia de que as asas sejam tão diferentes em sua essência. Imaginava que isso fosse como outras coisas, como cabelos, olhos e pele. Tudo isso existe em diferentes cores, mas, no que é importante, são iguais. Todos são compostos da mesma matéria biológica e todos funcionam do mesmo jeito. A ideia de que asas não seguem essa regra é fascinante.

Por outro lado, a julgar pela expressão na cara de Flint, ele está ainda mais surpreso por eu ter imaginado o contrário.

— É claro que são diferentes — diz ele. — As asas dos dragões têm que aguentar o peso de uma criatura que pesa algumas toneladas. Asas de fada sustentam criaturas que cabem na palma da sua mão. E não é somente a questão do tamanho. Nós voamos de maneiras completamente diferentes também.

— Como assim? Voar não é só voar?

— Nem de longe. Fadas podem pairar sobre o que quiserem por longos períodos. As asas de dragão são feitas com ênfase em velocidade e distância, enquanto as das fadas são feitas com foco em manobrabilidade. Como as fadas são bem menores e mais lentas e, mesmo considerando que as suas asas batam bem mais rápido, elas podem mudar de direção quase no mesmo instantâneo. Nós temos que diminuir a velocidade para virar o corpo e fazer uma curva fechada para a direita ou para a esquerda.

— Bem, então eu tenho uma pergunta — falo, quando entramos em um corredor relativamente vazio.

— Quer que eu ajude você a voar? É claro que ajudo. Vai ser bem divertido. — Flint sorri. — Além disso, ainda temos que terminar aquelas fotos para o sr. Damasen.

— Ah, é mesmo. Tinha esquecido completamente. — Reviro os olhos em relação à minha própria atitude. — Tem muita coisa acontecendo na minha cabeça, acho. Talvez possamos combinar alguma coisa para este fim de semana?

— Claro. É só me avisar.

— Ótimo, obrigada. E tenho certeza de que vou querer essas aulas de voo.

Ainda não acredito que posso voar. Euzinha. Por conta própria. Porque sou uma gárgula. Quando eu soube que tinha asas, a capacidade de voar estava implícita. Mas pensar no assunto, imaginar Flint me dando aulas sobre como não morrer quando estou voando... é um pouco mais do que consigo aguentar.

Em vez disso, tento me concentrar em outra coisa. Não faz mal dar algum tempo para a ideia ser assimilada.

— Mas, por falar em voar, a minha pergunta era sobre outra coisa — esclareço a Flint.

Ele me encara com olhos sorridentes.

— E sobre o que é?

— Você falou em fadas. Quantas outras espécies existem? Há muitas outras criaturas que não estão em Katmere? Criaturas que eu nem sei que existem?

— Com toda certeza — responde ele, sorrindo. — Mais do que você é capaz de imaginar.

— Ah.

Não sei como devo entender isso.

A minha surpresa deve transparecer, porque Flint me encara com uma sobrancelha erguida.

— Não era essa a resposta que você queria?

— Não sei. Eu só... Que outros tipos de criatura existem? E por que elas não estão em Katmere?

— Porque os professores de Katmere são especializados em dragões, lobisomens, vampiros e bruxas — continua Flint. — Há outras escolas que se especializam em outras criaturas mágicas.

E a minha cabeça começa a viajar de novo.

— Por exemplo?

— Existe uma escola no Havaí que é especializada em metamorfos aquáticos.

— Metamorfos aquáticos? — repito.

— Sim — responde Flint com uma risada. Ele deve saber o que estou pensando, porque em seguida complementa: — Sereias são reais. Assim como *selkies*, nereidas e sirenas também.

— Sério? — pergunto.

— Sério, sim. — Ele balança a cabeça, fazendo força para não rir. — Você parece estar meio tonta.

— É porque estou me sentindo meio tonta, mesmo.

— *Em Las Vegas tem a Ceralean* — comenta Hudson, perto da minha cabeça. — *É uma escola para succubus, entre outras criaturas.*

Com tantas criaturas mitológicas, você tem que me falar logo dessa? Reviro os olhos de um jeito bem exagerado. *Uma criatura que é conhecida pelo seu apetite sexual?*

— *Ei, eu estava só ajudando a aumentar a sua base de conhecimentos.*

A olhada que ele me dá é tão inocente que fico chocada por não haver uma auréola cintilante ao redor dos seus pés.

— *Ei, foi você que perguntou.*

Nem me dou ao trabalho de comentar. Simplesmente, reviro os olhos de novo até perceber que Flint está me olhando como se, de repente, estivesse pensando que tem alguma coisa bem errada comigo. Percebo que estou certa quando ele pergunta:

— Tem alguma coisa no seu olho?

— Acho que caiu um cisco ou coisa do tipo. — Esfrego o meu olho. — Viu? Já estou melhor.

— *Sério? Um cisco no olho?* — Hudson faz um ruído que demonstra o asco que sente. — *Que bom saber que você me considera tanto.*

Considero você como algo entre um cílio e uma conjuntivite no meu olho.

Ele começa a rir e o som daquela risada quase me deixa chocada. Para um cara que é um completo canalha, até que ele tem uma risada surpreendentemente agradável.

Flint e eu entramos em outro corredor. E estou tão ocupada batendo boca com Hudson dentro da minha cabeça que nem percebo que Jaxon está esperando ao lado da porta da minha sala de aula até praticamente trombar nele.

— Você está bem? — ele pergunta ao mesmo tempo que Flint diz: — Ei!

— Estou bem — asseguro aos dois, um pouco acaloradamente, irritada pela maneira que os dois ficam me encarando como se estivessem preocupados. Queria vê-los tentando lidar com várias conversas ao mesmo tempo. Em especial, quando uma delas está dentro da sua cabeça, onde ninguém mais pode ouvir ou acompanhar.

— *Vamos ser francos* — intromete-se Hudson. — *Nenhum desses dois conseguiria nos acompanhar, mesmo que pudessem ouvir. Os dois têm mais massa muscular do que massa cerebral, se quiser a minha opinião.*

Essa é uma mentira tão grande que nem me dou ao trabalho de ficar ofendida. Em vez disso, eu o cutuco de volta, só porque posso, e porque zoar com a cara dele é divertido demais para que me contenha. *Você está com inveja porque não tem nenhuma massa muscular no momento.*

— *Sim, é disso que tenho inveja.*

Há alguma coisa na voz dele que me faz parar por um instante, mas que desaparece tão rápido que não consigo perceber o que é.

Além disso, Flint escolhe esse momento para dizer:

— Preciso ir para a aula. Mas me mande uma mensagem sobre aquelas aulas de voo assim que puder. Você vai precisar delas para o Ludares.

Aceno para Flint e, em seguida, me aproximo de Jaxon para enlaçar meus braços ao redor da sua cintura e sorrir quando ele retribui o gesto.

— Desculpe-me por não ter aparecido no café da manhã. Estava tão cansada que só acordei uns quinze minutos depois que a aula tinha começado.

Ele sorri para mim.

— Foi exatamente por isso que vim até aqui. Achei que talvez você quisesse vir me encontrar na biblioteca depois da aula de artes. Tenho que repor uma prova de ontem e vou fazer isso na hora do almoço, mas achei que talvez a gente pudesse pesquisar como matar a Fera Imortal hoje à noite.

— *Ah, que fofo. O pequeno Jaxy-Waxy quer uma noite romântica de estudos* — zomba Hudson.

— Está falando sério? — pergunto. — Deixe o seu irmão em paz.

Jaxon olha para trás e procura no corredor vazio para saber com quem estou gritando. Em seguida, volta a olhar para mim, com a sobrancelha erguida.

Dou de ombros.

— Hudson.

Os olhos de Jaxon se estreitam, mas ele assente. O que mais ele pode fazer?

Hudson está encostado na parede de pedra, ao lado de outra enorme tapeçaria que retrata um exército de dragões que envergam enormes armaduras de metal e sobrevoam um vilarejo. É encantador e aterrorizante ao mesmo tempo, e tenho vontade de dar uma espiada mais de perto depois da aula.

— *Tenho uma ideia melhor* — intervém Hudson, enquanto troca de posição, cruzando os braços e apoiando a sola do pé na parede. — *Por que você não larga do meu irmão por um tempo? Ver vocês dois com esses olhares apaixonados me dá ânsias.*

— Pare com isso. Você precisaria de um corpo para ter ânsias.

Hudson dá de ombros.

— *Isso só mostra o quanto vocês dois são asquerosos.*

Recusando-me a entrar em mais uma discussão com Hudson, volto a me concentrar em Jaxon e percebo que ele está me encarando com uma expressão bem séria.

— Desculpe — peço a ele, um pouco constrangida. — Seu irmão tem uma boca muito grande.

— Você está sendo gentil demais — concorda Jaxon com um aceno de cabeça.

Um pensamento meio aleatório surge na minha cabeça.

— Ei, tem uma coisa que eu queria perguntar. Por que Hudson tem sotaque britânico e você não?

Jaxon dá de ombros.

— Nossos pais são ingleses.

Espero para ver se ele vai dizer mais alguma coisa, mas ele encerra o comentário por aí. O que já diz tudo, eu acho. Qual deve ser a sensação de ter tão pouco contato com os seus pais a ponto de não ter nem o mesmo sotaque deles? Não consigo imaginar e meu coração se despedaça por causa dele outra vez.

— *Ah, é claro. Temos mesmo que sentir pena do garoto que não foi criado pelas pessoas mais egoístas do planeta* — alfineta Hudson.

Eu o ignoro e mudo o assunto com Jaxon.

— Vou adorar me encontrar com você na biblioteca depois que terminar os trabalhos da aula de artes. Pode ser às seis?

Ele concorda com um aceno de cabeça.

— Perfeito. — Mas, quando ele se aproxima para me beijar, Hudson começa a fingir que está vomitando com tanta insistência que não consigo retribuir.

Baixo a cabeça e Jaxon suspira, mas não se pronuncia. Em vez disso, dá um beijo no topo da minha cabeça e diz:

— A gente se vê às seis, então.

— Está bem.

Fico assistindo enquanto ele vai embora, mas, no instante em que ele vira para entrar em outro corredor, encaro Hudson.

— Escute aqui. Essa imitação de que estava vomitando era mesmo necessária?

Ele recorre à empáfia britânica.

— *Você não faz ideia do quanto era necessária.*

— Você tem noção do quanto é ridículo, não é?

Hudson me encara como se não soubesse o que comentar, ou como se sentir em relação a tudo isso. Ofendido ou como se estivesse se divertindo, intrigado... é uma imagem interessante, mesmo antes de dizer:

— *Bem, essa é nova. Ninguém nunca me chamou disso antes.*

— Talvez porque nunca o tenham conhecido.

Fico esperando uma retrucada ácida, mas, em vez disso, há um silêncio contemplativo que dura vários segundos. E após algum tempo ele murmura:

— *Talvez você tenha razão.*

Não sei o que posso responder depois disso e tenho a impressão de que ele também não sabe, porque o silêncio se prolonga entre nós — o silêncio mais demorado que já houve enquanto um de nós não está dormindo.

Viro o rosto e entro na sala de aula, deixando Hudson ainda encostado na parede.

Alguma coisa me diz que a aula de física do voo não vai ser uma daquelas em que vou me sair tão bem. Por isso, procuro um assento no fundo da sala. Espero que Hudson apareça ao meu lado, mas, pelo menos desta vez, ele faz o que pedi e me deixa em paz.

Ainda bem.

Capítulo 40

SOBREVIVER JÁ ESTÁ
FORA DE MODA

— *Você deveria mesmo competir.* — A aula já está quase no fim, então fico chocada quando ouço a voz de Hudson ao meu lado. — *Ah, e obrigado por guardar uma cadeira para mim.*

Estou sentada no fundo da sala, porque a última coisa que quero é atrair atenção numa matéria que estou começando com dois meses de atraso. E definitivamente não é porque há cadeiras vazias à minha direita e à minha esquerda.

— Competir no quê? — murmuro para ele sem mover os lábios, mas não estou prestando muita atenção na resposta. Estou ocupada demais tentando copiar uma matéria que praticamente está em outra língua.

— *No Ludares. Embora seja só uma desculpa para que todos tentem matar uns aos outros, enquanto fazem coisas bem perigosas.* — Ele eleva as sobrancelhas, como se dissesse que as pessoas são realmente esquisitas. — *É o dia mais popular do ano aqui em Katmere. Especialmente entre os metamorfos.*

— Ah, é claro. Quando você fala assim, quem não ia querer participar? Afinal de contas, sobreviver é uma coisa que já saiu de moda há muito tempo.

Ele ri.

— *Exatamente!*

Tento voltar a me concentrar no que o sr. Marquez está explicando, mas a esta altura eu já não tenho mais a menor noção do que ele está dizendo. Assim, decido simplesmente tirar algumas fotos da lousa em vez de tentar decifrá-las. Se eu não conseguir entender isso por conta própria mais tarde, vou pedir ajuda a Flint.

— *Por que você não pede para mim?* — ironiza Hudson. — *Eu posso ser um... psicopata* — continua ele, agitando os dedos como se estivesse colocando a palavra entre aspas. — *Mas sou um psicopata que tirou 9,8 nesta matéria.*

— Você cursou esta matéria? Por quê? Você é capaz de voar como Jaxon? — questiono quando essa ideia surge na minha cabeça.

— *Você fala como se ele fosse o Super-Homem* — retruca Hudson, revirando os olhos. — *Ele não pode voar de verdade.*

— Você entendeu o que eu quis dizer. Sempre que ele faz... aquilo. Se isso não é voar, o que é?

— *Ele tem telecinese. Ele flutua. Você sabe. Como um dirigível.*

Isso me causa uma gargalhada súbita. Claro, é uma descrição horrível, mas também é meio hilário imaginar Jaxon flutuando de um lado para outro sobre estádios esportivos como se fosse o dirigível da Goodyear.

— *É uma imagem ótima, não é?* — Hudson sorri pelo canto da boca.

— É uma imagem absurda e você sabe disso. O seu irmão é maravilhoso.

— *Isso é o que você acha.*

O sinal toca e pauso nossa conversa até guardar as minhas coisas e ir até o corredor. É hora do almoço e eu normalmente tentaria encontrar Macy, mas a simples ideia de ir até a cantina agora é demais para mim.

Todo mundo fica me olhando. E me julgando. E acham que não estou no mesmo nível deles. Deste jeito, provavelmente vou ter que repetir o meu último ano na escola.

Tudo isso é uma droga. Uma bela droga. E penso em dar um fim em tudo isso. Simplesmente entrar na cafeteria, subir no tampo de uma mesa e anunciar para todo mundo que eu sou a responsável por trazer Hudson de volta. Ah, e por falar nisso, os boatos são verdadeiros. Sou uma estátua incrível.

Seria melhor simplesmente acabar com tudo bem rápido, do mesmo jeito que se arranca um curativo, de uma vez só. Mas estou muito cansada agora e também me sinto pressionada por tudo o que aconteceu. Tenho a sensação de que posso desmoronar a qualquer segundo.

Eu vacilo no corredor. Meu olhar cruza com o de Hudson e tenho a impressão de que ele também não sabe o que fazer. Sua incerteza faz com que eu me sinta insegura antes de desconsiderar a questão e virar rumo à outra direção.

Compro um pacote de biscoitos com manteiga de amendoim em uma máquina automática e vou até o estúdio de artes para trabalhar na minha pintura, pois já estou atrasada com o desenvolvimento dela. Se tudo der certo, algumas horas no estúdio vão me ajudar a espantar o mau humor também.

O restante da tarde transcorre sem qualquer aspecto especial, desde que se considere que o falatório incessante de Hudson não seja nada de especial. Ele é do tipo que gosta de dar opinião sobre tudo — até mesmo assuntos sobre os quais nenhuma pessoa normal teria opinião para dar.

Ele acha que a professora de artes parece um flamingo por causa de seu vestido rosa-choque. E, embora ele não deixe de ter certa razão, é difícil me concentrar no que ela está dizendo com essa imagem que não sai da minha cabeça.

Hudson acha que T. S. Elliot não deveria ser incluído no programa da aula de literatura britânica, porque nasceu no estado do Missouri. Tenho que passar uma hora ouvindo ele reclamar dessa ofensa em particular.

E, neste momento... neste exato momento, ele está querendo discutir como devo misturar tons na minha tinta preta.

— *Estou na sua cabeça e sei que você não é cega, Grace. Como pode achar que esse tom de preto é atraente?*

Contemplo a cor em questão e, em seguida, misturo uma quantidade ínfima de azul nela. Em parte, porque quero fazer isso, mas também porque sei que isso vai irritar Hudson ainda mais. E, depois das últimas quatro horas, estou disposta a fazer qualquer coisa ao meu alcance para irritá-lo. Ele que lute para me aguentar agora.

— É sutil e é assim que eu gosto. — Dou uma pincelada suave na tela e ainda não está do jeito que eu queria. Por isso, volto à paleta e coloco um pouco mais de azul-escuro.

Hudson atira as mãos para cima.

— *Eu desisto. Você é impossível.*

Por sorte, sou a única aluna que ainda está na sala de artes e, por isso, não preciso me preocupar com o que as outras pessoas vão pensar se me virem conversando com a banqueta ao meu lado.

— Eu sou impossível? Você é que está tendo um chilique por causa da minha pintura.

— *Não estou tendo nenhum chilique.* — Percebo que ele está ofendido; o sotaque britânico voltou com força à sua voz, mesmo enquanto ele estica as pernas diante de si. — *Estou só tentando dar um pouco de feedback artístico, com base no meu longo histórico de apreciação artística...*

— Ah, lá vamos nós outra vez. — Reviro os olhos. — Se você mencionar mais uma vez o fato de que é velho...

— *Não sou velho! Eu sou mais velho. Vampiros são imortais, caso tenha se esquecido. Você não pode julgar a nossa idade do mesmo jeito que julga a idade dos humanos.*

— Parece que você só fala assim para não ter que admitir que é mais velho do que a poeira. — Sei que estou cutucando uma onça com vara curta, sei que ele vai acabar arrancando a minha cabeça se eu continuar dando essas alfinetadas, mas não consigo evitar. Ele merece, especialmente depois de tudo o que fez para me irritar.

Desde o começo, ele sempre levou vantagem na maior parte das nossas discussões. Agora que encontrei algo que o irrita, não consigo deixar de usar isso para fazê-lo arrancar os cabelos. Isso provavelmente faz de mim uma pessoa horrível, mas já faz quase quatro meses que estou com um psicopata dentro da minha cabeça. Por isso, decido me dar o direito de destilar um pouco desse meu lado maldoso.

— *Sabe de uma coisa? Faça o que quiser com o preto. É uma cor sem graça e vai estragar toda a sua tela. Problema seu.*

— Desculpe, será que você pode falar um pouco mais alto? — Posiciono a mão em forma de concha junto à orelha.

— *Eu disse que é uma cor sem graça.*

— Não, não essa parte. Aquilo que você falou sobre ser a minha pintura. Minha. Pode falar isso de novo?

— *Não estou nem aí para você* — diz ele, bufando. — *Eu só estava tentando ajudar.*

— Sim, eu sei. Por que os homens sempre querem ajudar, mesmo quando ninguém pediu sua ajuda?

— *Faça do jeito que quiser* — responde Hudson e, quando fica em silêncio, tenho a impressão de que talvez tenha ido longe demais. Entretanto, quando dou uma rápida espiada no rosto dele, percebo que ele está se esforçando quase tanto quanto eu para não sorrir. E isso é absurdo, eu sei. Quero que ele saia da minha cabeça de qualquer maneira, mas tenho de admitir que agora que Hudson não pode mais controlar o meu corpo, bater boca com ele é bem divertido.

Com tal pensamento na cabeça, eu pego o vermelho mais escuro que encontro e misturo uma boa quantidade dele no meu preto. E fico esperando pela explosão.

Leva uns cinco segundos — quatro a mais do que imaginei, mas Hudson praticamente berra:

— *Você está tirando onda com a minha cara? Está querendo me deixar cego?*

E sei que causei um impacto direto. Mais um ponto para mim.

No momento, o placar está mais ou menos assim: Grace, 7 pontos; Hudson, 7 milhões. Mas vou aproveitar cada vitória que puder.

Pelo menos, até me lembrar de que preciso perguntar uma coisa a ele.

— Ah, tem uma coisa que queria perguntar. Agora que estamos trabalhando no feitiço para tirar você da minha cabeça... Onde você colocou o canino do lobisomem e a Athame?

— *Na prateleira mais alta do seu guarda-roupa. Em uma sacola do lado direito.*

— Lá em cima? Por que os escondeu ali?

— *Porque eu não queria que você os achasse por acaso e entrasse em pânico antes de saber de onde vieram.*

— Mandou bem — admito, meio a contragosto.

Continuo a pintar, ignorando as objeções de Hudson. Ainda não tenho muita noção do que estou pintando, mas sei que há uma compulsão dentro de mim para colocar isso na tela. Um pedaço de mim pondera se é alguma lembrança daqueles quatro meses nos quais fiquei aprisionada na forma de gárgula, se é algo importante do qual não me lembro. Mas outro pedaço imagina que isso é somente algum devaneio. Que estou tão desesperada para recuperar essa parte da minha vida que vejo presságios de coisas boas, mesmo quando elas não existem de verdade.

Está vendo coisas demais, Grace? Ora, ora, estou sim. Recuo um passo e dou uma olhada no que fiz.

O fundo está completo e mirá-lo me causa uma sensação estranha, porque a imagem não é muito familiar. Mas ao mesmo tempo é boa; alguma coisa dentro de mim sussurra que consegui acertar em cheio.

E, só para ser clara, essa coisa não é Hudson. É mais profunda, mais primitiva e continuo à espera de que, se pintar o bastante, ela vai destrancar todo o restante.

Estou limpando a tinta preta do meu pincel, pensando sobre o que vai acontecer a seguir, quando o meu celular apita com uma mensagem de texto. Minhas mãos estão cobertas de tinta e quase decido não lê-la, mas mudo de ideia no último instante.

E solto um gemido mudo quando vejo que foi Jaxon quem mandou a mensagem. E que estou quase uma hora e meia atrasada para o nosso encontro.

Capítulo 41

NA VERDADE, O DIABO VESTE ARMANI

Infelizmente, me deparo com uma longa sequência de mensagens de texto enviadas por Jaxon. Várias às seis e meia, uma às sete e três outras que acabaram de chegar.

Jaxon: Você vai se atrasar? Preparei uma mesa no fundo da biblioteca, perto das salas de estudo.

Jaxon: Qual é o cereal preferido dos vampiros?

Jaxon: Aveia!

Jaxon: Desculpe, não consegui resistir.

Jaxon: Está tudo bem por aí? Você dormiu?

Jaxon: Ei, não sei se você dormiu ou se está pintando, mas achei umas coisas interessantes aqui.

Jaxon: Pode me mandar uma mensagem quando vir isto aqui, só para eu saber que você está bem?

Jaxon: Estou com saudade.

Eu me sinto horrível. Não acredito que esqueci de ir encontrá-lo. Passei o dia inteiro louca para vê-lo, mas, depois, acabei me envolvendo tanto com a pintura que me esqueci de todo o restante.

Alego que isso aconteceu porque o meu cérebro está sobrecarregado, e a última coisa que quero é passar um tempão tentando descobrir como atacar a Fera Imortal e como não morrer. Sendo sincera, até que é um argumento válido, mas isso não significa que não me sinta mal por não ter ido encontrar Jaxon.

— *Tenho certeza de que o meu irmãozinho vai sobreviver a ser deixado sozinho na biblioteca* — cutuca Hudson, e percebo uma agressividade em sua voz que não estava ali há alguns minutos. — *Você deveria continuar pintando. Está bem empolgada.*

— Mesmo que eu esteja usando o preto errado? — retruco, quase sem prestar atenção, enquanto mando uma mensagem para Jaxon, pedindo desculpa e avisando que estou a caminho.

— *Desculpe por ser tão exigente, mas o preto da Armani é uma cor bem específica* — Hudson fala como se tivesse engolido um limão. A cena seria engraçada se eu não estivesse com tanta pressa.

Guardo o celular na mochila e começo a organizar os meus materiais e a limpar a minha área de trabalho o mais rápido que posso. O que não é rápido o bastante, considerando a bagunça que fiz, enquanto misturava as tintas.

— E quem disse que eu estava pensando no preto da Armani?

— *Desculpe. Eu só...* — Pela primeira vez desde que o vi, Hudson parece estar totalmente desconcertado. Como se tivesse falado demais, mas ainda assim não tivesse dito o bastante. Quase pergunto o que há de errado, mas me lembro de que não somos amigos. Que ele é só um cara que está morando de favor no meu cérebro por um tempo e que não é uma pessoa muito legal. E, também, não devo nada a ele.

Dou uma acelerada no processo de limpeza, determinada a chegar à biblioteca antes que Jaxon desista de me esperar. Imaginei que Hudson fosse passar o tempo todo fazendo piadinhas — afinal, esse é o seu passatempo preferido agora. Mas ele ficou estranhamente silencioso depois do comentário sobre o tom de preto da Armani. E eu me sinto grata por isso, porque consigo me concentrar por completo em guardar os utensílios.

Estou quase terminando quando a porta da sala de artes se abre com uma rajada de vento. O ar frio enche a sala e me viro para trás, imaginando qual será a nova ameaça que vou ter de enfrentar, mas percebo que é Jaxon que está ali, me observando com um sorriso sutil e um olhar profundo.

— Me desculpe — digo a ele, correndo para recebê-lo quando ele fecha a porta. — Eu me empolguei com a pintura e perdi a noção do tempo. Eu não queria ter...

— Ei, não se preocupe com isso. — Ele me mede de cima a baixo, com o sorriso ficando maior quando nota o avental coberto de tinta. — Gosto desse seu look.

Retribuo com a mesma olhada da cabeça aos pés com a qual ele me encarou certa vez, observando os jeans rasgados e a camiseta preta de grife.

— O sentimento é mútuo, com certeza.

— Ah, é mesmo? — Ele me envolve nos braços e sinto um calor por dentro. Sexy, reconfortante e empolgante, tudo ao mesmo tempo. — Que bom saber.

— Seu cheiro está ótimo — elogio, apertando o nariz entre o pescoço e o ombro dele por vários segundos. E está mesmo; é um aroma fresco, intenso e maravilhoso.

— Ah, eu diria que o sentimento é mútuo, também. — Ele passa uma presa no ponto sensível logo abaixo da minha orelha. — Totalmente mútuo.

— *Me diga que você não está falando sério* — diz Hudson, bocejando. — *Me diga que isso não é o ponto mais alto desta conversa cintilante.*

Por que você não vai dormir ou fazer algo do tipo?, sibilo para ele, enquanto me afasto de Jaxon.

— Está pronta para ir? — pergunta Jaxon.

— Sim. Preciso só de um minuto para terminar de guardar os materiais. — Tiro o avental e o guardo no meu cubículo; em seguida, termino de guardar os potes de tinta no armário.

Cinco minutos depois, estamos caminhando pelos túneis — um lugar que parece muito menos assustador quando Jaxon está ao meu lado, falando sobre o que descobriu nessa hora e meia que passou pesquisando nos bancos de dados de magia da biblioteca.

— Passei a maior parte da noite tentando identificar o que é a Fera Imortal — ele me conta quando chegamos até a câmara circular no centro dos túneis, com aquele enorme candelabro de ossos pendurado no teto. — Há tantas versões diferentes escritas nos últimos séculos a ponto de essa criatura ser mais um conto de fadas do que um monstro de verdade. É difícil saber com certeza o que vamos enfrentar quando chegarmos lá. A única característica que é mais ou menos consistente é o fato de que quase ninguém consegue voltar vivo. E os que conseguem nunca entram em acordo sobre o que viram.

— Existe algum elemento comum em todos esses relatos? — pergunto, concentrando-me na conversa e não no fato de que estou prestes a passar pelo túnel onde a ex-namorada de Hudson tentou assassinar Jaxon e a mim.

— Além do fato de que todo mundo morre?

Cogito perguntar a Hudson sobre o que ele se lembra em relação àquela noite — se é que ele se lembra de alguma coisa —, mas decido que a questão não tem muita importância. Além disso, o que vai acontecer se ele quiser fazer uma excursão até a cena da sua reencarnação? Não tenho vocação para ser guia turística, ainda mais aqui embaixo.

— *Não me lembro de nada* — responde Hudson, enquanto caminha ao nosso lado, deslizando a mão casualmente pelas paredes revestidas com pedras e joias. Ele está um pouco mais adiante, então não consigo ver seu rosto. — *Eu não obriguei Lia a fazer nada, se é isso que você está pensando.*

Não estou pensando em nada, respondo, embora não seja realmente verdade. É difícil não ter medo de Hudson quando estou aqui embaixo, e mais difícil ainda é não sentir raiva dele. Talvez o que aconteceu não tenha sido culpa dele, mas é difícil imaginar que Hudson e seu poder de persuasão não tenham sido partes do fato de que Lia estava obcecada para trazê-lo de volta.

— As histórias têm algumas coisas em comum — responde Jaxon, apertando o braço ao redor do meu corpo, como se pudesse sentir a minha inquietação.

Mas seu gesto só serve para fazer com que me sinta ainda pior por ser tão medrosa. Assim, simplesmente engulo o medo que estou sentindo. E o enterro bem fundo dentro de mim, enquanto tento me concentrar em algo cuja mudança está em meu poder.

— E que coisas em comum são essas? Já conseguiu descobrir onde encontrá-la?

Lembro que ele disse, na caverna, que a Fera fica em algum lugar perto do Polo Norte. Por que ela não escolheu uma casa de verão num lugar mais agradável, como a Grécia, o Egito, Los Angeles ou Miami? Qualquer lugar que tenha um tempo quente seria ótimo agora. Depois da viagem até a toca da Carniceira, estou pronta para deixar a neve para trás por um tempo.

— Isso é a única coisa com que todos os relatos concordam — relata Jaxon. — A Fera Imortal mora em algum lugar perto do Círculo Polar Ártico. Parece que todo mundo quer mostrar onde ela pode ser encontrada. Assim, todos podem planejar suas viagens e evitá-la a todo custo.

— Tenho que concordar com eles — respondo, esboçando uma careta. — Ir ao Polo Norte já parece bem desagradável, e pior ainda se tiver que enfrentar um monstro que não pode ser morto. Tem certeza de que essa Fera não passa o mês de março no Taiti?

Jaxon parece confuso a princípio, mas entende que estou fazendo uma piada.

— Desculpe. Quando tudo isso terminar e a gente se formar em Katmere, vou levar você para algum lugar quente e ensolarado. Prometo.

— Vou cobrar essa promessa — eu digo a ele. — Não posso passar cada dia do resto da minha vida nessa geladeira chamada Alasca.

— Não há nada que diga que a gente precisa morar no Alasca depois da formatura. Sei que você estava planejando ir para a faculdade antes que os seus pais morressem e tivesse que vir para cá. Ainda podemos fazer isso, se você quiser.

— Para ser bem sincera, não sei o que eu quero. — Parece bem ruim quando digo isso, especialmente considerando que faltam só três meses para a minha formatura. Mas o plano que tinha antes de os meus pais morrerem parece ter sido feito por uma pessoa completamente diferente.

— E você? O que você quer fazer? — pergunto a Jaxon, porque imagino que qualquer plano que eu tenha para o futuro vai incluir o meu consorte.

— Não sei se tinha um plano para depois da formatura, para ser sincero. Pessoas imortais têm muito mais tempo para pensar nas coisas.

— Especialmente se você for um príncipe e já estiver vivo há um ou dois séculos. — Mais tarde, talvez eu pergunte a ele sobre a questão do envelhecimento dos vampiros. Sei que ele tem alguns séculos de idade, mas também sei que tem somente dezoito anos em termos humanos. Espero sinceramente que eu não esteja namorando um cara que passou cem anos usando fraldas e chupando o polegar.

Hudson tenta sufocar uma risada e por isso sei que ele ouviu o meu último pensamento, mas ele não vira para trás. Não consigo evitar a abertura de um sorriso no meu rosto, quando penso na imagem de Hudson, com seus vinte anos, usando fraldas.

Isso por fim atrai a atenção dele, e Hudson me olha com uma sobrancelha erguida por cima do ombro.

— *Uma ideia bem desavergonhada, srta. Foster.*

Meu rosto fica vermelho como uma beterraba, mas Jaxon não parece perceber.

— Não tenho certeza sobre quais são os meus planos, mas temos todo o resto das nossas vidas para pensar nisso — Jaxon finalmente responde e aperta o meu ombro com carinho.

Saímos do túnel, passamos por aquela área sinistra da masmorra e sinto que relaxo no instante em que a porta da cela se fecha com um tranco metálico atrás de nós.

— O que mais você aprendeu sobre esse monstro? — indago, enquanto caminhamos rumo à escadaria que leva até a biblioteca. Passamos pelo saguão no piso principal e, embora algumas pessoas fiquem observando quando passamos, é muito menos do que era há uns dois dias.

Talvez eles estejam começando a se acostumar a conviver com uma humana/gárgula. E, se eu conseguisse simplesmente me acostumar com a parte da gárgula nessa equação, tenho certeza de que tudo ficaria muito mais fácil.

— É grande. Assim... gigantesca, descomunal. Alguns dizem que é da altura de um prédio de vinte ou trinta andares. E é muito, muito velha.

— Ah, parece bem animador — eu digo, sendo bem irônica. — Afinal, quem não ia querer lutar contra um monstro que vive eternamente e é do tamanho de uma montanha?

— Isso mesmo. Mas não acho que seja tão grande. Talvez esteja mais para uma encosta de montanha.

— Ah, assim fica bem melhor — brinco, quando finalmente chegamos à biblioteca. Mas, quando Jaxon leva a mão à maçaneta, percebo que já está quase completamente escuro lá dentro. — Ah, não! Amka fechou a biblioteca, enquanto você foi me buscar? Desculpe...

— Relaxe — pede ele com um sorriso, curvando-se para dar um selinho rápido nos meus lábios. — Já cuidei de tudo.

Hudson dá um passo ao lado quando Jaxon abre a porta e gesticula para que eu entre antes dele. Mas bastam alguns passos para o interior do salão principal da biblioteca e percebo que estraguei muito mais do que um encontro para estudar. Estraguei um encontro de verdade, porque no meio da sala há uma mesa pequena e redonda coberta com uma toalha, velas e um dos buquês mais lindos que já vi.

— *Ora, ora, ora* — diz Hudson, entrando na sala a passos largos, com as mãos enfiadas nos bolsos da calça. — *Não é uma fofura? Diga a Jaxon que fiquei emocionado, mas ele não precisava ter feito isso.*

Capítulo 42

BEN & JERRY SÃO OS ÚNICOS DOIS CARAS
POR QUEM VALE A PENA BRIGAR

— Ah, Jaxon... Não precisava fazer isso. — Vou até a mesa, sentindo meu coração palpitar, enquanto admiro as velas, a água no gelo e as *flores*. Flores muito bonitas. — São lindas.
— Fico feliz por você ter gostado.
— Eu amei tudo isso — eu o corrijo, enfiando o rosto em meio às flores. — E o cheiro delas é incrível. — Observo, estendendo-as para ele.
— Já cheirei quando as colhi — comentou ele. — E não foi nada de mais.
Eu me derreto toda com aquelas palavras, porque realmente é um esforço enorme, por várias razões. A primeira: ele teve todo esse trabalho para organizar um jantar como este para mim porque achou que eu gostaria. A segunda: ele saiu para procurar flores no meio do Alasca e as colheu pessoalmente. E a terceira: ele pensou em preparar tudo isso mesmo sendo seu primeiro relacionamento — e foi a primeira vez em que se permitiu ter sentimento em mais de cem anos. Como não me apaixonar por Jaxon quando ele toma atitudes que me fazem lembrar, várias e várias vezes, de que ele vai cuidar tão bem de mim?
— *São flores, não uma viagem a Paris* — debocha Hudson, pegando um livro depositado sobre o balcão e folheando o exemplar. Seus movimentos me incomodam tanto que decido ignorá-lo. A noite está apenas começando. Ainda há bastante tempo para ele zoar meu encontro antes que eu tenha que voltar para o meu quarto.
— Não diga que não é nada de mais — respondo para os dois, enlaçando os braços ao redor da cintura de Jaxon e abraçando-o com força. — E me desculpe por ter esquecido. Estou me sentindo péssima.
— Deixe disso. — Ele abre um sorriso suave, quando afasta um cacho caído no meu rosto. — Você passou por dias difíceis. E tem um micro-ondas ao lado da mesa de Amka. Não é difícil esquentar o seu jantar, se precisarmos.

— O que você trouxe para mim? — pergunto, quando o meu estômago ronca de repente, lembrando-me de que não comi quase nada o dia inteiro.

Jaxon ri com o barulho.

— Venha, vamos nos sentar e daí você descobre.

Ele me acompanha até a mesa e percebo que ele fez mais do que apenas trazer velas e flores. Ele buscou tacos de algum *food truck* no meio do Alasca — que se parecem exatamente com aqueles da minha taqueria favorita em San Diego.

— Como você fez isso?

— Não posso lhe contar todos os meus segredos — responde ele.

— Entendo, mas este segredo você vai ter que me contar. — Pego um dos tacos e dou uma mordida, indo ao céu quando aquele sabor familiar explode na minha boca. — Vou ter que comer isso de novo, e logo.

Dou outra mordida, tão empolgada com o sabor que me lembra da cidade onde cresci que nem finjo que tenho condições de me conter.

— Ou você pode continuar comigo e eu os consigo para você sempre que quiser — sugere Jaxon, sentando-se ao meu lado.

— Ah, sim, isso eu posso fazer. — Ambos sorrimos e nos miramos por vários segundos, e sinto a respiração ficar presa no peito por todas as razões certas desta vez. Pelo menos, até Hudson se aproximar e interromper com uma risada incrédula.

— *Carne? Meu irmão lhe trouxe carne de presente?* — Ele bufa, enojado, quando Jaxon se levanta para escolher uma música.

Encaro Hudson e o repreendo com um sussurro alto.

— Não é só carne. São tacos. E...

— *Que são feitos de carne, estou certo?* — Ele começa a andar ao redor da mesa como um advogado criminal, examinando as provas de um crime. E até parece um desses profissionais, com uma camisa impecável e a calça social.

— Está bem. Mas não tem nada de errado com isso. Eu *amo* tacos. — Dou as costas para Hudson e olho para Jaxon, que está mexendo no seu iPhone.

— *E eu amo sangue humano. Mas isso não quer dizer que eu queira isso de presente.* — Hudson se aproxima, apoiando as mãos no encosto da minha cadeira e abaixando-se de modo que esteja quase sussurrando na minha orelha quando continua: — *Mas é bom saber que você não espera muita coisa. Vai precisar disso para ficar com Jaxy-Waxy.*

— Será que você pode parar de chamá-lo assim?

Preciso de toda a minha força de vontade para não virar para trás e gritar com Hudson. Mas, ao que parece, isso é exatamente o que ele quer e me recuso a morder a isca. Em vez disso, sufoco o conjunto de respostas ácidas que quero vomitar nele e concentro o máximo da minha atenção em Jaxon.

Ele por fim escolhe *I Knew I Loved You*, do Savage Garden, e sinto o coração palpitar no peito mesmo antes que ele se vire e me contemple de um jeito que provoca em mim todo tipo de sensação deliciosa.

A expressão em seus olhos me comunica que ele sabe exatamente o que estou sentindo... e que gosta muito disso.

— Você vai ter que me dizer onde conseguiu esses tacos — insisto, quando Jaxon volta para a mesa. Dou outra mordida no taco que Hudson está se esforçando tanto para estragar. Depois de engolir, continuo falando: — Vou precisar disso aqui outra vez. Amanhã.

— Acho que posso dar um jeito nisso.

— Ah, pode mesmo? — Ergo as sobrancelhas, duvidando.

Ele balança a cabeça em resposta, se divertindo com a situação.

— Grace, há poucas coisas que eu não faria para deixar você feliz. Vai levar alguns meses até que eu possa lhe dar o Taiti, mas com certeza posso lhe conseguir tacos todos os dias, se é isso que você quer.

— Não preciso de tacos. — Seguro na mão de Jaxon e a aperto com força. — Só preciso de você.

— Preciso de você, também — responde ele antes de fazer um sinal com a cabeça para que eu continue comendo.

É quando pego o meu segundo taco que ele muda de assunto.

— Me fale sobre o projeto de artes no qual está trabalhando. Estou louco para dar uma olhada nele.

— Pois é... eu também — eu digo, bufando um pouco pelo nariz.

Ele parece ficar intrigado.

— Como assim?

— Não faço ideia do que estou pintando. Geralmente, sei o que vou pintar, mas desta vez estou só pintando como se a minha vida dependesse disso. Sem saber exatamente o que estou pintando. Esquisito, né?

— A genialidade é esquisita — observa Jaxon, dando de ombros. — Todo mundo sabe disso. Se quer a minha opinião, diria para ir em frente. Veja o que acontece.

— É no que estou pensando também. O pior que pode acontecer é o quadro ficar um lixo. Que mal há nisso?

— Não vai ficar um lixo — diz ele.

— Como você sabe?

— Porque conheço você.

É uma resposta muito simples, mas faz com que eu suspire e sinta vontade de desmaiar. É isso mesmo que preciso ouvir agora.

— Você é encantador demais — eu o elogio com um sorriso suave. — Sabe disso, não é?

Jaxon simplesmente sorri e se aproxima para me dar um beijo antes de voltar a se sentar, e Hudson finge estar engasgado. De novo. E não consigo ignorá-lo desta vez.

— Ei, Hudson ainda está falando com você? — pergunta Jaxon. E não parece muito feliz.

— Ele sempre fala comigo — eu digo, fitando Jaxon e reclamando com um revirar de olhos. — Juro para você que ele nunca fecha a matraca.

— *Sabe de uma coisa? Esse seu lado malvado está ficando cada vez mais forte ultimamente* — reclama Hudson.

— Você ia ver só, se não estivesse enfiado em mim — retruco. Mas, no instante em que pronuncio aquelas palavras, sinto que fico toda vermelha. — Ah... eu não quis dizer...

— *Sei o que você quis dizer* — interrompe Hudson, mas aquele tom de queixa sumiu, foi substituído por uma expressão malandra naqueles olhos azuis-escuros que me deixa particularmente nervosa, embora não saiba com exatidão por quê.

— Meu irmão sabe mesmo como quebrar o clima — resmunga Jaxon, enquanto se levanta para limpar a mesa do meu jantar.

— *Obrigado* — agradece Hudson. — *Eu me esforço.*

— Será que você pode calar a boca só por cinco minutos? — retruco ao me levantar para ir atrás de Jaxon.

— *Ah, mas assim a coisa perde a graça.* — Hudson atravessa a biblioteca e escala uma das estantes mais baixas, balançando os pés ao lado da estante, enquanto pega a gárgula em miniatura que Amka colocou sobre ela e passando os braços frouxamente ao redor da estátua. — *Além disso, se eu ficar quieto, quem vai apontar os erros das suas escolhas?*

— Uau, que condescendente, hein? — desdenho, mostrando a língua para Hudson, que finge agarrá-la no ar como se eu tivesse lhe mandado um beijo, segurando-a de um jeito bem exagerado junto ao coração antes que eu consiga desviar o olhar.

— Desculpe — eu digo, quando chego junto de Jaxon e enlaço a sua cintura por trás. — Sei que você queria que a noite de hoje fosse especial, mas Hudson não para de torrar minha paciência.

— Não se preocupe com isso — responde ele, virando-se para trás para poder me abraçar também. — Não é culpa sua.

— Mas tenho a sensação de que é. — Eu o abraço ainda com mais força.

— Bem, não é. — Ele se inclina para baixo e dá um beijo na minha têmpora. — Mas, já que o nosso encontro não está exatamente acontecendo como planejado, por que não aproveitamos para fazer algo de útil, pelo menos?

— Tipo o quê?

— Tipo descobrir mais sobre gárgulas. Sei que você estava tentando fazer isso antes que as coisas dessem errado com Hudson naquele dia.

— *Nada deu errado comigo* — Hudson rosna para ele. — *Eu estava tentando ajudá-la.*

— Ótima ideia — respondo para Jaxon e ele faz um gesto para que eu volte a me sentar à mesa, enquanto busca os livros que estavam naquela mesa mais ao fundo, onde Amka os deixou para mim.

Eu me viro para olhar para Hudson.

— Ah, então controlar corpos é ajudar?

— *Você está brava comigo de novo?* — Ele suspira. — *Mesmo agora que sabe por que tive que pegar a Athame?*

— Nunca vou deixar de ficar brava com você por causa disso — rebato.

— Imaginei. Eu estava só tentando ajudar e é isso que recebo.

— Tentando ajudar? — Faço um ruído de descrença no fundo da garganta. — Tentando ajudar você mesmo, não é?

— *Será que você vai se cansar de me ver como o vilão da história?* — pergunta ele com a voz tranquila.

— Não sei. Será que você vai se cansar de ser o vilão da história?

No meio de tudo isso, Jaxon volta para a mesa e coloca sobre ela três livros que me lembro de ter visto na pilha separada para mim. Meus dedos estão coçando para lê-los e pego rapidamente o primeiro livro: *Criaturas mágicas, grandes e pequenas*.

Jaxon não se senta à mesa comigo como eu espero. Em vez disso, vai até a estante onde Hudson está empoleirado e se abaixa para pegar um livro da prateleira mais próxima ao piso. Por um segundo tenho a impressão de que Hudson vai lhe acertar um pontapé bem no rosto — sem que Jaxon tenha a menor noção do que está acontecendo.

Não se atreva a fazer isso, aviso Hudson silenciosamente.

Hudson me encara, mas, no fim, deixa Jaxon em paz.

— *Namorada superprotetora?*

Aperto os olhos enquanto o encaro. *Só porque protejo o meu namorado de um assassino? Sou mesmo.*

— *Sabe que foi Jaxon quem me matou, não é?* — diz ele, balançando a cabeça, enquanto desce da parte mais alta da estante, vira de costas e murmura: — *Este é o meu limite para abusos em uma única noite. Tenho coisas mais importantes para fazer.*

E, com isso, ele desaparece por um dos corredores estreitos entre as estantes rumo ao fundo da biblioteca. Levo um minuto para me dar conta de que ele está seguindo o mesmo caminho de gárgulas que segui na primeira vez em que entrei neste lugar. Na primeira vez em que conversei com Lia...

Capítulo 43

ATÉ MESMO MANÍACOS HOMICIDAS TÊM SEUS LIMITES

Coisas mais importantes a fazer? Aquelas palavras ricocheteiam na minha cabeça.

— Como assim?

Hudson não responde.

— Estou falando sério, Hudson. O que está planejando, exatamente?

Ele continua em silêncio. Que babaca.

Tento de novo, gritando no corredor por onde Hudson desapareceu.

— Você não pode simplesmente dizer coisas como essa e esperar que eu...

Jaxon se senta comigo à mesa e suspira.

— Talvez a gente devesse fazer isso outra hora.

— Por quê? — retruco, deixando a raiva explodir na pergunta.

Ele ergue uma sobrancelha por causa do meu tom de voz, quando responde:

— Eu estava perguntando se você quer tentar fazer essa pesquisa outra hora, já que você parece estar meio... ocupada, gritando com o meu irmão.

E, com isso, a minha raiva se esvai. Porque Jaxon não tem culpa por seu irmão ser um canalha que vai tomar qualquer medida que considere necessária para conseguir o que quer.

— Não, é claro que não. Me desculpe. Acho que pesquisar gárgulas é uma ótima ideia. Eu estava querendo fazer isso desde que voltei.

— Tem certeza? — Jaxon pousa a mão sobre a minha e a aperta com carinho. — Vou entender se você quiser...

— Preciso estar com você — respondo, ignorando o que resta do mal-estar causado pelas babaquices de Hudson. — E pesquisar sobre gárgulas, além de como arrancar o seu irmão da minha cabeça de uma vez por todas, parece uma ótima ideia neste momento.

— Para ser sincero, descobrir como tirar Hudson da sua cabeça parece uma ótima ideia o tempo todo — pontua Jaxon, balançando a cabeça com uma expressão de raiva contida.

Eu rio ao tirar a minha mão debaixo da dele.

— Você não está errado nisso.

Abrindo o livro no índice remissivo, começo a procurar por algum tópico capaz de nos ajudar.

— E, então, você sabe alguma coisa sobre gárgulas? — pergunto, quando tiro o meu caderno da mochila antes de me acomodar junto de Jaxon. — Imagino que algumas informações sejam de conhecimento geral, não é? Por exemplo, como até mesmo as pessoas que não acreditam em vampiros sabem que eles não podem entrar em uma sala sem serem convidados, ou que dragões gostam de acumular tesouros.

Reflito por um momento sobre minhas palavras.

— Pensando melhor, não sei muito bem se isso acontece mesmo com os dragões...

— Ah, é verdade, sim — replica Jaxon com um sorriso. Mas o sorriso logo desaparece, transformando-se num olhar pensativo, enquanto ele batuca com os dedos na mesa e fica mirando o nada por alguns segundos. — Há muitas histórias antigas sobre gárgulas — diz ele, após certo tempo. — Não tenho idade o bastante para ter conhecido alguma delas. Meu pai matou todas muito antes que eu nascesse.

Aquela última frase cai na mesa como uma granada, uma daquelas que demora três segundos até explodir — e que me acerta com toda a força.

— O seu pai as matou? — pergunto, sem conseguir esconder o choque da minha voz.

— Sim — ele responde, e nunca o vi mais envergonhado na minha vida.

— Como? — sussurro.

Eu me referi a como ele matou todas as gárgulas, mas Jaxon entende a minha pergunta literalmente.

— Gárgulas podem morrer, Grace. Não é fácil, mas podem. E, claro, no caso do rei das gárgulas, ele decidiu matá-lo pessoalmente com uma mordida eterna.

Uma mordida eterna? Sinto um calafrio percorrer a minha coluna.

— O que é isso?

Jaxon suspira.

— É o dom do meu pai. Ninguém nunca sobreviveu a isso. Nem mesmo o rei das gárgulas.

Vou me lembrar de jamais chegar perto o bastante do rei dos vampiros para que ele me morda. Jamais.

— Mas e o restante das gárgulas... Ele simplesmente matou do jeito antigo?

— Bem, seus exércitos fizeram isso, sim. — Jaxon solta uma risadinha, mas não há nenhum humor. — Aparentemente, a minha família tem um gosto por genocídios.

A palavra "genocídio" me acerta com a força de um soco inglês. Não consigo imaginar nada pior que Hudson pudesse ter feito; nada tão depravado, nada tão eminentemente maligno que...

— *Ei, pode parar com isso agora mesmo!* — grita Hudson de repente, saindo do corredor escuro e voltando para a área principal.

A fúria súbita e enorme na voz de Hudson faz com que meus olhos se arregalem e acelera o meu coração. É tão gigantesca, tão avassaladora que a sinto ameaçando derrubar a barricada que construí na cabeça. Sinto as rachaduras ficando maiores conforme a muralha estremece.

— Hudson? — consigo perguntar com dificuldade. — Você...

Mas ele ainda não terminou. Sua voz e seus insultos vão ficando cada vez mais britânicos a cada segundo.

— *Não me venha com esse monte de bobagens, seu desgraçado do caralho. Você é um filho da puta imbecil e estou de saco cheio de ter você por perto, seu estorvo maldito do caralho.*

Mais uma vez, a muralha estremece. Mais uma vez, novas rachaduras se formam e tento consertá-las desesperadamente, enquanto me esforço para acalmá-lo.

— Hudson. Ei, Hudson.

Ele me ignora. Está andando de um lado para outro diante do balcão principal, enquanto grita insultos cada vez piores para Jaxon — que não faz a menor ideia de que seu irmão mais velho acabou de chamá-lo de paspalho com cara de rato.

Jaxon se levanta. Acho que é difícil não perceber que algo está errado enquanto vou atrás de Hudson na parte da frente da biblioteca, com os punhos fechados e os olhos cheios de preocupação ao me encarar. É óbvio que ele está tentando encontrar uma maneira de lutar contra o irmão sem me machucar, mas não consegue descobrir isso, porque o único lugar em que Hudson realmente existe agora é dentro de mim.

Quando parece que Jaxon vai se pronunciar de novo, levanto a mão para fazer com que ele se contenha. A última coisa de que preciso é ele dizer algo que enfureça Hudson outra vez.

Jaxon não parece ficar muito feliz, mas abre os punhos devagar. Convencido de que ele não vai dizer mais nada, me viro e vou até Hudson.

— Ei, você. Ei. Olhe para mim. — Coloco a mão no ombro dele. — Já chega, Hudson. Respire fundo e olhe para mim, está bem?

Ele se vira neste momento, e a expressão com a qual me encara transborda uma fúria tão fulminante, carregada de uma traição tão absoluta e abjeta, que não consigo evitar recuar alguns passos.

Não sei se foram os passos trôpegos ou a expressão na minha cara, mas, seja o que for, isso faz Hudson se recompor em um instante. Ele não se desculpa pela explosão, nem tenta explicá-la. Mas para de vociferar palavrões, para de agir como se quisesse destruir a biblioteca e Jaxon junto. E se encolhe em uma das cadeiras perto da janela, de costas para mim, emburrado.

Eu me viro, percebo que Jaxon está me olhando e noto um toque de agressividade em seus olhos que me causa um calafrio. Não porque acho que ele queira me machucar; Jaxon jamais faria isso. Mas porque isso me causa uma sensação como se ele estivesse longe de mim, distante de um jeito que eu não esperava e com o qual não sei lidar.

— Desculpe — sussurro. — Não quis machucar você. Mas é difícil ignorar alguém que estava surtando dentro da minha cabeça. Gostaria de poder fazer isso — asseguro a ele. — E tem mais, queria que ele não estivesse aqui. Mas ele está e eu estou tentando, Jaxon. Estou tentando de verdade.

O gelo no olhar dele derrete ante minhas palavras e a tensão em seu corpo se desmancha.

— Eu sei.

Ele pega na minha mão e me puxa para junto de si.

— Você está enfrentando tantas coisas agora... Eu queria poder tirar tudo isso de cima dos seus ombros.

— Não é sua obrigação fazer isso.

— Sou o seu consorte — responde ele, parecendo ligeiramente ofendido. — Se essa não for a minha obrigação, de quem é?

— Minha — sussurro, ficando na ponta dos pés para pressionar os lábios bem suavemente nos dele. — E você fica me dando apoio moral.

Ele solta uma risada surpresa.

— Esta é a primeira vez que alguém me coloca nessa função.

— Aposto que é mesmo. E o que está achando?

Ele ganha uns pontos comigo, quando pensa na questão por um momento antes de dizer:

— Não gosto.

Finjo que estou chocada quando olho para ele e Jaxon simplesmente ri. Em seguida, ele pergunta:

— E então? Vai querer saber sobre gárgulas ou não?

— Com certeza, quero!

— Como eu estava dizendo, gárgulas são velhas, mas não tanto quanto os vampiros. Ninguém sabe como elas foram criadas.

Jaxon para de falar por um momento e pensa no caso.

— Bem, pelo menos, eu não sei. Só sei que elas não existiam antes da Primeira Grande Guerra, mas já estavam por aí na época da Segunda. Há todo tipo de história que fala das origens delas, mas as minhas favoritas são aquelas que falam sobre as bruxas criando as gárgulas na esperança de salvarem a si mesmas e os humanos de outra grande guerra. Alguns afirmam que usaram magia proibida, mas nunca acreditei nisso. Sempre pensei que elas pediram ajuda a um poder maior, e é por isso que as gárgulas sempre foram protetoras.

Protetoras. Essa palavra se acomoda bem em mim. Penetra nos meus ossos, flui pelas minhas veias e parece se encaixar muito bem comigo. Me dá a sensação de ser o lar que não tive em quatro longos meses, assim como o lar pelo qual passei a vida inteira procurando, mesmo que não soubesse.

— E o que nós protegemos? — indago, sentindo o sangue pulsar com a promessa de algo que está por vir.

— A própria magia — replica Jaxon. — E todas as facções que a manipulam, de várias maneiras.

— Então, não é só a magia das bruxas.

— Isso mesmo. As gárgulas mantinham o equilíbrio entre todos os paranormais; vampiros e lobisomens, bruxas e dragões. — Ele para por um momento e depois continua: — Sereias e *selkies*... e todas as criaturas não tão humanas no planeta. E também os humanos.

— Mas por que o seu pai matou as gárgulas, então? Se eram elas que mantinham tudo em equilíbrio, por que ele quis se livrar delas?

— Por causa de poder — assevera Jaxon. — Ele e a minha mãe queriam mais poder, um poder que não poderiam ganhar com as gárgulas observando. E agora eles o têm. Eles controlam o Círculo.

— Amka falou alguma coisa sobre o Círculo. O que é isso? — questiono.

— O Círculo é a entidade que governa os paranormais por todo o mundo. Meus pais estão nas posições de maior poder no conselho, posições que herdaram quando o meu pai instigou a destruição de todas as gárgulas — explica Jaxon.

— *Ele instigou o assassinato de todas as gárgulas* — intervém Hudson de onde permanece, junto à janela. — *Porque convenceu os seus aliados de que os humanos estavam planejando começar outra guerra e usou os julgamentos das bruxas de Salem como argumento. E as gárgulas iam ficar do lado deles.*

— Ele matou todas as gárgulas por causa de uma guerra que nunca aconteceu? — sussurro, horrorizada.

Jaxon vira uma página do livro que está folheando.

— Bem, isso é no que algumas pessoas acreditam.

— Ele matou todas elas porque é um cuzão maligno, egoísta, megalomaníaco e covarde — corrige Hudson. — *Acreditou nas próprias mentiras e acha que é o salvador da nossa espécie.*

Fico um pouco chocada — e totalmente mortificada — com a maneira como Hudson, entre todas as pessoas, descreve seu pai. Foi Hudson quem tentou eliminar as outras espécies; por que ele julga seu pai desse jeito, já que fizeram a mesma coisa?

— *Não sou nem um pouco parecido com o meu pai* — retruca Hudson, mais ofendido do que jamais o vi. — *Nem um pouco!*

Não o contradigo, embora seja absurdo que ele tente fingir que não existem similaridades entre os seus planos e os de seu pai. Cada um deles foi atrás de uma facção diferente em sua busca pela supremacia, é claro, mas isso não os torna diferentes. Faz com que sejam apenas dois lados da mesma moeda.

E é melhor que eu me lembre bem disso antes que mate a todos.

Porque Hudson não vai ficar na minha cabeça para sempre. E ninguém sabe o que ele vai fazer quando sair.

Jaxon deve estar pensando a mesma coisa, porque ele se inclina para a frente e fala:

— Não importa o que fizermos, não podemos deixar meu irmão solto no mundo com esse poder. Meu pai matou toda a raça das gárgulas. Quem sabe o que Hudson vai fazer?

Capítulo 44

DUAS CABEÇAS NÃO PENSAM MELHOR
DO QUE UMA

Fico à espera de que Hudson exploda, mas ele não diz uma palavra sequer. Inclusive, ele fica tão quieto que chego a imaginar que caiu no sono antes de vê-lo batendo o pé no chão, enquanto olha pela janela.

Não sei por que ele não responde às palavras de Jaxon. Talvez porque saiba que tudo o que Jaxon disse sobre ele é verdade. Talvez porque se sinta constrangido. Talvez porque tenha conseguido extravasar a raiva mais cedo. Não sei. Só sei que espero algum tipo de resposta.

Conheço Hudson há poucos dias e entendi que ele não é do tipo que fica calado. E não é do tipo que fica sem devolver umas seis respostas cortantes.

Uma tristeza súbita toma conta de mim, somada a uma onda de exaustão que me faz suprimir um bocejo. Jaxon percebe, é claro, e sugere:

— Vamos embora. O restante da pesquisa pode esperar até amanhã. Vou levar você de volta ao seu quarto.

Sinto vontade de recusar, mas estou adormecendo bem rápido, então simplesmente faço que sim com a cabeça.

— Não precisamos arrumar o lugar antes? — Aponto para a mesa onde as velas permanecem acesas.

— Posso acompanhá-la até o seu quarto e voltar para arrumar tudo depois.

Jaxon começa a me levar gentilmente até a porta da biblioteca.

— Não seja bobo. Vai levar só uns dez minutos e depois nós podemos ir para o meu quarto.

Na verdade, não levamos nem cinco minutos para recolher e guardar tudo antes de partirmos rumo ao meu quarto. Ao chegarmos lá, sei que Jaxon espera poder me beijar como ontem, mas Hudson não está dormindo agora. Ele não está conversando comigo, mas tem noção do que está acontecendo e não posso dar uns amassos em Jaxon quando o seu irmão está observando. Em especial, quando ele está observando de dentro da minha cabeça.

A última coisa que quero é que ele saiba o que eu sinto, enquanto Jaxon me beija. É algo íntimo e pessoal e não é da conta de ninguém.

Assim, quando Jaxon se abaixa para colocar aquele enorme vaso de flores no chão, junto da minha porta, coloco a mão no braço dele para contê-lo.

— Três é demais.

Ele fica confuso, mas acho que entende o que eu quero lhe dizer, porque faz um gesto afirmativo com a cabeça e se afasta.

— A gente se vê amanhã, então? Podemos nos encontrar às dez horas e depois ir para a biblioteca e continuar com a pesquisa, se você quiser.

— A melhor maneira de passar uma manhã de sábado é estar com você — asseguro a ele.

— Que bom. — Ele faz menção de me entregar as flores, mas o envolvo em um enorme abraço antes, puxando seu rosto para junto do meu à procura de lhe dar um selinho super-rápido.

— Obrigada pela noite de hoje. Foi maravilhosa.

— Foi mesmo? — Ele parece constrangido, mas também um pouco contente. E admito que é uma imagem adorável.

— Foi sim. Você é... — Deixo a frase morrer no ar, ao mesmo tempo que me esforço para transformar meus pensamentos em palavras.

Jaxon se encosta no batente da porta, com um sorriso bobo no rosto e um gigantesco vaso de flores nas mãos. E de algum modo ainda consegue parecer incrivelmente sexy.

— Sou o quê? — pergunta ele, fazendo uma careta ridícula.

— Um pateta — respondo depois de dar uma gargalhada.

Ele também ri.

— Não era exatamente a resposta que eu esperava, mas aceito o elogio. — Ele me entrega as flores e depois chega perto para beijar a minha bochecha. — Porque eu aceito você.

O meu coração se transforma em uma poça; não há outra palavra para descrever.

— Que bom — eu respondo. — Porque eu aceito você também.

E, em seguida, Jaxon abre a porta e eu flutuo para dentro, com o coração e a cabeça transbordando desse garoto, esse garoto poderoso e perfeito que provoca em mim coisas que nunca imaginei possíveis.

Macy não está aqui; provavelmente saiu com algumas das bruxas para fazer coisas de bruxa. Assim, deposito as flores na minha escrivaninha antes de me deitar na cama. Minutos depois, coloco a minha playlist favorita para tocar e pego o livro que está na mesinha de cabeceira. É o mesmo livro que eu estava lendo há quatro meses, quando me transformei em gárgula, então não consigo mais acompanhar a trama.

Cinco páginas depois, abandono o livro. Penso em assistir a alguma coisa na Netflix, mas nada me empolga. Assim, eu me ponho a andar pelo quarto, tocando em todos os objetos, enquanto procuro algo para fazer.

Percebo que não há nada para fazer. Já faz tanto tempo desde a última vez em que estive sozinha no meu quarto, e a sensação é tão estranha que quase não consigo acreditar que estou no lugar certo. Não sei o que há de errado comigo, considerando que, quando cheguei à Academia Katmere, tudo o que eu queria era ficar sozinha. E agora estou sentindo esse comichão.

Decido tomar um banho, mas, quando estou a meio caminho do banheiro, com o pijama em mãos, me dou conta de que não posso fazer isso. Ontem à noite, quando tomei banho, Hudson estava dormindo. Hoje, não está.

Ele está em silêncio e não me disse uma palavra desde que Jaxon teve aquele acesso de raiva na biblioteca, mas está com o corpo largado na cama de Macy, lendo. Eu me estico um pouco para dar uma olhada na capa do livro: *Crime e castigo*, de Dostoiévski, e fico imaginando se ele se identifica com Ródion, que mata pessoas por suas próprias necessidades egoístas.

Hesito. Quero lavar os cabelos, mas não vou tirar a roupa e tomar um banho com ele me olhando, independentemente de ele estar lendo ou não. Como ele não vai conseguir me ver nua se eu consigo me ver nua? Ele está dentro da minha cabeça.

— *Eu não faria uma coisa dessas.*

Quase morro de susto quando ele finalmente fala comigo. Ainda está na cama de Macy, com um tornozelo apoiado sobre o outro e os braços cruzados sob a cabeça, mas agora repousou o livro sobre o peito.

Há um milhão de perguntas que quero fazer a ele. Em particular, o que o irritou tanto a ponto de ficar quieto assim. Mas decido perguntar sobre essa declaração mais recente.

— Como assim?

— *Não vou ficar olhando você tomar banho. Não se preocupe com isso.*

— Sim, mas como você iria deixar de me olhar? Você está literalmente dentro da minha cabeça, mesmo que pareça estar aí na cama de Macy. — Bato com a ponta do dedo na minha cabeça. — Você ainda está bem aqui.

— *Não sei. O melhor que posso fazer é fechar os olhos e mergulhar no fundo da minha própria mente para que não fique ativo na sua por enquanto. Acho que vamos ter que ver. Mas vá tomar o seu banho. Não precisa ter nenhum receio.*

— Foi isso que você fez lá na biblioteca? Mergulhou no fundo da própria mente? — Não sei que importância tem isso, não sei por que simplesmente não aceito a proposta e fico feliz por ele ter me deixado em paz por tanto tempo. Mas não estou me sentindo particularmente feliz.

— *Não* — ele responde depois de um segundo. — *Estive aqui o tempo todo. Eu só...*

— O quê?

— *Não sei* — replica ele, balançando a cabeça. — *Acho que eu só queria um tempo para pensar.*

— Sei como é.

Ele sorri e, pela primeira vez nesta noite, não é um sorriso zombeteiro. Mas também não é uma expressão feliz. É apenas meio... triste.

— *Sabe mesmo?*

É uma ótima pergunta e não sei como responder. Acho que estou com a cabeça muito cheia, com o perdão do trocadilho totalmente intencional. Mas, pela primeira vez, pondero acerca de como de fato é ser como Hudson. Estar preso na cabeça de uma garota que mal conhece e cuja qual não esconde de ninguém que não gosta dele; continuar preso ali até que ela consiga descobrir não somente um jeito de tirá-lo de dentro da cabeça, mas também de transformá-lo em um humano comum, algo que ele nunca foi em toda a sua vida.

Sei o quanto me sinto alienada e estranha por haver uma parte de mim que é uma gárgula. Será que a sensação de ser um vampiro é muito pior, especialmente sabendo que, quando estiver livre, ele vai perder os alicerces mais profundos de quem ele é?

É terrível pensar que posso ser a responsável por arrancar a própria identidade de Hudson. Mas, ao mesmo tempo, qual é a alternativa? Libertá-lo e esperar que decida não usar seus poderes formidáveis para começar uma guerra que vai envolver o mundo inteiro?

Ele não fez nada para conquistar a confiança que isso exige.

— *Você tem razão* — ele conclui depois de alguns segundos.

— Sobre o quê?

Ele se vira para o outro lado na cama, ficando de costas para mim.

— *Você não faz a menor ideia de como é ser quem eu sou.*

Aquela frase é verdadeira, mas também é algo que me magoa. E, por vários segundos, fico ali parada, imaginando como devo responder. Mas, no fim, não surge uma resposta — ou, pelo menos, nenhuma resposta boa, e eu decido que esta pode ser a melhor hora para eu tomar aquele banho. Pelo humor de Hudson, tenho certeza de que ele não vai ter nenhum interesse em quebrar sua promessa.

— *Eu não iria quebrar a minha promessa por nenhum motivo.* — O comentário entra insidiosamente na minha cabeça, tão devagar e silenciosamente que levo um momento para reconhecê-lo.

Mas, quando isso acontece, não consigo evitar a resposta: *Eu sei*. Porque sei mesmo, embora não saiba exatamente como sei.

É só depois, quando estou enxaguando o condicionador que passei no cabelo, que um pensamento me ocorre. Eu não estava entediada quando entrei no quarto, agora há pouco. E também não era o fato de não encontrar algo para fazer que me deixou inquieta.

Era o fato de que Hudson não estava ali, na minha cabeça, dizendo todas aquelas coisas ridículas, irônicas e hilárias que normalmente diz. Foi isso que me deixou tão desconcertada.

Sei que não faz sentido, mas, de algum modo, no espaço de apenas dois ou três dias me acostumei a ouvir aquela voz na minha cabeça. Eu me acostumei aos comentários incessantes, às opiniões esnobes e até mesmo ao jeito que ele me provoca para que eu admita o que realmente estou pensando e sentindo.

Não sei como isso aconteceu, dado que odeio esse cara e tudo que ele representa; tudo que um dia representou. Mas isso aconteceu e agora não tenho a menor ideia do que fazer em relação ao fato de que talvez, talvez eu esteja começando a pensar em Hudson como algo mais do que apenas um inimigo. Não como um amigo; não sou tão infantil assim para baixar a guarda. Mas como alguém que não é totalmente detestável.

Não é a melhor descrição de todos os tempos e fico à espera de uma alfinetada assim que faço o comentário, mas não ouço nada. Porque Hudson está fazendo o que disse que faria: me dando a privacidade de que preciso.

E isso só me deixa ainda mais confusa.

Saio do chuveiro e me enxugo tão rápido que o pijama ainda gruda em alguns pontos que esqueci de secar, enquanto escovo os dentes e finalmente vou para a cama. Quando entro sob as cobertas, olho para o lado do quarto que pertence a Macy e vejo que Hudson desapareceu. Ele está tão quieto que imagino que tenha dormido. O que provavelmente é algo bom, considerando que tenho de pensar, pensar muito, e a última coisa de que preciso neste momento é que ele fique espiando por cima do meu ombro enquanto faço isso.

Porque a verdade é que não posso simplesmente ficar aqui esperando até ele fazer algo horrível. Já consigo perceber rachaduras no escudo mental que construí para isolá-lo e quem sabe o que ele pode fazer quando essa proteção perder a força?

Agora que o fim de semana chegou, tenho de acelerar a minha pesquisa sobre os objetos necessários para tirá-lo da minha cabeça. Jaxon me lembrou do quanto Hudson é perigoso e imprevisível. Eu junto isso às rachaduras na muralha... E, de repente, tenho a impressão de que vai levar dias, e não semanas, antes que ele consiga romper a barreira.

E aí nós vamos estar ferrados.

Capítulo 45

DEIXE SEUS PROBLEMAS
FAMILIARES EM CASA

Eu acordo ao som de um alarme que grita e da luz do sol que passa pela janela do nosso quarto no alojamento.

— Desligue essa coisa — reclama Macy na sua cama, onde está ocupada apertando o travesseiro sobre a cabeça. — Pelo amor de Deus, desligue esse treco.

Eu o desligo, mas em seguida me levanto da cama, porque já são nove e quinze e tenho de estar na cantina em quarenta e cinco minutos. O que não deveria ser algo tão difícil de conseguir fazer, mas demorei para conseguir dormir ontem à noite e hoje sinto que já estou me arrastando.

Vou ao banheiro com cuidado para não fazer barulho, jogo água no rosto e escovo os dentes, mas Macy acorda depois de um minuto e pergunta:

— Aonde você vai?

— Vou me encontrar com Jaxon para tomar café. Depois nós vamos pesquisar na biblioteca — explico, observando os olhos sonolentos dela. — Você se lembra de que estou com um vampiro enfiado na cabeça e que as minhas muralhas não vão conseguir contê-lo para sempre, não é?

Macy resmunga alguma coisa no travesseiro por um minuto, mas em seguida afasta as cobertas e se senta na cama, apoiando os pés no chão.

Começo a rir quando dou a minha primeira boa olhada nela e ela faz um beicinho ofendido em seguida. Tento me desculpar, mas não dá. Toda vez que olho para ela, abro um sorriso, porque ela está ridícula.

Seu cabelo rosa-choque está espetado de um jeito que parece uma crista de galo e a maquiagem que ela aplicou nos olhos — que devia estar mais carregada ontem à noite — está toda borrada, deixando-a parecida com um guaxinim. Um guaxinim lindo, mas ainda assim, um guaxinim.

— Por que está se levantando? — pergunto, enquanto vou até o armário.
— Volte a dormir. Parece que está precisando.

— Você nem imagina. Um dos lobos deu uma festa ontem à noite, e a situação saiu um pouco do controle. — Ela agita a mão diante do rosto. — Por isso estou com essa cara de bruxa velha.

— Não é exatamente assim que eu descreveria, mas se você diz... — Sorrio para ela. — Mas é por isso que estou perguntando. Por que você quer levantar quando tem o dia todo para se recuperar?

— Porque vou com você, sua boba.

— O quê? Não, você não precisa fazer isso. Vamos só ficar sentados e passar o dia inteiro lendo livros empoeirados.

— Passar o dia sentada é comigo mesma. — Macy se levanta e vai até o banheiro em passos trôpegos. — Além disso, sei pesquisar muito bem. Tão bem que até parece magia, mesmo sem usar os meus feitiços. Assim, vou ajudar vocês até umas duas horas da tarde, quando vou me encontrar com Gwen.

— Existe um feitiço para ajudar a pesquisar? — pergunto, fascinada com a ideia.

Ela revira os olhos ou, pelo menos, isso é o que acho que ela faz. Aquela maquiagem pesada toda borrada ao redor dos olhos não ajuda a ter certeza.

— Há feitiços para tudo, se você se esforçar para encontrá-los.

— Tudo? — questiono, mas ela já fechou a porta do banheiro depois de entrar. Segundos depois, ouço a água do chuveiro começar a correr.

— *Tudo* — responde Hudson. — *Bruxas são criaturas extremamente práticas. Por que fazer algo do jeito difícil se você pode encontrar um jeito de facilitar as coisas?*

Ele está sentado no chão, perto da porta, com os joelhos erguidos e os braços apoiados neles. Pela primeira vez desde que apareceu na minha cabeça, está vestido com um jeans desbotado. Está rasgado nos joelhos e desfiado na barra, e de algum modo fica incrível nele. Assim como a camiseta branca que ele está usando.

— E os vampiros? — pergunto, porque estou curiosa. E porque estou ansiosa para me distrair do fato de que Hudson está lindo... E também por eu ter percebido esse fato. — Eles são práticos também?

Ele bufa, soltando o ar.

— *Só quando têm que decidir quem vão comer.*

— Que horror! — exclamo, embora rindo um pouco.

— *Pois é. O horror e a verdade geralmente caminham de mãos dadas.* — Ele esfrega as palmas sobre os joelhos em um gesto que sugere muito um nervosismo. — *Ou ainda não se deu conta disso?*

O fato de que ele acredita nisso diz muito sobre Hudson. Mas ele geralmente não é tão brutal e não consigo evitar pensar sobre o que pode ter acontecido no meio da noite para que ele ficasse tão amargo. Penso em perguntar, mas as coisas estão relativamente pacíficas agora e prefiro deixá-las assim. Especialmente, porque vou encontrar Jaxon em menos de meia hora.

— Vou me trocar, está bem? — anuncio a Hudson, enquanto vou até o meu guarda-roupa a fim de escolher o que vestir.

Ele agita a mão naquele seu gesto negligente que diz "faça o que quiser", mas também inclina a cabeça para trás, encostando-se na parede e fechando os olhos.

— Obrigada — digo a ele, quando começo a escolher as roupas.

Ele não responde.

A princípio, penso em pegar um dos trajes que Macy escolheu para mim antes de eu me mudar para cá, mas no fim escolho uma blusinha azul-turquesa e uma *legging* preta da minha antiga vida. Como agora moro em um velho castelo no Alasca repleto de correntes de vento e não quero passar congelando as próximas dez horas da minha vida, visto o meu cardigã favorito por cima da blusinha. Conforme a maciez do tecido já bastante usado se acomoda ao meu redor, me sinto bem mais como eu mesma desde que deixei de ser feita de pedra.

É uma sensação muito boa.

— Pronto — aviso a Hudson em voz baixa e ele confirma com um aceno de cabeça, mas não abre os olhos.

E conforme fico aqui com essa oportunidade única e sem precedentes de poder observá-lo sem interrupções — já que, geralmente, ele está bem desperto e trocando farpas comigo toda vez que dou uma olhada nele —, não consigo deixar de perceber a dimensão de seu cansaço.

Mas eu entendo. Já passei duas noites inteiras dormindo e ainda tenho a sensação de que fui atropelada por um caminhão. Mas o cansaço dele parece mais agressivo, mais selvagem, mais profundo; e eu fico presumindo o que pode estar passando na sua cabeça. Fico imaginando o que ele sente, se é que sente alguma coisa.

Quatro dias atrás, seria impossível imaginar que eu me preocuparia com Hudson, mesmo que por um segundo. Ainda não consigo acreditar que isso está acontecendo agora. Não depois de tudo o que ele fez com Jaxon e com todas as pessoas aqui em Katmere. Não depois de tudo o que ele queria fazer com o mundo.

Fico imaginando se isso é o que chamam de Síndrome de Estocolmo. Apesar de tudo o que o seu captor faz, de ser alguém absolutamente desprezível, a pessoa começa a se identificar com ele. Espero realmente que isso não esteja acontecendo.

— *Acho que você deveria ficar mais preocupada se isso fosse uma versão invertida da Síndrome de Estocolmo, não é? Considerando que é você quem me mantém preso há quase três meses e meio?* — O sotaque britânico distinto voltou e, quando ele abre os olhos, percebo que também voltou aquele sorriso condescendente que faz Hudson ser... Hudson.

Meus olhos se arregalam.

— Eu? É você que não sai da minha cabeça!

— *Não saio da sua cabeça?* — zomba ele. — *Tem noção do quanto isso é ridículo? Estou louco para sair da sua cabeça. É você que perde tempo assistindo a aulas e pintando quadros. Ah, e beijando o meu irmão também, quando deveria estar procurando uma pedra de sangue.*

— Me desculpe pelo fato de que viver a minha vida pareça perda de tempo para você. Mas não posso simplesmente largar tudo e sair correndo pelo mundo para impedir que você tenha um chilique — retruco.

— *Chilique?* — A voz de Hudson está perigosamente grave. — *Esta é a segunda vez que você me acusa de ter um chilique após eu expressar uma preocupação legítima em relação à sua atitude. Ignorei isso na primeira vez, mas agora vou lhe avisar: não faça isso de novo.*

Não engulo esse aviso nem a expressão nos olhos dele.

— E se eu fizer? — indago, sentindo o corpo inteiro estalar de raiva.

De repente, ele se coloca de pé e atravessa o quarto, com o rosto bem próximo do meu.

— *Se fizer isso de novo, vou parar de ser bonzinho. E isso é algo que nem você nem aquele seu consorte tão precioso vão dar conta de enfrentar.*

— Acha mesmo que dominar o meu corpo e me deixar coberta de sangue é "ser bonzinho"? — grito, faltando pouco menos de uma oitava para chegar ao tom necessário para quebrar vidro. — Acha que fazer comentários ácidos sobre o seu irmão a cada segundo que estou com ele é "ser bonzinho"?

Os olhos dele se estreitam até virarem duas fendas.

— *Comparado ao que você está fazendo comigo? Ah, tenho certeza de que estou sendo bonzinho.*

— O que estou fazendo com você? O que estou fazendo com você? — Estendo a mão, mandando que ele se explique. — Faça-me o favor. Diga exatamente o que é essa coisa tão cruel que estou fazendo com você, além de tentar encontrar um jeito de fazer com que você viva fora da minha cabeça?

— *Você...* — Ele não completa a frase. Está com os punhos fechados e a musculatura do queixo agitada, enquanto me encara. — *Eu...* — Com um grito, ele gira e desfere um soco que atravessa a parede mais próxima.

Recuo alguns passos, chocada com a profundidade daquela fúria. E ainda mais chocada pelo fato de que há um buraco do tamanho de um punho fechado na parede, ao lado da minha cabeça. Olho para as minhas mãos, imaginando que ele possa ter dominado a minha mente e me obrigado a socar a parede.

Mas minhas mãos não estão machucadas e as falanges dos dedos não estão nem um pouco avermelhadas. Então... não, eu não soquei a parede. Foi Hudson. A única pergunta é: como?

Sinto o medo percorrer meu corpo quando penso que ele é capaz de exercer tamanho poder, mesmo quando não tem seu próprio corpo. Mesmo quando está dentro de mim. Sei que o seu principal poder é a persuasão e pela primeira vez pondero se ele vem usando isso em mim sem que eu perceba.

Talvez seja por isso que me sinto mal por ele às vezes. Talvez seja esse o motivo pelo qual, ontem à noite, cheguei a pensar que talvez ele não fosse o inimigo que receava que fosse. Talvez seja por isso que...

— *Será que você pode parar?* — sussurra Hudson e parece mais fraco e mais frágil do que jamais o vi. — *Não para sempre, mas só por uns minutos. Será que pode simplesmente parar?*

Capítulo 46

GÁRGULAS PRECISAM DE UM POUCO DE GLAMOUR TAMBÉM

— Parar com o quê? — questiono, atordoada, quando ele se vira para o outro lado.

Os ombros dele murcham.

— Hudson? — Eu o chamo quando ele não responde, mas faz um sinal negativo com a cabeça e vai até a janela olhar a neve. — Parar com o quê?

Ele ri, mas não é aquela risada sarcástica de sempre. É... triste.

— *O fato de você não saber já diz tudo.*

Não sei como devo responder a isso, então não digo nada. O silêncio cresce à nossa volta como um pedaço daquele papel de embrulho brilhante com o qual a minha mãe sempre embalava os meus presentes — muito leve e frágil — e, quanto mais ele se estende, maior é o meu medo de quebrá-lo. E mais tenho medo de que, se o fizer, vou quebrar essa trégua esquisita entre mim e Hudson nesses últimos dois dias.

E se eu fizer isso, o que vai acontecer?

Por sorte, Macy chega para salvar o dia — como sempre. Às nove e quarenta e cinco, quinze minutos antes do horário que marquei para encontrar Jaxon na cantina, ela sai do banheiro saltitando e com uma aparência um milhão de vezes melhor do que tinha quando entrou.

— Me dê cinco minutos para encontrar meus sapatos e fazer um feitiço de *glamour*. Aí nós podemos ir — pede ela, indo até o guarda-roupa.

— Por que você sempre faz essa coisa do *glamour* e eu sempre tenho que sair assim? — pergunto, agitando a mão diante da cara.

— Porque você já tem esse cabelo lindo. E está com uma aparência ótima. Juro.

Ela agita as mãos diante do rosto e entoa algumas palavras, quase sem mover os lábios. De repente, seus cabelos secam e seu rosto parece um pouco mais brilhante, um pouco mais liso e um pouco mais bonito.

— Você é um nojo — digo a ela.

— Está bem, está bem. — Macy revira os olhos. — Venha até aqui e vou fazer um em você.

Sinto a empolgação borbulhar no peito.

— De verdade?

— De verdade. Eu teria feito isso antes, mas você nunca pareceu se interessar muito. É bem fácil.

Normalmente, não ficaria interessada mesmo; estou resignada à minha aparência, bonita quando estou em um dia bom. Mas, depois de tudo o que já aconteceu com Hudson e aquilo que ainda estou com medo de que aconteça quando Hudson e Jaxon estiverem na mesma sala outra vez, usar camadas adicionais de armadura não seria má ideia.

Assim, atravesso o quarto até chegar junto de Macy, inclino o rosto para cima — já que ela é vinte centímetros mais alta do que eu, algo do qual não sinto a menor inveja, de verdade mesmo, juro por tudo que é mais sagrado — e espero ela fazer sua magia.

— Feche os olhos — ela me diz, e é isso que faço, esperando até que ela termine. E espero. Espero. E continuo esperando.

— Dou tanto trabalho assim? — brinco, abrindo os olhos quando Macy solta um suspiro impaciente.

— Não dá trabalho nenhum — responde ela. — O que nem chega a ser algo ruim, porque a minha magia de *glamour* não está funcionando.

— Como assim? Não está funcionando em mim?

— Não está funcionando de jeito nenhum. — Ela está com uma cara aturdida. — Não estou entendendo. Na terceira vez que tentei, usei um feitiço ainda mais complicado, mas ele também não funcionou. E esses feitiços sempre funcionam. Não estou entendendo nada.

— Deve ser porque já sou glamorosa demais — eu digo, brincando e agitando a mão para cima e para baixo como se dissesse "olhe para mim".

— Deve ser mesmo — concorda Macy.

Eu rio e esbarro com o ombro nela.

— Eu estava só brincando, sua boba.

— Eu sei. Mas você é uma fofa, então...

— Fofa, às vezes — concordo com um suspiro. — Glamorosa? Jamais. Até mesmo a sua magia sabe disso.

Ela revira os olhos pela segunda vez.

— Pare com isso. Eu só queria entender o que está acontecendo.

Eu também. Fico me perguntando se é alguma esquisitice de gárgula que ainda não descobrimos. Alguma regra, como a Pedra Jamais Poderá Ser Glamorosa ou algo do tipo... deve ser a minha sina nesta vida.

Ela estende a mão na direção do guarda-roupa, do outro lado do quarto, e murmura alguma coisa por entre os dentes. Segundos depois, seu par favorito de sapatilhas Rothy's vem flutuando até chegar à sua mão.

— Bem, pelo jeito a minha magia continua funcionando — avalia ela, dando de ombros para mim. — Não entendo.

— É, eu também não. — Fico esperando que Hudson se pronuncie; como já viveu centenas de anos, ele sabe muito mais do que nós duas sobre questões mágicas. E geralmente não resiste a uma oportunidade de fazer com que eu me sinta ingênua, enfatizando aquilo que considera óbvio. Mas ele ainda está olhando pela janela... e continua teimosamente em silêncio.

— Vou perguntar ao meu pai na próxima vez que a gente conversar. Enquanto isso, acho que você vai ter que se contentar em ser adorável em vez de glamorosa. Acha que dá conta?

Agora é a minha vez de revirar os olhos.

— Se eu estiver mais ou menos adorável, já dou conta disso quase todos os dias da minha vida.

— Se você diz. — Macy atravessa o quarto para pegar seu celular e se assusta quando percebe o buraco que Hudson deixou na parede.

— O que aconteceu? — ela pergunta, olhando para o buraco e depois para mim. — Meu pai vai surtar!

— Hudson e eu estávamos brigando, então...

— E você socou a parede? — Os olhos de Macy estão quase saltando da cabeça.

— É claro que não! Ele acertou um soco na parede. — Ergo a mão para conter as milhões de perguntas que estão por vir. — E, antes que pergunte... Não, eu não tenho a mínima ideia de como ele conseguiu fazer isso. Estávamos batendo boca, ele ficou bravo e o vi socar a parede. Quando ele recolheu a mão, *bum*. Sobrou só esse buraco no lugar que ele socou.

— Não entendo como alguém sem corpo é capaz de fazer isso. Ele ainda tem acesso aos seus poderes? — Ela parece horrorizada ante a ideia.

— Acho que não. Será que eu não perceberia se ele tivesse? — Mas a simples ideia me causa ainda mais preocupação do que antes. E se ele estiver me persuadindo durante esse tempo todo sem eu saber?

— *Meu Deus, eu não estava persuadindo você* — rebate Hudson. — *Será que pode dar um tempo com tudo isso? Não sou o diabo.*

— Eu nunca disse isso — respondo, esforçando-me para ignorar a sensação de alívio que sinto no fundo do estômago por ele ter voltado a falar comigo. — Mas é minha culpa por pensar nisso?

Macy, que obviamente percebe que estou brigando com Hudson outra vez, revira os olhos e começa a guardar seus materiais de aula na mochila.

— *É claro que tem.* — O fato de que o sotaque britânico dele está mais carregado me indica o quanto ele está irritado. — *Você não acha que as coisas seriam bem diferentes se eu usasse os meus poderes? Você ia fazer qualquer coisa que eu lhe dissesse em vez de discutir comigo até eu sentir vontade de arrancar os cabelos.*

— Ah, me desculpe por continuar sendo dona dos meus próprios pensamentos e ideias. Lamento muito por isso lhe incomodar tanto, viu?

É uma resposta mal-humorada? É, sim. Eu me importo com isso? Nem um pouco. É o que ele merece depois de me tratar com aquele silêncio gelado em um minuto e depois agir como se fosse o dono da mansão.

— *Você vem me incomodando desde o dia em que coloquei os olhos em você* — resmunga ele. — *Por que hoje seria diferente?*

— Sabe de uma coisa? Por que não sai do meu pé? — retruco, encarando-o com um olhar inocente fajuto. — Ah, eu esqueci. Você não pode fazer isso, não é?

O resmungo de Hudson se transforma num rosnado mais agressivo e ele finalmente sai da janela e atravessa o quarto para chegar até onde estou. Mas ele para a alguns metros, com as mãos enfiadas nos bolsos de trás da calça.

— *Um dia desses você vai acabar me irritando demais. Você sabe disso, não é?*

— E se eu irritar? Você vai socar outra parede? — Aperto os olhos, devolvendo a encarada. — Não me ameace. Não sou uma menininha assustada que vai simplesmente obedecer você. Se quisesse isso, devia ter se enfiado no cérebro de algum humano dócil, e não no meu.

— *Algum humano dócil?* — repete ele e, com esse simples comentário, a sua raiva desaparece, substituída por um bom humor quase palpável. — *Quer dizer, então, que você está começando a se acostumar com a ideia de ser gárgula, hein?*

Não sei o que comentar sobre isso, não sei nem mesmo como me sinto em relação ao que acabei de dizer. Assim, tomo a única atitude possível nessa situação: ignoro por completo a pergunta dele.

— Vamos, Macy. Precisamos ir até a cantina. Jaxon vai achar que me esqueci do encontro que marcamos. De novo.

— Estou pronta — responde a minha prima. E ela sorri. — Só estava esperando que você e Hudson parassem de se esbofetear. Olhe, preciso dizer uma coisa: você estava com uma cara muito engraçada.

— Engraçada? Como assim? — pergunto, quando fechamos a porta e começamos a andar pelo corredor.

— Como se estivesse com vontade de assassinar um vilarejo inteiro. Ou, tipo, uma área metropolitana enorme.

— *Sabe que gostei bastante dessa ideia?* — diz Hudson, caminhando ao meu lado. — *É só marcar data e hora e eu estarei lá.*

— Você não estaria lá de qualquer maneira? Considerando que estamos ligados? — Levanto as sobrancelhas ante o fato de que o pior parece ter passado... Pelo menos por enquanto.

— *Foi só uma figura de linguagem. Sabe o que é isso, não é?*

— Ah, tipo um verbo? Um substantivo? Um adjetivo? — provoco, porque é claro que sei o que são figuras de linguagem. E também sei o que é linguagem coloquial, que foi o que ele acabou de usar.

Hudson esfrega os olhos.

— *Sabia que às vezes você me assusta? De verdade.*

Eu rio e rebato com outra sentença coloquial.

— Você ainda não viu nada.

Ele suspira.

— *O pior é que eu sei.*

Capítulo 47

E ESSA PEDRA DE SANGUE AÍ?

— Bem, tenho uma pergunta — digo a Macy, enquanto estamos indo para a cantina.

— Claro — responde ela, me olhando intrigada.

— Ficou tão óbvio assim que eu estava brigando com Hudson no nosso quarto? Porque, se as pessoas conseguem perceber, tenho certeza de que vão pensar que tem algo muito errado comigo.

— Hmmm, acho que é tarde demais para isso — pondera ela, brincando. Mas quando a encaro com um olhar exasperado, ela volta atrás: — Acho que você está se esquecendo do lugar onde está. No ano passado, uma bruxa fez um feitiço e conseguiu ficar invisível por quase seis meses. As pessoas passaram um semestre inteiro andando como se estivessem conversando com as paredes. Coisas estranhas acontecem todos os dias. Ninguém nem dá muita bola.

— Bem, as pessoas ficam reparando em mim. O tempo todo.

— Nós já conversamos muito sobre isso. Namorar com Jaxon significa metade da escola te odiar, e a outra metade querer ser você. É assim que as coisas são. Acrescente a isso também o fato de você ser uma gárgula e vai perceber que não é o fato de estar conversando com Hudson que faz com que as pessoas fiquem reparando em cada passo seu. Por isso, relaxe, está bem?

Medito a respeito daquelas palavras.

— Certo, está bem.

Jaxon entra na cantina logo depois que chegamos e traz pelo menos metade da Ordem a reboque: Mekhi, que não vejo desde que ele me trouxe a jaqueta de Jaxon, e também Luca e Rafael.

Os três sorriem para mim como se eu estivesse anunciando a chegada do Natal — ou, pelo menos, do Halloween.

— Já era hora de você dar as caras por aqui — comenta Mekhi, quando me envolve em um abraço com o aroma do mar. — Estávamos torrando a paciência de Jaxon para saber quando íamos conseguir conversar com você.

Os abraços de Luca e Rafael são mais contidos, já que não nos conhecemos tão bem assim. Mas os dois me dão as boas-vindas com entusiasmo.

Jaxon dá alguns minutos aos amigos e depois abre caminho por entre o grupo para me puxar para fora dali e agilizar as coisas.

— Está com fome? — pergunta ele, enquanto estamos a caminho da fila da cantina.

— Estou, sim. — Estou um pouco surpresa com o fato de que estou faminta outra vez. Não sei se brigar com Hudson é algo que queima milhares de calorias ou se ainda estou compensando o fato de ter passado quinze semanas sem comer.

Pego uma bandeja e me sirvo com uma quantidade generosa de ovos, torradas e bolinhos de batata. Jaxon acrescenta um pacote de biscoitos de cereja com uma piscada de olho e depois vai buscar seu próprio café da manhã, enquanto coloco duas das maiores xícaras de café do mundo na bandeja.

Macy, que é assumidamente viciada em cafeína, me encara com olhos arregalados, quando estou enchendo a segunda xícara, mas não diz nada. Uma garota tem certas necessidades, afinal de contas.

Não demora muito até estarmos sentados ao redor de uma mesa. Jaxon e os outros vampiros estão tomando seu café da manhã em copos escuros de aço inox; é uma concessão ao fato de que ainda não estou totalmente acostumada a assistir a essas pessoas bebendo sangue, com certeza. Enquanto isso, Macy e eu tomamos nosso café como se estivéssemos morrendo de sede.

Definitivamente, a minha vida bizarra está me afetando e neste momento tenho a sensação de que não existe cafeína suficiente no mundo. Jaxon deve sentir o mesmo, porque está com uma aparência meio abatida, também.

— Está tudo bem? — sussurro, segurando na mão dele enquanto os outros riem e conversam à nossa volta.

— Estou, sim — responde ele, retribuindo o sorriso. — Esta é a primeira vez que me alimento nos últimos dias e acho que estou sentindo os efeitos. Especialmente depois da viagem até a caverna da Carniceira.

— Jaxon, você não pode fazer isso. Sei que estava preocupado comigo, mas você precisa se cuidar também.

Eu me aconchego nele e, ao fazê-lo, sinto o mesmo calor pulsar dentro de mim... e entre nós. *Será o elo entre consortes?* Fico ponderando o que pode ser. Na maior parte do tempo, mal percebo essa sensação. Talvez porque ainda não saiba muito a respeito. Mas, neste momento, consigo sentir uma conexão entre nós, clara e atraente.

Eu me permito sentir aquilo, amando a sensação. Amando ainda mais a maneira como sinto Jaxon do outro lado do elo: carinhoso, receptivo, forte e firme.

Não sei o que estou fazendo. Não sei nem mesmo como interagir com o elo. Mas Jaxon parece tão suave, sonolento e diferente do seu jeito habitual de agir que não consigo não me aproximar. Não consigo deixar de fechar os olhos e colocar a mão sobre o seu coração, neste espaço onde parece haver alguma coisa entre nós, e de sorrir para ele com carinho.

As bochechas de Jaxon ganham um pouco mais de cor e seus olhos parecem um pouco mais alertas. Assim, eu me afasto um pouco enquanto aperto a mão que ainda estou segurando.

Seus olhos da cor da meia-noite se aquecem com a conexão existente entre nós e suas sobrancelhas se curvam de um jeito sexy que faz com que eu afunde o rosto ainda mais em seu pescoço e sussurre em seu ouvido:

— Mais tarde.

Quando desvio o que resta da minha concentração que estava focada no elo, Hudson se senta em uma das cadeiras vazias à mesa e rosna.

— *Da próxima vez que for fazer alguma coisa tão completamente nauseabunda, faça o favor de me avisar* — ordena ele. — *Assim eu posso sair para olhar por alguma janela ou algo do tipo.*

Ele é o meu consorte. Tenho o direito de ficar babando nele sempre que quiser.

A única resposta de Hudson é um estreitar de olhos e um grunhido tão intenso que faz um calafrio percorrer minha coluna.

— Vocês vão mesmo passar a tarde inteira pulando do telhado do castelo? — Macy está perguntando à turma de vampiros ao redor da mesa.

Pulando do telhado do castelo?, sussurro silenciosamente para Jaxon, que apenas inclina a cabeça, como se dissesse "o que podemos fazer?".

— Precisamos começar a treinar para o Ludares, não é? — responde Mekhi. — O dia logo vai chegar.

— Vocês vão mesmo competir? — pergunto, olhando para Jaxon. — Ouvi dizer que é perigoso.

— E daí se for perigoso? — responde Rafael. — Este é o nosso último ano em Katmere. Já estamos esperando a oportunidade de dominar o torneio há uma eternidade. É claro que vamos competir.

— Além disso, Grace, existe perigo... e perigo — argumenta Mekhi, sorrindo para mim. — Ninguém chegou a morrer de verdade por competir no Ludares.

— *Ninguém chegou a morrer?* Está me zoando, não é? Por que eu deveria aceitar que o fato de que ninguém morreu *ainda* é um aspecto positivo?

Encaro minha prima, à procura de um pouco de solidariedade, mas ela está concordando com os outros e estampa um olhar de pena no rosto.

— Espere aí, Macy. Você não vai competir em um jogo no qual o perigo é a primeira coisa que surge na cabeça de todo mundo, não é?

— Perigo é a segunda coisa — comenta Luca, com um sorriso. — A primeira é diversão.

— Ah, entendi. Bem, neste caso, todos nós deveríamos competir — digo a ele. — Eu não deixaria passar uma oportunidade tão incrível.

— Exatamente! — concorda Rafael, piscando o olho. — Além disso, você sabe... Se algum de nós tem a esperança de conseguir ser membro do Círculo, é melhor começar a treinar agora.

— Quer dizer que essa possibilidade existe? — pergunto. Lembro-me vagamente de Amka ter mencionado algo sobre o Círculo, mas, para ser sincera, não me lembro de muitos detalhes a respeito. — Vocês disputam esse jogo para se tornarem membros do Círculo? E se não forem bons em esportes?

Jaxon ri.

— O Ludares começou como uma competição para encontrar as duplas de consortes mais fortes. Se você sobrevivesse ao teste, conquistava uma cadeira no Círculo.

Mekhi sorri.

— Consegue imaginar o quanto isso era brutal? Uma dupla de consortes contra oito adversários implacáveis? Eu adoraria ter visto os pais de Jaxon ou Flint competindo para entrar no Círculo. Deve ter sido selvagem.

Bem, essa realmente não é a ideia que me vem à mente quando penso em diversão.

— Quer dizer que só há lugares para casais de consortes no Círculo, então? — Eu não esperava por essa, mas provavelmente devia ter pensado nessa possibilidade, considerando que tanto os pais de Jaxon quanto os de Flint são membros do Círculo.

Jaxon concorda com um aceno de cabeça.

— De maneira geral, sim. É preciso ter pelo menos duas pessoas para sobreviver ao Teste, pelo que dizem. — Ele aperta a minha mão com carinho, com os olhos fixos nos meus. — Fico pensando que deveríamos tentar algum dia. O Círculo precisa de alguém para liderá-lo que não vai deixar que isso aconteça.

— Nós? Por quê? Eu achava que você detestava essa coisa de ser príncipe.

— Afinal, ser rainha não faz parte dos meus planos. Eu me interesso mais pela escola de artes, mesmo que tenha de estudar um ano a mais depois de ter passado quatro meses aprisionada em forma de gárgula, o que bagunçou meus processos seletivos para a faculdade e a minha vida inteira.

— Detesto mesmo — garante ele. — Mas há uma Terceira Grande Guerra se formando há um bom tempo, e Hudson só exacerbou tudo com as merdas que fez antes de morrer.

— *Sim, aproveite e me culpe pelo fato de que o nosso pai e os lobos estão se juntando com os vampiros transformados para poderem eliminar todas as outras criaturas* — rebate Hudson, revirando os olhos. — *Que babaca.*

— O que isso tem a ver com o fato de nós estarmos no Círculo? — pergunto a Jaxon, mesmo querendo abordar este último comentário de Hudson, que é bem diferente do que todas as coisas que já ouvi a respeito.

— Gárgulas são guardiãs da paz — diz Mekhi, entrando na conversa. — Se você e Jaxon tomarem o lugar dos pais dele, vão ter uma chance bem maior de manter toda essa merda sob controle. Juntando o poder de Jaxon com a sua habilidade de pacificar as coisas...

— Eu posso fazer isso?

— É isso que dizem as velhas histórias — explica Rafael. — Gárgulas foram criadas para manter o equilíbrio entre as facções.

— Exatamente. Assim, quando meus pais abdicarem, nós podemos assumir o lugar deles e colocar as coisas de novo na direção certa — diz Jaxon, bem sério. — E isso definitivamente inclui evitar uma guerra.

— Ah, claro. Como se isso fosse mesmo acontecer — infere Hudson, revirando os olhos. — *Em primeiro lugar, a maneira que o meu velho e querido pai abdicaria do trono seria se você lhe cortasse a cabeça e depois queimasse seu corpo, umas duas vezes. E, mesmo assim, não seria o bastante. E, em segundo lugar, quem disse que ser membro do Círculo é uma coisa boa? De repente, Jaxon chega com esse sonho colorido de que vai ser muito fácil impedir uma guerra. A verdade é que isso é muito difícil e brutal.* — Ele argumenta com convicção, como se soubesse o que está falando. — *Além disso, estar no Círculo não é grande coisa. Eu preferir ficar o mais longe possível daquele maldito conselho e manter a minha consorte a salvo em vez de estar nele e ficar preocupado porque alguém pode tentar matá-la para tomar o nosso lugar. Imagino que Jaxon não tenha nem pensado nisso.*

— E se o consorte de alguém morrer? — pergunto.

— Geralmente isso só acontece se alguém assassinar a pessoa — responde Macy. — Vampiros são as únicas criaturas imortais, mas o restante de nós costuma ter vidas longas.

— Você não teria que se preocupar com isso — insiste Jaxon. — Ninguém se atreveria a tocar em você, enquanto estivermos no comando do Círculo.

Não sei exatamente o que sinto em relação a isso, incluindo o fato de que Jaxon aparentemente vem fazendo planos em sua cabeça para o nosso futuro sem me consultar. E o fato de que ele parece achar que tem a obrigação de cuidar de mim pelo restante das nossas vidas. Por mim, não há nenhum problema em um cuidar do outro, mas não gosto muito dessa ideia de ser um fardo pelo qual ele se sente responsável.

De jeito nenhum. Vou ter de redobrar meus esforços nas pesquisas sobre gárgulas. Não quero ser um fardo para ninguém. Quero poder cuidar de mim mesma.

Jaxon começa a discutir alguma estratégia interessante com Mekhi e não consigo impedir meu olhar de procurar o de Hudson para saber se ele concorda com Jaxon sobre eu precisar ser protegida.

— *Você seria capaz de acabar com qualquer um de nós, Grace.* — Os olhos azuis e profundos de Hudson não se afastam dos meus. — *E vários outros.*

Começo a rir. Não consigo evitar. Não acredito nem um pouco nele, mas o aperto que sinto no peito perde um pouco da força. Afinal, se Hudson acha que sou tão boa assim, isso deve significar alguma coisa, não é?

— *Pode ter certeza de que sim.* — Hudson sorri para mim e percebo que senti falta disso durante o tempo em que ele esteve tão quieto.

Antes que eu consiga pensar muito sobre o assunto, Macy reclama sobre um lobo e diz que quer dar uma lição nele. Mas como ela não fala muito mais a respeito, lembro também que ela não respondeu à minha pergunta de antes.

— Macy? Você não vai competir, não é?

O rosto de Macy se ilumina por inteiro.

— É claro que vou competir! Este é o primeiro ano em que eu posso competir e já estou superansiosa!

— É isso aí, garota — apoia Flint ao se sentar em uma cadeira na cabeceira da mesa ao lado de Hudson, que se levanta e encosta em uma parede próxima. — O torneio deste ano vai ser épico.

Flint ergue o punho para que Macy o toque e ela quase engole a língua. Logo antes de bater com o próprio punho no de Flint com tanta força que isso pode até lhe dar um hematoma. Aparentemente, algumas coisas nunca mudam...

— Completamente épico — concorda Jaxon. — Até quando podemos registrar a nossa equipe?

— Até quarta-feira — diz Flint. Ele espera alguns segundos e, em seguida, de um jeito bem casual, embora não seja de fato tão casual, emenda: — A equipe de vocês já está montada, Jaxon?

Jaxon o encara por uns segundos e, a princípio, fico confusa sobre o que está acontecendo. Se Jaxon vai participar, ele não tem de competir pela

Ordem? Mas é aí que me lembro do que Hudson disse ontem: o jogo promove as relações entre as espécies... e também os ferimentos, aparentemente.

— Você está me convidando para entrar no seu time? — indaga Jaxon, com o mesmo tom casual, embora nem tanto.

— Eu estava pensando no caso. Éden e eu estávamos pensando em chamar Xavier para o time, mas ainda precisamos adicionar uns vampiros e umas bruxas. E talvez uma gárgula, quem sabe? — sugere ele, olhando para mim.

Só quando o inferno congelar.

Capítulo 48

VENCER, PERDER OU MORRER

— O quê? Eu? — pergunto, esbugalhando os olhos. — Quero dizer... eu não acho que... gárgulas possam entrar no torneio?

Sei que Amka disse que eu podia, mas achei que ela só estava brincando comigo.

E, por falar nisso, tomara que a resposta seja não. Tomara mesmo que a resposta seja não. Não tenho muito talento para esportes, especialmente esportes paranormais cujo objetivo é não morrer. Mas não há garantia de que isso aconteça. Isso sem falar no fato de que ainda não tenho a menor ideia de quais são meus poderes... Além de me transformar em pedra, algo que não parece ajudar muito em um jogo, qualquer que seja.

— O Ludares é aberto para todos os alunos do terceiro e do quarto ano da escola — esclarece Flint. — Então, sim, você pode competir. Além disso, eu adoraria ter uma gárgula no meu time. Quem sabe o que você é capaz de fazer?

— Nada — respondo. — Não sou capaz de fazer nada. Esse é o problema.

— *Não é verdade* — intervém Hudson, ainda encostado na parede. — *Você é capaz de fazer várias coisas. Só não sabe quais são ainda.*

— Como você sabe? — Partes iguais de terror e empolgação passam por mim conforme eu me inclino para a frente. — Você me viu fazer alguma coisa quando estávamos juntos?

A mesa inteira começa a olhar para mim de novo. Eu os ignoro porque, aparentemente, esta é a minha vida agora. Não tive a intenção de fazer a pergunta em voz alta, mas às vezes me vejo tão envolvida na conversa que não percebo minhas ações.

Percebo vagamente que Macy conta a todos que eu consigo ver e conversar com Hudson — pelo menos acho que é isso que ela diz, porque, de repente, todos os membros da Ordem ficam tensos e olham para Jaxon, que simplesmente dá de ombros. E não tenho nenhum problema com isso, porque, neste momento, estou mais interessada em ouvir o que Hudson tem a dizer do que preocupada com o jeito que os amigos de Jaxon me fitam.

— *Além de me deixar aprisionado em pedra com você por quase três meses e meio?* — Ele ergue a sobrancelha.

Eu suspiro e jogo as mãos para cima. Porque isso é algo que já sei.

— Sim, basicamente é isso que estou dizendo. Não consigo imaginar que vou ajudar muito em um time se tudo o que posso fazer é me transformar em pedra. Vai ser fácil me acertarem desse jeito.

Hudson solta uma risadinha pelo canto da boca.

— *Há outras coisas além disso. Suas asas não servem só como decoração. Você só precisa aprender a usá-las.*

Isso é verdade. E Flint se ofereceu para me ensinar; talvez deva cobrar aquelas aulas de voo nos próximos dias. Isso se eu conseguir me transformar em gárgula outra vez. Não senti nada que se aproximasse disso nos últimos quatro dias.

— Acho que vou só assistir ao torneio — anuncio para a mesa toda, e eles continuam me encarando boquiabertos com exceção de Flint e Macy, que estão conversando sobre edições passadas do Ludares. — Vocês falam como se isso fosse muito divertido, mas...

— De jeito nenhum! — Flint para com o garfo no ar. — Você tem que participar. Além disso, seu tio falou que o prêmio deste ano vai ser animal.

— É mesmo? — Macy fica empolgada. — O que é? Ele nem me contou ainda.

— Eu estava no escritório dele quando Foster recebeu a ligação ontem. É só por isso que sei — explica Flint. — Parece que os pais de Byron decidiram doar o prêmio deste ano.

— É mesmo? — Mekhi fica surpreso.

E, na verdade, a mesa inteira fica. Lembro que Jaxon me contou que Byron era o membro da Ordem cuja consorte foi morta por alguns membros da alcateia de Cole. Mesmo assim, pelo menos por algum tempo, Byron pareceu achar que Hudson havia dado um jeito de influenciar os lobos a fazerem isso.

Hudson ergue as sobrancelhas.

— *Será que agora vou ser culpado pelas mortes de todo mundo?* — Ele retesa o queixo e se vira para ler o cardápio de amanhã, que está colado na parede.

— Pare de fazer suspense e conte logo qual é o prêmio, Flint! — A voz de Macy, um pouco chorosa e um pouco irritada, é o que atrai a minha atenção de volta para a conversa desta vez.

Bem, isso e o fato de que Jaxon se aproxima, encostando-se nas minhas costas e apoiando o queixo no meu ombro.

Viro o rosto para a esquerda a fim de poder lhe sorrir e Jaxon pisca o olho em resposta, e logo depois dá aquela ligeira erguida na sobrancelha que é tão sexy e me faz pensar em todo tipo de coisas nas quais não deveria estar pensando no meio da cantina. Especialmente por estar com o irmão dele dentro da cabeça, observando tudo.

— Não estou fazendo suspense! — Flint parece indignado. — São vocês que não param de falar para que eu possa contar.

— Bem, nós paramos de falar — diz Luca. — Por isso, desembuche.

— Os pais de Byron decidiram doar... — Ele começa a batucar na mesa de jantar como se fosse um rufar de tambores. — Uma pedra de sangue. E não é uma pedra de sangue qualquer. É uma das favoritas da rainha, que ela deu de presente aos pais dele na véspera da morte da sua consorte.

Dentro de mim, tudo fica paralisado quando me lembro da Carniceira dizendo que daria um jeito de trazer a pedra de sangue para nós. Devia ser disso que ela estava falando. Uma espiada no rosto de Jaxon me informa que ele está pensando na mesma coisa — e que não ficou nem um pouco surpreso com a notícia. Ele obviamente tinha uma boa ideia do que a Carniceira faria.

O que também faz com que o seu interesse em participar do Ludares — no meio de tudo o que está acontecendo com a gente — faça muito mais sentido agora. Se a única maneira de conseguir uma pedra de sangue é vencer o torneio, então parece que o inferno realmente congelou.

Só preciso descobrir o que devo fazer para não ser um fardo para ele — ah, e também para não ser a primeira morte — na disputa do Ludares em toda a história de Katmere.

Capítulo 49

O TRABALHO EM EQUIPE TRANSFORMA
SONHOS EM REALIDADE... OU EM PESADELOS

— Ei, Jaxon, espere aí. — Flint vem correndo atrás de Jaxon, Macy e de mim quando saímos da cantina.

Jaxon se vira para trás, com as sobrancelhas erguidas.

— O que foi?

— Eu estava pensando... — Flint não completa a frase e, se eu não o conhecesse, pensaria que ele talvez estivesse entrando em pânico, embora não saiba por quê. Mas sei que ele está meio atarantado, abrindo e fechando a boca como se à procura das palavras, mas tivesse se esquecido de como se produz os sons.

— Você está bem? — pergunto, me aproximando um pouco em busca de colocar a mão no braço dele. — Você não parece muito bem.

— Ah. Estou bem, sim. — Flint se concentra em mim por um momento e parece recuperar o fôlego. Em seguida, ele diz: — Desculpem. Muitas coisas passando pela minha cabeça ao mesmo tempo. — E, em seguida, ele abre aquele sorriso de dez mil quilowatts.

Eu sorrio de volta; é impossível não fazer isso quando Flint me olha desse jeito, e digo a ele:

— Sei como é. Às vezes isso acontece comigo. E, então, o que você ia dizer?

— Ah, é mesmo. Eu queria saber se você quer aproveitar o dia para treinar um pouco para o Ludares — diz ele a Jaxon e em seguida olha para mim outra vez. — Podemos até fazer aquela aula de voo também, Novata.

— Aula de voo? — repete Jaxon e parece que está com vontade de dizer alguma coisa.

— Não que eu queira levar outro soco, mas achei que poderia aceitar o pedido da Novata e lhe mostrar alguns truques — continua Flint, com um sorriso enorme. — Além disso, ainda temos que terminar aquele projeto para o sr. Damasen.

— Quando você diz "truques", são maneiras de não morrer no ar, certo? — Jaxon o encara com um olhar zombeteiro e ao mesmo tempo sério.

— Com toda a certeza. Não vou machucá-la, Jaxon. — Ele observa Jaxon fixamente quando o diz, e seu sorriso habitual sumiu por inteiro.

— Acho que já ouvi essa história antes — rebate Jaxon.

— Pare com isso. — Eu o empurro com o ombro e reviro os olhos para Flint. — Não dê atenção a ele. Quero aprender a voar. Mas hoje faremos outra coisa.

— Ah, é mesmo? E o que seria? — Flint parece bem interessado.

— Nada que precise de um grupo grande — interfere Jaxon.

— E quem disse que sou do seu grupo? — pergunta Flint com um sorriso largo. — Talvez você, Grace e Macy é que estejam no meu grupo. Certo, Macy?

Por um minuto, tenho a impressão de que a minha prima vai desmaiar bem aqui, no meio do corredor.

— É, pode apostar — responde Macy, e juro que a única coisa mais óbvia do que as estrelas nos olhos dela é a baba em seu queixo. — Acho que Jaxon adoraria fazer parte do seu grupo.

Flint gargalha com isso, enquanto Jaxon me encara com uma expressão de "que merda é essa?". Simplesmente dou de ombros, porque o que mais posso dizer? Apenas o seguinte:

— Vamos à biblioteca para pegar materiais sobre os poderes das gárgulas e o Cemitério dos Dragões. Depois, pensamos em ir para o quarto de Jaxon para fazer a pesquisa.

— *Ah, não acredito* — reclama Hudson, com a irritação colorindo cada sílaba proferida com seu sotaque britânico. — *Não precisamos do Bafo de Dragão para descobrir o que precisamos.*

Claro. Porque seria impossível que um dragão de verdade soubesse alguma coisa sobre o Cemitério dos Dragões, não é?

— O Cemitério dos Dragões? O que vocês querem saber sobre esse lugar? — Flint parece intrigado.

— Tudo — respondo, enlaçando um braço com Jaxon e o outro com Flint. — Por que não vem com a gente, também? Você pode nos ajudar a descobrir o que precisamos saber.

— É claro. E do que vocês precisam?

— Podemos conversar quando estivermos no quarto de Jaxon — prometo. Em seguida, olho para a minha prima, que está observando-nos como se não soubesse se deve nos acompanhar ou não. — Vamos lá, Macy. Precisamos de toda a ajuda possível.

— Ótimo. Vou só mandar uma mensagem para Gwen e avisar que não vou poder me encontrar com ela mais tarde.

— Ah, deixe quieto, então — digo a ela. — Esqueci que você tinha um compromisso. Jaxon, Flint e eu podemos cuidar de tudo.

Macy me encara com uma expressão que significa "pare de falar" e dispara uma série de mensagens de texto.

— Tarde demais. — diz ela e em seguida passa à nossa frente para nos levar até a biblioteca.

E não levamos muito tempo para pegar o que precisamos. Em parte, porque Amka já separou os livros para nós, a pedido de Jaxon; e também porque se dispôs a nos emprestar dois dos notebooks da biblioteca para podermos acessar os bancos de dados de magia a partir de qualquer lugar do castelo, não somente da biblioteca.

Flint ajuda, pegando alguns livros sobre dragões que acha que podem ajudar, enquanto Macy volta até a cantina a fim de pegar alguns petiscos para a nossa "maratona de pesquisas", nome dado por ela para a nossa reunião. Nesse meio-tempo, Hudson se limita a sentar-se em qualquer cadeira vazia que consegue encontrar, indicando nomes de livros que acredita serem capazes de nos ajudar.

— Onde estava toda essa informação ontem à noite? — eu o questiono depois de ir e voltar até as pilhas de livros no fundo da biblioteca pela terceira vez.

— *Ontem à noite eu estava ocupado demais...*

— Tentando não vomitar — termino a frase por ele. — Sei, sei. Já estou acostumada com isso.

— *Só porque fiz isso algumas vezes não quer dizer que não seja verdade.*

— Concordo, mas o impacto fica cada vez menor. No momento, estou convencida de que você tem um estômago mais fraco do que qualquer pessoa com quem já conversei. O que é particularmente interessante, já que você nem tem estômago.

— *É claro que tenho* — ele responde. E, para provar, ergue a barra da camiseta, expondo um dos abdomes mais bem definidos que já vi. De verdade. E não sei muito bem o que devo sentir em relação a isso. Não deveria importar. E não importa. Mas... nossa. Nossa senhora. Eu precisaria ser cega para não perceber.

— Tudo pronto? — pergunta Jaxon, chegando por trás de mim com os braços cheios de livros.

— Sim, claro. Precisa de ajuda para carregar isso tudo?

— Eu dou conta — diz ele, sorrindo. E dá mesmo. Em parte, porque o seu próprio abdome de tanquinho é ainda mais definido do que o de Hudson.

— *Duvido* — resmunga Hudson quando saímos da biblioteca. Ele está caminhando um pouco mais à nossa frente, mas virou-se para olhar para mim e agora está caminhando de costas. Não vou mentir; há um pedaço de mim que adoraria vê-lo tropeçar e cair de bunda no chão.

Mesquinho? Sim. Malvada? Com toda a certeza. Mas eu ainda pagaria uma boa grana para ver isso. Talvez cair de bunda no chão servisse para diminuir um pouco da empáfia de Hudson, e isso é algo de que ele definitivamente precisa. Babaca arrogante.

— *Não se contenha tanto* — comenta Hudson e, num piscar de olhos, está logo atrás de mim, com aquela voz arrogante e bajuladora. — *Me diga o que realmente sente.*

— Eu sempre digo — respondo, enquanto sinto um calafrio na coluna.

Quando chegamos à torre de Jaxon, Macy já está à nossa espera com uma sacola cheia com os produtos menos nutritivos que Katmere tem a oferecer. Batatas fritas, pipoca e até mesmo um pacote de Oreo de dez dólares.

— Roubei isso aqui do estoque do meu pai — conta ela, depositando tudo na mesa que fica na antecâmara do quarto de Jaxon, que é o local em que ele costuma estudar.

Da última vez em que estive aqui, o lugar estava totalmente revirado. Lia fez tudo aquilo antes de nos levar, dopados como estávamos, para os túneis para que pudesse nos torturar. Mas, em algum momento nesses três meses e meio em que fiquei fora, Jaxon não somente deu um jeito de reorganizar tudo, mas também redecorou todo o cômodo.

Dou uma volta pelo quarto, sem prestar muita atenção, enquanto Jaxon explica para Flint e Macy sobre o que a Carniceira alegou que precisávamos fazer a fim de tirar Hudson da minha cabeça. Flint tem algumas palavras sucintas sobre a Fera Imortal e também sobre a Carniceira, mas está interessado em ajudar. Ele presta atenção em cada palavra de Jaxon e faz várias sugestões.

Pelo menos desta vez, ninguém está prestando atenção em mim, enquanto passo a mão pelas estantes de Jaxon e observo a nova decoração. Será que posso simplesmente comentar que gostei? A falta de atenção e também as escolhas que ele fez para decorar tudo...

Agora, em vez de duas poltronas grandes e confortáveis que dominam a área de estar, há uma poltrona grande e confortável, junto a um gigantesco sofá preto com um estofado bem fofo, grande o bastante para que duas pessoas se deitem nele. Há também uma nova mesinha de centro que parece bem mais reforçada do que aquela que ele transformou em lenha durante uma das suas perdas de controle telecinético. E no canto, logo abaixo da janela que quase me matou quando o vidro se estilhaçou, há uma mesa grande com quatro cadeiras estofadas e pretas posicionadas ao redor. Porque, é claro, tudo na torre de Jaxon é preto. Não tem como ser diferente.

Com exceção dos livros. Há volumes de todas as cores possíveis e imagináveis e eles ainda estão por todos os lados — nas estantes, empilhados no chão nos cantos da sala e sobre a mesa grande, amontoados em lugares aleatórios pelo quarto... E isso é algo que eu adoro.

Adoro ainda mais por haver livros dos quais nunca ouvi falar misturados com livros que estão entre os meus antigos favoritos, misturados com clássicos que eu sempre quis ler. Em meio a tudo isso, as obras de arte nas paredes — o desenho de Klimt que me fez suspirar na primeira vez em que vim até aqui, junto de algumas outras pinturas inquietantes — e este quarto é praticamente o meu lugar favorito em todo o mundo.

Mas, também, como poderia ser diferente? Jaxon está aqui.

Fico esperando que Hudson faça vários comentários ácidos sobre a decoração, mas ele está estranhamente em silêncio, observando atentamente algo que está sobre uma das estantes de Jaxon: a escultura de um cavalo, me parece. Não é uma escultura muito intrincada, mas claramente é algo que Jaxon adora, com os contornos lisos e brilhantes como se os seus dedos tivessem passado horas esfregando cada curva do pescoço ou do corpo desse cavalo.

É bem quando começo a imaginar o que há de tão interessante no cavalo que Hudson enfia as mãos nos bolsos, balançando a cabeça, enquanto se afasta. Imagino ouvi-lo murmurar "fracassado", mas é tão sutil que não tenho certeza.

Hudson está com um humor esquisito desde o café da manhã, e eu me recuso a permitir que ele desvie a minha atenção outra vez. Estou determinada a não esperar mais que Jaxon cuide de mim. Preciso dar um jeito de descobrir como resolver os meus próprios problemas.

Jaxon amontoa os livros sobre a mesa principal, e eu pego um chamado *O Mito e a Selvageria das Gárgulas*. Não sei por que escolhi logo esse livro além do fato de que aprecio a ideia de criar um pouco de selvageria — eu, Grace Foster, provavelmente a pessoa menos selvagem na face da Terra. Quando abro o livro, não consigo deixar de pensar por um segundo — ou por vários segundos, sendo bem sincera — qual seria a sensação de simplesmente ceder ao caos. Dizer tudo que eu quisesse em vez de deixar tudo atrás de filtros, fazer o que quero em vez daquilo que acho que deveria fazer.

Mesmo assim, esta não é exatamente a melhor hora para isso. Há muitas coisas acontecendo agora para assumir uma atitude tão temerária. Assim, me estico no sofá superconvidativo de Jaxon e começo a ler, enquanto os outros encontram seus respectivos cantos na sala.

Flint se senta diante da mesa principal e abre um dos notebooks, dizendo que vai começar a pesquisar sobre o Cemitério dos Dragões; como chegar até lá, qual é a melhor hora do dia para ir e estratégias para sairmos vivos de lá — já que, aparentemente, é bem comum que as pessoas entrem no lugar e não saiam vivas. Incrível.

Macy pega um livro sobre a natureza mágica das gárgulas, senta-se na poltrona confortável à minha frente e mergulha no livro, enquanto se refestela com uma pilha de bolachas recheadas.

E Jaxon... Jaxon pega o outro notebook depois de oferecê-lo para mim e se acomoda na beira do sofá para pesquisar mais sobre a Fera Imortal.

Eu olho para os meus amigos, que estão passando o sábado aqui na torre, procurando informações para me ajudar, e sinto o coração se aquecer. Eles poderiam estar fazendo qualquer outra coisa agora, mas, em vez disso, estão aqui comigo.

Hudson pode dizer que sou emotiva, pode me chamar de ingênua ou resmungar que sou sentimental demais, mas ainda tenho de piscar os olhos várias vezes para conter as lágrimas de gratidão por essas pessoas terem entrado na minha vida. Cheguei à Academia Katmere no ponto mais baixo da minha vida; estava desesperada, triste e me sentindo totalmente miserável. Imaginei que fosse simplesmente esperar o ano letivo terminar e cair fora.

E, embora nada aqui tenha acontecido como eu esperava — afinal... fala sério, uma gárgula? —, não consigo imaginar voltar para uma vida sem o entusiasmo de Macy, a intensidade de Jaxon ou as brincadeiras de Flint (embora eu dispense completamente as suas tentativas de me matar).

Às vezes, a vida nos dá mais do que uma nova mão de cartas para jogar; ela nos dá um baralho inteiramente novo e talvez até mesmo um jogo totalmente novo. Perder os meus pais como perdi vai ser eternamente uma das experiências mais horríveis e traumáticas da minha vida, mas estar sentada aqui com estas pessoas me traz a sensação de que, talvez, eu possa ter uma chance de sair bem de tudo isso.

E isso é mais, muito mais, do que imaginava há alguns meses.

— Ei, dê uma olhada nisso! — Macy se endireita na poltrona, de repente. — Acho que acabei de descobrir por que o *glamour* não funcionou em você hoje cedo. O problema não estava comigo, mas sim com você!

— Por quê? Não consegue fazer feitiços de *glamour* em pedra? — arrisco, porque tenho a sensação de que essa é a resposta.

— Não. — Ela me encara com uma expressão do tipo "você está agindo como uma idiota" e, em seguida, vira o livro que está lendo para que eu possa vê-lo. — O *glamour* não funcionou porque este livro diz que você é imune a magia!

Capítulo 50

ESTÁ FICANDO MEIO CHEIO
AQUI EMBAIXO DA CAMA

— Imune à magia? — indaga Flint, fechando o notebook e se aproximando para dar uma olhada na descoberta de Macy. — É mesmo?

— E também a rajadas de fogo de dragão, mordidas de vampiros e lobisomens, cantos de sereias... a lista é enorme. Basicamente, gárgulas têm uma resistência natural a quase todas as formas de magia paranormal. Isso é...
— Ela leva a mão até o alto da cabeça e faz um sinal como se o seu cérebro estivesse explodindo. — Então é por isso que Marise sempre teve dificuldade para curar você — continua ela. — Nós imaginamos que isso acontecia por você ser completamente humana, mas deve ter sido por causa do seu sangue de gárgula.

— Ela teve dificuldade para me curar? — pergunto, porque não me lembro disso.

— Teve, sim — concorda Jaxon, com uma expressão contemplativa no rosto. — Na primeira vez, quando ela tentou decompor o meu veneno. E também depois do que aconteceu nos túneis. Com a ajuda dos assistentes, ela achou que você iria voltar ao normal bem rápido depois da transfusão de sangue. Mas ela não conseguiu fazer com que seus poderes funcionassem em você do jeito que esperava. Tudo demorou mais do que aconteceria com...

Jaxon não termina a frase.

— Você pode dizer — eu falo. — Com um paranormal de verdade.

— Eu não ia dizer "de verdade" — corrige Jaxon, franzindo a testa. — Eu ia dizer "com um dos paranormais mais comuns". Há uma grande diferença entre os termos.

— Uma pequena diferença — respondo, mas com um sorriso para que ele saiba que não me senti ofendida por suas palavras. — Mas não tem problema. Porque sei que não sou... — Agora é a minha vez de deixar a frase morrer no ar, enquanto sinto que as minhas bochechas se esquentam.

— Você não é... o quê? — pergunta Macy.

— Hmmmm, bem... — Tento olhar para qualquer lugar na sala que não seja para os meus amigos. A parede. A parede parece bem interessante. — É que... Sei que não sou imune a todas essas coisas.

— Discordo — opõe-se Macy, inclinando-se para a frente. — Afinal, como vamos saber que o feitiço de Lia teria funcionado, se Jaxon não tivesse interferido? Você não pode usá-la como prova de que não é imune.

— Bem, ela com certeza sofreu bastante por nada — diz Jaxon.

— Nem brinque — concorda Flint. — Aquilo foi horrível.

— Está falando sério? — questiona Jaxon, e o fato de que sua voz está contida deixa tudo bem pior. — Você vai reclamar para a gente que o que lhe aconteceu nos túneis foi horrível, quando Grace tem cicatrizes que as suas garras deixaram?

— *Ah, é por causa disso que você tem essas cicatrizes?* — pergunta Hudson, com um brilho repentino nos olhos que não pode ser bom para ninguém. — *Foi Flint quem fez isso com você?*

— Eu achava que estava fazendo a coisa certa, Jaxon. — A expressão no rosto de Flint é bem aflita. — Achei que ia impedir a porra de um novo apocalipse se não deixasse Lia trazer Hudson de volta.

— *O apocalipse? É sério isso?* — Hudson se encosta na parede, com os braços cruzados diante do peito e uma expressão incrédula no rosto. Ele não disse uma palavra no que parece uma eternidade, pelo menos na escala de tempo típica de Hudson, mas este comentário definitivamente o despertou e o deixou furioso. — *Vocês acham mesmo que eu sou a porra do arauto do apocalipse?*

— Você não está querendo mesmo tocar nesse assunto agora, não é? — Eu o encaro e pergunto.

— *É claro que eu quero tocar nesse assunto. Já estou de saco cheio de ser visto como o vilão.*

— Como eu disse antes, talvez fosse melhor se você não fosse o vilão, Hudson — retruco. — Você não tem o direito de decidir como as pessoas vão julgá-lo.

— Estamos nos desviando do assunto — comenta Macy, agitando o livro diante de nós. — Você vai nos dizer por que está tão convencida de que isso aqui está errado?

Não quero fazer isso. Tenho a sensação de que isso vai dar a todo mundo aqui a oportunidade de saber algo que não é da conta de ninguém. Mas, a essa altura, não tenho alternativa. Além disso, quero saber a resposta e talvez algum deles a tenha, mesmo que o próprio Jaxon esteja com uma cara tão confusa quanto a dos demais.

— Não é nada de mais — asseguro a eles. — Mas sei que não sou imune a mordidas de vampiros.

— E como sabe disso? — pergunta Macy. — Alguém tentou morder... — Ela para de falar, arregalando os olhos conforme se dá conta do que aconteceu.

— Ahhhhhhh. Então, é por isso. *Legaaaaal.* — Ela encara Jaxon com um olhar de aprovação.

De repente, Flint está tentando olhar para qualquer outro lugar da sala que não seja para nós.

— Ah, certo. Bem, então... — Ele tosse, limpa a garganta e parece totalmente desconfortável enquanto continua: — Talvez o livro esteja errado?

— *Esse diabo de livro não está errado* — rosna Hudson. — *Há vários tipos de mordida.*

— Não está errado — diz Jaxon, sem saber que está repetindo as palavras de seu irmão. — Se eu estivesse tentando injetar o meu veneno para matá-la ou para transformá-la, provavelmente isso não funcionaria porque estaria usando os meus poderes. Mas nas vezes em que a mordi... não era isso que eu estava fazendo. Machucar ou transformar você era a última coisa que eu tinha na cabeça. Estou tentando...

Ele para de falar, como se já não tivesse dito coisas demais. Mas agora é tarde demais. Nós três sabemos como ele ia terminar essa última frase: o ato de me morder não tinha nada a ver com dor e tudo a ver com me dar prazer.

E isso aconteceu. E não foi pouco. Mas ninguém precisa saber disso. Flint parece bem perturbado com essa imagem. Macy parece ter se transformado num emoji com corações no lugar dos olhos. E Hudson parece ficar mais frio — e mais irritado — a cada palavra que proferimos.

Macy vai querer saber de todos os detalhes assim que estivermos a sós; está praticamente escrito em seu rosto. E agora que penso sobre o que ela vai perguntar, também estou pensando em como vou responder. O que significa que estou pensando em Jaxon me mordendo e...

— *Já chega disso* — grunhe Hudson e eu me lembro da última vez que Jaxon fez isso comigo. — *Não precisa ser tão explícita. Nós já entendemos.*

— Eu não estava sendo explícita — respondo para ele. — O que você tem hoje, hein?

— *Não tenho nada.* — esbraveja ele em resposta. — *Só acho que algumas coisas deveriam continuar sendo privadas.*

— Ah, eu também. Mas olhe onde você está. — Eu olho novamente para Jaxon, que está com as sobrancelhas erguidas, como se quisesse que eu contasse para todas as pessoas na sala o que Hudson está dizendo. Faço um rápido gesto negativo com a cabeça. Só quero que toda essa conversa termine.

Como se percebesse o quanto estou constrangida pela situação reveladora, Jaxon nos leva de volta ao assunto original com toda a sua força de vontade e uma atitude digna da realeza. É engraçado como às vezes esqueço que ele sabe agir muito bem como um príncipe, porque ele raramente faz isso — bem diferente de Hudson, cujo modo de agir praticamente grita *eu sou membro da realeza e você não serve nem para lamber as minhas botas.*

A voz de Hudson é tão seca e britânica quanto à dos apresentadores de programas culinários de que a minha mãe tanto gostava quando responde:

— *Para ser honesto, muitas pessoas não servem mesmo.*

Reviro os olhos e volto a olhar para ele.

— Acho bom você tomar cuidado ou as pessoas vão começar a acreditar que você está falando sério, quando diz essas coisas ridículas.

— *Ótimo.*

Reviro os olhos outra vez e depois me concentro em Jaxon, que está perguntando a cada um dos presentes o que descobriram até o momento. Não é a primeira vez que me sinto grata por ser a consorte de Jaxon, que nunca tenta se intrometer nas minhas conversas com Hudson, mas que, toda vez que eu preciso que isso aconteça, também desvia a atenção do fato de que há um vampiro de centenas de anos tagarelando na minha cabeça. Algumas dessas conversas já são suficientemente ruins na primeira vez e não consigo me imaginar tendo de repeti-las para Jaxon. Ele não precisa saber de todos os desvios esquisitos que o meu cérebro faz, especialmente com Hudson me incitando.

Sentindo como se tivesse me esquivado de um tiro, volto a me acomodar no sofá e continuo lendo. Infelizmente, não aprendi nada de novo até aqui. Certamente, nada que tenha a ver com a "selvageria" que o livro me prometeu. Inclusive, a coisa mais empolgante que este livro mencionou até agora é que gárgulas podem ficar imóveis como sentinelas por meses, sem precisar comer ou dormir, desde que estejam transformadas em pedra.

Assim como suspeitava, eu seria um ótimo anão de jardim. É só me pintar de cor-de-rosa e me apoiar em uma perna só e, talvez, eu possa até mesmo conseguir passar por uma estátua de flamingo. Fantástico.

Eu me sentiria uma inútil se não fosse pelo fato de que Flint também não aprendeu nada que já não soubesse sobre o Cemitério dos Dragões.

— A única outra coisa que eu descobri é que gárgulas devem ter o poder de manipular a magia — diz Macy quando Flint termina. — É estranho. A magia não funciona nelas, mas, supostamente, elas podem tomar emprestada a magia de outros paranormais e usá-la.

— Como assim? — questiono, intrigada com a ideia de ter algum poder, qualquer que seja e que sirva para alguma coisa. O poder de se transformar em pedra é legal se alguém quiser passar a vida inteira sendo uma atração turística, mas não é grande coisa. Assim como ser imune a outros poderes.

Sim, é um ótimo dom defensivo, mas não permite que eu faça nada. E, considerando as pessoas com as quais estou agora, isso parece totalmente injusto.

— Acho que significa que, se eu compartilhar o meu poder com você, você vai conseguir usá-lo — sugere Jaxon.

— Se for assim, temos que tentar! — diz Macy, levantando-se da cadeira com um salto. — Eu vou primeiro!

Capítulo 51

COLOQUE A SUA MAGIA PARA FUNCIONAR

Jaxon faz um gesto negativo com a cabeça, entretido, mas faz um sinal indicando que ela prossiga, enquanto se acomoda no sofá para ver o que acontece.

— Certo, vamos lá. — Ela olha para mim. — Vou lhe mandar um pouco de energia de fogo. Veja se você consegue acender uma das velas naquela estante.

Encaro Macy como se ela tivesse chegado perto demais do seu próprio fogo e chamuscado alguns neurônios.

— Você não acha que posso acender uma vela sem um fósforo, não é?

— É claro que pode! Vai ser fácil. — Ela estende o braço, com a palma voltada para cima e se concentra em uma vela preta no alto da estante. Em seguida, encolhe os dedos até as pontas tocarem na palma e o pavio da vela pegar fogo. — Viu? Superfácil.

— Fácil para você — respondo a ela. — Se eu tentar fazer isso, só há duas possibilidades. Ou nada vai acontecer, ou então eu vou botar fogo nessa estante inteira. E acho que não queremos que nenhuma dessas duas coisas aconteça.

— Bem, é melhor tentarmos aqui do que no Cemitério dos Dragões, não acha? — insiste Macy, com um raro toque de exasperação na voz, enquanto me encara com os olhos estreitados e as mãos nos quadris. — Vamos lá. Levante a mão e vamos tentar.

— Está bem — digo a ela, levantando-me e sentindo o nervosismo pesar no estômago. — Mas, se eu botar fogo no seu cabelo, não quero ouvir nenhuma reclamação.

— Sou uma bruxa, sabe. Se você botar fogo no meu cabelo, só preciso fazer com que ele cresça de novo. — Ela sorri, afastando-se até estar a um metro de mim. — Agora, vamos lá. Levante esse braço.

— Está bem. — Respiro fundo e, em seguida, solto o ar com lentidão enquanto faço o que ela manda. — E agora?

— Quero que se abra para que eu possa lhe mandar um pouco de poder.

Balanço a cabeça negativamente.

— Não sei fazer isso.

— É só respirar. Imagine que estou lhe dando alguma coisa e tente alcançar.

Ela estende a mão para mim, com a diferença de que, enquanto a minha palma está virada para cima, a dela está virada para baixo.

— Certo, Grace. Baixe as suas defesas e tente alcançar.

Não faço a menor ideia do que ela quer dizer, mas penso... *Ah, que diabos.* O pior que pode acontecer é eu ficar com cara de boba. E todo mundo aqui já viu isso acontecer pelo menos uma vez.

Assim, respiro fundo outra vez e tento fazer o que Macy pediu. Tento alcançá-la, tentando atrair uma pequena fagulha da sua magia para mim.

— Sentiu alguma coisa? — pergunta ela, e seus olhos estão brilhando um pouco, de um jeito que nunca vi antes.

— Não. Desculpe.

Ela sorri.

— Não se desculpe. Tente outra vez.

Eu tento e dessa vez me esforço bastante. Ainda assim, nada acontece.

— A terceira vez é a chave para o sucesso — encoraja Macy com um sorriso. E, em seguida, pergunta: — Está sentindo?

Ela parece ter tanta certeza do que fala que não consigo deixar de imaginar se estou deixando de perceber alguma coisa.

— Não sei se estou sentindo ou não — respondo, depois de passar vários segundos tentando sentir alguma coisa. Qualquer coisa.

— *Não sente* — intervém Hudson, sem nem se dar ao trabalho de erguer os olhos do livro que passou a tarde inteira lendo.

— Como sabe? — pergunto.

— *Porque estou na sua cabeça e eu não estou sentindo nada. Além disso, tenho poderes e sei o que você deveria estar sentindo. E isso definitivamente não está acontecendo agora.*

— É claro que não está — digo, frustrada. — Estou destinada a viver a minha vida no jardim de um museu, como a ponta de calha mais fracassada do mundo.

Uma bolha de pânico começa a se formar no meu peito quando percebo que todo mundo está me olhando, com expressões variadas de pena no olhar. Bem, com exceção de Hudson. Pelo menos desta vez essa humilhação completa parece não despertar nem um pouco do interesse dele.

Sentindo a minha frustração, Jaxon tenta brincar comigo à procura de dissipar um pouco da raiva crescente dentro de mim.

— Ei, não se preocupe. Podemos descobrir como isso funciona num outro dia. Como dizem por aí, Roma não foi construída em um só dia — incentiva ele, com um sorriso encorajador.

Eu suspiro. Talvez ele tenha razão. Essas coisas paranormais são novidade para mim. Talvez seja perfeitamente natural o fato de que eu ainda não consiga nem mesmo fazer as coisas mais básicas que as gárgulas fazem.

Hudson suspira, fechando cuidadosamente o livro e colocando-o sobre o aparador perto da sua poltrona, no canto da sala.

— *Roma não foi construída em um dia, mas isto aqui vai ser.* — Ele se espreguiça, com as mãos esticadas tão acima da cabeça que a barra da sua camiseta se levanta e expõe aquele abdome de tanquinho outra vez.

Ele percebe que estou olhando e ergue uma sobrancelha, antes de dizer:

— *Você é capaz de fazer isso. Mas está claro que precisa de alguém com um pouco mais de... conhecimento.*

Dane-se a vela. Tenho a impressão de que o meu rosto está em chamas.

— Grace, vamos continuar ou não? — pergunta Macy.

— Não — respondo. — Não consigo entender o que tenho que fazer.

— *Ninguém sabe como agir no começo* — explica Hudson, quando se aproxima para ficar ao meu lado. — *Você vai conseguir. Eu garanto.*

Viro o rosto a fim de olhar para ele.

— Você não pode garantir isso. Você não sabe...

Ele me encara com um sorriso suave.

— *Eu sei, sim.*

— Mas... como? — questiono, com a voz embargada.

— *Porque não vou deixar você falhar.* — Ele indica Macy com um movimento de cabeça. — *Diga a ela que tente de novo.*

Fixo os olhos em Hudson e respiro fundo. Depois, viro a cabeça para Macy.

— Hudson está dizendo que devemos tentar de novo, Macy — informo à minha prima. — Mas, depois, chega.

— Ceeerto — concorda ela, mas não tem certeza se deveria achar bom o fato de que Hudson está me estimulando a tentar de novo. — Mais uma vez.

E logo depois os olhos dela começam a brilhar daquele jeito esquisito outra vez, enquanto manda outra onda de poder para mim.

— *Está pronta?* — pergunta Hudson, com um sorriso se abrindo lentamente no rosto que faz com que borboletas comecem a voar no meu estômago.

— Pronta para quê?

Ele estala os dedos.

— *Para isto.*

Capítulo 52

CHEGOU A HORA DE ACENDER
A VELINHA...

Com isso, uma sensação esquisita começa a surgir dentro de mim. Uma faísca de calor, de luz, de energia que é ao mesmo tempo familiar e completamente estranha.

— *Vá em frente* — pede Hudson, com a voz não muito mais alta do que um sussurro. — *Tente alcançá-la.*

É isso que eu faço, com a mão estendida e sentindo-me toda aberta. E, então, ali está, bem ali, dentro de mim. Penetrando em mim como uma flecha. Me iluminando por dentro. Fazendo com que cada terminação nervosa do meu corpo ganhe vida como jamais senti antes.

— Está sentindo agora? — pergunta Macy, com a voz empolgada.

— Estou — respondo a ela, porque só pode ser isso. Essa sensação incrível que é morna, brilhante, arejada e leve, carregada de magia.

— Ótimo — continua Macy. — Agora, prenda-a por um minuto, se acostume com ela. Sinta como ela se move pelo seu corpo.

Faço conforme ela orienta, deixando o calor e a luz passarem por mim.

— E o que eu faço agora? — indago, porque, embora seja estonteante perceber essa sensação dentro de mim, ela também parece insustentável. Como se fosse me atravessar, queimando, e depois desaparecer, caso eu não saiba o que fazer com ela.

— Concentre-se em acender a vela. Imagine isso acontecendo. E faça acontecer — continua Macy.

Observo a vela com uma intensidade maior do que qualquer coisa que já fiz na vida. Imagino a vela acesa, com uma chama ardendo no pavio. E tento acendê-la.

Nada acontece.

— Não se preocupe — diz Macy. — Você está quase lá. Estou sentindo. Tente de novo.

Eu tento, várias vezes. E ainda assim nada acontece.

Consigo sentir a luz tremular dentro de mim, sinto que ela começa a se dissipar e sinto um medo tão grande de que ela vá desaparecer que as minhas mãos tremem e o meu peito dói.

Macy deve perceber o meu incômodo, porque diz:

— Está tudo bem. Podemos tentar de novo mais tarde.

— *Não dê atenção a ela* — interfere Hudson, aproximando-se e ficando logo atrás de mim agora. Nossos olhos estão fixos na vela e ele está tão perto que consigo sentir sua respiração na minha orelha. — *Você consegue.*

— Não vou conseguir. A magia está sumindo. Sinto que...

— *Então, puxe-a de volta para você* — ordena ele. — *Não a mande para fora, como Macy lhe disse. Puxe-a de volta, concentre-a em uma bola de energia e poder... e só depois libere essa magia.*

— Mas Macy disse que...

— *Foda-se o que Macy disse. Cada pessoa controla o seu poder de um jeito diferente. Estou sentindo o poder dentro de você. Está bem aí, pronto para ser usado. Por isso, use-o.*

— Mas eu não...

— *Você consegue.*

— Está tudo bem — assegura Jaxon. — Nós vamos praticar um pouco por dia, até você conseguir.

— *Não escute o que ele diz* — ordena Hudson. — *Você vai conseguir.*

— Não posso. Não dá.

Hudson se inclina para a frente, colocando o braço sob o meu e segurando a minha mão.

— *Concentre-se* — ele me diz. — *Mande toda a magia que você sente por dentro até aqui, até onde estou segurando.* — Ele aperta a minha mão para enfatizar o que diz. — *Puxe-a de volta do lugar para onde você a mandou e coloque-a toda bem aqui.*

Respiro fundo e solto o ar com um toque de nervosismo. Inspiro uma segunda vez e solto o ar. Na terceira vez que inspiro, seguro o ar por vários segundos e tento fazer o que ele pede. A luz criou um caminho dentro de mim; assim, eu seguro em uma extremidade e começo a puxá-la, trazendo-a cada vez mais para dentro de mim, cada vez mais, até que ela esteja toda no meu peito, no ombro, no braço. Até que finalmente consigo senti-la na palma da mão.

— Está sentindo?

Eu faço que sim com a cabeça, porque sinto. É algo muito forte e parece que vai abrir um buraco em mim.

— *Você entendeu agora* — afirma ele.

— Entendi. Entendi, sim — sussurro.

— *Eu sei. Agora, abra o punho.* — Ele solta a minha mão devagar, afastando com gentileza nossos dedos entrelaçados, mas ainda com o braço diretamente sob o meu.

— *Mire* — pede ele, com a voz e o corpo formando uma presença sólida atrás de mim. Firmando meus pés na chama e a minha palma na energia. Sem deixar que eu recue nem um milímetro. E, em seguida, ele está logo ali, com o queixo perto do meu ombro, a boca encostada na minha orelha, sussurrando: — *Agora, solte.*

E eu solto. Em seguida, dou um gritinho quando todas as velas na estante de Jaxon se acendem exatamente no mesmo instante. Ai, meu Deus... Eu consegui. Eu consegui!

— Puta que pariu, Novata — grita Flint. — Mas que diabos foi isso?

— Não sei. — Eu me viro para olhar para Hudson e, por um segundo, ele está bem ali, com o rosto a pouco mais de um centímetro do meu. Nossos olhares se fixam um no outro e um poder, puro e imaculado, borbulha entre nós. Pelo menos até que ele recue, abrindo metros de distância entre nós em um instante.

— Quanto poder você deu a ela, Macy? — indaga Jaxon, olhando para a estante, para a minha prima e depois para a estante outra vez.

— Eu não fiz isso — responde Macy. — Mal consigo fazer o mesmo com todo o meu poder e muito menos com a fração que estava mandando para Grace.

— Então de onde isso veio? — pergunta Jaxon. — Um poder como esse não surge do nada...

Ele para de falar quando percebe o que aconteceu, ao mesmo tempo que eu me dou conta. Não me admira que aquele poder tenha me parecido estranhamente familiar. Ele estava ali, vivendo dentro de mim, há quase quatro meses.

— Hudson. — Jaxon pronuncia o nome do irmão como se isso lhe deixasse um gosto amargo na boca, com o nariz empinado e a boca retorcida em uma careta discreta enquanto eu simplesmente o sussurro.

Mas quando me viro para trás em busca de confrontá-lo, determinada a descobrir o quê, como e por que ele fez o que fez, Hudson já desapareceu. E não como se estivesse simplesmente emburrado e escondido em um canto. Ele sumiu mesmo e não faço a menor ideia de como trazê-lo de volta.

Capítulo 53

TODO MUNDO QUER
DOMINAR O MUNDO

— Não sei o que aconteceu — repito para Jaxon pelo que parece a milésima vez. — Ele me ajudou a sentir o poder, me ajudou a concentrá-lo, me ajudou a usá-lo e, em seguida, desapareceu.

— Como ele pode desaparecer? — responde Jaxon, enfiando a mão pelos cabelos que já estão bem desgrenhados. — Eu achava que ele estava preso na sua cabeça.

— Ele está preso na minha cabeça — tento tranquilizá-lo. — Às vezes, ele simplesmente vai para alguma parte que não consigo acessar com tanta facilidade.

— Mas como isso funciona? — pergunta Flint, com a voz subindo quase uma oitava inteira quando chega à última palavra e pela primeira vez percebo que ele está quase tão estressado quanto Jaxon. — Ele está correndo de um lado para o outro na sua cabeça e você só espera que ele não esteja estragando nada importante?

Começo a me sentir ofendida. Não tenho controle absoluto sobre Hudson, mas tenho a sensação de que nós dois até que estamos nos dando bem desde aqueles incidentes em que ele tomou o controle do meu corpo... Pelo menos até eu lembrar que o irmão mais velho de Flint morreu por causa de Hudson. Foi isso que prejudicou a sua amizade com Jaxon e é isso que causa o sentimento estranho que existe entre os dois até hoje.

— Não é assim, Flint. Há momentos em que um dá privacidade ao outro. Por exemplo, quando estou tomando banho. E um não sabe o que o outro está fazendo. Ele ainda está preso aqui dentro, em mim; só não consigo entrar em contato com ele por algum tempo. Mas ele vai voltar.

Jaxon parece estar enjoado.

— Nunca pensei na possibilidade de que você iria tomar banho ou se vestir com Hudson por perto. Por que nunca pensei nisso?

— Porque não tem importância. Temos um esquema que funciona bem.

— Isso é parte do seu esquema? — questiona Flint, e seu tom de voz me deixa em alerta. — Ele ativa seus poderes através de você e depois desaparece, enquanto você sofre as consequências?

— As consequências? — replico. — Você não é meu professor nem o meu pai ou minha mãe. Não há consequências por conversarmos, mesmo que isso o deixe infeliz. E, além disso, eu nem sei por que está tão agitado. Você queria me ver canalizando magia e foi isso que fiz. Então, me dê um tempo.

— Não foi isso que eu disse e você sabe muito bem — rebate Flint. — Só quis dizer que é você que vai ter que consertar os problemas se ele aprontar alguma coisa, e isso não parece muito justo.

Aquela explanação tira um pouco da minha vontade de brigar e volto a me sentar no sofá.

— Entendo que vocês queiram respostas, pessoal. Eu também quero. Mas há momentos em que algumas coisas me irritam e tenho vontade de ficar sozinha. E devo a mesma cortesia a Hudson.

Além disso, depois de tudo o que aconteceu, quero ficar sozinha por um tempo. Preciso processar o que aconteceu e simplesmente pensar em tudo. Por isso, não estou nem um pouco ansiosa para que Hudson retorne. Quando isso acontecer, tenho certeza de que tudo vai ficar ainda mais complicado.

Flint relaxa um pouco ante minhas palavras, assim como Jaxon. Mas ambos continuam me encarando com olhares desconfiados. Assim como Macy, que está estranhamente quieta desde aquele episódio todo de canalizar a magia. E, embora eu reconheça que os três estão só tentando me proteger à sua própria maneira, também tenho de admitir que essa superproteção vai acabar esgotando a minha paciência logo, logo.

Macy deve perceber o que estou sentindo, porque, de repente, sugere:

— Ei, por que vocês não saem para voar?

— Voar? — pergunto, porque sinto nervosismo só de pensar a respeito.

— Sim, voar. É um dos outros poderes que as gárgulas têm — continua ela. — E o único poder que conhecíamos antes de começarmos a pesquisar. Por que você não aproveita que Flint se ofereceu para ensiná-la e aceita o convite?

— Não sei se é uma boa ideia, Macy — diz Jaxon, do nada. — Grace já fez muita coisa hoje e...

E é aí que tomo a minha decisão. Talvez eu esteja criando confrontos à toa, mas Jaxon não tem o direito de decidir o que vou fazer ou quando vou fazer. O cara é um rolo compressor, especialmente com as pessoas pelas quais se sente responsável. Se eu lhe der a mão, ele vai querer os dois braços... e também demonstrar interesse pela cabeça, as pernas e todo o restante.

— Eu adoraria voar, Flint! — exclamo com um entusiasmo que tem só uma pitada de falsidade. — Mas acho que seria melhor pensarmos em um plano antes de qualquer outra coisa.

— Acho uma boa ideia — concorda Macy. — Afinal, quantos dias ainda temos antes que Hudson desista de se esconder em outras partes do seu cérebro e decida voltar a curtir as "aventuras do vampiro dominador de corpos"?

É uma questão legítima, considerando que Hudson já recuperou força o bastante para abrir um buraco na parede com um soco. Não contei isso a Jaxon; ele já está tão preocupado que lhe dar mais um motivo para se estressar parece não ser uma boa ideia, mas estamos ficando sem tempo. Eu sei disso, e Hudson também sabe.

E, embora haja um pedaço de mim que quer acreditar que ele nunca faria isso comigo outra vez, agora que estamos nos conhecendo um pouco melhor, há outro pedaço que é inteligente o bastante para perceber que Hudson vai fazer todo o necessário para conseguir sair da minha cabeça. Que, por enquanto, ele está se dando bem comigo porque sabe que estou trabalhando para conseguir a mesma coisa. Não sei o que ele faria se eu mudasse de ideia.

— Estou com a impressão de que temos pelo menos mais alguns dias — decido contar a todos. — Mas não sei se vamos ter muito mais do que isso.

— O que significa que precisamos colocar o circo na estrada — conclui Flint. — Tenho uma ideia geral de onde o Cemitério fica e de como podemos chegar lá. Só preciso conseguir botar as mãos em um mapa para que a gente não fique andando a esmo na tentativa de encontrar o lugar certo.

— Bom plano — comenta Jaxon, seco.

Flint fica em silêncio por alguns momentos. Em seguida, abre aquele sorriso bobo típico para mim e para Jaxon.

— Já mandei uma mensagem para a minha avó, perguntando sobre o mapa. Disse que preciso dele para um trabalho da escola e ela prometeu me mandar uma foto quando voltar para a sua toca hoje à noite. Aí vamos ter o que precisamos.

— Que ótimo! — exclamo para ele. — Então, nós temos o torneio do Ludares na quarta e vamos conseguir a pedra de sangue nele. Então, podemos ir ao Cemitério dos Dragões na quinta? Ou seria melhor irmos antes?

— Definitivamente, não é melhor ir antes — responde Flint, como se aquilo fosse óbvio. — O Cemitério é perigoso. Se algum de nós se machucar, corremos o risco de perder o Ludares. E não vou permitir que isso aconteça, de jeito nenhum.

— Bem pensado — concorda Macy. — Se perdermos, não vamos conseguir a pedra de sangue.

— Tenho certeza de que Flint está mais preocupado em bater no peito e dizer que é campeão do que em conseguir a pedra de sangue — brinco. — Mas, de qualquer maneira, eu concordo. Não podemos correr o risco de ficarmos feridos no torneio.

— Mas podemos correr esse risco no Cemitério dos Dragões? — pergunta Macy. — Não quero parecer covarde, mas de que tipo de ferimento nós estamos falando? Um dedo quebrado ou um desmembramento completo? Porque até consigo suportar um ou dois ossos quebrados, mas preciso dos meus braços e pernas.

Jaxon ri.

— Tenho certeza de que precisamos de nossos braços e pernas, Macy.

— Sim, mas agora que Grace é uma gárgula, sou eu quem tem a maior chance de perder um braço ou uma perna neste grupo. E só queria dizer que não gosto muito disso — completa Macy.

— Tem razão — diz Flint a ela. — Primeiro o Ludares e depois uma viagem ao Cemitério, sem desmembramentos. Acho que a gente consegue fazer isso.

— Então, vamos ao Cemitério na noite de quinta-feira — sugere Jaxon. — E, se ninguém perder uma perna, podemos planejar a caçada à Fera imortal na sexta ou no sábado. Depende de como estivermos.

— Nós sabemos exatamente onde está a Fera Imortal? — pergunta Macy. — Você falou que ela fica em algum lugar perto do Polo Norte, mas o ártico é uma área imensa. E não é exatamente um lugar muito hospitaleiro. Não é legal ficar andando sem destino com a temperatura abaixo de zero.

— Bem, pelo que descobri na minha pesquisa, a Fera Imortal está em uma ilha encantada no Ártico, perto do litoral da Sibéria.

— Uma ilha encantada? — indago. — É sério?

— É o que dizem as lendas — concorda Flint.

— Não é lenda se for verdade — continua Jaxon. — Passei as últimas horas procurando informações sobre o lugar onde a Fera Imortal habita e acho que encontrei. Vou pesquisar mais um pouco hoje e amanhã, só para ter certeza de que estou certo. Mas, se eu estiver, podemos partir para lá no sábado.

— Então... Ludares na quarta, Cemitério dos Dragões na quinta e a Fera Imortal no sábado — Flint recita o plano, com uma expressão questionadora na cara. — Todo mundo de acordo?

— Eu estou — digo a ele, embora as minhas mãos estejam tremendo um pouco ao pensar nessa sequência.

— Eu também — concorda Macy.

Jaxon faz um gesto afirmativo com a cabeça.

— Ótimo. Mal posso esperar. — Flint esfrega as mãos uma na outra e agita as sobrancelhas para mim. — Que tal aquelas aulas de voo agora, então?

Capítulo 54

QUEM PRECISA DE UM TAPETE VOADOR
QUANDO SEU MELHOR AMIGO É UM DRAGÃO?

— Bem, tenho um enorme problema com lições de voo — eu lhe relato dez minutos mais tarde, depois de correr até o meu quarto a fim de vestir todas as roupas de frio de que preciso para sobreviver a uma tarde ao ar livre no Alasca em março. Que não são muito diferentes daquelas que eu precisava em novembro, só para constar; por isso, acho que ter perdido os meses mais frios do ano nem foi tão ruim assim. Pelo menos, há um lado positivo em ser gárgula.

— Não sei como me transformar, o que significa que não tenho asas. Sem asas, nada de voar. — Dou uma espiada ao redor. — Mas talvez a gente possa tirar algumas daquelas fotos para o trabalho do sr. Damasen, que tal?

Tento esconder o quanto estou assustada com a ideia de deixar que ele me leve para voar em algo ainda menos seguro do que aquele teco-teco o qual me trouxe para o monte Denali.

Ele abre um sorriso entristecido.

— Sabe, não precisamos fazer isso se você não quiser. Achei que seria divertido, que talvez lhe desse uma perspectiva diferente. Podemos fazer alguma outra coisa, mas vai chegar uma hora que você vai precisar levantar voo.

Sinto como se o meu estômago estivesse enrolado com vários nós e a maior parte deles fica em algum ponto entre ligeiramente assustada e completamente apavorada. E, sim, com certeza há um pedaço de mim que quer fugir dessa situação. Mas Flint parece tão magoado com a possibilidade de uma rejeição que não tenho coragem de dar para trás.

— Não, está tudo bem. Vamos em frente.

Ele me encara com os olhos estreitados.

— Tem certeza?

Respiro fundo o ar e exalo devagar, enquanto reúno a minha coragem.

— Tenho.

— Legal! Você não vai se arrepender.

Mordo a língua para não expressar que já estou arrependida.

— Está pronta?

— "Pronta" seria um exagero, mas estou. Por que não? — Agito as mãos.

— Não precisa ficar tão entusiasmada — comenta ele com uma risada.

Reviro os olhos.

— Cara, isso aqui é o melhor que você vai conseguir.

— Veremos.

Ele dá alguns passos para trás, o que faz com que eu dê vários outros passos na direção oposta. Mais do que vários, realmente. Porque se há uma coisa que aprendi na Academia Katmere é que o cuidado nunca é pouco quando o assunto é segurança pessoal.

E, assim, Flint começa.

Ele fica de quatro no chão e, enquanto eu o observo, atordoada, o próprio ar ao redor dele forma uma espécie de funil. Não sei ao certo o que está acontecendo, mas sei que deve ser algo importante, porque o ar que o cerca começa a ficar meio borrado.

A cautela faz com que eu dê mais alguns passos para trás, o que percebo ser uma boa ideia; o borrão é seguido por um brilho intenso de luz que quase me cega. Segundos depois, um cintilar de cores do arco-íris o envolve por cinco, seis, sete ou mais segundos. E, em seguida, bem diante de mim, há um dragão verde gigantesco. E, quando eu digo gigantesco, estou falando literalmente. Além de tudo, ele é incrivelmente bonito.

Eu não tinha observado Flint em sua forma de dragão quando ele estava tentando me matar, mas agora que ele está me olhando com o que tenho certeza de que é a versão dracônica daquele sorriso ridículo, não consigo deixar de perceber que ele é um dragão muito, muito bonito.

Ele é alto e seu corpo é largo e musculoso, com chifres longos e afiados que se curvam um pouco para cima e milhares de belas franjas de tamanhos diferentes ao redor do rosto. Seus olhos têm a mesma cor de âmbar que tinham na forma humana, mas com uma fenda reptiliana no meio, e as suas asas são enormes — grandes o bastante para que vários humanos adultos consigam se abrigar sob uma delas. E as escamas... Bem, eu sempre soube que ele era verde, mas agora percebo que ele tem todos os tons de verde misturados. Cada escama é de uma cor diferente, sobrepostas em um padrão que dá a impressão de que ele está brilhando, mesmo quando está simplesmente aqui diante de mim.

Flint espera de modo paciente, enquanto eu o observo, mas após algum tempo provavelmente deve ficar entediado, porque baixa a cabeça e me mostra aqueles dentes de aparência cruel de um jeito que não deixa dúvidas de que é hora de eu começar a me mover. E entendo. Mas percebo que deveríamos ter conversado sobre algumas coisas antes que ele se transformasse, porque está ficando cada vez mais óbvio que há pelo menos um enorme problema aqui.

— Nós dois sabemos que você é lindo, então não vou perder meu tempo lhe contando isso — eu vou dizendo, enquanto encurto bem devagar o espaço entre nós. Os olhos de Flint acompanham cada um dos meus movimentos, embora meu elogio pareça agradá-lo, já que ele finalmente esconde aqueles dentes enormes outra vez.

— Mas tenho uma pergunta para você — continuo, enquanto penso em estender a mão para acariciá-lo.

— *Você sabe que ele não pode falar quando está desse jeito, não é?* — pergunta Hudson de onde está sentado, nas escadas diante da porta principal do castelo, assustando-me com aquela súbita aparição. Acho que o meu tempo para ficar a sós acabou.

Eu o encaro, apertando os olhos.

— É claro que sei.

— *Então, como espera que ele responda?* — pergunta Hudson. — *Com língua de sinais? Uma dança interpretativa? Sinais de fumaça?*

— Será que você pode calar a boca e me deixar conversar por um minuto? — retruco. — Pode ser?

Hudson estende a mão, num gesto de "fique à vontade".

Volto a olhar para Flint.

— Não sei como você vai responder à minha pergunta, mas acho que vamos ter que dar um jeito de descobrir.

Ele bufa um pouco e, em seguida, inclina a cabeça em um gesto que só consigo descrever como algo digno da realeza. Como em um decreto real que diz "vá em frente".

— Você disse há um tempo que eu podia ir montada nas suas costas. Mas... — Eu o observo de cima a baixo, o que, na verdade, significa que olho para cima e depois ainda mais para cima. — Como vou alcançar as suas costas? Você é enorme. Tipo... Isso não vai ser muito parecido com montar a cavalo.

Ele bufa e, desta vez, é a reação a um insulto. Pelo jeito, dragões — ou pelo menos este dragão — são bem mais expressivos do que eu imaginava.

Flint me fita por mais alguns segundos, apenas para ter certeza de que entendi o quanto ele ficou ofendido por ser comparado com um cavalo. Em seguida, ele baixa a cabeça devagar e encosta o meu ombro com a ponta do nariz.

E, com isso, eu me derreto. Porque, quando não está tentando me matar em sua forma de dragão, Flint talvez seja a coisa mais adorável que já vi.

— Certo, certo, certo — eu digo a ele, enquanto estendo a mão para acariciar seu nariz e algumas das franjas.

Ele faz um barulho, se aconchega em mim e não consigo evitar uma risada.

— Você deixou bem claro que não quer ser chamado de cavalo, mas está agindo como um filhote gigante de cachorro agora.

Para provar minha afirmação, coço o alto da sua cabeça com a outra mão. Juro por Deus que Flint sorri em resposta. Ou, pelo menos, chega o mais perto de sorrir que um dragão consegue, com dentes afiados e tudo mais.

Eu o acaricio por uns minutos e gosto de fazer isso tanto quanto Flint gosta de receber meus carinhos. Mas também sei que o tempo está andando rápido, então finalmente afasto as mãos e recuo alguns passos.

O dragão bufa pelas narinas e se aproxima para esfregar o nariz em mim outra vez, mas desta vez lhe dou apenas uma palmadinha na cabeça.

— Sabe, eu podia passar o dia inteiro aqui acariciando você, se pudesse. Sério mesmo. Mas temos um trabalho a fazer e você ainda não me explicou como vou poder subir nas suas costas.

Flint bufa mais uma vez e, em seguida, dá um suspiro ridiculamente enorme, enquanto abaixa o corpanzil, apoiando-se nos joelhos.

— Ah, assim é melhor. Mas ainda não sei como vou fazer para subir nas suas costas. — Mesmo ajoelhado e com a barriga encostada no chão, as costas de Flint ainda estão a quase três metros do chão. Não consigo nem alcançar os ombros dele e menos ainda subir até lá.

Flint inclina a cabeça outra vez, como se não conseguisse acreditar que estamos tendo essa discussão. E tenho quase certeza de que ele revirou os olhos quando eu disse aquilo — o que, honestamente, não me parece uma reação muito boa. Uma coisa é Flint revirar os olhos por causa de algo que eu disse. Outra coisa, completamente diferente, é quando um dragão faz isso. Não sei por quê, só sei que é assim.

Desta vez, quando ele se inclina e encosta o nariz em mim, nem me incomodo em acariciá-lo.

— Estou falando sério, Flint. A gente precisa descobrir como se faz isso.

— *Você pode jogar uma sela nele e um par de estribos bem grandes* — sugere Hudson.

— Se você não vai ajudar, então eu não quero conversar com você — retruco, antes que Flint encoste o nariz em mim de novo, com um pouco mais de força desta vez. — Ei. Isso doeu.

Ele faz aquilo de novo. E mais uma vez; esta última, com força o bastante para deixar um hematoma.

— Flint! — eu o repreendo, com a cara fechada, enquanto recuo alguns passos, quase tropeçando nos próprios pés. — Dá para você parar de fazer isso? Está me machucando.

Ele suspira e esse é o suspiro mais longo e sofrido que já ouvi de algum animal — ou de um ser hunamo — em toda a minha vida. Desta vez, quando ele baixa a cabeça, não encosta o nariz nos meus ombros. Em vez disso, ele vem na direção das minhas coxas.

— Escute aqui. Já chega! Se você continuar com isso, vou voltar para... — Paro de falar com um grito quando Flint finalmente consegue enfiar a cabeça entre os meus joelhos.

— *Ora, aí está uma coisa que não se vê todo dia* — comenta Hudson com um sorriso malandro na cara.

— Nem comece. — respondo, porque a única coisa pior do que ter que lidar com fato de que um cara, que não é o meu namorado, colocou a cabeça entre as minhas pernas (mesmo que esteja em sua forma de dragão) é lidar com isso e o Hudson me olhando.

Começo a dizer alguma outra coisa, mas no fim solto um gritinho, enquanto Flint me joga um pouco para cima e para trás, de modo que eu caia, batendo o bumbum no meio do seu pescoço.

Segundos depois, ele está erguendo a cabeça e tento não gritar enquanto deslizo, deslizo sem parar pelo seu pescoço, passando por cima de esporões — que não são tão afiados assim — para cair de cara nas costas dele.

Capítulo 55

NADA ALÉM DE UMA
QUESTÃO DE ASAS

Permaneço deitada ali, com os braços ao redor do corpo dele, e tento entender o que acabou de acontecer. Após certo tempo, Flint se cansa de esperar e decide se levantar, embora eu não esteja sentada adequadamente.

— Espere, espere, espere aí! — grito, enquanto tento me endireitar sobre o lombo de um dragão que se move. E descubro que isso é bem mais difícil do que parece. Especialmente, quando Hudson está se matando de rir ali ao lado.

Desta vez, o bufo de Flint se parece mais com um grunhido.

— Está bem, me desculpe, desculpe — digo, quando enfim consigo me situar adequadamente, olhando para a frente, com as pernas escarranchadas sobre as costas dele e os braços ao redor do seu pescoço.

Ele bufa mais uma vez e obviamente não ficou nem um pouco impressionado com o meu pedido de desculpas.

— Olhe, já pedi desculpas. Agora ficou bem óbvio o que você estava tentando fazer. Mas, naquele momento, eu não estava entendendo. Por isso, me desculpe por ter pensado... no que eu tinha pensado.

Flint vira a cabeça apenas o suficiente para que eu veja a expressão de desprezo nas suas feições.

— Sabe de uma coisa? Já chega disso. Se quer ficar bravo comigo, tudo bem. Mas como eu ia saber? Nunca estive tão próxima a um dragão antes, tirando aquela vez em que você estava enfiando as suas garras nas minhas costas. Então vamos considerar que estamos quites e levar a aula adiante, está bem?

Ele não bufa desta vez, mas joga a cabeça para trás com toda a pompa, como se o meu pedido de desculpas tivesse ficado muito aquém de suas expectativas. E também indicando que ele considera que a questão está superada, o que eu acho ótimo. Também penso assim.

Segundos depois, Flint inclina a cabeça para trás, num aviso que não consigo entender. E, em seguida, levanta voo.

Eu grito outra vez, bem mais alto, e aperto as mãos ao redor do pescoço de Flint no que poderia ser chamado de um abraço de urso. E se não conseguir relaxar logo, é provável que as coisas acabem mal para nós dois. No entanto, quando ele voa rumo à parte mais alta do castelo, percebo que não há nada que eu possa fazer a respeito.

Assim, apenas fecho os olhos, seguro firme e rezo para não despencar.

— Mas que horror — rosna Hudson, e percebo que ele está sentado logo atrás de mim.

— O que está fazendo aqui? — questiono, mesmo que haja um grito brotando na minha garganta e querendo sair. — Achei que você estava bem à vontade naquele degrau.

— *Sabe que estou dentro da sua cabeça, não é? Por isso, aonde você vai, eu vou. É assim que acontece.*

— Sei disso. Só não esperava que você fosse decidir montar em Flint comigo. Não parece muito o seu estilo.

— *Bem, a questão é a seguinte* — responde ele, meio enrijecido. — *Nunca voei no lombo de um dragão antes. Achei que seria...*

— Apavorante? — pergunto, conforme Flint sobe na vertical, girando ao redor de si, ganhando cada vez mais altura.

— *Divertido.* — A palavra sai meio ofegante e isso é algo que eu consigo entender perfeitamente. Minha respiração também está presa na garganta.

Por sorte, percebo que Flint consegue respirar mesmo com os meus braços lhe apertando o pescoço com tanta força e ele faz alguns volteios ao redor do castelo e no céu. Não é exatamente uma aula sobre como voar, mas, agora que o meu cérebro voltou a funcionar direito, percebo que ele só está tentando fazer com que eu relaxe um pouco. E fazer com que me acostume com o voo, mesmo que seja nas costas de um dragão.

Tenho certeza de que isso não vai dar certo; é bem assustador voar ao redor desse castelo construído na encosta de uma montanha, mas, após certo tempo, já consigo manter os olhos abertos por um período maior de tempo. E, quando faço isso, quase solto um gritinho de prazer. Apavorante ou não, a vista daqui do alto é de tirar o fôlego.

O céu tem uma cor azul cristalina; a montanha está coberta com neves cintilantes; e o castelo parece saído de algum filme... ou de um sonho. Suas pedras cinzentas e pretas fazem um contraste incrível com a neve branca. Os parapeitos e torres se erguem, majestosos, contra o céu azul.

Flint vira o pescoço longo e majestoso para dar uma olhada em mim e me seguro com força, imaginando que isso possa nos fazer cair no chão.

Mas parece que subestimei Flint completamente — não que eu devesse me sentir surpresa com isso — porque, em vez de voltar para o chão, ele faz uma curva abrupta em pleno voo e se vira para cima, indo cada vez mais alto.

— Meu Deus. O que você está fazendo? — berro, mas ele nem olha para mim. Em vez disso, simplesmente vai mais rápido.

Fico esperando que Hudson reclame, mas, quando olho para trás, ele está com um sorriso enorme na cara. Por outro lado, ele não tem o mesmo medo de morrer que eu tenho...

Voltamos a voar na vertical agora, e sufoco um grito, enquanto me seguro com toda a força em Flint, usando os braços e também as pernas. Não vou mentir, é algo completamente apavorante. Mas também é empolgante e impressionante.

Há alguns anos, assisti a um documentário chamado *A Arte de Voar*. Era sobre praticar snowboarding nos lugares mais difíceis e bonitos do mundo, e o monte Denali foi um dos locais que apareceram no filme. Eles usaram um helicóptero para chegar até algumas das áreas onde não é permitido o acesso de montanhistas e esquiadores comuns e falaram sobre estarem caminhando em lugares onde nenhum outro ser humano esteve antes.

Na época não entendi exatamente o que havia de tão especial nisso. Mas agora, segurando-me em Flint e tendo uma visão literalmente aérea desses mesmos lugares, a única coisa em que consigo pensar é: *Eles tinham razão.*

Tinham razão em querer ver este lugar que tão poucas pessoas já viram.

Tinham razão em querer filmar este lugar para que outras pessoas tivessem a chance de sentir o que eles sentiram.

E vale qualquer coisa — vale tudo — para chegar até aqui. Bem aqui.

E, de repente, uma coisa selvagem dentro de mim se liberta, saindo das partes mais profundas da minha alma, desejando ir rumo ao céu, rumo à neve, rumo à liberdade.

Emito um suspiro brusco, porque, durante aquele segundo, meu corpo não estava sob o meu controle. Ele pertencia a alguma outra coisa, alguma outra pessoa, e não faço a menor ideia de como voltar àquele estado.

É claro, Flint escolhe esse exato momento para mudar de direção, fazendo um mergulho brusco que joga o vento no meu rosto, no meu coração e na minha garganta. Estamos descendo ainda mais rápido do que subimos e, conforme eu sinto o terror me chicotear, a coisa que despertou dentro de mim, seja o que for, volta a se encolher.

Sinto vontade de segui-la; quero descobrir se é a gárgula ou alguma outra coisa — alguma coisa pior —, mas não consigo, quando toda a minha concentração está focada em me segurar em Flint e em rezar para que a gente não colida em algum lugar.

Não colidimos, mas, como estamos falando de Flint, ele não consegue resistir à ideia de fazer uma série de *loops* e piruetas no meio do nosso mergulho. Não lembro exatamente o que a física diz sobre a nossa velocidade, sobre o fato de que nem preciso me preocupar com a possibilidade de cair mesmo quando estamos de cabeça para baixo, já que a força centrífuga me mantém colada nas costas de Flint o tempo inteiro.

Inclusive, ao fazermos nosso terceiro conjunto de cambalhotas, nem preciso fechar os olhos. Em vez disso, fico simplesmente rindo com Hudson e curtindo o passeio.

Após determinado tempo, ele começa a voar devagar ao redor de vários elementos arquitetônicos que me lembro de ter visto na lista do sr. Damasen. Tiro o celular do bolso do meu casaco e tiro várias fotos de cada elemento conforme passamos por eles.

Quando termino de tirar a última foto, guardo o telefone no bolso outra vez e fecho o zíper. Flint olha mais uma vez para mim por cima do ombro e posso jurar que ele abre um sorriso surpreendentemente cruel para mim, considerando que ele é um dragão. É o único indício que tenho de que devo me segurar com força em seu pescoço antes de ele voltar a subir para o céu outra vez, girando um pouco conforme ascendemos.

Ficamos imóveis por uma fração de segundo, sem que as suas asas poderosas nos levem mais adiante, e sinto que a minha respiração fica presa na garganta. Tenho uma vaga ideia do que ele vai fazer a seguir e sinto o grito se formando no meu peito. Mas, antes que eu consiga abrir a boca para libertá-lo, Flint vira o corpanzil em pleno ar e, de repente, estamos mergulhando diretamente rumo ao chão, com as asas recolhidas junto do corpo enquanto continuamos a ganhar velocidade.

Estou gritando como se estivesse na montanha-russa mais pavorosa do mundo. Até mesmo Hudson grita atrás de mim, colocando os braços ao redor da minha cintura como se quisesse me proteger. E, dessa forma, a coisa selvagem que existe dentro de mim é libertada outra vez. E estou rindo com tanta força que mal consigo recuperar o fôlego.

Pelo menos até chegarmos perto do chão, porque Flint não demonstra a menor intenção de diminuir a velocidade, apesar do fato de as árvores estarem se aproximando cada vez mais. Meu estômago se retorce e uma rápida olhada para trás revela que até mesmo Hudson parece um pouco nervoso. Mas Flint não nos fez nada de mal e, assim, simplesmente respiro fundo e espero para ver o que ele vai fazer em seguida.

E o que ele faz, na verdade, é subir outra vez no último instante, nos levando aos gritos de volta para o alto do castelo enquanto eu rio, cada vez mais alto. Agora Flint me observa, com os olhos risonhos, enquanto damos duas voltas rápidas ao redor da escola antes de descermos para o pouso mais suave de todos os tempos.

Consigo descer das costas dele de um jeito bem parecido com a maneira como subi, mas em modo reverso. Segundos depois, estou de volta ao chão, sobre as minhas próprias pernas trêmulas.

Percebo outro brilho, outro funil de ar e, segundos depois, Flint está ao meu lado no que sobrou do seu uniforme escolar — o que, agora, são pouco mais do que uma calça totalmente rasgada e metade de uma camisa da qual todos os botões caíram.

Dou uma olhada nele e começo a rir. Em parte, por causa das roupas dele, mas também por causa do sorriso bobo que ele estampa no rosto. Não demora muito até que ele ria também.

— E aí, o que achou? — pergunta Flint.

— Não foi exatamente a aula de voo que eu tinha em mente — respondo com um sorriso. — Mas foi muito divertida.

E é verdade. Pela primeira vez desde que voltei a ser humana, me senti completamente, cem por cento como se fosse eu mesma. É uma ótima sensação e seguro no braço de Flint porque não quero que ele vá embora. Não quero que ele leve essa sensação consigo.

— Você se divertiu?

— Ah, muito. E você tem um talento natural para isso.

— Sei, sei. Você revirou os olhos para mim.

Ele os revira outra vez, de propósito.

— Você nem sabia como subir nas minhas costas.

— Bem, dragões não vêm exatamente com um manual de instruções, não é? Foi difícil.

— Percebi mesmo.

Mostro a língua para ele, mas Flint simplesmente ri.

— Quer fazer isso de novo algum dia?

— Com toda a certeza. — Repasso mentalmente o meu cronograma. Em seguida, sugiro: — Que tal amanhã de manhã? Podemos reunir toda a equipe do Ludares e talvez treinar para o torneio. E você pode me ensinar a voar, mas usando as minhas próprias asas dessa vez.

— Gosto do jeito que você pensa, Novata. A gente se encontra no campo de treinos às nove?

— Melhor marcar para as dez. Macy não gosta de acordar cedo.

Ele faz um gesto negativo com a cabeça.

— Bruxas e vampiros, cara. Não gostam mesmo.

Em seguida, Flint olha para a escola.

— Quer que eu a acompanhe de volta para o seu quarto?

— Não, tudo bem. Mas obrigada, Flint. — Dou um abraço impulsivo nele. — Você é o cara.

— Nem tanto, Novata. — Desta vez, o seu sorriso está tingido por um toque de tristeza. — Mas já estou ansioso para ver você voar amanhã. Veja se consegue ganhar de mim.

— Tenho certeza de que nem um F-35 consegue ganhar de você, mas obrigada pelo elogio. — Aceno para ele e, em seguida, me viro para as escadas que levam até a entrada principal. E, conforme vou andando, não consigo evitar me sentir intrigada com o que deixa Flint tão triste quando ele acha que não estou olhando.

Capítulo 56

CALE A BOCA E DANCE

Estou exausta quando volto ao meu quarto, por volta das oito horas. Macy tenta me convencer a ir com ela para o quarto de algumas das suas amigas bruxas; elas vão assistir a algo na Netflix e aplicar máscaras faciais umas nas outras. Mas a verdade é que estou nervosa demais sobre o que vai acontecer amanhã para pensar em qualquer outro assunto.

Vou me encontrar com o time inteiro do Ludares amanhã. Flint e Macy trabalharam bastante para terminar de montar a equipe hoje e acham que finalmente conseguiram um time com o qual podemos vencer. E nós precisamos vencer, pelo menos se quisermos conquistar a pedra de sangue necessária para forçar Hudson a sair da minha cabeça e transformá-lo em um humano. Sem ela, estamos totalmente perdidos.

Mas como vou conseguir competir nesse torneio sobre o qual ainda não sei praticamente nada? Bem, sei que ele acontece no complexo esportivo de Katmere — um lugar onde nunca pisei antes. E também sei que é uma mistura estranha entre o jogo do bobinho e o jogo da batata quente. E cada membro da equipe tem de controlar a bola pelo menos durante uma parte do jogo.

E tudo isso significa que vou ter de impedir que o outro time capture a bola quando ela estiver comigo, mesmo não tendo a menor habilidade para fazê-lo.

Sei que posso me transformar em pedra com a bola, mas isso não vai levá-la até a linha de chegada. Supostamente consigo voar, mas, para isso, eu precisaria assumir a minha forma de gárgula, algo que ainda não consegui fazer. Bem, isso... além de voar de verdade. E também tem aquela parte de conseguir canalizar a magia... Não sei. Quanto do que aconteceu hoje foi por causa do meu próprio poder e quanto foi por causa do de Hudson? Essa é uma questão que me assombra desde que percebi que o poder que eu estava redirecionando vinha dele e não de Macy.

Nervosa, frustrada e assustada, tudo que quero é enfiar a cara em um bom livro e fingir que o restante do mundo não existe — mesmo que haja um pedaço desse mundo morando dentro da minha cabeça.

Mas bastam dez minutos deste plano para eu perceber que não vai dar certo. Ainda estou muito agitada para ficar na cama, considerando a combinação do nervosismo e da energia residual daquela que foi, provavelmente, a aula de voo mais impressionante da história das aulas de voo.

Talvez eu devesse ter ido para a reunião das garotas com Macy. Pelo menos, teria alguma atividade para fazer além de passar a noite inteira observando meus próprios medos perseguindo uns aos outros na minha cabeça. No entanto, se eu tivesse ido, seria forçada a conversar com pessoas que não conheço, e isso é algo que me causa um estresse bem diferente. Em especial, considerando-se que nunca tive muito talento para conversar com estranhos, mesmo nos meus melhores dias.

No fim das contas, decido tomar um banho rápido, à espera de que isso ajude a me aquietar. Mas isso também não funciona; ainda estou quase subindo pelas paredes, mesmo depois de secar os cabelos e arrumar o meu lado do quarto.

Penso em ligar para Jaxon, mas ele parecia bem cansado quando nos despedimos esta noite. Comentou inclusive que iria para a cama mais cedo. Se ele realmente estiver assim, não quero ser a chata que vai incomodá-lo.

A melhor atitude que posso tomar por mim mesma também é dormir; minha mente já passou por muita coisa nesses últimos meses. É uma pena que, no momento, o sono pareça uma coisa tão inalcançável quanto uma caminhada na lua.

Sem nada mais para fazer, recolho tanto as minhas roupas sujas quanto as de Macy e vou até a lavanderia, no segundo andar. Nunca fui até lá antes, mas sei que fica ao lado de uma das salas de estudos onde, nos meus primeiros dias em Katmere, Macy me deu uma noção geral do que havia na escola.

Normalmente, lavaria só as minhas roupas; não sei como as bruxas cuidam dessas coisas e a última coisa que quero é abalar o *status quo*. Mas, como ouvi Macy reclamar que estava com poucas *leggings* limpas três vezes nesta semana, acho que posso ajudar a minha prima com isso. É o mínimo que posso fazer, em particular, considerando todas as coisas que ela fez por mim.

É apenas uma hora mais tarde, quando estou tirando as roupas limpas da lavadora e colocando-as na secadora, que Hudson enfim aparece de novo, dizendo "Buuu" com um grito tão alto que juro que ele chega a fazer tremer as vigas do teto.

Estava esperando por isso, mas mesmo assim ele me assusta a ponto de eu largar as roupas molhadas pelo chão e gritar tanto que acho que conseguem me ouvir até no chalé de artes.

Engulo o grito no último instante, mas ainda levo algum tempo até conseguir recobrar o fôlego.

— Sabe que você é um cuzão, não é? — Rosno para ele, quando consigo falar outra vez. E depois de ter recolhido todas as roupas que ele me fez largar.

— *Só está dizendo isso porque estava com saudade* — replica ele de onde está empoleirado, sobre a tampa de uma máquina de lavar a alguns metros de distância.

— Senti saudade ou estava querendo ter certeza de que você não estava enfiado em algum lugar planejando a dominação do mundo? Há uma boa diferença entre essas duas situações.

— *E é uma diferença bem importante* — complementa ele com um sorriso que ilumina todo o seu rosto.

Imediatamente desconfio daquilo.

— E por que, exatamente, você está com esse sorriso?

— *Será que um cara não pode simplesmente estar feliz sem motivo?* — pergunta ele, erguendo a sobrancelha.

Arremesso as últimas peças de roupa na secadora e bato a tampa com um *bam* bastante forte.

— Não quando, da última vez em que ficou feliz, estava planejando uma investida hostil para dominar metade do mundo dos paranormais.

— *Assim você me ofende, sabia? Eram pelo menos três quartos.*

— Não quer me lembrar do sucesso que o seu plano teve? — indago ao limpar o filtro e apertar o botão para ligar a secadora.

— *Até que foi ótimo, considerando que estou sentado aqui, esta noite, com a calcinha de uma gárgula supergostosa no meu sapato.* — Ele ergue o pé esquerdo e a minha calcinha de renda preta está pendurada na ponta daqueles sapatos Armani de camurça cor de vinho.

— Como isso é possível? — pergunto, abaixando-me a fim de apanhar a peça. Sinto quando ela se solta, mas, ao olhar para a minha mão, não vejo nada.

Afinal... claro que não há. Só porque consigo vê-lo sentado naquela máquina de lavar não significa que ele esteja realmente ali. Assim como não significa que a minha calcinha estava pendurada na ponta do seu sapato. Só que eu vi tudo isso.

— *Abracadabra* — ele responde, fazendo gestos como se fosse um mágico. O que me faz pensar se...

— Meu Deus, o que houve? Você andou usando drogas? — pergunto.

— *Estou dentro da sua cabeça, Grace. Se eu estivesse chapado, isso não seria um sinal de que você está chapada também?*

— Bem, talvez eu esteja — resmungo ao recolher os meus produtos de limpeza, porque não consigo cogitar nenhuma outra possibilidade na qual Hudson se comportaria de uma maneira tão bizarra. O fato de que tudo isso também chega a ser meio encantador é meio preocupante.

— *Ou talvez você apenas esteja começando a perceber* — retruca ele, com os olhos azuis brilhando, quando refletem as luzes intensas da lavanderia.

— E o que exatamente estou começando a perceber? — questiono. — Que você precisa de uma dose de tranquilizante... ou talvez de sete?

— *Eu diria que é algo mais parecido com a ideia de que isso não tem que terminar tão mal quanto você imagina.*

Eu o encaro com um olhar aturdido.

— Eu... não sei do que você está falando.

— *Mesmo?* — Ele me olha atentamente.

— Nem um pouco.

Por vários segundos, Hudson não diz nada. Em seguida, logo quando acho que ele vai voltar a agir do seu jeito habitual, ele ergue a mão e faz o dedo indicador girar de uma maneira que não faz o menor sentido para mim. Pelo menos até que a música *Good Feeling* de Flo Rida comece a tocar, num som que parece não vir de nenhum lugar em particular.

— Mas... O que está acontecendo? — Eu olho ao redor do salão da lavanderia, meio embasbacada, e um pedaço de mim começa a se perguntar se estou no meio de uma pegadinha. Afinal, que diabos está acontecendo aqui? — Por que colocou Flo Rida para tocar?

— *E por que não?* — responde ele, segurando no meu pulso assim que o refrão começa a tocar. E, antes que eu consiga me dar conta do que está acontecendo, ele dá um puxão forte e bato com força em seu peito firme, gritando como se fosse um pterodátilo irritado durante todo o trajeto.

— Que diabos você está fazendo, Hudson? — pergunto, empurrando-lhe o peito até que ele por fim me deixe abrir certa distância entre nós. — O que deu na sua cabeça?

— *E por que é preciso ter alguma coisa na minha cabeça?* — responde ele.

— Porque nós nos odiamos. E porque músicas felizes não combinam com o seu estilo. E porque a última coisa que quero fazer agora é abraçar você.

Desta vez, as duas sobrancelhas dele se erguem, marcando o retorno do olhar esnobe que conheço e odeio tanto.

— *E quem falou em abraçar?* — provoca ele, logo antes de me fazer girar de um jeito que só consigo imaginar que seja algum movimento de dança.

— Hudson... — eu o chamo, mas ele me ignora, puxando-me mais uma vez para junto de si e me fazendo girar na direção oposta. — Hudson! — repito, um pouco mais alto. — O que está fazendo?

Ele me olha como se fosse a coisa mais óbvia do mundo.

— *Estamos dançando, ora.*

— Não — eu o corrijo. — Você está dançando. Eu estou começando a sentir que o meu ombro vai sofrer uma luxação.

— *E de quem é a culpa por isso?* — pergunta ele. — *Dance comigo, Grace.*

— Por quê?

— *Porque estou pedindo.* — Ele me faz girar de novo, mas, desta vez, o movimento é bem mais gentil.

— Mas por que está pedindo isso? — questiono, quando ele volta a me puxar para junto de si. — O que está acontecendo, Hudson?

— *Grace?* — diz ele, olhando no fundo dos meus olhos e, por um momento muito breve, vislumbro algo ali que me faz prender a respiração. E também me pergunto se estou imaginando tudo isso.

— Sim?

Ele gira o dedo outra vez e a música muda de Flo Rida para os primeiros acordes de *Shut Up and Dance,* de Walk The Moon.

E é tão inteligente, tão ridículo, tão característico de Hudson que não consigo impedir a explosão de uma gargalhada. Logo antes que eu pense dane-se e permita que ele me leve para dançar de uma ponta à outra do salão da lavanderia.

Quando a música enfim termina, Hudson me solta e nós dois ficamos ali, nos entreolhando com um sorriso.

Enquanto o fazemos, não consigo deixar de imaginar o que alguém pensaria se tivesse entrado na lavanderia há alguns segundos e me visse dançando sozinha ao redor das máquinas, cantando uma música que só eu consigo ouvir. Provavelmente, é só outra esquisitice dos humanos, ou uma esquisitice ainda maior das gárgulas. E, pensando bem, talvez seja mesmo.

Mesmo assim, estou um pouco esbaforida, um pouco ofegante, mas muito mais relaxada do que quando estava antes de vir para a lavanderia. E talvez seja por isso que finalmente pergunto:

— Como você sabia que eu amo essa música?

E, desse mesmo jeito, o seu sorriso se desfaz, não deixando nada além de um vazio tão áspero que consigo senti-lo no fundo do peito. Mesmo antes que ele responda:

— *Quer dizer que você não se lembra de nada do tempo que passamos juntos?*

Capítulo 57

UM PROBLEMA DO CORAÇÃO

A confusão toma conta de mim.
— Eu não... Digo... Eu lhe disse que...
— *Esqueça*. — Ele balança a cabeça e passa a mão pelos cabelos. — *Não sei o que deu na minha cabeça.*
— Também não sei o que deu na sua cabeça — digo a ele. — Mas é para isso que existem as conversas.
— *Talvez.*
— Talvez? Como assim? — Tenho a impressão de que deixei passar algo importante aqui, mas não tenho a menor ideia do que seja. E, pior, essa maldita amnésia faz com que seja impossível descobrir.
Desta vez, quando o olhar de Hudson cruza com o meu, há uma intensidade tão grande que sinto a boca ficar seca.
— *Acho que isso significa que vi aquilo que queria ver, hoje à tarde.*
Não sei como responder a isso, então simplesmente fico ali, observando-o, mesmo enquanto um ligeiro *frisson*, alguma coisa... desce devagar pela minha coluna. Não consigo identificar o que é, e, para ser sincera, nem quero. Mas isso me assusta um pouco. Mesmo que aumente ainda mais a minha determinação para recuperar a memória do que aconteceu naqueles três meses e meio que perdi.
Porque, por um momento, durante a parte da tarde em que estava tentando direcionar a magia, percebi que não me senti horrível por Hudson estar logo atrás de mim. Na verdade, isso quase foi bem... agradável.
Afasto a sensação, porque a simples ideia de que isso seja verdade é absurda, mas agora que ele está diante de mim, com uma expressão de vulnerabilidade nos olhos pela primeira vez, não consigo deixar de imaginar se a tarde de hoje foi uma anomalia ou a lembrança de uma amizade tão inimaginável que, de algum modo, dei um jeito de esquecer.

— Hudson...

— *Não se preocupe com isso* — pede ele, e a suavidade que estava ali desde que ele apareceu na manhã de hoje praticamente desapareceu. Enquanto observo o Hudson que passei a conhecer e detestar nesses últimos dias vir adiante, não consigo decidir se me sinto aliviada ou triste. Ou talvez um pouco de cada.

— *Por que decidiu lavar roupa esta noite, então? Achei que você e o seu mozão iriam ficar juntinhos naquela torre.*

— Foi por isso que você se afastou? — pergunto, enquanto abro a secadora para dar uma olhada nas minhas roupas. Infelizmente, elas ainda estão bem úmidas, mas pego algumas peças que não quero deixar na secadora por tempo demais e as jogo na cesta antes de fechar a porta e acionar o timer outra vez. — Por isso que decidiu me dar um pouco de privacidade?

— *Eu me afastei porque tinha algumas tarefas pendentes. Mas você se esquivou da pergunta, o que me deixa curioso se há uma razão real para você estar aqui, lavando roupa.* — Ele me encara com os olhos estreitados. — *Por isso, desembuche.*

— Não é nada.

— *Você detesta lavar roupa. Não acredito nem por um minuto que não seja nada.* — Ele pega o meu moletom favorito que está na secadora e o segura bem alto, onde eu não consigo alcançar. — *Diga logo ou você nunca mais vai ver este moletom vivo outra vez.*

— Não é nada — repito. Em seguida, me assusto um pouco quando ele faz uma bola com a blusa e se prepara para fazer uma cesta de três pontos com destino à lata de lixo.

— *Última chance, Grace.*

— Tudo bem, tudo bem. Estou nervosa.

— *Nervosa?* — Ele parece confuso, enquanto baixa o moletom. — *Com o quê?*

— Combinamos de nos encontrar amanhã no campo de treino e começar os preparativos para o Ludares. Preciso tentar voar pela primeira vez e não faço a menor ideia de como isso vai funcionar. Ou mesmo se vou conseguir me transformar em gárgula. Todos vão usar seus poderes e eu vou ser uma humana inútil. Ou uma estátua ainda mais inútil.

Hudson ri. Ele ri de verdade e sinto uma vontade súbita de socá-lo.

— Obrigado — agradeço a ele com o olhar mais cruel que sou capaz de expressar. — Você me pressionou até que eu lhe contasse e agora está aí rindo. Seu idiota.

— *Não estou rindo de você, Grace* — ele consegue dizer entre as risadas. — *Eu... droga, nem consigo mentir direito. Estou rindo de você, mesmo.*

— Sabe, isso até pode ser engraçado para você, mas, se a nossa equipe não ganhar o torneio, não vamos pegar a pedra de sangue. Se não a conseguirmos, não podemos descobrir um jeito de lhe soltar. E você vai ficar preso dentro de mim para sempre, até que a gente morra. Então, eu não sei o que você está achando tão engraçado.

— *Estou rindo porque você vai se sair muito bem.*

— Você não sabe se isso vai...

— *Eu sei e você saberia também, se conseguisse se soltar por um minuto e respirar um pouco.*

— Estou tentando soltar você da porra da minha cabeça! — retruco. — Por isso, desculpe-me por não conseguir fazer o que quer. Mas é difícil fazer qualquer coisa com você aqui dentro, exigindo a minha atenção o tempo todo. E fica ainda mais difícil quando não consigo me lembrar de nada. Não sei o que posso fazer. Então, como posso acreditar em mim mesma? Como é que vou conseguir "respirar"?

— *Ah, bem. Eu sei o que você é capaz de fazer. Sou eu que estou preso com Grace, a Gárgula, há mais de cem dias, e sou eu quem lembra de cada minuto. Por isso, preste atenção: pare de se preocupar e confie no seu instinto. Você vai se sair muito bem.*

Aquelas palavras me fazem parar para pensar, exatamente porque não são o que eu esperava que ele — ou qualquer outra pessoa — dissesse.

— Como assim? — questiono, depois que vários segundos se passam. — Quando você diz que estava lá, o que isso significa?

— *Significa que quatro meses é um tempo muito longo para ficar enfurnado em um lugar só.* — Ele se agita, demonstrando um certo desconforto. — *Nós não ficamos simplesmente petrificados durante todo esse tempo, Grace. Você era uma gárgula e uma das coisas que fez durante esse tempo foi descobrir o significado disso.*

As palavras provocam um tremor em minhas mãos, e o batimento do meu coração acelera para o triplo da velocidade, quando percebo que ele sabe mais sobre mim do que jamais imaginei.

Acho que pensei que fôssemos inimigos quando estávamos juntos, mas ele fala como se a história não fosse bem assim. Ou, pelo menos, como se essa não fosse toda a história.

Será que conversamos? Que rimos? Será que brigamos? Essa última hipótese soa como a mais provável, mas a expressão em seus olhos não me dá a impressão de que ele detestou cada segundo que passamos juntos.

— Você se lembra do que eu estava fazendo durante todos esses meses?

Pela primeira vez, ele me olha com certa desconfiança, como se receasse ter falado demais.

E eu entendo. De verdade. Sei que todo mundo afirma que vou encontrar as minhas lembranças no tempo certo, mas quero saber agora.

Ele não responde à minha pergunta, mas revela algo ainda muito mais interessante:

— *Você adora ser gárgula.*

Tais palavras deixam as minhas palmas úmidas e fazem meu estômago se revirar de empolgação.

— O que eu aprendi? — pergunto. A necessidade de saber é quase uma dor física dentro de mim. — O que sou capaz de fazer?

— *Praticamente tudo que quiser* — responde ele, finalmente. — *E, se quiser provar isso a si mesma, você pode se transformar aqui mesmo. Há bastante espaço.*

— Como assim? Aqui na lavanderia? — pergunto, olhando ao redor. — Num lugar onde qualquer pessoa pode entrar?

— *Garanto que ninguém vai entrar, Grace. Você é a única pessoa na escola inteira que lava roupas num sábado à noite. Para ser sincero, não sei definir se você me deixa impressionado ou constrangido.*

— Nossa — comento, encarando Hudson com um olhar feio. — Que bela maneira de motivar alguém.

— *Não tenho obrigação de motivar você* — rebate ele. — *Quem tem que fazer isso é você mesma. Eu sou o inimigo, pelo que você se lembra.*

— Disso eu me lembro. E, se não lembrasse, Deus sabe que passar um minuto com você seria o bastante para me dar conta disso.

— *Exatamente.* — Ele me olha com aquele sorriso frio que não chega até os olhos. — *Agora, vai fazer alguma coisa ou vamos simplesmente passar a noite inteira aqui, enquanto você fica aí se lamentando?*

Essas palavras me irritam mais do que quaisquer outras que ele poderia ter escolhido e tenho de me forçar a não gritar, quando respondo:

— Não estou me lamentando.

Ele me olha da cabeça aos pés e diz:

— *Ah, tá.*

É isso. Apenas um simples *ah, tá,* e ele consegue fazer a minha raiva aflorar.

— O que eu preciso fazer? — Aperto os dentes, detestando ter de lhe perguntar isso. Mas orgulho é uma coisa; ingenuidade é outra. — O que preciso fazer para me transformar?

— *Você já encontrou a resposta para isso.*

— Eu sei, mas não consigo me lembrar da resposta! Será que você pode, por favor, me ajudar em vez de ficar aí falando essas bobagens na minha cabeça? — Levanto as mãos, num gesto amplo.

Por vários segundos, ele demonstra estar dividido. Como se não soubesse o quanto deve dizer. Mas, depois de algum tempo, a sua necessidade de cair fora da minha cabeça deve superar todo o restante, porque ele diz:

— *Você comentou comigo certa vez que ser uma gárgula era a coisa mais natural do mundo para você. Que não conseguia saber como passou dezessete anos da sua vida sem fazer isso, porque era algo que lhe dava a sensação de estar em casa.*

Reviro aquelas palavras na minha cabeça, ponderando-as em relação a tudo que estou sentindo agora. E elas não fazem sentido.

— Eu disse isso mesmo?

— *Disse, sim.*

Por que, então, sinto que ser uma gárgula é a coisa menos natural do mundo para mim hoje? Será que realmente me esqueci de tudo isso? É o que fico pensando, mesmo enquanto fico no meio do salão com os olhos fechados, tentando olhar para dentro de mim mesma.

Mas não há nada para ver, exceto pelo vazio enorme que está ali desde sempre.

— Não tem jeito.

Hudson faz um sinal negativo com a cabeça e segura minhas mãos.

— *Você está se esforçando demais.* — Nossos olhares se cruzam e eu me perco naquelas ondas azuis e revoltas. — *Você não precisa aprender a ser uma gárgula. Você é uma gárgula. Faz parte de você, de quem você é. E não importa o que aconteça, ninguém pode tirar isso de você.*

Tenho a impressão de que ele está falando sobre mais do que o fato de eu ser uma gárgula.

— Mas como...

Ele me faz parar de falar.

— *Agora não. Por enquanto, feche os olhos* — pede ele. Hudson espera até eu fechar os olhos antes de continuar: — *Respire fundo e solte. E tente alcançar aquela parte de você que está escondida. A parte que você guarda em segredo e não mostra para ninguém.*

Ao fazê-lo, não consigo deixar de ver todos os fios que existem dentro de mim, cada um levando para um pedaço diferente meu, uma pessoa ou coisa diferente que me torna quem sou.

Pelo lado positivo, tudo que tenho de fazer é colocar as mãos em cada um dos fios para saber com o que estou lidando. Um laranja brilhante para o meu amor pela leitura. Azul-claro para o mar. Turquesa para o riso da minha mãe. Rosa-choque para Macy. Preto para Jaxon, junto a um fio de dois tons que começa num verde-médio e vai ficando cada vez mais escuro, até ficar completamente preto. Basta uma olhada e tenho quase certeza de que esse é o nosso elo entre consortes, embora eu não saiba exatamente por quê. Vermelho para a minha arte. Marrom para as caminhadas com meu pai nas manhãs de sábado. Vejo até mesmo um fio verde-esmeralda, quase cintilante. Penso em tocar nele, mas uma voz me avisa para ficar longe desse fio. Antes que consiga refletir melhor, eu me distraio por um belo fio azul-cerúleo que, instintivamente, sei que é a minha mãe. Um castanho-avermelhado-escuro, meu pai. E até mesmo um fio azul-marinho para La Jolla.

A lista se estende de modo interminável, assim como os cordões coloridos, e eu separo cada um deles — até mesmo alguns que ainda não reconheço — até finalmente encontrar um fio brilhante de platina enterrado no meio de todos os outros.

Instintivamente, sei que é esse. A minha gárgula.

Não vou mentir; estou com um pouco de medo dela e do que ela é capaz de fazer. Mas sentir medo nunca me levou a lugar algum e definitivamente não é isso que vai resolver este problema. Assim, estendo a mão, prendo a respiração e sinto o coração bater bem rápido.

No momento em que o toco, sinto algo ressoar dentro de mim, bem fundo, como aconteceu com a magia de Hudson, hoje à tarde. Mas isso é mais profundo, mais forte; um maremoto onde aquilo era só uma gota. E consigo sentir que ela passa por cima de mim. Que me cerca e encobre. Me enterrando em seu poder e sua presença.

Há um pedaço de mim que deseja recuar, que deseja me proteger mais do que qualquer outra coisa. Mas é tarde demais. Tudo está desmoronando sobre mim agora e a única coisa que consigo fazer é segurar firme e esperar para ver o que acontece.

Não demora muito; talvez um segundo ou dois, embora a sensação seja de uma eternidade. Começa pelas minhas mãos e braços, um peso que parece completamente estranho, mas absolutamente confortável ao mesmo tempo. Quando chega aos meus ombros, ele se espalha como um incêndio pelo meu tronco e dali para os quadris, as pernas e os pés, antes de por fim subir de volta ao pescoço, à mandíbula, às bochechas e ao topo da cabeça.

Ao mesmo tempo, sinto uma ardência nas costas, que me causa um pouco de medo até que eu me lembre: minhas asas. É claro.

Até que tudo finalmente termina e estou no meio da lavanderia de Katmere, na forma de gárgula. E nunca tive uma sensação tão esquisita como esta. Muito, muito esquisita.

Agora que me transformei, continuo segurando naquele fio que há nas profundezas do meu ser, mas o solto quando Hudson me orienta a fazê-lo.

— O que houve? — questiono ao vê-lo sorrindo para mim. Além disso, será que é justo achar ruim o fato de eu ser baixinha mesmo quando estou em forma de gárgula? Poxa, acabei de me transformar em pedra. Será que não posso pelo menos ganhar alguns centímetros junto à transformação?

— *Você nunca vai parar de reclamar disso, não é?* — pergunta Hudson.

— Jamais — respondo de pronto. Mas tenho coisas mais importantes do que a minha altura com as quais me preocupar. — Por que não posso continuar segurando o fio?

Não parece algo tão importante assim. Não é algo que esteja queimando as minhas mãos de pedra nem nada do tipo. Estou só curiosa.

— *Porque tenho quase certeza de que, quanto mais tempo você passar segurando o cordão, mais próxima vai estar de se transformar em estátua. Mas soltá-lo neste momento, neste ponto, faz com que você consiga se mover, andar e voar* — ele me explica.

— Ah. Então, é uma coisa bem importante, hein? — brinco, logo antes de decidir testar o que Hudson diz para ver se ele tem razão.

E descubro que tem, sim. Eu consigo me locomover. Também consigo dançar e girar em círculos, além de pular com tanta força que faço o andar inteiro tremer. E isso é absolutamente incrível!

Há um pedaço de mim que deseja tentar voar; já agitei as minhas asas e elas funcionam. Mas há alguns problemas com isso. O primeiro é que estamos dentro da escola e, se eu não conseguir parar, realmente não quero ter de explicar ao tio Finn por que bati a cabeça e fiquei desacordada ou arrebentei alguma parede do castelo.

E a segunda, a qual não é muito mais do que um efeito colateral da primeira, é que não faço a menor ideia de como usar minhas asas. Tenho certeza de que uma única aula de física do voo não me qualifica para voar com essas asas, mesmo que estejam nas minhas próprias costas.

De repente, lembro-me da foto que Macy me mostrou e levo as mãos até a cabeça... E sinto que, sim, tenho chifres. E solto um suspiro de decepção. Pelo menos não parecem tão grandes.

Não sei quanto tempo eu ando, giro e piso com força no chão na minha forma de gárgula, mas sei que faço isso por tempo o bastante para que as roupas que lavei esfriem e fiquem amarrotadas.

Tempo mais do que suficiente para que Hudson pare de me perseguir e sente-se em um canto para observar tudo, com um sorriso isento de sarcasmo no rosto.

Tempo mais do que o suficiente para que os meus músculos fiquem cansados e trêmulos. E descubro que é preciso bastante esforço para mover toda essa quantidade de rocha.

Mas ainda não quero voltar à minha forma humana. Não sei por que ou como, mas sinto algo incrivelmente libertador quando estou nesta forma.

Achei que me sentiria presa, pesada ou claustrofóbica, mas, em vez disso, me sinto simplesmente... contente. Como se tivesse encontrado um enorme pedaço de mim mesma que eu nem sabia que estava faltando.

Mas sei que, cedo ou tarde, vou ter de voltar à forma humana. Já está tarde, Macy provavelmente vai voltar da sua noite com as amigas e não quero que ela pense que a dispensei apenas para passar a noite de sábado com outra pessoa. Além disso, tenho de acordar cedo amanhã; nós combinamos de nos encontrar no campo de treinos às nove e quero dormir um pouco. E dar a mim mesma a oportunidade de não fazer papel de boba. Além disso, Jaxon vai ficar preocupado se achar que desapareci de novo.

— *Jaxy-Waxy gosta de lhe manter na rédea curta, hein?* — cutuca Hudson, com ironia novamente a todo vapor, agora que já usou o equivalente a um ano inteiro do seu estoque de decência. Ou talvez até de uma década inteira.

Não respondo até voltar à minha forma humana; um processo que é tão fácil quanto estender a mão para tocar num fio dourado brilhante, que deve ser a Grace humana, e exercer o desejo de estar no meu corpo humano outra vez. Minhas roupas, que haviam se transformado em pedra, voltam a ser feitas de tecido também.

— Jaxon se preocupa porque metade da escola, e também o seu irmão, tentaram me matar.

Hudson boceja.

— *Para ser sincero, era ele quem eu estava tentando matar. Você entrou no meio.*

— Uau. Tenho certeza de que isso faz com que a gente se sinta muito melhor.

Ele dá de ombros.

— *Eu não sabia que fazer você se sentir melhor era o meu trabalho.*

E, com isso, fico exasperada com Hudson outra vez. E também confusa. Afinal, o que estava acontecendo na cabeça dele agora há pouco, quando entrou aqui e me fez girar pelo salão como se fôssemos grandes amigos? E o que mudou para fazer com que ele voltasse a ser tão insuportável?

Mas não estou reclamando. Sei o que preciso fazer para lidar com este Hudson. O outro é uma pessoa que me assusta demais.

— *Hein?* — Hudson torce o nariz no lugar onde está, com o ombro apoiado na parede. — *É isso que recebo por tentar ser legal.*

— Sim, talvez você não devesse fazer isso — concordo. — Não combina com você.

— *Ah, me poupe. Tudo combina comigo. E você sabe disso.* — Ele enfatiza o que diz, me olhando de um jeito que só pode ser descrito como o "olhar de um modelo desfilando pela passarela".

Solto uma gargalhada; não consigo evitar. E, embora Hudson finja que sente asco de mim, já o conheço bem o bastante para reconhecer o toque de humor existente em seu olhar.

— Vou para a cama — informo a ele quando finalmente paro de rir.

— *Isso é um convite?*

De repente, minhas bochechas estão ardendo e sinto um calor se espalhar por toda parte.

— Para não ser um babaca durante as próximas seis horas e me deixar dormir? Com certeza. Para qualquer outra coisa? Sem chance. — E com essa última resposta, tomo nas mãos o cesto com as roupas que vim lavar e volto para o meu quarto.

— *Ótimo. Eu não queria ter que partir o seu coração.* — Mas ele está assobiando conforme subimos as escadas, e é só depois que voltamos ao meu quarto que percebo que a música é a *Good Feeling,* de Flo Rida.

Não sei por que isso me faz sorrir, mas é o que acontece.

E provavelmente é por isso que, quando me deito na cama, minutos depois, sussurro:

— Obrigada, Hudson. Agradeço muito por toda a ajuda que você me deu hoje.

Há um longo silêncio, tão longo que eu pensaria que ele teria caído no sono se não conseguisse enxergar seus olhos. Após algum tempo, entretanto, ele suspira e diz:

— *Não me agradeça, Grace.*

— Por que não? — Viro de lado para ter um vislumbre melhor de seu rosto, enquanto ele se encosta na lateral da minha cama.

— *Porque se você fizer isso...* — Ele fala, com os olhos índigo ardendo com uma miríade de emoções que não consigo nem começar a decifrar. — *Se você fizer isso, vou fazer algo do qual você vai se arrepender.*

Capítulo 58

MORDA SEMPRE DO LADO CERTO

— O que acontece quando você beija um dragão? — pergunto assim que Jaxon atende à porta. Levo a mão até o pingente que ele me deu e o giro ao redor do dedo. Eu o uso ao redor do pescoço quase todo dia desde que voltei, mas esta é a primeira vez que não o deixo enfiado debaixo de um monte de roupas.

Ele me observa com os olhos sonolentos e arrisca:

— Sinto vontade de vomitar?

— Quase. Mas o bafo é tão quente que você fica com os lábios ressecados. — Entrego o copo cheio de sangue que peguei para ele na cantina. — Tome isso aqui.

Ele pega o copo com um sorriso discreto nos lábios.

— Obrigado. — Em seguida, se inclina para a frente e toma a minha boca em um beijo rápido, mas poderoso. — Acho que prefiro beijar uma gárgula.

— Ótima ideia. — Deposito o meu copo cheio de chocolate quente no aparador ao lado da porta e coloco os braços ao redor do pescoço de Jaxon, enquanto o puxo para o meu próprio beijo, mais longo e mais prazeroso.

Jaxon emite um som no fundo da garganta, enquanto se aproxima. Ele beija os cantos da minha boca e, em seguida, faz a língua deslizar ao longo do contorno do meu lábio inferior antes de me enlaçar a cintura com os braços e me puxar para perto.

— E Hudson? — sussurra ele, com o hálito quente junto da minha orelha.

— Ainda está dormindo. É por isso que decidi vir encontrar com você aqui em cima, em vez de fazer isso no saguão.

— Adoro o seu jeito de pensar — afirma Jaxon, mesmo enquanto nos vira para me prensar contra a parede. Em seguida, passa os lábios pelo contorno da minha mandíbula e pelo meu pescoço até chegar à curva da garganta.

— E eu adoro quando você faz isso — respondo, enfiando os dedos pelos seus cabelos sedosos, enquanto pressiono o meu corpo contra o dele.

— Ótimo. — Ele baixa um pouco mais a cabeça, deslizando a ponta do nariz pela gola da minha camisa a fim de beijar toda a extensão da minha clavícula. — Porque eu quero fazer isso por muito tempo. Minha consorte.

— *Jesus amado. Dá para ser mais brega do que isso?* — reclama Hudson, de surpresa. Parece tão sonolento quanto Jaxon, e metade dos seus cabelos estão espetados. Mas, como sempre, a sua ironia atinge o alvo em cheio. — *Estou falando sério. Tenho certeza de que o meu irmão tem condições de dizer algo melhor do que isso. Ou ele está só querendo carimbar o próprio nome na sua bunda e acabar com a história?*

Eu me afasto de Jaxon com um resmungo antes de virar de frente para Hudson, que está encostado no batente da porta agora.

— Sabe de uma coisa? Me morda de uma vez.

— *Eu adoraria* — rebate ele, com os olhos azuis como a meia-noite ardendo nos meus enquanto se aproxima e exibe uma das presas. — *Tem algum lugar específico em mente?*

Sem qualquer aviso, um calafrio que nem é tão ruim assim desce pela minha coluna. E isso me assusta tanto que eu me afasto — dos dois irmãos — com um tranco tão súbito que quase caio sentada no chão.

— Ei, está tudo bem? — pergunta Jaxon, estendendo a mão para ajudar a me equilibrar.

— Ah... estou, claro. Eu só...

— Acho que sei. Hudson acordou? — sugere ele, erguendo a sobrancelha.

— Mais ou menos isso. — Eu me curvo um pouco para a frente e apoio o alto da cabeça em seu peito. E sussurro: — Me desculpe.

— Nunca peça desculpas — responde ele. — Pelo menos, não por algo assim.

Em seguida, ele volta para dentro do quarto, fazendo um sinal para que eu me sente no sofá, enquanto ele vai para perto da cama.

— Me dê alguns minutos para eu escovar os dentes e me vestir. Depois podemos ir.

— Não precisa ter pressa. Temos tempo — aviso quando ele fecha a porta. De maneira geral, porque eu tinha feito planos para que pudéssemos ter alguns minutos a sós antes de encontrarmos os outros... e antes que Hudson acordasse. Pelo jeito, teria sido melhor deixar a cantina para depois. Mas Jaxon parecia tão abatido ontem que quis me certificar de que ele comeria alguma coisa.

— *Beberia.* — Hudson se senta na cadeira em frente ao sofá. Ele deixa o corpo largado na cadeira e estica as pernas longas diante de si, mas os braços estão cruzados com força. Ele também parece mais rabugento do que jamais o vi. E já o vi bem rabugento algumas vezes.

O que nem chega a me incomodar tanto, já que estou me sentindo bem irritada.

— Do que está falando? — questiono, sem fazer rodeios. Não estou nem um pouco a fim de ser cordial agora.

— *Ele não come. Ele bebe.*

— Como se fizesse diferença. — Eu o encaro com um olhar feio. — E será que você pode parar de xeretar os meus pensamentos?

— *Não é xeretar quando você praticamente grita isso, projetando a ideia por toda a cabeça como um locutor de rádio quando o time marca gol —* devolve ele. — *Sem querer ofender, mas é quase impossível não ouvir. Além de dar um asco do caralho.*

— Quer saber de uma coisa? Você está sendo um babaca e nem sei por quê. Ou usou todo o seu estoque de gentilezas do mês inteiro ontem à noite?

— *Achei que você tivesse dito que era o meu estoque para o ano todo* — rebate ele com um sorriso irônico.

— Pelo jeito, era o estoque da década inteira. — Eu me levanto e vou até a mesa ao lado da porta a fim de pegar o meu chocolate quente e um livro. Não estou disposta a passar os próximos minutos, sejam quantos forem, escutando as queixas de Hudson.

— *Não se esqueça de dar uma olhada nas estantes do fundo do quarto. Tenho certeza de que há algum livro de contos de fadas em algum lugar. Principalmente se quiser continuar contando um monte de mentiras para si mesma.*

— Meu Deus. — Giro sobre os calcanhares e o encaro, com os punhos fechados e um grito crescente na garganta. — O que aconteceu com você, hein? Está agindo como um babaca.

No começo, tenho a impressão de que ele vai retrucar e parece que ele vai fazer exatamente isso quando chega junto do meu rosto. Mas Hudson simplesmente fica me encarando, com os olhos queimando e os lábios pressionados até formarem uma linha tão fina e reta que imagino como isso deve ser doloroso.

Vários segundos se passam e a tensão entre nós se intensifica, até eu ter a sensação de que a minha cabeça vai explodir. E, bem quando estou a ponto de perder a calma ou de gritar com ele — ou de fazer as duas coisas —, Jaxon sai do quarto com uma jaqueta preta na mão.

— Não sabia se você se lembrou de trazer um casaco — diz ele, estendendo a jaqueta para mim. — O campo de treinamento é aquecido, mas a caminhada até lá leva alguns minutos.

Hudson vira a cara para o outro lado, resmungando alguma coisa obscena por entre os dentes e tem um pedaço de mim que quer pegá-lo pelo braço. Exigir que terminemos essa discussão que não faz sentido algum.

Mas Jaxon está à minha espera, com um olhar doce e também bem sexy, vestido com uma calça de abrigo justa e uma camisa de compressão preta que ressalta todos os seus músculos. E ele tem um monte de músculos.

— Eu trouxe um casaco — replico a ele, indicando o encosto do sofá onde deixei o meu casaco ao chegar aqui. — Mas obrigada. Você é um doce.

— Claro. — Ele sorri, enquanto pega uma mochila vazia e a enche com garrafas de água. Em seguida, vai até o armário fechado que fica sob uma das suas estantes e tira uma caixa com as minhas barras de cereais favoritas, colocando duas na bolsa também.

— Onde você conseguiu essas barras? — indago, um pouco surpresa e bastante emocionada pelo carinho.

— Comprei esta caixa na primeira vez em que ficamos, com uns pacotes de biscoitos caso você ficasse com fome quando estivesse por aqui. Eles chegaram quando você estava... — Ele faz um gesto com a mão para indicar tudo o que aconteceu. — Por isso, guardei tudo para quando voltasse. E você está aqui.

— Estou aqui — repito, quase desmaiando com esse jeito que ele tem de cuidar tão bem de mim, mesmo quando não sei que ele está cuidando. — Obrigada — reitero.

Jaxon revira os olhos.

— Pare de dizer isso — ele me pede, enquanto fecha o zíper da mochila antes de pegar o meu casaco e me ajudar a vesti-lo. — Nada disso é grande coisa.

— Não é verdade — discordo, pegando na mão dele, quando Jaxon já estava se virando para ir até a porta. Espero até que ele se vire para mim para continuar: — Tudo isso é muito importante para mim e eu agradeço de verdade.

Ele dá de ombros apenas com um ombro, mas percebo que ele ficou contente com as minhas palavras. Mesmo assim, olhando para ele sob a luz, percebo também que o cansaço que vislumbrei no rosto dele mais cedo não era apenas por ter acordado cedo. Ele está se sentindo exausto, embora não o admita. Percebo pela quantidade de livros abertos e espalhados pela mesa diante da janela. Ele deve ter passado a noite em claro pesquisando sobre a Fera Imortal. Sabemos que ela vive em uma ilha encantada no Ártico, mas ele queria aprender mais para que pudéssemos nos preparar melhor. Além disso, ele mencionou que estava tentando encontrar uma fraqueza nela, também.

Sinto o peito apertar. Tenho plena noção do horror que ele está sentindo no peito em relação ao que Hudson poderia fazer se o trouxéssemos de volta com todos os seus poderes.

— Está pronta? — pergunta ele, dando um passo para trás. — Já são quase nove horas.

— Quase — respondo, enlaçando a cintura dele com os braços. Ao fazê-lo, tento tocar o fio do elo entre consortes, que é bem fácil de encontrar depois da noite passada, quando descobri todos aqueles cordões diferentes dentro de mim.

— O que está fazendo? — indaga ele.

Em vez de responder, agarro o cordão preto rajado de verde e começo a direcionar uma bela quantidade de energia pelo elo dos consortes, diretamente para Jaxon.

— Pare. — Jaxon se afasta. — Você não precisa fazer isso.

— Não preciso fazer nada — respondo. — Mas é o que vou fazer.

E agora que consigo segurar o elo entre consortes, não importa se eu estiver tocando Jaxon ou não. Não vou soltá-lo até ter a certeza de que Jaxon tem toda a força e energia de que precisa.

— O que está fazendo? — intervém Hudson. — *Você não pode mandar todo o seu poder para ele! O que vai fazer quando precisar usá-lo?*

Sorrio para Jaxon, mas respondo para os dois:

— Posso fazer qualquer coisa que eu quiser. E o que quero fazer agora é cuidar do meu consorte.

Hudson joga as mãos para cima.

— *Talvez, depois do que acontecer no campo de treinos hoje, você perceba que essa não foi a melhor decisão a se tomar.*

Sinto a respiração ficar entrecortada por um instante. Sei que ele tentou me dar uma cutucada, mas ainda me sinto surpresa ao perceber o soco no peito. É algo que serve para me lembrar de que comecei a baixar a guarda quando estou perto de Hudson, que comecei a acreditar que ele realmente pensava que eu era mais forte do que todo mundo acredita. E não sei por que descobrir que ele não acha isso de verdade subitamente me deixa tão triste.

Além disso, ele está completamente errado. Nós temos um plano e agora que posso me transformar na minha gárgula, sei que vai funcionar.

Vamos vencer o Ludares e pegar a pedra de sangue.

Roubar um osso de um cemitério.

Bem... Roubar a pedra do coração da Fera Imortal não me parece algo tão garantido, mas Jaxon tem certeza de que podemos fazer isso.

Quando tudo isso estiver feito, vamos tirar Hudson da minha cabeça de uma vez por todas; e ele não vai poder machucar mais ninguém. Jaxon finalmente vai poder dormir tranquilo e talvez possamos ter um fim normal neste nosso último ano do ensino médio.

Ou, pelo menos, talvez possamos chegar ao fim dele.

Pela primeira vez desde que soube que Hudson estava preso na minha cabeça, não consigo evitar o sorriso que se abre no meu rosto. Temos um plano: vencer o torneio. Pegar o osso. Matar a Fera. E, como Macy gosta de dizer, vai ser fácil. Temos tudo para conseguir.

Jaxon e eu saímos do quarto de mãos dadas, com uma leveza nos meus passos que só perde um pouco do encanto quando acho que ouço Hudson murmurar:

— *Estamos perdidos.*

Capítulo 59

DOIS VAMPIROS A MAIS

Jaxon e eu somos os primeiros a chegar ao campo de treinos. Como estou encapotada com quatro camadas de roupas, ele insiste que eu tire as duas camadas mais externas... Algo de que não gosto muito, considerando que ainda estou meio congelada depois de caminhar pela floresta. Mas ele alega que, se eu começar a suar, isso vai fazer com que o caminho de volta fique um milhão de vezes pior.

Pensando bem, a temperatura não está assim terrível, pelo menos considerando o que é comum aqui no Alasca. Mas alguma coisa me diz que ainda vai fazer frio mesmo quando estivermos no meio do verão.

— E com o que vamos trabalhar hoje? — pergunto ao tirar o meu casaco, o moletom com capuz e as calças de esqui. O fato de que ainda estou usando calças de flanela, *leggings*, uma camiseta regata e uma camiseta térmica de mangas longas faz a minha cabeça girar — e tenho certeza de que vai ser assim para sempre. Acho que é verdade aquilo que dizem: você pode tirar uma garota de San Diego, mas não pode tirar San Diego de uma garota...

— Achei que poderíamos ver o que você é capaz de fazer — sugere Jaxon. — E sei que Flint vai querer falar sobre estratégias para o jogo.

— Ele está levando isso bem a sério — comento, enquanto dou início aos alongamentos. — Em especial, considerando que só temos dois ou três dias para treinar e a possibilidade de não dar certo é enorme.

— Ah, eu acho que ele tem muitas razões para querer vencer — pontua Jaxon com um olhar que não consigo decifrar. — Além disso, não acho que você esteja entendendo como o Ludares é importante aqui. Toda a escola espera ansiosa por março e pelo torneio, e os vencedores podem se gabar pelo restante do ano. Além disso, o time de Flint ficou em segundo lugar no ano passado, e tenho certeza de que ele está planejando fazer com que agora seja diferente.

Eu me curvo para a frente e apoio as mãos no chão, enquanto alongo as pernas.

— E isso é algo bom, considerando que esta é a nossa melhor oportunidade de conseguir uma pedra de sangue.

Jaxon faz um ruído no fundo da garganta que indica sua concordância comigo, porém, ao espiar ao redor da minha coxa para fitá-lo, percebo um brilho em seus olhos que denuncia sua concentração em algo completamente diferente: na minha bunda, conforme eu me curvo para alongar.

— Ei! A gente deveria estar falando sobre a competição — chamo sua atenção, enquanto abro um pouco mais as pernas para poder me alongar de um lado para outro.

— Terminar o torneio em primeiro lugar, ganhar a pedra de sangue e acabar com Hudson. Entendi — concorda ele, mas ainda sem tirar os olhos da minha bunda.

— Jaxon. — Sinto o calor tomar conta das minhas bochechas, mas fico feliz por ele sentir tanto prazer ao olhar para mim quanto sinto olhando para ele. Afinal de contas, estou curtindo a imagem dele naquela camiseta justa de compressão desde que o vi com ela hoje de manhã.

— Desculpe — pede ele, chegando mais perto a fim de esfregar a mão nas minhas costas. — Às vezes, nem acredito em como tenho sorte por ter você.

Essa honestidade causa um tremor em meus joelhos. Mas, quando me endireito, ainda estou determinada a impedir que ele perceba o quanto — pelo menos até que ele se aproxime para dar um beijo, primeiro em uma bochecha e depois na outra.

— Você é linda, Grace. Por dentro e por fora. E sou muito grato por você ter me encontrado.

Desta vez não há como esconder que me derreto inteira.

— E fico muito feliz por ter encontrado você também. E que nunca lhe dei ouvidos em todas aquelas vezes que você me mandou cair fora da Academia Katmere — digo, abraçando-o ao redor da cintura.

Ele me puxa para um abraço ainda mais apertado.

— Não sei o que deu na minha cabeça.

— Pois é, também não sei. — Desfiro um beijo na altura da sua clavícula antes de me afastar. — Mas, pensando bem, talvez você tivesse razão. Considerando tudo o que aconteceu com Lia e também com Hudson... Bem, fico feliz por não ter sabido que tudo isso ia acontecer. Caso contrário, teria fugido para bem longe, a toda a velocidade. E a gente não ia se conhecer. Nem se apaixonar. Mas o seu aviso faz muito sentido, pensando bem.

Fico esperando que Jaxon ria comigo, mas ele continua sério. Em vez disso, retoma aquela expressão torturada no rosto que eu detesto. A expressão que revela que ele se considera culpado por contingências que estão completamente além do seu controle.

Penso no que posso fazer para tirá-lo dessa situação e tentar convencê-lo de que as coisas não são exatamente do jeito que ele acha que sejam. Mas, quanto mais aprendo sobre Jaxon, mais me dou conta de que isso nem sempre funciona com ele. Assim, em vez de me sentar com ele para uma boa conversa, faço a única coisa em que consigo pensar.

Eu me afasto e digo:

— Você não me pega.

Vejo uma sobrancelha incrédula se erguer.

— O que você disse?

Dou vários passos enormes para trás.

— Eu disse: você não me pega.

— Você sabe que sou um vampiro, não é? — Agora as duas sobrancelhas de Jaxon estão erguidas até a parte mais alta da testa. — Eu posso, por exemplo... — ele acelera e atravessa a distância entre nós — ... Pegar você.

Jaxon faz menção de colocar os braços ao redor de mim, mas o empurro de leve.

— Assim não vale.

— Quer dizer que tem outro jeito?

Agito as sobrancelhas, enquanto dou vários outros passos para trás.

— Sempre tem outro jeito.

— Aaaaahhh, certo. Vou morder a...

— Não vai, não, se eu puder evitar. — E nesse momento faço o que Hudson me ensinou ontem na lavanderia. Busco todos os fios coloridos dentro de mim e fecho a mão ao redor daquele que é feito de platina brilhante. Quando os meus dedos se fecham ao redor dele, sinto aquele mesmo peso estranho tomando conta de mim.

— Grace, está tudo bem com... — Jaxon para de falar, arregalando os olhos e chocado quando começo a me transformar em pedra bem diante dele. Mas agora as coisas acontecem de um jeito bem diferente e não seguro no cordão até virar uma estátua. Em vez disso, eu o solto assim que percebo que a transformação está completa.

E funciona. Assim como aconteceu ontem à noite, sou uma gárgula, mas ainda consigo andar e me mover. Ainda consigo falar. Ainda consigo ser Grace, mas agora na forma de gárgula.

— Meu Deus! — exclama Jaxon, aproximando-se outra vez. — Olhe só para você.

— Legal, não é? — Estendo a mão para que ele a examine. — Bem, com exceção dos chifres — continuo, passando timidamente a mão por eles.

— Gostei desses chifres — comenta Jaxon com um sorrisinho. — Eles lhe dão um charme a mais.

— Ah, é claro. Muuuuuuuito charme.

— Estou falando sério. Eles são lindos. Você está linda.

— É mesmo? — Detesto o quanto me sinto vulnerável ao verbalizar essa pergunta, detesto precisar saber que Jaxon também ama este meu lado. O que me faz reconhecer de um jeito bem melhor como Jaxon se sentiu quando estava esperando para ver como eu reagiria ao fato de ele ser um vampiro.

— É, sim — afirma ele, deslizando um dedo pelo dorso da minha mão, do pulso até a ponta do dedo.

A sensação é ótima. A sensação de estarmos juntos é ótima.

— Quer dizer que você estava treinando para ficar na forma de gárgula? — pergunta ele, enquanto caminhamos juntos. — Você pareceu não ter dificuldade.

— Só fiz isso ontem à noite. Hudson me ajudou a...

Paro de falar quando vejo a expressão de Jaxon ficar completamente vazia.

— Hudson ajudou você?

— Sim, mas só por uns minutos, enquanto eu estava lavando roupa — conto a ele, subitamente sentindo a necessidade falar bem rápido para conseguir explicar tudo. — Não foi nada de mais. Eu estava nervosa sobre o que ia acontecer hoje e por isso ele me explicou como os metamorfos se transformam. E parece que o processo é o mesmo para as gárgulas.

— Espere um pouco. Então, você estava nervosa porque tinha que vir aqui com todo mundo? — O queixo de Jaxon fica repuxado e identifico o arrependimento e um desprezo por si mesmo girando como redemoinhos. — Por que não me falou? Eu viria com você até aqui e nós poderíamos trabalhar nisso pelo tempo que você quisesse. Ou diria a eles que não podíamos vir. Eu nunca forçaria você a fazer algo que você não quer.

— Eu sei disso. Eu só... — Paro de falar e dou de ombros, sem saber ao certo o que quero dizer ou como quero dizer.

— Só o quê? — insiste ele.

— É constrangedor, está bem? Todo mundo aqui tem uma facilidade incrível de ser paranormal. E é humilhante admitir o quanto fiquei assustada quando me transformei por vontade própria pela primeira vez. Eu não queria fazer papel de palhaça na frente de todo mundo.

— Em primeiro lugar, não há motivo para você sentir vergonha de nada. A maioria das pessoas fica nervosa em relação aos seus poderes conforme aprendem a usá-los. É totalmente normal, e eu teria lhe dito isso, se tivesse me perguntado. Em segundo... é humilhante admitir isso para mim, mas não para Hudson? Você está de brincadeira com a minha cara, porra?

— Pare com isso, Jaxon. Não foi isso que eu quis dizer. Só quero que você me veja como alguém forte, está bem? — Levo a mão à cabeça para passá-la pelos cabelos, esquecendo-me completamente que ele é feito de pedra também e acabo batendo com ela na cabeça. Pense em uma situação que já estava bem desajeitada.

— Não preciso ver você assim, Grace. Você já é assim. Você é forte, poderosa e incrível, e ninguém sabe disso melhor do que eu. Você salvou a minha vida duas vezes.

— Não era disso que estava falando.

— Eu sei, mas é isso que enxergo quando olho para você. Por isso, caso se sinta insegura ou precise de ajuda por algum motivo, por que não vir falar comigo? Por que pedir ajuda logo a Hudson?

— Que droga, Jaxon. Eu não fui pedir ajuda a Hudson, mas não tive escolha. Não consigo me livrar dele. O que eu deveria fazer?

Os olhos de Jaxon me observam atentamente.

— O que você quer dizer exatamente com "eu não tive escolha"? Qual foi a escolha que você não teve?

Quase consigo perceber as engrenagens girando na cabeça de Jaxon, enquanto ele tenta compreender tudo o que está acontecendo e tenho a impressão de que argumentar que Hudson sabe de tudo em que eu penso é parecido com o ato de caminhar por um campo minado sem um detector de metais. Apavorante, perigoso e potencialmente letal.

Mas fica óbvio pela expressão que demonstra no rosto — e pelas perguntas que ele faz — que agora é tarde demais para recuar, e nem sei se chegaria a fazer isso, porque mentir para o meu consorte parece uma ideia muito ruim. Por outro lado, também é ruim pular no pescoço da sua consorte quando ela faz um comentário simples sobre uma escolha simples que fez para si mesma em relação ao seu próprio poder....

E é por isso que não dou o braço a torcer, não peço desculpas e não tento prevaricar. Em vez disso, respiro fundo à procura de afastar a irritação e a ansiedade que estão crescendo dentro de mim e conto a Jaxon a verdade conforme eu a compreendo.

— Significa que ele sabe tudo em que penso. Não só o que estou fazendo, mas também se estou com fome, qual é a cor da calcinha que estou cogitando usar ou o fato de que não entendo nada de física aeronáutica. Por isso... Sim, ele sabia que eu estava nervosa com relação a me transformar outra vez. E quem não estaria? Especialmente se nem lembro como fiz isso da primeira vez? Nem como voltei à minha forma humana. Eu estava preocupada achando que não ia conseguir me transformar em gárgula. Estava achando que não ia conseguir voltar a ser humana. Estava preocupada com tudo. Com cada pedaço, mesmo que estivesse lavando roupa tarde da noite. Porque estava tentando não pensar nisso tudo para conseguir dormir.

Estou bem agitada, então começo a andar de um lado para outro — e a sensação é bem diferente do que aquela que tenho quando faço isso na minha forma humana, mas ao mesmo tempo é estranhamente igual. É algo sobre o qual quero refletir, mas em outra hora. Quando Jaxon não estiver me olhando como se a sua cabeça pudesse explodir a qualquer segundo.

— Então... sim, Jaxon, Hudson me ajudou — continuo. — Não porque eu tinha algo contra você, mas porque ele estava por perto.

Jaxon mantém os olhos fixos em mim e vejo um músculo se agitar em sua mandíbula, mas ele não diz nada.

Não consigo impedir que a tristeza se aproxime para encher o vazio deixado pela minha raiva. Isso não é culpa de Jaxon. Eu suspiro.

— Hudson, seu filho da puta.

— *Ui. Não se reprima, Grace. Conte-me o que você realmente sente* — provoca Hudson, que de súbito aparece deitado sobre a grama sintética logo atrás de Jaxon, com um exemplar de *Entre Quatro Paredes*, de Sartre, nas mãos.

Capítulo 60

NOVELAS MEXICANAS PARANORMAIS
SÃO UM ESTILO DE VIDA

— Está me zoando? — Eu me viro e grito com Hudson, sentindo a tristeza desaparecer sob a irritação acumulada que ele sabe atiçar. — Você resolveu aparecer agora?

— *Já faz um tempo que estou aqui, mas estava ficando desconfortável escutar vocês dois brigando.* — Hudson se espreguiça e boceja, o que só me deixa ainda mais enraivecida, exatamente como ele planejara. — *E, quando eu digo que eu estava desconfortável, quero dizer que estava uma puta chatice.*

— Ah, me desculpe mesmo por isso. Afinal, você sabe que eu só vivo para satisfazer cada um dos seus caprichos.

— Eu sei — ele concorda. — *E deveria agradecer. É por isso que estou lhe dizendo que toda essa conversinha mole com Jaxon não está me agradando muito. Mas não se preocupe, sei que você vai dar um jeito nisso logo.*

Sei bem que ele está só querendo me cutucar, sei que está tentando me deixar irritada e ainda assim caio na armadilha; afinal, não poderia ser diferente.

— Você é horrível, sabia? Pior do que ter lesmas se arrastando sobre a pele.

Ele boceja outra vez.

— *Essa piada já é velha, Grace. Você pode fazer melhor.*

— Isso está mesmo acontecendo? — A voz de Jaxon corta o ar entre nós. — Estou falando com você e você está falando com *ele*?

— Não tenho escolha. E...

— Pare com isso — diz ele, com o olhar feito de puro gelo negro. — Não minta para mim e diga que não está fazendo isso por livre e espontânea vontade. Você se virou para olhar para ele. Lamento por ele ser muito mais interessante do que eu.

— Ele não é nada disso, Jaxon. Claro que não.

— *Ora, ora, Grace. Meu irmão pediu para você não mentir* — Hudson me repreende. — *Mas pegue leve com ele, está bem? Jaxon não tem culpa de ser tão chato.*

Encaro Hudson, furiosa.

— Pare com isso. Ele não é chato.

— *Olhe, você podia até ter me enganado.* — Outro bocejo. — *E eu que pensava que você ia passar a manhã inteira treinando suas habilidades de gárgula... mas, olhe, tenho que admitir que gostei do que você fez com os chifres.*

— Os chifres? — Instintivamente levo a mão até o chifre esquerdo e o toco. — Meu deus, ele está maior. Como foi que ele ficou maior?

— *Tenho certeza de que essa é uma pergunta que o Jaxon nunca ouviu antes.*

— Ainda estou aqui, sabia? — esbraveja Jaxon, irado. — Estou bem aqui na sua frente, caralho.

— Eu sei. Me desculpe, Jaxon. Me desculpe mesmo. Mas ele é a pessoa mais irritante no mundo e não cala a boca.

— *Cuidado, Grace. Desse jeito você vai me deixar magoado* — zomba Hudson.

— Nunca vou ter essa sorte — vocifero antes de voltar a me concentrar em Jaxon, cuja expressão, apesar da irritação, demonstra que ele está com vontade de rir.

— É isso que ele passa o dia inteiro fazendo? — pergunta ele, finalmente. — Fica lhe provocando até você estar prestes a explodir?

— Ele faz tudo isso até que eu *realmente* exploda. Sim, é isso que ele faz. O tempo todo, sem parar.

— *Ora, ora, quem diria? Você fala como se eu fosse incrivelmente poderoso.* — Hudson pisca os olhos para mim, mas há um toque de remorso ali. Como se talvez ele achasse que foi longe demais. Não confio nisso, mas, na verdade, não confio em nada que venha dele. Ele provavelmente só está triste porque Jaxon e eu não estamos mais brigando. — *De novo, ui.*

— De novo, por que não me morde de uma vez?

Ele não está sorrindo, mas percebo duas presas brilhando.

— *Continue dizendo isso e alguém vai aceitar a proposta.*

— Bem, alguém já aceitou — devolvo.

— *Nem me lembre.*

O humor de sempre desapareceu da voz dele. Tudo sumiu e o que resta é um vazio — uma voz vazia, um rosto vazio. Eu diria até uma linguagem corporal vazia, mas ele volta a se deitar, apoiando um tornozelo sobre o outro joelho e segurando o exemplar de *Entre Quatro Paredes* diante do rosto, enquanto começa a ler.

É uma linguagem corporal que diz explicitamente "não me importo com nada neste mundo" e "foda-se" de uma só vez. E não sei como vou responder a isso. Ou o que devo sentir.

Antes que eu descubra, Jaxon fala:

— Me desculpe. — E ele chega junto de mim, por trás, e coloca os braços ao redor da minha cintura.

Eu me enrijeço instintivamente, mas em seguida me forço a relaxar, conforme volto à forma humana. Porque não adianta ficar irritada com Jaxon por ele ter se irritado com a situação. É ruim para mim? Sim. Eu ficaria muito brava se alguma garota na cabeça de Jaxon desviasse toda a sua atenção, que soubesse tudo a respeito dele antes de mim e que se esforçasse tanto para fazer com que me sentisse completamente excluída? Com toda a certeza.

Assim, procuro enterrar a minha irritação bem fundo e envolvo o corpo dele nos meus braços, encostando-me em Jaxon.

— Não, eu é que peço desculpas. Sei que não deve ser fácil para você.

— Nada disso é fácil para nenhum de nós — responde ele, enquanto se curva e aplica um beijo suave na curva do meu pescoço. — Acho que preciso me lembrar um pouco mais disso.

— Nós dois precisamos — complemento. — Me desculpe por ficar tão concentrada nas minhas brigas com Hudson. Às vezes, esqueço o que está acontecendo.

— Não se desculpe. Ser irritante é o principal talento do meu irmão.

— *Se você diz...* — resmunga Hudson e parece ainda mais contrariado do que estava hoje pela manhã. — *Isso mal chega a estar entre os meus dez maiores talentos.*

Preciso reunir toda a minha força de vontade, mas desta vez consigo ignorá-lo, concentrando totalmente a atenção em Jaxon. Ou, pelo menos, concentrando o máximo que consigo, pois Hudson continua tagarelando no fundo da minha cabeça.

— Obrigada por entender o quanto isso é difícil para mim. Sei que é difícil para você também e sei o quanto você está tentando facilitar tudo o máximo possível para mim também.

Jaxon suspira, apertando mais um pouco o abraço.

— Obrigado por entender o meu lado nisso tudo, também. Juro que vamos tirá-lo da sua cabeça o quanto antes.

— Quanto mais rápido, melhor — brinco, e funciona. Jaxon ri.

Ele continua me abraçando por um tempo, até que vemos Flint e Macy entrarem no campo de treino com duas outras pessoas que desconheço.

Jaxon dá outro beijo no meu pescoço antes de se afastar, um pouco relutante. Mas, antes de me soltar, ele se aproxima e sussurra:
— Ele sabe mesmo qual é a calcinha que você está usando?
— *Preta com bolinhas brancas* — responde Hudson sem tirar os olhos do livro.
Eu suspiro.
— O pior é que sabe.
Jaxon parece ficar contrariado, mas não diz nada. Ainda bem. Hudson, por outro lado, não tem o menor pudor.
— *Acho que você devia usar aquela vermelha com florzinhas brancas amanhã. É a minha favorita.*
Antes que eu consiga pensar numa resposta, Flint chega por trás e me dá um enorme abraço de urso. E quando ele me faz girar de um lado para outro, cantando *Grace, Grace, Baby* só para me irritar, não consigo deixar de perceber que Jaxon está mostrando as presas muito mais do que normalmente faria.
Por outro lado, Hudson está fazendo o mesmo.
Esqueçam os romances para jovens adultos. Estou vivendo no meio de uma novela mexicana paranormal e ninguém sabe o que vai acontecer a seguir.
Às vezes, eu odeio a minha vida.

Capítulo 61

A BATALHA DOS MONSTROS

— Está pronta para mostrar a esses caras como é que se faz, Grace? — pergunta Flint, quando por fim me coloca no chão outra vez.

— Como se faz o quê? — pergunto, verificando discretamente se todas as minhas roupas estão nos devidos lugares. Flint é do tipo que abraça com muito entusiasmo.

— Como se voa, baby. — Ele abre os braços e começa fazer de conta que tem asas e está voando, enquanto corre ao redor de mim como uma criança de três anos fingindo ser um avião: meigo, doce e completamente ridículo.

— Estou pronta para que você mostre a eles como se faz — eu lhe respondo.

— Nada disso. Estamos juntos nessa jogada. Bem, você, eu e Éden. — Ele olha, com um sorriso, para a garota logo atrás e faz um gesto para que ela se aproxime.

Ela o encara com uma expressão fechada quando ele acena, como se jamais fosse lhe dar a satisfação de responder a um método de comunicação tão plebeu. Mas depois de fazê-lo esperar até que todo mundo saiba que ela só decidiu andar porque assim o quis, ela se aproxima de nós com um cabelo glorioso e uma postura de "não mexa comigo".

— Esta é Éden Seong — apresenta Flint, quando ela finalmente chega junto de nós. — É uma das minhas melhores amigas e também é fera com uma bola de Ludares.

— E com todas as outras coisas — complementa ela com a voz mansa, e de algum modo até o seu tom de voz é tranquilo.

Não consigo acreditar que não a vi pela escola antes, porque ela jamais conseguiria passar despercebida. Éden é alta como Macy, com cabelos negros e lisos que lhe caem abaixo da cintura e uma franja espessa e cortada pouco além da altura das sobrancelhas, logo no alto daqueles olhos roxos. Observo mais de perto, certa de que, na verdade, são azuis, mas percebo que me enganei. São totalmente roxos, e também são os olhos mais lindos que já vi.

Ela está vestida toda de branco; calça de abrigo branca, tênis branco e uma camiseta regata que exibe uma tatuagem de dragão coreano furioso que se estende pelos seus ombros e desce pelos dois braços. Então, ela é um dragão como Flint. Animal.

E tem também vários *piercings* — vários na orelha, além de no nariz e também na sobrancelha. E cada *piercing* é enfeitado com uma joia cintilante de cor diferente. Ela também tem quase uma dúzia de anéis com joias bem chamativas nos dedos, mas, em vez de serem um exagero, tudo acaba combinando para fazer com que ela brilhe ainda mais.

Sinceramente, já adorei essa garota, mesmo antes que ela estenda a mão para me cumprimentar e diga:

— Ser uma gárgula é a coisa mais irada que já ouvi na minha vida. Bom trabalho.

Eu rio com aquilo.

— Não tive escolha em relação a isso.

Ela dá de ombros.

— Ninguém escolhe o que é em nível molecular, Grace. O que importa é o que você faz e até agora tudo que você fez foi bem irado.

— Não sei se foi.

— Mas eu sei. E você deveria escutar o que digo. Todo mundo escuta.

Mais uma vez, ela devia dar a impressão de ser alguém totalmente arrogante, mas, em vez disso, sua postura emana charme e a atitude de uma estrela do rock. Agora entendo por que Flint a adora.

— É verdade — concorda Flint, enquanto passa o braço ao redor dos ombros dela e a aperta com força suficiente para fazer com que Éden o encare com um olhar feio. — Ela dá os melhores conselhos.

Ela o encara com uma expressão de "por que está me encostando em mim?", o que só serve para fazer com que ele a aperte com mais força. Entretanto, quando ele ergue a mão para bagunçar seus cabelos, Éden se abaixa e passa por baixo do seu braço. Ela fica atrás de Flint, segura seu pulso e lhe torce o braço para trás com força o bastante para fazê-lo berrar — além de tossir algumas baforadas geladas —, o que faz Jaxon, Macy e o cara que veio para o campo junto a Éden, que ainda não conheço, gargalharem.

— Já terminou? — pergunta Éden, com os olhos apertados.

— Por enquanto. — Flint a contempla ao exibir seu sorriso mais encantador, e ela simplesmente revira os olhos. Mas também o solta.

— De qualquer maneira, esta aqui é Éden — repete Flint e, em seguida, olha para o rapaz branco que veste calças de abrigo azul-marinho, camisa de compressão cinza e boné azul. — E este aqui é Xavier. Ele é um lobo, mas mesmo assim nós gostamos dele.

Xavier abre um sorriso e mostra o dedo médio para Flint antes de me cumprimentar com um aceno de cabeça.

— É legal conhecer você, Grace. Já ouvi falar muito a seu respeito.

Ele não diz quem falou sobre mim e também não pergunto. Se ele é um lobo, tenho certeza de que não vou querer saber.

— O prazer é meu — respondo com um sorriso. Ele tem olhos verdes risonhos e um sorriso largo que torna impossível não sorrir de volta. Éden pode ser maneira, mas esse cara é bem divertido. Essa palavra está praticamente escrita na cara dele.

Além disso, há o fato de que a minha prima insiste em espiá-lo pelo canto do olho, e isso só aumenta o meu interesse em saber mais a respeito dele.

— Este é o time? — indago, porque achei que Flint tinha mencionado que cada equipe deve ter oito pessoas.

— Mekhi já deve estar chegando — informa Jaxon ao grupo.

— E Gwen foi testar uma maquiagem agora de manhã — pronuncia-se Macy. — Mas ela vem para cá assim que terminar o teste.

Fico bem empolgada por Mekhi estar no nosso time. E também quando Macy diz que decidiu convidar Gwen para a nossa equipe em vez de outra de suas amigas. Gwen foi a mais gentil de todas quando conheci todo o grupo das meninas. Não consigo imaginar Simone concordando com a nossa estratégia, como Gwen faz quando Jaxon explica por que precisamos da pedra de sangue.

Ainda acho estranho pensar que aquilo aconteceu há meses, já que, para mim, parece que foi só há algumas semanas. Mas estou tentando me acostumar com a ideia, assim como estou tentando me acostumar com a ideia de que as minhas lembranças nunca vão voltar. Detesto a noção de que nunca vou me lembrar desses meses, mas estou cansada de me preocupar tanto com isso, cansada de ficar me martirizando.

— *Eu também detesto o fato de você não se lembrar do que aconteceu* — comenta Hudson, mas com um tom de voz suave, não com aquela ironia de sempre. Ele se aproxima para dar uma olhada no lobo e não está mais fingindo que o livro o cativou tanto assim.

Sinto vontade de perguntar o que houve, quero lhe implorar que esqueça o fato de todo mundo alegar que isso é bom para mim e simplesmente me conte. Mas agora não é exatamente a melhor hora. E como vou saber se posso confiar no que ele me diz, também?

— E, então, o que vamos fazer primeiro? — pergunta Xavier, saltitando como se estivesse pronto para sair correndo a qualquer segundo. Não sei para onde ele sairia correndo, mas aposto que seria algo impressionante de se ver.

— Acho que podemos nos dividir em equipes e ver o que conseguimos fazer juntos — sugere Flint, tirando uma bola de dentro da bolsa de viagem que largou no chão. — Macy, você pode encantar esta coisa apara nós?

Ele joga a bola para minha prima, que saca a sua varinha e a aponta para a bola enquanto murmura o que imagino ser um feitiço.

— O que ela está fazendo? — pergunto a Jaxon, perdida.

— O Ludares é uma mistura do jogo do bobinho e do jogo da batata quente, mas com vários elementos mágicos. O primeiro desses elementos é que a bola vai ficando cada vez mais quente conforme alguém a segura, então você precisa se livrar dela depois de trinta segundos no máximo, ou vai acabar se queimando. E levando uns choques, porque ela vibra, também.

— Ela vibra e queima?

— Sim, e é por isso que é importante trabalhar em equipe — emenda Flint. — A bola volta à temperatura normal e para de vibrar cada vez que outro jogador a toca, então você precisa passá-la várias vezes. A única maneira de perder o jogo é tentar fazer tudo sozinha. Ninguém pode fazer isso, pelo menos sem causar um estrago enorme em si mesmo.

— E como é que isso virou um jogo? — pergunto, chocada. — Isso sem falar que deixam alunos do ensino médio jogarem uma coisa dessas.

— É o melhor jogo que existe — argumenta Xavier. — Especialmente quando você cai por um portal.

— Um portal? — Olho para Jaxon. — O que é um portal?

— É uma passagem mágica ou porta para outro lugar — ele explica.

— Eu sei o que é um portal — eu digo, revirando os olhos. — Quero saber o que é um portal no Ludares.

— É exatamente a mesma coisa — esclarece Éden. — Quando você está aqui, tão perto do Polo Norte, vários portais já existem na natureza. O Ludares meio que se aproveita desse fato. Alguns dos funcionários da escola conseguem usar a mesma energia que abre portais entre os polos e o sol para canalizá-la por toda a arena, e você pode cair neles.

— Mas os nossos não a levam para dentro do sol — completa Macy. — Eles simplesmente a levam de um lado a outro da arena. Mas cada portal é diferente, e você nunca sabe para onde vai quando entra em um portal. Você pode surgir diante da linha de chegada ou pode aparecer do outro lado do campo, e aí tem que começar todo o percurso de novo.

— Quer dizer, então, que basta eu pular em um portal que está ali... — concluo, apontando para o canto do campo. — E posso aparecer lá do outro lado? — Termino a pergunta apontando para as traves do gol.

— Exatamente! — exclama Éden com um sorriso que ilumina todo o seu rosto. — Ou você pode acabar aparecendo ali — diz ela, apontando para o lado oposto. — Com metade do time adversário atrás de você.

— Isso parece bem divertido — confesso, sem me deixar abalar, mas os outros riem.

— Quando você jogar, vai perceber como é divertido — garante Xavier. — Especialmente, porque todo mundo pode usar sua magia como quiser. Por isso, o jogo fica bem agitado às vezes.

— E não é? — concorda Éden. — Lembra o que aconteceu no segundo ano, quando Alejandro transformou todo o time adversário em tartarugas, e ele e seus amigos simplesmente correram com a bola até o outro lado do campo?

— Bem, isso até que a bruxa usou toda a sua energia e não conseguiu mais bloquear os lobos do outro time, que se libertaram do feitiço e correram para cima deles — acrescenta Xavier, com um brilho nos olhos.

— Lembro que Sancha se transformou numa tartaruga mordedora gigante e quase arrancou a mão direita de Felicity. Cara, esse dia foi louco — diz Flint.

— Ou quando Drew transformou a arena inteira em uma tempestade elétrica e Foster quase foi acertado por um raio? — lembra Jaxon.

— Meu pai ficou uma fera. Passou três dias andando pela escola com os cabelos em pé — conta Macy, rindo.

— Tudo isso já aconteceu — continua Jaxon. — Muitas situações malucas no campo do Ludares.

Várias ideias pavorosas surgem na minha cabeça, uma após a outra.

— Os dragões não podem simplesmente incendiar todo o outro time? E os vampiros não podem simplesmente acelerar até o fim do campo e ganhar o jogo em trinta segundos?

O sorriso de Xavier fica ainda maior.

— Adoro o jeito que ela pensa.

Mas Jaxon faz um gesto negativo com a cabeça e esclarece:

— Há barreiras mágicas que impedem que qualquer feitiço ou aceleração durem mais do que dez segundos. Imagine como se cada jogador tivesse um dispositivo para equilibrar o jogo. Nossos poderes são adulterados — conta ele, piscando o olho. — Se não fosse assim, eu venceria o jogo em uma questão de segundos.

Todo mundo ri dessa piada.

Todo mundo exceto Hudson, que deixa de olhar para Xavier e passa a encarar Jaxon, com as sobrancelhas erguidas.

— *E eu achava que o meu ego era enorme.*

— Mas e então... como se ganha o jogo? Basta não morrer nem virar uma tartaruga no final? — arrisco, tentando fazer uma gracinha.

— Não somos tão sádicos — diz Éden com uma risada. — Mas gostei do seu estilo.

Xavier continua do ponto em que Macy e Éden pararam com a explicação e seus olhos verdes praticamente dançam com a empolgação.

— Quem leva a bola até a linha de fundo do outro time ganha. Nada de desculpas, não existe segunda chance.

— Só isso? É só correr com a bola quente pelo campo e cruzar uma linha com ela?

— Não se esqueça daquela parte que diz "tente não morrer" — comenta Jaxon.

— Isso mesmo — concorda Éden. — E pode acreditar no que eu digo, geralmente é muito mais fácil falar do que fazer isso. Especialmente porque este é o maior evento mágico do ano inteiro. Todo mundo vai usar seus poderes da forma mais espetacular possível, tentando impressionar e intimidar o outro time.

— E todo mundo que estiver na arena também — emenda Xavier.

— É isso aí — concorda Flint, abrindo o maior sorriso que já vi até hoje. E eu já vi vários.

— Então, só para esclarecer, há um monte de portais pelos quais você pode entrar, espalhados pelo estádio.

— Sim — diz Flint. — Bem, não agora. Eles os preparam no dia do evento, mas é superdivertido.

Faço um sinal afirmativo com a cabeça.

— E mesmo que você esteja quase na linha do gol, se cair em um portal surpresa nos últimos segundos, a sua estratégia pode desmoronar completamente — concluo, balançando a cabeça. — Isso é diabólico.

— Com certeza é — concorda Jaxon.

— E também é a coisa mais divertida que pode acontecer quando você está com uma bola quente — diz Xavier.

— Nem quero saber o que significa isso — digo, brincando.

Xavier simplesmente pisca o olho para mim, o que me faz rir e revirar os olhos ao mesmo tempo. A piscada nem me afeta — afinal, já tenho Jaxon —, mas estaria mentindo se dissesse que não percebi como ele fica atraente quando faz isso. Não me surpreende que Macy fique olhando para ele o tempo inteiro. É ridículo como até mesmo os garotos mais bobos nesta escola são atraentes.

— Tem alguma outra regra que preciso conhecer? — pergunto, quando Mekhi chega para se juntar ao grupo. Ele sorri para mim e eu aceno em resposta, feliz por vê-lo. As coisas estiveram tão movimentadas desde que voltei que ainda não tivemos muitas chances de conversar.

— A bola tem que ficar em movimento o tempo todo. Se você estiver com a bola e ficar parada por mais de cinco segundos, mesmo que tenha acabado de sair de um portal e não faça ideia de onde está, tem que passá-la automaticamente para um adversário.

— E todos os jogadores têm que tocar na bola pelo menos uma vez — acrescenta Éden. — Caso contrário...

— ... O outro time vence. Aparentemente, se você respirar do jeito errado, o outro time vence — completo, totalmente emburrada.

— Sim, mas pense por outro lado — sugere Mekhi, enquanto começa a se alongar. — O outro time tem que jogar de acordo com as mesmas regras.

Eu assinto.

— É justo.

— Tudo bem, chega de conversa. — Flint bate palmas para atrair a atenção de todo mundo. — Vamos nos dividir em times. Por isso, Jaxon, Grace e eu vamos começar jogando contra o restante de vocês. Quando Gwen chegar, ela pode entrar no nosso time.

Ele se vira e agita as sobrancelhas para mim.

— Está pronta para voar, Grace?

— Nem um pouco. — Mesmo assim, toco naquele fio de platina e, segundos depois, sou uma gárgula outra vez, inclusive com um belo par de asas.

E eles passam os próximos cinco minutos me olhando, boquiabertos. Como deveriam. Afinal, essas asas são totalmente incríveis. Xavier pergunta como asas de pedra voam, e Flint lhe dá um tabefe na nuca.

— Magia, obviamente.

Meu sorriso fica ainda maior. Tenho asas mágicas.

— Nós vamos começar com a bola — diz Éden.

— Por quê? Nosso time tem só três. — Flint argumenta, indignado.

— Sim, mas o seu time tem Jaxon Vega e também uma gárgula feita de pedra. Que, como você sabe, é imune ao calor. Tenho certeza de que vocês já têm uma bela vantagem aí.

— Mas você disse que ela vibra — falo para eles. — Não sou imune a isso.

Todo mundo começa a rir, até mesmo Jaxon. Levo alguns segundos para me dar conta do que eu disse, e é quando sinto que fico toda vermelha.

— E o que sou, então? Uma galinha morta? — Flint intervém para me salvar, indo de bravo para muito bravo em menos de três segundos.

Éden o encara com um enorme sorriso torto na cara.

— É você quem está dizendo isso, não eu.

— Está bem, está bem. Fique com a bola — cede Flint, pegando-a de Macy e atirando-a para Éden. — Vou fazer você engoli-la em menos de cinco minutos.

— Ah, vai? Quero só ver. — Ela abre a boca e dispara um relâmpago gigantesco na direção de Flint. O raio não o atinge, mas queima a parte de baixo da camisa que ele usa.

Flint grita e dá um pulo, enquanto o restante de nós explode em risadas. Mas o grupo de garotas dá uma bela olhada na bela barriga de tanquinho de Flint, inclusive Éden.

Ou talvez isso não seja uma característica exclusiva das garotas do time, percebo quando olho para Jaxon, que fica olhando fixamente enquanto o seu ex-melhor amigo tira o que resta da camisa e a solta no chão, e todos vão para as suas posições no campo.

— Ele é bonito mesmo — brinco.

— O quê? — pergunta Jaxon, parecendo um pouco confuso.

— Vi você olhando para ele — explico, indicando Flint com um movimento de cabeça. — Mas, não se preocupe, eu entendo.

— Mas eu não... Não é bem...

Apenas dou risada e faço algo que aprendi com Flint: fico agitando as sobrancelhas, enquanto olho para ele.

Contudo, quando as coisas finalmente se aquietam e nós começamos a nos posicionar, eu me aproximo de Flint e pergunto:

— Será que eu não deveria pelo menos treinar o voo antes de começarmos a jogar de verdade?

Capítulo 62

A GRAVIDADE MORDE

— Não se preocupe, Grace — encoraja Flint, sorrindo. — Você vai conseguir.

— Não confie tanto nisso! — dou um gritinho. — Nunca nem tentei voar antes.

— Sim, mas você me viu voar. É fácil. — Ele está correndo com passadas tão longas que é difícil acompanhá-lo. Mas, se for para falar coisas ridículas como essas, pelo menos ele podia olhar nos meus olhos.

Corro para chegar junto dele, algo que não é muito fácil na minha forma de gárgula, aparentemente. E finalmente consigo passar à frente de Flint enquanto Jaxon — e Hudson — ficam me olhando com sorrisinhos no rosto. Que cuzões.

— Você andou fumando alguma coisa diferente? — Bato a mão no peito dele em busca de atrair a sua atenção. — É sério, Flint. Por acaso você está chapado de verdade? Eu não consigo voar, Flint. Nunca nem usei as minhas asas antes! Você não pode simplesmente jogar uma bola quente para mim e me mandar voar. Nem achar que vou simplesmente decolar. — Por isso, deixe esse ego de lado por um tempo, me ensine algumas coisas sobre como se voa e me dê alguns minutos para treinar... e depois a gente acaba com eles. Caso contrário, vou embora daqui e não volto mais.

Os olhos de Flint vão se arregalando cada vez mais conforme eu falo e, quando termino, ele parece até meio constrangido; e essa expressão fica ainda pior quando percebe que Jaxon observou todo o diálogo.

— Ah, é claro. Me desculpe, Grace. Éden e eu temos uma amizade meio competitiva e acabo me empolgando demais, às vezes.

— Não se preocupe com isso. — Sorrio para diminuir a impressão causada pela frustração que estava sentindo. — Diga a eles que precisamos de uns quinze minutos e aí você me ensina a voar, pode ser?

Jaxon ri.

— Vou dizer a eles para tentarem ganhar só de mim por enquanto — comenta ele, com uma piscada de olho discreta para mim. — Enquanto vocês dois aprendem como desafiar a gravidade.

Flint fica olhando para Jaxon, enquanto ele se afasta com uma expressão reflexiva. Mas, quando volta a olhar para mim, ele já é todo sorrisos.

— Bem, voar é fácil. Você só precisa pensar em...

— ... Coisas felizes? — pergunto, seca.

Ele ri.

— Você é uma gárgula, não o Peter Pan.

Reviro os olhos, mas acho que Flint não percebe, já que estamos correndo até o outro lado do campo agora.

— Era exatamente isso que eu queria dizer.

— Eu ia dizer que você precisa pensar em voar.

— Então, tipo... é só pensar em bater as asas? — Para o meu espanto, elas se agitam para cima e para baixo nas minhas costas, enquanto digo aquelas palavras.

— Meu Deus, Flint. — Eu o agarro, impedindo que ele dê mais um passo e começo a pular na frente dele. — Você viu isso?

Ele abre um sorriso enorme agora.

— É claro que vi!

Viro o pescoço para trás a fim de observar e penso em agitar as asas. Várias vezes. E mais vezes depois.

— Meu Deus, elas funcionam. Elas funcionam de verdade.

Flint está gargalhando agora, mas está feliz por mim em vez de estar só me zoando.

— *Você fica linda quando bate as asas desse jeito.*

— Fico mesmo, não é? — Eu as agito mais uma vez, simplesmente porque posso fazer isso. — Eu tenho asas, Hudson. E elas funcionam.

— *E como funcionam.* — Ele balança a cabeça com um sorriso largo.

Eu olho para Flint.

— Certo. E agora, o que eu faço?

— É só bater as asas com força. Até você sair do chão.

— É mesmo? — pergunto, arregalando os olhos, enquanto tento fazer isso.

Ele explode em outra gargalhada, com tanta força que, por um momento, não consegue nem falar. Não entendo direito qual é a piada até que ele finalmente se recupera o bastante para colocar a mão no meu ombro.

— Não, pare com isso — pede ele. — Eu estava brincando, Grace.

— Ah. — Sinto ficar um pouco corada, mas estou me divertindo demais para ficar envergonhada por muito tempo. Além disso, quero voar! — Então, me diga o que tenho que fazer, Flint. De verdade, desta vez!

— Certo. O que você precisa fazer é pensar em voar. Não em cair, não em mover as asas, nem em sair do chão. Basta pensar em voar. Em se deixar levar pelo vento.

Ele procura ao redor e parece ter uma ideia, pegando na minha mão.

— Vamos até a arquibancada.

— Está me zoando? Não vou pular do alto da arquibancada logo na primeira vez que tento voar. Nem morta!

— Não vamos pular do alto da arquibancada, sua tonta. Você não é um passarinho que acabou de sair do ovo.

Hudson tenta conter uma risada e acelera para chegar até lá antes de nós. Antes de o alcançarmos, ele já está deitado na arquibancada com um grande sorriso bobo na cara.

Quando estamos ali, Flint para diante do corrimão que fica na primeira fileira de assentos.

— Mas, sinceramente, se você pulasse do alto da arquibancada e começasse a cair, Jaxon e eu estaríamos por perto para ajudar. Por isso, não há nada com que você tenha que se preocupar, está bem? É praticamente um passeio no parque... Com a diferença de que é no céu — brinca ele.

— Olha quem está falando. O cara que, há cinco minutos, disse que eu iria aprender a voar por conta própria no meio do jogo.

Ele agita as sobrancelhas.

— Continuo achando que seria a melhor maneira. Mas vamos tentar de outro jeito.

E assim, sem qualquer aviso, ele me ergue e me coloca no corrimão que fica diante da primeira fileira de assentos. Diferentemente do que acontece quando estou na minha forma humana, me erguer quando estou nesta forma exige um esforço extra dos seus músculos, e ele chega a gemer um pouco com o esforço.

E isso só fica pior quando ele me solta. Manter o equilíbrio em cima de um corrimão é uma coisa. Manter o equilíbrio quando sou feita de pedra é algo completamente diferente. E é somente a força de vontade que me impede de berrar de medo quando Flint me solta. Mas eu consigo, porque não vou agir de jeito nenhum como se fosse uma humana histérica no meio de um bando de paranormais com habilidades incríveis.

Jaxon merece uma consorte que seja melhor. Mas, o mais importante é que eu mereço ser melhor do que isso também.

Assim, em vez de deixar escapar o grito que está preso na minha garganta no instante em que consigo ficar em pé, eu o engulo outra vez. Em seguida, pergunto:

— E agora?

Flint não parece ter muita certeza quando fala:
— Você pula?
— Isso é uma pergunta ou uma ordem? — questiono.
— As duas coisas?
— Achei que você tinha dito que ia me dar aulas de voo. Isso aqui não é uma aula de voo! — protesto, indicando o espaço ao redor.
— Eu quis dizer que faria isso quando você estivesse no ar. Faço o melhor *loop* triplo da escola — gaba-se ele, sorrindo.
Faço um sinal negativo com a cabeça.
— Ah, claro. Porque o que eu realmente preciso fazer agora são *loops* triplos, Flint.
— Ei, estou fazendo o melhor que posso, está bem? — Ele ri e recua alguns passos. — Agora, será que você pode pelo menos tentar fazer o que estou lhe dizendo?
Posiciono as mãos nos quadris e ergo a sobrancelha.
— E que jeito é esse, exatamente?
— Basta pular e depois... — Ele faz um gesto com os braços.
— Bater as asas?
— Sim. Mas não pense nas asas. Pense em...
— Voar. Certo, já entendi — Eu suspiro. Dou uma olhada para o campo e para os outros que estão treinando algumas coisas, mas que, de maneira geral, ficam simplesmente me observando.
Certo, vamos logo com isso. É melhor cair de bunda no chão do que nunca tentar fazer nada. Respiro fundo e fecho os olhos.
— Lembre-se: pense em voar — reitera Flint, agora um pouco mais distante do que estava há um minuto. Não sei se isso é porque ele pensa que vou sair voando ou porque acha que vou me esborrachar no chão e quer ficar longe do desastre.
Não interessa, afirmo para mim mesma, enquanto tento me concentrar. Nada interessa além de pensar em voar. Não interessa o fato de eu não fazer a menor ideia de como uma gárgula voa.
Estou voando. Estou voando. Estou voando. Flint me disse para pensar em voar, então estou pensando em voar. Estou voando. Como um pássaro. Como um avião. Como... certo, a analogia não é das melhores. Estou voando. Estou...
Pulo do alto do corrimão e... bato a minha bunda de pedra no chão. E percebo que isso não dói tanto quanto doeria se eu tivesse batido a minha bunda humana no chão. Graças a Deus. Embora o tranco seja definitivamente mais brusco.
— *Isso também não é voar* — cutuca Hudson no lugar onde ainda está com o corpo largado sobre arquibancada, algumas fileiras mais para cima.

— Você está bem? — indaga Jaxon quando chega para me ajudar a levantar. — Desculpe, eu estava longe demais para pegar você.

É claro que ele acha que deveria me agarrar para que eu não caísse no chão. Faço um gesto negativo com a cabeça e sorrio.

— Não se preocupe. A pedra é um material que absorve os choques.

Ele ri.

— Não é, não.

— Com certeza não é — concordo, batendo a grama que grudou na minha calça. — Mas garanto que não estou machucada. Estou bem.

— Ótimo. Quer tentar de novo? — incentiva ele, indicando o corrimão com a cabeça.

— Não.

Jaxon ergue a sobrancelha.

— Mas vai tentar mesmo assim?

Eu levanto o queixo.

— Com TODA a certeza.

Capítulo 63

NÃO HÁ TANTOS PENSAMENTOS FELIZES ASSIM NO MUNDO

Jaxon estende a mão.
— Deixe que eu a ajudo a subir ali.
Cogito bater boca, mas penso melhor no assunto. Por que eu faria isso? Não tenho o menor interesse em colocar meu corpo de pedra ali em cima de novo. E, para ser honesta, acho que não conseguiria nem colocar o meu corpo normal no alto do corrimão.
Dois minutos depois, estou no chão de novo. E desta vez a minha bunda está doendo.
Três minutos depois, minha bunda e o meu orgulho estão feridos.
— Tem certeza de que não preciso pensar em coisas felizes? — indago a Flint.
Ele sorri.
— Bem, acho que você pode tentar, mas não acredito que vá ajudar muito.
— Bem, pensar em coisas infelizes não está dando muito certo.
— *Não diga.* — Hudson balança a cabeça e se inclina ainda mais para trás, apoiando as duas mãos atrás da cabeça. — *Mas devo compartilhar que está sendo uma ótima opção de entretenimento.*
Flint me ajuda a subir no corrimão desta vez.
— Vamos fazer dar certo na quarta vez?
— Vamos tentar algo diferente na quarta vez — interrompe Jaxon, pegando na minha mão e me levando para o meio do campo.
— Como vou conseguir sair daqui voando? — pergunto. — Não seria melhor começar de um lugar mais alto?
Ele sorri para mim.
— Você vai começar de um lugar mais alto.
E, em seguida, ele nos faz levitar, subindo, subindo, subindo cada vez mais até estarmos perto do teto do campo de treino.

— Bem, adorei o passeio, mas não estou voando de verdade se você me traz até aqui. — Tenho que reprimir uma risadinha sincera, enquanto imagino nós dois flutuando de um lado para outro aqui em cima como dois dirigíveis. Hudson iria me zoar pelo resto da vida.

— *Acho que é melhor você voar então, hein?* — sugere Hudson. — *Caso contrário, vou passar dias zoando a sua cara.*

— Pode confiar em mim, não vou ficar levitando com você por muito tempo. — Jaxon se afasta um pouco, flutuando para trás até não estarmos mais nos tocando. — Agora, tente.

Fito o chão que está a quinze metros de distância e me pergunto se realmente quero tentar começar a voar desta altura. Mas tentar no chão não adiantou muito e tenho certeza de uma coisa: Jaxon não vai me deixar cair. Por isso, o que tenho a perder?

Com tal pensamento em mente, fecho os olhos e penso em coisas felizes em relação a voar. Não vou afirmar que funcionou, mas percebo que, pela primeira vez, minhas asas começam a se mover. E fazem isso sem que eu decida movê-las conscientemente.

É uma sensação esquisita. Não é ruim; apenas esquisita. No chão, não sentia muita coisa, enquanto estava batendo as asas, mas agora que estou aqui em cima, a história é bem diferente. Há uma pressão sob as asas que eu não esperava e cada vez que as agito, sinto um pequeno tranco.

— Você ainda está me segurando, não é? — pergunto a Jaxon, quando começo a avançar um pouco.

— Absolutamente — responde ele com um sorriso que está se esforçando demais para tentar esconder.

Sei que é porque devo estar ridícula aqui; percebo que, a todo momento, giro os braços para a frente como se estivesse tentando nadar em pleno ar e como se isso fosse me levar a algum lugar.

Todo esse absurdo piora ainda mais pelo fato de que, quanto mais rápido bato as asas, maior é a probabilidade de eu começar a subir e descer sem sair do lugar. E isso significa que, se não aprender logo a controlar essa habilidade, vou perceber que estou tentando atravessar o ar a nado. Ou que estou tentando praticar alguma manobra evasiva bem bizarra toda vez que tento voar.

Provavelmente não é o jeito certo de fazer isso, considerando que nem mesmo o meu consorte consegue me olhar sem rir. Fico só imaginando o que Flint, Macy e os outros estão pensando lá embaixo.

— Acho que é melhor a gente desistir — confesso a Jaxon depois de passar mais uns minutos tentando manter uma trajetória semivertical e também voar. — Nunca vou conseguir.

— Não é verdade. Você já está bem melhor do que antes.

— Considerando que o melhor que já fiz foi despencar do alto de um corrimão, parece que você está dizendo isso só para ser gentil.

Ele sorri para mim e, mesmo que esteja a metros de distância, juro que sinto Jaxon acariciar o meu rosto.

— Mais uma vez — encoraja ele. — Faça isso por mim. Tive uma ideia.

— Que ideia?

— Eu conto mais tarde. Basta tentar mais uma vez.

— Tudo bem — concordo. — Mas, depois disso, não vou mais querer ser a comédia do dia. Vou ter que descobrir outra maneira de contribuir com a equipe... Como levar água ou sangue para os jogadores beberem.

Ele ri.

— Tenho certeza de que não vai precisar chegar a esse ponto.

— Não tenho tanta certeza assim.

Mas falei que tentaria mais uma vez, então decido cumprir a promessa. Elevo as asas mais uma vez e me concentro em voar para a frente, sem agitar os braços como se estivesse nadando.

Por um minuto, tenho a impressão de que estou prestes a voar para trás. De repente, com um tranco, sigo para a frente.

— Meu Deus — grito, bastante empolgada... até que, segundos depois, despenco cerca de cinco metros.

Jaxon evita a minha queda, como prometeu que faria. E de repente estou voando. Para a frente. Em linha reta.

— Consegui! — grito para Jaxon, que está com um sorriso enorme a uns sete metros atrás de mim, ainda flutuando no ponto onde começamos.

— Estou vendo — responde.

— Estou voando, Flint — berro lá para baixo.

Flint abre um sorriso enorme e faz sinais de joinha com as duas mãos.

— Hudson, consegui. Estou voando — sussurro, animada, sabendo que ele consegue me ouvir a qualquer distância.

— *Está mesmo.* — Subitamente, ele está flutuando ao meu lado, com as costas viradas para baixo. — *Quer ver quem chega primeiro até o outro lado do campo?*

— Só se você não me "deixar" ganhar.

Ele ergue uma sobrancelha.

— *Até parece que você não me conhece.*

— Tem razão. — Agito as asas com mais força ainda, só para ver o que vai acontecer. Em seguida, dou um gritinho de alegria conforme me desloco para a frente.

Hudson ri, mas emparelha comigo segundos depois.

— Está pronta?

Faço que sim com a cabeça.

— A postos.

Ele se vira para ficar de barriga para baixo.

— Preparar...

Eu me coloco em posição e grito:

— Valendo.

Nós disparamos pelo ar e, embora um pedaço de mim saiba que ele não está voando de verdade ao meu lado, durante estes segundos, é exatamente a sensação que eu tenho... E é maravilhosa. Empolgante. Inebriante.

Cortamos o ar, indo cada vez mais rápido, cada vez mais, até chegarmos juntos à linha de chegada. Eu voo para cima, faço um *loop* rápido que me deixa rindo e sem fôlego, enquanto Hudson faz piruetas para a frente.

Lá embaixo, Macy, Flint e Mekhi estão vibrando, assim como todos os outros. Aceno para eles e olho mais uma vez para Hudson a fim de poder demonstrar minha alegria, mas percebo que ele sumiu. Ou melhor: percebo que ele nunca esteve realmente ali.

De repente, a corrida não parece mais tão incrível. Assim como todo o restante, embora eu não saiba exatamente o por quê.

— Hudson? — eu o chamo, imaginando que ele pode ter voltado ao lugar para onde sempre vai quando não quer conversar comigo.

— *Estou aqui* — responde ele nos meus pensamentos. — *Você estava ótima aí fora.*

— Nós estávamos ótimos aqui fora.

— *Talvez.*

Consigo sentir que ele vai dizer mais, entretanto, antes que consiga, Jaxon está bem diante de mim, me envolvendo num abraço de celebração.

— Isso foi incrível.

Contemplo o seu rosto, que sorri para mim.

— Foi mesmo, não foi? Não acredito que voei de verdade. Você acredita?

— É claro que acredito. Estou começando a achar que você é capaz de fazer qualquer coisa, Grace.

— Ah... não é assim, né. Mas me diga a verdade. O quanto disso foi obra minha e o quanto foi obra sua?

Jaxon sorri.

— Tudo isso foi cem por cento obra sua.

— No fim? — pergunto, com os olhos arregalados, enquanto penso no *loop* que dei sobre a linha de chegada.

— Não, o tempo todo. Foi você o tempo inteiro. Essa foi a minha última ideia. Deixar você solta e ver o que acontecia se não tentasse lhe segurar.

Capítulo 64

PERDOE A MINHA CRISE EXISTENCIAL

Há alguma coisa na maneira que Jaxon fala sobre me segurar — ou, neste caso específico, sobre não segurar — que me deixa nervosa. Não sei exatamente o que é, considerando que ele sempre me deu todo o apoio, mas isso é algo que me incomoda durante todo o restante da tarde conforme Flint e os outros me ensinam as regras e as táticas do Ludares.

Ou, melhor dizendo, quando tentam me ensinar, já que cada pessoa em campo tem suas próprias ideias sobre qual é a melhor maneira de disputar o jogo. E imagino que isso acabe sendo uma estratégia bem interessante.

— O segredo são os portais — diz Xavier em determinado momento. — Claro, eles vão acabar com o seu jogo de vez em quando, mas você precisa usá-los. Basta entrar no portal certo e ganhar o jogo. É simples. — Ele estala os dedos para ilustrar. — E a torcida adora quando isso acontece!

— A torcida também adora quando você é cercada pelos inimigos e fica sozinha, enquanto a bola a queima inteira — rebate Éden, revirando os olhos com bastante força. — O importante é levar a bola para o outro lado do campo, Grace. Faça isso e as pessoas vão adorar você, não importa o que aconteça. Os portais podem ser bem chamativos, mas uma corrida direta para a zona de pontos também causa uma impressão incrível.

— Por enquanto, a coisa mais importante a fazer é trabalharmos juntos e agir como um time — diz a minha prima, quando estamos nos colocando em nossas posições, mais tarde. — Se conseguirmos fazer isso, o restante acontece naturalmente.

— Nada de pegar leve! — pede Flint para Jaxon, para Gwen e para mim quando nos preparamos para a última disputa do dia. Gwen chegou depois de terminar seu teste, e tenho de admitir que estou grata por termos uma bruxa do nosso lado agora. Pensar que Macy pode transformar todos nós em tartarugas é algo que estava dançando na minha cabeça há horas. — No

Ludares, a piedade é para os fracos. Nós vamos vencer todos os jogos e transformar todo mundo em poeira.

— E se eu não quiser transformar todo mundo em poeira? — pondero, piscando os olhos para Jaxon, que está revirando os olhos por trás de Flint.

— Transforme-os assim mesmo — ordena Flint. — É só pisar nas cabeças deles com esses seus belos pés de gárgula.

Ah, claro. Nem me incomodo em avisar que isso não vai acontecer, mas tenho certeza de que ele consegue perceber isso só de olhar para o meu rosto. E não pelo fato de que, quando chega o fim da rodada, Éden pisa em Flint com seu par de tênis da Nike.

Nós jogamos durante o dia inteiro. Descubro que Flint convenceu algumas bruxas da cozinha a nos prepararem um piquenique para o almoço. E, quando escurece, já estou exausta e até mesmo mancando um pouco. Mas também me sinto muito bem em relação ao meu poder de atravessar o campo voando com a bola, e declaro que o dia foi uma bela vitória.

Jaxon vem comigo e com Macy quando voltamos ao nosso quarto, por volta das nove, e até penso em convidá-lo para entrar e assistir a um filme ou coisa parecida. Mas ele parece bem cansado. A dose extra de energia que lhe dei hoje de manhã obviamente já se dissipou.

Como eu o conheço e sei de seu orgulho gigantesco, não ofereço outra dose. Em vez disso, espero que Macy entre no quarto antes de abraçá-lo com força, beijar seu pescoço e mandar um pulso de energia pelo elo dos consortes antes que ele perceba o que estou fazendo.

Jaxon se afasta imediatamente.

— Você tem que parar de fazer isso.

— Não vou parar. Não quando é óbvio que você está precisando.

— Eu vou ficar bem — garante ele, encostando a testa na minha. — Esta não é a primeira vez na vida que fiquei cansado e com a cabeça cheia.

Sei que Jaxon está pensando na época em que ele e Hudson lutaram, e sinto um aperto no peito.

— Desta vez as coisas vão ser diferentes. Eu prometo.

Jaxon dá outra risada sem muito entusiasmo e replica:

— Bom, vamos esperar que sim. Pelo bem de todo mundo.

— Além disso, preciso que você esteja em plenas condições — digo a ele, enfiando as mãos nos bolsos de trás do jeans que ele usa, enquanto me aconchego em seu peito.

— É mesmo? — diz ele, sorrindo. — Eu também.

Ele se aproxima para me beijar, mas logo antes que nossos lábios se toquem, Hudson solta um gemido exasperado e bem dramático.

— *Tento mudar de canal, mas nunca consigo.*

Mesmo sabendo que ele faz isso só para me irritar, não deixo de retrucar. Essa é a magia — e o horror — de Hudson. *Mudar que canal?*, indago.

— Este aqui. — Ele faz um gesto como se apertasse o botão de um controle remoto. — Toda essa beijação quando a única coisa que eu queria era algo como uma bela perseguição de carros à moda antiga. Ou uma tentativa de assassinato. Ou... você sabe. "Uma praga sobre cada uma de suas famílias". Alguma coisa, qualquer coisa que não fosse isso.

Ele gesticula, indicando a mim e Jaxon, que ficamos abraçadinhos.

— Só tem isso, o dia inteiro, todos os dias.

É sério? É isso que você quer depois de ficar com aquela besteira com o livro "Entre Quatro Paredes" no campo?

— *Não vejo qual é o problema aqui* — desdenha ele. — *É uma grande obra da literatura.*

Ah, e era só por isso que você a estava lendo. Eu me afasto de Jaxon com um sorriso pesaroso.

— Aparentemente, Hudson decidiu voltar para a festa.

Por um segundo apenas, Jaxon parece enraivecido. Bem enraivecido, mas logo essa raiva se desfaz e ele abre um sorriso tristonho.

— Estou louco para que chegue o dia em que ele vai desaparecer de vez.

— Ah, eu também — respondo. E é verdade. Estou louca para voltar a ter a minha mente e corpo exclusivamente para mim. Mas ainda há uma coisa na frase de Jaxon, assim como na sua voz, que não parece muito certa. Só não consigo saber com precisão o que é.

Talvez seja por isso que, quando ele se aproxima para me dar um beijo nos lábios, me esquivo e retribuo com um abraço forte. Ou talvez seja só a minha imaginação hiperativa, porque, quando ele retribui o abraço, com os braços firmes e fortes ao redor de mim, por um minuto me sinto segura, completa e bem. E já faz muito tempo que não me sinto assim.

Vislumbro Hudson e percebo a fúria em sua expressão antes que ele consiga escondê-la. Está mais irritado do que jamais o vi antes. Irritado e magoado. Ele olha fixamente para Jaxon assim que o meu namorado parece quase tropeçar, esticando o braço para se apoiar na parede logo ao lado.

— Nossa. — Jaxon sorri. — Estou mais cansado do que imaginava.

Tem alguma coisa errada aqui. Posso sentir. Mas antes que eu consiga perguntar o que é, Jaxon se endireita e abre um sorriso confiante.

— Nos vemos de manhã? — ele pergunta, quando finalmente se afasta.

— Sim. A gente se encontra na cantina para tomar o café antes da aula.

— Vamos fazer isso, sim. — Ele se vira para ir embora, mas, no último instante, olha na minha direção e diz: — Dê isso aqui para Hudson por mim, está bem? — E, em seguida, mostra o dedo médio.

— *Muito maduro da sua parte* — comenta Hudson, ainda apoiado na porta.

— Você mesmo acabou de mostrar para ele — informo a Jaxon.

— É mesmo? — Essa notícia faz com que ele saltite um pouco. — Então aqui vão mais dois.

Desta vez ele usa as duas mãos para mostrar o dedo médio para o irmão antes de ir embora. Eu o observo, enquanto ele se afasta, e Hudson finge que toca uma música muito triste em um violino invisível ao fundo.

— *E o vilão desaparece e ninguém volta a vê-lo ou a ter notícias suas...*

— Ele não é o vilão desta história — eu o corrijo, franzindo a testa. — Você é o vilão. E Jaxon não vai a lugar algum.

— *Ah, é claro.* — Hudson solta um suspiro exagerado e se afasta da porta. — *Isso é o que você diz.*

— Não está cansado? — pergunto a ele, enquanto entro no quarto. — Vá tirar uma soneca ou fazer algo parecido.

— *Não estou nem um pouco cansado. Dormi o dia inteiro para que pudéssemos passar a noite juntos.* — Ele me encara com um sorriso enorme. — *Estou me sentindo ótimo.*

E, com isso, todas as peças do quebra-cabeça enfim se encaixam e percebo a verdade horrível do que acabou de acontecer com o meu namorado.

— Você está drenando a energia de Jaxon, não é? Como está fazendo isso?

Quando termino de verbalizar a pergunta, já descubro a resposta.

— Ah, meu Deus. Você está usando o meu elo entre consortes para drenar a energia do meu consorte? Está falando sério?

Ele ergue as mãos.

— *Não é bem assim.*

Sinto o meu estômago se revirar. Como eu não tinha percebido até agora? Não consigo acreditar como fui cega. Eu estava começando a confiar em Hudson. Estou me sentindo tonta e enjoada.

— *Não tenho escolha. Toda essa coisa de estar vivo, mas não realmente vivo faz com que eu tenha que tirar energia de algum lugar. E, por alguma razão qualquer, o universo me prendeu no seu elo entre consortes. Provavelmente, para que eu tirasse energia de vocês dois, em vez de fazer isso apenas com você e não sobrecarregar o seu organismo.*

— Espere. Você está se alimentando da minha energia também?

A explicação de Hudson me causa outro choque, mas preciso lhe dar algum crédito. Ele não mente. Em vez disso, Hudson olha bem nos meus olhos e responde:

— *Sim.*

— O tempo todo? — pergunto, incrédula. — Você está se alimentando de mim e de Jaxon desde que chegamos aqui?

— De maneira geral, sim. Mas estou tirando mais dele do que de você.

— Você fala como se isso fosse uma coisa boa em vez de algo absolutamente horrível. — Balanço a cabeça para tentar pensar com mais clareza. — E por que você fez isso? Por que o machuca desse jeito?

— *Porque ele tem mais energia acumulada. E não estou machucando o meu irmão* — justifica-se ele, suspirando. — *Estou só pegando um pouco da energia dele emprestada para continuar vivo.*

— E o que isso quer dizer? Que você está arrancando a energia vital dele... como se fosse o Darth Vader? Meu Deus, você está machucando Jaxon de propósito e a culpa é minha.

— *Não é por culpa de ninguém* — responde ele. — *Jaxon tem mais poder do que você, então automaticamente extraio mais poder dele.*

— E o que acabou de acontecer? — pergunto, estreitando os olhos. — Quando ele tropeçou? Sei que você fez alguma coisa com ele. O que você fez?

Ele suspira.

— *Peguei uma dose extra de energia. Nem foi tão grande assim.*

Eu o encaro, ainda mais irritada.

— Pareceu uma dose enorme. Achei que ele fosse desmaiar no corredor.

Ele passa um bom tempo sem se manifestar e, quando responde, seu tom de voz é completamente cavalheiresco.

— *Normalmente tomo cuidado para não tirar energia demais de nenhum de vocês. Talvez desta vez eu não tenha sido tão cuidadoso.*

— Eu sabia. — Sinto a raiva ganhar força dentro de mim. — Por que fez isso com ele?

— *Ele está bem* — garante Hudson, sem alterar a voz nem o olhar.

— Como você sabe?

— *Porque ele tem mais poder. Ele aguenta.*

— Só porque você diz? — questiono, furiosa e assustada ao mesmo tempo. E se alguma coisa acontecer com Jaxon por causa disso? Por minha causa? É um pensamento pavoroso.

— *Você prefere que eu me alimente somente da sua energia?* — pergunta Hudson, com as sobrancelhas levantadas. — *Ou prefere que não me alimente mais e simplesmente morra?*

Não respondo, mas isso só serve para que ele tire as próprias conclusões, com os olhos exalando decepção por um breve segundo antes que aquela expressão irônica retorne.

— *Acho que isso é exatamente o que você gostaria que acontecesse. É uma pena estarmos presos assim, não é? Todos os seus problemas seriam resolvidos se você pudesse simplesmente me deixar morrer.*

Capítulo 65

ENTRE QUATRO PAREDES:
UMA BIOGRAFIA

Esta é a primeira vez que a morte de Hudson é citada de maneira tão explícita e não sei o que devo dizer a ele — ou mesmo o que devo sentir. Os motivos que Jaxon tinha para querer matá-lo eram reais, válidos e importantes e entendo por que ele agiu desse jeito. Também entendo que foi a decisão mais difícil que ele já teve de tomar, mesmo que não o admita.

— *Ah, é claro. Vamos sentir pena de Jaxon nessa equação. É uma pena que ele tenha ficado tão abalado por me matar.*

Essa frase inteira me incomoda demais, porque... não. Nada disso. Ele não vai se colocar no papel de vítima aqui.

— Você deveria parar de tentar reescrever a história — eu digo a ele. — Jaxon não acordou simplesmente em uma manhã e decidiu matar você. Foi você que fez com que centenas de paranormais começassem a atacar uns aos outros. Para se divertir. Por causa de um plano ridículo focado na supremacia dos vampiros natos.

— *Não.* — Hudson me encara com uma expressão séria. — *Não, não, não. Fiz muitas coisas ruins na vida e assumo a responsabilidade por cada uma delas. Mas não vou assumir a responsabilidade pelo que você disse.*

Ele começa a andar de um lado para outro no meu quarto.

Não estou disposta a processar o que ele acabou de dizer. Minha mente ainda está acelerada, lembrando-se de todas as vezes nessas últimas semanas em que Jaxon pareceu cansado. E tudo porque Hudson estava drenando sua energia, usando o elo entre consortes. Sei que ele não tinha intenção de machucar Jaxon ou a mim, mas mesmo assim isso não é algo fácil de ouvir. Não quando sou responsável pelo fato de que há alguma coisa — ou alguém — machucando o meu consorte bem debaixo do meu nariz. De repente, me sinto enjoada e vou cambaleando até me sentar na beirada da cama. Preciso dar um jeito nisso.

Tenho a sensação de que a minha cabeça vai explodir. E também a sensação de que a mesma coisa vai acontecer com o meu coração. Fecho os olhos e busco dentro de mim pelo elo entre consortes de duas cores com o qual me familiarizei tanto nas últimas semanas. Eu o seguro com força, mandando várias ondas de energia para Jaxon, lembrando-me de todas as vezes em que ele estava com olheiras e simplesmente achei que ele precisasse dormir mais. As linhas repuxadas ao redor do seu sorriso que ignorei. O preto desbotado dos seus olhos tão profundos.

Tudo isso aconteceu por minha culpa. Tantas vezes me concentrei nos meus próprios problemas em vez de perceber como o meu consorte estava sofrendo e tentando esconder... bem na minha frente. E é aí que percebo outra coisa: Jaxon sabia que Hudson estava se alimentando por meio do elo. E não disse nada.

Sinto como se o meu peito estivesse escancarado. *Ele não queria que eu me sentisse culpada. E pior: não queria me forçar a escolher.*

— Você precisa parar.

Acho que não vou conseguir. Porque isso é ruim. É muito ruim mesmo.

— Grace. — A voz de Hudson troveja na minha cabeça com uma urgência que não consigo ignorar. — *Pare.*

— Foi você quem me fez pensar nisso tudo. E agora quer que eu pare? — indago, incrédula. — Dane-se.

— Estou falando da energia — ele me diz, colocando uma mão insistente sobre a minha. — *Você não pode dar mais energia para ele, ou vai acabar drenada. Você precisa parar.*

Ele tem razão. Tenho a impressão de que poderia passar um ano inteiro dormindo. Assim, solto o fio preto e verde, embora isso faça com que me sinta ainda mais desolada.

— Que droga — grunhe Hudson. — *Você vai acabar se matando se não tomar cuidado. Não se pode brincar com uma coisa dessas.*

Antes que eu consiga responder, ele me envia um pulso da sua própria energia para compensar um pouco do que dei a Jaxon.

— Você não precisava fazer isso — eu digo, mesmo sentindo o poder de Hudson correndo pelas minhas veias e me deixando bem mais centrada. Fazendo com que me sinta sólida outra vez.

— *Alguém vai ter que fazer isso, já que você parece incapaz de pensar em si mesma em qualquer situação* — resmunga ele por entre os dentes.

— Isso não é verdade! — retruco.

— *É exatamente a verdade. E o fato de que o meu irmão deixa você fazer isso sem qualquer consequência também é uma babaquice da parte dele. O elo entre consortes não existe para isso.*

— Ah, é mesmo? — Eu o encaro, incrédula. — Fazer com que um cuide do outro? O elo não existe para isso?

— *O cuidado tem que ser mútuo e não somente de uma pessoa em relação à outra* — rebate Hudson.

Meu celular apita. Eu o tiro do bolso e leio a mensagem que Jaxon me enviou.

Jaxon: Por favor, nunca mais faça isso de novo.

Três pontinhos piscam e depois desaparecem. Depois, começam a piscar outra vez, como se ele estivesse reconsiderando o que ia digitar. Finalmente, meu celular apita outra vez.

Jaxon: Obrigado.

Respondo de volta com um "amo você", seguido por um "boa noite" e em seguida largo o celular.

— *Ele a agradeceu por você ter lhe dado a sua força?* — Hudson joga as mãos para cima. — *Que belo consorte você foi encontrar, hein, Grace?*

Eu me viro de frente para ele com um movimento rápido.

— Sabe de uma coisa? Acho um atrevimento enorme você reclamar do meu jeito de usar o elo entre consortes. Você não teve problema nenhum em deixar sua consorte morrer para trazê-lo de volta.

Sinto a fúria explodir por dentro, pura e gigantesca, ameaçando tomar conta de mim, tomar conta do corpo inteiro. É algo que entorpece a mente, que faz acelerar a minha pulsação e é totalmente catastrófico. E, por um breve momento, a única coisa que consigo pensar é em estraçalhar o mundo inteiro.

Segundos depois, ela desaparece. É quando percebo que essa fúria que senti não era minha. Era a fúria de Hudson e era incandescente.

Demora mais alguns segundos até que ele esteja disposto — ou até que possa — conversar. E quando o faz, é em uma voz eminentemente razoável e duplamente mais pavorosa.

— *Em primeiro lugar, não pedi a Lia que fizesse coisa nenhuma. Acha mesmo que eu queria acabar aqui, deste jeito? Um prisioneiro dentro da sua cabeça, assistindo de camarote a qualquer porcaria que você e Jaxon tentam fazer? Vivo, só que não?* — E então continua: — *Em segundo lugar, Lia não era minha consorte. E, em terceiro, acho um atrevimento enorme você me acusar de qualquer coisa quando não faz a menor ideia das merdas que está falando.*

E, exatamente desse jeito, sinto o meu cérebro derreter por completo outra vez. Mas, agora, não é por causa da raiva. Desta vez a causa é a dor imensa que dá origem a toda aquela fúria. Algo que é impossível de testemunhar sem reação.

Ela ofusca a própria raiva que sinto, deixando-me apenas desolada e ansiosa e como se houvesse alguma coisa que eu simplesmente não consigo entender.

O fato de que eu quero entender já é bem chocante. O fato de que quero ajudar é impensável. Por outro lado, não é.

— Hudson? — eu o chamo, esperando encontrar uma maneira de atravessar tamanha dor.

Mas, mesmo chamando o seu nome, sei que ele não vai responder. Sei que, preso na minha cabeça ou não, ele já desapareceu.

Capítulo 66

RIVALIDADES, MESMO AS AMIGÁVEIS, SÃO PARA SEMPRE

Quando Hudson desaparece, fico meio perdida. Tenho tantas coisas na cabeça e estou tendo sensações que não consigo processar. Assim, fico circulando de um lado para outro no quarto por uns dez minutos. Após determinado tempo, me dou conta de que ele não vai voltar tão cedo e faço a única coisa que consigo pensar para me ajudar a dormir. Tomo um banho quente, esperando, no mínimo, conseguir afogar todos os sentimentos bizarros que estão borbulhando dentro de mim.

Depois do banho que não faz nada para acalmar meus nervos, visto uma blusinha e um short de pijama antes de voltar ao quarto. Macy está lá, sentada na cama, com os fones nas orelhas e um caderno sobre o colo. Ela acena para mim, mas não tenta puxar conversa, pois está concentrada em estudar.

Para mim, está tudo bem; não tenho muita coisa a compartilhar no momento. Há tantas emoções fervendo dentro de mim que é um milagre eu conseguir pensar, ou mesmo falar.

Mas percebo que Hudson deve ter voltado quando estava no banho, também. De algum modo, isso torna as emoções melhores e também piores, tudo ao mesmo tempo. Mas não questiono nada disso. Não é hora.

Ele largou o corpo em uma cadeira ao lado da minha escrivaninha; o livro que estava lendo anteriormente está aberto em seu colo, mas seu olhar acompanha cada movimento meu. Ele parece completamente exausto e basta uma olhada para perceber que ele está se sentindo do mesmo jeito que eu: agitado demais para querer discutir o que foi dito antes.

— E então? *Entre Quatro Paredes* é realmente tão bom quanto você fez parecer? — pergunto.

Hudson me encara com um olhar aliviado.

— *Já tinha lido. Várias vezes. O existencialismo é meio...*

— Típico do século passado?

— Ah, me poupe. Você deu uma olhada no noticiário ultimamente? — pergunta ele, seco.

— Tem razão — concordo, enquanto vou até a pia do banheiro e coloco um pouco de pasta de dente na escova.

Depois que termino de escovar os dentes, dirijo-me até a cama e me deito. Treinar para o Ludares com os outros foi mais divertido do que qualquer outra coisa que eu tenha feito em muito tempo. Mas agora, depois de tudo isso e de mandar energia para Jaxon, me sinto totalmente exausta.

E tenho certeza de que vários dos meus músculos vão doer amanhã. Voar é algo que usa músculos que eu nem sabia que tinha.

— Você se divertiu? — pergunta Macy, tirando os fones de ouvido no instante em que me acomodo.

— Demais. E você?

— Meu Deus, me diverti, sim. Nem consigo acreditar que estou numa equipe com Jaxon, Flint, Gwen e Mekhi. Nunca imaginei que iria conseguir entrar numa equipe tão foda logo no primeiro ano em que posso participar. Nós vamos vencer esse torneio de lavada!

— Nós temos que vencer o torneio — eu a lembro. — Precisamos daquela pedra de sangue.

— Nós vamos ganhar. Nem se preocupe com isso.

Ela para um pouco antes de limpar a garganta.

— Então... você... — Macy tosse e muda de ideia algumas vezes, até enfim conseguir perguntar. — E então... O que achou de Xavier?

E como a natureza diabólica de Hudson obviamente é algo com que venho tendo bastante contato nos últimos tempos, respondo:

— Xavier? Quem é Xavier?

Hudson tenta disfarçar uma risada, mas percebe que tenho a intenção de passar um tempo conversando com a minha prima, porque, com uma sobrancelha erguida, *Entre Quatro Paredes* reaparece magicamente em suas mãos e ele abre o exemplar na metade.

Macy fica de queixo caído com a minha pergunta. Literalmente boquiaberta, ela fica parada por uns dez segundos, só olhando para mim.

— Xavier — exclama ela, por fim. — Você sabe. O cara que estava de camisa cinza? Com olhos verdes e fazendo piadas engraçadas?

— Não. — Esboço um gesto negativo com a cabeça e a encaro com um olhar confuso. — Acho que nunca vi esse cara.

— Como assim? — Ela se endireita na cama, sentando-se. — Nós passamos umas dez horas com ele hoje. Xavier.

— *Sabe de uma coisa? Você é uma pessoa horrível* — comenta Hudson, com uma pose britânica enquanto continua a ler. — *Completamente horrível.*

— Xavier... vejamos... — eu digo, olhando para cima. — Xavier... Xavier...?

— Sim — concorda ela, com um gritinho. — Xavier. Você sabe de quem estou falando.

— Será que é aquele cara engraçado com um rosto lindo, que você ficou secando o dia inteiro? — pergunto, com um olhar malandro. — Aquele que passou um tempão exibindo os músculos bem na sua frente? Eu ACHO que talvez saiba quem é esse Xavier.

— Meu Deus, Grace. — Ela arremessa um travesseiro em mim. Quando me esquivo, ela joga também um bicho de pelúcia, outro travesseiro e finalmente uma das suas pantufas de ursinho favoritas. — Como teve a audácia de fazer isso comigo? Achei que você não tinha percebido de verdade!

— Como acha que eu não ia perceber? — Eu rio. — Ele passou o dia inteiro fazendo todo mundo rir e tentando desesperadamente impressionar você.

— Não era a mim que ele estava tentando impressionar — diz ela, com cara de acanhada pelo que parece a primeira vez desde que cheguei à Katmere. — Ou será que estava?

— Meu Deus, é claro que estava. Houve um momento em que Hudson e eu achamos que ele fosse arrancar a roupa e começar a flexionar a barriga de tanquinho bem na sua frente.

— *A barriga e todo o restante* — emenda Hudson, secamente, erguendo os olhos por tempo o bastante para piscar o olho para mim.

— É mesmo? — Macy se inclina para a frente, empolgada, enquanto segura com força outro travesseiro no colo. — Você achou mesmo?

— Tenho certeza. Ele estava se exibindo para você. E eu lhe disse: não fui a única que percebeu. Hudson perguntou várias vezes se tínhamos certeza de que ele era um lobo e não um pavão.

A minha prima ri, contente, e em seguida diz:

— Você está falando de Jaxon.

— O quê? — pergunto, confusa.

— Foi Jaxon quem disse todas essas coisas, certo? Não Hudson.

— Não — eu explico a ela, ainda mais confusa pela pergunta. — Foi definitivamente Hudson e não Jaxon, que estava prestando atenção ao que acontecia entre vocês dois. E que fez todos esses comentários.

— Ah. — Ela me encara com uma expressão estranha. — Eu não sabia que você e Hudson...

— O que foi? — indago, quando ela deixa a frase no ar, com uma cara meio constrangida.

Ela limpa a garganta do jeito que faz quando está nervosa. E continua:

— Acho que não tinha percebido que você e Hudson haviam ficado tão... íntimos.

Capítulo 67

FALE COMIGO, SR. DARCY

— Íntimos? — repito quando as palavras de Macy mandam uma onda de choque ou algo parecido pelo meu corpo. Rebato, sentindo a garganta apertada:
— Nós não somos íntimos.
— Não são? — pergunta ela e agora é Macy que parece confusa.
— É claro que não.
— *Ui* — comenta Hudson, virando uma página do seu livro.
— Quieto — retruco, antes de me concentrar em Macy outra vez. — Bem, a gente conversa, mas é porque ele nunca cala a boca.
— *Que gratidão, hein?* — interrompe Hudson, fechando o livro com força e indo até a janela. De repente, fico preocupada com a possibilidade de que a nossa trégua mútua desapareça outra vez e, para ser sincera, não estou nem um pouco a fim de entrar em uma nova rodada de retrucadas contra Sua Insolência Real. Não agora, pelo menos.
— Bem, às vezes ele me faz rir — admito, tropeçando nas palavras. — E ele é estranhamente encantador, também. E percebe tudo em relação a mim e ao mundo à nossa volta. Sim, às vezes ele me ajuda quando menos espero que isso aconteça, como quando eu estava nervosa com o poder de me transformar em gárgula, ou quando não conseguia entender como acender as velas no quarto de Jaxon, ou quando eu estava... — Paro de falar quando percebo o que estou dizendo. E o jeito com que estou falando.

E quando vejo que Macy está me encarando de novo. A surpresa e o desconforto foram substituídos por um choque e asco que a deixam boquiaberta. O fato de que Hudson ficou tão quieto quanto ela também não ajuda. E mais: consigo senti-lo dentro de mim. Imóvel, em silêncio e escutando.

— Não é como você está pensando — asseguro, finalmente.
— Certo — responde ela com um aceno de cabeça, e isso definitivamente não é o que eu estava esperando. Em seguida, ela se levanta e vai até a gaveta

onde guarda seus pijamas. — Acho que vou tomar um banho e limpar a sujeira do campo.

— Não quer falar um pouco mais sobre Xavier? — pergunto, enquanto ela vai para o banheiro.

Ela sorri ante a ideia, uma expressão que ilumina todo o seu rosto e por fim rompe a seriedade dos últimos minutos.

— Não há muita coisa para dizer ainda — ela me conta. — Mas você gostou dele, não é?

— Gostei, sim. Ele tem jeito de ser muito legal. E perfeito para você.

— Pois é... — Ela concorda com um aceno de cabeça e seu sorriso lentamente se desfaz. — Também acho.

Quando a porta do banheiro se fecha, repasso a nossa conversa na cabeça, imaginando o que poderia ter acontecido para fazer com que Macy agisse de um jeito tão estranho. Mas não encontro nada, exceto a sua reação esquisita ao fato de que Hudson e eu conversamos.

Mas... Sério, o que eu deveria fazer? O cara mora na minha cabeça. Será que eu deveria simplesmente ignorar tudo o que ele fala?

— *Por favor, não faça isso* — pede Hudson, que está em seu lugar favorito perto da janela. Acho que ele gosta dali porque isso o deixa parecido com algum dos heróis dos romances de Emily Brontë.

— *Nem de longe* — responde ele, com outra daquelas fungadas britânicas. — *Os heróis de Brontë são fracos, patéticos e estranhos. Definitivamente, sou um herói de Jane Austen. O sr. Darcy em pessoa, talvez?* — Ele me encara com uma sobrancelha erguida, levantando o queixo e estufando o peito.

Começo a rir, exatamente como ele almejava. Afinal, como poderia ser diferente? Ele faz uma pose tão ridícula que não consigo parar de rir. Especialmente quando ele faz uma careta, fingindo que está ofendido.

— Não conte a ninguém — confesso, quando enfim paro de rir. — Mas nunca fui uma grande fã de Darcy.

— *O quê? Que blasfêmia. Ouça o que lhe digo, isso é uma blasfêmia.*

E agora ele está rindo comigo, com o rosto todo iluminado e os olhos azuis brilhando. E eu não entendo. Simplesmente não estou entendendo.

— *O que não está entendendo?* — indaga ele; a risada se apaga e em seu lugar surge uma imagem séria que não sou capaz de interpretar direito. Pondero se ele não sente o mesmo em relação a mim.

— O fato de que você pode agir assim comigo e, ao mesmo tempo, ser tão cruel. Não faz sentido.

— *Isso é porque você não quer que faça sentido* — diz ele. Desta vez, não há nenhuma zombaria na expressão ofendida com a qual ele me olha enquanto assimila o restante da minha frase. — *Cruel? Você acha que sou cruel?*

E, com isso, a nossa decisão mútua de não falar sobre o assunto se transforma em fumaça.

— Bem, de que outra maneira você descreve o que fez?

— *Foi necessário* — responde ele, balançando a cabeça, como se não conseguisse acreditar que estamos tendo esta conversa. Por outro lado, talvez eu também não consiga.

— Necessário? — repito. — Você acha mesmo que matar todas aquelas pessoas foi necessário?

— *Não faça isso* — ele me adverte. — *Não me julgue sem saber do que está falando. Você não estava lá. Tenho orgulho do que fiz? Nem um pouco. Mas faria tudo de novo? Com certeza, sim. Às vezes, é preciso fazer coisas horríveis, pavorosas e asquerosas para impedir que algo pior aconteça.*

— É isso que você pensa que estava fazendo? — pergunto.

— *Sei que era isso que eu estava fazendo. Mesmo que você não acredite, isso não torna a situação menos real. Só significa que você não sabe de merda nenhuma.* — Ele passa a mão pelos cabelos com força e se vira para olhar pela janela outra vez. — *Mas por que eu deveria estar surpreso? Meu irmão mais novo também não sabe de nada e mesmo assim toda vez você prefere acreditar nele do que confiar em mim.*

— O que você quer que eu diga? Que confio mais em você do que em Jaxon? Que acredito em você e não no meu consorte?

— *Seu consorte.* — Ele solta uma risada brusca que me causa arrepios, embora eu não saiba o motivo. — *É claro. Por que você acreditaria em mim e não no seu consorte?*

— Sabe de uma coisa? Não é justo. Você quer fingir que é somente a sua palavra contra a de Jaxon, mas a escola inteira tinha tanto medo de você que estavam literalmente planejando me matar só porque achavam que Lia podia trazê-lo de volta do mundo dos mortos. As pessoas não fazem isso só porque não gostam de alguém e não importa no que você quer que eu acredite.

— *As pessoas têm medo do que não entendem. Sempre tiveram e sempre terão.*

— Como assim? — sussurro, esperando que ele se vire e fique de frente para mim. — Me conte, Hudson.

Ele se vira, mas quando nossos olhares se cruzam, enxergo algo terrível nos olhos dele. Uma coisa sombria, desesperada e tão ofuscantemente dolorosa que quase sinto isso que isso me rasga em duas.

— *Você acha que Jaxon tem poder?* — ele sussurra em uma voz que praticamente preenche o quarto. — *Você não faz a menor ideia do que é poder de verdade, Grace. Se tivesse... Se você soubesse o que sou capaz de fazer, não me faria todas essas perguntas. Porque já saberia a resposta.*

Capítulo 68

A VERDADE DÓI

Sinto meu coração entalar na garganta por causa da certeza com a qual Hudson fala, com a escuridão e com o horror que ele nem tenta esconder.

Parte de mim quer pedir uma explicação, mas outra, bem maior, sente um medo enorme da resposta.

Assim, não digo nada. Simplesmente fico deitada na cama, apertando o travesseiro esquecido de Macy junto ao peito e escutando o som da água correndo no banheiro.

Por um tempo muito longo, Hudson também não se manifesta. Fica apenas diante da janela, olhando para a área externa da escola, já quase escura.

O silêncio se estende entre nós, tão carregado e congelado quanto à tundra no inverno, que segue intocada até mesmo pelos menores raios de luz ou calor. É tão frio que chega a doer, tão vazio que ecoa dentro de mim, reverberando por todas as partes até não haver nenhum lugar onde eu não sinta dor.

Nenhum lugar que não esteja queimando.

Estou perto do ponto de ruptura, desesperada para dizer alguma coisa. Qualquer coisa para quebrar esse deserto gelado que há entre nós. Mas Hudson é o primeiro a falar.

— *Sabe de uma coisa? Você era uma fofura quando tinha cinco anos.*

Essa é a última coisa que esperava ouvir dele, e isso faz com que eu erga o corpo na cama conforme a surpresa assume o lugar daquela estranha dor na qual eu estava mergulhada.

— Como assim?

— *Você ficava uma gracinha quando sorria sem os dois dentes da frente. Adorei o fato de que o primeiro caiu por si só e que você perdeu o segundo quando capotou com a sua bicicleta duas semanas depois.*

— Como sabe disso?

— *Você me contou.*

— Não — eu o contrario, balançando a cabeça. — Eu nunca conto essa história a ninguém.

Se contasse, teria de explicar como esse mesmo dente cresceu de um jeito meio estranho e todo torto, porque o dente de leite caiu cedo demais. E antes que eu colocasse um aparelho ortodôntico, todo mundo ficava tirando sarro de mim. É por isso que os castores sempre foram o animal de que menos gosto, até hoje.

— *Bem, você contou para mim* — responde ele, parecendo incrivelmente contente com esse fato. — *E agora estou assistindo aos filmes caseiros, ao vivo e em cores.*

— Que tipo de filmes caseiros? — indago, ressabiada.

— *Aqueles em que você ainda é uma criança adorável com o vestido azul-marinho de bolinhas. Aquele com o qual você adorava girar pela sala de estar. Particularmente, gosto bastante do laço no cabelo com estampa combinando.*

Meu Deus.

— Você está nas minhas lembranças?

— *É claro que estou.* — Ele balança a cabeça, mas seus olhos são suaves e o sorriso é ainda mais sincero. — *Você era uma menininha linda.*

— Você não pode fazer isso! — ralho com ele. — Não pode simplesmente entrar nas minhas lembranças e olhar o que quiser.

— *É claro que posso. Estão jogadas por todo lado.*

— Não estão "jogadas". Estão dentro da minha cabeça.

— *Exatamente. Assim como eu.* — Ele ergue as mãos, como se quisesse dizer "obviamente". — *Entendeu o que eu quero dizer sobre elas simplesmente estarem aqui?*

— Está falando sério?

— *Aham. Ah, e a fantasia de coelhinho quando você tinha seis anos também é uma das minhas favoritas.*

— Meu Deus do céu. — Aperto o travesseiro de Macy sobre a cabeça e imagino se seria possível eu me sufocar com aquela pelúcia nas cores do arco-íris. Não seria uma ideia tão ruim agora.

— Por que está fazendo isso comigo? — resmungo, enquanto reviro o meu cérebro, tentando imaginar as recordações horríveis e humilhantes que ele pode descobrir a qualquer instante. Sei que não há tantas assim, mas neste momento tenho a impressão de que há um estoque infinito delas.

— *Não sei. Mas acredite em mim, tem umas pérolas aqui* — ele relata para mim. — *Aquela com a galinha quando você estava no terceiro ano da escola é bem constrangedora.*

— Em primeiro lugar, era um galo. Em segundo lugar, ele estava com raiva.

— *Galinhas não pegam raiva* — rebate Hudson com um sorriso torto zombeteiro.

— O quê? É claro que pegam.

— *Não pegam, não.* — Ele ri. — *A raiva é uma doença que só afeta mamíferos. Galinhas são aves, então... nada de raiva.*

— Você acha que sabe tudo, não é? — pergunto, virando de lado na cama. — Quem é você? O Encantador de Galinhas?

— *Sim* — responde ele, sem se abalar. — *Esse sou eu, absolutamente. Hudson Vega, Encantador de Galinhas mundialmente renomado. Como você sabia?*

— Ah, cale essa boca — resmungo, exasperada, e atiro o travesseiro nele, mas não o acerto. É claro que não, porque Hudson não está realmente ao lado da janela. Ele está na minha cabeça, assistindo aos vídeos caseiros. Pego outro travesseiro no qual eu possa enfiar a cara e gemo. — Você é um pé no saco, sabia? Gigante. Enorme. Descomunal.

— *Uau. Como foi que não encontrei a lembrança em que você engolia um dicionário de sinônimos? Acho que eu devia tentar encontrá-la. Talvez esteja perto daquela na qual você perdeu a parte de cima do seu biquíni em La Jolla Cove? Você se lembra, não é? Estava com treze anos e precisou chamar sua mãe para que ela lhe trouxesse uma toalha, enquanto ficava enfiada na água até o pescoço.*

— Odeio você.

Ele sorri.

— *Não odeia, não.*

— Odeio, sim — insisto, embora saiba que estou falando como se fosse uma criancinha birrenta.

O riso de Hudson se desfaz.

— *Bem, talvez você esteja mesmo.*

Ele suspira e parece considerar as palavras com cuidado antes de continuar a falar.

— *Sabe que só estou observando as recordações que você dividiu comigo, não é?*

— Não tem como ser verdade — respondo. — Eu nunca contaria a ninguém sobre o meu dente. Ou sobre a parte de cima do biquíni. Ou... — Paro de falar antes que revele alguma outra coisa.

— *Ou aquela vez em que você vomitou nos sapatos da sua professora do jardim de infância?* — ele pergunta com a voz baixa.

— E por que lhe contaria essas coisas? Eu não as conto para ninguém. Nem mesmo Heather ou Macy sabem de tantas.

— Acho que isso é algo que você precisa perguntar a si mesma, não é? Se me odeia tanto assim, por que teria me contado todas essas coisas?

Não sei como posso responder a ele. Diabos, não tenho nem mesmo uma resposta para mim mesma. Talvez seja por isso que simplesmente rolo para o lado e fico olhando para a parede. Porque, de repente, tenho a sensação de que há muitas coisas que eu não sei.

A escuridão voltou; o abismo enorme do qual venho tentando sair desde que voltei a ser humana. Só que, desta vez, não vejo apenas o vazio. Em vez disso, vejo os destroços, a destruição, a terra arrasada do que é... E mais, do que poderia ter sido. Ou até mesmo do que deveria ter sido.

Dói muito mais do que eu esperava que fosse doer.

Hudson não volta a me perturbar. Mas ele finalmente se afasta da janela e se senta ao meu lado, com as costas apoiadas na beirada da minha cama.

Mantenho os olhos fechados e, de repente, logo diante das minhas pálpebras, uma lembrança diferente começa a surgir. Esta é a de dois menininhos de cabelos escuros. O mais velho não tem mais do que uns dez anos de idade, e os dois parecem vestidos com roupas de época no meio de uma sala escura e cheia de tapeçarias. Uma mesa enorme domina o centro daquele espaço, com várias cadeiras enormes e cuidadosamente entalhadas dispostas ao redor.

Ao lado da mesa está um dos garotinhos, com os olhos azuis cheios de lágrimas, enquanto implora.

"*Não, mamãe, não. Por favor, não o leve. Por favor, não o leve. Por favor, não o leve.*"

Ele continua dizendo aquilo sem parar e sinto o meu peito apertar a cada palavra.

"*Tenho de levá-lo*" — responde ela com uma voz fria e severa. "*Agora, pare de chorar e se despeça logo. Senão, vamos embora sem que você diga adeus.*"

O garotinho não para de chorar, mas para de implorar enquanto atravessa a sala para chegar junto do menino mais novo — que tem olhos escuros e confusos. O menino de olhos azuis o abraça e, em seguida, se apressa para atravessar a sala a fim de pegar algo que está sobre a mesa antes de acelerar de volta para junto do outro garoto, segurando um pequeno cavalo de madeira nas mãos.

Ele dá o brinquedo para o outro garoto e sussurra:

"*Eu fiz esse cavalo para você e o chamei de Jax, para que sempre se lembre do nome dele. Amo você.*" — Ele fita o rosto da mãe antes de emendar com a voz tão torturada que meu coração se parte ao ouvir: "*Não se esqueça de mim, Jax.*"

"Já chega" — diz a mãe. *"Vá terminar seus estudos. Eu volto na hora do jantar e vou cobrar o que você aprendeu."*

Sua mãe e o menino de olhos escuros se viram para ir embora e deixam o outro garotinho sozinho na sala. Quando os dois saem e a porta se fecha, ele cai de joelhos, chorando de um jeito que só as crianças conseguem chorar. Com todo o seu corpo, o coração e a alma. A devastação, a dor, tudo isso me acerta como se fosse uma avalanche.

Naquele momento, um homem trajado com um terno entra na sala e para diante do garotinho. Em seguida, ele sorri.

"Use a dor, Hudson. Ela vai tornar você mais forte."

A criança se vira para contemplar o homem, e um calafrio subitamente desce pela minha coluna. O ódio no seu olhar deveria pertencer a alguém muito mais velho e faz com que a minha respiração fique presa na garganta. O garoto encara o pai com olhos estreitados e tudo fica imóvel — o homem, a criança, o próprio ar que eles respiram. E, em seguida, tudo explode em partículas. A mesa. As cadeiras. O tapete. Tudo, com exceção do homem, cujo sorriso fica ainda maior.

"Fantástico. Vou dizer à sua mãe para lhe comprar um cachorrinho amanhã." — Em seguida, ele se vira e sai da sala, deixando o garoto no piso de madeira de lei, sem o tapete que se desintegrou e com as farpas dos móveis lhe espetando os joelhos.

Ele podia ter destruído o pai com a mesma facilidade que destruiu as cadeiras, mas não conseguiu. Não seria o que seu pai queria que ele fosse. Um assassino.

E a memória desaparece com a mesma facilidade com que surgiu.

Ah, meu Deus.

— Hudson...

— Pare. — Ele diz isso de uma maneira tão casual que quase começo a duvidar do que acabei de ver. Pelo menos até ele dizer: — *Não tenho muitas lembranças da infância, especialmente daquelas que um humano compreenderia. Por isso, as minhas opções estavam bem limitadas. Mas me pareceu justo lhe mostrar alguma coisa depois de todas aquelas que você me mostrou. Bem, você já tinha visto isso antes, mas não se lembra. Então...*

— Você me mostrou isso antes? — pergunto, enquanto enxugo discretamente as lágrimas no meu rosto.

Ele ri, mas não há humor algum no som.

— *Eu lhe mostrei tudo antes.*

O vazio daquelas palavras ecoa dentro de mim e fecho os olhos, sem saber o que lhe dizer. Sem saber até mesmo se posso acreditar nele, embora perceba que é isso que eu quero fazer. E muito.

— Hudson...

— *Você está exausta, Grace* — atesta ele, quando se levanta, e eu juro que consigo sentir sua mão nos meus cabelos. — *Vá dormir.*

Há tantas coisas que quero dizer a ele, palavras que estão na ponta da minha língua até que, de repente, não sei como as expressar. Assim, faço o que ele sugere. Fecho os olhos e me permito adormecer.

Mas, logo antes de cair no sono, encontro um jeito de verbalizar pelo menos uma das coisas que quero.

— Sabe que não quero que você morra, não é?

Hudson fica paralisado e, em seguida, suspira, cansado.

— *Eu sei, Grace.*

— Mas também não posso deixar que Jaxon morra. Simplesmente não posso.

— *Sei disso, também.*

— Por favor, não me faça escolher. — Meus olhos estão se fechando e estou quase adormecendo.

Mas ainda ouço quando ele replica:

— *Nunca vou fazer você escolher, Grace. Como eu poderia fazer isso? Sei que você jamais me escolheria.*

Capítulo 69

MORDER OU NÃO MORDER,
EIS A QUESTÃO

— Ai, meu Deus. Grace, levante. — Os gritinhos de Macy ecoam pelo nosso quarto antes mesmo que a luz tenha ultrapassado as frestas da janela.

— Ainda não — resmungo, virando para o outro lado e enfiando a cara embaixo do travesseiro pela segunda vez em oito horas. — Ainda está escuro.

Eu me encolho ainda mais sob os cobertores, voltando a cair num sonho em que há um menininho de olhos azuis e seu cavalo, quando Macy me sacode.

— É sério. Você precisa se levantar.

— *Mande-a embora* — reclama Hudson do que parece o piso do quarto, ao lado da minha cama.

O celular de Macy toca e ela desiste de tentar me acordar, enquanto atende à chamada.

Espio por cima da beirada da cama e percebo que Hudson está largado no chão. Ele também enfia a cabeça embaixo de um travesseiro — um dos meus travesseiros rosa-choque, para ser mais exata.

— *Não me julgue* — reclama ele. — *Não restam muitas opções neste quarto.*

Eu sorrio.

— Entendo. Mas preciso dizer que rosa-choque é uma cor que super combina com você.

— *Você sabe que eu mordo, não é?* — grunhe ele enquanto aperta o travesseiro contra a cabeça.

— Ah, sim. E estou morrendo de medo da sua mordida. Especialmente porque você está dentro da minha cabeça — eu digo, revirando os olhos.

Ele não responde. E estou prestes a me parabenizar por vencer esta rodada quando sinto as presas de Hudson roçando gentilmente no meu pescoço. Elas não param até chegarem ao meu ponto de pulsação e, em seguida, ficam pairando ali por um segundo, dois.

Um calor inesperado percorre meu corpo com a familiaridade daquele toque, seguido de perto por um pânico gélido — porque ele não é Jaxon.

— Ei, o que está fazendo? — Eu me viro para empurrá-lo para longe de mim, mas ele já sumiu.

— *Mostrando que, mesmo estando na sua cabeça, ainda posso mordê-la sempre que eu quiser.*

— Mas eu não quero que você me morda — praticamente grito, mesmo enquanto o meu corpo ainda ressoa ante aquele toque. — E é exatamente assim que tem que ser.

— *Eu sei* — responde ele, calmamente. — *Foi por isso que não a mordi.*

Levo a mão até o pescoço e percebo que ele tem razão. Não há nem mesmo um arranhão. Graças a Deus.

— Nunca mais faça isso de novo — ordeno a ele, só para ter certeza de que Hudson entendeu a mensagem. — Não quero que ninguém além de Jaxon me morda. Jamais.

O sorriso de Hudson se transforma em uma expressão zombeteira e talvez até um pouco amarga, mas ele não discute comigo. Simplesmente, faz um gesto afirmativo com a cabeça e diz:

— *Entendido. Prometo que não vou fazer isso outra vez.*

— Ótimo. — Ainda assim passo os dedos pelo pescoço mais uma vez, estranhamente incomodada pelo calor que sinto sob a pele, embora Hudson não tenha realmente feito nada comigo. — Obrigada.

— *Por nada.* — Ele abre um sorriso meio matreiro. — *Bem, pelo menos, não vou fazer nada até que você me peça.*

— Uggh. — Eu jogo um travesseiro nele. — Você é asqueroso, sabia?

— *Porque eu lhe disse que não ia tocar em você sem a sua permissão?* — O olhar de inocência com que Hudson me encara não é tão bom quanto ele imagina. — *Só estava tentando ser cavalheiro.*

— Quer saber? Me morda de uma vez. — Mas, tão logo as palavras saem pela minha boca, eu me dou conta do que disse. E, logo antes que Hudson se aproxime com um brilho cruel em seus olhos azuis, ergo a mão e tapo sua boca.

— Eu não estava falando literalmente.

— *Tudo bem, Grace.* — Ele me encara com um olhar que tenho certeza de que faria a minha calcinha derreter no meu corpo se eu não fosse a consorte do seu irmão. — *Não me importo de ser mau.*

— Pois é, ouvi dizerem isso a seu respeito.

Levanto as cobertas, determinada a dar um fim nessa conversa mesmo que, para isso, eu tenha que correr para o chuveiro. Então, percebo que Macy já terminou a sua ligação e está conversando comigo.

— Desculpe — digo a ela, ainda tentando entender por que seus olhos estão arregalados e seu rosto pálido. — Eu ainda estava dormindo e não ouvi o que você disse. O que está havendo?

— O Círculo — ela repete. — Eles estão aqui.

— O Círculo?

No começo, suas palavras não fazem nenhum sentido para o meu cérebro ainda entorpecido, porém, quando Hudson solta uma longa sequência de palavrões em voz baixa num canto da minha mente, finalmente me dou conta de quem ele está falando.

— Os pais de Jaxon e Hudson estão aqui? — sussurro, apavorada.

— Sim. O rei e a rainha, além dos outros três casais de consortes, apareceram às cinco da manhã. Sem nenhum aviso. Simplesmente, aqueles oito no portão da escola, exigindo entrar. Meu pai está ensandecido.

— Por que eles estão aqui? — indago, afastando os meus cachos rebeldes do rosto.

— Oficialmente? — responde Macy. — Para a inspeção que fazem a cada vinte e cinco anos. E eles agendaram essa inspeção para mostrar apoio ao torneio Ludares e promover a cooperação e amizade entre as espécies.

— E extraoficialmente? — pergunto, temendo um pouco a resposta.

— Eles querem dar uma olhada em você — dizem Hudson e Macy ao mesmo tempo.

Bem, isso é algo bem inesperado.

— Em mim? Por quê?

Até faço uma ideia do motivo pelo qual os pais de Jaxon querem me conhecer, já que sou a consorte do seu único filho ainda vivo (pelo menos de acordo com o que sabem). Mas por que envolver o restante do Círculo no que deveria ser uma questão pessoal e de família?

Quando verbalizo isso para Macy e Hudson, os dois riem. E desta vez estão rindo de mim, não comigo.

— *Isso não tem nada a ver com você e Jaxon serem consortes* — explica Hudson. — *Acho que eles não ligam para isso, a menos que isso represente uma ameaça ao poder deles. Mas os meus pais e também todos os membros do Círculo, mesmo os que não têm tanta fome pelo poder, querem saber mais sobre o fato de você ser a primeira gárgula a nascer em mais de mil anos.*

— E que importância isso tem? O que uma gárgula solitária pode fazer com eles? Especialmente uma que nem é tão poderosa assim? — eu os questiono.

— Em primeiro lugar, você é uma gárgula nova, mas não significa que não seja poderosa — corrige Macy, enfaticamente. — Significa que você precisa de um tempo para entender várias coisas. Você ainda nem sabe quais são todas as habilidades de uma gárgula e especialmente aquilo que você mesma é capaz de fazer. — Por isso, é claro que estão assustados. Se não estivessem, o rei não teria assassinado todas as gárgulas em sua última investida, e o Círculo, com certeza, não o teria deixado sair impune. Eles podem ser um bando de covardes, em sua maioria, mas em geral não aceitariam um genocídio. A menos que isso lhes fosse útil para alguma coisa.

— É isso aí, Macy. Diga o que você realmente sente — exclama Hudson. Em seguida, ele olha para mim e complementa: — *Ela tem toda a razão.*

Rio um pouco disso, o que leva a um olhar inquisitivo por parte de Macy.

— Hudson concorda com o seu resumo da situação — informo a ela.

— Isso é porque o meu resumo é bem preciso. E o pai dele é um cuzão. — Ela me encara com um olhar bem significativo. — Tal pai, tal filho, aparentemente.

Hudson revira os olhos, mas surpreendentemente não responde. E talvez seja a primeira vez que ele faz isso, pensando bem. Mas ele ergue o corpo, se apoia na lateral da minha cama e, em seguida, passa a mão pelos cabelos curtos e despenteados. Sei que ele não é real; mesmo assim, por que ele está dormindo com uma calça de pijama de flanela e sem camisa? Será que ele tirou a camisa ou eu estou somente — inexplicavelmente — decidindo imaginá-lo sem nada da cintura para cima?

E, é claro, ele ouve esse pensamento solto e pisca para mim por cima do ombro nu.

— *É melhor que você decida isso sozinha.*

Eu tento ignorar o calor que faz minhas bochechas arderem e me concentro em Macy.

— Então, por que motivo o Círculo decidiu vir nos visitar tão casualmente logo às... — Eu olho para o relógio do celular. — Meu Deus, cinco e quinze da manhã?

— Porque, aparentemente, eles convocaram uma assembleia antes de as aulas começarem. E isso significa que todos nós temos que estar no auditório às seis e meia, com o uniforme cerimonial.

— Uniforme cerimonial? Aquele com a saia, a gravata e o blazer? — Tenho a impressão de que vesti o uniforme completo somente uma vez durante todo o tempo em que estive aqui.

— Não — corrige Macy, com um suspiro exagerado. — Os mantos.

— Mantos? — Eu olho para o meu armário, que está vazio. — Não tem nenhum manto ali.

— Não, mas eu tenho outro. Por sorte, da época em que era mais baixa. Caso contrário você iria cair de cara no chão.

— Então... saia, gravata e manto?

— Isso.

— É parecido com a beca da formatura? — pergunto, só para me certificar. Porque, neste instante, estou imaginando um salão cheio de alunos vestidos com mantos pretos e chapéus de formandos. Como deve acontecer daqui a alguns meses.

— São mantos cerimoniais. — Macy suspira.

E isso coloca todos os meus sentidos em alerta vermelho.

— Não são mantos para sacrifícios humanos, não é?

Macy me fita com os olhos estreitados.

— Ninguém vai sacrificar você, Grace.

É fácil ela dizer isso. Eu sufoco a irritação e decido usar o humor neste caso.

— Foi o que a aranha disse para a mosca.

Macy ri, do jeito que eu queria que acontecesse. E isso me deixa empolgada.

— Só estou dizendo que ninguém pode me criticar por desconfiar de algo assim até lutarem contra uma vadia homicida com garras ao redor dos braços, um ombro luxado, uma concussão na cabeça e feridas abertas nos pulsos e tornozelos depois de escapar de grilhões. Em cima de um altar. Cercada por sangue, no escuro e totalmente drogada.

Macy olha para mim, sem se deixar abalar, e comenta:

— Quem nunca? Fale sério, Grace.

Começo a rir, uma gargalhada bem forte, porque a resposta foi perfeita.

— Está querendo dizer que estou sendo dramática sobre quase ter morrido?

— De jeito nenhum. É a minha maneira de dizer que eu adoraria ter uma chance de acertar aquela vaca com os dois pés no peito e mandá-la de volta para o inferno. — Ela fecha o armário e tira dois mantos em um tom roxo-escuro. Ela joga um na própria cama e entrega o outro para mim.

— É roxo — eu digo a ela.

— É, sim — diz Macy.

— O manto é roxo, Macy.

Ela concorda com um aceno de cabeça.

— Estou vendo.

— Vou ficar parecida com aquele dinossauro Barney se eu vestir isso.

Ela sorri.

— Bem-vinda à Academia Katmere. — E, enquanto ainda encaro aquela monstruosidade roxa que é o meu manto cerimonial, ela rouba o maldito banheiro bem debaixo do meu nariz.

Capítulo 70

QUANDO O DIABO APARECE
NO MONTE DENALI

Já estive em auditórios antes. Afinal, eu sou aluna do ensino médio de uma escola norte-americana. Mas nada poderia me preparar para o auditório da Academia Katmere.

Gigantesco, com um teto que provavelmente mede de dez a doze metros de altura e com colunas entalhadas de aparência ameaçadora por todos os lados. O lugar se parece mais com uma igreja gótica do que com uma sala para reuniões entre os alunos.

Vitrais que retratam várias cenas paranormais... Confere.

Arcos ogivais entalhados sobre cada passarela... Sim, também confere.

Entalhes elaborados e meio macabros em praticamente todas as superfícies... Pois é, isso também confere.

Falando sério: tenho a impressão de que a única coisa que falta neste lugar é um altar. Em seu lugar há um palco redondo no centro do salão, cercado por centenas de cadeiras no mesmo tom de roxo que os nossos mantos. Assim, conforme os alunos vão entrando e encontram seus assentos, tenho a impressão de que uma berinjela explodiu aqui — ou, mais exatamente, umas mil berinjelas.

A Casa de Usher não chega nem aos pés deste lugar. Edgar Allan Poe, morra de inveja.

Viro para a esquerda a fim de contar essa piada a Hudson, mas percebo que ele não entrou comigo.

O tio Finn já está no palco, mas não há mais ninguém com ele — apesar de haver oito cadeiras enormes e finamente entalhadas (será que alguém se surpreendeu com isso?) dispostas em uma fileira diretamente atrás do microfone e do sistema de som no qual meu tio está mexendo no momento.

Não consigo deixar de rir enquanto o observo, porque bem aqui, no meio do auditório que dá a impressão de que há uma história de terror prestes a acontecer, o meu tio está fazendo a mesma coisa que todo diretor ou vice-diretor de escola em toda a história da humanidade faz antes de uma assembleia geral. A normalidade abjeta de tudo isso me diverte, mas também me faz sentir um pouco de saudade de casa.

Não necessariamente da vida que tinha, mas da garota que eu era. Normal. Humana. Mediana.

Bem, na minha cabeça ainda sou a mesma Grace, chata como sempre fui. Mas, na academia Katmere, sou anormal. Uma anomalia. Alguém a quem as pessoas ficam olhando e sobre a qual comentam aos sussurros. Na maior parte do tempo, são coisas que ignoro; afinal, sou a consorte de Jaxon Vega, mas Hudson Vega mora na minha cabeça. Ah, e também tenho o péssimo hábito de me transformar em pedra sempre que quiser.

Sinceramente, quem não ficaria olhando para uma pessoa assim?

— Vamos nos sentar ali — sugere Macy, apontando para duas cadeiras vazias perto da frente do palco. — Quero ver toda essa zorra de perto.

Normalmente, não sou do tipo que senta na primeira fileira da sala, mas, entre as coisas que acho que posso discutir a respeito hoje, o lugar onde me sento não é nem mesmo algo digno de entrar no radar. Além disso, pelo menos, assim, consigo dar uma boa olhada nos pais de Jaxon e Hudson.

— *Não!* — O grito de Hudson reverbera na minha cabeça, tão alto e veemente que me faz parar, com os olhos arregalados, enquanto perscruto ao redor, esperando para saber de qual ataque preciso me defender.

Mas tudo parece normal, ou pelo menos tão normal quanto possível na Academia Katmere, considerando que um grupo de bruxas está jogando uma bola de um lado para outro do auditório sem usar nada além de alguns movimentos rápidos dos dedos.

O que houve?, pergunto, sentindo o coração bater descontrolado.

— *Não se sente na frente. Não chegue perto deles.*

Perto de quem?, pergunto outra vez, investigando ao redor à procura de alguma ameaça que ainda não consegui recomendar.

— *Dos meus pais. Eles adorariam que você se sentasse tão perto, assim poderiam lhe dar uma boa olhada.*

Tenho a impressão de que isso é normal, considerando as circunstâncias, digo a ele, dando de ombros. *E quero dar uma boa olhada neles, também.*

Macy está alguns metros adiante, já que o grito de Hudson me fez parar de andar pelo susto. Assim, passo ao redor de alguns grupos de alunos para conseguir alcançá-la.

— *Pare com isso, Grace, eu disse não!*

Como é?, pergunto, chocada e irritada. *Por acaso está me proibindo de fazer alguma coisa?*

— Você não pode confiar neles — assevera Hudson. — Você não pode simplesmente se sentar bem ali, na frente do rei e da rainha e achar que nada vai acontecer.

Estamos no meio de uma assembleia cheia de gente! Balanço a cabeça, espantada. *O que eles vão fazer comigo?*

Eu aceno para Gwen, que está chegando perto de Macy, já sentada na primeira fileira. Ainda estou sete ou oito fileiras para trás, então dou a volta ao redor de alguns alunos, tentando passar por eles.

— Tudo que quiserem. É isso que estou tentando lhe dizer. Meu pai é o líder do Círculo, porque ele literalmente matou todos que poderiam representar alguma ameaça. E ele vem fazendo isso há dois mil anos. Você acha, por um segundo, que ele vai hesitar se tiver que matar você, também?

No meio de um evento da escola? Claro, ele vai tentar me matar com o meu tio, todos os professores da Academia Katmere e todos os alunos assistindo. Pouco provável. Então, será que você pode se acalmar e me deixar sentar onde eu quiser?

Desço mais dois degraus e, em seguida, fico paralisada. Não porque quero, mas porque os meus pés não se movem. De jeito nenhum.

Começo a entrar em pânico, imaginando o que pode estar acontecendo, mas logo eu percebo. *Não se atreva a fazer isso, Hudson. Me deixe andar agora.*

— Grace, pare por um segundo. — A voz de Hudson é deliberadamente calma e apaziguadora, o que só me irrita ainda mais. — Me escute.

Não. Não, não, não! Não vou escutar o que você diz, quando está controlando o meu corpo. Mas que porra deu na sua cabeça?

— Só preciso que você pense por um minuto.

E eu só preciso que você me solte. Se não me soltar neste instante, juro por Deus, Hudson, que quando eu finalmente tirar você da cabeça vou te matar. Vou literalmente transformá-lo em um ser humano e esfaquear essa porra desse seu coração obscuro até você morrer bem diante de mim. E depois vou lhe esfaquear mais algumas vezes.

Hudson "nos" leva para a lateral do auditório, passando por alunos que correm para pegar seus assentos e, em seguida, nos faz passar entre dois painéis, chegando a uma alcova escondida. Não vou mentir: sentir que outra pessoa controla o meu corpo e me deixa numa espécie de banco do passageiro deve ser uma das piores experiências da minha vida. A violação, o medo, a raiva que ferve dentro de mim agora estão se transformando numa tempestade de proporções épicas.

Quando estamos escondidos, sinto que ele tem dificuldade de deixar o controle sobre a minha mente. É como tentar atravessar um lamaçal, mas, com o tempo, a resistência cede com um estalo e eu estou livre. Sinto como se eu mesma estivesse correndo para preencher aquele vazio e não consigo afastar o tremor de pânico que toma conta do meu corpo.

Quando ele olha para mim, o pânico dá lugar a uma fúria incandescente. Ele ergue as mãos.

— Está bem, está bem. Acalme-se.

Respiro fundo, lutando para ficar calma. E, em seguida, digo *dane-se*, apegando-se àquela parte de mim que reprimo há tanto tempo.

— Foda-se.

— *Está se sentindo melhor?* — pergunta Hudson. — *Agora... será que pode simplesmente me escutar por um momento?*

Será que ele está falando sério? Estou completamente furiosa.

— Eu nunca vou escutar você outra vez. Nunca.

Meu coração está acelerado, como se eu tivesse acabado de subir vinte lances de escadas correndo, e a minha cabeça gira com a noção de que Hudson já deve ter rompido a muralha que a Carniceira me ajudou a construir. Como ele pode ser tão forte? Como ele pode já ter derrubado a barreira que ergui há menos de uma semana?

Será que realmente sou tão fraca assim? Ou ele é forte demais?

Ele está em pé, perfeitamente imóvel, com uma expressão de súplica no rosto, enquanto tenta fazer com que eu o escute.

— *Estou só tentando ajudar, Grace. Eu só quero...*

— Me ajudar? — esbravejo como se fosse um animal raivoso, e a minha fúria é tão grande que isso é tudo que consigo fazer para não arranhar a cara dele. Saber que ele não está realmente diante de mim é a única coisa que me impede de socá-lo agora.

— Violando a minha confiança e tirando o meu livre-arbítrio? Como acha que isso é ajudar?

— *Não é bem assim...*

— Bem, essa é a impressão que eu tenho. — Estou furiosa, absolutamente furiosa. E sei que é exatamente isso que demonstro, porque os olhos de Hudson estão arregalados com o que parece uma verdadeira desolação. Quase me sinto mal com isso. Quase. Mas como Hudson deixou bem claro que não vai respeitar a santidade do meu direito de fazer o que eu quiser com meu próprio corpo, ele também não vai respeitar o meu direito de não poder passar cinco minutos sem que ele fique tagarelando dentro da minha cabeça.

Assim, em vez de ir até onde Macy está me esperando, pego o celular e mando uma mensagem dizendo que volto logo para lá. Em seguida, coloco as mãos nos quadris para poder resolver essa questão com Hudson de uma vez por todas.

Capítulo 71

A VINGANÇA DA VÍTIMA
DO LADRÃO DE CORPOS

— *Grace, me desculpe.* — Hudson percebe a minha fúria, porque se apressa para me acalmar. — *Não foi a minha intenção tirar sua liberdade de agir e...*
— Ah, pois foi exatamente o que você fez. E não vou tolerar isso nem mais por um minuto. Nem de você nem de ninguém.

A raiva dos últimos cinco meses cresce dentro de mim, e desconto em Hudson. Porque ele merece e porque não consigo mais me conter.

— Desde a primeira vez que ouvi falar dessa escola ridícula, o meu direito sobre como vou lidar com a minha própria vida praticamente não existe mais.

— *Grace, por favor...*

— Não. Você vai ficar quieto agora. — Aponto o dedo para o rosto dele. — Ninguém faz o que você fez comigo e acha que vai ficar tudo bem. Você passou quase uma semana trombeteando na minha cabeça. Agora quem vai falar sou eu. Esqueça o que disse antes. O controle que tinha sobre a minha vida acabou bem antes de eu chegar a esta escola, por sua causa. Por causa da sua ex-namorada maluca. Ela estava tão apaixonada por você que matou os meus pais. Ela os matou para que eu tivesse que vir para esta escola. Para que Jaxon conseguisse encontrar sua consorte. Para que ela conseguisse usar os poderes dele para trazer você de volta. Sei que todo mundo ri disso; sei que é uma piada enorme no meu grupo de amigos o fato de que quase me transformei na porra de um sacrifício humano. Mas pense um pouco; me faça o favor de pensar, está bem? Uma garota humana comum de San Diego vem parar na merda do Alasca, é amarrada em um altar para que uma puta desgraçada e perversa possa trazer seu namorado cuzão e genocida de volta.

Os olhos de Hudson estão ficando maiores com cada palavra que grito para ele, que parece absolutamente devastado. Mas não me importo com isso agora. Já faz meses que estou devastada. Tenho certeza de que ele consegue aguentar cinco minutos disso.

— E, mesmo antes disso, as circunstâncias não estavam tranquilas. As pessoas tentavam me matar quase todos os dias porque tinham medo de você. Aí, eu apareço e descubro que sou a consorte de um vampiro. Um vampiro. Isso quando, duas semanas antes, nem sabia que eles existiam. E isso é ótimo, sabia? Ele é maravilhoso, gentil, eu o amo e é tudo de bom. Mas nem consigo aproveitar, não é? Claro que não. Porque nós mal conseguimos nos recuperar do ataque de Lia quando você apareceu do nada e tentou matar o meu consorte. Entrei na frente para salvá-lo e agora estou presa em algum lugar com você há três meses e meio, sem conseguir me lembrar de porra nenhuma.

Meu cabelo caiu sobre o rosto, então paro com o meu monólogo raivoso apenas para tirar os cachos rebeldes da frente dos olhos e tentar ignorar esta outra coisa que não consigo domar direito.

— E aí você vem e começa a aprontar. Domina o meu corpo, me transforma numa ladra, quase me faz matar alguém e me deixa acordar coberta com o sangue desse alguém. — Eu o cutuco no peito com cada uma dessas palavras para enfatizar. Eu nunca vou conseguir superar essa experiência, e ele precisa saber. — Você mora na minha cabeça durante todo esse tempo sem a minha permissão e agora acha que sou eu que estou passando dos limites por surtar quando você assume o controle do meu corpo só porque não gosta de onde quero me sentar? Quem você pensa que é? Você pode achar que está tentando me proteger, mas pare para pensar. Tudo de ruim que aconteceu comigo nesses últimos cinco meses foi por sua causa. Por que você não pensa um pouco? Por que você não pensa por um minuto e se dá conta de que qualquer coisa que tenha a me dizer não deveria ter a menor importância?

Quando termino, o rosto de Hudson está pálido. E, agora que consegui extravasar toda a amargura, a raiva e a dor que havia dentro de mim, sei que o meu rosto deve estar tão pálido quanto. Detesto perder a paciência e gritar com pessoas. E nunca perdi a paciência em toda a minha vida do jeito que acabou de acontecer. Nem acho estranho o fato de que a minha cabeça agora dói como se eu tivesse passado a semana inteira chorando.

Mas, por outro lado, ser legal não estava funcionando com ele. Ele ia continuar passando como um rolo compressor sobre todas as minhas objeções, e não vou deixar isso acontecer. Nunca mais vou deixar que ele tome o controle do meu corpo, e Hudson precisa entender isso.

— *Eu não... Eu não tive a intenção de...* — Hudson não consegue completar a frase. — *Desculpe. Sei que você não se importa com isso e talvez nem devesse. Mas eu peço desculpas, Grace.*

— Não se desculpe — respondo com um suspiro. — Ou peça, sei lá. Não tem mais importância. Mas nunca mais faça isso de novo. Nunca.

Ele começa a dizer alguma outra coisa, mas já não quero mais escutar. A assembleia está para começar e não tenho tempo nem interesse em ouvi-lo pedir desculpas outra vez, justificar suas ações... Ou pior, começar mais uma vez a querer ditar onde devo sentar ou quem devo temer.

Também não sou ingênua, mesmo que Hudson não acredite nisso. Assim, dou as costas para ele e volto para o auditório, mas, quando vou na direção do corredor central, em vez de virar à esquerda, viro à direita, e vou até a antepenúltima fileira. Sento-me logo atrás de dois garotos-dragão bem corpulentos. Ainda consigo ver um pouco do palco e ainda consigo ouvir tudo que está sendo dito, mas tenho certeza de que qualquer pessoa ali vai ter dificuldade para me ver.

Com isso em mente, pego o celular e mando uma mensagem rápida para Jaxon, dizendo que estou sentada perto do fundo da câmara porque estou com dor de cabeça e talvez tenha que sair antes do fim.

Não é mentira, considerando que a minha cabeça parece prestes a explodir, mas não quero contar tudo por mensagem de texto agora. Além disso, não quero que ele venha procurar por mim. Imagino que só vou conseguir passar despercebida se não estiver sentada bem ao lado do filho deles.

— *Obrigado* — agradece Hudson, quando se senta na cadeira ao lado da minha, mas não respondo. Não porque ainda esteja irritada, mas porque não tenho nada a dizer. Nem agora e talvez nunca mais, se ele não mudar esse comportamento.

Fico à espera de que ele diga alguma coisa idiota ou que tente discutir comigo, mas ele não se pronuncia. Talvez esteja aprendendo, finalmente. Acho que só o tempo vai poder afirmar.

Jaxon responde à mensagem, perguntando se preciso de alguma coisa. Quando digo que não, ele explica que está nos bastidores do teatro; foi chamado para fazer uma apresentação com o rei e a rainha.

Talvez eu devesse ficar decepcionada, mas não chego a sentir isso. Estar longe de mim é a camada extra de anonimato de que eu precisava.

E conforme o rei, a rainha e os outros membros do Círculo entram no palco, as minhas palmas começam a suar. Ainda não estou pronta para perdoar Hudson, mas não posso negar que há um pedaço de mim que está sentindo muita gratidão por eu estar tão longe dos seus pais, enquanto observo os dois correrem os olhos pela plateia em busca de seus assentos.

É óbvio que estão procurando por alguém, e não é pelo seu filho, que estava com eles há pouco nos bastidores. Mas, quanto mais tempo procuram, mais me convenço de que eles estão procurando por mim. E, depois da noite passada, quando vi a recordação de Hudson em que seus pais apareciam, preciso garantir que eles não me encontrem. Não até eu estar pronta para eles.

Capítulo 72

BEM-VINDOS À SELVA PARANORMAL

Cogito mandar outra mensagem para Jaxon, mas, antes que consiga decidir o que vou dizer, o tio Finn liga o microfone. Ele fala por alguns minutos sobre o torneio Ludares, explicando as regras, falando sobre quantas equipes se inscreveram (doze) e como as chaves classificatórias foram montadas.

Quando chega ao prêmio que será dado aos vencedores do torneio, ele se vira para as personalidades sentadas atrás de si nas cadeiras ornamentadas e... eu bufo, enfastiada. A quem estou querendo enganar? Aquelas cadeiras são tronos, e eles querem que todos saibam disso. Meu tio anuncia:

— Para discutir o prêmio desta edição especial do torneio Ludares, temos a sorte imensa de contar com ninguém menos do que o rei Cyrus e a rainha Delilah da Corte Vampírica, que anunciarão o prêmio. Peço a todos que me acompanhem nas boas-vindas a eles e a vários outros membros do Círculo.

Ele dá início à salva de palmas, mas logo o auditório se enche com o som de aplausos respeitosos, o que me deixa um pouco surpresa. Pela minha experiência, poucos eventos nesta escola renderam uma reação tão morna.

Ao que parece, há bem poucos membros da minha geração interessados no Círculo — e especialmente no rei e na rainha dos vampiros. Não que eu os culpe por isso, mas ainda assim é algo interessante de se ver. E é ainda mais interessante perceber como o próprio Cyrus reage mal a isso.

Ele tenta esconder, mas estou observando atentamente de um lugar discreto entre meus dois escudos. E ele fica muito bravo.

Mas Cyrus não diz nada, enquanto seus olhos esquadrinham a plateia. Ele sorri e acena, ao passo que a rainha vai até o microfone, mas não deixa de observar um único rosto. Afundo na minha cadeira e praticamente consigo sentir o alívio de Hudson.

A rainha se apresenta com um sotaque britânico melódico e um sorriso que parece surpreendentemente sincero, enquanto agradece a todos por uma recepção tão calorosa. Mesmo enquanto seu olhar — assim como o do marido — passa de rosto em rosto, consigo sentir as pessoas se abrindo, ver seus ombros relaxando e seus corpos se inclinando para a frente como se, de repente, estivessem com medo de perder uma única palavra saída de seus lábios pintados de vermelho-sangue.

Seus olhos são quase da mesma cor negra dos de Jaxon e sua pele tem o mesmo tom único — e ligeiramente estranho — de oliva e alabastro. Ela tem feições firmes e angulosas e de repente fica bem óbvio de onde vêm as maçãs do rosto e o contorno do queixo que tanto adoro e que são típicos da família Vega. A silhueta esguia e o cabelo castanho também, embora a rainha o traga preso em uma trança longa enrolada ao redor da cabeça, apoiando a sua coroa de ouro e joias incrustadas sobre ela, para o caso de alguém em Katmere não saber quem ela é.

Sua imagem é impressionante, sem dúvida, e seus filhos são cópias esculpidas em mármore, embora os olhos de Hudson sejam de uma cor diferente. E, assim como eles, há nela um ar de superioridade, de realeza — uma expectativa de como as coisas devem ser — que não podem ser ensinadas.

Esta é uma mulher que nasceu para governar... E fazê-lo de maneira gentil, de um jeito que quase todo mundo que a observa sinta que tem uma conexão com ela. Que ela está conversando diretamente com cada um. Sem dúvida, é um talento espetacular.

Só não sei se acredito nisso.

Porque ainda não consigo esquecer que essa é a mulher que arranhou o rosto de Jaxon com tanta severidade que conseguiu deixar uma cicatriz em um vampiro. A mulher que o tirou de junto de Hudson sem nem olhar para trás, deixando-o aos prantos pela perda do amado irmão caçula.

E, mesmo assim, ela pisca o olho para a plateia. Ela sorri, agradece as pessoas pelo nome e até mesmo conta uma piada ou duas só para fazer com que seu público a adore um pouco mais.

É uma dicotomia tão estranha que me lembro de uma pintura de Andy Warhol. Ele pintava a mesma imagem em quatro cores diferentes — geralmente cores terciárias — porque o cérebro de cada pessoa percebe as cores de um jeito diferente e se encarrega de transformar sua percepção de cores em fato. Olhar para essa mulher, observá-la depois de ver a maneira como ela era nas lembranças de Hudson, faz com que eu me pergunte quais cores dela o meu cérebro está de fato vendo... e qual delas deveria escolher como a realidade.

Até que eu consiga encontrar a resposta, acho que o melhor para mim é ficar bem longe da rainha. Imagino que haja uma razão para ela se chamar Delilah.

Após determinado tempo, ela consegue agradecer a todas as pessoas do mundo, mas é somente quando começa a falar sobre o prêmio que me inclino para a frente, prendendo a respiração e abrindo bem os olhos. *Que seja a pedra de sangue*, imploro ao universo. *Por favor, por favor, que o prêmio seja a pedra de sangue. Tomara que os pais de Byron não tenham mudado de ideia.*

— Sei que o prêmio habitual para o torneio Ludares anual de Katmere é um troféu e um pequeno prêmio em dinheiro a ser dividido entre os membros do time vencedor. — Ela sorri para o público e demonstra contentamento com o entusiasmo extra que parece encher o auditório. — Mas, este ano, decidimos fazer algo um pouco diferente e um tanto maior. — Ela espera que os aplausos espontâneos cessem. — Já que temos uma enorme ocasião para celebrar, também.

Ela faz uma pausa e parece se encolher um pouco, como se estivesse prestes a contar um segredo para seus súditos mais leais. Sinto um peso no meu estômago; em parte porque percebo que eu posso ser a ocasião à qual ela está se referindo, mas também porque fico apavorada em ver o quanto as pessoas ao meu redor estão ansiosas para ouvir o que ela tem a dizer.

— Claro, vocês já sabem, por experiência própria e em primeira mão, qual é a ocasião à qual me refiro — continua ela, com um sorriso grande e aberto. — A descoberta da primeira gárgula em mil anos!

Mais uma vez, ela olha para a multidão e, mais uma vez, afundo um pouco mais na minha cadeira.

— O Círculo e eu estamos muito felizes em dar as boas-vindas a Grace Foster e trazê-la para o nosso mundo. Seja bem-vinda, Grace. Quero que você saiba que o Círculo está ansioso para conhecê-la. — Ela ergue as mãos num gesto que pede aplausos, e a plateia lhe dá o que quer, mesmo que, de repente, não esteja nem perto do entusiasmo de antes. O que, para mim, não representa nenhum problema, sinceramente.

Mais uma vez ela espera até que o ruído arrefeça antes de continuar.

— Agora, vamos falar sobre o prêmio. A parte favorita de todo mundo, e a minha também.

Ela coloca a mão dentro da caixa e tira dali um enorme geodo vermelho-escuro, com uma cor tão viva quanto o sangue que o formou. Ele brilha, mas não sei se é um efeito dos reflexos das luzes do palco ou se tem brilho próprio; mas é absolutamente de tirar o fôlego.

— Para a equipe que vencer a edição muito especial do torneio Ludares deste ano, nós oferecemos esta rara e bela pedra de sangue, doada pela distinta família Lord. Que, inclusive, era parte da nossa própria coleção pessoal real antes de ser dada a eles!

O auditório entra em polvorosa; adolescentes e professores aplaudindo, batendo os pés e gritando em agradecimento por aquela generosidade. Ela adora a reação, é claro, assim como o rei, que se aproxima para pegar o microfone das suas mãos.

Olhando para ele, sobre o palco, percebo que o rei é quase tão alto quanto Jaxon e Hudson, e provavelmente tem a mesma musculatura, embora seu terno com colete azul-vivo dificulte a obtenção dessa certeza. Mas a semelhança termina aí. Sim, Hudson herdou os olhos azuis do pai, mas, embora tenham o mesmo tom de cobalto, não poderiam ser mais diferentes. Os de Hudson são carinhosos e vivos, que dançam com humor e inteligência mesmo quando ele está bravo comigo. Os olhos de Cyrus têm a mesma vivacidade, mas estão em constante movimento, frequentemente observando, constantemente ajudando-o a calcular e ajustar.

Tudo em Cyrus quase berra que ele é um *showman* tão competente quanto a esposa. A diferença é que Delilah sabe encantar a plateia, e Cyrus parece satisfeito apenas em receber sua adoração. E, à diferença do que acontece com Delilah, nem preciso pensar sobre quem é esse homem ou o que ele quer. Mesmo se eu não tivesse visto as memórias dolorosas de Hudson ontem à noite, sei que Cyrus é um típico narcisista, alguém que não se importa com nada além do próprio poder e prestígio. E que está disposto a transformar o próprio filho na maior arma que o mundo já viu, se isso significa que pode usá-lo para aumentar essa adoração.

Delilah me fascina, mesmo que me recuse a confiar nela. Cyrus só me causa asco.

Meu olhar se concentra em Hudson, preocupada com o que ele deve estar pensando ou sentindo. Mas ele poderia até mesmo estar assistindo ao canal de compras do Shoptime, considerando toda a emoção demonstrada por ele. Num dia em que estão vendendo utensílios para a cozinha ou algo igualmente inútil para um vampiro.

Volto a me concentrar em Cyrus — que é bem parecido com uma serpente, ou seja: é melhor não desviar os olhos dele por mais do que um segundo ou dois — assim que ele começa a falar. Mas, quando faço isso, apoio o braço sobre o descanso entre os assentos e coloco a mão ao lado da de Hudson, de modo que os nossos dedos mindinhos se rocem.

Tocando sem tocar.

— Que prêmio incrível nós temos para vocês. — Ele anda pelo palco como se fosse o dono do lugar, como se tivesse nascido para isso. Seu sotaque imprime uma sofisticação às suas palavras que sei que ele não merece. De repente, ele para e faz um gesto diante de si a fim de indicar toda a plateia.

— Como todos vocês sabem, uma pedra de sangue é um objeto mágico incrivelmente raro e poderoso. Mas quero lhes contar um segredinho. Esta não é uma pedra de sangue qualquer. — Cyrus consegue prender a respiração de cada pessoa ali na palma da mão e tem ciência disso. Ele chega até mesmo a piscar o olho para Delilah antes de continuar: — Como disse a minha bela esposa, a rainha Delilah, esta pedra de sangue, que integrou nossa coleção real particular, foi dada à família Lord. Um prêmio além de qualquer medida para a equipe que vencer este ano, porque... — Ele para conforme o auditório explode de novo em aplausos e o sorriso em seu rosto bonito não se desfaz nem por um instante. — Porque esta pedra de sangue é a mais poderosa que já existiu.

Ele se inclina para a frente e o seu modo de agir muda ao segurar o microfone com as duas mãos, sua fala adquirindo um tom de voz mais sombrio.

— Como todos vocês sabem, nós perdemos o nosso primogênito há dezesseis meses. Hudson era muitas coisas; um jovem sem rumo, com certeza. Mas também era a alegria da vida de sua mãe e da minha. E também era o vampiro mais poderoso que já nasceu.

Ele abre um sorriso suave, como se conseguisse se lembrar de Hudson de um jeito afetuoso. Mas eu consegui enxergar o verdadeiro Cyrus. Ele não tem orgulho do seu filho. Tem orgulho por haver criado Hudson para ser um monstro.

— Eu ainda me lembro da primeira vez em que ele usou seu dom para convencer os empregados da cozinha a trocar o sangue que bebo à noite por suco de morango. — Ele solta uma risada discreta e balança a cabeça, como se um pai amoroso estivesse se lembrando das travessuras do filho, e o auditório ri com ele. Exatamente conforme planejado.

Enquanto isso, Hudson permanece sentado e estranhamente imóvel durante esse relato, e eu tenho a nítida impressão de que Cyrus não está contando toda a história para a sua plateia.

— Acho que ele não abriu esse sorriso naquela ocasião, não é? — arrisco uma hipótese.

Hudson solta uma risada sem qualquer humor.

— *Claro. Se você considerar que ele me proibiu de me alimentar por um mês.*

Fico boquiaberta, com um suspiro exasperado.

— Ele o obrigou a passar fome por um mês?

O olhar de Hudson não se afasta do pai.

— *Não é tão cruel quanto parece. Somos imortais, então eu não ia morrer por causa disso. Mas não é uma sensação muito confortável.*

Sem pensar, posiciono a mão sobre a dele, mas desta vez Hudson reage e afasta a mão. Fico observando quando ele cruza os braços diante do peito, como se a simples sugestão de abertura fosse demais para ele neste momento.

Mas não o culpo. Seu pai é quase um monstro, pelo o que imagino.

Cyrus, por sua vez, parece se divertir bastante, enquanto prossegue:

— Quando Hudson nasceu, todos sabíamos que ele era especial. Assim, guardamos seu sangue em uma pedra de sangue para toda a eternidade. E é exatamente esta pedra de sangue que a família Lord doou para o torneio deste ano.

Ele para de falar, com os braços erguidos, enquanto espera os aplausos da plateia. Uma parte faz o que ele quer, vibrando e assobiando com suas palavras. Outras pessoas afundam em suas cadeiras e tentam passar despercebidas, como se a ideia de atrair a atenção dele ou do seu filho morto os aterrorizasse. Fico à espera de que isso o irrite, mas Cyrus para novamente, endireita o corpo até estar bem altivo e se refestela na adoração recebida e no terror provocado. Parece que não lhe importa o tipo de atenção que receba, desde que receba bastante dela.

É a coisa mais bizarra e terrível que já vi.

— E qual é a melhor maneira de celebrar esse incrível torneio? — Cyrus prossegue. — E, também, é claro, de acolher aquela que é o mais novo membro da nossa comunidade paranormal. A primeira gárgula que nasce em mais de mil anos. Consorte do meu filho e sobrinha do nosso incrível diretor pedagógico. Quem imaginaria a sorte que temos em imaginar esse milagre? Mal posso esperar para conhecer a nossa jovem Grace.

Embora Hudson estivesse imóvel antes, agora ele tem uma reação muito violenta às palavras do pai. Tudo que há dentro dele se ergue para rejeitar o que Cyrus disse, especialmente conforme as pessoas da plateia começam a procurar por mim.

— *Abaixe-se, Grace* — orienta Hudson por entre os dentes. — *Cubra o rosto com o capuz do manto. Não quero que ele a veja.*

— Se eu cobrir o rosto com o capuz, vou ficar ainda mais óbvia do que já estou — eu rebato. — Fique quieto. A assembleia logo vai terminar.

No palco, Cyrus está apresentando Nuri e Aidan Montgomery, um casal de etnias diferentes que percebo, com certa surpresa, que são os pais de Flint. Os bruxos Imogen e Linden Choi são os próximos, seguidos pelas lobisomens Angela e Willow Martinez.

Ao passo que olho para as oito pessoas no palco, percebo pela primeira vez que cada uma está ao lado do seu consorte.

— Eu tinha esquecido que somente casais de consortes podem estar no Círculo — sussurro para Hudson. — Não consigo lembrar... Isso é uma lei?

— *Na prática, sim* — responde ele, completamente enfastiado. — *Não é preciso ter um consorte para entrar no Conselho, mas é preciso passar por uma Provação que é impossível superar sozinho. E como a única pessoa que pode ajudar na Provação é o seu consorte... aí você começa a perceber como as coisas são.*

— Há somente casais de consortes no Círculo.

— *Exatamente. E se entrar no Círculo como um casal, mas o seu consorte morrer, você continua por mais um ano até que um novo casal de consortes possa competir para lhe substituir.*

Tenho mais perguntas para Hudson, mas Cyrus está encerrando a assembleia, e Hudson está me mandando sair daqui o mais rápido possível. Ainda acho que ele está exagerando, pelo menos até Cyrus dizer:

— Obrigado a todos por virem aqui e tenham um ótimo dia. E, Grace Foster, se não se importar, poderia subir até o palco por alguns minutos? Queremos muito conhecer você.

Hudson solta um palavrão e fico paralisada; nenhuma dessas estratégias é útil para lidar com o fato de que o rei praticamente mandou que eu subisse ao palco.

— O que eu faço? — pergunto a Hudson, quando consigo me recuperar do choque.

— *Levante-se, saia do auditório e não olhe para trás.*

— Tem certeza? — Mas sigo as instruções dele, praticamente mergulhando no meio da multidão de alunos que abarrotam o corredor de acesso.

— *Absoluta* — responde ele. — *Um auditório vazio, depois que todos já estão em aula, não é a melhor hora para encarar o meu pai. Agora saia daqui, vamos. Agora!*

Faço o que ele diz, indo em direção à saída mais próxima. Logo antes de alcançá-la, viro para trás a fim de dar uma olhada no que Cyrus está fazendo e no que planeja fazer caso eu não apareça.

É uma má ideia. No instante em que me viro, nossos olhares se cruzam. E o reconhecimento aparece nos olhos dele, junto à percepção de que não estou obedecendo às suas instruções.

Fico esperando que ele fique irritado e ordene que me apresente. Mas, em vez disso, ele simplesmente inclina a cabeça, num gesto que diz "tudo bem, se você quer assim" que me faz gelar até os ossos. Porque não é a aceitação que encontro naqueles olhos. É uma inteligência diabólica, combinada com uma forte estratégia.

Pela primeira vez, tenho a impressão de que Hudson pode ter razão. Talvez eu realmente não tenha a menor ideia de com quem ou com o que estou lidando.

Capítulo 73

VIVA E DEIXE AMAR

Passo os próximos dois dias indo para as minhas aulas, me esquivando do rei e da rainha dos vampiros, treinando com a minha equipe para o torneio e tentando conseguir uns poucos momentos a sós com Jaxon, que está tão assustado quanto Hudson com o fato de que tenho de me encontrar com os pais dele. Em especial, porque ele não quer que eu tenha qualquer contato com sua mãe.

E tenho de admitir: fico um pouco pasma pelo fato de que cada irmão foi traumatizado por um dos pais. Que tipo de monstros são essas pessoas — além do óbvio — que seus próprios filhos, ambos incrivelmente corajosos e poderosos, os consideram o próprio diabo, ou pelo menos algum de seus asseclas mais próximos?

Até o momento, Jaxon vem evitando os pais, citando um cronograma brutal de treinamentos para o torneio (o que não deixa de ser verdade). Mas essa justificativa tem um prazo para terminar, e não tenho certeza do que vai acontecer quando o torneio chegar ao fim.

Quando a quarta-feira, o dia do torneio, amanhece bela e reluzente, não consigo deixar de sentir um frio mordaz no ar. Claro que isso não vai ter importância na arena, já que é um ambiente fechado e com temperatura controlada, mas mesmo assim sou acometida pela sensação de que o mundo está me avisando para não sair da cama hoje.

Eu me levanto cedo, nervosa demais para continuar dormindo, ciente de que temos de vencer o torneio e conseguir a pedra, embora Macy e Jaxon não pareçam ter problema algum com isso. Não precisamos estar na arena antes das dez horas, mas sei que, se passar as próximas três horas sentada aqui no quarto, olhando para a minha prima e obcedada em não fazer absolutamente nada de errado durante o torneio, vou ser capaz de subir pelas paredes.

Nem mesmo Hudson está por perto para me distrair. Ele disse que tinha de cuidar de umas questões e ficaria longe por algumas horas, mas que voltaria a tempo do torneio. Perguntei como era possível ele ir a qualquer lugar estando preso na minha cabeça, mas Hudson já tinha desaparecido antes que eu conseguisse expor toda a pergunta. Chega a ser assustador.

Assim, depois de vestir várias camadas de roupas de frio e deixar um bilhete para Macy — não quis mandar uma mensagem pelo celular e correr o risco de que ela acordasse —, pego um iogurte e duas barras de cereal, e vou até a arena.

Para ser sincera, nem sei o que espero fazer ali além de praticar um pouco mais a minha habilidade de voar e andar pelo campo, apenas para sentir como é. Imagino que vou conseguir ficar sozinha por uma hora, mais ou menos, mas no instante em que passo pelas entradas ornamentadas da arena — e das passagens que levam aos assentos da arquibancada —, percebo que meus planos já deram errado. Há jogadores por todo aquele campo enorme. Nada de centenas, nem nada perto disso, mas sem dúvida uns dez ou quinze, pelo menos. E Flint está entre eles.

Acho que não sou a única na minha equipe que está com uma mistura de empolgação e nervosismo insano pelo que vai acontecer hoje.

Ele está de costas para mim, mas eu reconheceria aquele cabelo *black power* e ombros largos em qualquer lugar. Além disso, já está usando uma das camisetas supercoloridas que Macy comprou para cada um de nós, de modo que a gente entre em campo com uma espécie de uniforme. Não sei muito sobre os outros times contra os quais vamos competir, mas garanto que ninguém mais tem camisas como as nossas, com seu caleidoscópio de cores. É muito parecida com uma das minhas pinturas favoritas de Kandinsky.

Continuo entrando na arena, maravilhada com o quanto o lugar já está estonteante. Assim como tudo em Katmere, há um toque bem gótico no lugar — pedras negras, arcos ogivais, entalhes bem elaborados feitos em pedra —, mas o estilo geral lembra muito o Coliseu romano. Três andares de altura com uma arquibancada em forma de leque, com os camarotes VIP no alto e passarelas lindas e imponentes. É a arena mais intimidante e impressionante que já vi em uma escola do ensino médio.

E o lugar já está decorado para os jogos. Entre as bandeiras habituais com o brasão de Katmere, há flâmulas para cada um dos times que vão competir hoje.

Quando Macy mencionou que queria ter bandeiras para o nosso time, achei que ela estava agindo apenas como a minha prima divertida e colorida. Mas, quando me deparo com nossas bandeiras, com suas cores vivas, ao redor do estádio, junto às flâmulas mais escuras e sem criatividade dos outros times, não consigo deixar de me impressionar com o quanto ela sabe das coisas.

Se dependesse dos outros jogadores, acho que não teríamos uma única bandeira na arena. Mas Macy fez com que tivéssemos centenas. E, embora provavelmente seja ridículo, vê-las por todo lugar faz exatamente o que se espera: que eu fique empolgada e me anima ainda mais por estar jogando no meu time.

E também me faz acreditar que talvez, talvez, a gente consiga vencer.

Determinada a ir até o gigantesco campo oval a fim de me aquecer e treinar um pouco, sigo as passarelas até chegar à entrada mais perto de onde Flint está. Ele ainda está se alongando, então talvez possamos nos aquecer juntos.

Sinto vontade de dar um susto nele, mas não chego nem a três metros antes que ele se vire com um sorriso e diga:

— Olá, você.

— Não dá pra pegar um dragão desprevenido, hein?

— Há um fundo de verdade naquele ditado sobre ter as orelhas de um dragão — diz ele.

— Mas isso não é um ditado — respondo, confusa.

— Não? Bom, mas deveria ser. — Ele abre um sorriso sem muito ânimo e pega do banco mais próximo uma garrafa térmica de metal, tomando o conteúdo em goladas enormes. — E, então, o que veio fazer aqui tão cedo?

— Provavelmente a mesma coisa que você.

Ele ergue uma sobrancelha.

— Veio exorcizar uns demônios?

Eu rio.

— Não, seu bobo. Vim treinar um pouco mais.

Fico esperando que ele ria comigo, mas percebo que ele não estava brincando quando fez seu último comentário. Eu me aproximo e coloco a mão em seu ombro.

— Está tudo bem com você?

— Sim, estou bem. — Mas, desta vez, o sorriso que é a sua marca registrada não chega até os olhos. Quando continuo olhando para ele, preocupada, ele apenas dá de ombros.

— O que aconteceu? — Despejo a minha bolsa esportiva no chão e me sento no banco, fazendo um gesto para convidá-lo a se sentar comigo. — Você está nervoso por causa do jogo?

Nem sei como devo encarar um Flint nervoso. Ele é a verdadeira epítome do otimismo.

Ah, não. Se Flint está com dúvidas... Quase engasgo com as palavras que digo a seguir.

— Se você está ansioso, isso deve significar que vamos morrer de um jeito horrível hoje, não é? — Estou até sentindo as bolhas de pânico se formarem no meu estômago. — O que deu na minha cabeça? Será que achei que podia ajudar o nosso time a ganhar? Nem faz tanto tempo que sou uma gárgula. Acho que sou um peso ao redor do pescoço do time. — O pânico faz com que eu comece a disparar perguntas como se fosse uma metralhadora. — Será que posso sair do time? Vocês vão ser penalizados se me jogar do alto da escada e quebrar a perna? Tem alguém que pode me substituir de última hora?

Ele leva a mão ao meu ombro, mas quase nem percebo.

— Grace...

— Se tiver somente sete jogadores no time, será que eles podem ajustar as proteções mágicas? Será que Jaxon pode usar mais da sua força sem mim?

— Grace.

— E se de repente eu tiver uma alergia a frutos do mar e...

— Grace! — A voz de Flint finalmente atrai a minha atenção e paro de falar. — Eu conheci uma pessoa.

De todas as coisas que ele pudesse dizer, essa nem chega perto das vinte primeiras. Engulo em seco.

— Então, você não está nervoso porque acha que vou ser a âncora destinada a afundar o time?

Ele dá uma risadinha.

— Nem de longe.

Tudo bem. Então, por que estou conversando com essa versão séria e acabrunhada de Flint?

— Ah... Acho que é legal você ter conhecido alguém, não é?

— É, sim. — Ele desvia o olhar, voltando a colocar as mãos sobre o colo.

— Qual é o nome dela? — indago, na tentativa de fazer com que ele me conte mais. Está claro que ele precisa desabafar, mas não faço a menor ideia do que seja. — Bem, você não precisa me dizer se não quiser...

Paro de falar quando ele ri, porque é um som baixo e doloroso.

— Eu sou gay, Grace. Achei que você já soubesse a esta altura.

— Ah! — Agora que ele diz isso em voz alta, me sinto péssima, sinto que sou uma amiga horrível. Todas as vezes em que vi garotas chegando para conversar com ele... até mesmo Macy, e que Deus a abençoe... Flint nunca demonstrou interesse algum. Será que eu estava tão preocupada com os meus próprios problemas que nunca parei para conversar com Flint sobre a vida dele?

Isso sem mencionar que Jaxon às vezes fica com ciúme quando eu converso com Flint, mas sempre achei que isso fosse ridículo. Não há nenhuma química entre nós; e, mesmo quando achei que ele estava dando em cima de mim na biblioteca naquela vez, a situação pareceu meio estranha. Como se alguma coisa não se encaixasse direito. Como se ele estivesse se esforçando demais.

Só vi o que queria ver e aparentemente o mesmo acontece com todo mundo neste lugar. Sou mesmo péssima.

Mas isso não importa agora. Tudo o que realmente importa é o fato de que Flint está me olhando, à espera de algum tipo de reação. E não posso estragar tudo.

— Que ótimo — digo, com um gritinho e me jogo em cima dele, dando-lhe um abraço apertado ao redor daqueles ombros largos.

Os braços dele enlaçam a minha cintura, mas ele não chega realmente a retribuir o meu abraço.

— Espere aí. Ótimo? — ele repete, confuso.

— É claro. E por que não seria? — Eu me afasto um pouco e o fito, da cabeça aos pés. — Afinal, você é um cara espetacular. Claro que há um cara interessado em ficar com você. Você é inteligente, bonito, engraçado... É a tríplice coroa, não é?

Ele ri, mas está com lágrimas nos olhos e isso me parte o coração.

— Ah, Flint. Por favor, não chore. Não precisa chorar por ser gay. Você sabe disso, não é? Você é quem é. Você ama quem ama. Além disso, acho que seria ótimo se o Círculo tivesse um casal de dragões gays superpoderosos entre seus membros, não é? Para mostrar àqueles lobisomens cuzões quem é que manda.

— Meu Deus, Grace. — Ele esfrega a mão no rosto e, em seguida, está me abraçando. E, desta vez, de verdade. Após certo tempo, nós trocamos todos os abraços que precisamos trocar e ele se inclina um pouco para trás. — Achei que, assim que começássemos a namorar, bem... todo mundo ia saber. Mas você é a primeira pessoa a quem contei. E essa não era a reação que eu esperava, nem de longe.

— O quê? — pergunto. — Não é normal eu esperar que você queira botar os lobisomens em seu devido lugar? Todos os lobisomens que conheci até agora, com exceção de Xavier, são uns idiotas. Acho que você tem mesmo que mostrar a todos eles quem é que manda.

Ele está gargalhando agora, e isso é exatamente o que eu esperava conseguir.

— Eu amo você, Grace. — Ele ri de novo, quando ergo a sobrancelha.
— Mas não desse jeito.

— Bem, isso é uma notícia maravilhosa. E você conheceu alguém. Mas olhe, preciso ser honesta aqui: não vejo problema algum. Acho ótimo quando alguém encontra o seu consorte.

Ele suspira e é como se tentasse se livrar do peso do mundo inteiro.

— Desde que me conheço por gente, estou apaixonado pelo mesmo cara. Mas ele não estava disponível emocionalmente. — Ele ri, mas não há absolutamente nenhum humor em suas próximas palavras: — Mas agora ele não está mesmo disponível emocionalmente.

Estou começando a perceber o rumo que essa conversa está tomando.

— Então, vai desistir dele?

— Sim — responde Flint. — É hora de fazer isso. Sempre pensei que, se ele pudesse baixar a guarda, mesmo que só um pouco, a magia poderia entrar e ele veria que estamos destinados a ser consortes. Eu sempre soube, até os ossos, que ele era o meu consorte. Mas eu estava muito errado — diz Flint, balançando a cabeça negativamente.

Eu me sinto muito mal por Flint estar assim, mas também estou curiosa para saber como essa magia do elo entre consortes funciona, já que sou uma vítima feliz de seus efeitos.

— Agora estou confusa. O elo entre consortes não aproxima as almas que são consortes?

Flint dá de ombros.

— Ninguém sabe exatamente como essa magia funciona, mas sabemos que ela tem vontade própria, pois não há nenhuma expressão melhor para descrever. Essa magia não reúne pares que são muito novos nem casais do mesmo sexo antes que os dois tenham noção da própria sexualidade. Ou se os dois nunca se encontraram. O elo só ganha força quando você toca no seu consorte. — Ele abre um sorriso e continua: — No entanto, a boa notícia é que a magia também permite que você tenha mais de um consorte durante a vida. E algumas vezes isso já aconteceu entre mais do que duas pessoas.

Ele agita as sobrancelhas quando diz aquela última frase, e eu dou risada.

— Isso dá um sentido totalmente novo à expressão "quanto mais gente, melhor", não é?

Enfim, arranco um sorriso de Flint que lhe chega até os olhos.

— Com toda a certeza.

— E então? Você vai se abrir para que a magia encontre outro consorte para você, não é? — Estendo o braço e apoio a mão em seu braço. — Acho uma ótima ideia, Flint.

— Pois é. Como eu estava dizendo, conheci um cara incrível e que gosta de mim, mas ele merece algo muito melhor do que um dragão apaixonado por alguém que nunca iria me olhar desse mesmo jeito. Mas... Bem, é difícil.

Tenho a impressão de que vou ficar dividido para sempre. O cara que amou uma pessoa por quase toda a vida e essa nova pessoa. Mesmo que não retribuísse o que eu sentia, ele era constante, sabe? Era a minha constante.

A voz de Flint se torna entrecortada, e seus belos olhos começam a se encher de lágrimas mais uma vez. O coração dele se parte, deixando exposta uma ferida aberta, muito dolorida. E eu sinto vontade de sair à caça do cuzão que não reconheceu o quanto Flint é incrível e lhe dar um safanão. Ou fazer as duas coisas. Em vez disso, faço a única coisa que posso fazer: me aproximo e coloco os braços ao redor da cintura de Flint, dando-lhe outro abraço.

— Ele não merece você.

Os braços grandes de Flint me apertam.

— Provavelmente, não.

— Recomendo que você se concentre na pessoa que o enxerga como você é de verdade. E, se você o ama com todo o coração, não pode dar errado. — Eu o abraço mais uma vez.

— Desculpe — diz Flint, enxugando os olhos daquele jeito que diz "não estou chorando, só caiu um cisco no meu olho". — Eu não queria falar sobre isso logo agora. Nós temos o jogo, mas ele pediu se poderia vir assistir, torcer por nós, por mim e... bem, acho que eu tinha que tirar um pouco do peso das costas.

Ele para de falar, com o olhar apontado para alguma coisa que está do outro lado do campo. E, mesmo antes de me virar, sei com quem vou me deparar.

Jaxon. É claro. Caminhando pelo campo com o restante do nosso time, todos já vestidos com as camisetas coloridas e alegres, que parecem completamente deslocadas neste momento.

Acho que seria melhor se eu me afastasse um pouco desse dragão gostosão antes que Jaxon sinta ciúme. E contemplo Flint para dividir essa piada, mas o seu olhar não está fixo no meu.

E, de repente, vejo tudo que estava tão determinada a não ver antes.

Segundos depois, quando Flint está com seu sorriso no rosto, me pergunto como foi que demorei tanto para entender três fatos muito importantes.

O primeiro: Flint usa esse sorriso como um escudo.

O segundo: ele deixa as emoções verdadeiras passarem pelo escudo apenas quando não consegue mais contê-las. Em especial, quando uma certa pessoa está por perto.

E a terceira... Engulo o nó na minha garganta e levo a mão ao peito, que de súbito começa a doer. O garoto emocionalmente indisponível de quem ele está desistindo de cortejar, aquele por quem passou tanto tempo esperando, é Jaxon.

Capítulo 74

UM NOVO TIPO DE LOUCURA

Esse conhecimento recém-descoberto reverbera pelo meu cérebro como um gongo tocado com muita força, enquanto me aproximo de Jaxon, com um sorriso falso no rosto. Estou concentrada nele e em tudo o que acabei de aprender, mas o barulho cada vez mais alto no estádio me faz perceber que, enquanto eu conversava com Flint, toda a arena se encheu. Ainda não chegou a hora de o torneio começar, mas as equipes estão se aquecendo e os pedidos estão sendo feitos.

— Funciona do mesmo jeito que um campeonato por eliminação — explica Jaxon, quando nos preparamos para fazer a inscrição. — Mas em escala menor. Começamos com dezesseis equipes e os jogos são sorteados. Os times que vencem vão jogando contra os outros vencedores, e continuamos fazendo isso até ganharmos o torneio ou sermos eliminados. Ou seja...

— Se quisermos a pedra de sangue, precisamos ganhar quatro jogos hoje — concluo para ele, embora não esteja prestando tanta atenção assim. A maior parte do meu cérebro está concentrada em Flint e em como a minha existência está partindo o seu coração.

Isso acaba comigo. Faz com que me sinta impotente. E ter de esconder isso de Jaxon só serve para deixar tudo ainda pior.

Especialmente, quando ele sorri para mim.

— Isso mesmo. Moleza, não é?

Reviro os olhos e me concentro nele, sem nenhuma outra razão aparente além de dar uma camada extra de proteção aos sentimentos de Flint.

— Fácil. Extremamente fácil.

Aham.

— Nem um pouco — respondo, sentindo o estômago se revirar com o nervosismo. Por causa do jogo, por causa de Flint, por causa de tudo o que aprendi e de tudo que ainda não entendo muito bem.

Jaxon ri e me abraça, mas isso não diminui o nervosismo. Na verdade, só o piora, porque percebo que Flint me observa pelo canto do olho. Contudo, quando tento atrair sua atenção ou sorrir, ele baixa a cabeça ou finge estar mirando outro lugar.

Deixo de fazer isso depois de algum tempo. Mas, enquanto Jaxon se entretém em uma conversa com Mekhi e Luca, que está no time que vem logo depois do nosso, esbarro em Flint. Ele parece ser pego de surpresa a princípio, mas logo abre um sorriso e retribui, esbarrando o ombro em mim também.

— Você está bem? — pergunto.

— Estou, sim — responde ele e não está mais exibindo aquele sorriso. Na verdade, está com a aparência mais sincera que já vi e é por isso que decido acreditar nele. Ou, pelo menos, não ficar remexendo em um assunto que deve ser incrivelmente doloroso.

Quando enfim chegamos diante da mesa dos juízes, percebo que é o tio Finn que está cuidando da nossa inscrição. Ele nos recebe com um sorriso enorme e entrega uma pulseira de plástico a cada um de nós, que prendemos de imediato ao redor do braço. Macy me explicou que essas pulseiras são encantadas para impedir ferimentos graves durante um jogo que é bem truculento, e puxo a minha duas vezes só para ter certeza de que ela não vai se soltar durante o torneio.

O tio Finn deseja boa sorte a todos nós. É a mesma coisa que ele diz para cada um dos outros times, mas acho que fica bem óbvio que ele vai torcer por nós. Especialmente quando Macy gruda adesivos coloridos em forma de estrelas no meio das suas bochechas.

Depois que estamos inscritos, Jaxon estende uma caixa preta para Flint e informa:

— Os capitães precisam sortear.

— Não temos um capitão no time — responde ele, mas Jaxon o encara como se Flint tivesse duas cabeças.

— Esse cara é você — diz ele, dando-lhe um tapinha nas costas. — Você é o capitão do time. Agora, sorteie um número.

Flint engole em seco ante as palavras de Jaxon — ou ante suas ações, não consigo ter certeza. Em seguida, faz um gesto afirmativo com a cabeça e enfia a mão na caixa. Ele tira uma bolinha com o número onze escrito.

— O que é isso?

Jaxon aponta para uma enorme lousa branca que flutua na lateral do campo, bem diante da linha divisória dos dois campos.

— Significa que o nosso primeiro jogo é contra o time número quatro — responde ele com um enorme sorriso, apontando para uma equipe que veste camisetas pretas.

— É a equipe de Liam e Rafael — vibra Mekhi atrás de nós. — Vai ser muito divertido detonar esses caras.

Liam e Rafael estão olhando para nós, balançando a cabeça.

— Vamos enfiar a sua cara na lama, Vega — grita Liam.

— Ui, ui, que medo — rebate Jaxon. — Não viu como estou tremendo?

— *Crianças* — comenta Hudson. — *Só tem crianças aqui.* — Mas ele está com um sorriso quase tão grande quanto o do irmão.

— Você precisa de um adesivo de estrelinha — digo a ele. — Para dar sorte.

— *Ah, um destes?* — indaga Hudson, virando o rosto, e vejo que ele já tem um adesivo grudado na bochecha. E isso é algo pelo qual eu não estava esperando.

— Ficou lindo em você — eu o elogio.

— *Tudo fica lindo em mim* — responde ele, mas o brilho em seus olhos faz com que isso seja uma piada.

— E aí, o que fazemos agora? — pergunto ao restante do time.

— Agora precisamos encontrar um lugar tranquilo na arquibancada e relaxar esperando a ação começar — informa Éden. — Somos o quarto time a jogar, e estou louca para ver algumas dessas pessoas levarem uns belos chutes no rabo lá no campo.

— Ou seja, ela está louca para chutar uns rabos por conta própria — interpreta Xavier enquanto nós a seguimos.

— Ah, sim — replico, rindo. — Entendi.

Ele sorri e ergue o punho para que eu o cumprimente com o meu próprio punho fechado e assim poder andar junto de Flint... e de Macy.

Quando estamos acomodados, abro a bolsa a fim de pegar uma barra de cereal — preciso da energia extra, mesmo que o meu estômago esteja todo revirado agora, mas Macy me faz parar.

— Eles vão nos trazer coisas bem melhores daqui a pouco.

Não entendo com exatidão o que ela está dizendo, até que percebo que várias bruxas da cozinha circulam pelo campo com enormes recipientes diante de si, presos ao corpo — como aqueles que os vendedores de petiscos levam aos campos de futebol para oferecer aos torcedores, só que bem menores.

— Cachorros-quentes? — arrisco, um pouco surpresa porque parecem algo muito incongruente para se comer bem no meio do Alasca.

Macy ri.

— Não é bem isso.

Leva alguns minutos até uma das bruxas chegar até onde estamos. Ela está vendendo bolos de pote no formato do brasão da Academia Katmere.

Eles estão cobertos de morangos e chantilly e parecem absolutamente deliciosos.

Flint compra uns quinze para o nosso time. Imagino que a bruxa vai simplesmente anotar o nosso pedido, mas ela abre a caixa e começa a puxar um depois do outro, quentes e recém-assados, com os morangos escorrendo.

A próxima vendedora vem com limonada fresca, e Xavier compra o que parecem ser vários galões de suco, enquanto nos acomodamos para assistir ao primeiro jogo.

Cyrus, trajando um terno, colete e calças de risca-de-giz, com os cabelos presos em um pequeno rabo de cavalo e com o anel de pedra de sangue brilhando sob as luzes do estádio, vai até o centro do campo, com um microfone em punho. Ao chegar ali, ele abre os braços e nos dá as boas-vindas à edição anual do torneio Ludares. Em seguida, começa a repassar as regras "para qualquer pessoa que precise refrescar a memória".

Todos os jogadores precisam segurar o cometa (uma bola grande e mágica com cerca de quinze centímetros de diâmetro, que vibra dolorosamente e, quanto mais tempo um jogador a segura, mais quente fica).

Há efeitos mágicos que equilibram o jogo em ação, então um jogador pode ser mais rápido ou mais forte do que outro, ou pode até mesmo transformá-lo em uma tartaruga (todo mundo ri dessa piada), mas nenhum feitiço ou efeito mágico que amplie a velocidade ou força sobrenatural pode durar mais do que dez segundos.

A única exceção é o voo, que pode durar até vinte segundos de cada vez. Assim, claramente um time com bons voadores vai ter uma ligeira vantagem. Eu olho para Flint e nós nos cumprimentamos com os punhos fechados ao ouvir isso.

Todas as habilidades que forem esgotadas voltam a funcionar a cada trinta segundos. Eu percebo que, de acordo com essa regra, saber quando usar a sua velocidade, força, voo ou qualquer outro poder de modo que você tenha o suficiente quando precisar vai exigir bastante estratégia — e também sorte.

Todos receberam pulseiras mágicas para impedir ferimentos sérios. Baforadas de fogo ou de gelo cuspidas pelos dragões, mordidas de vampiros, garras e mordidas de lobisomens e até mesmo os feitiços das bruxas podem machucar demais, mas os danos não são reais.

E, é claro, um jogador que esteja em perigo mortal seria magicamente transportado no mesmo instante para a lateral do campo e marcado como alguém permanentemente fora da partida.

Apesar de todas as regras, o jogo é bem simples. Basta levar o cometa até a linha de fundo do time adversário e impedir que eles façam isso com você. Sem quebrar as regras.

Cyrus termina de recitar as regras e começa a falar sobre a cooperação entre as espécies, como se ele mesmo tivesse inventado o jogo — o que fica ainda mais engraçado com os comentários ácidos de Hudson sobre Cyrus gostar do som da sua própria voz mais do que qualquer outra pessoa em todo o estádio. Ele está sentado logo atrás de mim, o único em toda a fileira de cadeiras. E percebo que é assim mesmo que ele gosta. Mesmo antes de se deitar no banco com óculos de sol e ficar zoando o seu pai.

Seus insultos são tão criativos que me entristeço um pouco por ser a única pessoa apta a se divertir com eles. Por outro lado, tenho certeza de que acabariam expulsando a nossa equipe do torneio se alguém ouvisse Hudson chamar o rei de parlapatão da boca mole... É preciso pensar por esse lado também.

Após determinado tempo, Cyrus chama as primeiras duas equipes até o campo e passa por cima das apresentações, já que nem se deu ao trabalho de aprender a pronunciar seus nomes antes de chamá-las. É o evento escolar mais arrogante — e também o mais normal — que testemunhei durante todo esse tempo em Katmere. Além de ter visto o meu tio mexer no sistema de som do auditório, enquanto tentava fazer a aparelhagem funcionar.

Quando as equipes são apresentadas — e decido que vou torcer pelo time número dois, porque Luca e Byron estão nele —, Cyrus abre o caixote que está no centro do campo desde que cheguei aqui, hoje de manhã.

Ele anuncia no microfone que Nuri — a mãe de Flint — vai ficar encarregada de começar este jogo, e todos nós temos de esperar até que ela deixe a lateral do campo e se aproxime do rei dos vampiros. Sorrio ao perceber que ela está vestida de um jeito muito mais casual do que Cyrus, com uma calça jeans e uma blusa de gola rolê — e isso só faz com que ele pareça um paspalho ainda maior. Mas acho que Cyrus nem precisa de muita ajuda para isso.

Ele aponta para a caixa com um floreio, mas não se aproxima para pegar o cometa.

Nuri se debruça sobre a caixa e ergue o objeto preto e roxo — e posso afirmar que ele tem uma aparência muito mais interessante do que eu imaginava: uma bola preta e brilhante envolta por uma rede de metal — e a ergue diante de si. O estádio inteiro grita e vibra, até parecer que o lugar inteiro está tremendo pela empolgação.

O campo de jogo não tem marcação, com exceção de um quadrado pequeno no meio do gramado e duas linhas roxas — uma em cada lado da caixa, a cerca de três metros dela, que cortam o campo no sentido da largura.

Quanto mais tempo ela segura o cometa, mais alto as pessoas gritam e aplaudem. Isso se estende por pelo menos uns dois minutos e, em seguida, ela se dirige ao quadrado no centro do campo e sobe na plataforma elevada, com o cometa ainda nas mãos. Tenho a impressão de que a vibração da torcida não tem como ficar mais alta.

Entretanto, quando ela levanta a bola — que agora está com um tom vivo de vermelho —, como se a estivesse oferecendo aos espectadores, com o olhar indo e voltando de um lado da arena ao outro, desafiando cada uma das pessoas ali, os gritos se tornam ainda mais ensurdecedores. Os alunos estão batendo com os pés nas arquibancadas, além de gritar, e tenho certeza de que toda a arena vai desmoronar à nossa volta. É emocionante e inspirador; meu rosto chega a doer com o enorme sorriso estampado nele.

Não leva muito tempo até que eu esteja gritando e batendo os pés, assim como todo mundo, mas preciso admitir: não faço ideia do motivo pelo qual estamos tão empolgados. Talvez, seja algum tipo de tradição, quem sabe?

Hudson dá uma risada na minha cabeça, onde consigo ouvi-lo mesmo com o barulho da multidão.

— *Você esqueceu que o cometa vai ficando mais quente e vibra em velocidades excruciantes quanto mais tempo você o segura?*

Meus olhos se arregalam. *Ahhhhh*. Ela está segurando a bola há pelo menos cinco minutos. Jaxon me disse que o máximo que ele conseguiu segurá-la foi por dois minutos antes que a dor ficasse tão insuportável a ponto de achar que não seria capaz de sobreviver àquilo. *Cinco minutos...?*

Puta que pariu, a mãe de Flint é assustadora.

Uma rápida olhada para Flint mostra que ele está sorrindo, com orgulho.

Finalmente, Nuri parece ficar satisfeita e ergue o cometa sobre a cabeça. E tudo, instantaneamente, fica em silêncio.

Os times estão perfilados nas linhas laterais, e percebo que Rafael está diretamente no centro da sua linha, junto a uma garota negra e pequena chamada Kali, com quem nunca conversei, mas que tenho quase certeza de que é uma bruxa. Do outro lado, há dois feiticeiros: Cam, o ex de Macy; e também James, seu amigo que tinha aqueles olhos inquietos, que nunca paravam num ponto só. Mais uma razão para eu não torcer para o time número um.

— *Os dois que estão posicionados no centro de cada time são aqueles que vão tentar disputar a bola* — explica Hudson discretamente. Agora que seu pai parou de falar, ele está inclinado para a frente, com os cotovelos apoiados nos joelhos para poder falar comigo.

— Eles vão correr até o cometa? — questiono, porque não treinamos para isso. Nem discutimos a questão, agora que penso nisso.

— *Não exatamente* — responde Hudson, e indica o campo com um aceno de cabeça. — *Observe.*

E assim eu faço, com os olhos arregalados quando um apito soa e Nuri joga a bola para o alto com toda a sua força de dragão. Ela sobe, sobe, sobe, chegando quase à cobertura do estádio, e ninguém se move para ir atrás dela. Nem tenta tocar a bola. Mas, quando ela começa a cair, tudo acontece.

Rafael usa toda a sua força vampírica para pular na direção da bola, enquanto Kali dispara chamas pelas pontas dos dedos contra os lugares onde pensa que James e Cam vão se posicionar. Mas eles também têm cartas na manga e já passaram do alcance da magia dela. Nesse tempo, James cria um poderoso ciclone de água contra Kali e Rafael, enquanto Cam usa um feitiço de vento para mandar a bola vários metros para longe de onde deveria cair.

É a cena mais incrível que já vi: os efeitos dos poderes voando de um lado para outro, enquanto os quatro jogadores lutam pelo controle da bola. É um milhão de vezes melhor do que a bola ao alto no começo de um jogo de basquete, nem consigo imaginar o que aconteceria em um estádio da NBA se esse tipo de ação começasse a acontecer.

Provavelmente, seria muito parecido com isto aqui, com uma multidão de alunos gritando e batendo os pés, empolgados.

Rafael passa longe do cometa por causa do feitiço de vento de Cam e não consegue pegar a bola, que cai direto perto de James. Ele salta, preparado para agarrá-la, mas Kali interfere, lançando um feitiço de ar e a arranca de suas mãos no último segundo. Ela a empurra diretamente para uma das outras garotas no time, que a agarra.

E o jogo continua.

A garota corre por uns dez segundos e, em seguida, desaparece.

— Para onde ela foi? — pergunto, inclinando-me para a frente e procurando pelo campo, assim como todas as outras pessoas da arena.

— *Aguarde e confie* — repete Hudson, o que não ajuda em nada. Eu olho para Jaxon, mas ele está gritando palavras de encorajamento para o time dos seus amigos.

Segundos depois, a garota volta a aparecer — do lado oposto do campo àquele em que ela precisa chegar para vencer.

— Portais são um saco — comenta Xavier, balançando a cabeça. — Principalmente porque não tem ninguém do time dela por perto...

Ele para de falar quando Luca acelera e atravessa o campo até chegar junto da garota em um piscar de olhos. Ela lhe passa o cometa e ele acelera direto até o outro lado do campo.

O problema é que uma das dragões do time de Cam está lá, à espera. E, assim que ele chega perto, ela dispara um jato de fogo que faz com que ele tenha de se desviar para a direita a fim de evitar o ataque e acabe caindo em outro portal.

Desta vez, ele ressurge vários segundos depois no centro do campo, com a bola brilhando em um vermelho-vivo. Ele a joga num arco alto para Rafael, que pula para pegá-la — mas não consegue fazer isso, pois um dos lobisomens a intercepta e parte diretamente para o centro do campo.

— Inacreditável — grito para ser ouvida em meio ao barulho da multidão e todos que estão no meu time sorriem para mim.

— *Você ainda não viu nada* — diz Hudson. — *Isso é só o começo.*

— Como assim? — indago, logo antes de Rafael e um vampiro do outro time acelerarem diretamente um contra o outro.

Eles se chocam com um *bonk* muito alto que pode ser ouvido por todo o estádio e, depois, caem em um emaranhado de braços, pernas e presas. Rafael se levanta segundos depois, com a bola, e desaparece em outro portal.

O jogo continua por mais uns vinte minutos, até que Kali por fim cruza a linha de fundo, com a bola ardendo em vermelho na mão.

A torcida enlouquece e volto a relaxar na minha cadeira, já me sentindo exausta com toda essa adrenalina que passa por mim.

— Foi a coisa mais intensa que já vi — anuncio para Jaxon, que sorri para mim.

— Você não perde por esperar — replica ele, se aproximando para dar um selinho nos meus lábios que me deixa muito, muito desconfortável, considerando as pessoas que estão olhando.

— Esperar o quê? — pergunto. — Achei que o jogo tivesse terminado.

— A nossa vez de jogar — Éden responde por ele. — Se acha que assistir ao jogo é intenso, espere até estar em campo.

Sei que ela tem razão e não consigo deixar de imaginar como vai ser a sensação, embora não queira perguntar.

Mas Hudson responde assim mesmo:

— *Como se você estivesse no meio de um tornado. Tudo acontece de um jeito muito lento, mas também muito rápido ao mesmo tempo. E você está ali, no meio de tudo, esperando para ver que parte da tempestade vai lhe acertar um pontapé no queixo.*

Uma onda renovada de adrenalina percorre meu corpo.

— E que parte geralmente dá esse pontapé?

— *De acordo com a minha experiência?* — pergunta ele, com as sobrancelhas erguidas.

— Sim. Com quem preciso tomar cuidado?

— *Com os dragões* — responde ele, balançando a cabeça. — *São sempre os malditos dragões que têm mais truques escondidos na manga.*

Capítulo 75

AGORA VOCÊ ME VÊ;
AGORA NÃO ME VÊ MAIS

Quando chega a nossa vez, mais ou menos uma hora depois, já não consigo parar quieta.

— *Quebre uma asa* — incentiva Hudson quando descemos até a área de espera enquanto os árbitros e professores preparam o campo, realinhando os portais para surgirem em lugares diferentes em relação aos locais em que apareceram nos jogos anteriores, de modo a não fornecer qualquer vantagem a alguém que esteja tentando memorizá-los.

— Como é? — respondo, superofendida. — Por que está me desejando isso logo antes de eu entrar para jogar a partida mais importante da minha vida? Especialmente quando preciso voar?

Ele ri.

— *Eu quis dizer naquele contexto de quebrar a perna*[1], *como falam nos teatros* — justifica ele, balançando a cabeça.

— Bem, é melhor você ser mais específico da próxima vez — respondo. — Porque pareceu que você estava desejando que eu me quebrasse inteira.

— *Quantos anos você tem, hein? Uns noventa?*

— E você? — retruco. — Uns trezentos?

— *A idade é só um número* — responde ele, inalando o ar.

— É, foi o que pensei — rebato, revirando os olhos.

— Não fique nervosa — aconselha Jaxon, pegando a minha mão e apertando-a com tanta força que fico achando que ele pode ter quebrado algum osso.

---

1   (N. E.) Trata-se de uma expressão para desejar sorte aos atores antes de eles entrarem em cena em um espetáculo. No Brasil, o mais comum é desejar "merda"; apesar de parecer agressivo, representa grande torcida por uma boa apresentação.

— Acho que não sou a única que está nervosa aqui — brinco.

— Só empolgada — responde ele, sorrindo. — Não acredito que vou jogar no Ludares. Isso vai ser incrível.

Sinto um aperto no peito quando me lembro do Jaxon que todo mundo conhecia antes de eu chegar à Katmere. Tão certo de que não podia mostrar alegria ou fraqueza por medo da eclosão de uma guerra entre as espécies. Tinha me esquecido de que essa era a primeira vez que ele se permitiu competir.

— E eu não sei? — Quero dizer mais, mas Flint já está agindo como uma mistura de capitão e líder de torcida, e dá um tapinha no ombro de cada jogador, proferindo palavras de estímulo. Ao que parece, agora é a minha vez e de Jaxon.

— Vocês vão conseguir, está bem? — encoraja ele. — Jaxon, não tenha medo de arrebentar a cara de ninguém, literalmente. E você...

Flint me encara com um olhar sério que é totalmente fajuto, que faz com que eu tenha dificuldade para conter o riso.

— Você só precisa decolar e ficar no ar. Você é a nossa arma secreta, Grace. Todos os outros times têm somente dois voadores, mas nós temos três. Quatro, se contarmos Jaxon.

— *Ah, sim, não se esqueçam de contar o dirigível* — provoca Hudson com a voz arrastada.

Fique quieto, o repreendo por entre os dentes, mas preciso usar todo o meu autocontrole para não rir. O que deixa Hudson ainda mais animado.

— *É uma pena que este lugar tenha um teto. Se tivéssemos sorte, ele poderia simplesmente flutuar e ir embora.*

Pare, repito enquanto começamos a nos perfilar para o jogo. *Tenho que prestar atenção no jogo agora.*

— Tudo bem, tudo bem. — Ele para na linha lateral e observa enquanto entramos no campo em fila indiana. Estamos quase na linha roxa quando ele me chama.

— Ah, Grace?

— Sim? — Eu me viro para ele, instintivamente.

Ele faz um sinal afirmativo com a cabeça.

— *Quebre-se inteira.*

Começo a gargalhar outra vez e, quando o faço, sinto que meu estômago relaxa e os últimos nós do nervosismo se dissolvem.

Desta vez é Aiden quem nos acompanha até o campo e assume seu lugar no quadrado central. Ele é muito mais sério do que os outros membros do Círculo, embora não tanto quanto Cyrus. Assim, o dragão não dá qualquer sorriso de encorajamento e não nos deseja sorte.

Ele simplesmente fica parado, esperando enquanto o time quatro se alinha à nossa frente. Liam está diretamente no centro da formação, assim como um dragão com quem nunca conversei. Flint o chama de Caden, e os dois fazem uma troca amigável de insultos, mas obviamente é tudo bem divertido. Isso, combinado com o fato de que Rafael e Liam estão nesse time, me convence de que, embora a competição seja feroz, provavelmente será justa.

Uma das melhores coisas sobre os meus amigos é que eles não costumam se associar com cuzões — o que é uma ótima qualidade, na minha opinião. Flint e Gwen se preparam no centro do nosso grupo; Jaxon está ao seu lado, seguido por mim e finalmente Xavier.

— Está pronta? — indaga Jaxon, enquanto Aiden tira um novo cometa do caixote.

— Acho que nunca estive tão pronta — respondo e, de repente, estou estranhamente ciente de como as minhas palmas estão úmidas.

Eu as esfrego com discrição na minha calça; é difícil segurar uma bola com palmas suadas e espero que ninguém perceba. Mas Xavier sorri para mim e diz:

— Não se preocupe, gárgula. Jaxon e eu não vamos deixar que nada de ruim lhe aconteça. — Ele exibe todo o seu orgulho lupino quando diz isso, com a cabeça erguida, o peito estufado e o corpo preparado para o combate.

E, embora eu saiba que devia me sentir grata por esse apoio, não consigo deixar de responder:

— Não se preocupe, lobo. Eu não vou deixar que nada de ruim lhe aconteça. — E, em seguida, lhe dou um belo tabefe entre as omoplatas, só porque posso.

Ele fica um pouco assustado, mas não irritado e, em seguida, eleva a cabeça e solta um uivo alto e animado, que coloca o estádio inteiro em pé. Não falo "lobês", mas nem preciso. Percebo na hora que esse uivo é um desafio e uma declaração de intenções ao mesmo tempo.

Especialmente, quando um dos lobos do outro time uiva em resposta — embora o seu uivo não seja tão impressionante quanto o de Xavier.

Aiden simplesmente balança a cabeça, mas, pela primeira vez, vislumbro um brilho de empolgação em seus olhos. Logo antes de jogar o cometa para cima.

Por um segundo, tenho a sensação de que tudo está paralisado, quando inclinamos as nossas cabeças para cima e observamos enquanto a bola sobe, sobe cada vez mais. Ela, enfim, alcança o ponto máximo da trajetória e permanece ali antes de começar a descer.

E é quando surge a sensação de que os portões do inferno se abriram ao meu redor. Flint se lança para cima, transformando-se parcialmente, enquanto sobe de modo que possa usar suas asas para subir. Mas o outro dragão está fazendo exatamente a mesma coisa, enquanto Rafael salta e se agarra em Flint. Ele usa a sua superforça vampírica para impedir que Flint chegue muito alto.

Flint ruge em resposta, cuspindo uma baforada de fogo diretamente contra o outro dragão a fim de detê-lo, enquanto acerta um chute na cara de Rafael. A força de Rafael é suavizada dez segundos mais rápido do que a do poder de voar de Flint e, assim, o dragão consegue se desvencilhar e usar suas asas poderosas com o intuito de se afastar do outro time antes de ter de passar trinta segundos no chão.

— Meu Deus! — exclamo a Jaxon e Xavier. — Isso é pavoroso.

— Não, isso é incrível — responde Xavier, enquanto, no meio do tumulto, Gwen lança discretamente um feitiço que prende a bola, que está com o outro time, numa rede mágica. Em seguida, ela a puxa para baixo e direto para seus braços e sai correndo para o portal mais próximo.

— Vamos lá, Grace — grita Jaxon e, em seguida, começamos a correr junto a Gwen. Não faço a menor ideia do que devo fazer quando ela mergulha de cabeça no portal, mas estou começando a entender que isso faz parte do desafio e da estratégia do jogo.

Especialmente quando há portais envolvidos; ninguém sabe o que vai acontecer a seguir, e os jogadores com mais talento para se adaptar a novas situações são aqueles que têm mais chances de realizar alguma coisa.

Com isso em mente, paro de correr muito rápido e, em vez disso, me concentro em observar tanto do campo quanto posso, esperando que Gwen saia por outro portal.

Ela finalmente aparece, a meio caminho entre o ponto onde estamos e a linha de chegada. A bola começou a ficar vermelha, e sei que ela logo vai precisar passá-la.

Éden pensa a mesma coisa, porque chega dando um voo rasante e apanha bola com as garras. Mas seus trinta segundos como dragão já estão quase no fim e, assim, ela a joga para Flint, que dispara pelo campo como um foguete.

Mas uma das bruxas do outro time lança um feitiço que prende as asas dele junto ao corpo, e Flint começa a cair. Macy lança um contrafeitiço com um floreio da própria varinha e algumas palavras que não consigo escutar. Em seguida, arranca a bola de Flint e parte na direção da linha de gol.

Rafael acelera na direção dela, e eu prendo a respiração, porque sei que ela não vai ter a menor chance.

Jaxon deve perceber também, porque acelera e surge junto dela no que parece um piscar de olhos. Ela lhe passa a bola e, ele acelera para vencer a distância que o separa da linha de gol. Está tão perto que penso que ele vai conseguir, mas Rafael surge do nada e lhe acerta um encontrão com tanta força que os dois saem voando... e a bola também, diretamente para cima.

Flint, Éden e os dois dragões do outro time partem com tudo para pegar a bola, mas parece que os quatro estão em trajetórias de colisão, assim como os dois vampiros. E isso significa que posso ter uma chance de chegar e roubá-la.

Eu me transformo em gárgula antes de terminar aquele pensamento e levanto voo. Na lateral do campo, consigo ouvir Hudson gritar algo para mim, mas não tenho tempo de prestar atenção nele. Não quando os quatro dragões estão voando para a bola como se suas vidas dependessem disso. Só tenho meio minuto de voo e estou determinada a alcançar o cometa com alguns segundos de folga.

De repente, Flint e Éden desaparecem em dois túneis camuflados no meio do ar, e isso faz com que eu seja a única no time que tem alguma chance de recuperar a bola. Aumento a velocidade e, como os outros dragões cometem o erro de pensar que a ameaça desapareceu junto a Flint e Éden, chego por trás e por baixo deles, roubando a bola bem debaixo dos seus narizes... e de suas garras.

Levo uma pancada na asa pela minha ousadia, mas há algumas vantagens em ser feita de pedra. Embora eu perca um pouco do equilíbrio, ainda consigo me recuperar.

Há um pedaço de mim que deseja partir rumo à linha de gol, mas sei que, em termos de velocidade, não sou páreo para dois dragões. Assim, decido voltar para o chão e jogo a bola para Xavier.

Ele sai correndo, mas não demora muito até que os vampiros fechem a marcação. Ele vai para junto de Jaxon, que está em pé outra vez, e joga a bola diretamente nas mãos dele.

Rafael se joga em cima de Jaxon, mas Jaxon o evita e acelera diretamente rumo à linha de gol.

A partida termina em menos de dois minutos e ninguém fica mais surpresa do que eu por ter desempenhado um papel importante na nossa vitória.

Quando retorno para o chão, Macy me abraça e grita:

— Um já foi, faltam três.

— Faltam três — repito, sorrindo de orelha a orelha. Talvez não seja tão ruim assim...

Capítulo 76

QUANDO O ATLETA CANTA DE GALO

O restante do dia se passa em um borrão de empolgação e ansiedade, exaustão e descargas de adrenalina.

Nosso segundo jogo leva mais de vinte e cinco minutos e quase nos destrói, e o terceiro é ainda pior. Entretanto, conseguimos avançar e depois observamos, desolados, quando o time doze vence o time três em um jogo que se estende por quarenta e cinco minutos e deixa o time capitaneado pelo lobo alfa, Cole, como o único adversário restante.

— Merda — rosna Xavier, e há uma quantidade enorme de fúria nessa palavra. Ele volta para a arquibancada quando Cole cruza a linha de gol com a bola, para a empolgação de metade do estádio.

A outra metade resmunga, decepcionada, e eu resmungo com eles. Considerando o histórico que temos com Cole, esse lobo vai entrar em campo com sede de sangue.

Normalmente, seria estranho que Xavier sentisse o mesmo que eu, já que, em termos técnicos, Cole é o seu alfa. Mas Xavier veio para Katmere relativamente há pouco tempo; está aqui há mais ou menos um ano. E, como eu soube nesses últimos dias, ele não é um grande fã do alfa da escola.

Mas não o culpo. Cole é um mau-caráter e isso ainda é uma descrição suave. Por outro lado, roubar o dente canino de um cara provavelmente vai irritar até mesmo a melhor pessoa do mundo, e Cole definitivamente não é essa pessoa.

— Esse cara é um cuzão — diz Hudson. — *Pessoalmente, acho que ele já devia ter sido desafiado por alguém há muito tempo.*

— Dê um tempo a Xavier — respondo. — Tenho certeza de que isso deve acontecer antes do fim do ano.

Ele sorri.

— *Eu sabia que havia uma razão para gostar desse lobo.*

— Pense por esse lado — comento com Xavier ao segurar sua mão, demonstrando solidariedade. — Depois de hoje, ele vai estar tão humilhado que tudo o que aconteceu antes nem vai ter importância.

— Está falando daquele dia em que Jaxon bebeu o sangue dele bem diante de toda a escola? — indaga Xavier, com um brilho malandro nos olhos. — Ou quando outra pessoa o drenou no meio da noite? Ou...

— Sim — replico. — É exatamente disso que estou falando.

— Ah, que maravilha. — Ele sorri. — Por favor, universo. Por favor, permita que eu seja o cara que vai enfiar o cotovelo na garganta dele no meio de um montinho.

— Eu estava pensando que você podia enfiar o pé nele — brinco. — Mas se quiser começar com pouco...

O sorriso dele se transforma numa forte gargalhada, enquanto ele levanta a mão para um "toca aí".

— Garota, adoro o seu jeito de pensar.

— Ótimo — digo, batendo na mão dele com a minha. — Porque você é praticamente o único nesta escola que gosta.

— Ah, mas isso não é verdade mesmo — intervém Éden, chegando junto para colocar a mão ao redor do meu ombro. — Qualquer garota que consiga manter Jaxon e Hudson Vega na linha ao mesmo tempo é uma garota que eu respeito.

Simplesmente balanço a cabeça.

— Você tem uma definição bem ampla do que significa "manter na linha".

— Ei — grita Jaxon. — O que você quer dizer com isso?

Reviro os olhos para ele, brincando.

— Significa que eu não sei quem me dá mais trabalho. Você ou o seu irmão.

— O meu irmão — dizem ele e Hudson, exatamente ao mesmo tempo.

— Nada mais a declarar.

— Sabe de uma coisa? — diz Flint a Xavier discretamente, enquanto o intervalo obrigatório de quinze minutos para descanso começa a contar para o outro time. — Se precisar ir com calma nesta partida para não irritar o seu alfa, a gente vai entender.

— Ah... não vamos, não — retruca Macy. — Cole tem um time forte. Vamos precisar de todo mundo.

— Também não estou entendendo — responde Xavier, parecendo bem ofendido. — Que tipo de cuzão você acha que eu sou?

— O tipo que tem que viver sob as ordens desse alfa pelo menos por mais um ano — diz Flint a ele. — Nós ainda podemos ganhar deles, mesmo que você precise pegar leve.

— Não vou pegar leve. — Xavier parece completamente irritado, assumindo uma postura digna de pavão: peito estufado, penas em riste e olhos furiosos. — Se eu tiver metade de uma chance, vou ser o primeiro a arrastar a cara dele na lama, mesmo que seja o alfa.

— Tudo bem, tudo bem — apazigua Flint, erguendo a mão num gesto conciliador. — Só pensei em ajudar.

— Bem, não faça isso de novo — rebate Xavier, ainda irritado.

Espero alguns minutos até ir me sentar junto dele.

— Sabe que Flint não falou por mal, não é? — pergunto com a voz baixa.

— Não sou um zé-ruela — rebate ele. — Não vim até aqui com vocês só para entregar o jogo e facilitar a minha vida. Não é assim que sou.

— Eu sei — asseguro a ele, enquanto Macy chega para se sentar do outro lado.

— Acho que você tem muita coragem para jogar contra Cole — comenta ela, e posso jurar que ele se empertiga ainda mais diante de nós. Como ele está em boas mãos com Macy, retorno para junto de Jaxon bem a tempo de a campainha tocar, avisando-nos para irmos ao campo.

— Você vai conseguir — encoraja Jaxon, me abraçando para dar sorte, enquanto entramos em campo. — Você é foda, Grace. Vá com tudo.

Quando chegamos lá, vemos que o próprio Cyrus está esperando para nos escoltar para o campo. É claro. Ele não deixaria que a final acontecesse sem sua presença.

Consegui evitá-lo desde que ele chegou, então essa vai ser a primeira vez que vou ser apresentada a ele pessoalmente. Estou tão empolgada... só que não. #seriamelhorarrancarumdente.

Ele sorri ao avistar Jaxon, mas não há nenhum carinho em sua expressão. E os olhos azuis gelados que ele passa por mim podem ser do mesmo tom dos olhos de Hudson, mas o seu jeito de encarar me causa arrepios enormes.

Tento não prestar atenção nele nem pensar em quantas coisas estão envolvidas nesse último jogo. Mas, quando me posiciono na linha roxa entre Xavier e Macy, o meu estômago, que já estava meio embrulhado, começa a dar piruetas dentro de mim.

E, embora isso possa ser somente um jogo para todas as pessoas que estão na arena, para mim é muito mais. Eu me inclino para a frente a fim de contemplar Jaxon, talvez até mesmo atrair sua atenção, mas ele e Flint estão envolvidos numa troca de olhares ferrenha com os jogadores do outro time. Em qualquer outra ocasião, eu ia me divertir com a intensidade deles, mas, neste momento, estou tentando não vomitar os bolinhos que comi e passar vergonha na frente do meu consorte.

— Vai dar tudo certo — incentiva Hudson. — *É só começar a voar e você vai conseguir.*

Não tenho tanta certeza disso. Observo o time de Cole, que é formado por alguns dos maiores cuzões da escola — algo que não me surpreende nem um pouco. Olho para Jaxon, que vinha competindo bem durante todo o dia, mas que está definitivamente demonstrando sinais de cansaço agora, embora muito menos do que eu imaginaria. Em especial, sabendo que Hudson se alimenta da energia dele pelo elo entre consortes. *Tenho a sensação de que vamos perder de lavada.*

— Pense por outro lado — infere ele com um sorriso malandro. — Quando o dia terminar, tem coisas muito piores que poderiam ser lavadas.

Uau. Isso é o seu "sábio conselho"?

— Não sou tão velho a ponto de poder dar conselhos, então... sim. É o que tenho a oferecer. — Percebo que o sorriso dele se desfaz um pouco. — E tem outra coisa, também. Essa não é a única pedra de sangue do mundo. É a mais fácil de conseguir, mas não é a única. Por isso, aconteça o que acontecer neste jogo, não desanime. Está bem?

O aperto no meu peito parece se afrouxar um pouco. *Obrigada.*

— Ótimo. Agora, me faça um favor e vá arrebentar a cara desses lobisomens arrogantes.

Eu aperto os dentes. *Vou fazer o melhor que puder.*

Respiro fundo e miro o outro lado da linha, estudando a equipe de Cole. Eles ainda parecem ser os maiores cuzões da escola. Isso não mudou.

Mas os nós que eu sentia no meu estômago se afrouxaram bastante. E as palavras de Hudson continuam ecoando pela minha cabeça. Não importa o que aconteça aqui, tudo vai dar certo. Não vai ser o fim do mundo.

— Estão prontos? — pergunta Flint de onde ele e Jaxon estão posicionados, no centro da nossa formação. — Quando todos indicamos que sim, ele sorri e diz: — É hora de arrastar a cara de um lobisomem alfa na lama.

Dois segundos depois, o apito soa.

Cyrus definitivamente tem a mesma força de seus filhos, porque a bola sobe, sobe, sobe até quase tocar na cobertura do estádio. Ainda assim, no instante em que ela começa a cair, o campo de jogo se transforma em um inferno.

Pelo menos é a sensação que tenho quando me vejo entre um vampiro, um lobisomem, um dragão e uma bruxa, todos correndo para pegar a mesma bola.

Flint dispara uma baforada de gelo diretamente contra Cole e sua companheira, uma bruxa chamada Jacqueline. A baforada a atinge e ela fica congelada por dez segundos, mas Cole salta por cima do disparo, enquanto mergulha para pegar a bola. Mas Jaxon chega antes dele, usando sua telecinesia para jogar a bola para longe do alcance de Cole. Só que ele a acerta com uma dose tão forte de seu poder que a manda para o alto do estádio outra vez.

A multidão solta um resmungo de decepção com o erro, assim como eu, enquanto mando uma vibração de "eu acredito em você" pelo elo dos consortes. Ele manda uma risada de volta e é quando percebo que a jogada de Jaxon não foi um erro. Flint está parcialmente transformado e já está no ar, à espera da oportunidade de agarrar a bola.

Cole solta um grito furioso quando Flint pega a bola e se transforma por completo em dragão em pleno ar — e agora, voa direto para a linha de gol a toda a velocidade. Já está voando há uns dez segundos e provavelmente vai conseguir chegar até a linha de fundo nos vinte segundos de voo que ainda lhe restam, mas a bola começou a ficar vermelha e a queimar suas mãos. Quando, a meio caminho, não consegue mais disfarçar as dores causadas pela bola incandescente, tem de jogar a bola para Éden, que pulou no ar logo atrás dele.

Ela pega a bola com um enorme sorriso no rosto, percebendo como está próxima à linha de fundo. Até mesmo eu prendo a respiração, me perguntando se esse jogo vai mesmo terminar com tanta facilidade.

Mas, sem que ninguém perceba, um dos vampiros do time de Cole salta e intercepta a bola.

Agora é Flint quem grita quando o vampiro cai no chão com um *bonk* alto e começa a acelerar rumo à linha de fundo do time oposto. Está quase lá, e passei do sentimento de empolgação para o pânico, pensando que não temos a menor possibilidade de interceptá-lo. Mas Mekhi sai de um portal a alguns metros da linha de gol e vai diretamente ao encontro dele.

Uhuu!

Estou tão empolgada que começo a bater palmas, mesmo percebendo que a colisão cria uma cratera profunda no campo. A multidão solta um gemido coletivo, pensando que um deles pode ter se machucado; mas Mekhi simplesmente rola pelo gramado, pegando a bola que está sob o corpo do outro vampiro. E desaparece por outro portal.

O outro portal o leva para o meio do campo, mas a bola já está começando a brilhar com o calor, ficando vermelha. Mekhi estampa uma careta de dor, enquanto olha ao redor, à procura de Jaxon ou Flint, imagino — mas os dois caíram em outros portais na tentativa de chegar junto do companheiro.

Xavier corre para junto dele, com Cole logo atrás, e pega a bola antes de saltar no ar, fazer uma pirueta e cair dentro do portal mais próximo, segurando a bola com uma das mãos junto ao corpo.

— Onde ele está? Onde ele está? — grita Macy, enquanto olha atarantada de um lado para outro, mas ninguém consegue responder por que Xavier ainda não apareceu. Os segundos vão passando e sinto o pânico crescer. Se não houver ninguém perto de Xavier quando ele enfim aparecer, nosso time vai ficar numa situação muito ruim.

Olho para o relógio na lateral do campo. Ele mostra vinte e sete segundos quando Xavier finalmente emerge pelo portal, o que significa que ele tem três segundos para passar a bola antes que ela comece a queimá-lo. E estou exatamente a um metro dele.

Merda.

Ele joga a bola para mim e tenho dificuldade para agarrá-la. Quase a deixo cair, quando o nervosismo toma conta de mim. A multidão vai à loucura, mas não consigo escutar nada, enquanto me esforço para segurar na beirada da bola, e Cole vem correndo com tudo contra mim.

Merda. Merda. Merda.

Depois de passar várias horas jogando, não tenho a menor vergonha de admitir que estou sentindo o cansaço. Preciso dominar a bola e me transformar rápido, mas hesito; penso que isso vai consumir o que resta da minha força e Cole vai finalmente conseguir sua vingança. Mas aperto os dentes e concentro os olhos na bola. Vai dar tudo certo.

Consigo segurá-la no exato momento em que Cole se joga sobre mim e me transformo enquanto corro, pulando no ar no instante em que sinto as asas brotarem das costas. Cole consegue agarrar meu pé e o segura com tanta força que não consigo me livrar dele.

E isso significa que estou basicamente voando pelo estádio com Cole pendurado em mim. O que não chega a ser um grande problema, mas a bola está começando a vibrar e vou ter de pousar bem rápido, algo que não vou conseguir fazer com a porra de um lobisomem agarrado ao meu pé.

Por sorte, Éden está correndo para junto de mim, com suas asas roxas de dragão cortando o ar, mas a bola está vibrando com tanta força que acho que não vou conseguir segurá-la por muito mais tempo. E também estou com medo de perder um dedo. Mas estamos fazendo isso pela pedra de sangue. Para tirar Hudson da minha cabeça. Assim, faço a única coisa em que consigo pensar, a única coisa que vai desgrudar Cole de mim. Levanto o outro pé e dou um chute direto na cara do lobisomem, com toda a minha força.

Ele grita, e me solta, caindo no chão de uma altura de uns cinco metros. Eu viro para trás e passo a bola direto para Éden.

Ela a agarra com um rugido de dragão e um sinal de joinha; em seguida, parte para a linha de gol. Está quase chegando lá e a torcida está em pé, gritando seu nome — assim como todos nós —, quando uma das bruxas do time de Cole a acerta com um feitiço que a faz cair no chão, girando.

Merda.

O medo praticamente me segura pelo pescoço enquanto me preocupo com a possibilidade de que ela tenha se machucado. Dragão ou não, é uma queda muito séria e, se for quase fatal, ela vai ser desqualificada e removida magicamente do jogo; mas Jaxon ativa a sua telecinesia e impede que ela se esborrache no chão. Antes que um de nós consiga recuperar a bola que está com ela, o outro lobisomem do time de Cole chega correndo e a agarra.

Macy e eu vamos correndo em sua direção, mas ele mergulha em um portal pouco antes de alguma de nós alcançá-lo. Para a minha surpresa, Macy mergulha também, na cola dele. Vinte e cinco segundos depois, os dois emergem, mas o lobo está deitado no chão, atordoado, e ela está com a bola. O cometa está vermelho, e ela o passa para Xavier, que o agarra em pleno ar.

O único problema? Eles estão novamente na parte mais distante do nosso campo de defesa, e todo o time de Cole está entre eles e a linha de gol. Por outro lado, dá para dizer a mesma coisa em relação ao nosso time.

Xavier corre por vinte segundos, esquivando-se de feitiços, baforadas de dragão e até mesmo uma mordida no ombro, enquanto Mekhi e Jaxon tentam se desvencilhar de uma bruxa e de um dragão, de modo que um deles acelere e se aproxime do nosso companheiro.

Gwen e eu corremos para a frente, felizes por todos os outros estarem ocupados. Todavia, antes que alguma de nós consiga chegar até Xavier, Cole o agarra e o derruba na altura do meio do campo. Mas Xavier não vai desistir sem lutar; ele rola para o outro lado, segurando o cometa junto do peito, enquanto ele vibra e queima com tanta força que consigo ouvi-lo do outro lado do campo.

Nesse instante, Cole golpeia com uma garra enorme na direção do braço de Xavier. Gemo por antecipação, imaginando o quanto aquilo vai doer, mesmo que Xavier esteja magicamente protegido contra a perfuração que a garra vai fazer em sua pele. Mas, no último segundo, Cole vira o pulso e a garra não acerta o braço dele.

Só que Cole não estava tentando acertar o braço. Todas as pessoas no estádio soltam um gemido aflito, quando percebem que ele corta a pulseira mágica que estava presa no antebraço de Xavier. Nós observamos quando a pulseira cai no chão, quase como se estivesse em câmera lenta. Os olhos de Xavier se arregalam, quando ele finalmente percebe o que o restante de nós já sabe que vai acontecer. O próximo golpe de Cole, com as garras saltadas na ponta das mãos, já está se aproximando da garganta desprotegida de Xavier.

Sinto o coração parar dentro do peito. Gwen está próxima, mas não o bastante para poder ajudá-lo. E eu também não. Ninguém está.

O estádio inteiro fica em pé, quando as garras afiadas de Cole se aproximam do pescoço de Xavier num piscar de olhos. Há um gemido aflito generalizado. É um golpe mortal. Não há como...

Um grito enorme surge da multidão, porque...

Eu pisco os olhos... pisco outra vez... uau.

Não foi um golpe mortal, porque Cole agora é... um frango branco e emplumado. Suas penas macias acariciam gentilmente o pescoço de Xavier, enquanto seu corpo de frango cai da altura de um metro, com um cacarejo bem irritado.

O meu olhar percorre a arena até eu avistar Macy, que obviamente surgiu por outro portal a dez metros de Xavier, bem no meio de toda aquela situação dramática. Ela está branca como um lençol. E totalmente furiosa. Além de estar bastante satisfeita por humilhar Cole por uma manobra tão covarde e quase mortífera.

Mas não temos tempo para nos divertirmos com a imagem de Cole ciscando no chão, porque o feitiço não vai durar muito mais tempo, e Xavier se levanta em uma fração de segundos, com o cometa ainda ardendo em brasa em suas mãos. O estádio inteiro vem abaixo, gritando e batendo os pés nas arquibancadas.

Olhando rapidamente ao redor, ele percebe Éden e lhe passa o cometa quando ela chega dando um voo rasante. Ela está subindo agora; suas asas poderosas a levam a quinze metros do chão em segundos. Mas o time de Cole ainda não está derrotado, e uma das bruxas acerta Éden com um relâmpago. Éden está caindo; o cometa não está mais em suas mãos e também cai ao seu lado.

Eu decolo a fim de pegá-lo. O único problema é que um dos outros dragões resolveu fazer a mesma coisa e, por isso ambos corremos para alcançar a bola. Meu coração bate cada vez mais rápido quanto mais nos aproximamos, e estou determinada a ganhar essa corrida, quando sinto que Jaxon envia um novo pulso de energia pelo elo dos consortes, fazendo a minha pele ferver.

Eu voo mais rápido do que jamais voei, mas ele ainda chega na bola antes de mim.

Bem, de que serve ser uma gárgula se não dá para transformar alguém em pedra de vez em quando? Rezando para que isso funcione, seguro na asa dele com uma das mãos e puxo o cordão de platina dentro de mim com a outra. Ele se transforma instantaneamente. E, sem asas adequadas para carregar um dragão feito de pedra bruta, ele começa a cair como uma pedra.

Arranco a bola das mãos de pedra do dragão e solto o cordão de platina, quando ele está a uns seis metros do chão.

Ele volta a se transformar num dragão comum no mesmo instante e está totalmente ensandecido. O dragão me ataca com toda a força da sua baforada de fogo, mas... Ora, ora, garota gárgula. Não sinto coisa alguma. Assim, dou um tchauzinho e completo com uma cambalhota para trás — disparando diretamente rumo a um portal que nem percebi estar ali.

E... que diabos. Tenho a sensação de que estou sendo rasgada, meu corpo sendo esticado de uma ponta a outra como se eu fosse um daqueles brinquedos de borracha que as crianças ganham em parques de diversões. Não é algo que machuque, mas a sensação é bem estranha, e a única coisa que consigo fazer é segurar a bola com força, enquanto as minhas próprias mãos começam a esticar.

Mesmo com tudo isso, não há a menor possibilidade de eu sair do portal sem essa bola. De jeito nenhum. Eu a seguro com toda a força. É quando a dor começa — quando resisto à força que tenta me esticar —, mas não me importo. Não vou estragar tudo, não quando estamos tão perto.

De repente, a dor desaparece, e o portal me vomita de volta no campo. Diferente de todos os outros, não consigo manter o equilíbrio; acabo tombando e caindo de costas como uma tartaruga. Mas estou com a bola. Isso é tudo o que importa. Mesmo que ela esteja vibrando tanto que eu tenho a impressão de que meus dedos vão começar a se despedaçar.

Eu rolo para o outro lado, procurando alguém para quem possa jogar a bola, e Jaxon pousa diante de mim com um sorriso e uma piscada de olho. Entrego a bola para ele; em seguida, ele já está acelerando, correndo a toda a velocidade rumo à linha de fundo... do lado oposto do campo. De novo.

É sério, esses portais são um saco.

Vou correndo atrás dele — bem atrás dele — sem saber o que mais posso fazer a esta altura. Vai levar trinta segundos até eu reconquistar a habilidade de voar outra vez. Mas Cole e o outro lobisomem começam a me ultrapassar em suas formas lupinas, indo diretamente na direção de Jaxon. Não tenho condições de derrubar os dois, mas com certeza posso derrubar um deles. Por isso, me jogo de lado, diretamente sobre Cole.

Ele rosna tal qual um cachorro raivoso, fechando os dedos ao redor da minha mão. Mas, novamente, sou feita de pedra, então não me machuco. Mas, pela segunda vez no dia de hoje, ele não se dá por vencido e, agora, está me arrastando pelo braço como se eu fosse uma boneca de pano.

Não sei exatamente o que tinha em mente com o que esperava que fosse uma manobra heroica. Sem saber o que mais posso fazer, levanto a outra mão e puxo sua cauda com toda a minha força.

Ele grita como uma criança irritada e acaba soltando a minha mão por tempo o bastante para que eu a recolha para junto de mim. Mas ele parece furioso agora e está concentrado completamente em mim, não mais na bola. O que parece ser um problema.

Pelo menos até que Xavier chegue com um rosnado — também na forma lupina —, fazendo com que ele recue e se afaste de mim.

Cole se vira e corre para junto de Jaxon como se acabasse de se lembrar do cometa, mas sei a verdade e Xavier também. Nós vimos o seu rosto quando ele correu. Ele estava com medo de Xavier. E tenho certeza de que isso vai ter ramificações muito além deste jogo.

Mas, por ora, Jaxon está quase na linha de fundo adversária. Graças a Deus. Acho que meus nervos não dão conta de aguentar outra partida como esta.

Antes que ele consiga chegar lá, entretanto, um dos vampiros se joga em sua frente, bloqueando o seu caminho e empurrando-o para trás bem quando o seu pé estava prestes a cruzar a linha de gol. Jaxon é jogado para trás voando e o mesmo acontece com o outro vampiro; os dois vão pelos ares girando, sem controle.

Jaxon consegue pousar em pé, mas está soltando um palavrão; a bola está tão quente que quase chega a estar incandescente a esta altura. Não há outra coisa a fazer além de soltá-la. Por sorte, Gwen está por perto e corre para pegá-la. Em seguida, parte correndo para a zona de gol adversária. Um dos dragões está logo atrás e, assim, ela ergue a mão sobre a cabeça e invoca os elementos.

Uma poderosa rajada de vento passa pelo campo, derrubando o dragão do ar e mandando-o diretamente sobre a bruxa que achou que ia conseguir chegar de modo sorrateiro junto a Gwen, com a varinha erguida.

Só que, sem qualquer aviso, o outro vampiro dá um encontrão violento em Gwen. Os dois caem juntos em um portal e desaparecem por dez segundos, embora a sensação que eu tenho é de que passa uma eternidade, enquanto o cronômetro ao lado do campo marca vinte e sete segundos. Após algum tempo, Gwen cambaleia a poucos metros de distância, segurando o cometa já bem vermelho com firmeza. Mas ela parece ter levado uma surra e está com a mão nas costelas.

Fico preocupada com ela, mas um dos árbitros já está ao seu lado. Grata pelo meu tempo de voo ter sido renovado, corro até ela, pego o cometa e voo direto para a linha de gol com cada grama de força e velocidade que tenho em mim. Cole está correndo ao meu lado, uivando de raiva, mas não olho para ele. Não olho para nada nem ninguém além da linha de gol. Esta é a nossa última chance de vencer e não vou desperdiçá-la.

Pelo canto do olho, vislumbro os dois dragões do outro time correrem na minha direção. Não posso impedi-los, então não me preocupo com eles. Simplesmente voo. E logo antes que me alcancem, alcanço o cordão de platina dentro de mim e o puxo outra vez, forçando uma parte maior do meu corpo a se transformar em pedra e me deixando cair de uma altura de cinco metros com todo o peso extra que aquilo me traz. Os dois colidem sobre mim com um estrondo digno de uma explosão.

Mas isso não tem importância, porque estou na linha do gol. Solto o cordão de platina e puxo meu cordão dourado humano; livro-me do peso extra e voo diretamente por cima da linha de fundo, caindo no chão pouco antes que os meus trinta segundos de voo se esgotem.

Capítulo 77

EU SOU UM COMETA, BABY

— Cara, nós conseguimos! — grasna Flint pelo que deve ser a centésima vez desde que vencemos o torneio na tarde de hoje. Ele abre um sorriso animado, quando coloca alguns fardos de latas de refrigerante na mesa que fica na antecâmara da torre de Jaxon.

— Conseguimos mesmo, porra — ecoa Xavier, chegando junto dele para que os dois façam aquelas celebrações típicas que acontecem quando vencem um evento esportivo, batendo o peito um no outro e dando tapinhas nas costas. — Quem esse Cole acha que é?

— É isso que eu estava dizendo — concorda Éden de seu lugar no sofá, com os coturnos roxos apoiados na mesinha de centro de Jaxon. — Juro por Deus que a cara dele no fim do jogo foi a melhor que já vi. Ele não conseguia acreditar que o seu time usou todos os truques sujos que conheciam e ainda assim perderam.

— Cara, em que universo um lobisomem pode ganhar de um dragão? — zomba Flint.

— Como é que é, cara? E eu sou o quê? — pergunta Xavier.

— Ainda não descobri — responde Flint, olhando-o dos pés à cabeça. — Talvez um draguisomem? Ou um dragolobo?

— Talvez um lobisdragão — responde ele para Flint com um sorriso.

— Eu apoio essa ideia — concorda Éden, erguendo as mãos para Macy quando ela chega pelas escadas, trazendo da cantina uma quantidade impressionante de caixas de pizza.

— Como está Gwen? — pergunto a Macy.

— A namorada dela me mandou uma mensagem. Contou que lhe deram um balde de analgésicos e que está dormindo na enfermaria, agora. Mas vai ficar bem daqui a alguns dias — responde ela, colocando as caixas na mesinha de centro. — Do que estamos falando agora?

— Ele é mais dragão do que lobo, então tem que colocar o dragão na frente — continua Flint, pegando uma caixa do alto da pilha... e ficando com toda a pizza só para si. — Afinal, meu amigo Xavier não é nenhum babaca, certo?

— Com certeza não é — concordo. E, independentemente de eu ser gárgula, não tenho um metabolismo que me permite devorar uma ou duas pizzas inteiras, pego duas fatias modestas da caixa com a pizza de pepperoni antes de me acomodar no chão, em uma das cabeceiras da mesinha de centro.

— Nem todos os lobisomens são babacas — responde Xavier, logo antes de pegar sua própria caixa de pizza. — Só os que vivem aqui em Katmere.

— Fale mais alto. As pessoas do fundo não conseguem ouvir — sugere Mekhi, sentado ao meu lado.

— A alcateia reflete o alfa — concorda Jaxon. — É por isso que você devia desafiá-lo, Xavier. Quando ele se for, o restante dos lobos vai entrar na linha.

— Tenho certeza de que o nosso garotão aqui já desafiou aquele idiota no campo do Ludares hoje mesmo — responde Flint. — Você dominou aquele cuzão antes que o jogo acabasse. Ele já estava ciscando o chão muito antes de Macy o transformar em um frango.

— Nós dominamos todos aqueles babacas hoje — diz Éden logo antes de enfiar metade de uma fatia de pizza na boca. — Cada um deles.

— Mas, falando sério? A melhor jogada do dia foi a de Macy, com certeza. Ela não salvou só a vida de Xavier, mas todo mundo viu Cole virar um frango, cair no chão e cacarejar pelos dez segundos mais felizes da minha vida. — Mekhi ri com tanta força que chega a ficar com os olhos cheios de lágrimas. — E, em segundo lugar, aquela hora em que Grace voou pelo campo com Cole pendurado em seu pé. — Ele ergue os dedos para imitar o momento em que Cole me mordeu.

— Ah, é mesmo — eu digo a ele, sem qualquer mudança nas minhas feições, enquanto os outros caem na gargalhada. — Foi hilário mesmo.

— Talvez não tenha sido para você — sugere Jaxon com o sorriso que sempre faz as borboletas voarem no meu estômago. — Mas foi memorável para todos nós.

— Gostei daquela hora em que você transformou Serafina em pedra — diz Éden. — Foi a jogada mais legal que já presenciei no campo do Ludares.

— Foi mesmo — concorda Flint. — E vocês viram quando...

Ele continua falando, enquanto eu me viro para Jaxon, que está ao meu lado, e sussurro:

— Os dragões sempre ficam se vangloriando assim?

— Você não viu nada. — Ele nem se preocupa em sussurrar, enquanto revira os olhos. — Quando Flint se empolga, fica assim por algumas horas. Até acabar o gás.

— Ei, eu não sou refrigerante para ficar sem gás, sabia? — rebate Flint e, embora esteja com aquele sorriso pateta no rosto, percebo um lampejo de algo que se parece bastante com mágoa, também. — Não dá para colocar mais gás em mim.

— Não é em colocar gás que estou interessado — responde Jaxon e, de repente, sinto algo bem desagradável. Não consigo deixar de pensar no que Flint me disse hoje pela manhã, no campo.

— Alguém quer mais uma bebida? — ofereço, levantando-me e indo até a mesa perto da janela. Éden e Flint pedem refrigerantes, e Macy, uma água com gás.

Demoro um pouco para pegar tudo que pedem, principalmente porque preciso de um minuto antes de voltar até lá.

Entendo que Flint não tenha percebido que já liguei os pontos e sei que seu coração está partido por causa de Jaxon, mas um pedaço de mim não queria que ele tivesse me escolhido para contar tudo hoje de manhã. Jaxon é o meu consorte. Que outro sentimento posso ter além de culpa por ele estar magoado e eu ser a razão disso? Em particular, porque eles se conhecem há muito mais tempo do que Jaxon e eu.

Sou a intrusa. Fui eu que surgi do nada e provavelmente estraguei todos os planos de Flint. Mas o que devo fazer? Simplesmente abrir mão do meu consorte? Não poderia, mesmo se quisesse e, definitivamente, não quero. E como ficamos, então? A minha simples existência parte o coração de um dos meus amigos mais próximos? Vou ter de ficar assistindo ao coração dele se partir por Jaxon toda vez?

É horrível pensar nisso; minha alma dói por causa de Flint de um jeito que me abala profundamente. Eu só gostaria que houvesse alguma coisa, qualquer coisa, que eu pudesse fazer para que as circunstâncias não ficassem tão ruins.

— *Não há nada* — comenta Hudson com uma voz séria, chegando perto de mim e sentando-se no chão, junto à parede do quarto de Jaxon, o mais distante que consegue ficar do grupo, enquanto ainda está no mesmo cômodo. Fiquei curiosa com o seu paradeiro durante o jogo, imaginei que talvez ele tivesse se afastado para que eu pudesse me concentrar. Mas, agora, vejo as olheiras no rosto dele, a fadiga que lhe encurva os ombros e as bochechas magras que deixam as maçãs do rosto ainda mais ressaltadas.

Sinto um aperto tão forte no peito que mal consigo respirar. Olho para ele e depois para Jaxon, que está rindo de alguma coisa que Mekhi diz, a imagem da saúde e da energia, e depois para Hudson, magro e exausto. E percebo que Jaxon não era o único que estava me dando sua energia no campo. Hudson também estava.

Estou prestes a tocar no assunto, quando vejo sua expressão mudar. Ele não quer que eu ache que isso é algo tão importante... Então, não acho.

Em vez disso, me esqueço das bebidas e vou até Hudson, sentando-me ao seu lado. Quero lhe mandar um pouco da minha energia, mas sei que ele não vai aceitar. Em vez disso, volto a conversar com ele.

— Mas eu queria fazer alguma coisa — eu digo, procurando as palavras certas. — Tenho a sensação de que devia encontrar um jeito de consertar isso.

— *Flint sabe que é tarde demais, Grace. Agora ele está só tentando descobrir como lidar com a decepção. Deixe estar.*

Há uma sutileza aí que nem consigo começar a desembaraçar. Será que é Lia? Fico me perguntando se seria. Deve ser muito estranho saber que a sua consorte o amava tanto que estava disposta a morrer para trazê-lo de volta. Mas, por outro lado, isso também deve ser horrível.

— *Eu já lhe disse que ela não era minha consorte.* — A voz de Hudson corta como um canivete. Espero que ele diga mais, mas nada acontece. Pelo menos, não em relação a Lia. — *Mesmo assim, você tem razão. Flint provavelmente não devia ter lhe envolvido nessa confusão toda.*

— Não é uma confusão. É o que ele está sentindo — eu o corrijo, observando ao redor para ter certeza de que ninguém consegue me ouvir. Todos estão acostumados a me ver conversando com o nada e nem me dão atenção, mesmo assim, mantenho a voz bem baixa. — Ele não consegue deixar de sentir o que sente.

Ainda estou intrigada com todas as vibrações esquisitas que percebi em Hudson sobre Lia. Não vou pressionar nem nada. Uma confissão dolorosa sobre relacionamentos por dia já é mais do que eu consigo aguentar...

— *As duas não são mutuamente exclusivas, sabia?* — diz Hudson com aquele sotaque britânico superesnobe, que só aparece quando está tentando fazer com que eu me sinta infantil... ou tentando me irritar. — *Emoções são uma coisa tão absurda que quase nunca fazem sentido.*

— É por isso que você não se permite sentir nada? — rebato. — Porque elas são muito absurdas para você?

Há outro longo silêncio. E em seguida:

— *Tente me acompanhar, Grace. Tenho muitas emoções. No momento, a maior delas é o desprezo, mas um sentimento é um sentimento.*

Reviro os olhos.

— Você nunca vai mudar.

— *Ah, se pelo menos isso fosse verdade* — responde ele, arqueando a sobrancelha. — *É melhor andar logo com as bebidas. O pessoal está ficando inquieto.*

Antes que eu consiga responder, Flint chama:

— Ei, precisa de ajuda aí?

Ou, em outras palavras, cadê o meu refrigerante?

— Não, pode deixar comigo — asseguro a ele, pegando uma lata de Dr. Pepper para mim antes de fazer uma pilha com as outras bebidas e levá-las de volta para a mesinha de café.

— Bem, a assembleia para recebermos a pedra de sangue é amanhã à tarde — pontua Macy, quando estou novamente sentada entre ela e Jaxon. — O próximo item da lista é o osso de dragão. É melhor a gente cuidar disso antes que a assembleia comece.

— Se formos amanhã, Gwen não vai poder vir com a gente — observa Mekhi. — Passei na enfermaria para ver como ela estava antes de virmos para cá e ela está melhor. Mas Marise disse que ela vai ter que ficar de molho por um dia ou dois.

— Coitada — comento. — O braço dela estava horrível.

— Horrível mesmo — concorda Mekhi.

— Ela não vai gostar nem um pouco de perder a viagem para o Cemitério — retoma Macy. — Mas nós precisamos acabar logo com isso antes de pegarmos o próximo artefato.

— Esperem aí, volte um pouco — diz Éden, olhando para Flint. — É por isso que você estava perguntando sobre o Cemitério?

Quando ele confirma com um aceno de cabeça, ela pergunta:

— Por que vocês precisam de um osso de dragão?

Penso em desviar o assunto, mas a verdade é que foram os oito membros do nosso time que conquistaram a pedra de sangue. Se apenas um punhado de nós aparecer para recebê-la, vai ser algo de muito mau gosto, e muita gente vai ficar ofendida.

Jaxon provavelmente sente a mesma coisa, porque responde:

— Nós entramos no torneio porque precisávamos da pedra de sangue para um feitiço muito importante. Mas também precisamos de alguns outros artefatos, incluindo um osso de dragão.

— Um osso de dragão — reflete Éden antes de encarar Flint com os olhos arregalados. — Do Cemitério? Você vai mesmo levá-los até o Cemitério?

— Eles precisam ir até lá. O que posso fazer? Simplesmente deixar que andem de um lado para outro e ficar esperando que não morram? — responde Flint.

— Como assim? — pergunta Macy, e agora é ela que está com os olhos arregalados. — Que lugar é esse para onde você vai nos levar?

— Um lugar mágico que não quer ser visitado por não dragões — responde Éden. — Nem mesmo por outros dragões.

— Bem, infelizmente não temos escolha — Jaxon diz a ela com uma expressão taciturna. Em seguida, passa todos os detalhes da minha situação para o grupo.

— Quer dizer, então, que ele está aí dentro agora? — diz Xavier, aproximando-se, olhando bem dentro dos meus olhos. Ele toca com a ponta dos dedos na minha cabeça.

— *Será que ele acha que, se sacudir a sua cabeça, vou sair daqui de dentro?* — pergunta Hudson, seco. — *Ou está só tentando olhar nos meus olhos com essa expressão de desejo?*

Um pouco de cada coisa, talvez?, respondo porque... falando sério, quem faz esse tipo de coisa?

— Sim — explica Jaxon, aproximando-se para poder conter Xavier antes que ele me dê uma concussão. — Está, sim. E a única maneira de tirá-lo dali é usando esses cinco objetos.

— Mas... nós realmente queremos tirá-lo dali? — pergunta Mekhi. — Digo isso porque as coisas não foram muito boas para todo mundo da última vez em que ele estava livre.

— E não são tão boas para a minha consorte, agora que ele não está — responde Jaxon de um jeito meio agressivo. Mekhi, junto a todos os outros, até recua um pouco ante o tom de voz dele. Agora que Jaxon está mais sociável, acho que as pessoas tendem a esquecer que ele ainda é Jaxon; ainda é o príncipe das trevas e acho que ele acabou de lembrá-los desse fato.

— Hudson dominou o corpo dela mais de uma vez. Ele sabe de cada pensamento que ela tem. E tem acesso ao nosso elo entre consortes. Então, sim. Ele tem que ser tirado dali. Assim que for possível.

— Tem mesmo — concorda Xavier, um pouco horrorizado com a descrição de Jaxon. E também não está mais cutucando a minha cabeça.

— Bem, nesse caso, estou dentro — diz Éden.

— Dentro de quê? — pergunto, confusa.

— Dentro do grupo que vai para o Cemitério. E de qualquer outra coisa que vocês precisem fazer.

— Eu também — diz Xavier. — Roubar o corpo de uma garota desse jeito não é legal. O cara é um babaca mesmo.

Olho para Hudson, que agora está com a cabeça inclinada para trás, encostado na parede e os olhos fechados. Consigo sentir sua exaustão daqui.

— *Só tem críticos neste lugar* — murmura ele.

— Podem contar comigo também — diz Mekhi. — Você sabe que eu sempre vou estar com você, Jaxon. E com você também, Grace.

— Meu pai vai surtar se descobrir que envolvemos mais três alunos nisso tudo — conta Macy. — Conversei com ele, que concordou em manter o Círculo bem ocupado e longe de nós amanhã de manhã, enquanto escapulimos para o Cemitério, mas não está feliz por irmos sozinhos. E seu humor não vai ficar nem um pouco melhor quando souber que vamos levar todo mundo.

— Além disso, é perigoso — eu os lembro. — Muito perigoso.

— Hmmm, tenho certeza de que fui eu quem acabou de dizer isso — responde Éden, dando de ombros. — Mas sabe de uma coisa? Às vezes, uma garota tem que fazer o que é necessário. E, aparentemente, o que a sua garota precisa fazer é chutar um maníaco homicida para fora da cabeça.

— Um brinde a isso — saúda Flint, erguendo a lata de refrigerante. — Além disso, às vezes...

— Quem pega leve não ganha o jogo — diz Jaxon, com um enorme sorriso.

— Isso mesmo. — Flint assente com satisfação pelo que deve ser uma piada interna entre os dois antes de bater palmas. — Só para saber: vamos fazer isso amanhã de manhã?

— Pode ter certeza — concorda Éden, e todos assentem.

— Esperem um minuto. Será que não estamos nos adiantando? — questiono. — Ainda nem sabemos onde fica o Cemitério. Ou sabemos?

— Sabemos, sim — rebate Flint, trocando um olhar com Éden. — Conversei com a minha avó sobre o Cemitério, mas também pedi a Éden para falar com a avó dela quando você me pediu. E ela está com os detalhes.

— A boa notícia é que não vamos ter que viajar para um lugar muito distante — diz Éden. — A má notícia é que a minha *grand-mère* disse que somente pessoas com instinto suicida iriam querer ir até lá. Quase ninguém sai vivo.

Capítulo 78

VAMOS FALAR SOBRE O
OSSO DA DISCÓRDIA

— Ninguém sai de lá vivo? — indaga Macy, com os olhos arregalados. — Uau, que divertido.

— Não se preocupe, Macy — responde Xavier. — Nós podemos dar conta de uma pilha de ossos velhos.

— É um pouco mais complicado do que isso — diz Flint.

— Mas nós vamos conseguir — assegura Éden. — Sei disso.

— Olhando pelo lado positivo, não pode ser pior do que sair para caçar um monstro que é impossível de matar — opino. — Só para constar.

— Adoro esse seu otimismo — diz Mekhi. Em seguida, ele olha para o grupo. — Na minha opinião, acho que devemos ir de qualquer jeito.

— Amanhã, às cinco da madrugada — ordena Jaxon antes de perguntar a Flint e Éden. — Onde precisamos nos encontrar?

— Nos túneis — responde Flint, e sinto meu estômago afundar. Mas as coisas são assim mesmo. Às vezes, temos que simplesmente baixar a cabeça e fazer o que é ruim mesmo sem querer.

— Para mim está ótimo — diz Xavier, quando pega a sua caixa de pizza e lata de refrigerante e as joga na lata de lixo reciclável, no alto da escada. O restante de nós segue o gesto, e a festa termina logo depois.

O torneio foi bem cansativo para todos e ninguém quer ficar acordado até tarde. Com exceção de mim, já que Hudson está dormindo profundamente agora. Assim, passar algum tempo com o meu consorte sem que o seu irmão fique atrapalhando a cada dez segundos parece um sonho.

Espero até que Flint saia — não há motivo para ficar esfregando meu relacionamento na cara dele — antes de me sentar no sofá com Jaxon e trazer sua mão até a minha boca. Ele me observa com olhos ardentes por vários segundos; em seguida, fecha os braços ao redor de mim e me puxa para junto do seu corpo.

Nós dois suspiramos com aquele contato.

— Que bom sentir você aqui — diz ele.

— Também acho. — Ergo a cabeça e espero até que ele me beije, mas Jaxon dá somente um selinho nos meus lábios. O que é legal, mas definitivamente não é o que estava querendo.

Eu me estico e o beijo desta vez, mas novamente ele se afasta depois de um segundo.

Não sei se ele está fazendo isso de propósito para zoar ou se há algum problema que desconheço. Mas, quando observo seu rosto, ele abre um sorriso carinhoso, como se estivesse se divertindo bastante.

E é aí que decido resolver o problema com as próprias mãos. Levantando do sofá, estendo a mão para ele e digo:

— Venha, vamos lá. — E faço um gesto com os dedos, imitando o sinal de aspas, indicando aquilo que acho que vai ser o nosso código secreto eterno para "dar uns amassos". — Vamos ver a aurora boreal.

Ele parece estar confuso.

— Você quer ver as luzes? Agora?

— Sim, agora mesmo. — Eu bateria o pé como uma criança petulante, mas receio que esse movimento súbito possa acordar Hudson. E isso é a última coisa que quero.

— Tudo bem... — Jaxon me olha de um jeito esquisito, enquanto vamos até o seu quarto e dali para o parapeito que fica sob a janela. — Algum motivo em particular para isso? Tipo, para mim não tem nenhum problema. Eu só...

Eu o agarro pelo blusão e o puxo para mim a fim de poder grudar meus lábios nos dele.

— Ah — murmura ele, surpreso. E, em seguida, um "ah" mais grave quando me envolve com os braços, me pega no colo e me leva para a cama, com as nossas bocas ainda unidas.

Ele se vira de modo a ser o primeiro a cair na cama e caio por cima dele. Afasto os joelhos, encaixando-me sobre os seus quadris e começo a dar beijinhos em seu pescoço, me deliciando com a sensação de tê-lo junto a mim. Duro. Forte. Perfeito.

Jaxon geme e inclina a cabeça para trás em busca de me dar acesso, enquanto suas mãos se encaixam nos meus quadris.

— Espere — diz ele por entre um gemido e outro, enquanto eu beijo o contorno anguloso do seu queixo. — E Hudson?

— Está dormindo — respondo, passando as mãos por baixo da sua camisa para acariciar a pele morna do seu abdome.

Ele geme e depois rola comigo pela cama até eu me estender por baixo dele.

— Por que não me disse? — pergunta ele, apoiando-se sobre o cotovelo sobre mim.

— Eu tentei. O que achou que eu estava dizendo com aquela coisa da "aurora boreal"?

Jaxon parece confuso.

— Mas como... — Ele para de falar quando finalmente se dá conta do que está acontecendo. — Espere um pouco. Aquilo foi a sua iniciativa?

— Eu não chamaria exatamente de iniciativa. — Eu o contemplo com a expressão séria, mas Jaxon já está balançando a cabeça e rindo.

— Nunca imaginaria algo assim. Usar a aurora boreal como pretexto. — Ele me olha com respeito. — Foi ótimo. Gostei bastante.

— Não foi tão bom assim, obviamente — asseguro a ele. — Já que estamos conversando sobre isso e não nos beijando.

— Bem, nesse caso, é melhor voltarmos ao que estávamos fazendo antes. Detesto decepcionar você. — Ele levanta a mão, e as cortinas se abrem, mostrando a aurora boreal brilhando logo no céu pela janela.

Em seguida, ele está me beijando, e a sensação é ótima. Incrível, sua boca se movendo sobre a minha. Seus cabelos fazendo cócegas na minha bochecha. As mãos passando por baixo da minha blusa e deslizando na minha pele.

Arqueio as costas, entrelaçando nossas pernas, enquanto ele desliza os lábios pelo meu pescoço e por cima da clavícula. Viro a cabeça para o lado, oferecendo-lhe o meu pescoço, minhas veias — e as presas de Jaxon arranham a minha pele gentilmente.

O anseio desce pela minha coluna. Eu estava com muita saudade disso. Aproximo-me dele, enredando as mãos pelos seus cabelos... e o alarme do meu celular toca, apitando ruidosamente em meio ao silêncio.

Jaxon se afasta com um resmungo.

— Por que colocou o alarme para esse horário?

— Marquei de conversar com Heather no FaceTime hoje. — Eu me sento na cama e pego o celular para desativar o alarme. — Vou só mandar uma mensagem para ela e dizer que ligo daqui a...

— *A manhã não pode ter chegado tão rápido* — reclama Hudson, com a voz arrastada.

— Puta que pariu, Hudson acordou. — Deixo o corpo cair na cama outra vez e fico mirando o teto.

Jaxon dá uma olhada no meu rosto e faz o mesmo.

— Ele sempre teve o sono leve. Mesmo quando éramos crianças.

— *Bem, isso acontece quando você nunca sabe se o seu pai vai entrar no quarto e tentar matar você ou seu irmão caçula* — retruca Hudson, com a voz irritada quando descobre o que acontecia, enquanto ele dormia.

— Que horror. — A minha opinião sobre Cyrus e Delilah fica ainda pior. Sinceramente, não achei que isso seria possível.

Sinto Hudson dar de ombros dentro da minha mente.

— O que houve? — indaga Jaxon, rolando para junto de mim para olhar no meu rosto. — Está nervosa por causa do que vamos fazer amanhã?

Aproveito a deixa, sem a intenção de trair a confiança de Hudson.

— Estou, sim. E se for tão ruim quanto a avó de Éden disse?

— Não se preocupe com isso — responde Jaxon com um sorriso bem confiante. — Eu a protejo.

— Não é disso que estou falando. — Eu me sento na cama, irritada com aquela súbita atitude de "eu sou o homem dessa relação, deixe tudo comigo". — O problema é que estamos pedindo para muitas pessoas de quem gostamos para que arrisquem a vida para me ajudar. Não quero que ninguém se machuque.

— Estou lhe dizendo, deixe tudo comigo. Posso proteger todos vocês. É isso que faço.

— E eu estou lhe dizendo que não quero que alguém me proteja. Quero poder cuidar de mim mesma, ao lado do meu consorte e não atrás dele...

Paro de falar quando o toque do FaceTime começa a apitar no meu celular.

— O quê? — pergunta Jaxon, meio confuso.

Não respondo. Em vez disso, empunho o meu celular e digo:

— Preciso atender essa ligação. Já faz um tempão que não converso com Heather.

Dou um beijo descuidado no alto da cabeça de Jaxon antes de passar pela alcova e ir para a escada.

— A gente se vê amanhã.

— *Vou lhe falar uma coisa, Grace. Você nunca deixa de me surpreender* — comenta Hudson, enquanto passo o dedo no botão para atender a ligação de Heather.

Capítulo 79

BALANÇA, MAS NÃO CAI

Na manhã seguinte, mando algumas mensagens rápidas para Heather, enquanto Macy e eu passamos com agilidade pelo último corredor a caminho dos túneis.

Eu: Foi MUITO LEGAL conversar com você de novo ontem.

Eu: Ainda não estou acreditando que seus pais lhe compraram uma passagem para o Alasca de presente de aniversário. Estou LOUCA para ver você. Beijossss.

Foi tão bom conversar com ela ontem à noite que não senti vontade de desligar. Estava com muita saudade dela. Nem acreditei na facilidade com que ela me perdoou pela minha ausência de quatro meses. Já tinha até me preparado para rastejar e implorar pelo perdão dela. Em vez disso, descobri que ela virá me visitar nas férias da primavera... Se eu sobreviver aos próximos dias, pelo menos. E se conseguir descobrir como dizer a ela que criaturas paranormais existem e que sou uma gárgula. Eu podia tentar esconder tudo, mas não vou trazê-la até aqui e tratá-la da mesma forma que me trataram nos meus primeiros dias em Katmere. De jeito nenhum.

Heather: Eu também. Ah, só pra constar: aula de cálculo é um saco.

— Chegamos — aviso Macy, quando ela e eu entramos na masmorra onde Éden pediu que nos encontrássemos. Admito que o meu coração até parou de bater por uns momentos ontem quando percebi que o tal Cemitério dos Dragões ficava embaixo da escola... perto das masmorras.

Embora, sinceramente, quando pensei melhor no assunto, até que não foi algo tão inesperado assim. Eu já imaginava que Katmere estivesse mais ligada aos dragões do que a qualquer outra facção, considerando as joias incrustadas nas paredes dos túneis e os corredores de ossos. Em uma das minhas sessões de pesquisa na biblioteca, achei um compêndio com toda a história da escola.

Descobri que Katmere nem sempre foi uma escola.

O lugar começou como um covil de dragões.

E não era o covil de quaisquer dragões, mas sim o covil da primeira família que governava a facção. Eles se aliaram a Cyrus durante a Segunda Grande Guerra e, como concessão após a derrota, o covil foi expropriado e Katmere foi estabelecida para melhorar as relações entre as espécies, fazendo com que todas as facções estudassem juntas.

Certa vez, perguntei o que aconteceu com a família original, já que sabia que não era a mesma dos pais de Flint, mas ele só disse que a maioria morreu durante a guerra, e ninguém sabia para onde foram os remanescentes.

Tantas perdas e tragédias neste mundo sobrenatural. E para quê? Para que um grupo esteja no comando e o outro não? Tudo isso acontece apenas por causa de poder?

— *Raramente é tão simples* — explica Hudson, e vou até onde ele está, deslizando as pontas dos dedos pelas paredes cravejadas de joias. Seu humor está esquisito desde cedo, e vou precisar que ele segure as rédeas desse mau humor se eu quiser manter a cabeça fresca enquanto estivermos no Cemitério. Hudson tem o talento de me fazer esquecer de tudo em um piscar de olhos quando resolve me provocar. De zero a cem em menos de três segundos.

— *Desde quando você virou um Bugatti?* — pergunta ele. — *É o único carro do mundo que consegue correr tão rápido assim.*

— Desde que você descobriu como tirar meus freios — respondo, e ele solta um gemido exasperado.

— *Essa foi realmente péssima.*

— Faço o que posso — digo a ele com um sorriso antes de olhar para o grupo outra vez. Jaxon e Flint estão discutindo possíveis problemas antes de entrarmos no Cemitério. Macy está verificando a sua varinha e colocando e tirando pequenos frascos de poções da mochila. E Éden e Xavier estão apostando um contra o outro para ver quem é capaz de trazer o osso mais pesado. O meu coração se enche de orgulho por essa minha nova família.

Pelo menos até que Xavier pergunta para Macy:

— Você está usando uma pochete?

Macy responde, sem nem olhar para ele.

— É o meu kit de acessórios e poções.

— Se você estivesse de saia, seria um *kilt*[2] de acessórios e poções? — responde ele com um sorriso malandro e lupino.

Nós todos rimos, e eu fito Hudson, dizendo em voz baixa:

---

2 (N.E.) É um tipo de saia pregueada feita de lã e com desenho xadrez, originada da Escócia e usada pelo púbico masculino. No mundo da moda feminina, é uma saia com essas características, não necessariamente feita de lã.

— Você sabe que estamos arriscando as nossas vidas por você, não é?

— Sim, é exatamente por isso que vocês estão aqui — ironiza ele. — *Eu diria que é para impedir que eu continue me alimentando da energia do seu precioso Jaxon.*

Faço um sinal negativo com a cabeça.

— Bem, essa é a razão pela qual eu estou fazendo isso.

Isso faz com que ele pare de retrucar. Hudson fica me olhando por vários segundos, e seus olhos azul-índigo queimam com uma quantidade enorme de emoções que eu nem consigo começar a identificar. Espero até que ele dê voz a uma delas, espero que diga alguma coisa — qualquer coisa — que me ajude a entender por que está agindo desse jeito tão temperamental agora.

E, por um minuto, parece até que ele vai fazer algo assim. Abrir a boca e dizer algo que tenha alguma profundidade emocional.

Mas, no fim das contas, ele simplesmente balança a cabeça e desvia o olhar. Passa a mão com força pelos cabelos. Faz de tudo, exceto falar comigo sobre algo que tenha importância.

Mesmo assim ele ainda diz:

— *Bem, deixe eu pegar meus pompons para torcer por vocês.*

E lá vamos nós. De zero a duzentos.

— Ótimo. E para tirar você da porra da minha cabeça para nunca mais deixar que acabe com o meu humor outra vez. — Respiro fundo e dou as costas para ele. Temos uma chance enorme de morrer. Será que é tão difícil dizer um simples "obrigado"?

Jaxon chama todos para perto de si, entra na primeira cela e começa a digitar o código na porta para podermos entrar nos túneis. Mas Flint o faz parar, colocando a mão em seu ombro.

— Não é assim que entramos nos túneis que levam ao Cemitério.

— Como assim? — questiona Macy. — Achei que você tivesse dito que a única maneira de encontrar o Cemitério é pelos túneis.

— É verdade — concorda Éden, sorrindo. — Mas não por esses túneis.

Flint faz um gesto para irmos com ele até o fundo da cela, onde uma das paredes parece ter várias joias incrustadas, formando um círculo de esmeralda, rubi, safira, obsidiana, ametista, turmalina, topázio e citrino. Ele toca cada uma como se estivesse digitando a combinação em um cofre e se afasta.

Segundos depois, o piso estremece de um jeito bem agourento. E as pedras gigantescas dentro do círculo de joias recuam, uma por uma, até estarmos olhando para um túnel pequeno e arredondado no meio da parede.

— E, então, quem quer ser o primeiro a entrar no buraco sinistro? — pergunta Macy, fazendo todo mundo rir. Mas ninguém se oferece.

— Bem, vocês estão com sorte, porque acho que vai ter que ser um dragão.

— Os olhos de Flint brilham com uma empolgação diabólica. Ele olha para Éden e pergunta: — Será que contamos a eles o que tem do outro lado? Ou melhor dizendo, o que não tem?

Éden revira os olhos.

— Claro. Não quero me arriscar a levar uma mordida no pescoço, seja ela vinda de um lobisomem ou de um vampiro em pânico.

Ela se vira de frente para nós.

— Como já sabem, esses túneis foram construídos para dragões... que são capazes de voar. Por isso, do lado oposto desses túneis, não há um chão. Para Grace, que pode voar e também Jaxon... quando o túnel lançar vocês pelos ares, obviamente, basta usarem seus poderes e tudo vai ficar bem. Para os outros, contem até trinta antes de cada pessoa entrar e Flint ou eu vamos pegá-los do outro lado.

Ela concorda com um aceno de cabeça, como se isso fosse suficiente. Em seguida, agarra o pequeno degrau que emoldura o buraco e entra por ele com um movimento fluido, fazendo os pés passarem primeiro. E, em seguida, desaparece.

Flint brinca:

— Essa é a parte que eu adoro — diz ele antes de pular pelo buraco e desaparecer.

O restante do grupo simplesmente fica por ali, trocando olhares, pensando se os dragões decidiram tirar um sarro da nossa cara ou se realmente esperam que a gente pule e deixe a gravidade fazer o resto. De qualquer maneira, nenhum de nós está particularmente empolgado com a possibilidade de ser o primeiro a pular.

Jaxon segura na minha mão e diz:

— Ei, não se preocupe. Vou pegar você.

Antes que eu possa dizer que tenho asas e que posso muito bem "pegar" a mim mesma, obrigada, de nada, Xavier responde:

— Cara, ela tem asas. É melhor você me pegar, porque não quero que o meu coração seja atravessado pela garra de nenhum dragão.

Todos os presentes soltam um riso nervoso e concordamos tacitamente que Jaxon deve ser o responsável por "pegar" todos que não tiverem asas, então ele é o próximo que pula no buraco. Espero para ouvir um grito ou um barulho de algo se chocando com o chão ou coisa parecida, mas estamos falando de Jaxon... Então, nada.

Como sou a última integrante do grupo que é capaz de voar, respiro fundo e vou até o buraco, espiando para ver seu interior. Ele se estende para bem longe, um vazio enorme... e faz meu coração disparar por várias razões erradas.

— *Não se preocupe* — provoca Hudson com um olhar arrogante e deliberado no rosto, no lugar em que está encostado contra a parede. — *Jaxon vai pegá-la.*

E é o que basta. Eu o encaro com uma expressão zangada e ergo o queixo antes de me virar para o buraco e pular nele de uma vez.

Capítulo 80

O GUIA DAS GÁRGULAS PARA
A ANTIGRAVIDADE

Tento não me abalar, mas a queda até o fundo é longa e acabo gritando antes de chegar à primeira curva. Abaixo de mim, a pedra é polida e escorregadia, o que ajuda a aumentar a velocidade conforme contorno cada curva daquela descida. Isso quase me faz lembrar de um tobogã em um parque aquático em San Diego, e exibo um sorriso no rosto quando chego ao final, pelo menos até que o fundo do poço se abra e o túnel me jogue em um vácuo enorme.

Um buraco negro, talvez?

Meus pulmões se enrijecem, mas me transformo quando ainda estou em pleno ar; minhas asas me sustentam antes que eu caia mais do que um metro. Percebo, em meio àquela escuridão quase total, que a caverna é relativamente pequena, porque consigo ouvir o eco das nossas asas batendo, mas não muito mais. E também acho que deve haver água em algum lugar por perto, porque o ar úmido e bolorento cobre a minha pele em segundos.

Sinto Flint e Éden pairando no ar ao meu lado, mas não consigo vê-los bem; e um tremor de medo corre pela minha coluna. Este lugar não me quer aqui; sinto isso nos ossos. Aquela voz interior está quase implorando para eu sair daqui rápido e nunca quis tanto aceitar uma sugestão na vida.

Tenho quase certeza de que vejo Jaxon mais ao lado; manobro para onde ele está, pouso e volto a me transformar em humana. Ele me puxa e me abraça, mas sua concentração continua firme naquele buraco infernal. Conforme Mekhi, Xavier e Macy surgem, ele os faz flutuar com tranquilidade até o chão.

Mekhi está provocando Xavier, dizendo que ele grita como uma *banshee*[3], quando Éden e Flint se transformam e pousam ao nosso lado.

---

3 (N.E.) Trata-se da forma obscura de uma fada, conhecida na mitologia celta. Seu grito pode ser ouvido a quilômetros de distância e até estoura ossos.

— Pelo jeito, ninguém acredita que os dragões vão pegá-los — comenta Flint, mas não parece se importar muito com isso quando se vira para Éden e diz: — Acho que nunca vou enjoar desse tobogã.

— Como assim? Achei que você nunca tinha vindo ao Cemitério antes. Não é para lá que nós vamos? — pergunto, genuinamente confusa.

— O Cemitério não fica muito longe da caixa-forte, um lugar onde eu definitivamente já estive várias vezes. — Ele agita as sobrancelhas para mim de um jeito bem cômico.

— Tá legal, vou perguntar. O que é a caixa-forte?

O tom de voz de Flint assume quase um tom de reverência quando ele responde, de maneira bem simples:

— O tesouro.

— Precisa de um guardanapo pra limpar essa baba, cara? — pergunta Xavier.

Mas Jaxon simplesmente sorri e balança a cabeça.

— Esses dragões...

Como se isso resumisse tudo.

— Bem, tesouros à parte, o Cemitério não fica tão longe daqui — explica Flint. — Precisamos só entrar por um corredor lateral. Venham com a gente.

Éden vai logo atrás de Flint em meio à quase escuridão, e nós os seguimos. Não consigo ver muita coisa; aparentemente, os olhos das gárgulas não são muito especiais, apesar do que aquele antigo desenho animado dizia. Assim, pego o meu celular e ligo o aplicativo da lanterna. Não vou ficar andando por esses túneis apavorantes no escuro.

Hudson ri logo atrás de mim.

— *Ui, que medo.*

— Shhhh — peço a ele e me concentro em ter certeza de que há um chão para pisar diante de mim antes de cada passo. — Estou me concentrando para não cair.

Ele ri mais uma vez, mas, felizmente, não faz outro comentário.

Nós caminhamos por mais quinze minutos por um labirinto de túneis, parando ocasionalmente, enquanto Éden e Flint discutem sobre a direção a seguir. Estou quase achando que estamos completamente perdidos, quando Flint olha para trás e grita:

— Chegamos!

Ele e Éden fazem uma curva para a esquerda e desaparecem.

Capítulo 81

CEM POR CENTO BRUXA

Jaxon e eu corremos até o último lugar onde vimos os dragões, mas ali só há uma parede sólida. Começamos a pressionar as mãos na superfície de pedra, pensando que talvez haja um ferrolho secreto ou coisa parecida.

De repente, sinto que minha mão toca em alguém e grito de susto. É Flint.

— Mas como...? — começo a perguntar.

— O que estão fazendo? — questiona ele, quando passa pela parede sólida. — Vamos logo, parem de perder tempo. O que está acontecendo?

— Olhe, parece que a gente não tem o poder de atravessar paredes de pedra. — Ergo uma sobrancelha, enquanto Xavier dá palmadinhas na parede para mostrar a Flint.

— Ah... droga. Não pensamos nisso. — Ele olha para trás, chamando Éden. — Aparentemente, só dragões podem atravessar isto aqui.

Éden atravessa a parede também e é bem assustador quando ela faz isso.

— Ah. Minha *grand-mère* não falou que a gente ia ter problemas. Talvez ela não saiba. Tem alguma ideia?

Jaxon dá um passo adiante e pede:

— Afastem-se um pouco e me deixem tentar uma coisa. — Em seguida, ele afasta as pernas e coloca as mãos diante do corpo, como se fosse empurrar uma cama ou outra coisa pesada, mas se concentra na parede que está um metro e meio à sua frente.

— *Ah, essa eu tenho que ver* — ironiza Hudson, posicionando-se ao lado do irmão. — *Meu irmãozinho vai começar a mover rochas... num túnel.*

Só percebo realmente o que ele está dizendo quando o chão começa a tremer e alguns pedriscos e poeira começam a cair do teto, ao nosso redor.

— Pare! — grita Macy e, graças a Deus, Jaxon para. — Acho que não é seguro arrebentar essa parede, Jaxon. Pode ser uma ilusão para os dragões, mas é real para nós. Você pode acabar causando um desabamento.

— Como vamos passar por aí, então? — pergunta Xavier.

— *Olhe, estou só pensando em algumas possibilidades aqui* — diz Hudson, aproximando-se da parede e apoiando o ombro nela. — *Mas tenho a impressão de que a melhor maneira de atravessar uma parede mágica é com... magia.* — Ele eleva uma sobrancelha e me diz: — *Se pelo menos tivéssemos uma bruxa por perto...*

Eu mostro a língua para ele, porque... sério mesmo? É desse sarcasmo barato que precisamos agora? Em seguida, olho para a minha prima e pergunto:

— Macy, você acha que é capaz de dissipar a magia da parede?

Ela aperta os olhos, enquanto pensa no caso, mas em seguida endireita os ombros e confirma:

— Pode apostar que consigo.

Ela tira a mochila de cima dos ombros e começa a procurar algo ali dentro.

— Grace, me ajude com isso aqui — chama ela, enquanto tira oito velas e as dispõe num círculo grande. — Certo. Entrem no círculo de velas.

Uma vez que todos estão dentro da proteção do círculo, ela começa a lançar seu feitiço, e as velas se acendem. Quando está satisfeita com as chamas, aponta a varinha para a parede e invoca os elementos. O vento chega devagar, soprando com suavidade pelo túnel. Macy começa a recitar um encantamento, e sua voz fica mais alta a cada verso do feitiço. O vento ganha força e, em determinado momento, sinto até mesmo uma névoa úmida molhar a minha pele.

O vento fica ainda mais forte; as chamas se expandem e a própria terra à nossa volta começa a tremer. Macy ergue a sua varinha, com os braços abertos e o rosto levantado para o teto, e profere:

— Ilusões grandes. Ilusões pequenas. Encontrem uma porta nesta parede terrena.

O vento sopra ainda mais intensamente, assobiando pela passagem tão rápido e com tanta força que eu tenho certeza de que vai nos derrubar. As chamas das velas crescem quase até o teto.

— *Bom trabalho, Macy.* — Percebo um respeito relutante na voz de Hudson, que geralmente não aparece quando ele fala da minha prima... ou de qualquer outra pessoa, na verdade. E ele diz isso logo antes de ela levantar a varinha sobre a cabeça, apontando-a para cima, enquanto entoa o feitiço com uma voz tão baixa e rápida que as únicas palavras que consigo entender são "calor", "purificar" e "queimar".

De repente, um relâmpago estoura, e eu grito quando ele se conecta com a varinha de Macy. Mas a minha prima nem se abala. Em vez disso, simplesmente fica onde está, com os segundos passando conforme sua varinha absorve cada molécula de energia que o relâmpago traz consigo.

É somente quando o relâmpago se dissipou, e o vento, a chuva e o fogo arrefeceram que Macy aponta a varinha diretamente para o ponto da parede em que Éden e Flint disseram que o Cemitério dos Dragões deve estar. E, com um movimento rápido do pulso, ela libera todo o poder que acabou de absorver.

A estrutura de pedra antiga treme e range, enquanto vibra sob o poder incrível que Macy está redirecionando para lá. Por vários segundos, tenho a impressão de que a antiga magia dos dragões vai aguentar, mas percebo que a primeira pedra cai. Logo, toda a parede começa a desmoronar, com pedras enormes caindo sobre nós.

Quando parece que a primeira pedra vai nos acertar, Éden e Flint erguem os braços para proteger as cabeças. Mas a magia de Macy é forte demais e o seu poder ressoa por toda a passagem, impedindo que qualquer coisa passe pelo círculo e protegendo de qualquer dano todos os que estão ali dentro.

Mais pedras caem, espalhando-se pelo chão ao nosso redor. Contudo, nem mesmo um único pedrisco passa pela barreira de Macy; nem uma única rocha chega a tocar o fogo que nos cerca. E, quando os relâmpagos finalmente se dissipam, quando o feitiço de Macy finalmente termina e a poeira das rochas que caem se dispersa, a parede desaparece.

Em seu lugar, há somente a abertura para uma caverna gigantesca e brilhante.

Capítulo 82

MONTAR OU MORRER

Às pressas, Macy fecha o círculo com um agradecimento aos elementos e, em seguida, nós atravessamos a abertura irregular que ela acabou de criar na parede.

— Mas que diabos de lugar é este? — pergunta Xavier, quando todos nós olhamos ao redor, numa mistura de fascinação e horror.

— O sonho realizado de Salvador Dalí, parece — responde Jaxon, passando um braço ao redor da minha cintura e puxando-me para junto de si.

— Tem razão — concordo. — Mas já deixo avisado que vou cair fora daqui assim que vir um daqueles relógios estranhos.

Estamos em uma pequena alcova na beira de um precipício, de onde podemos vislumbrar uma caverna enorme. A caverna em si tem uns cem metros de um lado a outro e parece não ter fundo. E, se só isso já não fosse assustador, a escuridão também é enorme. Mas há uma luz muito suave proveniente de algum lugar e que me fez notar as formações rochosas pontiagudas e recortadas que se projetam dos dois lados.

— Acho que você não vai querer cair ali — comenta Mekhi, quando olha por cima da borda.

— Não mesmo — responde Macy.

Eu me aproximo da beirada também e alguma coisa na mudança de perspectiva me faz perceber que a área brilhante que atravessa a caverna é uma ilha e a caverna em si é como se fosse uma espécie bizarra de fosso ao redor da ilha.

E mais: a ilha está repleta de ossos brancos enormes — literalmente gigantescos. O que é meio assustador, com certeza, mas o que devo esperar em uma viagem a um lugar chamado de Cemitério dos Dragões? Mas o que é mesmo fascinante em relação a tudo isso, o que nos faz olhar fixamente como se não conseguíssemos acreditar em nossos olhos, é que os ossos são tão grandes que criam uma enorme superfície cintilante quando a luz fraca os ilumina. É esse reflexo que cria a semelhança da ilha com alguma espécie de reator nuclear paranormal.

É linda e pavorosa ao mesmo tempo.

— O Cemitério fica logo ali — explica Flint, como se os esqueletos gigantes já não indicassem que lugar é aquele.

— Por mim, não há problema algum, desde que não haja ratos — diz Macy, aproximando-se um pouco mais da beira do abismo enorme e profundo diante de nós, enquanto se esforça para enxergar do outro lado. — Me diga que não tem ratos por lá.

— Tenho certeza de que, se houvesse ratos, eles já teriam despencado daqui. E sido... bem, você sabe. — Xavier gesticula como se estivesse sendo empalado, inclusive colocando a língua pelo canto da boca.

— *Ora, ora. Aí está algo que não se vê todos os dias* — comenta Hudson.

— Tenho certeza de que seria melhor sem essa imitação das trevas — comenta Éden a Xavier.

— Não sei se concordo. Acho que isso acrescenta um certo *je ne sais quois* — brinca Mekhi, logo antes de recolher uma pedra grande do chão e atirá-la com toda a sua força vampírica. A pedra voa por cerca de um terço do espaço do abismo antes de cair, cair, cair...

Nós esperamos silenciosamente para escutá-la bater no fundo, mas ela continua caindo. Será que é preocupante?

Mesmo assim, imagino que não seja mais preocupante do que os esporões de pedra longos e afiados que se projetam das paredes e provavelmente do chão também.

— Sabe no que estou pensando? — fala Xavier, enquanto dá um tapinha nas costas de Flint.

— Que você não quer cair lá embaixo?

— Óbvio que não quero. Mas também estou pensando que enfim chegou a vez dos dragões salvarem o dia.

— Enfim? — retruca Éden. — Não quer dizer "como sempre"?

Flint ergue o punho para que Éden o toque com o próprio punho fechado e ela o faz... logo antes de se transformar em um jato colorido de luz. Flint faz o mesmo, segundos depois.

Montar nas costas de um dragão resolve o problema de atravessar o abismo, mas diminui bastante o espaço onde estamos agora. Estou tão perto da beirada que chega a ser desconfortável, e esse desconforto cresce cada vez mais, considerando que o peso adicional dos dragões está rachando o chão sob os nossos pés e desmoronando as bordas daquele penhasco rumo ao nada.

Por outro lado, talvez seja esse o propósito.

— Quem vai montar em qual dragão? — indago, enquanto vou me aproximando de Éden. Não que eu me importe de voar com Flint, mas uma queda de uma altura como esta significa morte certa, e Flint gosta de umas manobras radicais demais para o meu gosto.

Antes que alguém consiga escolher com quem vai voar, todos nós viramos ao mesmo tempo para a direita da ilha ao ouvirmos um uivo agudo que faz meus ossos congelarem. O barulho vai ficando cada vez mais alto, até que uma enorme rajada de vento sopre pela caverna e me faça recuar alguns passos. Macy perde um pouco do equilíbrio e se aproxima da beirada.

Sinto o meu coração subir até a garganta, enquanto avanço a fim de segurá-la, mas Xavier chega antes de mim, passando um braço ao redor da sua cintura e trazendo-a de volta, para longe da beirada, puxando-a para si numa pose digna de filme clássico. Tudo que falta é ele incliná-la para trás e terminar com um beijo, mas, a julgar pelos olhares de ambos, não falta muito para que isso aconteça.

— Que diabos foi isso? — pergunta Mekhi, fitando a ravina como se ela tivesse sido subitamente possuída.

— O vento dos wyverns — respondem Jaxon e Hudson, exatamente ao mesmo tempo.

Penso em perguntar o que isso significa, mas a verdade é que não sei se quero saber. Principalmente porque aquilo acontece de novo uns quarenta segundos depois, sem dúvida contornando a ilha, bem quando Jaxon me ajuda a subir no lombo de Éden. O vento me acerta com força e faz com que me agarre no pescoço dele num esforço desesperado para não cair no abismo.

— Não vamos conseguir chegar até lá antes da próxima rajada de vento — prevê Xavier, olhando para além do abismo.

Flint bufa como se estivesse ofendido pelas palavras de Xavier.

— Estou só dizendo que essa porra de ilha fica muito longe, meu amigo.

Flint bufa outra vez e agora é óbvio que ele está profundamente ofendido.

— Acho que eles vão conseguir — incentivo, passando os braços ao redor do pescoço de Éden com força, enquanto Jaxon sobe e fica atrás de mim, seguido por Mekhi. — Só precisamos calcular bem o tempo.

— Exatamente — concorda Macy, enquanto se acomoda atrás de Xavier nas costas de Flint. — Podemos partir no instante em que a próxima rajada passar.

— É o que vamos fazer — diz Jaxon. — Mas tenho um plano B, também. Caso alguma coisa dê errado.

— Ah, é mesmo? — questiona Xavier. — Que tal contar para o restante de nós?

Antes que ele consiga responder, outra rajada do vento dos wyverns sopra, uivando ao redor da ilha, e se aproxima de nós.

— Tarde demais! — grita Macy, enquanto se agarra com força em Flint.

Eu me seguro com força, também, porque, no instante em que o vento nos atinge, Flint e Éden se lançam ao ar.

É abrupto, rápido e assustador como o diabo; tão assustador que Macy grita sem parar durante os primeiros dez segundos. E entendo completamente. Se as minhas cordas vocais não estivessem paralisadas, estaria gritando junto.

De todas as situações terríveis e bizarras que aconteceram comigo desde que cheguei à Academia Katmere, esta é a mais pavorosa. Em particular, quando o nosso voo se aproxima da marca dos trinta segundos e a caverna continua a se estender infinitamente diante de nós. Não vamos conseguir chegar até a ilha em menos de dez segundos.

Flint e Éden devem ter chegado à mesma conclusão, porque sinto que eles estão se preparando para um impacto, enquanto aumentam cada vez mais a velocidade.

Minhas cordas vocais voltam a funcionar por tempo o bastante para que eu consiga soltar um grito desesperado; em seguida, o vento vem berrando contra nós. Flint e Éden giram o corpo para longe do vento, enquanto continuam voando a uma velocidade que deve passar dos cento e cinquenta quilômetros por hora.

Macy voltou a gritar, e Xavier está fazendo o mesmo, mas o vento não nos atinge. O que significa que temos mais quarenta segundos para chegar do outro lado. Éden baixa a cabeça e dispara; eu fecho os olhos com toda a minha força, ao mesmo tempo que conto até quarenta. Não quero nem ver o que vai acontecer a seguir.

Claro, consigo ouvir o vento dos wyverns assobiando, enquanto se aproxima de nós. Mas, desta vez, quando Éden tenta se esquivar com outro rolamento, o plano não funciona. O primeiro impacto do vento atinge a sua asa esquerda e começa a vir para cima de nós; tenho um segundo para pensar que estamos totalmente lascados. Não vamos conseguir sair vivos daqui.

Contudo, Jaxon ergue a mão e dá um tabefe no vento antes que ele consiga nos tocar. E, usando todo o seu poder, Jaxon o empurra para trás e o segura no lugar por tempo suficiente para que Éden endireite a sua trajetória e caia sobre a margem da ilha no que parece ser uma espécie de área de pouso.

Enquanto ela desliza até parar, consigo inalar a minha primeira golfada de ar desde que montei nas costas de Éden.

Flint pousa bem ao nosso lado. E, depois que descemos das costas dos dragões, desabamos no chão.

Capítulo 83

ÀS VEZES, A LEI DO RETORNO IMPLICA
VOLTAR PARA CASA

Demora alguns segundos até que a gente consiga se mover de verdade; para ser sincera, acho que estamos reunindo a nossa coragem. Pelo menos, eu estou. Não tenho o menor problema em admitir que estou um pouco assustada em relação ao que pode nos receber aqui no Cemitério. A avó de Éden disse que ninguém sobrevive ao verdadeiro Cemitério, mas, sendo um dragão, ela sobreviveu àquele percurso castigado pelo vento. Por isso, o verdadeiro perigo deve estar mais adiante.

Jaxon segura minha mão e me puxa gentilmente para que eu me levante, tirando-me de perto da beira do precipício. Os outros nos acompanham de perto, enquanto nos aproximamos do Cemitério.

Solto um gemido mudo quando finalmente chegamos à entrada, porque aquilo realmente é algo de tirar o fôlego.

— *Puta que pariu* — maravilha-se Hudson, ecoando cem por cento dos meus pensamentos, enquanto contemplo a caverna de um lado para outro, com seus quinze metros de altura.

— Todos esses são dragões? — sussurro, observando pilhas, pilhas e mais pilhas de ossos. Costelas que se erguem a seis metros de altura como monumentos gigantescos, um testemunho a essas feras majestosas das quais o restante do mundo se lembra apenas em contos de fadas. Ossos quebrados de pernas que têm o mesmo comprimento de um caminhão. Crânios arrebatados do tamanho de carros. Para todo lado que olhamos... ossos.

— Sim — Flint fala de um jeito tão sombrio que quase não o reconheço. E, quando olho para ele pelo canto do olho, percebo que está chorando. Não chega a soluçar nem nada parecido, mas há definitivamente algumas lágrimas escorrendo pelo seu rosto.

Uma rápida olhada em Éden me mostra que ela está tendo exatamente a mesma reação.

— Eu não esperava que houvesse tantos — comento, estendendo a mão livre para pegar a de Flint. — Isto aqui é...

Terrível, bonito e inspirador. Tudo ao mesmo tempo.

— ... Como um lar — sussurra Éden, enquanto passa pela entrada. — Isso é o nosso lar.

— É verdade mesmo que todos os dragões são chamados para cá quando morrem? — pergunta Mekhi. — Todos os dragões em todo o mundo?

— Todos — responde Flint. — Meus avós, meus bisavós, meu irmão... Todos eles estão aqui.

E, de repente, eu me sinto profundamente envergonhada. Desde que decidimos vir ao Cemitério dos Dragões para pegar um osso e tirar Hudson da minha cabeça, nunca considerei a hipótese de que iríamos roubar uma sepultura. De que o osso pode ser da irmã de alguém. Do pai de alguém. Do filho de alguém.

— A minha mãe está aqui também — diz Éden, com reverência. — Ela morreu há uns dois anos, quando eu estava na escola. Nunca imaginei que teria a chance de vir até aqui. Nunca achei que teria a chance de me despedir.

Essas últimas palavras saem grossas e doloridas, e sinto tudo isso bem no fundo do meu ser.

Fiquei devastada quando meus pais morreram; ainda há um pedaço de mim que se sente assim e que vai continuar sentindo isso por muito tempo. Mas pelo menos consegui me despedir deles em um funeral formal. Pelo menos, tenho um lugar onde posso ir para me sentir próxima deles. Não consigo imaginar como seria se eles simplesmente desaparecessem algum dia e eu nunca soubesse onde eles foram enterrados.

— *Lamento, Grace* — diz Hudson ao meu lado e, pelo menos desta vez, as palavras não são artificiais. Nada de sarcasmo, camadas de proteção ou algum plano disfarçado. Nada além da verdade crua e honesta quando ele prossegue: — *Sinto muito por Lia ter me trazido de volta. E lamento que o que ela fez tenha machucado tanto você. Eu desfaria tudo que ela fez, se pudesse.*

E... merda, agora estou chorando também. Afinal, o que devo dizer em relação a isso? Como eu deveria me sentir?

— *Você deveria me odiar* — responde ele. — *Deus sabe que eu me odeio.*

— Você não tem culpa disso — sussurro. E, embora seja dolorido dizê-lo, pela primeira vez, acredito no que digo.

Seja o que for que Hudson tenha feito, quaisquer que tenham sido suas razões, sei que ele não planejou que as coisas terminassem assim. Nunca iria querer que meus pais morressem para que ele pudesse ser salvo. Não sei como sei disso, mas sei. Às vezes, é preciso confiar cegamente nas pessoas. Dar um salto de fé.

E é por isso que ele não tem culpa disso.

As coisas simplesmente aconteceram assim.

Nossos olhares se cruzam e é como se a muralha que separa as nossas mentes tenha sido levantada. De repente, estou sentindo tudo que ele sente. A angústia. A culpa. O ódio por si mesmo. Tudo.

Estou mergulhada numa desolação tão intensa que não consigo nem respirar. Tudo desaparece. A muralha volta ao lugar onde estava, e respiro fundo. Respiro fundo outra vez. Mas a raiva acumulada que eu nem sabia que vinha carregando dentro de mim por causa da injustiça que Lia cometeu contra os meus pais também desapareceu.

Obrigada.

Ele não responde. Não há mais nada a falar. Ele já disse tudo naquele único ato de vulnerabilidade.

— Podemos entrar? — indaga Xavier de modo discreto, e esta é a primeira vez que o vejo sem o boné que geralmente usa. A princípio, penso que ele o perdeu durante o voo, mas em seguida reconheço o contorno dele, enfiado no bolso de trás da calça.

Por respeito, percebo, enquanto ele passa nervosamente a mão pelos cabelos cacheados. Ele tirou o boné em sinal de respeito antes de entrarmos no Cemitério.

— Sim — assente Flint, passando a mão rapidamente na bochecha. — Vamos cuidar disso e cair fora daqui. Já é hora de voltarmos para casa.

Capítulo 84

DOIS VAMPIROS, UMA BRUXA E UM LOBISOMEM ENTRAM EM UM CEMITÉRIO

— Por onde começamos? — pergunta Mekhi, enquanto passamos com cautela pela entrada. À diferença de cemitérios humanos, aqui não parece haver qualquer critério ou organização. Há fragmentos de ossos espalhados por todas as superfícies, incluindo o caminho pelo qual estamos andando. E nenhum deles parece pertencer ao mesmo esqueleto.

— Precisamos encontrar um osso inteiro — esclarece Jaxon. — Não parece tão fácil quanto pensávamos.

Ele também está olhando os pedaços de ossos que jazem por toda parte. Mekhi suspira.

— Não quero parecer pessimista, mas, além de encontrarmos um osso inteiro, temos que encontrar um que possamos levar de volta para Katmere. E, tipo... essas coisas são enormes. Sei que podemos levar um osso juntos ou que Jaxon pode usar sua telecinesia, mas o que vamos fazer com esse osso quando voltarmos para a escola? A maioria desses pedaços nem cabe nos nossos quartos.

À medida que avançamos pelo Cemitério, percebo que ele tem razão. Só os crânios dos dragões têm pelo menos um metro e meio de altura. E os ossos das costelas, pernas e do pescoço são bem maiores.

— Bem — acrescenta Macy —, não quero voar de volta carregando um osso gigante. Que tal se eu começar a montar um portal para nos levar de volta à escola, enquanto vocês procuram um osso? Deixei algumas coisas preparadas antes de sair. Só preciso ver se consigo fazer o portal funcionar aqui.

Ergo as sobrancelhas.

— Você sabe criar portais? Por que não criou um para nos trazer até aqui?

Macy balança a cabeça.

— Só consigo criar um portal para um lugar onde tenho uma âncora. Eu nunca tinha estado aqui antes, então... Mas agora isso não é mais problema.

Podem ir procurar um osso antes que alguma coisa terrível tente nos expulsar daqui.

— Ah, que nada — diz Xavier, sorrindo. — Acho que esta é a pior parte. Inclusive, parece que vai ser bem mais fácil do que pensávamos. O que um monte de ossos pode fazer com a gente?

Até mesmo o sorriso habitual de Flint desaparece, enquanto olhamos para Xavier, chocados.

— Cara, por acaso você está desafiando a sorte? — pergunta Flint.

Xavier balança a cabeça.

— Vocês se preocupam demais. Acreditem em mim. O meu lobo está supertranquilo, então este lugar não deve ter nenhuma armadilha ou coisa parecida. É só irmos em frente. Agora, como vamos encontrar um osso que podemos carregar que ainda seja sólido?

— Bem, alguns dos ossos da cauda são pequenos — sugere Flint. — Pelo menos se você conseguir pegar um osso da ponta da cauda.

— Ah, é uma boa ideia — diz Macy a ele. — Só precisamos encontrar uma cauda, então.

Mais uma vez, começamos a procurar. E, mais uma vez, fico abismada com a magnitude da tarefa diante de nós. Porque, diferentemente dos restos humanos, estes esqueletos de dragão não estão agrupados de um jeito uniforme. Os ossos estão espalhados por toda parte e podem ter pertencido a qualquer dragão. Uma quantidade muito pequena dos fragmentos que estou observando parece pertencer ao mesmo osso — ou ao mesmo dragão.

— Acho que precisamos nos separar, se quisermos encontrar alguma coisa — sugere Jaxon. E tenho que concordar com ele. Este lugar é enorme, com quase duzentos metros de diâmetro, e algumas das pilhas de ossos têm uns dois andares de altura.

— Macy e eu vamos procurar deste lado — diz Xavier, apontando para o lado direito da parte frontal da caverna, que também vai permitir a Macy que termine de criar o portal que vai nos levar de volta para o campus.

— Flint e eu vamos pegar da parte da frente, à esquerda — Eden nos informa antes de seguir o caminho indicado.

— Acho que isso deixa a parte à direita, no fundo, para Jaxon e Grace — sugere Mekhi a Jaxon. — E eu vou para o fundo, à esquerda.

— Que tal se Hudson e eu ficarmos com o fundo, à direita, enquanto você e Jaxon vão para a esquerda? — sugiro, e todos se viram para me olhar. — Escutem, ele está aqui, independentemente de a gente querer ou não. E ele também tem interesse em nos ajudar a encontrar um osso. Podemos usá-lo.

Vislumbro o queixo de Jaxon se retesar e relaxar por alguns segundos e percebo que ele quer protestar. Mas alguma coisa do que venho lhe dizendo nesses últimos dias deve ter sido assimilada, enfim, porque ele simplesmente concorda com um aceno de cabeça.

— Tem razão — diz ele, antes de olhar para Mekhi. — Vamos.

Em seguida, os dois aceleram para o fundo do cemitério.

Todos começam a procurar, mas Hudson está simplesmente parado, me encarando.

— O que foi? — pergunto.

Ele balança a cabeça.

— *O que está acontecendo? Você sabe que eu só consigo ver aquilo que você vê, não é? Não estou aqui de verdade, Grace.*

Acho que eu tinha me esquecido disso. O momento que dividimos há pouco tempo pareceu tão real, tão tangível, que cheguei mesmo a esquecer que ele não estava. Olho para Jaxon, que está ao longe, imaginando o que ele pensou quando fiz essa sugestão. Estou prestes a lhe dizer que cometi um erro, quando Hudson me chama.

— *Ei, acho que eu encontrei um.*

Eu me viro e percebo que ele está apontando para a costela sob a qual estamos no momento. Ela tem o tamanho de uma casa e não é algo que eu teria condições de mover e menos ainda de erguer.

— Que bela escolha. — Reviro os olhos para ele, mas não tento esconder o meio-sorriso que está erguendo um canto da minha boca. — Vamos ver se você consegue carregar isto agora.

Ele sorri.

— *Você sabe que fico melhor na posição da gerência, não é?*

— Sim, foi o que pensei. Agora, vamos encontrar um osso que Flint ou Jaxon consigam carregar.

Enquanto começamos a procurar, cogito ir até Jaxon e lhe contar o que aconteceu entre Hudson e eu. Mas ele e Mekhi estão cavucando uma pilha gigantesca de ossos e esta não parece a melhor hora para fazer isso. Além do mais, não é algo tão importante. Posso esperar até voltarmos à escola. Jaxon vai ficar feliz em ouvir que superei o que aconteceu com os meus pais.

Torno a olhar para Hudson, sentindo-me mais leve do que em muito tempo.

— Está bem, espertão. Vamos ver quem consegue encontrar um osso primeiro. E ande logo, está bem? Quero sair daqui antes que um enxame de gafanhotos decida nos atacar de repente.

Porque não me importa se os sentidos lupinos de Xavier estejam calmos ou não; sei que a *grand-mère* de Éden tinha razão. A minha voz interior está implorando que eu saia deste lugar o mais rápido possível.

Capítulo 85

POEIRA E OSSOS DE DRAGÃO

Agora que estou concentrada, começo a procurar entre as pilhas de ossos como um soldado em uma missão. Estou determinada a chegar ao fim disso. Embora a gente tenha conseguido escapulir do campus sem muitas dificuldades, não sei se vamos conseguir voltar sem problemas. Não agora que o Círculo está à procura de encrenca.

— Bem, e como é esse osso do rabo de dragão, então? — pergunto a Hudson, quando finalmente chegamos ao quadrante do fundo da ilha, à direita.

— Não faço a menor ideia — responde ele. — *Meu plano é encontrar qualquer osso intacto que conseguirmos e levá-lo para a entrada da ilha. Se for pequeno, ótimo; podemos sair daqui. Se não for, pelo menos vamos ter um osso de reserva, se alguma coisa der errado.*

— É... tem razão.

Há uma quantidade muito maior de ossos espalhados onde estamos agora, então me abaixo com o intuito de verificá-lo. Hudson faz o mesmo e não demora muito até desenvolvermos um sistema de busca.

Definimos uma área pequena de três por três metros e a contorno o mais rápido que consigo. Em seguida, começamos a revirá-la a partir de lados opostos até nos encontrarmos no meio. Se não acharmos nada, passamos para a próxima área. Como Hudson explica, ele está se concentrando em procurar pelas minhas recordações em vez de fazer isso nas pilhas de ossos, mas... bem, o importante é que funciona.

— Você mencionou uma coisa nos túneis quando eu estava pensando nos dragões originais. Eu disse que eram muitas mortes apenas para alguém ganhar mais poder, e você disse que isso raramente acontece só por causa de poder. Mas conheci o seu pai, o seu pai de verdade, nas suas lembranças. E ficou bem claro que aquele cara é sedento por poder.

Hudson suspira.

— *Não acredito que vou defender aquele cuzão. Mas sua busca eterna por poder tem um propósito maior do que só alimentar seu ego. As pessoas não o seguem só porque ele tem toneladas de carisma. Os planos dele têm um fundo de verdade.*

Não sei o que ele está tentando me dizer. Entendo o que parece ser a sua intenção, mas não estou disposta a aceitar que o Hudson que vim a conhecer concordaria com Cyrus, não importa o que Jaxon pensava há dezesseis meses.

— O fato de que vampiros natos são uma raça superior e merecem governar? Você concorda com isso?

— *Jamais* — responde Hudson, irritado e arrastando os pés para dar outra olhada em uma pilha de ossos. — *Mas a verdade é que não é justo que criaturas paranormais tenham que viver nas sombras, sempre com medo de que os humanos nos descubram e tentem nos destruir.*

Pisco os olhos, erguendo as sobrancelhas até o alto da testa.

— Mas a sua espécie se alimenta de humanos, Hudson. Será que não temos o direito de nos proteger?

— *Você gostou do seu jantar ontem à noite, Grace?* — pergunta ele, do nada. — *Do pepperoni na sua pizza?*

Percebo o que ele quer dizer.

— Nem vem. Sei aonde você quer chegar com isso. Embora não consiga concordar com o nosso direito de matar animais para comer, isso nunca vai ser igual aos vampiros que caçam humanos para se alimentar.

Ele ergue uma sobrancelha arrogante.

— *Mesmo assim, a sua espécie não tem pudor em caçar cervos para diminuir o tamanho de uma população, pelo bem de um rebanho inteiro. Não é?*

— Isso é diferente.

Um sorriso irônico eleva um canto da boca de Hudson com a minha explosão.

— *Claro. Porque os humanos nunca têm problemas com a superpopulação ou escassez de recursos.*

— Mas... mas... — Tropeço nas palavras porque... tudo bem, talvez ele tenha uma certa razão. Talvez.

— *É uma questão de equilíbrio, Grace.* — Ele enfia as mãos nos bolsos. — *Você já parou para pensar que talvez o Criador tenha um plano para nós, também? Que nós fomos criados por um motivo específico? Que não somos somente uma piada cósmica horrível?*

O seu olhar azul infinito se fixa no meu, com tantas emoções girando em um redemoinho abaixo da superfície que tenho a sensação de que posso ser tragada para o fundo. Porque, embora estejamos falando sobre Cyrus, sei que essa última parte foi sobre Hudson. Será que é isso que ele pensa de verdade? Que é um engano horrível? Testemunhar isso é uma emoção devastadora. Mas ele pisca os olhos e tudo desaparece tão rápido que fico suspeitando se imaginei tudo o que acabei de ver.

— *Concorde ou discorde, Grace, é assim que Cyrus consegue fazer com que tantas pessoas o sigam. Usando a percepção de milhares de anos de perseguição, medo e raiva, dizendo-lhes que os humanos são os culpados pela sina dos paranormais, que as gárgulas atrapalhavam os seus planos e que até mesmo seus vizinhos podem ser o inimigo.* — Hudson continua: — *Sim, odeio o meu pai. Mas será que você pode culpar alguém por seguir o diabo em pessoa se ele prometer um mundo melhor para os seus filhos? Mesmo se for necessário atravessar um rio de sangue de outras pessoas?* — Hudson ri, mas não há humor algum em seu timbre. — *Só porque o meu pai não se importa com um mundo melhor para os filhos dele, não significa que ele não acredite na causa. E não significa que não gosta da ideia de ser o salvador. Porque a única coisa de que ele gosta mais do que poder é a adoração.*

— É por isso que você fez o que fez? — questiono. — Porque o seu pai o convenceu com palavras como essas até que você não conseguisse mais saber o que era certo e o que era errado? Até que acreditou no que ele dizia?

— *É isso que você pensa de mim? Que sou tão fraco assim?* — rebate ele.

— Você não pode simplesmente reescrever a história, Hudson. Jaxon não acordou num belo dia e simplesmente decidiu matar você. Você estava planejando exterminar os vampiros transformados só porque não gostava deles. Isso é genocídio, caso não reconheça a definição.

Hudson me encara, irritado.

— *Eu já lhe disse que fiz muitas merdas na minha vida e que assumo a responsabilidade por todas elas. Mas não por isso. Acabei com os vampiros transformados e outras criaturas porque eles eram aliados dos meus pais. Meu pai estava construindo um exército, e não só porque eram vampiros transformados. Haviam jurado lealdade a ele e estavam planejando acabar com qualquer criatura que aparecesse em seu caminho, tirar os paranormais de uma vida nas sombras. Você não faz ideia de como estávamos próximos à Terceira Grande Guerra. Eu não podia deixar isso acontecer. Por isso, se você quiser me acusar de assassinato, vá em frente. Tomei uma decisão horrível para impedir que algo pior acontecesse. Mas o genocídio é um pecado de outra pessoa, e eu não vou assumir essa responsabilidade. Não seja como o meu irmão. Não me julgue até conhecer os dois lados da história.*

Aquelas palavras ressoam dentro de mim. Não apenas pelo tom de sinceridade que consegui ouvir enquanto ele falava, mas também pela veemência, a indignação e a fúria que ele não consegue esconder.

E isso me deixa... sei lá o quê. Não acredito nem por um segundo que Jaxon mataria o irmão sem ter certeza de que era a única opção. Ao mesmo tempo, entretanto, já faz dias que Hudson está vivendo na minha cabeça e começo a reconhecer quando ele fala a verdade e quando tenta me enrolar.

E esse último monólogo parece ser verdade.

Só não sei o que devo fazer com essa versão da verdade. E não tenho a menor ideia de como devo conciliá-la com a versão de Jaxon. De qualquer maneira, não sei se isso muda a minha opinião sobre o fato de que é possível confiar em Hudson se ele voltar com os seus poderes.

Ele para por um instante e balança a cabeça, com uma risada irritada.

— *Por que não me surpreendo com isso?* — Ele se endireita, coloca as mãos nos quadris e as profundezas do seu olhar me castigam. — *Sei o quanto você adora separar tudo e todos em apenas dois grupos, Grace. Bonzinhos e malvados. Mas será que já não é hora de você crescer um pouco?*

Ele balança a cabeça e se debruça sobre outra pilha que examinei há pouco. Estou para dizer que eu já cresci, obrigada, de nada; e também que estava começando a pensar que talvez Hudson estivesse tentando proteger os humanos com a sua matança, algo que ninguém nunca considerou quando ele solta um grito de comemoração.

— *Achei um!* — ele berra, apontando para um osso do tamanho do seu braço.

— Que maravilha. — Corro até lá para examinar o osso por conta própria e confirmar que está inteiro e que é pequeno o bastante para que possamos carregá-lo. — Vamos voltar para junto dos outros.

Recolho o osso e dou somente alguns passos na direção de Jaxon e Mekhi antes que uma pilha de ossos logo atrás de nós se agite.

— O que foi isso? — indago, dando meia-volta, enquanto a minha imaginação começa a funcionar em alta velocidade. Sinceramente, a essa altura, não ficaria surpresa se um exército de fadas raivosas saísse voando do meio de uma pilha de ossos e tentasse botar fogo em nós.

— *Não sei* — responde Hudson. — *Fique perto de mim.*

Nem me incomodo em expressar o quanto essa frase é ridícula. Basta uma olhada no rosto dele e percebo a clareza com que ele entende isso e o quanto fica frustrado.

Quando vamos para a frente da ilha, outra pilha de ossos começa a estremecer, com os ossos estalando em um ritmo que é quase como o de uma música. Uma música assustadora pra cacete, note-se, mas uma música mesmo assim.

Hudson e eu trocamos um olhar, com as sobrancelhas erguidas e, em seguida, começamos a andar mais rápido, voltando para a parte dianteira da caverna. E, quando uma terceira pilha de ossos começa a se agitar, ele exclama, aflito: — *Precisamos ir logo!*

No entanto, antes que possamos dar mais alguns passos, um enorme osso de uma perna cai do teto, batendo no chão logo ao nosso lado.

Ele se despedaça assim que se choca contra o chão numa explosão trovejante, fazendo com que os fragmentos voem como tiros de morteiro em todas as direções. Um deles corta o meu rosto logo abaixo do olho esquerdo e o sangue começa a escorrer pelo meu rosto.

— Puta que pariu — berra Flint, do outro lado da caverna. — Um dragão deve ter acabado de morrer. Acho que o Cemitério está trazendo os ossos para cá!

— Você acha que é isso que está acontecendo? — grita Xavier, enquanto pega a mão de Macy e ambos saem correndo loucamente na direção da área de pouso do Cemitério, onde antes ela estava trabalhando para construir um portal.

Momentos depois, o outro osso da perna cai — a cerca de quinze centímetros de onde Xavier e Macy estavam procurando.

— Temos que sair daqui — grita Flint. — Agora.

— Não podemos ir ainda — diz Éden. — Ainda não achamos um osso.

— Hudson e eu encontramos um — conto, empunhando o osso que achamos enquanto uma costela gigantesca cai no fundo da caverna.

— Então vamos cair fora daqui! — vocifera Xavier, enquanto ele e Macy disparam rumo à entrada da caverna.

— Estou com eles — diz Mekhi, logo antes de acelerar até a entrada do Cemitério. E não para até estar do lado seguro da entrada.

— Eu também — concorda Jaxon, quando o que acho que é um osso da cauda cai a toda velocidade sobre nós.

Jaxon ergue o braço no último instante e usa a sua telecinesia para jogar o osso de volta para o fundo da câmara. Em seguida, repete a ação, várias e várias vezes, conforme pedaços maiores da cauda começam a cair, cada vez mais rápidos. Flint e Éden estão quase na entrada agora, onde Macy e Xavier aguardam, logo do lado externo do Cemitério. Macy retorce as mãos, enquanto vê a carnificina acontecer.

Uma vértebra vem voando na direção de Flint e Jaxon a desloca para longe. Mas a fração de segundo necessária para ajudar Flint deixa Jaxon vulnerável. E, quando o próximo osso cai, uma costela absolutamente gigantesca, ele não é rápido o bastante, ou forte o bastante, para escapar.

No último instante, ele me empurra com toda a força e caio sentada sobre uma pilha de ossos, bem no instante em que a costela descomunal se choca contra Jaxon com força suficiente para nocauteá-lo.

Capítulo 86

GRACE SOB FOGO

— Jaxon! — berro, levantando-me atabalhoadamente da pilha de ossos sobre a qual ele me empurrou para me salvar. Minhas mãos e braços estão todas arranhadas, mas mal o percebo, enquanto corro a fim de cruzar a distância que nos separa. — Meu Deus do céu. Jaxon!

— *Cuidado!* — grita Hudson, e me afasto bem quando um osso gigantesco (do qual estou perto demais para conseguir identificar) cai diante de mim e explode em milhares de fragmentos, fazendo com que eu largue o osso que tenho nas mãos e cubra o rosto com os braços.

— *Certo, pode ir* — avisa Hudson, quando fica seguro outra vez, e corro para junto do seu irmão ao ver o outro osso vindo na minha direção. Eu me preparo para receber o impacto, mas ele explode antes de me acertar.

Fragmentos de ossos caem por toda parte.

Segundos depois, a mesma coisa acontece com um osso que está prestes a cair sobre Jaxon.

Não sei o que está acontecendo e também não me importo. Enquanto os ossos estiverem explodindo, significa que eles não vão acertar alguém do nosso grupo e isso é tudo que me interessa.

Caio de joelhos ao lado de Jaxon e tento puxar o osso que está sobre ele, mas não consigo movê-lo. É grande demais e não tenho tanta força, mesmo quando encosto as costas nele e tento usar as pernas para conseguir movê-lo.

— Jaxon! — exclama Flint, que chega correndo junto de Jaxon e de mim.

Mekhi chega um segundo ou dois antes dele; em seguida, os dois erguem o osso como se todo aquele peso não fosse nada e o jogam para longe.

Mas Jaxon permanece inconsciente e, quando toco a parte de trás da sua cabeça, sinto que há um galo enorme ali. Quem diria que vampiros podem ter concussões?

À nossa volta, os ossos continuam caindo em explosões gigantes e trovejantes. Lembro-me de um documentário a que assisti sobre a Segunda Guerra Mundial, que relatava que os soldados sofreram de síndrome do estresse pós-traumático pelo restante da vida após passarem pela experiência de sobreviver a disparos de morteiro. E agora entendo o porquê. Entendo mesmo.

A coisa começa com o som de alguma coisa que cai do céu. Em seguida, uma olhada rápida e desesperada para o alto, apenas para perceber que o céu é vasto e o som pode estar vindo de qualquer direção. Assim, você se vira, tenta identificar a origem do som conforme ele vai ficando cada vez mais alto, mas percebe que pode estar vindo da direção oposta à qual você está olhando. E pode ser que nem chegue a perceber antes que a explosão o atinja.

O pânico horrendo de não saber de que direção vem o perigo rouba por completo a sua capacidade de salvar a si mesmo. E, nesse momento, você se sente completamente indefeso. Completamente vulnerável. Completamente sozinho.

Soldados que sobreviveram dizem que simplesmente saíam correndo rumo ao que imaginavam ser uma posição mais segura, sem nunca saber se o seu próximo passo seria o último.

E agora tenho uma leve noção do que eles tiveram de passar e é a experiência mais pavorosa da minha vida por causa da completa incapacidade de saber de onde virá o próximo ataque.

O que aconteceu com Lia foi assustador, mas isto é muito pior. É de devastar a própria alma.

Um depois do outro, os ossos caem do teto da caverna, sem ritmo, sem alvo definido, sem nada. É o caos. Conforme cada osso despenca em uma pilha de ossos, fragmentos e estilhaços voam em todas as direções. Não demora muito até que Mekhi, Flint e eu estejamos todos cortados.

Mesmo assim, nenhum osso caiu em cima de nós, então considero isso como uma vitória.

Mas sei que é só uma questão de tempo. Precisamos cair fora daqui agora.

— Você consegue carregá-lo? — pergunto a Mekhi. — E acelerar até a saída do Cemitério com ele sobre os ombros?

— Sim, claro.

Mekhi pega Jaxon e corre até chegar a entrada do cemitério, enquanto Flint e eu nos transformamos. Em seguida, nos lançamos no ar e voamos para a entrada.

— *Vá logo, Grace* — rosna Hudson, quando outro osso vem caindo sobre mim.

Estou tentando, retruco, batendo as asas o mais rápido que consigo.
— Tente com mais vontade ou você vai acabar morrendo — devolve ele.
E você acha que não sei disso?

Flint deliberadamente passa a voar sobre mim; acho que ele faz isso para me bloquear dos ossos que caem. E detesto isso, porque significa que ele se expôs a um risco maior. Saber disso faz com que eu tente ir ainda mais rápido, e nós cortamos o ar, desesperados para chegar à saída.

Mas os ossos estão caindo em uma quantidade impressionante agora, vindos de todas as direções, e estilhaços começam a voar toda vez que um osso se espatifa no chão. O barulho é ensurdecedor, e o medo é um gosto metálico na minha boca. A necessidade de sobreviver é um puxão visceral dentro de mim, um desespero que me arranha por baixo da pele.

O fato de que não há nada que eu possa fazer a respeito deixa tudo pior. Não há nenhuma alternativa para melhorar as coisas, nenhuma rota que eu possa tentar tomar para diminuir a gravidade do perigo. Não tenho escolha a não ser rezar para sair viva disso.

Assim, no fim das contas, faço a única coisa que posso fazer: respiro fundo e me rendo à falta de controle. Deixo que isso bata contra o meu coração como algo selvagem. E simplesmente voo.

Flint passa a voar logo atrás de mim bem no final, e nós dois passamos com agilidade pela entrada estreita do Cemitério, um depois do outro. Desabamos no chão, perto da área de pouso, onde todos estão esperando... também no chão.

Mal consigo respirar. Meu coração está quase arrebentando o peito por dentro e nunca me senti tão exausta em toda a minha vida. Basta uma olhada em Flint e em todos os outros para perceber que eles não estão numa situação muito melhor.

Jaxon começa a se mexer no chão, graças a Deus. E, tão logo consigo respirar sem tossir, me arrasto até onde ele está.

— Você está bem? — pergunto, afastando os cabelos do seu rosto.

Ele balança a cabeça como se estivesse tentando desanuviá-la.

— Acho que sim.

A lembrança do que aconteceu deve voltar para a sua cabeça de uma vez, porque ele ergue o corpo rapidamente até se sentar.

— Você está bem? Estão todos bem? O que aconteceu?

— Você foi acertado na cabeça por um osso do tamanho de uma casa e desmaiou — brinca Mekhi.

Jaxon parece atordoado... e também horrorizado, furioso consigo mesmo.

— Eu desmaiei? Bem no meio de tudo aquilo? Como pude fazer isso com vocês?

— Bom... Você não fez nada. Você se machucou — respondo. — Isso acontece com os melhores entre nós.

— Não comigo. Tenho a obrigação de proteger você.

— Nós temos a obrigação de proteger uns aos outros — eu o corrijo, fazendo um gesto com o braço para indicar todo mundo.

Parece que ele quer dizer mais coisas, mas apenas balança a cabeça e desiste de continuar aquela discussão. O que, provavelmente, é a atitude mais inteligente que ele pode tomar no momento, já que está lidando com outros seis paranormais — e todos eles estão acostumados a cuidar de si mesmos em qualquer situação.

— Não estou dizendo que você não seja incrível — asseguro a ele, com a expressão mais tranquila que consigo. — Mas todos nós somos incríveis.

— Amém — concorda Éden, deitada ao lado de Mekhi.

— E isso é ótimo — complementa Xavier. — Porque vamos ter que fazer tudo isso de novo amanhã.

— O quê? Está falando sério? — Macy apoia sua cabeça nos joelhos erguidos.

— Nós não pegamos um osso? — reclama Jaxon.

— Não. Depois que aquele esqueleto de dragão começou a cair sobre as nossas cabeças, as coisas mudaram bem rápido.

— Mas que merda, eu estava com um osso na mão. Devo ter largado quando caí.

Ou talvez quando aquele primeiro osso quase acabou comigo. Não consigo lembrar direito. A única coisa da qual me recordo é que eu estava com um osso na mão e agora não o tenho mais.

Jaxon parece estar completamente envergonhado quando diz:

— Desculpe, pessoal. Arrastamos vocês para essa excursão ao inferno a troco de nada.

— Em primeiro lugar, você não nos arrastou para cá — diz Flint. — Nós viemos por vontade própria. Por isso, não fique se recriminando. E, em segundo lugar... — Ele leva a mão ao bolso com um sorriso malandro no rosto e tira um osso de aparência delicada, mais ou menos do tamanho de um lápis. — Ossos de dedos dos pés ainda são ossos, não são?

— Com certeza! — exclama Éden, com um gritinho de alegria. — Você conseguiu?

— Bem, acho que conseguimos. — Flint enfia o osso novamente no bolso para guardá-lo e estende a mão para ajudar Jaxon a se levantar. — E não quero parecer medroso nem nada, mas posso dar a sugestão de a gente sair daqui bem rápido antes do próximo deus-nos-acuda-vamos-todos-morrer?

Macy dá uma risadinha e diz:

— Concordo totalmente. Por sorte, já montei um portal que vai nos levar de volta para a escola — conta ela, pegando seu livro de feitiços. — Antes de virmos para cá, criei o feitiço que abre a outra ponta do portal no nosso alojamento, lembram? Porque, sinceramente, acho que não vou dar conta de voar outra vez nas costas de um dragão.

— Eu podia literalmente lhe dar um beijo, Macy — comenta Xavier e percebo que a minha prima não faz ideia de como responder, embora, de repente, ela seja só sorrisos.

Capítulo 87

FAZENDO A COISA DO JEITO CERTO

Acordo e me deparo com Macy dançando no quarto com os fones de ouvido. Ela ainda está de pijama e percebo uma quantidade enorme de cortes e hematomas em seus braços e na parte superior das costas. *Obrigada, Cemitério dos Dragões.* Mas parece feliz. Muito feliz, e não a culpo por isso.

A noite de ontem foi apavorante. E estou me sentindo muito agradecida por estar viva, mesmo que ainda estejamos exaustas depois de tudo que aconteceu. Consulto o relógio... somente umas quatro horas de sono. Talvez seja por isso que, em vez de virar para o outro lado e voltar a dormir, eu a convenço a colocar a música para tocar no alto-falante do celular e danço pelo quarto com ela.

Estamos rindo juntas, enquanto balançamos e mexemos os quadris, mas isso nem tem importância. Estamos vivas e conseguimos o osso de dragão.

O *osso de dragão.* Nós conseguimos.

Isso significa que já temos as quatro coisas necessárias para tirar Hudson da minha cabeça. Bem, ainda temos de passar pela Fera Imortal, mas estamos quase lá. Por que não podemos comemorar?

— *Ah, não sei* — Hudson interrompe, falando atrás de mim, erguendo o corpo até se sentar e apoiar as costas na parede ao lado da minha cama.
— *Talvez porque a Fera Imortal vá matar vocês?*

— Quieto — digo a ele, enquanto desabo ao seu lado, sem fôlego quando a música termina. Macy se deita em sua cama também. — Não venha estragar o meu humor logo cedo.

— *É isso que estou fazendo?* — A voz dele soa meio sombria, mas há um tom diferente que me impele a encará-lo, estreitando os olhos.

— Você está feliz — acuso.

— *Como é?* — Aquele tom desaparece de imediato e é substituído pela ironia de sempre.

— Você está feliz — repito, quando a surpresa me atravessa. — Você está feliz de verdade, para variar.

Ele aspira o ar, mas não se pronuncia mais; e isso significa que estou certa. Saber disso só me faz sorrir ainda mais. O fato de Hudson estar feliz tem de ser algo bom.

— Xavier pegou minha mão ontem à noite — conta Macy, e agora ela está sorrindo para o teto, para o qual passou os últimos minutos olhando fixamente.

— O quê? — Levanto o corpo, sentando-me na cama. — Quando?

— Quando a gente estava voltando do Cemitério.

— Como foi que perdi isso? Eu estava lá, não estava?

— Você foi a primeira a passar pelo portal, com Flint e Jaxon. Xavier e eu estávamos andando juntos e...

Ela para de falar, com uma expressão sonhadora nos olhos.

— Mais ou menos na metade do caminho de volta para a escola, ele me disse para tomar cuidado com alguma coisa que havia nos túneis e segurou na minha mão para me puxar para longe disso. E não soltou mais.

— Sério? Que legal. Bem, você gosta dele, não é?

— Eu gosto. — Ela se vira na cama e abraça o travesseiro, puxando-o contra o peito. — Ele me dá aquela sensação de borboletas no estômago. Não do tipo "meu Deus, o garoto mais popular da escola está no meu quarto". Mas borboletas de verdade, sabe? Por ser quem ele é e não por causa daquilo que ele é.

— Ai, Macy, isso é ótimo. É assim que me sinto em relação a Jaxon.

— É mesmo?

— Sim. Como se não importasse o fato de ele ser um vampiro poderoso. A única coisa que importa é que ele é Jaxon.

— *Você sabe mesmo como quebrar o clima, hein?* — comenta Hudson pelo canto da boca, do lugar onde está sentado, no alto da minha cômoda. — *Acho que vou precisar de uma dose de insulina depois de todo esse açúcar.*

— Me morda de uma vez — respondo, revirando os olhos na direção dele. Macy sorri.

— *Se continuar oferecendo, algum dia desses vou acabar aceitando* — retruca ele.

— Vou me preocupar com isso só depois que você tiver dentes.

— Uau. Parece que você não tem esse problema — diz ele, fingindo de um jeito bem exagerado que está ofendido. Mas há um brilho em seus olhos que mostra que ele está se divertindo e nem tenta escondê-lo. — *Talvez eu pegue alguns dos seus emprestados. Parece que você tem um monte deles.*

— Tenho, sim — concordo, exibindo os dentes para ele. — Minhas presas de gárgula podem não ser tão grandes quanto as suas, mas dão conta do trabalho. É melhor você se lembrar disso.

— *Eu me lembro de tudo com relação a você* — comenta Hudson, e há algo em sua voz e em seu rosto que faz com que eu me vire de frente para ele, querendo perguntar... não sei exatamente o quê. Mas, definitivamente, alguma coisa.

— Tudo bem — diz Macy com um gemido exasperado que quebra a tensão repentina que se formou entre Hudson e eu. — A aula começa daqui a meia hora e hoje é definitivamente um dia ótimo para um pouco de *glamour*.

Sorrio para ela, relaxada e feliz pela primeira vez em várias semanas.

Pelo menos até que Macy coloca a cabeça ao redor da parede que separa a pia do restante do quarto e avisa:

— Não esqueça que temos que ir à assembleia, hoje.

— Que assembleia? — indago, enquanto pego a saia do uniforme e uma blusinha roxa.

— Aquela na qual vamos receber a pedra de sangue, sua boba. — Ela espia ao redor da parede que separa o banheiro do resto do quarto. — O rei dos vampiros quer fazer a entrega com toda pompa e cerimônia.

E, com isso, o meu humor desmorona. E o de Hudson também, se os xingamentos bem britânicos que ele começa a resmungar indicam alguma coisa...

Capítulo 88

INCONSCIENTEMENTE SUA

Várias horas depois, é hora de ir para a aula de artes, e estou praticamente saltitando de alegria. Estou louca para terminar a pintura que comecei logo depois de voltar. Ainda não faço a menor ideia de como ela vai acabar, mas sinto que a tela me chama. E também o fato de que preciso apresentar uma obra finalizada para receber a nota do bimestre.

Antes de começar, faço as coisas de sempre. Organizo as minhas ferramentas do jeito que gosto de tê-las: as pequenas e mais delicadas mais para a frente; as maiores, mais para o fundo. Todas as cores do arco-íris bem na minha frente. E é então que começo a pintar.

Pelo menos hoje tenho uma imagem na mente do que quero pintar. Antes, era só um impulso desesperado para conseguir encontrar as cores certas. Mas hoje... Hoje tenho uma imagem. Não sei de onde ela veio, ou onde a vi antes, ou se é algo que está nos três meses e meio dos quais não me lembro. Mas, seja qual for a origem desta imagem, está clara como o dia. Não preciso de respostas para as outras perguntas, ainda. Não quando posso apenas pintar o que vejo.

E assim faço a pintura, misturando uma cor após a outra, um tom após o outro, até que todas as variações de azul, cinza, preto e branco se combinem na tela, diante de mim. Aplico as camadas de tons com cuidado, uma pequena distinção de cor após a outra, até que elas formam um retrato tão finamente pintado que cada tom é quase indistinguível do outro; até que tentar passar pela pintura signifique libertar as nuances de cada cor.

Passo horas e horas trabalhando, até bem depois do fim da aula — até que as minhas mãos estejam doloridas, e os ombros e os bíceps ardam pelo cansaço. Mas continuo pintando mesmo assim, sem parar, uma camada após a outra, até que a imagem que está na minha cabeça lentamente ganha vida na tela.

Hudson acorda depois de ter tirado uma soneca no meio da pintura, e espero que ele venha reclamar ou querer discutir sobre o tom certo de preto outra vez.

Mas ele não o faz. Em vez disso, fica me observando com aqueles olhos muito profundos e uma expressão estranhamente gentil no rosto.

Quando ela por fim está completa, quando finalmente estou convencida de que a pintura na tela faz justiça à imagem que tenho em mente, repouso os pincéis sobre a bancada. E quase choro com o alívio que sinto quando relaxo os braços.

Eu os estico para alongar as cãibras e fecho os olhos para dar um descanso ao meu cérebro cansado. Mas, quando enfim os abro, vejo Hudson olhando diretamente para mim.

— *Então, você se lembra?* — indaga ele, com a voz tão insegura que nem consigo acreditar que é ele mesmo quem está falando.

— Não. — Contemplo a tela e sinto que o meu estômago se retorce um pouco ante a ideia de que talvez eu tenha finalmente me lembrado de alguma coisa... mesmo que ainda não seja capaz de identificá-la. Mesmo que seja só o meu inconsciente me cutucando e tentando me comunicar alguma coisa. Tentando me ajudar a fazer aquilo que eu quero tão desesperadamente: lembrar. — Você reconhece essa imagem?

— *É impossível.* — Hudson balança a cabeça para tentar desanuviá-la. — *Você não pode ter pintado isso se não se lembra. Não com tantos detalhes. Não com tamanha perfeição.*

— Simplesmente senti — eu lhe explico, esforçando-me para encontrar uma descrição que faça sentido para nós dois. — Não sei como descrever. Desde o momento em que voltei, este lugar vem se construindo na minha cabeça até que eu não conseguia mais deixar de pintá-lo. Desde o momento em que peguei o pincel, era a única coisa que fazia sentido eu pintar.

Não digo mais nada, pois não há nada a dizer. E, por vários segundos, Hudson também fica em silêncio. Após determinado tempo, ele inclina a cabeça para o lado e elogia:

— *Ficou perfeita.*

— Você sabe onde este lugar fica. — Não é uma pergunta, embora a minha voz esteja mais baixa do que a dele.

— *Sim.*

Sinto a respiração ficar presa na garganta, no peito. Finalmente, eu vou saber alguma coisa. Finalmente, vou encontrar uma memória. Não é muito, mas é mais do que eu tinha quando acordei pela manhã. Mais do que eu tinha quando escovei os dentes, tomei um banho ou peguei um pacote do meu sabor favorito de biscoitos na cantina.

Mas os segundos passam e Hudson continua sem se manifestar. Até que, por fim, não aguento mais. Até eu ter a sensação de que nem mesmo a minha pele cabe em mim.

— Você vai me contar? — pergunto, depois que o tempo passou e não aliviou em nada o meu estado de nervos.

Outro silêncio se instaura, ainda mais longo do que seu antecessor.

— *Esse é o meu refúgio* — responde ele, e há uma vida inteira nessa simples frase.

Capítulo 89

DOBRAR ATÉ QUEBRAR

— Não fique nervosa — diz Jaxon várias horas mais tarde, enquanto ajusto a gravata do uniforme pelo que parece a centésima vez. Mas não consigo evitar. O meu estômago está embrulhado desde que Macy mencionou a assembleia, hoje cedo. E a sensação só piorou quando Hudson me disse que eu havia pintado o seu refúgio a partir das minhas recordações. Sinto que estou perto de explodir.

— *Fique muito nervosa* — corrige Hudson do lugar onde está encostado na porta. — *Na verdade, talvez você devesse até mesmo dizer que está doente para não aparecer.*

O celular de Jaxon toca. É sua mãe quem está ligando, e ele entra no quarto para atender.

— Acho que é você que está nervoso — respondo, assim que Jaxon se afasta.

— *Ah, sim. Afinal, tem pelo menos duas pessoas naquele salão que querem matar você. Provavelmente mais.* — Hudson para de falar e pensa um pouco. — *É, definitivamente mais.*

— Bem, é uma pena para eles, não é? Não tenho nenhuma intenção de morrer hoje. Nem nos próximos dias.

— *É, veremos* — murmura ele.

— Você precisa ser mais positivo, sabia? — Fico irritada por falar isso mais alto do que pretendia, enquanto Jaxon se aproxima outra vez.

— O que foi que eu fiz? — pergunta Jaxon, parecendo bem confuso.

— Não falei isso para você — explico. — Era para o seu irmão.

— Ah. — Jaxon recua um pouco, como se tivesse esquecido que Hudson existe. Ou como se não conseguisse acreditar que eu esteja conversando com ambos ao mesmo tempo. Como se eu não viesse fazendo isso todos os dias desde que voltei à forma humana.

— O que ele está dizendo?

— Que ir a essa assembleia é uma má ideia. Mas ele disse o mesmo sobre a anterior, então não confio tanto na opinião dele. Além disso, de que outra maneira a gente vai conseguir pegar a pedra de sangue?

— *A sua equipe tem oito membros* — insiste Hudson, testando a minha paciência. — *Você pode deixar qualquer outro jogador pegar a pedra.*

— E dar a Cyrus a impressão de que tenho medo dele? — Esboço um sinal negativo com a cabeça para Hudson. — Nada disso.

— *Você devia ter medo dele. E, mesmo que não tenha, deveria agir como se tivesse. Qualquer outra reação só vai deixá-lo irritado.*

— Aparentemente, tudo que eu fizer vai irritá-lo. — Posiciono as mãos nos quadris. — Então, que importância tem o que faço?

— *Tem razão, provavelmente não importa. E isso é mais uma razão pela qual você não deve ir.* — Hudson praticamente rosna, indignado.

— Por que não vai visitar alguma outra pessoa por enquanto? E leva esse mau humor com você? — Faço uma careta irritada. — Ah, espere. Você não pode fazer isso. É para isso que nós precisamos da pedra.

Ele ergue a sobrancelha.

— *Você sabe que essa piada já era velha na primeira vez que a contou, não é?*

— Bem, mas você...

— Olhe, sem querer interromper o que eu tenho certeza que é uma conversa cintilante — diz Jaxon de um jeito tão frio que sinto os meus ossos ficarem gelados. — Mas achei que talvez você pudesse conversar comigo em vez de com o meu irmão. Afinal, você está no meu quarto.

É claro. Porque o que preciso, justamente hoje, é que os dois irmãos Vega comecem a surtar ao meu redor, mesmo que por razões diferentes.

— *Bem, não teria que surtar se você levasse a sua própria segurança mais a sério* — diz Hudson. — *Não posso ajudá-la se você não se ajuda.*

Não pedi a sua ajuda!, respondo na minha própria cabeça para que Jaxon não fique chateado.

— *Talvez você devesse* — rebate ele.

— É sério isso? — diz Jaxon. — Será que você não pode parar de falar com ele por dois segundos? Estou tentando conversar com você.

— É claro que posso. Desculpe. — Respiro fundo e exalo o ar devagar. — Sobre o que você quer conversar, Jaxon?

— *Ele sempre reclama de tudo?* — pergunta Hudson. — *Sinceramente, não sei como você aguenta.*

— Pare — eu digo a ele e, intencionalmente, fico de costas para Hudson, determinada a não lhe dar mais atenção agora.

Mas ele não dá o braço a torcer. Hudson anda ao redor de Jaxon e tenho de encarar ambos os irmãos agora.

— Estou só tentando ajudar, Grace. *Sei melhor do que todo mundo que Jaxon é só um moleque mimado.*

Ele não é mimado. Eu me armo para defender Jaxon instantaneamente e, em seguida, percebo, quase com a mesma rapidez, que Hudson conseguiu me provocar mais uma vez. Estava só querendo ver a minha reação. *Você é um babaca, sabia?*

— *Se eu sei?* — Ele me olha com o nariz empinado, fingindo uma pose mais esnobe. — *Tenho orgulho disso.*

Sim, mas...

— E, então? — indaga Jaxon, demonstrando bastante nervosismo. — O que acha?

— Sobre o quê? — pergunto antes de conseguir refletir melhor sobre o que estou dizendo.

— Você estava ouvindo? — Ele me encara com um olhar vagamente homicida. — Não prestou atenção em nada do que eu disse?

— Eu ouvi. Eu só...

Ele suspira, enfastiado.

— O que eu disse é que há outra maneira de tirar Hudson da sua cabeça, além do feitiço com os cinco artefatos.

— Sério? E você só resolveu falar agora para mim? — Seguro na mão dele. — O que é?

— É uma coisa meio drástica...

— Ah, como se enfrentar uma criatura chamada Fera Imortal não fosse nem um pouco drástico — respondo, sem transparecer qualquer emoção. — Por que não me disse antes? Nós já temos todos os quatro artefatos...

— Cinco — rosna Jaxon. — Precisamos dos cinco artefatos. Não vamos tirá-lo da sua cabeça se ele não voltar como humano. De jeito nenhum.

Penso no que a Carniceira disse, ao que todo mundo falou sobre Hudson — exceto o próprio Hudson. Toda vez que começo a pensar que talvez ele não seja tão ruim, eu me forço a lembrar da sensação de estar naquela assembleia e não conseguir me mexer.

— Certo, certo. Sei que você tem razão sobre a questão do poder. E que outro jeito seria esse?

Jaxon parece um pouco enjoado e desta vez é ele quem respira fundo. E isso me faz sentir um peso no estômago.

— O que é? — pergunto, sentindo-me de súbito muito mais assustada do que estava há um minuto.

— Podemos romper o elo entre os consortes.

Aquelas palavras caem como uma bomba nuclear entre nós. O choque e a dor delas se irradiam por mim de um jeito diferente de tudo que já senti em toda a minha vida, pior até mesmo que a morte dos meus pais.

— Eu não... não posso...

— Puta que pariu. O quanto o meu irmão me odeia, exatamente? — sussurra Hudson.

Aguardo um momento para responder à pergunta de Hudson... e também para me lembrar de como se respira. *Está falando sério? Você perguntou isso mesmo? Imagino que ele o odeie muito. Afinal, se bem me lembro, foi ele quem o matou.*

— Matar é algo bem normal no nosso mundo. Mas tentar romper um elo entre consortes? Nunca ninguém pensou nisso. Principalmente, porque é algo literalmente impossível. Pode acreditar em mim: se fosse possível, minha mãe já teria se divorciado daquele cuzão que é o consorte dela — argumenta Hudson, pondo-se a andar de um lado para outro. — Deve ser uma magia poderosa e infernal, se for capaz de cortar um elo entre consortes.

Uau. Bem, pelo menos eu sei disso agora.

Levo a mão à barriga, ainda tentando absorver o golpe das palavras de Jaxon. E pior, o fato de que ele tocou no assunto.

— Então... — Tenho um milhão de coisas para perguntar, mas não faço a menor ideia de por onde devo começar. Assim, começo com a mais básica.

— Você não quer mais ser o meu consorte?

— É claro que eu quero ser o seu consorte! — exclama Jaxon, e desta vez é ele quem segura minhas mãos. — Quero isso mais do que tudo.

— Então, por que foi sugerir logo... — Há um zunido estranho nas minhas orelhas e balanço a cabeça para afastá-lo. — Achei que elos entre consortes fossem indestrutíveis.

— Eu também pensava isso. Mas perguntei para a Carniceira...

— Você perguntou a ela? Quando a gente esteve lá? — A dor no fundo de mim vai ficando cada vez pior. — Quando? Quando ela me colocou para dormir? Quando ela me trancou naquela jaula?

— Não, não. É claro que não. — Ele me olha com uma expressão de súplica. — Foi bem antes.

De algum modo, a situação parece ficar ainda pior.

— O quanto é esse "bem antes", considerando que eu estava aqui havia uma semana e depois me transformei em pedra durante quase quatro meses e depois voltei para cá há uns dias? Quando você perguntou isso para ela, exatamente? E por quê?

— Perguntei depois que você chegou à escola e percebi que éramos consortes. Eu havia quase matado você com a janela... e me pareceu uma ideia muito ruim ser o consorte de uma humana que poderia morrer por minha causa. Por isso, fui até lá e pedi um feitiço capaz de quebrar o elo.

Existe um nó tão grande para desfiar aqui que nem sei por onde começar. E desta vez Hudson está completamente em silêncio. Não está ajudando em absolutamente nada. Maldito traidor.

Ainda não consigo acreditar que Jaxon não me disse logo de cara que éramos consortes. Bem, até entendo ele não ter dito nada na primeira vez que conversamos, mas por que não depois da guerra de bolas de neve ou quando começamos a namorar?

Mas também não consigo acreditar que ele ia quebrar o elo... sem ao menos me perguntar. Que ia fazer algo tão irrevogável, tão doloroso, tão terrível e não ia ao menos pedir a minha opinião sobre a questão. Isso também poderia ter me afetado e tenho certeza disso. E ele não se dispôs nem a perguntar?

E agora, depois de termos chegado tão longe, ele pensa em romper o elo novamente, só porque ter Hudson na minha cabeça é uma inconveniência para ele? Mesmo que agora a gente esteja tão perto de conseguir tirá-lo de outra maneira? Uma maneira que deixa o elo completamente intacto?

— Ela lhe deu o feitiço? — finalmente sussurro, porque há tanto a dizer que nem sei por onde começar.

— Deu, sim.

Sinto a respiração ficar presa no peito.

— Sério? — E tenho a impressão de que ele acabou de me acertar outra vez. — E você o pegou?

— Eu estava com medo. Quase matei você, Grace. Não queria machucá-la.

— Claro, porque isso aqui é um verdadeiro piquenique. — Eu olho ao redor do quarto dele, ensandecida.

— Onde está o feitiço? Onde você o guardou?

Não sei por que isso importa... mas importa. Se ele souber onde está, se estiver ao alcance dos seus dedos...

— Eu o joguei fora.

— O quê?

Não era essa a resposta que eu esperava.

— Joguei o feitiço fora no mesmo dia em que ela o deu para mim. Não consegui fazer aquilo, Grace. Com nenhum de nós. Não antes que tivéssemos uma chance de tentar. Não sem a sua permissão.

Solto o ar devagar quando a dor finalmente começa a passar. Ela não desaparece por completo, mas se dissipa aos poucos. Porque ele não foi capaz de executar o feitiço. Não conseguiu quebrar o que havia entre nós antes de começar e especialmente sem me contar. Isso faz uma diferença.

Se ele pudesse, se tivesse guardado o feitiço... Não sei se eu conseguiria superar isso.

— Nós não vamos romper o elo entre consortes, Jaxon.

— Isso faria Hudson definhar. Sem a energia do elo para se alimentar, ele morreria rápido, não é? Acho que você ficaria bem nessa hipótese. São as drenagens de energia que estão nos matando devagar.

Aquelas palavras atingem os pontos que ainda são sensíveis em mim.

— E eu ficaria simplesmente olhando, enquanto ele morre. E também ficaria traumatizada pela perda do meu consorte.

— Você não me perderia. Eu ainda estaria aqui...

— Mas não seria mais o meu consorte. — Eu o encaro, sabendo que estou com o coração no olhar, e sussurro: — É isso mesmo que você quer?

— É claro que não é isso que eu quero! — ele praticamente grita.

— Ótimo. Então não volte a tocar no assunto.

— Grace...

— Não. — Sinto vontade de me jogar em cima de Jaxon, colocar os braços ao redor dele, mas ainda estou magoada.

— Me desculpe. — Ele me puxa para junto de si e me segura com força, do mesmo jeito que eu queria segurá-lo. — Estava só tentando fazer com que as coisas ficassem melhores para você.

— Não preciso desse tipo de ajuda — respondo, mesmo me perguntando se isso é verdade. Se fazer com que as coisas sejam melhores para mim seja a única razão pela qual ele tocou nesse assunto.

— Desculpe — pede ele outra vez. — Me desculpe mesmo.

Não sei se é o bastante. Para ser sincera, não sei o que seria o bastante agora, mas pelo menos é um começo. Tem de contar para alguma coisa.

— Tudo bem — eu lhe asseguro, embora não esteja me sentindo assim. De qualquer maneira, já estamos em cima da hora. Precisamos ir para a assembleia.

Talvez se eu simplesmente respirar por um tempo, a dor acabe se esvaindo. E também a sensação de traição que ricocheteia em mim.

Quando vou para a porta, sinto o temor de ter de encarar as ironias de Hudson no meio de tudo isso. Mas, pelo menos desta vez, ele não emite som algum.

Capítulo 90

O FOGO E A PEDRA DE SANGUE

Ainda estou bem abalada dez minutos depois, a caminho da cerimônia. Fico dizendo a mim mesma que não é algo tão importante assim, que tudo vai ficar bem — com Jaxon, com a cerimônia e até com a Fera Imortal. Mas como posso ter tanta certeza de que as coisas vão ficar bem se Jaxon estava disposto a romper o nosso elo entre consortes?

Tudo parece errado agora, como se não se encaixasse direito. E o fato de que Hudson voltou a me torrar a paciência definitivamente não ajuda.

— *Que parte da expressão meu pai assassinou todas as gárgulas do mundo você não consegue entender?* — questiona Hudson, enquanto descemos até o auditório. — *Acha que ele matou todas as gárgulas em segredo? Não, ele fez tudo abertamente e desafiou qualquer um a questioná-lo. E, se o fizessem, ele os matava também. Ou pelo menos os desacreditava. Você acha que ele não consegue fazer com que uma menina tonta simplesmente desapareça?*

— Essas palavras são dele, não minhas — Hudson se apressa em emendar quando eu o encaro, furiosa. — *Estou dizendo que é isso que ele vai estar pensando. Não é verdade, mas é assim que ele vai enxergar a questão.*

— Bem, isso é ridículo. — Eu olho para o outro lado e vejo Jaxon conversando com Mekhi.

— *Absolutamente. Mas ele é um homem ridículo. Cruel. Monstruoso. E ridículo, também. Acho bom você se lembrar disso.*

Hudson não se pronuncia mais, e Jaxon, Mekhi e eu também ficamos quietos, enquanto passamos pelo último lance de escadas. Os outros estão à nossa espera logo ao final da escadaria, com expressões um milhão de vezes mais felizes do que a sensação que me preenche agora. Por outro lado, provavelmente não é a eles que o rei dos vampiros quer matar.

— Você está ótima, Grace — elogia Flint, erguendo o punho para que eu o cumprimente.

— Você está bonitão também — eu lhe digo, porque é verdade. Todos os rapazes estão incríveis nos seus uniformes de gala. Especialmente porque eles podem trajar seus blazers esta noite em vez daqueles mantos roxos absurdos.

— Todo mundo está pronto para entrar no teatro dos vampiros? — pergunta Mekhi, enquanto estende o braço para Éden. Ela parece um pouco surpresa com o gesto; fico imaginando que os coturnos e uma atitude rebelde acabam por limitar os gestos mais galantes que os garotos queiram fazer para ela. Mas o sorriso de Éden se amplia para além do que eu jamais vi antes.

— Com certeza — responde ela, dando o braço para Mekhi.

Xavier oferece o braço para Macy, e ela ri como uma garotinha antes de aceitá-lo. E não consigo deixar de sorrir com os vislumbres de canto de olho que ela e Xavier trocam o tempo todo, quando acham que sua contraparte está distraída.

— Acho que sobramos só você e eu — diz Flint a Gwen, agitando as sobrancelhas.

Ela olha para Flint como se ele estivesse agindo de um jeito meio estranho, mas assente, enquanto lhe enlaça o braço com timidez. Ela está bem melhor do que logo depois do torneio, mas seu braço ainda está bem machucado e repleto de cortes.

Jaxon ergue a mão e afasta os cachos que cobrem o meu rosto.

— Vai ficar tudo bem — garante ele. — Não vou deixar que nada lhe aconteça.

— Eu sei — respondo, quando ele pega na minha mão. Mas as palavras que ele disse antes continuam ecoando na minha cabeça.

Às vezes, tenho a sensação de que Jaxon tenta me proteger de todo mundo, exceto de si mesmo.

Mas, quando nossas palmas se tocam, não consigo deixar de notar o quanto ele está esgotado. Eu lhe dei energia pelo elo entre consortes logo depois que voltamos do Cemitério e ele parecia ter ficado melhor. Mas, agora, não tenho tanta certeza.

Temos de chegar ao último artefato. Não temos tempo a perder.

— *Está tão ansiosa assim para se livrar de mim?* — pergunta Hudson.

Ansiosa para fazer com que o seu irmão volte ao normal, respondo. *Não é a mesma coisa.*

Fico esperando a resposta ácida e ela não demora a chegar.

— *Não existe "normal" para Jaxon. Ou você não percebeu?*

Palavras do cara que mora na minha cabeça, devolvo, de saco cheio com todo mundo no momento. *Detesto ter que lhe dar as más notícias, mas o anormal aqui não é ele.*

Hudson começa a falar outra coisa, mas para quando adentramos o auditório, que já tem vários alunos espalhados. Vários deles se viram para nos fitar, quando vamos em direção às cadeiras no fundo do auditório.

Há um tapete roxo — *um tapete roxo* — cobrindo o corredor que leva até o palco. Obviamente, ele foi colocado ali para nós e me sinto completamente ridícula ao caminhar sobre ele, embora todo mundo pareça pensar que isso é algo completamente normal.

O tio Finn está esperando quando chegamos ao palco, mais uma vez mexendo nos controles do sistema de som. Ele sorri para nós e chega até mesmo a piscar o olho para Macy e para mim em busca de nos encorajar.

Mesmo assim, tem alguma coisa nos olhos dele... estão sérios demais, apesar do sorriso e da piscadinha de olho. E isso faz meu estômago se retorcer.

— É tarde demais para fugir? — pergunto, e até que estou falando sério. Alguma coisa parece não se encaixar direito. Jaxon segura minha mão com força.

— *Avisei você para não vir* — sibila Hudson para mim. — *Avisei que algo de ruim vai acontecer.*

Ainda não aconteceu nada de ruim, tento apaziguar. Mas meu coração já começou a bater sem controle.

Até mesmo Jaxon parece achar que sair correndo pode ser uma boa opção, em especial quando as portas do salão da assembleia se abrem e os membros do Círculo começam a passar pelo corredor, vindos do lado oposto do auditório.

Cyrus vai até o púlpito com toda a pompa e elegância de Mick Jagger em um show dos Rolling Stones. Hoje ele está usando um terno risca-de-giz preto com uma gravata listrada em preto e roxo, e não vou mentir: está superatraente. Claro, seus olhos estão brilhando como o de um maníaco e isso depõe um pouco contra o conjunto de sua imagem.

Assim que os outros membros do Círculo tomam seus assentos, ele dá início à assembleia.

— Obrigado, Academia Katmere, pelo torneio Ludares mais empolgante a que já assistimos. Foi um enorme prazer poder presidir esse evento incrível.

O salão mergulha em silêncio quando ele observa a plateia. E não sei o que é mais assustador: as expressões sérias no rosto deles ou o som das fechaduras quando as portas se trancam.

Engulo o pânico crescente na minha garganta, enquanto esboço um sorriso trêmulo para a plateia. Minha vontade é disparar pelo corredor como uma fã de K-Pop atrás do seu ídolo favorito, mas, em vez disso, permaneço onde estou, enquanto o rei vira de costas para a plateia e continua com o que agora sei — com o que todos nós, da equipe, sabemos — que é uma farsa.

— O primeiro tópico na agenda é comemorar a vitória desta equipe maravilhosa que temos aqui. Eles jogaram uma partida incrível no Ludares, não foi? Aquele momento em que Grace se esquivou dos dois dragões foi de tirar o fôlego. E quando ela transformou um dos dragões em pedra? — continua ele, balançando a cabeça. — Absolutamente cativante.

A plateia aplaude com mais entusiasmo do que eu esperava.

— Assim, sem mais delongas, vamos chamá-los até aqui para entregar o prêmio especial que foi doado este ano: uma pedra de sangue da coleção real.

Delilah também está na parte da frente do palco, embora esteja claro que ela planeja deixar que o marido cuide de toda a apresentação hoje. Está vestida de branco da cabeça aos pés, uma beleza aterradora. Os cantos dos seus lábios de carmim estão erguidos num sorriso perfeito — que parece genuíno, desde que ninguém observe muito de perto.

Cyrus faz um sinal para o nosso time, no fundo do auditório.

— Será que os nossos vencedores do Ludares podem subir ao palco, por favor?

Nosso grupo troca olhares inquietos, mas Jaxon endireita os ombros e lidera a fila, levando todos nós a reboque, com relutância.

— Agradeçam os aplausos — instrui Cyrus, quando estamos sobre o palco e nós nos curvamos, enquanto a plateia aplaude.

Cyrus passa atrás de nós e cumprimenta cada um com tapinhas nas costas, ao mesmo tempo que pronuncia o nome dos jogadores. Sou a última e, por isso, ele para quando chega aonde estou.

— Grace. — Cyrus me entrega a caixa com a pedra de sangue, me medindo da cabeça aos pés, e isso me causa um asco enorme. Não porque a olhada que ele me dá seja lasciva (nem um pouco), mas por ser gananciosa. Como se ele me quisesse, mas somente porque já descobriu como pode me usar para servir aos seus interesses.

— É muito bom conhecê-la — diz ele, vindo até o meu lado e abrindo os braços em uma imitação bizarra de um abraço com distanciamento social. — A consorte do meu filho, uma gárgula. É incompreensível, mas ao mesmo tempo é bem empolgante.

— Muito empolgante — repete Delilah, e seu sorriso carmim perfeito não vacila nunca.

Cyrus prossegue:

— É impossível verbalizar o quanto ficamos impressionados com as suas façanhas no torneio.

— O meu time inteiro jogou muito bem.

Delilah ergue a sobrancelha exatamente do mesmo jeito que seus filhos fazem, mas não diz nada.

— É verdade. Mas você foi a arma secreta. Todos nós vimos a habilidade de Grace Foster no torneio Ludares ontem, certo?

A voz de Cyrus ecoa pelo auditório e resulta em mais vibração das pessoas e aplausos.

— Nós vimos as coisas incríveis que ela é capaz de fazer, não foi?

Mais aplausos.

— Mas também vimos o quanto essa pobre garota é vulnerável — emenda Cyrus, balançando a cabeça. — Nós vimos sua luta, vimos quando ela foi arrastada pelo campo por um lobisomem e quando ela quase morreu prensada entre dois dragões. Grace, a nossa única gárgula em mais de mil anos.

Aonde ele quer chegar com isso?, pergunto a Hudson, enquanto ele continua a enumerar todas as coisas que aconteceram comigo desde que os meus pais morreram.

— *Nenhum lugar que seja bom, garanto.*

Cyrus faz uma pausa e parece que o salão inteiro se esqueceu de como se respira. Ele olha para a esposa e faz um sinal para que ela se aproxime.

— Quer dar as boas notícias, Delilah?

A rainha continua a sorrir, enquanto se dirige à frente do palco, mas não é um sorriso feliz. É uma expressão rígida, quebradiça. E fico me perguntando por quanto tempo ela é capaz de sustentar o sorriso antes que ele se espatife completamente.

Pelo jeito, um bom tempo, porque ela não vacila, enquanto se aproxima a fim de pegar o microfone. A rainha olha para a plateia e diz:

— Tenho o imenso prazer de trazer ótimas notícias.

Ela me encara, e não sei se quem fica mais apreensivo com o que ela vai dizer é Hudson ou se sou eu. Provavelmente, eu. À medida que seu sorriso se alarga, ouço meu coração bater com tanta força que acho que nem vou conseguir escutar o que ela diz.

— O Círculo votou e concordou. O rei Cyrus e eu vamos levar Grace conosco para a Corte Vampírica.

Ah. Eu definitivamente ouvi tudo... mesmo que não quisesse tê-lo feito.

Capítulo 91

NENHUMA GUERRA ENTRE FAMÍLIAS SUPERA ISSO TUDO

— *Puta que pariu, não pode ser.* — Hudson instantaneamente repudia as palavras da mãe. Por outro lado... eu também. Com força.

— Não se preocupe, Grace. Não vou deixar isso acontecer — sussurra Jaxon, enquanto sua mão se fecha ao redor da minha, mas mal percebo suas palavras.

Acho que estou em choque. Minhas palmas estão úmidas, mas não consigo mais ouvir o meu coração. Ele bate tão rápido que é praticamente um zunido contido na minha cabeça.

— Foi uma decisão grave e difícil. — Cyrus pega o microfone novamente e diz: — Mas, em uma decisão com quatro votos a favor e quatro votos contra, com o meu voto quebrando o empate, o Círculo concordou que devemos levar Grace de volta a Londres conosco, onde podemos treiná-la para se defender e protegê-la até que seja capaz de proteger a si mesma.

A plateia de alunos começa a aplaudir quando ele diz aquilo, mas sem o entusiasmo de antes. Mas Cyrus parece não perceber nem se importar.

— Sei que vocês todos gostam de Grace tanto quanto nós e fico feliz por concordarem que esta criatura rara, essa nova esperança para um mundo tão castigado, deve ser protegida a todo custo.

— Você não pode fazer isso — Jaxon rosna para o pai.

Cyrus se afasta do microfone e se dirige ao filho com uma voz baixa e cheia de desprezo:

— Fique quieto, moleque. Você não vai gostar do que vai lhe acontecer se não obedecer.

— Eu não me importo com... — Jaxon começa a falar, mas para quando aperto a sua mão com força suficiente para quase lhe quebrar os dedos. Porque Hudson está tagarelando na minha cabeça, gritando para que eu contenha Jaxon, dizendo que tem outro plano.

Cyrus entende a hesitação de Jaxon como um sinal de aceitação e volta a se concentrar em sua plateia, dando sequência ao discurso, mas não estou prestando atenção em suas palavras.

— Espere — sussurro para o meu consorte. — Dê um segundo para que Hudson converse comigo.

— Hudson? — pergunta Jaxon, com a cara retorcida numa expressão de descrença. — Você vai acreditar nele? No soldadinho perfeito dos meus pais?

— Não é bem assim — eu o contradigo. Entretanto, quando Jaxon começa a discutir, ergo discretamente a mão para interrompê-lo.

— *Faça um desafio pela inclusão* — sugere Hudson. — *Faça isso em voz alta e mande constar nos registros.*

Inclusão? O que é isso?

— *Faça logo, antes que eles encerrem a assembleia. Você tem pouco tempo.*

— Espere — grito, e Cyrus se vira com um toque de fúria em seu rosto, em geral, plácido por ser desafiado abertamente.

Respiro fundo. Será que devo realmente confiar em Hudson?

— *Será que você tem escolha?* — retruca ele, irritado.

Não tenho. Assim, grito, tentando ser o mais clara possível.

— Faço um desafio pela inclusão.

E o salão fica estranhamente quieto quando digo isso. *Puta merda. O que foi que fiz?*

— *A única coisa que você podia* — responde Hudson, mas não está olhando para mim. Está olhando diretamente para o pai, com um sorriso malandro recurvando seus lábios, como se tivesse acabado de anunciar um xeque-mate antes que seu pai percebesse que estava no jogo.

— Inclusão? — indaga Cyrus por entre os dentes, me encarando como se quisesse me matar.

Aquela reação só serve para me empolgar.

— Sim — eu reforço. — Faço um desafio pela inclusão.

— E qual é o embasamento para isso? — questiona ele, enquanto os outros membros do Círculo se põem a trocar olhares.

E aí, Hudson? Qual é o embasamento?

— *O fato de que as gárgulas têm direito a um assento no Círculo e ocuparam um deles até serem todas exterminadas. Mas não use essa palavra, porque só vai deixar meu pai ainda mais puto.*

O quê? Inclusão é isso? Estou exigindo uma cadeira no Círculo? Não quero isso!

— *É isso ou viver para sempre na masmorra dos meus pais. Passei muito tempo lá e talvez seja bom avisar que não é o tipo de lugar onde alguém queira morar.*

— Qual é o embasamento? — Cyrus vocifera outra vez e, quando não respondo de imediato, ele abre um sorrisinho torto e se vira de volta para o público. — Inclusão neg...

— A lei diz que as gárgulas são uma facção governante como as outras do Círculo — eu lhe respondo. — Agora que uma gárgula existe novamente, tenho direito à representação. E, como sou a única gárgula que existe, eu o desafio pela inclusão.

Os outros membros do Círculo se entreolham de novo, e alguns deles (como os pais de Flint) concordam com meneios de cabeça. Até mesmo Delilah parece um pouco abalada.

— Você faz ideia do que é o desafio? — pergunta ele.

— É...

— *Uma Provação* — sopra Hudson.

— Uma Provação — replico. — Um teste pelo qual tenho que passar.

Merda, percebo. É disso que todo mundo estava me falando. A razão pela qual o Ludares foi criado.

No que você me envolveu?, pergunto a Hudson.

— É uma provação que ninguém pode fazer sozinho. Somente pares de consortes podem passar por ela — explica Cyrus. — Portanto...

— Que bom que ela tem um consorte, não? — intervém Jaxon, dando um passo à frente. — E nós estamos fazendo o desafio pela inclusão. Juntos.

Cyrus parece que vai explodir e matar nós dois em pleno palco, sem pensar nas consequências. Mas Imogen, uma das bruxas que integra o Círculo, se levanta.

— Eles devem ter o direito ao desafio! — exclama ela.

Seu consorte se levanta ao seu lado.

— Eu concordo.

— E nós também. — Nuri e seu consorte se levantam, também.

Não vai ser o bastante, digo a Hudson. *Não vai haver votos suficientes sem os lobos.*

— *Você tem direito a um lugar no Círculo por lei* — insiste Hudson. — *Isso não está sujeito a votação.*

— Por lei, uma gárgula tem direito a um assento no Círculo. Isso não está sujeito a debates nem a votação. — Encaro Cyrus nos olhos e percebo que ele planeja sua próxima ação com bastante cuidado.

— Está bem — concorda Cyrus, com a voz estalando de raiva e indignação. — Seu desafio procede. A Provação vai acontecer daqui a dois dias, na arena.

— *Diga que você precisa de mais tempo* — avisa Hudson, aflito. — *Você não pode se preparar em dois dias e...*

— Preciso de mais tempo — respondo.

Cyrus me encara com um olhar malicioso e rebate:

— Não há mais tempo. O Círculo não pode se dar ao luxo de ficar por aqui pelo tempo que o seu coração desejar. A Provação acontece daqui a dois dias, ou não acontece. Faça a sua escolha.

— Acho que nos vemos na arena, então — eu digo a ele.

Ele faz um sinal afirmativo com a cabeça, forçando a expressão a se neutralizar outra vez.

— Com certeza nos vemos.

Quando deixamos o palco, a plateia parece tão dividida quanto eu me sinto. Alguns alunos aplaudem e assobiam, enquanto outros sussurram por trás das mãos ou nos ignoram de propósito — o que é uma nova experiência para mim aqui em Katmere, mas que ao mesmo tempo me agrada bastante.

Quanto menos pessoas olharem para mim, melhor. Principalmente agora.

— *Bem, foi melhor do que eu esperava* — comenta Hudson.

— Estamos fodidos, não é? — pergunto.

Hudson e Jaxon respondem ao mesmo tempo:

— Exatamente.

Capítulo 92

SERÁ QUE TENHO MESMO DE ENGOLIR ALGO QUE ME FAZ VOMITAR?

— O que foi que eu fiz? — pergunto assim que saímos da cerimônia e vamos até a torre de Jaxon. O pânico é uma fera viva e pulsante dentro de mim, que faz minhas mãos tremerem e dá a impressão de que o meu cérebro vai explodir. — O que foi que eu fiz?

— *Está tudo bem* — Hudson se apressa em dizer. — *Você está bem.*

— Você concordou em competir na Provação — diz Jaxon. — Todos que entram no Círculo têm que competir. E vencer. É por isso que a Provação sempre é feita por um casal de consortes. Porque é perigosa. — Jaxon para durante um momento, mas em seguida continua a explicar. — É muito perigosa, Grace. E geralmente é mortal. Ninguém conquistou uma cadeira em mil anos. Você acha mesmo que ninguém tentou remover Cyrus antes?

— Claro que é perigoso — respondo. — Afinal, tem alguma coisa no seu mundo que não seja mortal?

— *Este é o seu mundo também* — Hudson me lembra e pelo menos desta vez não está falando com um tom cavalheiresco. Na verdade, parece até mesmo sinceramente preocupado.

E, pensando bem na questão, talvez seja isso que está me fazendo surtar deste jeito. Bem, isso e o fato de ter acabado de concordar em participar em uma versão paranormal e distorcida da edição com morte súbita de algum *reality show*.

— *Digo que talvez seja melhor você fazer parte do Círculo em vez de ser esmagada por ele.*

— Cale a boca — esbravejo para ele e estou tão irritada que acabo praticamente gritando isso. Em voz alta. — Foi você quem me colocou nessa situação.

— Eu? — Jaxon parece ofendido. — Estou só tentando *tirar* você dessa situação.

Nem me incomodo em explicar para ele que estou conversando com Hudson. Não quando tenho raiva suficiente para descontar.

— *E você fez isso se oferecendo para morrer comigo? Fico muito feliz por você pensar que está me ajudando.*

Agora ele parece bem bravo.

— Ah, então eu devia simplesmente ter deixado você enfrentar tudo sozinha quando posso ajudar? Somos consortes, você sabe. E isso não é só da boca para fora.

— A menos que você decida que não somos — retruco, bem ácida, e sei que é um golpe baixo. Mas ainda estou muito magoada pelo que aconteceu antes. Em seguida, para se juntar a toda essa questão da Provação, existe o fato de que a única ajuda durante o teste pode vir do meu consorte? O cara que acabou de me dizer que, pelo menos por um tempo, nem queria ser o meu consorte?

É como esfregar sal em uma ferida aberta. E, depois, espremer um limão e derramar vinagre sobre ela.

— Está bem, olhe aqui — intervém Macy. — Isso é ruim. Não tenho a menor dúvida. Mas temos muita coisa a fazer nos próximos dois dias e trocar farpas não deveria estar na nossa lista. Será que podemos simplesmente nos acalmar e pensar em um plano?

— Tenho quase certeza de que Cyrus já montou seu plano. — Suspiro e passo a mão pelos cabelos. — Que vai terminar me deixando acorrentada ou morta.

— Bem, isso não vai acontecer — diz Xavier, com as mãos nos quadris, como se estivesse pronto para entrar em batalha. — Não se pudermos agir.

— Será que alguém pode me dizer exatamente o que é essa Provação que vou fazer? Sei que o Ludares foi embasado nela, mas o que isso significa, exatamente?

— É basicamente um Ludares, mas sem regras. E sem as pulseiras de segurança. Sem limites e até a morte — explica Jaxon. — E, em vez de serem dois times com oito jogadores, são dois desafiantes contra oito campeões escolhidos pelo Círculo.

— Então, é um Ludares bombado? — arrisco, sentindo uma nova onda de terror me dominar. — E tenho que jogar sozinha?

— Com o seu consorte — lembra Jaxon. — Vou estar com você, Grace.

Eu suspiro. Por mais que esteja brava com ele — e estou muito, muito brava —, sei que é verdade. Jaxon nunca me deixaria na mão quando preciso dele. Em especial, quando há uma maneira em que ele pode me ajudar. E, quando me lembro disso, o que resta da minha raiva desaparece. Porque Jaxon sempre tentou fazer o que é certo por mim, mesmo que houvesse consequências piores posteriormente. E isso tem um peso muito maior do que todo o restante.

— Bem, temos dois dias para fazer com que Jaxon e eu estejamos em forma para a Provação — declaro, quando finalmente consigo pensar por entre o pânico. — Fantástico. Alguém tem alguma ideia?

É uma pergunta sarcástica, mas, a julgar pelos olhares contemplativos no rosto de todos os meus amigos, eles estão tentando respondê-la. Mais razões para eu adorar essas pessoas.

— Bem, acho que a gente deveria conversar sobre o fato de que precisamos tirar Hudson da sua cabeça antes que você entre naquele campo — sugere Flint. — Caso contrário, ele vai continuar drenando a sua energia e a de Jaxon. E aí vocês dois vão perder e podem até mesmo morrer.

— Ele tem razão — concorda Macy. — Precisamos tirá-lo daí assim que for possível.

— O que significa que temos que chegar até a Fera Imortal o mais rápido possível — conclui Jaxon. — Não podemos tirá-lo dali até conseguirmos a pedra do coração que a Fera protege.

— *De onde o meu irmão tirou essa vontade de morrer?* — resmunga Hudson. — *Vocês não precisam de uma pedra do coração. Só precisam me tirar daqui para que eu não force o elo entre consortes. E já têm tudo de que precisam para fazer isso.*

— Bem, neste caso, você não tem direito a voto — informo a ele, enquanto Jaxon e Flint começam a debater qual é a melhor maneira de matar o monstro.

— *É claro que não. E por que deveria ter, quando sou a parte mais afetada?* — Ele revira os olhos.

Ughh. Estou frustrada e assustada. E a última coisa de que preciso agora é do complexo de mártir de Hudson.

— *Complexo de mártir?* — Ele quase grita. — *Está me zoando? Sou a única razão pela qual você não está sendo acorrentada e levada para a masmorra dos meus pais. E você vem dizer que eu tenho um complexo de mártir? Está falando sério?*

Eu suspiro.

— Você não devia ter ouvido essa.

— *O plantão do noticiário informa: estou dentro da sua cabeça* — retruca ele, andando em frente à estante de livros de Jaxon. — *Eu ouço tudo. Cada pensamento irônico que você tem, eu ouço. Cada temor, eu vejo. Cada pensamento aleatório está bem no meio da minha cabeça, então sei que você está com medo. E entendo que não queira confiar em mim por causa do que todo mundo lhe falou. Mas será que, pelo menos por um minuto, você pode me fazer o favor de escutar o que digo? É só pensar com calma. Juro que estou tentando ajudar. Juro que é a única coisa que estou tentando fazer, Grace. Tudo que venho fazendo desde que voltei é tentar ajudá-la.*

Quero acreditar nele, de verdade. Quero tanto que até fico surpresa. Mas estou com medo. Cometi erros antes, confiei em pessoas em quem não devia ter confiado. Como o que aconteceu com Lia.

— *Não sou Lia* — ele me assegura. — *Nunca teria pedido uma coisa dessa. Eu nunca nem sonharia em fazer o que ela fez com você. O que aconteceu com Lia é um dos maiores arrependimentos da minha vida e, se eu pudesse voltar atrás, voltaria...*

— Voltar atrás em quê? — pergunto, chocada com a imagem tão torturada dele, com todo o remorso que demonstra. Em geral, são os dois últimos adjetivos que eu usaria para descrever Hudson.

— *Cometi um erro* — ele explica. — *Eu a provoquei um dia, um pouco antes de morrer. Disse que ela me amaria para sempre. Eu estava brincando, tirando sarro, mas...* — Ele balança a cabeça. — *Não posso fazer isso, porque o meu poder transforma isso em realidade. Eu sabia que não devia ter feito isso, mas esqueci por um segundo. E tudo isso aconteceu.* — Ele dá de ombros, impotente.

Tais palavras fazem com que entre em estado de atenção. Porque talvez Lia não fosse tão má quanto eu pensava. Talvez ela fosse apenas mais uma vítima do poder que está além do controle de alguém. É um pensamento difícil de engolir depois de tudo que aconteceu, então o guardo naquela pasta chamada "Merdas para as quais não tenho tempo hoje" e prometo a mim mesma que vou voltar a me preocupar com isso quando puder.

— *Estou tentando consertar o que posso* — garante ele. — *Eu juro, Grace. A última coisa que desejo fazer agora é machucar você ou qualquer outra pessoa. Você só precisa confiar em mim. E, se tentar matar a Fera antes da Provação, vocês vão morrer. Se não for por causa da Fera, vai ser pela própria Provação, quando chegar exausta na arena.*

Consigo sentir seu desespero e sua inquietação. E, apesar de tudo, acredito nele. E mais: percebo que já faz algum tempo que acredito nele.

— Isso não é verdade — anuncio ao grupo. — Temos os quatro artefatos. Podemos libertar Hudson agora mesmo. Isso nos daria dois dias para recuperar as forças e treinar duro. E assim podemos ter a chance de não morrer. É a melhor opção.

— Só por cima da merda do meu cadáver, porra — responde Jaxon, com gelo escorrendo de cada palavra proferida por entre os dentes.

Capítulo 93

TRAIÇÃO É UMA PALAVRA SUJA

— A melhor opção para quem, exatamente? — pergunta Flint, com o queixo retesado e os olhos ardendo. — Não para nós, com certeza.

— Estou com Flint — posiciona-se Éden. — Não podemos fazer isso. Não podemos soltar Hudson no mundo de novo com o seu poder de persuasão. Simplesmente não podemos.

— Entendo que vocês estejam com medo... — começo a dizer.

— Não estamos com medo — corrige Macy. — Estamos sendo práticos. Nós passamos por um período muito ruim com Hudson até que Jaxon e o restante da Ordem enfim encontraram um jeito de derrubá-lo. Não podemos nos arriscar a libertá-lo outra vez. Não há como justificar colocar as vidas de tantas pessoas em risco apenas porque é mais conveniente para nós.

— E por que temos que arriscar as nossas vidas? — pergunto. — Enfrentar a Fera Imortal não vai ser fácil. Alguém aqui pode morrer.

— Vale a pena — diz Xavier. Acho que nunca vi sua voz e olhos tão sérios.

— Morrer vale a pena? — repito, sem acreditar. — Está falando sério?

— Você sabe quantas pessoas ele matou? — questiona Mekhi. — Quantos lobos e vampiros transformados morreram por causa de Hudson? Isso porque ele achava que vampiros natos eram a espécie mais importante no planeta? O seu dom de persuasão é poderoso demais.

— *Não foi assim que aconteceu* — intervém Hudson e há um toque de urgência em sua voz. — *Já lhe contei, Grace.*

Uma lembrança da cena com o seu pai arranha a minha mente. *Por que todo mundo vive falando do seu poder de persuasão, mas não do fato de que você é literalmente capaz de destruir matéria com a própria mente? E a lembrança com o seu pai? Não quero ofender, mas o fato de que você é capaz de desintegrar coisas com um simples pensamento parece ainda mais assustador do que o poder de persuasão.*

— Porque eles não sabem disso. Ninguém sabe — responde ele, suspirando.
— Bem, exceto os meus pais. Mas meu pai acredita que é impossível usar esse poder. Que suas tentativas de ampliar o meu poder à força não funcionaram e simplesmente o deixaram dormente.
Por quê?
Seus olhos azuis se fixam nos meus, sem qualquer lampejo de emoção.
— Porque não havia mais nada que eu amasse que ele pudesse ameaçar.
O fato de que ele diz isso de um jeito tão simples e sem emoção alguma só piora a situação. Cada palavra me atinge como um disparo e sinto que afundo no sofá, sangrando lentamente.
Finalmente, eu sussurro, encaixando todas as peças do quebra-cabeça:
— Então, ele acha que, quando não conseguiu mais fazer você usar esse poder, ele simplesmente atrofiou?
Hudson confirma com um aceno de cabeça.
— Por que acha que ele me deixou sair da Corte Vampírica e vir estudar em Katmere? Eu não tinha mais utilidade alguma para ele.
Meu coração se despedaça pelo garotinho naquela lembrança. E pelo rapaz que está diante de mim, também. Mas não tenho tempo para analisar os meus sentimentos agora. Preciso convencer todo mundo de que o diabo que eles temem não existe.
Nem me incomodo em responder a Mekhi. Em vez disso, peço ao grupo:
— Têm certeza de que conhecem toda a história? Sei no que vocês acreditam, mas já pararam para perguntar por que ele fez o que fez? Já pararam para pensar se havia alguma razão que justificasse tudo?
— Razão para justificar assassinatos? — Jaxon me encara, apertando os olhos. — Você está começando a acreditar nas mentiras que ele está lhe contando, Grace. Sabe que não pode confiar nele.
— Eu não sei disso — respondo, balançando a cabeça negativamente.
— E se nós o trouxermos de volta e ele estiver planejando começar sua cruzada maligna outra vez? — pergunta Gwen. — Como vamos conseguir nos olhar no espelho?
— Sim, porque é exatamente isso que estou fazendo. Faz meses que venho planejando como destruir o mundo. Quem eles acham que eu sou? O Dr. Evil?
Eu o ignoro porque sei que só tenho alguns minutos para encontrar uma resposta, ou eles vão continuar tocando o plano em frente, sem se importarem com o fato de eu querer que façam isso ou não. Assim, olho para cada um e tento explicar.
— Cyrus estava organizando um exército de vampiros transformados e outras criaturas para começar outra guerra. Hudson só estava tentando impedir uma catástrofe ainda maior. Não estou dizendo que concordo com

os métodos dele, mas acredito quando ele diz que estava fazendo a coisa certa. Ele só fez com que os aliados de Cyrus se voltassem uns contra os outros.

Flint me olha como se eu o tivesse atropelado com um caminhão.

— Você está culpando o meu irmão pelo que Hudson fez? — Nunca tinha visto Flint realmente bravo antes e, quando ele se ergue até sua estatura de dragão, espero que nunca mais o veja assim. Ele não está me ameaçando, mas... está possesso. — Ele está lhe dizendo que a minha família estava alinhada com aquele megalomaníaco do caralho?

— *O seu irmão estava, quase com certeza* — responde Hudson, mas eu o ignoro. — *Tinha um humor horrível e detestava estar cercado por humanos.*

— Não é isso que estou dizendo, Flint. — Tento acalmá-lo. — Mas eu estou dizendo que pode haver mais detalhes nessa história do que vocês sabem. Acredito nele. Isso não conta para alguma coisa?

— Você não sabe do que está falando — Jaxon enfim dá a sua opinião.

— Como é que é? — Eu o encaro. — O que você quer dizer com isso?

— Hudson está sussurrando na sua cabeça, tentando enganar você...

— Você realmente acha que sou boba desse jeito? Que não conheço a minha própria mente? — pergunto.

— Acho que você é humana...

— Mas não sou somente humana, sou? — rebato. — Pelo menos, não mais do que o restante de vocês. Então, por que a minha opinião tem menos importância?

— Por que você não estava aqui quando as coisas aconteceram — responde Jaxon e parece exasperado. E isso não tem problema algum para mim, porque estou bem mais do que exasperada a esta altura. Mas isso parece não ter importância para ele. Ou porque não sabe que me ofendeu, ou porque simplesmente não se importa. E nenhuma dessas opções é aceitável, na minha opinião. — Você não passou pelo que nós passamos.

— Talvez não, mas nenhum de vocês viu o que eu vi, também. Hudson está dentro da minha cabeça há uma semana e meia, o tempo inteiro. Vocês acham que não sei quem ele é agora? Acham que não consigo reconhecer um psicopata quando vejo um?

— Não importa se você acha que ele é inocente — diz Flint. — O risco é grande demais. Não podemos deixar que ele volte com seus poderes. Quem sabe o que ele vai fazer depois?

— Então, você acha que temos o direito de sermos juízes e jurados? — pergunto. — Acho que ele merece uma chance.

— A verdade, Grace, é que a sua opinião não tem importância — diz Jaxon. — Porque você está em desvantagem. São sete votos contra um.

Por vários segundos, fico olhando para ele sem acreditar. Depois, olho ao redor da sala para ver se alguém mais acha que ele parece agir de um jeito tão autocrático quanto acho. Mas todos simplesmente me olham de maneira solene. E isso só me deixa mais irritada.

Respiro fundo e tento me acalmar o bastante para agir de maneira racional. E isso é bem difícil quando todos os meus amigos me olham como se eu estivesse sendo ridícula. E pior, como se eu não fosse uma paranormal.

Mas não fico surpresa pela opinião deles. Não mesmo. Se eu tivesse passado pelo que eles passaram, provavelmente sentiria o mesmo em relação à aluna recém-chegada na escola que quer libertar o psicopata que lhes causa pesadelos. Mesmo assim, fico muito magoada por Macy e Jaxon — Jaxon — estarem contra mim em uma questão tão importante.

Meu coração está se partindo e luto para conter as lágrimas, quando solto as palavras, com a voz engasgada:

— Você não vai nem pensar no que estou lhe dizendo, Jaxon? Não vai nem tentar enxergar pelo ponto de vista da sua consorte?

Jaxon parece se sentir tão mal quanto eu quando segura minhas mãos e as puxa para junto do peito.

— Eu amo você, Grace. Você sabe disso. — Suas palavras saem cruas e torturadas, como se arrancadas do fundo do seu coração. — Mas não posso lhe dar isso. Qualquer outra coisa, menos isso. — Ele olha para mim e percebo uma umidade em seu olhar que se parece muito com lágrimas antes que ele continue: — Não posso me dar ao luxo de pensar só em mim. Ou na minha consorte. Minha responsabilidade é manter todos em segurança. As vidas deles estão nas minhas mãos. Como você pode pedir que eu escolha?

— Porque estou certa, Jaxon. — Encaro os meus outros amigos. — Sei que não acreditam em mim, mas estou certa. Sei que Hudson nunca mais vai machucar ninguém.

— E se você estiver errada? — indaga Xavier. — E aí?

— Eu não estou errada — garanto a ele, quando olho para Jaxon e coloco a minha última carta na mesa. — E se eu disser que não vou voar nas costas de Flint até essa ilha mítica no Ártico com vocês? — pergunto, com a voz baixa. — E se eu não quiser ir?

— Então, nós vamos sem você. — Jaxon engole em seco, mas não desvia o olhar. — Isso é mais importante do que qualquer pessoa. Até mais do que você, Grace.

Sinto a dor tomar conta de mim, ameaçando me sufocar. E não faço a menor ideia do que posso dizer. Porque não há como resolver esse dilema, nenhuma maneira de encontrar um meio-termo, apesar de o risco ser mortal.

Ou talvez justamente porque o é. Não sei mais.

Não tenho certeza de mais nada. Apenas que é impossível fazer Jaxon mudar de ideia.

Não neste caso.

As lágrimas escorrem pelo meu rosto.

Pobre príncipe relutante.

Pobre garoto bonito.

Eu olho ao redor e vejo as expressões fechadas nos rostos dos meus amigos. Percebo que sou voto vencido. Não vou conseguir fazer com que mudem de ideia. E, se eu virar as costas agora, se me recusar a ir com eles porque sei que estão errados, vou diminuir suas chances de vitória... e pior ainda, de sobreviver, quando enfrentarem a Fera Imortal.

Saber disso me fere de uma maneira que poucas coisas já me feriram antes, e a única coisa que sinto vontade de fazer é gritar.

E é neste momento que ouço Hudson dizer nas profundezas da minha mente.

— Está tudo bem, Grace. Seja lá o que você decidir, está tudo bem.

Você não está falando sério, digo a ele.

— Se for para você parar de chorar, então pode ter certeza de que estou falando sério — responde ele. — *Isso não é algo que você pode consertar. É simplesmente algo que você vai ter que aguentar. Aconteça o que acontecer, não vou culpá-la. Prometo.*

Não é justo, eu digo a ele. *Não é justo o que eles vão fazer com você.*

O riso de Hudson, quando surge, é algo como se saísse direto de alguma tragédia.

— *A vida não é justa, Grace. Pensei que você soubesse disso melhor do que qualquer outra pessoa.*

Desculpe, peço a ele quando as lágrimas rolam pelo meu rosto.

— *Não peça desculpas* — responde ele. — *Você não tem culpa por nada.*

O fato de que ele tem razão não faz com que eu me sinta melhor. Na verdade, só faz com que me sinta ainda pior, mesmo enquanto ergo a mão para tocar o rosto de Jaxon para que ele saiba que entendo. Para que ele saiba que sinto o peso do mundo que ele carrega nas costas e que não vou fazer esse peso aumentar. Não agora, não por causa disso.

— Tudo bem — sussurro, embora eu saiba, no fundo, que estou fazendo a coisa errada. — Vou com você. Mas você vai ter que me prometer uma coisa.

— Tudo que você quiser — responde ele, quando suas mãos se fecham ao redor das minhas.

— Se conseguirmos pegar a pedra do coração e sobrevivermos, você tem que me prometer que vamos conversar de novo sobre isso antes de usá-la.

Você tem que me prometer que vai me dar mais uma chance de fazer você mudar de ideia.

— Você pode ter quantas chances quiser — responde Jaxon, quando leva a minha mão até os lábios. — Não vou mudar de ideia, mas vou escutar o que você tem a dizer. Sempre vou escutar, pelo menos, Grace.

Não é o bastante. Nem chega perto de ser o bastante. Mas isso é tudo que ele pode me dar. Então, nada me resta a não ser aceitar e esperar por um milagre.

Capítulo 94

ÀS VEZES, O COPO ESTÁ REALMENTE
MEIO VAZIO

— Tenho uma má notícia e uma pior ainda. Qual vocês querem primeiro? — diz Xavier na noite seguinte, assim que entra na torre de Jaxon. Infelizmente, não há nenhum traço de humor em seu rosto quando ele pergunta isso.

— Está falando sério? — Macy revira os olhos. — Se as coisas estão tão ruins assim, conte logo.

— Tá legal, vamos começar pelas más notícias. — Ele passa a mão pelo rosto, como se estivesse pronto para dizer algo muito ruim. — Estava dando uma volta pela escola e não há a menor chance de sair do campus esta noite.

— Como assim? — questiona Jaxon. — Nós temos que sair do campus. Precisamos encontrar a pedra do coração ainda esta noite ou não vamos conseguir libertar Hudson antes da Provação.

— Como se eu não soubesse, não é? — responde Xavier. — É por isso que disse que essa é a má notícia.

— Tem de haver um jeito — diz Flint. — Os túneis...

— Acabei de passar por lá — responde Xavier. — Mandaram fechar tudo e colocaram umas porras de uns guardas armados em cada saída.

— Armados? — pergunto, ficando preocupada com a possibilidade de haver armas aqui em Katmere. — Armados com o quê?

— Magia — responde Jaxon em voz baixa. — É tudo de que precisam.

— E as ameias? — pergunta Macy. — Os dragões e Grace podem subir até a torre e voar de lá.

— Há guardas lá também. Um monte deles — diz Xavier, encostando-se na parede e deslizando até o chão. — Estamos fodidos.

— Não podemos estar fodidos — diz Flint. — Temos que fazer isso, então vamos dar um jeito de descobrir um jeito e acabar logo com isso.

— É o que estamos tentando fazer, dragão. Você tem alguma outra sugestão ou vai só ficar reclamando? — pergunta Mekhi.

— Não ouvi você dar nenhuma sugestão melhor, vampiro. E eu estava só tentando enfatizar a dificuldade.

Mekhi fecha a cara.

— Já sabemos qual é a dificuldade. Por isso, diga algo de útil ou cale a boca. Não dá para ficar perdendo tempo.

Flint coloca a mão em concha junto da orelha e finge que está escutando com bastante atenção.

— E qual era o seu plano mesmo?

— Pode nos dar o restante das más notícias? — indago, esperando interromper os insultos antes que uma briga comece aqui na torre de Jaxon.

— Como assim? — pergunta Éden de uma das pontas do sofá.

— Xavier disse que tinha notícias ruins e notícias piores.

A sala fica em silêncio enquanto o fitamos.

— Então... quais são as outras más notícias? — reitero a questão.

— Ah. Ouvi dizer que o Círculo havia convocado campeões para jogar em seu lugar, alguns dos maiores guerreiros do mundo. Mas o seu tio Finn bateu o pé. Disse que, se Cyrus tinha colhões para aceitar um desafio, então ele deveria lutar por conta própria.

A acidez do meu estômago se multiplica, e solto um gemido frustrado.

— Isso não é simplesmente uma má notícia. É uma notícia horrível, insana, praticamente uma sentença de morte.

— Ah, desculpe. Essa não *é* a má notícia. Ao que parece, o rei se caga de medo de encarar Jaxon no campo, por um bom motivo. E por isso mesmo insistiu que haja campeões. E o seu tio concordou... mas têm que ser alunos de Katmere.

Bem, essa é uma notícia realmente ruim. Não quero lutar pela minha vida contra outros adolescentes. Mas pelo menos não vamos ter que combater os pais de Jaxon. Ou a mãe de Flint, que é de meter medo.

— Quem ele escolheu, então? — E fala com um tom tão preocupado quanto me sinto.

— Cole foi o primeiro a concordar — responde ele. — E está com sangue nos olhos.

Sinto um peso no estômago. Por que sempre tem de ser Cole? Nunca fiz nada contra aquele babaca... pelo menos, não de propósito. E ele está tentando me atingir desde o momento em que cheguei aqui. Nunca desejei o mal para ninguém antes — exceto para Lia, mas ela estava tentando me matar —, mas fico muito triste por ter impedido Jaxon de dar um fim em Cole quando ele teve a chance.

Jaxon se limita a balançar a cabeça e parece enojado. E tenho noventa e nove por cento de certeza de que ele está pensando no mesmo que eu.

Mas a única coisa que ele pergunta é:

— Quem mais?

— Ele escolheu Marc e Quinn como seus lobos extras. E...

— São três lobos — interrompe Mekhi. — Por que ele precisa de três no time?

Xavier o encara como se Mekhi não estivesse prestando atenção.

— Você conhece algum vampiro na escola que acha uma boa ideia estar num time cujo único propósito é deixar o rei levar Grace de volta à sua masmorra, separando Jaxon Vega de sua consorte?

— É... tem razão — concorda Mekhi.

— E as bruxas? — indaga Macy, com os dedos se retorcendo com nervosismo na barra do blusão.

— Pelo que eu soube, vão ser Simone e Cam, com certeza. Ninguém sabe ainda se vão ser as bruxas ou os dragões que vão chegar com um terceiro jogador, também. Os boatos estão só crescendo.

— Eu sabia. — Macy agita a mão e uma fileira inteira de livros cai da estante mais próxima. — Aquele traidor. Quando eu o destruir, Cam vai estar coberto de piolhos, espinhas e um caso sério de peste bubônica. Que babaca. Sabia que ele tinha ficado bravo quando terminamos, mas agir desse jeito é coisa de canalha.

— Os dragões são tão ruins quanto esses — continua Xavier. — Os dois escalados são Joaquin e Delphina.

— Delphina? Sério? — Flint parece um pouco nauseado enquanto pensa naquilo, o que faz com que o meu estômago já embrulhado comece a dar piruetas. Se isso continuar, juro que vou acabar vomitando no meio da nossa reunião. Não sei quem é Delphina, mas, se ela pode causar esse tipo de reação em Flint, vou ficar muito feliz se jamais tiver de conhecê-la.

— E as porradas continuam chegando — rosna Éden. — Será que podemos voltar ao assunto mais urgente? Como vamos conseguir sair de Katmere se todas as saídas estão bloqueadas?

— Tem que haver uma saída que eles não estão vigiando — eu digo. — Tem que haver.

— Se houver, não sei onde ela fica.

— Bem, então, qual é a vantagem de estudar em uma escola num castelo mágico? — reclamo, jogando as mãos para cima.

— Não há nada de "mágico" no castelo em si — pontua Jaxon, com um tom de voz calculado para me acalmar. — Só as pessoas que estão nele.

— Bem, isso não é tecnicamente verdade agora — diz Macy, erguendo o corpo como se o seu cabelo estivesse pegando fogo. — Meu Deus, acho que sei o que podemos fazer.

Capítulo 95

VIRE NA SEGUNDA ESTRELA À DIREITA E SIGA RETO ATÉ CHEGAR À SIBÉRIA

— Estamos quase lá — anuncia Macy, enquanto andamos em fila indiana pelo corredor do alojamento. Flint, Jaxon e Xavier conversam em voz alta e brincam, tentando agir como se fosse totalmente normal para nós todos estarmos andando juntos pelos corredores às onze da noite. E metade do grupo leva mochilas nas costas.

É um belo espetáculo, mas a verdade é que tenho a impressão de que qualquer membro do Círculo que visse esses oito adolescentes juntos ia saber que há um problema. E provavelmente é por isso que o restante de nós está caminhando como se estivesse com medo da própria sombra.

Bem, exceto Éden. Ela parece estar pronta para socar qualquer um que olhe para nós duas vezes. Por outro lado, quanto mais tempo passo junto dela, mais percebo que é o seu *modus operandi*.

Meu estômago está se revirando, em parte pelo medo de ser apanhada, mas também pelo nervosismo sobre ter de enfrentar a Fera Imortal e porque Hudson ficou em silêncio. Ele nunca fica quieto e sei que ele deve estar umas duas ou três vezes mais nervoso do que eu. Afinal, ou ambos vamos morrer, ou metade de quem ele é não vai mais existir depois de hoje. E me recuso a me concentrar em qualquer um desses resultados.

Mesmo assim, tento não demonstrar meu nervosismo e acho até que estou fazendo um trabalho razoável, porque Jaxon não parece muito mais preocupado do que o habitual — assim como Macy também não.

— Certo, chegamos — avisa a minha prima, quando paramos diante da porta amarela que leva à sua passagem secreta. Ela agita a mão e sussurra o mesmo feitiço que usou da última vez. Depois, nós entramos.

O lugar é tão legal quanto me lembro, com adesivos, joias e pedras preciosas para indicar o caminho. Todos parecem pensar na mesma coisa, porque, apesar das circunstâncias, há várias exclamações de surpresa e admiração.

— Não acredito que você conseguiu manter este lugar em segredo — comenta Éden, quando se abaixa para examinar um adesivo que diz que "a vida é uma bruxa, e aí você voa". — Incrível.

Macy dá de ombros.

— Não sei bem. Descobri este lugar quando era criança e é o meu lugar secreto desde então. Eu costumava me esconder do meu pai aqui dentro quando chegava a hora de ir para a cama.

— Bem, no meu caso, planejo vir a este lugar muito mais vezes quando o Círculo se mandar de Katmere — diz Xavier, piscando o olho para Macy. — É muito legal.

— Seria legal ter um adesivo ou dois sobre dragões — sugere Éden ao passarmos por uma das curvas.

De repente, Xavier se aproxima de Macy e dá uma lambida em sua bochecha. Ela solta um gritinho e o empurra, e basta uma olhada ao redor para saber que todo mundo está com a mesma sensação que eu: duvidando do que acabamos de ver com nossos próprios olhos.

Mas Xavier apenas dá de ombros e aponta para um adesivo logo acima da cabeça dela.

— Eu só estava seguindo ordens.

Eu me aproximo e vejo que ele diz: *Desenvolva um gosto pela religião: basta lamber uma bruxa*, e não consigo reprimir uma gargalhada. Macy e Éden riem logo depois de mim, sendo seguidas rapidamente pelos demais. Xavier, aquele pateta, parece muito contente consigo mesmo, embora eu não saiba se é porque ele conseguiu diminuir toda aquela tensão ou porque conseguiu lamber Macy e não levou um soco em resposta.

Os últimos resquícios da tensão somem completamente conforme descemos pelo corredor até que ele termina em uma escada curta, bem diante de um alçapão no alto da parede.

— Próxima estação: planetário — diz Macy, quando vai até a frente do grupo e sobe pela escada. Segundos depois, ela abre a portinhola e sobe alguns metros antes de desaparecer com um grito alto e esganiçado.

Xavier sobe rapidamente a escada, indo atrás dela.

— Macy? Você está bem? — De repente, ele cai no buraco também, embora o barulho seja mais parecido com um urro do que com um gritinho.

O restante de nós fica se entreolhando como se nos perguntássemos "quem é o próximo?", mas ninguém se aproxima da escada. Encarar a Fera Imortal é moleza. Mas passar por um buraco na parede... talvez nem tanto.

Após certo tempo, Éden revira os olhos e murmura:

— Ah, mas que diabos. — Logo depois, sobe pela escada bem rápido, dois degraus de cada vez. Um pouco mais cautelosa do que os outros dois, ela se senta no alto da escada e enfia os pés pelo alçapão, em vez de entrar de cabeça. Segundos depois de desaparecer, ouvimos um baque suave do outro lado da parede, seguido por outro grito um pouco mais alto.

— Acha que ela caiu em cima de Xavier? — pergunta Mekhi, com as sobrancelhas erguidas.

— Só pode ser — responde Jaxon.

Jaxon parece determinado a não ir antes de mim, então sou a próxima a subir a escada. Passo os pés pelo buraco, assim como Éden fez e, em seguida, fecho os olhos e aviso:

— Estou chegando. — Antes de me deixar cair na escuridão.

Meus pés batem numa superfície de madeira sólida e não num lobisomem, graças a Deus. Mas está tão escuro que não consigo enxergar a mais de dois centímetros à minha frente. Mesmo assim, aproveito para dar uns passos para longe do buraco sobre a minha cabeça, mas, depois disso, fico tateando os bolsos em busca do meu celular, enquanto chamo pela minha prima.

— Estou aqui. — responde ela, um pouco sem fôlego. E, quando finalmente consigo abrir o aplicativo da lanterna e aponto para o rosto dela, é difícil não perceber que seu batom está borrado por todos os cantos. Parece que Xavier encontrou outros lugares para colocar a boca e a língua além da bochecha de Macy.

Faço um gesto para que ela limpe a boca assim que Jaxon passa pelo buraco e pousa como um gato ao meu lado, praticamente sem fazer som algum. Flint passa logo a seguir, gritando como se estivesse em alguma montanha-russa na Disneylândia. Mas, pensando bem, quando ele não está gritando como se estivesse em alguma montanha-russa na Disneylândia?

Mekhi é o último a passar pelo buraco. Em seguida, com as lanternas em punho, estamos andando a esmo pelo escuro, à procura de um interruptor.

Xavier ativa o interruptor para iluminar a gigantesca abóbada estrelada acima de nós. De repente, todas as constelações giram sobre as nossas cabeças e é estranhamente legal estar neste salão, com estas pessoas, conforme todas as estrelas flutuam sobre nós.

É algo que me faz lembrar da noite em que Jaxon me beijou pela primeira vez, quando me levou para as ameias a fim de observar uma chuva de meteoros. Olho para ele, sentindo um calor agradável por dentro, e percebo que já está me fitando de volta, com um sorriso suave iluminando os planos e ângulos firmes do seu rosto. Então, quer dizer que não sou a única que está se lembrando daquela noite.

— E, então, vai nos dizer por que estamos no planetário, Macy? — pergunta Flint.

Ela abre um sorriso enorme.

— Bem... Eu estava praticando a abertura de portais com o sr. Badar, o nosso professor de astronomia lunar, porque imaginei que poderíamos precisar de um deles para voltar ao campus depois da viagem ao Cemitério. O sr. Badar mostrou como se constrói um portal para sair do campus em vez de somente retornar e assim construiu este aqui... — Ela abre os braços, como se estivesse revelando um truque de mágica. — E o deixou aberto para que eu pudesse voltar e estudá-lo!

— É isso aí, Macy. — Flint levanta a mão para um "toca aí", e agora todos estão sorrindo.

— O único problema é que os portais tendem a se mover alguns centímetros com a rotação da terra, então este aqui pode ter se movido. Da última vez em que o vi, ele estava daquele lado — conta Macy, apontando para um canto do salão.

Eu me viro e dou alguns passos para trás para poder olhar ao redor do telescópio e identificar o lugar para o qual ela está apontando e, em seguida, grito quando sinto que estou caindo, caindo, caindo sem parar pela segunda vez em menos de uma semana.

Capítulo 96

BOTANDO AS PRESAS PARA FORA

Não importe o quanto eu tente me endireitar e não cometer os mesmos erros desta vez, acabo caindo de cara no chão. E percebo que cair deste jeito dói muito mais do que despencar de um alçapão no palco do planetário, além de me deixar totalmente sem fôlego.

Ainda assim, me arrasto um pouco no chão, tentando sair de baixo do portal antes que outra pessoa caia em cima de mim. E, com certeza, ainda nem consegui encher os pulmões direito antes de Jaxon pousar em pé, logo ao meu lado. Que cafajeste.

— Você está bem? — pergunta ele, agachando-se ao meu lado.

Faço um sinal afirmativo com a cabeça.

— Algum dia desses você vai ter que me ensinar a fazer isso sem quase morrer — digo, tentando encher os pulmões.

Ele sorri.

— Vou ver o que posso fazer.

Segundos depois, o portal cospe Macy, e ela também pousa de pé. Não é um pouso tão perfeito quanto o de Jaxon, mas fazer isso seria quase impossível. Tenho quase certeza de que o pouso na lua deu mais trabalho.

Dou uma olhada em volta e percebo que estamos na floresta, um pouco depois dos chalés. Seria ótimo se eu conseguisse enxergar mais, enquanto espero o restante dos meus amigos passarem pelo portal, mas está escuro e não há muito mais coisas para ver.

Quando todos chegam, Flint e Éden se transformam em dragões. Flint baixa a cabeça e estou prestes a subir nas costas dele do jeito que ele me mostrou — para a irritação de Jaxon —, quando, de repente, nos vemos cercados por cerca de vinte guardas do Círculo com uniformes negros. E vários deles já se transformaram parcialmente em suas formas de dragão ou lobisomem.

Os outros — vampiros e feiticeiros — estão perfilados ombro a ombro com os primeiros. E cada um deles nos encara de um jeito bem sério.

— Vocês vão ter que vir conosco — anuncia o guarda de aparência vampírica que tem o maior número de faixas no ombro.

Jaxon dá um passo à frente e o encara com uma expressão sardônica.

— Você sabe que isso não vai acontecer, Simon.

O fato de que Jaxon sabe o nome do guarda me surpreende... Até eu lembrar que aqueles são os guardas do seu pai.

— O rei deu ordens para que qualquer um que tente sair do campus seja detido e levado imediatamente à sua presença.

— Meu pai não tem o direito de tomar decisões como essa em Katmere e você sabe disso, Simon. O Círculo não manda nesta escola.

Jaxon dá outro passo para a frente, bloqueando os guardas de nós o quanto pode, enquanto me mantém também firmemente atrás de si.

— Sim. Mas minhas ordens vêm do seu pai e vou cumpri-las. Ele achou que você e a sua consorte teriam medo de aparecer amanhã e é por isso que estamos passando a noite inteira de olho na escola. E aqui estão vocês.

Ele não termina a frase com *como os covardes que são*, mas o tom da sua voz já comunica isso por ele.

— Não estamos fugindo — argumenta Jaxon com o tom mais razoável que já ouvi em sua voz. — Viemos treinar para a Provação de amanhã. Minha consorte estava nervosa e queria mais uma sessão de treinos.

— Bem, tenho certeza de que o rei vai entender quando você se explicar a ele — diz Simon. — Mas você vai explicar isso a ele hoje mesmo.

Aquela voz é afiada e totalmente determinada, mas não é isso que está deixando a minha respiração presa no peito nem fazendo o meu sangue gelar.

É a malícia nos olhos dele; é óbvio que faz tempo que Simon espera um momento como este e não é uma conversa que vai fazê-lo recuar. O que significa que vamos ser levados à presença do rei antes de conseguirmos a pedra do coração, ou então estamos prestes a entrar em uma briga. Nenhuma dessas opções é indicada no momento, especialmente aqui, tão perto da escola e com os cento e poucos guardas que o Círculo trouxe consigo.

— *Você precisa se transformar* — afirma a voz de Hudson, alta e aflita, de algum lugar dentro de mim. — *Vai haver uma luta e você fica vulnerável demais na forma humana.*

Se eu me transformar agora, vou tirar o elemento-surpresa de Jaxon.

— *Jaxon é capaz de cuidar de si mesmo, assim como os outros. Se você não se transformar agora, vai ser tarde demais.*

Meus amigos e eu conversamos sobre isso na noite passada: o que deveríamos fazer se fôssemos apanhados dentro da escola. Jaxon foi inflexível;

nós devíamos deixá-lo para trás. No entanto, agora que temos de tomar essa decisão, não me sinto capaz de fazê-la. E uma olhada nos rostos dos outros — especialmente no de Mekhi — me diz a mesma coisa. Não vamos a lugar algum sem Jaxon.

E assim, quase faço o que Hudson sugere. Pego o cordão de platina e o seguro gentilmente entre os dedos. Não fecho a mão ao redor dele, mas me preparo para fazer isso em uma fração de segundo.

— *Transforme-se, droga.* — Hudson está agoniado agora. — *Você não conhece o meu pai. Você não sabe do que ele é capaz de...*

Dá para você ficar quieto? Não consigo ouvir o que está acontecendo com essa gritaria na minha cabeça. Me dê um minuto para pensar, está bem?

— Simon, nós dois sabemos que isso não vai terminar bem para você nem para o seu bando de brinquedinhos valentões. — A voz de Jaxon estala como lenha seca. — Ou seja, você tem duas escolhas. Você pode dar meia-volta e fingir que não nos viu treinando aqui.

Jaxon ergue a mochila como prova dos nossos treinos noturnos.

— Ou você pode levar uma surra. Qualquer que seja a sua escolha, não faz diferença para mim. Mas vai ser uma dessas duas opções. Por isso, pare um momento, converse com a sua turma e me diga o que vocês decidiram.

Dois outros guardas riem, um som que é imediatamente sufocado, quando eles percebem que são os alvos do olhar gelado de Jaxon. Mas, sendo supersincera, fico chocada por eles conseguirem olhar nos olhos de Jaxon. Sou a consorte dele e, se algum dia ele me olhasse desse jeito, acho que eu morreria.

No começo, parece que eles vão recuar. Alguns dos guardas vacilam onde estão; outros desviam o olhar em vez de encarar Jaxon. E um terceiro grupo — feiticeiros, todos eles — afasta as mãos dos coldres das varinhas, um sinal claro de que não estão dispostos a entrar numa batalha completa esta noite.

Mas em seguida algo acontece — o estalo de um graveto na floresta, um movimento súbito de Flint em sua forma de dragão logo atrás de mim, uma ligeira mudança de posicionamento nos pés de Jaxon para que ele possa me proteger um pouco mais inteiramente. Não sei; provavelmente nunca vou saber. Mas, do nada, um dos guardas que está na beirada do círculo pula em cima de Mekhi, transformando-se em pleno ar.

Jaxon me empurra para junto de Flint — para me proteger, eu acho — e em seguida avança para interceptar o guarda. Mas Mekhi está do lado oposto do grupo, e a fração de segundo que ele precisou para me empurrar para junto de Flint lhe custou caro. E pior, custou caro a Mekhi também, pois Jaxon chega meio segundo atrasado quando o guarda enfia as presas de lobisomem na garganta de Mekhi, buscando a sua jugular.

Capítulo 97

ALGUÉM VAI BEIJAR A LONA

Macy grita quando Jaxon arranca o lobo da garganta de Mekhi e, por um segundo ou dois, o tempo parece congelar. Mas é então que começa o inferno.

Mekhi cai de joelhos com as mãos no pescoço, enquanto o sangue jorra no chão ao seu redor.

Fico desesperada para alcançá-lo, porém, toda vez que tento avançar, Flint me cerca com a sua cauda — minha armadura dracônica pessoal — e me segura com força, enquanto dispara jatos de fogo sobre o contingente de guardas que corre em sua direção. Mas não sou mais a Grace fraca e humana e, enquanto ele está ocupado fritando um dos lobisomens, seguro no meu cordão de platina com toda a força.

— *Vá até Mekhi* — ordena Hudson. Ele surge atrás de mim quando termino de me transformar. — *Ainda podemos salvá-lo, mas tem que ser agora.*

Nem questiono. Não em relação a isso e especialmente quando o tempo é tão precioso. Em vez disso, salto no ar e começo a voar para me desvencilhar da cauda de Flint.

Ele está ocupado demais para perceber, ou então confia em Grace, a Gárgula, muito mais do que confia na minha forma humana. De qualquer maneira, não vem atrás de mim conforme eu voo diretamente para cima, me posicionando longe da pancadaria.

Há sangue e destruição por todos os lados. Galhos quebrados cobrem o chão, várias árvores foram arrancadas do chão ou estão em chamas, e pessoas e animais estão engalfinhados em combates corpo a corpo ou largados no chão, feridos e atordoados.

Um rápido exame da área me mostra que Mekhi é o único do meu grupo que está ferido, por sorte. Corro até onde ele está, agachando-me ao seu lado e cercando-o com as minhas asas, conforme o combate continua à nossa volta.

De soslaio, vislumbro Jaxon tentando chegar até nós, mas há guarda após guarda tentando segurá-lo, lutando contra ele, tentando rasgá-lo em dois. Eles não estão tendo muito sucesso; meu consorte é poderoso demais para isso, mas conseguem retardá-lo. E cada segundo que eles conseguem atrasá-lo pode custar a vida de Mekhi.

— *Nada disso* — Hudson afirma para mim. — *Nós vamos salvá-lo.*

— Como? — indago ao pressionar a garganta de Mekhi, na tentativa vã de estancar o sangramento. Estou disposta a fazer o que ele quiser, mas não sei o que podemos fazer. Mekhi já perdeu muito sangue. Sei que ele não é humano, mas não consigo acreditar que tenha lhe sobrado muito tempo de vida.

— *Quebre um pedaço da sua pedra* — orienta Hudson.

— Um pedaço da minha pedra? — repito, mirando os pedaços grossos de pedra da qual o meu corpo é constituído agora. — E como eu faço isso?

Mekhi engasga e me segura, fechando a mão ao redor do meu braço e apertando com força. No início, tenho a impressão de que ele mesmo está tentando quebrar um pedaço das minhas pedras, mas percebo que ele está balançando a cabeça e sussurrando não, não, não enquanto fica com uma aparência cada vez mais abatida.

— Preciso fazer isso, Mekhi — eu digo a ele. — Senão você vai morrer.

Ele balança a cabeça outra vez e continua dizendo não, mesmo quase sem fôlego e começando a sufocar com o próprio sangue.

— Não estou entendendo — informo a Hudson, quase chorando enquanto tento encontrar um ponto de equilíbrio entre o que Mekhi quer e o que sei que é a atitude certa a se tomar.

— *É porque você é a consorte de Jaxon* — explica Hudson com a expressão bem séria. — *Ele sabe que algum dia você vai ser a rainha. E, mesmo sendo amigos, ele não pode permitir que você sacrifique um pedaço de si por ele. É uma questão de etiqueta, regras muito antigas que não importam até chegarmos a uma situação como esta.*

— Fodam-se as regras antigas — falo, enquanto ergo a mão e quebro um pedaço do meu chifre. Deus sabe o quanto odeio essas porcarias.

Mekhi arregala os olhos, mas me debruço sobre ele e sussurro:

— Não vou contar a ninguém se você também não contar. Agora cale a boca e deixe-me fazer o que posso antes que seja tarde demais.

Eu olho para Hudson.

— Me diga o que devo fazer. Por favor.

— *Segure a pedra com as duas mãos, eu cuido do restante* — orienta ele.

Não entendo direito o que ele quer dizer, mas não é hora para discutir. Assim, faço o que ele manda. Segundos depois, sinto um calor estranho correr pelos meus braços e passar pelos meus dedos.

Segundos depois, Hudson diz:

— *Já é o bastante.*

Levanto a mão e percebo um pó fino de pedra na outra palma. Tenho vontade de perguntar como ele fez isso, porque sei que, no fundo, foi Hudson quem agiu durante todo esse tempo e não eu. Mas não há tempo.

— E agora? — indago.

— *Despeje este pó sobre o pescoço dele, cobrindo a ferida. Em seguida, cubra tudo com a mão até sentir que está firme.*

Uma hora atrás, se alguém me dissesse que eu estaria despejando pó de pedra em uma ferida com o objetivo de curar uma pessoa, pensaria que isso era loucura. Mas cada hora que passo neste mundo traz algo novo, empolgante e terrível — e aparentemente este momento não é diferente.

Assim, faço o que Hudson manda e espero — durante todo esse tempo — que eu não esteja deixando as coisas um milhão de vezes piores para Mekhi.

— *Segure a garganta dele* — diz Hudson, assim que o último grão cai em cima do corte. — *E não solte até eu lhe dizer.*

Confirmo com um aceno de cabeça.

Ao meu redor, há ruídos horríveis. Ruídos de batalha. Pessoas gritando, o movimento de carne e músculos conforme os corpos se agridem mutuamente, os rugidos dos dragões e os uivos dos lobos enfurecidos. Sinto vontade de olhar, quero ter certeza de que Jaxon, Macy, Flint, Éden e Xavier, que todos os meus amigos, estão bem.

Mas os olhos de Mekhi estão arregalados e temerosos de um jeito que nunca vi antes, e não vou desviar os olhos de sua direção, nem mesmo por um instante. Não vou deixá-lo sozinho nisto nem por um único e solitário momento.

Assim, me abaixo e sussurro várias palavras gentis para ele. Coisas que não fazem sentido algum para mim e muito menos para Mekhi, mas que, ao mesmo tempo, nos aproximam com sua extrema falta de importância e a intensidade da sua humanidade.

Coisas como o quanto gosto das tranças *dreadlock* dele, o fato de achar que ele e Éden formariam um belo casal, como gostei da sua amizade nas minhas primeiras semanas em Katmere. E também falo qual é o meu filme favorito de vampiros — *Garotos Perdidos*, é claro — e por que ser uma gárgula é uma das sensações mais estranhas do mundo.

Por fim, depois do que parecem horas, mas provavelmente não são mais do que três ou quatro minutos, sinto o calor sob a minha mão começando a se dissipar. Os olhos de Mekhi se arregalam e, de repente, ele respira fundo pela primeira vez desde que pousei ao seu lado.

— *Você conseguiu* — diz Hudson e há um toque de orgulho na sua voz, assim como algo que se parece muito com admiração.

— Consegui? — repito, com um pedaço de mim incapaz de acreditar que essa coisa bizarra pode ter funcionado.

— *Afaste a mão* — pede ele e eu obedeço, espantada ao constatar que, onde havia uma ferida aberta há poucos minutos, agora há somente pedra lisa e polida.

— *De acordo com os livros que li sobre gárgulas, o curativo de pedra não vai ficar aí para sempre* — prossegue Hudson enquanto estendo a mão e puxo Mekhi até que fique sentado. — *Mas deve durar o bastante para que ele consiga chegar até a enfermaria para ser examinado.*

Sorrio, enquanto digo a Mekhi o que Hudson acabou de me contar, finalmente me permitindo abraçá-lo, agora que sei que o meu trabalho não vai se desfazer nos próximos instantes e levar a vida de Mekhi consigo.

Mas Mekhi faz um sinal negativo com a cabeça assim que falo sobre a enfermaria.

— De jeito nenhum! — recusa-se ele numa voz que é mais grave e mais arrastada do que o seu tom habitual. — Tenho que ir com vocês. O plano...

— Dane-se o plano — eu digo a ele, quando Jaxon enfim aparece ao nosso lado. Ele está um pouco ensanguentado e cheio de hematomas, mas está vivo e relativamente bem; e isso basta para mim. — Você vai para a enfermaria.

— Vai mesmo — concorda Jaxon. Assim como os outros, conforme se juntam ao nosso redor.

E é neste momento que ergo os olhos e percebo que, apesar de uma desvantagem enorme, nós vencemos esta rodada. Todo o contingente dos guardas do Círculo está deitado no chão, em vários estados de inconsciência ou cheios de ferimentos, e cada um dos meus amigos continua em pé. Com exceção de Mekhi, é claro, mas ele está vivo e isso é mais do que o bastante para mim.

— Precisamos ir — avisa Éden. — Eles não vão ficar no chão por muito tempo e provavelmente já chamaram reforços. Se precisamos de uma chance para cair fora daqui, agora é a hora. Antes que cheguem mais guardas.

O nariz de Éden começa a sangrar quando ela fala, mas ela enxuga o sangue com as costas da mão.

— Mas temos que levar Mekhi para a enfermaria — protesto. — Não podemos deixá-lo aqui sozinho.

— Não temos tempo — diz ele. — Estou ouvindo os reforços chegarem.

— Todos nós estamos — concorda Xavier. — Temos que ir, Grace.

Eu fito Jaxon. Tenho certeza de que ele entende que não podemos abandonar o seu melhor amigo aqui, no meio desta confusão. Mas ele também está balançando a cabeça.

— O tempo acabou, Grace. É agora ou nunca.

Tenho vontade de dizer "nunca", mas sei que não posso. Não agora que estamos tão perto.

— Já tenho força para acelerar por sua causa, Grace. Agora, saiam daqui.
— E, dizendo isso, Mekhi desaparece, acelerando para o meio das árvores.

— Vamos embora — chama Flint, com uma expressão bem séria e, em seguida, já está se transformando em dragão outra vez. Retorno à minha forma humana ao mesmo tempo. Desta vez, Jaxon não espera até eu subir nas costas de Flint sozinha. Ele praticamente me joga sobre o lombo do dragão, ficando junto de mim em seguida.

Ao nosso lado, Xavier e Macy estão montando em Éden.

E assim nós partimos — feridos, ensanguentados, surrados, mas (ainda) não derrotados, em busca de um monstro que absolutamente ninguém foi capaz de matar.

MO-LE-ZA.

Capítulo 98

VOO NOTURNO

— Estamos com um problema — avisa Jaxon cerca de dez minutos depois que levantamos voo.

— Eu sei — ele concorda, mas não diz nada além disso. Nada, mesmo que eu espere vários minutos.

— Nós vamos conversar sobre o problema? — finalmente pergunto. Não porque estou tentando ser irritante, mas porque realmente acho que precisamos de tempo para fazer planos. Sim, temos algumas horas de voo pela frente, mas quem sabe quanto tempo vai demorar para reorganizar as ideias agora que estamos com uma pessoa a menos? E não é qualquer pessoa; é uma das mais importantes, considerando que o poder de Mekhi é a hipnose.

— *Você ainda pode dar meia-volta, sabia?* — intervém Hudson discretamente num canto da minha mente.

Você sabe que ele não vai me escutar. Por isso, se não quiser ajudar, pode voltar a ficar emburrado e me deixar sozinha para lidar com isso.

— *Eu não estava emburrado* — justifica-se ele e, em seguida, parece pensar melhor no assunto. — *Tudo bem, eu estava emburrado. Mas já passou.*

Que bom saber disso. Mas falando sério... Tem alguma sugestão sobre como vamos fazer isso, agora que nosso grupo tem só seis pessoas?

— *Além de dar meia-volta?*

Retorço os lábios, irritada. *Sim. Além disso.*

— *Bem... neste caso, volto à minha ideia do outro dia, que é dizer a vocês para não tentarem matar a Fera.*

Já lhe disse que não vamos voltar para Katmere.

— *Não estou dizendo que vocês precisam voltar para Katmere. Estou falando sobre irem lá e tentarem conversar com a Fera Imortal antes de tentarem matá-la... e perderem.*

Você não sabe se vamos perder, eu digo a ele.

— Ah, vocês todos vão morrer de um jeito horrível. Realmente acha que seis alunos do ensino médio, mesmo com todos os seus poderes, vão simplesmente entrar em uma caverna e derrotar um monstro que as pessoas vêm tentando matar há dois mil anos? — Ele ri na minha cabeça, mas há pouco humor nesse som.

Bem, mas o que a gente deveria fazer? Nós precisamos dessa pedra do coração que a Fera aparentemente protege. De que outro jeito vamos consegui-la se não a matarmos?

— Sinceramente? Não sei. — Hudson faz um sinal negativo com a cabeça. — Mas sei que chegar lá para fritar a Fera com seus poderes só vai deixá-la irritada. E não quero que isso aconteça com nenhum de vocês.

E chegarmos com as mãos abanando não vai nos matar também?

— Não sei. Mas sei que nem todo monstro é o que parece.

Aquelas palavras me atingem profundamente. É provável que seja porque sei que ele não está falando só da Fera Imortal.

Não sei. Não sei o que pensar. Não sei no que acreditar. E, com toda a certeza, não sei se ele tem razão. Não sabemos nem mesmo se esse monstro é capaz de se comunicar. E se o tempo que levarmos para tentar dialogar com a Fera for tudo de que ela precisa para matar os meus amigos?

Meu celular toca uma notificação no meio do meu debate mental e percebo que é Macy me enviando uma mensagem, porque obviamente ela e Xavier estão tendo a mesma conversa que dando meia-volta — a qual Jaxon, no momento, está evitando.

Macy: Alguma ideia?
Eu: Nenhuma.
Macy: É... aqui também não.

— *Sabe que tenho uma dúzia de outras ideias também, não é? Praticamente qualquer ideia que eu tenha é melhor do que o plano do meu irmão de simplesmente chegar com armas em punho e matar um monstro que tem a palavra "imortal" literalmente no seu nome.*

Ele acompanha a última frase com uma revirada imensa de olhos, e não consigo deixar de provocá-lo um pouco. *Cuidado. Se continuar revirando os olhos desse jeito eles vão ficar travados assim para sempre.*

Ele bufa, soprando o ar.

— *Se pelo menos eu tivesse essa sorte. Pelo menos todo mundo ia saber como me sinto.*

Eu rio, apesar da situação. *Você é o que a minha mãe chamaria de "uma figura", sabia?*

— *É mesmo? Porque você é o que a minha mãe chama de "perigosa".*

Eu me recordo da minha conversa com a rainha vampira e respondo: *Tenho certeza de que a sua mãe não acha que existe alguma coisa perigosa em mim.*

— É aí que você se engana redondamente — rebate ele. — Meus pais estão apavorados por sua causa. Se não estivessem, já teriam voltado para a boa e velha Londres.

Antes que eu consiga perguntar o que ele quer dizer com isso, Macy me manda outra mensagem de texto.

Macy: X. diz que precisamos de um novo plano.

Eu: Não me diga.

Macy: Como vamos entrar na caverna?

Macy: Se Mekhi não estiver com a gente para hipnotizar a Fera, como vamos distraí-la?

Eu: Tocando banjo e dançando hula-hula?

Macy: Você não é o *Timão* nem o *Pumba*. E isto aqui não é o *Rei Leão*.

Ela completa com um *emoji* que revira os olhos.

Eu: Estou ligada. Estou falando de VOCÊ.

Macy: Também não sou o *Timão*. E com certeza não sou o *Pumba*.

Agora vem uma sequência enorme de *emojis* revirando os olhos e isso me faz rir. Se Macy e Hudson estão revirando os olhos por minha causa desse jeito, então realmente devo estar matando os dois de tanto rir esta noite. Ou não.

Penso em dizer isso para Hudson, mas Jaxon finalmente se mexe atrás de mim.

— Precisamos montar uma armadilha — diz ele.

— Como assim? Como se fosse uma armadilha para ursos?

— Alguma coisa menos cruel, espero — responde ele. — Mas você não acha que essa é a nossa melhor opção? O time que joga em casa sempre tem vantagem. Você nunca ataca o oponente em seu próprio território se puder evitar isso, porque é a área que ele conhece melhor e pode se defender com mais eficácia.

— E também porque é o território pelo qual eles estão mais dispostos a morrer para defender — acrescento, pensando em tudo que aprendi nas aulas de história durante os anos.

— Exatamente. E não temos tempo ou recursos para atrair o monstro para longe da sua ilha, então isso está totalmente descartado. Mas nós podemos atraí-lo para longe da sua zona de conforto, para longe da sua caverna ou seja lá onde ele estiver morando.

De repente, me sinto mal por ter recorrido a Hudson anteriormente, quando achei que Jaxon simplesmente não iria dar atenção a esse detalhe.

Eu já devia saber; não importa o que Jaxon diga ou faça, ele sempre colocou a minha segurança e a de todos os outros em primeiro lugar, desde sempre. E isso inclui ter certeza de que temos a melhor chance de derrotar um monstro imortal.

— Quando Mekhi estava com a gente, podíamos enfrentar a Fera em seu próprio território — continua ele. — Daria para influenciar as probabilidades com a habilidade de hipnotismo de Mekhi, mas agora que ele ficou para trás... é arriscado demais.

Ele faz um sinal negativo com a cabeça e, em seguida, se concentra em mim, em vez de olhar para o horizonte.

— O que você acha?

— *Acho que o meu irmãozinho está finalmente começando a usar o seu cérebro, para variar* — comenta Hudson. — *Estou impressionado.*

Ignoro a ironia desse último comentário e me concentro na ideia de que os dois vampiros mais poderosos da minha geração estão empenhados em resolver o mesmo problema ao mesmo tempo. Isso deve ser o bastante para conseguir dar conta de algo tão importante.

— Acho que estamos começando a montar um plano — eu digo, enquanto mando algumas mensagens para Macy, de modo que ela e Xavier possam participar do planejamento. — O que acha que a gente deveria fazer primeiro?

— *Em primeiro lugar, não morrer* — responde Hudson. E tenho de admitir que ele resumiu tudo muito bem.

Capítulo 99

PRENDENDO A RESPIRAÇÃO

Enfim, chegamos ao destino e percebemos que o lugar não é bem uma ilha, mas sim um vulcão cujo topo se ergue do oceano. Há uma gigantesca cratera no alto, mas as encostas escarpadas mergulham na água. E isso significa que o monstro deve estar dentro da cratera... E não há nenhum lugar para pousar além do espaço fechado que a Fera chama de lar. Essa situação é tão ridícula quanto lutar contra um tigre no zoológico... dentro da jaula dele.

Flint e Éden circundam a abertura várias vezes, mas a única coisa que conseguimos ver desta altura, com o fundo da cratera a vários metros abaixo da abertura, são áreas de floresta surpreendentemente densas e enormes pilhas de pedras gigantescas. Mas nada da Fera Imortal.

Uma ideia surge de repente na minha cabeça.

— Algum dos livros ou bancos de dados disse qual era o tamanho dessa Fera? Será que a gente vai conseguir vê-la aqui do céu?

Jaxon se aproxima para que eu possa ouvi-lo mesmo entre o vento cortante que passa por nós.

— As histórias variam, mas a maioria delas diz que a Fera é enorme. Da altura de um prédio com vários andares.

— Então, por que não conseguimos vê-la?

Uma inquietação começa a se embrenhar nos meus ossos, enquanto ambos olhamos novamente para a cratera e ainda não vemos nada além de árvores e rochas. Tudo me diz que pousar dentro da cratera é uma ideia bem ruim. Precisamos dar meia-volta. Agora.

— Vamos em frente. Vamos encontrar um lugar para pousar — grita Jaxon para Flint, e sinto o estômago afundar conforme Flint vira para baixo a fim de fazer uma descida rápida.

Imploro a Jaxon para que a gente simplesmente volte para casa, mas ele aperta a minha cintura e reafirma:

— Tudo vai ficar bem.

Eu nunca quis tanto acreditar em alguém na minha vida.

Quando pousamos dentro de uma clareira na cratera, já são pelo menos três horas da manhã, quando tudo ainda está completamente imóvel e quieto. Normalmente, gosto de ser a única pessoa acordada no meio da noite. Tem alguma coisa no silêncio que costuma ressoar na minha alma.

Mas aqui, na ilha da Fera Imortal, perto do litoral norte da Sibéria, o silêncio parece apenas esquisito, do jeito mais perturbador. Sei que provavelmente estou só projetando meus próprios medos em uma ilha inocente e semidesabitada, mas a verdade é que, desde o momento em que Flint pousa naquela faixa estreita de terra macia e coberta de musgo, sei que alguma coisa está muito, muito errada. É como se a própria ilha estivesse conversando comigo.

Quase rio da minha própria tolice. É claro que a ilha não está *tentando me dizer alguma coisa*. E por isso ignoro o aviso daquela voz no fundo de mim mesma que diz — melhor, que implora — para irmos embora.

Em vez disso, procuro me lembrar que a voz também não estava muito feliz com o Cemitério dos Dragões, sendo que não tivemos tantos problemas por lá. Além disso, duvido que meus amigos estejam dispostos a mudar de ideia agora. Tento me livrar dessa inquietação, quando me afasto de Flint e Jaxon para que meu amigo dragão possa retornar à sua forma humana.

Hudson caminha perto dos limites da floresta, a uns seis ou sete metros de distância, tentando observar alguma coisa em meio à escuridão. Penso em lembrá-lo de que, se não sou capaz de enxergar nada ali, ele também não vai conseguir. Mas sei que ele só está tentando se manter ocupado e fazer alguma coisa. Está tão inquieto quanto eu.

Segundos depois, Xavier, Macy e Éden se juntam a nós. E, sob a luz da varinha de Macy, começamos a procurar a toca da Fera Imortal. Talvez não tenhamos planos de entrar nesse lugar agora, mas é difícil atrair alguém ou alguma coisa para longe se você não souber onde fica o ponto de partida.

Todavia, quanto mais exploramos o interior da cratera, mais fica aparente que o lugar é encantado. Estamos em março, e por isso a temperatura em qualquer uma destas ilhas deveria estar entre dez graus abaixo de zero e sete acima, dependendo do dia e da intensidade do inverno (obrigada, Google). E, embora definitivamente a sensação estivesse perto de zero grau na abertura, a área dentro da cratera apresenta um clima quase tropical que faz com que eu comece a suar debaixo de todas as camadas de roupa que estou usando.

Portanto, o consenso é que este lugar é definitivamente mágico, e isso bem antes de descobrirmos uma cachoeira e fontes termais que parecem surgir do nada, lançando luzes inquietantes na cratera. É como se a própria água fosse encantada, com suas profundezas azuis brilhando com tanta intensidade que toda a área fica iluminada como a luz da manhã, revelando árvores altas e verdejantes e com folhas grandes e de formatos estranhos; tenho a impressão de que essas plantas se encaixariam muito melhor numa ilha tropical do que aqui, tão perto do Círculo Polar Ártico. Hibiscos e bromélias envelopam a floresta com seus aromas doces, e há também enormes rochedos espalhados aleatoriamente pela clareira próxima.

— Aqui é onde a Fera vive — diz Jaxon, quando andamos perto da água, enquanto fica de olhos abertos, à procura do monstro.

— Como sabe? — pergunto.

— Onde você escolheria viver? — rebate Jaxon. — Na floresta escura ou perto da piscina natural de água quente e doce? — Ele indica o lugar com a cabeça e sorri. — Além disso, tem uma caverna do outro lado da cachoeira.

— E o que vamos fazer? — indago, com o olhar fixo na cachoeira agora.

— Recuamos devagar e tentamos pensar na melhor armadilha que pudermos montar.

— Obviamente, precisamos de uma isca — pontua Éden, enquanto voltamos para perto da floresta escura a fim de nos esconder entre as sombras e planejar. — Uma isca bem atraente.

— Que tipo de isca? — pergunto, enquanto a voz dentro de mim sussurra sem parar: *Vá embora.*

— Eu vou ser a isca — oferece-se Xavier. — Quando decidirmos qual é o melhor lugar para montar a armadilha, posso entrar lá e atrair a Fera para fora. Ela não vai tolerar um intruso em sua caverna.

— Mas ainda nem sabemos como a Fera é — reclama Macy. — E se ela for pequena e mais rápida do que um lobo? Ou se tiver cinco ou seis metros de altura com oito tentáculos longos dos quais você não consegue escapar?

Sei que ela estava só citando exemplos extremos, mas percebo que estou concordando a cada vez que ela descreve um potencial inimigo. Todos me parecem bem plausíveis a esta altura.

— Só precisamos atraí-la para fora da caverna e mantê-la presa ou distraída — Xavier nos lembra, enquanto começamos a procurar um bom lugar para montar a nossa armadilha. — A pedra do coração provavelmente fica guardada no fundo daquela caverna, onde a Fera Imoral pode protegê-la.

Hudson atrai a minha atenção e resmunga:

— *Este é o seu plano genial? Encurralar uma fera quando vocês nem fazem ideia de como ela é ou quais são os seus poderes? E quando você nem faz ideia se a sua armadilha é do tamanho certo ou tem força suficiente para restringir a magia? E você achava que a minha ideia não fazia sentido...*

Reviro os olhos para Hudson, mas encaro o grupo e pergunto:

— Temos alguma ideia sobre como é a Fera? Qual é o tamanho dela? Qual é a força que ela tem? Se é mágica? Tipo... Como podemos saber que tipo de armadilha vai conseguir prendê-la?

— Tem que ser mágica, obviamente — diz Macy. — Não há outra maneira de se preparar para qualquer coisa que saia dessa caverna a toda a velocidade para vir atrás de nós.

Todos concordam. Até que faz sentido.

— Sim, mas do que estamos falando aqui? — questiona Éden. — Um feitiço? E, se for o caso, qual deles?

— Posso tentar fritar a Fera — sugere Flint com um sorriso. — Tenho certeza de que ela não tentaria nos pegar de novo depois disso.

— Sim, mas e se ela estiver usando a pedra do coração e ela for frita também? — pergunta Macy. — Essa armadilha não pode ser tão violenta.

— Você quer dar à Fera Imortal uma chance de revidar? — pergunta Flint, incrédulo.

— Não. Estou pensando em dar um jeito de colocá-la para dormir — sugere Macy. — Tenho um feitiço para isso que acho que vai funcionar.

— Você acha que vai funcionar? — pergunta Éden, com as duas sobrancelhas erguidas.

— Bem, não posso garantir que isso vai acontecer, já que não faço a menor ideia do que é a Fera Imortal, mas sim. Deve funcionar. Pesquisei a respeito no caminho até aqui, só para ter certeza.

— E se não funcionar? — pergunto com cuidado, sem querer irritar Macy, mas não querendo ser pega sem um plano B, também.

— Nesse caso, Flint pode congelá-la. Xavier e eu conversamos no caminho para cá e parece a melhor alternativa — argumenta Jaxon. — Isso não vai fritar a pedra se a Fera estiver com ela, mas vai nos dar alguns minutos para avaliar o que está acontecendo quando soubermos como a Fera é e o que ela é capaz de fazer. Agir é sempre melhor do que reagir, de qualquer maneira.

Hudson solta uma risada irônica, quando ouve aquela frase.

— *No dia em que o meu irmão pensar antes de agir, vou comer o meu calção.*

Você não está usando um calção, eu o lembro.

Ele se vira e olha para mim.

— Ora, ora, srta. Foster. Quer dizer que você anda me espionando?

Sei que ele está tentando me distrair. Ele deve sentir que meus nervos estão prestes a explodir, mas fico vermelha mesmo assim. *Você é um idiota.*

Ele simplesmente se curva para mim, fazendo uma mesura, antes de voltar a se concentrar no plano totalmente inconsequente que estamos montando.

— E, então, onde vamos montar a arapuca? — pergunta Xavier, olhando ao redor. — A Fera vai vir por esta trilha, não é?

Ele aponta para a trilha calçada com pedras quebradas que circunda a piscina natural e depois atravessa o lago até chegar à cachoeira.

— Até que ponto a gente quer atraí-la antes de acionar a armadilha?

— Não muito longe — responde Éden. — Precisamos ficar escondidos e não há muita cobertura longe da clareira, com exceção desta floresta.

— Concordo — digo a eles, lembrando a época em que eu jogava *paintball* com meu pai, na infância, e todas as lições que ele me ensinou sobre emboscadas. E, agora que penso nisso, não consigo deixar de me perguntar se ele sabia que eu precisaria dessa informação algum dia. Talvez não para lutar contra a Fera Imortal, mas porque ele vem do mundo dos paranormais e sabia exatamente como era perigoso.

— Flint pode se esconder ali. — Aponto para uma protuberância estreita perto da parede da cratera. — Ainda consegue alcançar a fera se disparar a sua baforada de gelo daquele ponto, não é? — Eu pergunto.

Flint calcula a distância.

— Sim, acho que ainda devo ter um bom alcance.

— Ótimo. E Macy precisa ficar mais perto.

— Mais perto? Quanto? — questiona Xavier, e não parece muito feliz.

— O quanto for necessário — ela responde com uma olhada feia, antes de examinar os arredores. — Se ela vier por esta trilha, posso acertar um bom disparo se estiver naquela árvore. — Ela aponta para uma enorme conífera a uns dez metros da cachoeira.

Xavier parece uma nuvem trovejante quando pensa naquilo, e tenho de admitir que deixá-la tão perto da passagem não me agrada muito, também. Se a Fera for capaz de saltar, ela pode alcançar Macy em uma questão de segundos. E não vamos poder fazer nada.

— Vou ficar bem — assegura Macy, como se estivesse lendo os meus pensamentos.

— Talvez a gente devesse repensar...

— Eu vou fazer isso — insiste ela, enquanto vai para junto da árvore. — Além disso, sem esforço não se consegue nada, não é?

— Esse ditado também poderia ser "sem esforço ninguém morre de um jeito horrível" — eu digo a ela.

Ela vira para trás para que eu consiga vê-la revirar os olhos.

— Deixe comigo, Grace. Você precisa aprender a confiar em mim.

Ela tem razão. Sei que tem razão, mas mesmo assim é difícil ficar olhando, enquanto ela sobe na árvore e encontra o galho mais frondoso para se esconder.

— Acho que Éden deveria ficar escondida para fazer um ataque surpresa, caso a gente precise — sugere Jaxon, quando Flint pisca o olho rapidamente antes de sair voando até o beiral que avistamos.

— Não sei como vou poder ajudar — comenta ela. — Só consigo disparar relâmpagos. Se eu mirar na Fera, é certeza que vou eletrocutá-la.

— É por isso que você vai ficar escondida para ajudar Flint — diz Jaxon a ela. — Caso dê tudo errado.

— Isso eu posso fazer. — Ela olha ao redor. — Onde você quer que eu fique?

— Provavelmente, o mais próximo da montanha que você conseguir — digo a ela. — Mas no chão. Assim, se Macy e Flint errarem, você pode avançar por trás da Fera e usar seus poderes.

— Que tal naquele lugar ali? — Ela aponta para uma pequena alcova esculpida na montanha, a menos de um metro da entrada.

— É bem perto da entrada. — Perscruto ao redor, buscando uma alternativa. — Que tal algum lugar um pouco mais afastado?

Ela sorri para mim.

— Não se preocupe, Grace. Eu consigo.

— Sei que consegue, mas...

— Não se preocupe — repete ela. — Só não deixe que a Fera a devore, está bem?

— Claro — Sorrio, um pouco enjoada. — Ótimo plano.

Quando os três estão em posição, Jaxon olha para Xavier e para mim.

— Estão prontos?

Nem de longe. Mas não verbalizo isso. Não posso. Assim, me limito a esboçar um sinal afirmativo com a cabeça antes de me transformar em gárgula. Já passou da hora de entrar em ação.

Capítulo 100

CARPE MATEM

Xavier, Jaxon e eu passamos pela entrada de pedra que leva ao oásis da Fera agindo como se fôssemos os donos do lugar — talvez, eu penso, para acalmar nossos nervos em relação à nossa função como isca e também porque sempre é bom dar a impressão de que se tem mais autoconfiança do que realmente se tem.

— Como você acha que ela é? — pergunta Xavier, quando a trilha na qual estamos passa pelos gêiseres.

— Estou menos preocupado com como ela é, e mais com onde ela está — responde Jaxon, enquanto mexe a cabeça de um lado para outro, observando cada possível esconderijo que conseguimos encontrar.

Por sorte, a água brilha de um jeito bem intenso; caso contrário, teríamos de lutar contra o monstro na escuridão total. E provavelmente morreríamos aqui mesmo.

Pare. A voz dentro de mim está ficando progressivamente mais insistente a cada passo que dou rumo à Fera Imortal.

O lugar já é suficientemente pavoroso. E não consigo deixar de imaginar se a minha gárgula sabe de algo que não sei. Se os sentidos dela estão percebendo o perigo que sei que está presente, mas que ainda não consigo identificar.

À diferença da minha gárgula, Hudson está estranhamente em silêncio. Ele parou de me pedir para reconsiderar a situação quando cada um assumiu a sua posição. Naquele momento achei que ele tinha se afastado para ficar emburrado em algum canto, como faz às vezes.

Mas consigo senti-lo dentro da minha mente, com os sentidos em alerta máximo, enquanto observa o mundo através dos meus olhos, tentando avistar a Fera também. Tentando — e sei disso, mesmo que ele jamais queira admitir — ajudar Jaxon e a mim de qualquer maneira que esteja ao seu alcance.

E essa é a dicotomia que Hudson sempre representou. Ele é capaz de fazer coisas tão horríveis que seu próprio irmão quis vê-lo morto — ou transformado em humano —, porém está aqui, fazendo o seu melhor para defender Jaxon contra uma ameaça que nem acha que devíamos estar enfrentando.

— *Você é quem não devia estar enfrentando essa fera* — diz ele. Mas não o faz com aquela empáfia de sempre; pelo menos desta vez ele não está tentando arranjar confusão. Em vez disso, age de um jeito bem discreto. Quase triste, eu diria. Como se soubesse o que está por vir; e desistiu de qualquer possibilidade de tentar impedir.

Um barulho súbito corta o ar da noite, um bater de correntes que deixa nós três paralisados.

— Mas que porra foi essa? — pergunto, virando-me na direção de um som que parece vir de trás da cachoeira.

— Lembram correntes — responde Xavier, com as orelhas de lobisomem totalmente atentas.

O retinir de correntes ecoa outra vez, de um jeito mais entusiasmado. E desta vez fica bem claro de onde ele vem.

— Correntes? — murmuro para Jaxon. — Por que será?

Ele balança a cabeça, num gesto negativo.

— Não sei.

A voz dentro de mim está gritando agora. *Volte, volte, volte!*

É algo completamente apavorante e me faz parar por vários segundos para inalar o ar com dificuldade, conforme sinto o pânico se enraizar em mim, bem profundamente. Mas agora é tarde demais. Estamos aqui, e o tempo está chegando ao fim. Precisamos acabar logo com isso.

Assim, trocamos um longo olhar entre nós três antes de endireitarmos os ombros e irmos em direção à caverna, onde o som de metal batendo se torna cada vez mais alto.

Não vou mentir; estou aterrorizada. Aterrorizada pelo que nos aguarda naquela caverna. Afinal, que tipo de monstro usa correntes para lutar? E aterrorizada pelo que temos de fazer. Nunca matei nada nem ninguém deliberadamente na vida (chegava até mesmo a levar insetos para fora de casa quando os via), e a ideia de vir até aqui para matar esse monstro e pegar uma pedra do coração, que ele claramente não quer que peguemos, quando a própria criatura não fez nada contra mim ou contra qualquer um dos meus amigos, não me parece certo.

Mas qual é a alternativa? Deixar meus amigos para trás e continuar sozinha? Não existe uma resposta certa aqui. Nada além de ir em frente e ter a esperança de que tudo vai dar certo, embora agora eu não saiba como isso vai ser possível.

Jaxon me encara com uma expressão questionadora, mas apenas confirmo com um aceno de cabeça. E assim nós três caminhamos rumo à caverna e à Fera Imortal, seja lá o que ela for, sentindo o coração bater com força no peito. As palmas úmidas pelo suor. E uma sensação de enjoo crescente no estômago, como se alguma coisa horrível de verdade estivesse prestes a acontecer.

A caverna fica cada vez mais escura conforme nos aproximamos, e estamos todos em intenso estado de alerta, esperando que alguma coisa nos ataque. Mas, quanto mais nos aproximamos da caverna, mais difícil fica ignorar o som de metal batendo e não nos concentrarmos nisso em vez de prestar atenção no resto.

Há também os grunhidos baixos que começaram a sair das profundezas desse lugar. Preciso reunir toda a coragem que tenho para ir em frente — e isso antes de ver a enorme quantidade de ossos jogados ao redor. Alguns são longos e com formas perfeitas; outros estão partidos com exatidão ao meio, mas dá para reconhecer que todos esses ossos são humanos.

Imagino que sejam as pessoas que vieram antes de nós e não conseguiram fazer aquilo que nós temos de fazer.

Quando chegamos à entrada, Jaxon ergue a mão para que eu e Xavier paremos e entra na caverna sozinho. O barulho das correntes fica descontrolado, mas nada mais acontece. Até mesmo os grunhidos parecem ter se aquietado.

Jaxon dá mais um passo para dentro da caverna. Eu vou logo atrás, e Xavier me segue. Passo a lanterna do meu celular pelo interior da caverna escura, mas não vejo nada; Jaxon e Xavier também não veem, aparentemente, porque, segundos depois, os fachos das lanternas deles seguem os meus.

Olhamos ao redor, mas não há muita coisa para ver. Não sei o que eu estava esperando, mas não era esta caverna vazia. Não há nada aqui; somente paredes rochosas e ossos espalhados por toda parte — crânios, fêmures e conjuntos de costelas ainda intactos.

— Onde ela está? — sussurro, porque não há pedras aqui dentro. Nenhum lugar atrás do qual um monstro possa se esconder.

No começo, receio que haja mais câmaras, que a caverna se estenda por dentro da montanha, como aquela onde a Carniceira vive. Mas basta passarmos as lanternas de um lado para outro para percebermos que não é o caso.

Esta é a única sala com paredes rochosas e manchadas de sangue e um piso de terra batida. Além de correntes grossas e enormes ancoradas ao teto e à parede do fundo.

— Não estou entendendo — diz Xavier. — Eu sei que o barulho veio daqui. Tenho certeza. Então, onde diabos está essa coisa?

Finalmente, outro rosnado grave ressoa e nós nos posicionamos num círculo para nos proteger, com as costas unidas, enquanto varremos o interior da caverna com os fachos das lanternas.

A voz na minha cabeça avisa: *Saia daqui, saia daqui, saia daqui.*

Não posso sair daqui!, digo a ela. *É tarde demais.*

Completamente tarde demais.

Segundos depois, outro rosnado mais alto ecoa, enquanto as correntes diante de nós começam a se agitar. E a própria parede começa a se mover.

Capítulo 101

COM A CABEÇA NO CÉU

— Mas que porra é essa? — exclama Xavier, recuando aos tropeções conforme a parede parece ganhar vida.

Ela rosna uma vez, um ruído longo, grave e alto, e as correntes quase gritam quando ela se lança diretamente sobre nós.

Jaxon me agarra e me joga para trás de si, enquanto revida com toda a potência dos seus poderes telecinéticos. Isso ajuda a parar a coisa — seja lá o que for — em pleno ar, por um momento... ou talvez dois. E, em seguida, ela avança outra vez, caindo sobre as quatro patas diante de nós.

Quando dou minha primeira boa olhada na Fera, não consigo deixar de pensar que ela se parece com algo que saiu de um livro de fantasia infernal. É imensa — a criatura mais gigantesca que já vi na vida — e feita inteiramente de pedra irregular, afiada e com rachaduras em vários lugares diferentes e com musgo crescendo desordenadamente ao redor.

Seus olhos brilham, vermelhos, e os dentes são cruéis em uma boca que parece ser capaz de engolir nós três em uma única mordida. E ela está avançando contra nós, um passo de cada vez.

Jaxon ataca de novo, projetando tudo que tem direto contra o monstro. Mas a única coisa que ele consegue é deixar a fera irritada, e ela revida atacando com uma pata enorme, que o arremessa contra uma parede de pedra com tanta força que a caverna inteira estremece.

— Jaxon! — berro, segurando em Xavier e levantando voo conforme a coisa se vira para nos golpear também.

Consigo me esquivar, mas o teto não é alto o bastante para que eu consiga sair do alcance. Basta um segundo golpe para que ela atinja Xavier e a mim e nos faça voar até acertarmos na parede oposta.

Batemos com força. Com tanta força que os meus dentes rilham, e eu tenho a sensação de que o meu cérebro vai explodir o crânio de pedra. Estou um pouco estonteada, um pouco fora de prumo, mas Hudson está na minha cabeça, gritando para que me levante. Gritando para que eu *ande logo, ande logo, ande logo.*

E faço o que ele diz, um segundo antes que um punho enorme bata no chão, bem onde eu estava há poucos momentos.

— Xavier! — berro, mas ele já está em pé e na forma de lobo, pulando por cima dos ombros do monstro e caindo ao lado de Jaxon, que também já ficou em pé outra vez.

A fera urra e avança sobre os dois. Quando faz isso, percebo, pela primeira vez, que as correntes não são armas. Elas a prendem à parede.

— Corram! — eu grito para Jaxon. — Se a gente sair da caverna, talvez ela não consiga alcançar você.

Mas estamos falando de Jaxon Vega, e ele é do tipo que jamais deixaria sua consorte para trás com este monstro, algo pelo qual fico muito grata, mas também que me enfurece bastante num momento em que eu preciso que ele se salve.

Em vez de atacar e tentar forçar o monstro a recuar, como fez da primeira vez, Jaxon concentra seu poder no chão. Um terremoto gigante atinge a caverna, fazendo com que pedras e ossos caiam das paredes e que o próprio chão sob os nossos pés se agite conforme o chão se enche de rachaduras.

A criatura grita; um som grave, alto e agonizante de se ouvir. E, quando se aproxima para agarrar Jaxon, tenho certeza de que não há mais como vencer. Tenho certeza de que é agora que ela vai esmagar Jaxon e transformá-lo em pó bem na minha frente.

Mas ela não esmaga Jaxon. Em vez disso, ela o arremessa na direção da entrada da caverna, com tanta força que Jaxon passa voando pela entrada, até que eu não consiga mais enxergá-lo.

— *Vá embora, Grace.* — Ouço Hudson gritar para mim. — *Saia daqui agora, enquanto ela está distraída.*

Mas não posso sair daqui porque a coisa que está distraindo a Fera é Xavier, e ela está indo diretamente em sua direção.

— Ei — falo, o mais alto que consigo. — Estou aqui! Venha me pegar deste lado!

A Fera me ignora, totalmente concentrada em Xavier, que pulou para cima de uma das formações rochosas na parede da caverna, esperando — eu acho — uma chance de saltar por cima do monstro.

Mas Xavier está longe da minha posição e não consegue ver o que eu consigo: não há espaço para ele saltar por cima da Fera. Qualquer que seja o lugar para onde vá, o monstro vai pegá-lo; se não no instante em que ele pular, com certeza no instante seguinte.

Não posso morrer, não posso morrer, não posso morrer, diz a gárgula na minha mente, e me dá vontade de gritar neste instante. Porque minha cabeça já é um lugar cheio de consciências aglomeradas, com Hudson berrando para que eu corra, os meus próprios pensamentos atabalhoados, Jaxon me mandando energia pelo elo entre os consortes e agora essa minha maldita gárgula dizendo que eu não posso morrer.

Que novidade, não? Não tinha planejado morrer hoje.

Mas não posso simplesmente deixar que Xavier enfrente a Fera sozinho. Assim, faço a única coisa que consigo fazer: levanto voo outra vez e parto para cima da cabeça da Fera Imortal. Se eu conseguir distraí-la, pelo menos um pouco, talvez Xavier tenha uma oportunidade para escapar.

Fuja, fuja, fuja. Minha gárgula entoa seu novo mantra, mesmo enquanto eu me choco com toda a força contra a cabeça do monstro. Num primeiro momento, ele está tão concentrado em Xavier que mal percebe minha presença. Mas, quando me aproximo o bastante para acertar um pontapé em um dos seus olhos vermelhos, ele se vira contra mim com um rugido que ecoa pelas paredes e me faz tremer até os dedos dos pés.

— Corra, Xavier. Saia daqui agora — grito, quando a Fera me encara. Nosso plano consistia em atrair a Fera para fora da caverna e, se Xavier sair, acho que posso passar voando por cima dela. E, se tiver sorte, suas correntes serão longas o bastante para que ela possa nos seguir até lá fora, onde Macy está esperando para colocá-la para dormir.

Eu saio voando a toda a velocidade, determinada a ficar longe do seu alcance por tempo suficiente para que Xavier consiga a oportunidade de que precisa. Mas nem cheguei até a metade da caverna antes que a Fera me agarre com seu punho gigantesco de pedra e me jogue rodopiando na direção da parede onde Xavier estava, até agora há pouco. Eu bato na parede e desabo no chão.

Pelo menos Xavier conseguiu descer do alto da parede em meio ao caos, mas não saiu. Em vez disso, voltou à sua forma humana e caiu na parede onde as correntes estão presas.

Conforme a Fera vem me atacar uma segunda vez, Xavier segura na corrente que prende o seu braço e a puxa com toda a força que seu corpo de lobisomem tem.

O efeito que ele causa não é tão forte, mas a resistência surpreende o monstro a ponto de fazer com que ele vire a cabeça para encarar Xavier com irritação por uma fração de segundo. É tudo o que preciso para conseguir rolar para longe.

A Fera puxa o braço para a frente, com força suficiente para fazer com que Xavier bata na parede, mas em seguida grita, quando percebe que eu não estou onde ela havia me deixado. Quando olha ao redor com um grunhido feroz, Éden, Flint, Macy e Jaxon devem ter desistido de esperar que Xavier e eu a levássemos para fora, porque, de repente, todos eles invadem a caverna.

Éden e Flint estão em suas gigantescas formas de dragão. Enquanto cercam a Fera como se ela fosse a torre de um aeroporto, percebo como ela é gigantesca. Os dragões de Éden e Flint são enormes e não parecem ser muito mais do que beija-flores zunindo ao redor da cabeça do monstro. Ele deve ter uns... oitenta andares de altura. E parece estar ficando cada vez maior, se meus olhos não me enganam.

Éden acerta o gigante de pedra com um relâmpago que o faz gritar enfurecido, mas o ataque nem sequer o faz recuar. Flint emenda com um jato de gelo tão poderoso que a caverna inteira congela ao nosso redor, com estalactites se formando em todas as superfícies e gotejando.

E, mesmo assim, o monstro mal parece perceber. Ele simplesmente continua lutando, rosnando, golpeando e nos arremessando de um lado para outro até que as pedras começam a desmoronar das paredes ao nosso redor, com fragmentos voando por todo lado e nos deixando todos cortados.

Vá embora, vá embora, vá embora. Não morra, não morra. A gárgula na minha cabeça está gritando tão alto que quase não consigo me concentrar em outra coisa. Até que uma puxada no elo dos consortes faz com que eu solte um gemido e quase despenque do ar, em meio ao voo.

— Jaxon! — grito, girando para trás bem a tempo de ver o meu consorte cair de joelhos. Sua pele está pálida, seus olhos estão opacos e, embora ele consiga estender a mão para não bater de cara no chão, sei que foi por pouco.

Estou vendo tudo. E mais do que isso, consigo sentir tudo.

Mergulho a toda velocidade, tentando chegar até lá antes que a Fera perceba como Jaxon está fraco e vulnerável.

E eu entendo. Ele já usou uma quantidade tão grande de toda a sua energia hoje — com os guardas na escola, com os ataques telecinéticos contra a Fera, o pulso de energia que ele me mandou agora há pouco, enquanto estava correndo para chamar os outros. Entre tudo isso e também o que Hudson consegue drenar dele, Jaxon não tem mais nada para lutar.

Consigo chegar até Jaxon bem quando a Fera derruba Éden. Ela cai no chão com tanta força que seu dragão grita e, quando tenta se levantar, não consegue. Ela cambaleia, cai, e eu percebo, horrorizada, que sua asa está quebrada.

Eu me jogo na frente de Jaxon e, quando faço isso, consigo olhar ao redor, ver meus amigos lutando com toda a valentia. E percebo que não temos nenhuma chance de vencer. A Fera não chegou nem a ficar cansada com os nossos ataques, e nós já estamos em pedaços.

Éden, com a asa quebrada.

Jaxon com o seu poder incrível quase completamente esgotado.

Flint disparando fogo, enquanto o monstro o encurrala, mas mancando na sua forma humana devido ao que parece ser uma fratura múltipla na perna.

Macy está bem, graças a Deus, mas com a varinha em punho, mandando um feitiço após o outro contra o gigante. Todos o atingem; eu vejo isso acontecer, um após o outro. Mesmo assim, nada acontece. Nenhum deles causa impacto.

E Xavier... Xavier está mancando também, embora não como Flint. No momento, está dando a volta por trás da Fera, preparando-se para atacar a parte de trás do seu joelho em uma última tentativa desesperada de refrear o monstro, mas eu já sei que não vai funcionar. Nada do que fizermos vai funcionar.

— *Você precisa parar com isso* — implora Hudson, quando se aproxima de onde eu estou, apoiada em uma parede de pedra, tentando recuperar o fôlego. Pela primeira vez ele parece estar em pânico. Realmente em pânico. — *Você tem que mandá-los parar de atacar, Grace. Ninguém mais vai fazer isso, então é você que vai ter que fazer.*

— Não sei fazer isso — grito em resposta. — Mesmo se eu mandar que recuem, mesmo se eles prestarem atenção em mim, a Fera não vai simplesmente nos deixar ir embora. Como vou conseguir tirá-los daqui sem que a gente morra?

— *Converse com ela* — diz Hudson.

— Conversar com ela? Com quem? — berro.

— *Com a Fera Imortal. Você não está ouvindo? Ela estava falando com você o tempo todo. Você precisa responder. Você é a única que consegue fazer isso.*

— Conversando comigo? Não tem ninguém conversando comigo!

— *Eu estou ouvindo, Grace. E sei que você também está ouvindo. Essa voz lhe dizendo para ir embora, para não morrer. É a Fera.*

— Não, você está errado. Essa voz é da minha gárgula.

— *Não estou errado. Você precisa confiar em mim, Grace.*

— Eu não acredito...

— *Mas que diabos!* — ele grita, quando cai de joelhos, com lágrimas nos olhos e o rosto retorcido de agonia. — *Fiz merda, está bem? Muita. E sei disso. Você também sabe. Mas não vou deixar isso acontecer agora. Sei que essa é a voz da Fera. Sei que você pode conversar com ela. Sei que é capaz de impedir isso. Só você. Puta que pariu, me escute pelo menos uma vez nessa sua vida de merda, do mesmo jeito que me ouvia quando estávamos juntos.*

Ele está gritando agora, implorando, e eu quero acreditar nele. Quero mesmo. Mas se eu estiver errada...

— Não — grito quando a Fera se vira para Macy, com um rugido.

Eu me jogo no ar e voo a toda velocidade para chegar até ela antes que o monstro a alcance, mas mesmo voando o mais rápido que já voei em toda a minha vida, sei que não vai ser o suficiente. Sei que vou chegar tarde demais.

Xavier chega até ela uma fração de segundo antes de mim. Ele se joga diante de Macy e a manda rolando pelo chão para trás de si, recebendo o golpe que estava destinado a ela.

Eu consigo ouvir seus ossos se quebrando no lugar onde estou. Consigo sentir seu crânio se despedaçando e afundando mesmo antes de Xavier ser jogado contra a parede. Ele bate no chão com um *ploft* nauseante, mas a Fera não se importa. Ela move o braço para pegar a perna de Xavier e levantá-lo, mas agora é a minha vez de me jogar na frente de Xavier.

Eu caio entre os dois e faço o que Hudson vinha me implorando para fazer. Ergo os braços no gesto universal que indica "pare" e grito:

— Não.

Um grito que emana da parte mais profunda da minha alma.

Capítulo 102

NÓS É QUE SOMOS OS MONSTROS

A Fera Imortal recua como se eu a tivesse atingido. E faz isso com tanta força que acaba tropeçando e caindo no chão com um grito alto que faz todos os ossos do meu corpo estremecerem. Assim como as próprias muralhas da caverna.

Mas, mesmo enquanto ela grita, a voz dentro de mim fala novamente *não machuque, não machuque*, e percebo que Hudson tem razão. A voz que venho ouvindo desde que cheguei em Katmere, a voz que me avisava toda vez que algum problema surgia, a voz que eu tinha certeza de que era da minha gárgula, na verdade era a Fera Imortal. Desde sempre.

Não faço ideia de como isso pode ter acontecido. Não faço ideia do motivo. Mas, neste momento, a única coisa com a qual me importo é salvar os meus amigos.

Passo a mão nos olhos para enxugar as lágrimas e, em seguida, olho para ele. Olho realmente para o gigante de pedra pela primeira vez desde que cheguei aqui.

Olho para as pedras quebradas e irregulares do seu exterior.

Para as pedras que estão lisas e polidas sob os grilhões de ferro.

Para o alto da sua cabeça e o que resta de um chifre ali. E percebo o que eu devia ter percebido desde o começo.

A razão pela qual a magia de Macy não funcionou no gigante.

A razão pela qual a telecinesia de Jaxon também não funcionou.

A razão pela qual os relâmpagos de Éden e o gelo de Flint não tiveram nenhum efeito não se deveu ao fato dele ser todo-poderoso. É porque, assim como eu, ele é totalmente imune à magia.

Porque a Fera é uma gárgula.

Não é realmente imortal. Somente uma gárgula; a última que existe além de mim. Acorrentada há mil anos, de acordo com as lendas.

Enquanto olho para o gigante, para essa pobre gárgula, esse pobre monstro enorme que já foi um homem — eu coloco a mão na minha própria cabeça, nos chifres, que vão crescendo toda vez que ganho poderes, e olho para ele com um olhar renovado. A quantas batalhas ele deve ter sobrevivido? Quantos adversários ele deve ter derrotado para ter crescido até ficar com todo esse tamanho?

A resposta é incalculável.

E nós só deixamos sua agonia ainda maior.

Meu Deus... o que foi que fizemos?

O que foi que fizemos?

Desculpe, eu digo. *Desculpe. Me desculpe mesmo.*

Não sei se estou dizendo isso para a Fera, para Xavier, para Hudson ou para todos os três. Sei apenas que foi a minha própria cabeça dura que nos trouxe aqui, minha completa recusa a dar ouvidos a Hudson mesmo quando ele implorou que eu o fizesse; tudo isso nos trouxe a este momento exato no tempo. Minha incapacidade de enxergar nada além de preto ou branco, bom ou mau. Salvador ou monstro.

E, agora, um momento que não posso mudar e do qual não posso recuar, se estende diante de mim.

Atrás de mim, Macy grita agoniada, e sei o que vou encontrar antes de olhar. Mesmo assim, viro para trás, ainda com um braço estendido para o monstro a fim de explicitar que não pretendo lhe causar nenhum mal. Exatamente quando ela cai de joelhos, chorando, ao lado de Xavier.

Fico observando enquanto ela o pega nos braços e o embala para a frente e para trás, para a frente e para trás, para a frente e para trás.

— Não! — grita Flint, enquanto tenta chegar até onde estamos, mancando. — Não. Não me diga que... não me diga isso, por favor. Não.

Éden voltou para a forma humana, com lágrimas lhe escorrendo pelo rosto. E Jaxon... Jaxon parece estar abalado de um jeito que eu nunca vi antes.

Desculpe. Desculpe, desculpe, desculpe, diz a voz dentro de mim. *Lobos são ruins. Preciso protegê-la. Preciso salvá-la.*

Não sei a quem ele está se referindo. E, neste momento, acho que nem importa. Tudo que importa é que Xavier está morto. Ele está morto e essa pobre e desgraçada alma o matou. Não porque quisesse, mas porque eu não a escutei. Porque me recusei a enxergar.

O horror e a angústia fazem meus joelhos cederem, assim como o restante de mim. E sinto que vou desabar.

Eu caio no chão com força, arranhando a canela em uma pedra que caiu das paredes, mas quase nem percebo. E como poderia? Especialmente quando Xavier está bem aqui, com os olhos sem vida olhando para o nada?

Ele estava vivo. Dois minutos atrás, ele estava vivo. E agora não está mais. Agora ele se foi. E eu podia ter impedido que isso acontecesse se tivesse dado ouvidos ao que Hudson tentou me dizer tão desesperadamente.

A culpa é minha. A culpa por tudo isso é minha.

Éden cai de joelhos atrás de Macy, colocando os braços ao redor da minha prima, enquanto ela soluça. Eu é que deveria estar fazendo isso. Deveria estar fazendo alguma coisa, qualquer coisa, para consertar essa situação horrível que eu mesma criei. Mas não consigo me mexer. Não consigo pensar.

Não consigo nem mesmo respirar.

— *Você tem que terminar com isso* — diz Hudson. — *Você tem que levar todo mundo para casa. Tem que deixar Xavier para trás e salvar as pessoas que pode salvar.*

— Eu nem sei como vamos conseguir voltar — eu sussurro, e é verdade. Nem Flint nem Éden estão em condição de voar conosco de volta para Katmere.

E a Provação começa em menos de quatro horas. Tenho de estar lá, ou nós todos vamos sofrer mais do que já sofremos. O rei e a rainha são o tipo de pessoas que vão castigar todos os meus amigos — inclusive Jaxon — pelo que julgarem ser as minhas transgressões.

É irônico, realmente, considerando todos os erros que cometi aqui esta noite. E eles vão me castigar por ter perdido um mero jogo para saber se sou digna. Por eu ser uma gárgula. Por namorar com seu filho.

Os golpes continuam chegando.

— Me desculpe, Macy — digo com a voz embargada, enquanto me arrasto até a minha prima. Dou-lhe um abraço afetuoso e um beijo no alto da cabeça também.

— Desculpe — eu sussurro para Hudson, enquanto lentamente volto a ficar em pé.

Me desculpe. Me desculpe mesmo, de verdade, eu digo àquela velha gárgula enquanto cruzo a distância que nos separa e coloco a mão em seu pé gigante.

Ela ruge no início. Tenta recuar, mas não tenta me atacar outra vez. Não faz nada a não ser me observar por aqueles olhos com séculos de idade e esperar para ver o que eu vou fazer a seguir.

Quem fez isso com você?, pergunto, passando a mão sobre o grilhão que prende o seu tornozelo. *Quem a prendeu aqui e a transformou na Fera Imortal?*

Ela parece se irritar um pouco com esse nome, e eu não a culpo. Por vários séculos, ela ficou enfiada aqui nesta cratera, caçada por criaturas mágicas de todo tipo que tentavam roubar um objeto precioso que ela só queria proteger.

O horror de tudo isso, a enormidade da depravação necessária para fazer algo assim... Não consigo nem imaginar.

Tenho que salvá-la, ele me diz. *Não posso morrer. Tenho que salvá-la. Tenho que libertá-la.*

Quem?, eu pergunto. *Quem você tem que salvar? Talvez a gente possa ajudar.*

Não sei por que ela acreditaria em mim, considerando que meus amigos e eu estávamos tentando matá-la agora há pouco, mas preciso tentar. Devo isso a ela. O mundo que fez isso com ela e perpetuou seu infortúnio por um milênio lhe deve muito mais.

Olho para trás, para os meus amigos, e todos parecem que voltaram de uma viagem ao inferno. Todos estão traumatizados, sangrando e tão devastados quanto eu mesma me sinto. Eu devo isso a eles, também.

No começo, a Fera — não, a gárgula — não responde à minha oferta. E eu não a culpo; em seu lugar, faria o mesmo. Mas em seguida, devagar, tão devagar que eu não tenho certeza de que não estou imaginando tudo isso, ela ergue o pulso e olha para os grilhões.

Ah, é claro. *É claro que nós vamos soltá-los.*

Eu olho para os meus amigos, todos alquebrados e devastados e, embora sinta que não tenho o menor direito, preciso pedir que façam mais uma coisa.

— Desculpem. Desculpem mesmo, mas preciso da ajuda de vocês.

Flint olha para mim e depois para a gárgula, e eu percebo que ele está pensando. Por que ele deveria ajudar o monstro que acabou de matar o seu amigo?

— Porque a culpa não é do gigante — sussurro, antes que ele consiga formular a pergunta. — Nós viemos e o atacamos. Tentamos machucá-lo, como tantas pessoas que vieram antes de nós. Nada disso aconteceu por culpa dele. E também porque ele é uma gárgula, como eu.

Todos me encaram, atônitos, sem saber como devem assimilar essa revelação.

Macy é a primeira a se mover. Ela se levanta com dificuldade, com o rímel manchando o rosto nos rios causados pelas lágrimas que escorreram, e aponta a varinha para a gárgula. No começo, tenho a impressão de que ela vai atacá-la outra vez e ergo a mão, tentando bloquear o feitiço — e a carnificina que tal ação pode causar. Mas ela me surpreende. Minha prima, com seu coração gentil, tão grande e feroz quanto o de qualquer dragão. Ela sussurra um feitiço por entre os dentes e dispara um relâmpago contra a corrente que prende a gárgula à parede.

Capítulo 103

REPASSANDO AS POÇÕES

A corrente não se quebra, e Macy dispara outra vez. E mais uma vez. E outra.

A cada vez a corrente estremece e range, mas não importa o feitiço com o qual ela ataca; a corrente continua firme.

Flint não demora para se juntar a ela, disparando rajadas de gelo contra a corrente para deixá-la quebradiça. Eu pego uma pedra gigante e, voando, tento arrebentar a corrente congelada. Mas, novamente, não importa com quanta força tentemos ou o quanto as correntes protestem contra o que estamos fazendo, elas continuam exatamente onde estão.

Finalmente, Jaxon consegue se levantar, com certa dificuldade. Ele está pálido e abatido, e parece estar tão arrebentado quanto naquele dia nos túneis, com Lia. E mesmo assim ele tenta ajudar, empenhando toda a força e o poder que lhe restam para arrancar as correntes da parede.

A parede range e rachaduras profundas começam a se formar, mas as correntes ainda estão firmes.

Jaxon dá a entender que vai tentar de novo, mas está cambaleando, e fico apavorada com a possibilidade de que, se usar mais poderes, possa acabar com alguma lesão permanente ou sequela.

E, assim, olho para a Fera Imortal, essa gárgula que não merecia o que meus amigos e eu tentamos fazer com ela — e meu coração se despedaça um pouco mais quando a vejo com a cabeça baixa e os ombros encolhidos, como se soubesse desde o início que isso fosse acontecer.

Me desculpe, eu digo a ela outra vez. *Desculpe por não poder levar você com a gente agora. Mas eu prometo que vamos voltar para buscá-la. Vamos encontrar uma maneira de libertá-la e vamos voltar.*

Ela me observa por vários segundos. Os olhos vermelho-sangue vão ficando mais humanos e menos animalescos a cada segundo. E ela pergunta, de uma maneira bem simples: *Por quê?*

Por que nós vamos voltar? Para libertar...

Não. Por que vocês vieram até aqui?

Ah. Eu baixo os olhos, envergonhada pelo que fiz. Envergonhada pela arrogância que imaginou que seria aceitável tirar algo desta criatura que já sofreu tanto e envergonhada por todos os outros erros que cometi que nos trouxeram até aqui, até este momento.

Precisamos de um tesouro que você protege. Uma pedra do coração, eu digo. *Desculpe. Pensamos que podíamos simplesmente tirá-la de você. Foi errado da nossa parte. E nós pedimos desculpas.*

Pedra do coração? Ele inclina a cabeça para o lado, como se estivesse tentando entender do que estou falando.

Sim, uma pedra do coração, eu repito.

Devagar, tão devagar que eu até acho que deve ser a minha imaginação, o peito da gárgula começa a brilhar com uma luminosidade vermelho-escura. Ela olha para a cor e nós também, chocados com o que estamos vendo.

Vocês precisam da pedra do coração?, pergunta ela e, em seguida, dá palmadinhas no peito.

Meu Deus... a pedra do coração não é uma joia que ela está protegendo. É o seu próprio *coração de pedra*. Depois de tudo que fizemos, ela ainda está disposta a entregá-lo sem qualquer outra razão que eu consiga compreender, além do fato de que paramos de tentar matá-la.

Eu caio de joelhos outra vez, com um soluço doloroso. Quem fez isso? Quem poderia ser tão cruel?

A gárgula toca o peito outra vez. *Precisam da pedra do coração?*

Não, eu respondo. *Não precisamos. Mas... obrigada.*

Cruzamos limites demais para chegar até aqui, sacrificamos coisas demais. Perdemos Xavier. Não vou deixar isso ainda pior com o sacrifício dessa criatura inocente.

Eu estraguei tudo porque não lutei mais por aquilo em que acreditava, pelo o que eu acreditava ser a verdade. Sabia que era errado arrancar a natureza vampírica de Hudson. Sabia que era errado julgá-lo. E sabia que era errado arriscar todas as nossas vidas porque não fui forte o bastante para convencer ninguém de que eles estavam errados, também.

Houve tantas coisas erradas que nos trouxeram até aqui que nem sei como posso consertá-las. Não sei nem como vou conseguir voltar para casa.

— Grace. — Jaxon está encostado na parede para conseguir ficar em pé. — Eu sei que você está abalada. Mas você precisa pegá-la.

— Não vou pegar — eu digo a ele, baixando a cabeça para o membro da minha espécie num agradecimento silencioso. — Não vou matar essa gárgula, Jaxon.

— Quando se acalmar, você vai se arrepender de não ter feito isso.

— Há muitas coisas das quais me arrependo de ter feito, mas esta decisão nunca vai ser uma delas — eu respondo sem me virar para olhar para ele. Em vez disso, baixo a cabeça e a apoio na lateral do pé da gárgula, quando volto para a minha forma humana. *Obrigada, meu amigo. Por tudo*, digo à gárgula. *Eu prometo que volto.*

Quando eu me afasto, percebo que Jaxon pegou o corpo de Xavier e o colocou sobre os ombros, levando-o diretamente para fora da caverna. Macy está ajudando Flint a mancar pelo chão acidentado, e Éden vai logo atrás deles, com o ombro direito recurvado de um jeito que parece ser incrivelmente doloroso.

Corro para me juntar a eles. Ainda precisamos descobrir uma maneira de voltar para casa, mas eu paro na boca da caverna para acenar mais uma vez para a gárgula. E sorrio quando ela retribui o aceno.

O tempo está correndo quando passamos pelos gêiseres e voltamos para a clareira, onde a temperatura já caiu bastante e a aurora boreal dança pelo céu em tons de verde. A Provação deve começar daqui a pouco mais de três horas, mas nem Jaxon nem eu temos a menor condição de competir. Além disso, nem imagino como vamos voltar para casa. Os dois dragões dizem que podem voar, mas o osso da perna de Flint está exposto, e vi o que tinha acontecido com a asa de Éden.

Ela não vai conseguir aguentar o próprio peso do corpo de dragão só com uma asa, menos ainda o restante de nós.

Macy não para de andar até estar a menos de meio metro da água, e nós vamos atrás dela — perdidos, confusos e assustados. Ela faz com que Flint se sente na areia e começa a revirar a mochila. E não para até tirar dali um punhado de cristais e um livro de magia.

Nesse meio-tempo, Jaxon deposita o corpo de Xavier no chão, a vários metros de onde Flint está, antes de desabar na areia, e Éden se senta no chão entre eles. Está tentando manter uma expressão neutra no rosto, mas percebo a dor em seu semblante, quando ela olha para Xavier. E sei que somente metade da sua agonia é física.

A minha própria angústia está pesando sobre mim, fazendo com que seja quase impossível respirar, conforme eu encaro os meus amigos — realmente os encaro — pela primeira vez desde que Xavier morreu.

Estou me sentindo tão culpada que nem consigo olhar meus amigos nos olhos, mas eles merecem isso de mim e muito mais. Assim, olho no rosto de cada um deles, enquanto lhe digo:

— Me desculpem. Eu nunca deveria ter arrastado nenhum de vocês para os meus problemas.

Em seguida, olho para o corpo surrado de Xavier e quase me engasgo com a própria tristeza.

— Não há nada que possa fazer para trazer Xavier de volta. Eu trocaria de lugar com ele... ou com qualquer um de vocês em um segundo, se pudesse. Desculpem. Me desculpem mesmo, por favor.

— Isso não foi culpa sua — Jaxon me diz, com a voz rouca e os olhos marcados pela dor e a exaustão. — Fui eu que pressionei para que a gente fizesse isso. A culpa de tudo isso é minha. Se pelo menos eu tivesse...

— Parem com isso, vocês dois — esbraveja Macy, mesmo enquanto passa as mãos pelo rosto para enxugar as lágrimas. — Vocês não precisam ficar se desculpando. Nós todos tomamos a decisão de vir. Nós todos sabíamos quais eram os riscos. Provavelmente mais do que Grace, já que crescemos ouvindo histórias sobre a Fera Imortal. E mesmo assim nós viemos.

As lágrimas de Macy continuam caindo, e ela limpa a garganta várias vezes, enquanto continua a enxugá-las.

— Nós todos voamos até aqui e atacamos aquela pobre criatura porque dissemos a nós mesmos que íamos prevenir uma atrocidade maior. Dissemos a nós mesmos que estávamos fazendo a coisa certa, embora tudo estivesse errado. E todos nós somos culpados por isso.

— Passamos a vida inteira brincando com magia. Fazemos feitiços, mudamos de forma e até fazemos a terra se mover quando queremos — ela diz, olhando para Jaxon. — Porém, o mundo em que vivemos e os privilégios que temos vêm com responsabilidades e consequências. Aprendemos sobre tudo isso na escola, mas nunca pensamos realmente nelas até precisarmos.

Ela olha para Xavier e parece que vai desabar completamente, mas em seguida ela endireita os ombros e olha todo mundo nos olhos, exceto para mim.

— Nós, todos nós, nos esquecemos dessas lições quando decidimos vir até aqui para brincar de Deus com Hudson, com a Fera e até mesmo com as nossas vidas. Mesmo depois que a minha prima implorou que não viéssemos. E tudo que aconteceu é culpa de cada um de nós. Nós vamos ter que viver com isso, uma lição pela qual vamos agonizar por muito tempo. — Ela limpa a garganta de novo. — Mas devemos uma coisa a Xavier e àquela pobre gárgula que ficou lá dentro, a todas as pessoas que estão na escola e a todos os paranormais do mundo que não entendem no que o Círculo se transformou ou o que está fazendo. Temos que aprender com este erro e fazer tudo que for necessário para impedir outros mais graves. Não é algo que vai corrigir este erro, não vai fazer as coisas voltarem a ser como eram. Mas pode impedir que outras pessoas cometam erros piores.

Ela aponta para mim.

— E isso significa levar vocês para aquela Provação e fazer com que entrem no Círculo. E fazer qualquer outra coisa necessária para que as coisas fiquem melhores. Por isso, todos vocês precisam parar de se culpar. Precisam parar de se afogar em culpa, tristeza e raiva. E precisam me ajudar a nos levar de volta para Katmere antes que seja tarde demais para impedir o plano que o Círculo está tentando colocar em ação.

Por vários segundos, ninguém se move. Em vez disso, ficamos transfixados pelo poder e pela responsabilidade de tais palavras. Pelo menos até ela erguer uma sobrancelha e dizer:

— Ou será que eu vou ter que fazer tudo sozinha?

Capítulo 104

PORQUE NÃO CONSEGUIMOS
DETER A MORTE

— Estamos dentro — diz Flint, tentando se levantar de novo. É doloroso observar isso, pelo menos até que Jaxon coloque a mão em seu ombro. Em seguida, ele se aproxima e fala alguma coisa baixinho para o dragão. Não sei o que ele diz, mas Flint volta a se sentar e não tenta ficar em pé outra vez.

— Do que você precisa? — pergunto, enquanto me apresso até onde Macy se ajoelhou novamente na areia.

— Dê um cristal para cada um e faça com que fiquem de frente para o norte, sul, leste e oeste, respectivamente — responde ela, apontando para as direções certas, enquanto lê uma página do livro de feitiços várias vezes antes de fechá-lo com um movimento brusco e enfiá-lo de volta na mochila. — Depois, coloque o quinto cristal no peito de Xavier.

Faço conforme ela diz, sentindo a garganta apertar quando coloco o cristal no meio da camiseta do Guns N' Roses que Xavier veste. Faço uma rápida oração por ele e depois volto para junto de Macy para ver o que mais eu posso fazer para ajudar.

Jaxon deve estar pensando a mesma coisa, porque chega a passos meio hesitantes e pergunta:

— O que precisa que a gente faça?

Seguro na mão dele e lhe mando energia pelo elo entre consortes.

— Pare com isso — diz ele, se afastando. — Você não pode fazer isso logo agora.

— Bem, também não posso me dar ao luxo de ver meu consorte ficar doente. Então, me deixe fazer isso agora. Vamos pensar no resto quando voltarmos para a escola.

Ele não concorda, mas não discute mais a questão. Assim, eu lhe dou um pouco mais de energia. Não o bastante para me enfraquecer de um jeito significativo, mas o bastante para ele não parecer tão pálido e abatido.

— Só precisa ficar ali, onde Grace o colocou — responde Macy, enquanto coloca a mochila nas costas.

— E agora? — pergunto a Macy, quando ela se vira de frente para o mar.

— Agora vou tentar fazer um feitiço sobre o qual Gwen comentou quando eu estava me preparando para esta noite. Nunca o fiz antes, então tudo que posso dizer é que ele vai funcionar e nos levar de volta para a escola ou vai dar errado e nos estraçalhar em milhares de raios de luz. — Ela olha para mim. — Por isso, é hora de ter esperança.

— Ah, entendi — eu respondo, com os olhos arregalados e o estômago se revirando de todas as maneiras. — Ter esperança.

Ela me entrega um dos cristais e diz:

— Segure este para mim, por favor. E confira se todo mundo está onde precisa estar.

— Claro. — Eu sigo as instruções dela, olhando para os outros antes de fechar os dedos ao redor do cristal, enquanto Macy puxa a sua Athame do bolso, em vez de pegar a varinha, e a segura com a lâmina apontada para cima.

— Todo mundo pronto? — pergunta ela, segurando na minha mão.

— Para ser estraçalhado em milhares de raios de luz? — indaga Flint. — Claro. Sempre estive.

— Era isso que eu esperava que você dissesse — responde ela e, em seguida, ergue o rosto para o céu. — Lá vai.

Prendo a respiração quando Macy levanta os braços para o céu em uma postura circular, como se fosse começar a dançar balé. Sua Athame está na mão direita e ela a aponta diretamente para o âmago da aurora boreal, que dança sobre nós enquanto move a outra mão em pequenos círculos, sem parar.

No começo, nada acontece. Mas, devagar — tão devagar que levo alguns segundos para perceber o que está acontecendo —, o cristal na minha mão começa a pulsar. Uma rápida olhada me mostra que os cristais dos outros estão fazendo a mesma coisa, brilhando com uma intensidade crescente a cada momento ao passo que vibram em suas mãos.

Eu olho para Macy, mas ela está tão concentrada no céu que nem olha para mim. Acho que isso indica que ela não consegue enxergar, então começo a erguer a mão para lhe mostrar o que o cristal está fazendo. Mas basta um pequeno, e quase imperceptível, aceno de cabeça para que eu fique paralisada onde estou.

À medida que os cristais continuam a vibrar, a ficar mais brilhantes e mais quentes, os movimentos circulares que Macy faz com a mão ficam cada vez maiores, até que ela parece estar circundando todos nós com o gesto, envolvendo o grupo inteiro com sua magia e proteção, enquanto continua a manipular a energia vinda do céu.

De repente, Macy solta um gemido mudo no mesmo instante em que o cristal na minha mão começa a queimar de uma maneira quase insuportável. Eu dou um grito, tentando segurá-lo, mas o calor fica mais severo a cada segundo que passa, até que não tenho escolha a não ser abrir os dedos. Por um segundo, dois segundos, o cristal fica sobre a minha palma e começa a subir, flutuando cada vez mais alto sobre nossas cabeças até ir diretamente para o caminho traçado pela Athame.

Os outros cristais começam a fazer a mesma coisa até se alinharem entre a Athame e o céu na ordem das cores do arco-íris. No instante em que o último cristal chega ao seu lugar, relâmpagos cortam o céu e acertam os cristais com toda a sua potência, chegando por eles até a Athame de Macy.

Grito com o clarão súbito e o calor, mas Macy nem se abala. Simplesmente segura firme a Athame, mesmo quando os relâmpagos se ligam ao artefato e depois o espalham, criando um círculo gigante que envolve a todos nós.

Areia e água se erguem ao nosso redor, e um vento os faz girar em um tornado, até estarmos cercados por todos os lados por água, areia, vento e relâmpagos — todos os elementos se reunindo por meio de Macy.

Ela começa a tremer, e seu corpo se ilumina com a força dos elementos que a castigam. Logo, suas roupas estão encharcadas e grudadas ao corpo, seus cabelos estão em pé e até mesmo a sua pele parece brilhar por dentro. Ela estende a mão para mim, e sinto aquilo, toda a energia dos elementos — do mundo natural e ao nosso redor — fluindo dela para mim.

É uma coisa poderosa, dolorosa e tão forte que eu quase me solto dela... Até perceber que Macy precisa de mim. Que a energia é grande demais para que ela a contenha sozinha, e ela está me usando para canalizar o poder, usando a minha gárgula. Eu sou capaz de absorver o poder da magia que passa por mim sem que ele me machuque.

Assim, seguro firme em sua mão e deixo que ela canalize tudo que precisa diretamente para mim. E, quando um segundo clarão de relâmpagos crepita no céu, nem pisco os olhos. Nem mesmo quando ela se mescla ao primeiro.

Segundos se passam, preenchidos com um poder descomunal, inacreditável e, em seguida, há outro clarão enorme. Este ilumina o céu por inteiro, espalhando-se por cima da água, por cima da clareira, por cima de nós, até não haver mais clareira.

Até não haver mais rochas.

Até não haver mais nós. Somente a luz, a energia e o ar em que nos tornamos.

Capítulo 105

A QUEDA

Nós caímos no chão gritando, cada um de nós, conforme as moléculas de luz nas quais viajamos se reagrupam para reagregar nossos corpos. É doloroso, estranho e um pouco apavorante, mas demora somente alguns segundos. Em seguida, já sinto dificuldade para absorver a dor e conseguir recuperar o fôlego.

— Que horas são? — pergunto enquanto me levanto, desorientada, e olho para os meus amigos. Todos ainda estão encolhidos e gemendo na neve. Pego o meu celular, mas a bateria está zerada. Eu o jogo longe e grito: — Que horas são, porra?

Os raios rosados do amanhecer começam a cortar o céu, e o pânico é um animal vivo e acuado dentro de mim. Não cheguei até este ponto apenas para falhar porque chegamos tarde demais. Não podemos estar atrasados.

Por favor, Deus. Não podemos estar atrasados.

— São dez para as sete — geme Flint, enquanto rola pelo chão com o celular em punho.

— Dez para as sete — eu sussurro. Havia verificado a hora do nascer do sol antes de sairmos e ainda temos tempo. — O sol nasce às oito e vinte. Temos uma hora e meia.

Olho para Jaxon e os outros, e todos continuam largados na neve, apesar do que eu disse. Ninguém parece entender a súbita urgência que temos.

— Nós temos noventa minutos — grito para eles, enquanto olho ao redor, tentando descobrir em que parte de Katmere nós estamos.

Macy consegue se levantar com dificuldade e parece estar tão mal quanto eu mesma me sinto.

— Tudo bem, tudo bem, tudo bem. — Ela olha ao redor também e passa mão pelo rosto. — O anfiteatro fica para lá. Só precisamos passar por essas árvores.

— Vamos — digo, puxando Jaxon para que se levante. Ele não parece estar tão bem agora. E imagino que não se possa dizer o mesmo a meu respeito.

Flint se levanta também e me ajuda a erguer Jaxon, mas, agora que não está tão escuro quanto na caverna da gárgula, percebo que sua perna está numa condição realmente lastimável.

— Você não vai poder andar com essa perna desse jeito — digo a ele. — Você vai ter que ficar aqui, e nós vamos mandar alguém para ajudar.

— Eu fico com ele — diz Éden. — E com Xavier.

Mas, assim que ela diz isso, dou uma olhada em volta para ver onde está o corpo de Xavier e percebo que não o vejo em lugar nenhum.

— Nós o deixamos para trás — eu sussurro, horrorizada. — Nós o deixamos naquela praia.

— Não deixamos — diz Macy.

— Ele não está aqui — diz Éden, correndo até as árvores mais próximas.

— Onde ele está? Meu Deus, onde ele está?

— Ele é luz — diz Macy, e sua voz está embargada pelas lágrimas enquanto olha para o céu, que vai clareando. — Ainda estamos vivos, e por isso nossos corpos conseguiram se reagrupar. Xavier não estava, então a minha magia de força vital não pôde funcionar nele. Ele se foi. Para sempre — diz ela, e começa a chorar.

Sinto vontade de chorar com ela. Vontade de sentar o meu corpo cansado e dolorido nesta neve e chorar como uma criança, enquanto a culpa me destrói. Mas não posso fazer isso. Nós não podemos fazer isso. Ainda não. Não quando temos que estar dentro da arena em noventa minutos.

— Desculpem, mas nós temos que ir — digo a Macy. — Não posso fazer isso sozinha. Preciso que você venha comigo.

— Eu sei. Desculpe. — Ela passa as mãos nas bochechas para enxugar as lágrimas. — Vamos. Vamos logo.

— Eu lamento, Macy. — A voz de Jaxon está grave e rouca pela dor.

Minha prima simplesmente confirma com um aceno de cabeça. Afinal, o que mais há para ser dito?

Éden e Flint nos desejam sorte quando partimos, com passos meio vacilantes por causa da neve, do nosso cansaço e dos ferimentos. Mas, pelo menos, Macy tem razão. Quando passamos pela floresta de árvores onde pousamos, a arena se ergue sobre a paisagem, gigantesca.

Eu olho para o celular de Jaxon. Temos oitenta e cinco minutos para entrar. Isso não deixa muito tempo para descansarmos quando chegarmos ao campo, mas é o bastante. É tudo que importa.

— Entrem por ali — diz Macy, apontando para o portão mais próximo. — Eu vou buscar ajuda e ver se consigo chamar Marise ou alguém que esteja na enfermaria para vir até aqui e ajudar Flint. Também vou pegar um pouco de sangue para Jaxon e vou para a arena assim que puder.

Não tenho energia para responder. Assim, simplesmente faço um sinal afirmativo com a cabeça e continuo a avançar pela neve, com o braço de Jaxon sobre os meus ombros para ajudá-lo a apoiar um pouco do peso. Estou cansada, cansada demais, e cada osso do meu corpo dói.

Só quero me sentar. Só quero voltar para o meu quarto. Só quero estar em qualquer lugar, menos aqui.

— Oi — diz Hudson, e sua voz está quase tão rouca quanto a de Jaxon e a minha. Mas, pensando bem, ele gritou bastante naquela caverna. — *Você vai conseguir. Falta só mais um pouco; e depois vocês podem sentar por uns minutos e simplesmente respirar, certo? Você e Jaxon podem se preparar para a segunda rodada.*

— Acho que você deve estar falando da quarta rodada — comento, mas respiro fundo e digo a mim mesma que ele tem razão. Que podemos fazer isso. Somente por mais algum tempo, depois tudo vai terminar. Posso fazer qualquer coisa por algum tempo. Até mesmo fingir que não estou arrasada por causa da morte de Xavier.

No entanto, quando começamos a descer a última colina que nos separa da arena, Jaxon me diz:

— Vamos precisar de um plano melhor para o que nos espera.

Eu olho para ele.

— Não sei o que podemos fazer. Sim, nós planejamos usar vários dos portais, mas acho que você não está em condições de fazer isso. O portal em que entrei durante o jogo acabou comigo.

Ele concorda com um aceno de cabeça.

— Sabe, não tinha realmente lhe contado sobre o que eu planejava fazer na Provação, mas ia tentar chegar até a linha de fundo em uma única jogada. Nuri segurou o cometa por quase cinco minutos. Acho que consigo chegar perto disso, e aí você não teria que...

— Preocupar a minha cabecinha com isso? — pergunto, sentindo o choque e a ofensa com toda a força.

— O quê? — indaga ele, confuso.

— Você não quer que eu preocupe a minha cabecinha com nada tão exaustivo quanto participar de verdade na Provação que eu mesma pedi.

— *E o show vai começar...* — diz Hudson discretamente no fundo da minha cabeça, mas não estou prestando atenção nele neste momento.

— Não foi isso que eu disse. — Jaxon me encara com cautela.

— Talvez não, mas foi isso que você quis dizer, não foi? O que você achava que ia acontecer nessa arena, Jaxon? Achou que iria simplesmente ficar em segundo plano? Será que eu devia ter trazido os meus pompons para torcer por você?

— *Ei, essa frase é minha* — reclama Hudson, mas há um pouco de humor em sua voz.

— Eu não quis dizer essas coisas do jeito que você entendeu — responde Jaxon e, pela primeira vez, parece estar bem bravo.

— Tudo bem, é justo. — Eu paro de andar aos tropeções e simplesmente espero. — O que exatamente você quis dizer?

— É sério? — pergunta ele, e a cautela parece estar mais exacerbada agora.

— Absolutamente sério — asseguro a ele. — Se eu entendi errado, então peço desculpas. Mas quero saber exatamente o que você quis dizer.

Ele suspira e passa a mão trêmula pelos cabelos.

— Só quis dizer que estou tentando cuidar de você, Grace. Sou mais forte e posso fazer mais, então permita que eu faça mais. Não há nada de errado em cuidar da minha namorada.

— Você está se referindo à sua namorada humana, não é? — pergunto, com a sobrancelha erguida.

— Talvez. O que há de errado com isso? — Ele joga a mão que está livre para o alto. — O que há de errado em querer cuidar de você?

— Nada — respondo. — Só que, com você, é quase uma doença. E eu acho que é um sintoma de alguma coisa muito mais problemática no nosso relacionamento.

— Problemática? — Agora ele parece ter ficado irritado. — Como assim?

— Você acha que eu sou mais fraca que você. E, por causa disso, você tem que...

— Você é mais fraca do que eu — ele grita, me interrompendo. — É um fato.

— Ah, é mesmo? — Eu me desvencilho do braço de Jaxon, afasto-me alguns passos e ele quase cai de bunda no chão. — Porque, neste exato momento, parece que você precisa de mim muito mais do que eu preciso de você.

Os olhos dele ficam totalmente negros e opacos.

— Você está me zoando por estar exausto depois de tudo que fiz naquela caverna?

Respiro fundo e faço um esforço para não gritar com ele, mesmo que esteja morrendo de vontade de fazê-lo agora. Porque Jaxon não está entendendo. Pela primeira vez, estou até um pouco receosa, porque talvez ele não seja capaz de entender. Talvez ele nunca consiga. E, se for o caso, o que vamos fazer?

— Não. Estou zoando desse jeito porque você parece não entender que precisamos cuidar um do outro — eu digo a ele, recuando alguns passos porque não suporto estar perto dele neste momento. — Que às vezes eu preciso de ajuda para...

— Sei disso.

— Ah, eu sei que você sabe disso. Você é muito competente quando precisa me lembrar de todas as coisas que não sou capaz de fazer, de todas as maneiras pelas quais sou mais fraca do que você. — Paro por um momento, sentindo a voz ficar embargada. — E de todas as maneiras pelas quais a minha opinião não importa para você.

— Eu nunca disse isso. — Jaxon dá alguns passos vacilantes, enquanto tenta encurtar a distância entre nós. — Você sabe que eu peço a sua opinião todas as vezes.

— É exatamente isso — digo a ele. — Você não faz isso. Você me diz o que você pensa. Eu tento lhe dizer o que penso. E daí você faz aquilo que quiser. Talvez não aconteça desse jeito todas as vezes, mas acontece desse jeito pelo menos oitenta por cento das vezes. Você não me diz as coisas porque tem medo de que eu fique preocupada ou magoada. Você não me escuta porque acha que não vou entender. Você sempre quer resolver os problemas para mim, porque esta humana frágil não pode sobreviver se tiver que fazer as coisas sozinha.

— O que há de errado em querer cuidar da minha namorada? — rosna Jaxon. — Eu perdi você por quatro meses. O que há de errado em tentar garantir que nada de ruim lhe aconteça...

— Porque você não me perdeu. Eu salvei você, caso tenha se esquecido.

— Sim, e quase morreu no processo — rebate ele, e parece estar angustiado, com o rosto contorcido e os punhos fechados com força. — Você faz ideia de como eu me senti? Quando estava naquele corredor e vi você transformada em pedra, completamente fora do meu alcance, e saber que isso aconteceu porque não a protegi direito? Saber que você quase morreu nos túneis porque fui ingênuo o bastante para tomar aquele maldito chá que Lia me enviou? Saber que você ficou presa com o meu irmão por três meses e meio porque eu não conseguia chegar até você, não conseguia...

— Me salvar? — Eu termino o pensamento por ele. — É exatamente aí que está o problema, Jaxon. Não é sua obrigação me salvar. Talvez, cada um de nós tenha a obrigação de salvar o outro. Mas você nunca vai me dar uma chance de fazer isso. Porque, na sua cabeça, ainda sou aquela humana frágil e indefesa que chegou à Academia Katmere em novembro passado.

— Você é humana. Você é...

— Não. — eu me contraponho, e desta vez me aproximo do seu rosto para dizer isso. — Não sou humana. Ou, pelo menos, não sou somente humana. Sou uma gárgula e consigo fazer um monte de coisas legais. Talvez eu não consiga fazer a terra tremer, como você, mas posso transformar você em pedra agora mesmo, se quiser. Posso voar tão alto quanto você. E posso levar uma surra e mesmo assim continuar lutando.

— Eu sei disso — diz Jaxon.

— Sabe mesmo? — questiono. — Tem certeza? Porque você diz que me ama, e eu acredito. Mas tenho a impressão de que você não me respeita. Não como alguém no mesmo nível. Como se não precisasse ser respeitada. Se respeitasse, não teria simplesmente me ignorado quando eu disse que achava que era uma má ideia ir caçar a Fera Imortal.

— Isso não é justo, Grace. Eu ainda acho que libertar Hudson neste mundo com todos os seus poderes seria um desastre e...

— Xavier está morto, Jaxon. Ele está morto e a culpa é nossa. Como vamos viver com isso? Como vou conseguir me perdoar por não me opor com mais força à sua decisão? Por não exigir que você me escutasse? Por não conseguir fazer você mudar de ideia?

— Você aprende a compreender o que todos nós já sabemos. Que é uma tragédia horrível... — A voz dele fica embargada, mas ele limpa a garganta e engole em seco algumas vezes. — É uma tragédia que Xavier tenha morrido. Mas ele mesmo falou disso uma noite antes. Tem coisas pelas quais vale a pena morrer. Porque se Hudson se libertar com os seus poderes... muitas outras pessoas além de Xavier vão morrer. É isso que você não entende.

Aquelas palavras fazem sentido. De verdade. Porque eu não estava aqui há dezoito meses. Não vi em primeira mão o que Hudson fez. Não vi o que levou Jaxon a sentir que tinha que matar o meu irmão.

E é quando me dou conta de algo muito importante.

Talvez seja esse o problema. Talvez a razão pela qual ele não consiga acreditar em mim seja porque, se o fizer, Jaxon vai ter que reconhecer que não precisaria ter matado o irmão. Vai ter que reconhecer que talvez tenha cometido o pior erro da sua vida.

Mas não podemos continuar agindo assim. Não podemos continuar procurando maneiras de manter o mundo a salvo de Hudson quando isso deixa pessoas mortas ou gravemente feridas.

— Você vai ter que confiar em mim — digo a ele. — Você vai ter que acreditar no que estou dizendo. Porque, se não acreditar, não vejo como vamos conseguir superar isto. Você é o meu consorte e eu amo muito você, Jaxon. Mas não posso passar o resto das nossas vidas lutando para que você acredite em mim.

Hudson ficou muito, muito quieto dentro de mim. E eu entendo o motivo. Há um pedaço de mim que não consegue acreditar que eu estou dizendo isso, que não consegue acreditar que estou até mesmo pensando nessa possibilidade. Mas não posso viver desse jeito. Não vou viver dessa maneira, em que o meu companheiro não é tão companheiro assim. Eu mereço algo melhor do que isso... e Jaxon também merece.

— Como assim? — indaga ele. E, pela primeira vez na vida, Jaxon parece estar em pânico, fora de controle, desesperado. — O que está dizendo?

Há um pedaço de mim que quer admitir a verdade. Dizer que não sei. Não sei o que estou dizendo. Não sei em que estou pensando. Mas isso é uma saída pela tangente. Pior, é um sinal de fraqueza. E se tem uma coisa que nunca mais serei é fraca. Não por Jaxon nem por ninguém.

— Estou dizendo que precisamos encontrar um meio-termo — pontuo para ele. — Preciso que você me trate como alguém igual. Preciso que você me escute, que confie em mim, mesmo quando for a coisa mais difícil do mundo a se fazer. Porque é isso que estou disposta a fazer por você. Mas, se você não conseguir, se não vai nem mesmo tentar, então não sei onde isso vai dar.

Ele não diz nada por alguns segundos, não manifesta o seu amor eterno, não me promete que vai fazer tudo que eu quiser. E, sinceramente, fico muito grata por isso. Grata pelo tempo que ele passa pensando na questão. Porque isso significa que é real. Significa que ele está de fato tentando escutar.

Finalmente, quando meus nervos estão quase no limite e o relógio já avançou por mais tempo do que podemos permitir, Jaxon diz:

— Eu vou tentar, Grace. Claro que vou tentar. Mas sou assim há muito tempo. Então, você vai precisar ter paciência comigo. Eu vou errar outras vezes. Vou tentar protegê-la mesmo quando você não precisar de proteção, e algumas vezes você simplesmente vai ter que me deixar agir assim. Porque é assim que eu sou. É assim que sempre vou ser.

— Eu sei — respondo, com lágrimas ardendo nos meus olhos exaustos, quando finalmente me encosto em Jaxon. — Nós dois vamos tentar, está bem? E vamos ver para onde isso nos leva.

Ele encosta a testa na minha.

— Neste momento, tenho certeza de que isso vai nos levar para aquele estádio, onde é bem provável que a gente leve uma surra.

— É verdade — concordo com ele. — Provavelmente. Mas pelo menos vamos levar essa surra juntos. Acho que isso deve valer alguma coisa.

— Alguma coisa, não. — Ele me encara com olhos que queimam como o mais negro dos sóis. — Isso é tudo.

Capítulo 106

CORAÇÕES DE PEDRA PODEM SER PARTIDOS

Demora alguns minutos até que a gente consiga se arrastar até a entrada dos fundos da arena, mas, assim que passamos pelo pórtico entalhado, Cole sai de trás da árvore mais próxima e começa a aplaudir quando se coloca diretamente em nosso caminho.

— O que você quer, Cole? — grunhe Jaxon, mas não há muita força por trás da sua voz. E, a julgar pela maneira que os olhos de Cole se arregalam, ele também percebe.

— Eu só queria ver se você ia aparecer, Vega. Parece que sim. Não sei se isso significa que você é corajoso ou somente o desgraçado mais arrogante do planeta. Tipo... dê só uma olhada em vocês — diz ele. — Estou quase sentindo dó.

Eu sei que não devia perguntar; Cole é presunçoso demais e não quero lhe dar essa satisfação. Mas estou cansada e é fácil demais morder a isca. As palavras saem mesmo antes de eu perceber que vou dizê-las.

— Dó? Por quê?

Ele me olha nos olhos, enquanto tira do bolso uma folha de papel, obviamente rasgada em pedaços há tempos e reconstruída com fita adesiva prendendo os pedaços.

— Por isso.

Os olhos de Jaxon se arregalam e ele grita:

— Não. — E avança sobre Cole. Mas, de repente, todos os comparsas de Cole estão por ali. Dois lobos me agarram, dois outros agarram Jaxon e os três últimos se interpõem em meio a ele e a Cole.

— Você é tão arrogante, não é mesmo, Jaxon? Você nem hesitou em rasgar e jogar no lixo, bem na frente de todo mundo, algo tão poderoso e que poderia ser usado contra você.

O sorriso de Cole é pura malícia e algo mais... inveja.

— Qual é a sensação de ser tão autoconfiante ao ponto de todo mundo o temer e ninguém tentar machucar você ou a sua consorte? Bem, acho bom você se lembrar de uma coisa: foi você mesmo quem causou isso.

E, logo depois, Cole já está lendo uma série de palavras que não fazem muito sentido para o meu cérebro já fatigado; palavras que parecem ser um feitiço ou um poema. Não sei. Estou cansada demais e é difícil acompanhar o que ele diz. Só que, ao terminar, eu sinto um golpe enorme dentro de mim, como se a minha própria alma estivesse sendo rasgada. E isso dói como nada jamais doeu antes em toda a minha vida.

Eu grito com o choque, com a dor... E as minhas pernas cedem. Eu caio no chão com força e sinto a cabeça bater na neve compactada, enquanto cada pedaço de mim grita em agonia.

Faça isso parar, meu Deus, por favor, tire essa dor de mim. Qualquer coisa que ele tenha feito comigo... Por favor, alguém faça essa dor parar.

Mas ela não para. Ela continua até eu mal ser capaz de respirar. De pensar. De ser. Em determinado momento, tento me erguer até ficar apoiada sobre as mãos e os joelhos, mas estou fraca demais. Tudo dói, e dói muito.

Ouço Jaxon gritar e uso as últimas migalhas de energia que me restam para virar a cabeça na direção dele. Ele está se retorcendo no chão, com as pernas encolhidas e o corpo recurvado pela dor.

— Jax... — Tento estender a mão para ele, tento chamar seu nome, mas não consigo. Não resta nada. Sinto a escuridão crescer dentro de mim e eu caio de bruços no chão. E faço a única coisa que posso para alcançar Jaxon.

Tento alcançar o elo entre os consortes... E grito outra vez, quando percebo que ele não está mais ali.

Capítulo 107

NUNCA PEDI UMA COISA DESSAS

O tempo passa. Não sei quanto, mas passa. Tempo o bastante para que Cole e sua corja de lobos sádicos desapareçam.

Tempo o bastante para que o dia finalmente amanheça por completo.

Mais do que o bastante para que eu compreenda a realidade de que o meu elo entre consortes desapareceu.

A dor finalmente se dissipa. Em outro mundo, em outra época, acho que isso seria bom. Mas, aqui onde estou, neste momento, sinto demais a falta dela.

Sinto falta do seu calor abrasador.

Sinto falta do seu frio violento.

Sinto falta daquela onipotência esmagadora, que vai preenchendo e ocupando cada brecha do meu coração e da minha alma.

Porque, sem ela, sem a agonia e o sofrimento, tudo que sobra é o vazio.

Um vazio enorme, devorador e eterno.

Eu nunca me senti assim antes. Nunca imaginei que pudesse me sentir assim. Quando meus pais morreram, fiquei atordoada. Enraivecida. Perdida. Triste.

Mas nunca me senti vazia. Nunca me senti destruída.

Agora me sinto dessas duas maneiras. E não consigo nem mesmo encontrar a força de vontade para me importar com isso.

O tempo está passando. Segundos se transformam em minutos, e eu não posso perdê-los.

Eu devia estar entrando na arena com Jaxon agora.

Devíamos estar tomando nossos lugares no campo agora.

Devíamos estar lutando contra essa atrocidade, encarando Cyrus e o mal que dominou o Círculo como um câncer, devorando qualquer coisa boa que podia existir ali.

Em vez disso, não consigo nem levantar do chão.

Olho para Jaxon e percebo que ele também continua no chão. Diferente de mim, ele não está deitado de costas. Está encolhido em torno de si mesmo, com as mãos na cabeça, como se quisesse desesperadamente se proteger do próximo golpe.

Mas não há mais golpes para serem recebidos, porque não há mais golpes a desferir. Cole, com seu ódio infinito, deu o golpe de misericórdia, e eu nem percebi.

Pelo menos o pior já passou. Não me importo com a masmorra na qual eles vão me jogar. Não me importo com as coisas terríveis que Cyrus planejou para mim. Pelo menos nenhuma dessas coisas vai me causar uma sensação como esta.

Pelo menos, nunca mais vou me sentir assim outra vez.

Eu respiro fundo e, em seguida, começo a tossir enquanto aspiro neve pelo nariz. Eu viro de lado apenas por causa do instinto mais básico de autopreservação. E fico daquele jeito porque não há razão para fazer qualquer outra coisa.

O sol está nascendo, transformando as bordas do céu numa miríade de cores — pelo menos por um minuto ou dois. E, em seguida, um relâmpago risca o céu. Um trovão estoura e as nuvens mais negras que já vi vêm pelo céu bem na nossa direção.

— Grace... — Jaxon me chama pelo nome em uma voz que ficou rouca por toda essa dor, toda a perda.

— Sim?

— Você não pode entrar lá — diz ele, com dificuldade.

— O quê?

— A arena. Você não pode entrar lá sem mim.

— Eu sei.

Ele se vira de lado e estende a mão para mim. Eu penso em pegar nela. Sinto vontade de tocá-la. Mas ele está longe demais e isso não tem mais importância. Um toque não vai trazer de volta o que perdemos.

— Estou falando sério, Grace. Eles vão matá-la se você entrar. Ou pior, vão levar você para Londres e destruí-la, um pedaço de cada vez.

Que garoto bobo. Será que não consegue perceber que eu já estou destruída? Que já estou quebrada em tantos pedaços que não consigo nem imaginar como juntar todos outra vez?

Meus pais morreram.

Minha memória sumiu.

Meu elo entre consortes desapareceu.

Por qual motivo eu entraria ali para lutar?

Não me resta nada pelo qual eu possa lutar.

As nuvens se aproximam ainda mais, bloqueando os últimos resquícios da luz, enquanto uma chuva de granizo começa a cair. A chuva e o gelo fustigam a minha pele, arrancando os últimos resquícios de calor do meu corpo.

Sinto um esgotamento forte tomar conta de mim. Fazendo meus olhos se fecharem, minha mente devanear e minha respiração ficar tão lenta até quase parar. Há uma voz no fundo da minha cabeça dizendo que está tudo bem, que eu posso simplesmente ficar aqui. Que posso me encerrar em pedra e deixar que a pedra me domine.

Não me lembro dos últimos três meses. Talvez, se eu ficar em forma de pedra por tempo o bastante, não me lembre de nada disso, também.

Respiro fundo uma última vez e me entrego.

Capítulo 108

POMPONS E POMPA

— *Grace. Grace. Você está me ouvindo?*
— *Droga, Grace. Você está me OU-VIN-DO?*
— *Não faça isso. Não se atreva a fazer isso de novo. Não se atreva, porra.*
— *Levante. Porra, Grace. Eu falei para você levantar.*
— Pare com isso. — Eu nem sei com quem estou falando; só sei que há uma voz na minha cabeça que não quer sumir. Que não me deixa em paz. Tudo que eu quero fazer é dormir, e ela continua falando, falando e falando sem parar.
— *Ah, meu Deus, você está aí. Grace, por favor. Volte. Por favor, não se transforme em pedra.*
— *Grace? Grace? Por Deus, Grace. Se você não acordar agora, eu vou...*
— O que foi? — pergunto, irritada, rabugenta e pronta para arrancar a cabeça dessa pessoa que insiste em ficar me perturbando.
— *Levante. Estou falando sério. Você precisa sair dessa neve. Você precisa entrar naquela arena. Agora.*
Eu abro um olho e o vejo em pé, ao meu lado, olhando para mim com aqueles olhos azuis ridículos.
— Ughh, Hudson. Eu devia saber que era você. Vá embora.
— *Não vou embora.* — Sua voz está bem britânica outra vez, praticamente escorrendo com sílabas perfeitas e indignação. — *Estou salvando você.*
— E se eu não quiser que me salvem?
— *Desde quando o que você quer importa para mim?* — pergunta ele.
— Até que você tem razão.
— *Eu sempre tenho razão* — diz ele, bem bravo. — *Você geralmente fica ocupada demais me odiando.*
— Ainda estou ocupada demais odiando você para escutá-lo. — Mas me ergo até ficar sentada.

— Ótimo. Pode me odiar o quanto quiser. Mas levante essa bunda do chão e entre na arena antes que você perca o direito a tudo.

— Não tenho mais um consorte — eu digo a ele.

Ele solta o ar longamente.

— *Eu sei que o elo com Jaxon foi quebrado.*

— Se você quer dizer que foi arrebentado por aquele filho da puta do Cole diz que foi quebrado, então... sim. Ele foi quebrado.

Ele olha para mim, de cima para baixo, por vários segundos. Em seguida, suspira e se acomoda na neve ao meu lado com a calça Armani preta e a camisa social vermelho-escura.

— Por que está com essa aparência tão impecável? — pergunto, sentindo-me excepcionalmente incomodada com aquele rosto tão atraente.

— O quê? — pergunta ele, erguendo uma sobrancelha.

Eu ergo as mãos.

— Está chovendo granizo. Por que você não está molhado? Por que parece que acabou de descer da passarela de um desfile?

— *Porque não estou rolando na neve e sentindo pena de mim mesmo?* — pergunta ele.

— Você é um babaca. — Faço uma careta para ele. — Você sabe disso, né?

— *É uma dádiva.*

— Eu diria que é uma maldição — eu rebato.

— *Todas as dádivas são maldições de um jeito ou de outro, não acha? Caso contrário, por que estaríamos aqui?* — responde ele.

Eu viro a cabeça para poder dar uma boa olhada no rosto dele, enquanto tento descobrir sobre o que ele está falando. Mas, depois de passar uns bons sessenta segundos olhando fixamente para Hudson, continuo sem saber. Por outro lado, sei que aqueles olhos azuis têm várias manchinhas verdes.

— *Você está me olhando de um jeito estranho* — diz ele, inclinando a cabeça com uma postura questionadora.

— Estou tentando entender se você está se referindo a isso existencialmente ou se...

— *Não, eu não me referi a isso existencialmente!* — responde ele, enfurecido. — *O que eu quis dizer é... Por qual outro motivo nós estaríamos aqui sentados nesta porcaria de neve quando o seu rabo deveria estar lá na arena, agora?*

— Eu já lhe disse. Não tenho um CONSORTE!

— E QUEM se importa com isso?

— Como assim? — pergunto. — Não posso competir sem um consorte.

— *É claro que pode. Não existe nenhuma regra nos livros que diz que você é obrigada a levar o seu consorte lá para dentro.*

— Sim, mas não consigo segurar a bola por mais do que trinta segundos. Por isso, o que eu preciso fazer se não tiver alguém para quem possa passá-la?

— *Você é uma garota esperta* — diz ele. — *Vai descobrir.*

— Se isso não é a coisa mais hudsoniana que já disse, não sei o que é.

Ele suspira e, em seguida, estende a mão para ajeitar o meu casaco, virando o colarinho para fora e alisando as mangas. Enquanto faz isso, continuo esperando que ele faça alguma coisa, mas nada acontece. Ele simplesmente fica sentado ali, em silêncio, como se esperasse eu dizer alguma coisa.

Geralmente, eu poderia esperar até que ele falasse, mas estou com frio, molhada, vazia e com mais um monte de outras coisas que não sei ao certo como identificar no momento, e não estou com vontade de participar desse joguinho. Especialmente quando ele fica me olhando com aquele rosto ridiculamente bonito.

— O que devo fazer? — digo, finalmente explodindo. — Simplesmente entrar lá e ficar jogando a bola até Cole me eviscerar?

— *Você é Grace Foster, a única gárgula que nasceu nos últimos mil anos. Eu acho que você tem que entrar ali e fazer qualquer porcaria que quiser... desde que isso inclua arrastar aquela bunda lupina magricela de Cole por toda a arena.*

— E o que eu devo fazer? Transformá-lo em pedra? — pergunto, bem irônica.

— *Claro. Por que não?* — responde ele. — *Em seguida, você pode estraçalhá-lo com uma marreta. Eu garanto que o mundo vai ser um lugar bem melhor.*

— Não posso fazer isso.

— *É isso que eu venho tentando lhe dizer, Grace. Você pode fazer o que quiser. Quem salvou Jaxon de Lia? Quem ganhou o torneio Ludares para o seu time? Quem descobriu o que estava acontecendo com a Fera Imortal? Quem canalizou uma quantidade de magia da aurora boreal para iluminar toda a cidade de Nova York e trouxe todos os seus amigos de volta para a escola? Foi você, Grace. Tudo isso foi você que fez. Você não precisa ser um dragão. Não precisa ser uma vampira. E com certeza não precisa ser a porra de um lobisomem. Só precisa levantar essa bunda do chão, entrar naquela arena e ser a gárgula que todos nós conhecemos e amamos.*

— Mas é difícil. — Eu me dou permissão para fazer manha por mais um segundo.

— *É verdade* — concorda Hudson, levantando-se. — *Mas a vida é difícil. Por isso, ou você entra lá e faz o que tem que fazer, ou então você desiste de tudo.*

— Eu tentei fazer isso, caso você não se lembre — digo, me levantando.
— Mas você não me deixou.

— Tem razão, não deixei. Seria um desperdício total da garota gárgula mais sexy a caminhar pelo mundo em mil anos.

— Sou a única garota gárgula a caminhar pelo mundo em mil anos.

Ele me olha de lado.

— Com toda a certeza. E agora, o que vai fazer a respeito?

Eu suspiro.

— Vou entrar naquela arena e me machucar muito. Mas vou ganhar no fim. E vou enfiar uma bola quente bem no meio daquele focinho feio e nojento de lobisomem que Cole tem.

— Gostei do plano — comenta ele, enquanto caminhamos em direção à arena.

— Obrigada — agradeço a Hudson. Se não fosse por ele, ainda estaria deitada na neve, com vontade de me transformar numa estátua para sempre.

— Não há de quê, garota gárgula — diz ele com um sorriso malandro.

— Se você me chamar assim mais uma vez, vou arrancar as suas tripas.

— Vai ter que me pegar primeiro — diz ele.

— Você vive na minha cabeça. Não vai ser difícil — eu rebato. — Além disso, eu pegaria você mesmo se não vivesse.

— Ah, é mesmo? — As duas sobrancelhas de Hudson se erguem desta vez. — E por que você diz isso?

— Porque eu sou uma gárgula, seu besta. E talvez já faça uns mil anos desde que tiveram que lidar com alguém da minha espécie, mas isso acaba agora.

Capítulo 109

PARA ONDE VÃO OS ELOS QUEBRADOS?

Eu me abaixo para dar uma olhada em Jaxon antes de ir. Ele não parece muito bem, mas, por outro lado, tenho certeza de que alguém diria a mesma coisa sobre mim se me visse agora.

Mas, como não há nenhum garoto britânico mandão vivendo na cabeça de Jaxon neste momento, ele continua largado na neve, todo encolhido, como se quisesse evitar qualquer golpe que o destino decidir lhe dar a seguir.

Sei bem como é a sensação.

— Jaxon? — eu o chamo com a voz suave, mas ele não responde. Pior do que isso, ele nem abre os olhos para me fitar. Isso é tão atípico que me preocupa ainda mais do que o fato de que ele ainda não se moveu. Tenho certeza de que ele está exausto. Eu mesma estou assim e não fiz metade do que ele fez na noite passada, mesmo depois de ter sido drenado por Hudson.

Determinada a ter certeza de que ele está bem antes de ir a qualquer lugar ou fazer qualquer outra coisa, acaricio seu ombro e chamo o seu nome várias vezes. Após algum tempo, ele abre os olhos e vejo o vazio que há ali dentro — o mesmo vazio que eu mesma estou sentindo — me encarando de volta.

Mesmo assim, ele sorri para mim, quando eu seguro na sua mão.

— Você está bem? — eu pergunto.

Ele não diz nada. Eu pergunto de novo, enquanto passo a mão por baixo dos braços dele para ajudá-lo a se levantar.

— Sim. E você?

Assim que ele devolve a pergunta para mim, compreendo a hesitação em responder. Porque não há uma resposta real e verdadeira a essa pergunta que não comece com *Não sei se algum dia vou ficar bem de novo*.

E, como não podemos dizer isso, pelo menos não agora, quando ainda temos tanta coisa a fazer antes de podermos descansar, faço a mesma coisa que Jaxon fez e digo:

— Tudo bem.

O sorriso triste de Jaxon revela que ele sabe exatamente o que estou fazendo quando segura na minha mão e a aperta.

— Me desculpe — sussurra ele. — Me desculpe mesmo. A culpa por isso tudo é minha.

— Não — eu digo a ele. — Nada disso.

— Mas Grace... eu joguei o feitiço fora e nunca imaginei que alguém fosse encontrá-lo...

— Ainda assim, não é sua culpa — eu o interrompo. — Se alguém tem culpa por isso, é Cole. Ou talvez o seu pai. Não sei, mas colocar a culpa em alguém não vai resolver nada agora. Não quando eu tenho que...

— Não entre ali — diz ele outra vez, segurando no meu braço. — Você não vai poder jogar sozinha. Você vai perder.

— Provavelmente — eu concordo. — Mas tenho que entrar. Não há alternativa.

— Há, sim — rebate ele. — Sempre há uma escolha. Você pode abrir mão do desafio...

— E o que eu vou fazer nesse caso? Viver como prisioneira na masmorra dos seus pais?

— É melhor ser prisioneira do que morrer — responde ele. — Não posso ir à sua procura se você estiver morta.

— Você não vai conseguir me encontrar. Tenho certeza de que os seus pais vão fazer de tudo para que você nunca me encontre.

Eu me aproximo dele, erguendo a mão e colocando-a na bochecha de Jaxon. Em seguida, passo algum tempo acariciando a cicatriz que, até pouco tempo atrás, ele detestava tanto. A cicatriz que ele finalmente conseguiu aceitar depois de mais de um ano.

— Você não sabe o que vai acontecer. — A voz de Jaxon reflete o seu desespero. — Você não sabe o que o futuro pode trazer.

— Você também não sabe. — Desta vez, sou eu quem alisa o cabelo dele, afastando-o do seu rosto e tentando reconfortá-lo. — Não se preocupe. Vai dar tudo certo.

— Grace... — Jaxon tenta se levantar, mas está fraco demais. Entre ter sua energia drenada por Hudson durante tanto tempo, derrubar os guardas do Círculo e depois combater a Fera Imortal, não lhe sobra mais nada.

— Está tudo bem — asseguro a ele, ajudando-o a se apoiar na parede de pedra que cerca a arena de modo que ele possa observar a floresta enquanto espera. — Descanse, Jaxon. Macy logo vai chegar aqui e lhe trazer um pouco de sangue. Ela foi buscar ajuda para Flint e Éden. Mas vai chegar aqui assim que puder.

— Não preciso que Macy venha cuidar de mim — discute ele, enquanto tenta mais uma vez se levantar. E, mais uma vez, não consegue.

E isso só o deixa mais irritado.

Jaxon solta um palavrão e esperneia no chão pela frustração, e tem a coisa mais próxima de um chilique que eu já vi nesse meu namorado forte e orgulhoso. Mas, no fim, ele simplesmente se recosta outra vez contra a parede e fecha os olhos por longos segundos conforme a dor e a fadiga marcam as linhas em seu rosto, tipicamente impecável.

Quando ele finalmente abre os olhos, fica óbvio que está se esforçando para conter as lágrimas. E, desse mesmo jeito, minhas próprias emoções voltam a arder no fundo da garganta.

— Queria poder entrar lá com você — sussurra ele.

— Eu sei — digo a ele, porque sei mesmo. Consorte ou não, se houvesse algo que Jaxon pudesse fazer para lutar ao meu lado agora, sei que faria.

Mas também sei que o tempo está passando. Embora tente ser respeitoso, sinto a impaciência de Hudson me pressionando pelos cantos da mente, me mandando andar logo. Dizendo para esquecer Jaxon e me concentrar na tarefa que tenho à frente.

Mas não posso fazer isso. Não posso simplesmente deixá-lo assim, em especial, se esta é a última vez que vou vê-lo. Assim, eu seguro o seu rosto com as mãos, enrolando as pontas dos dedos naqueles cabelos longos como fiz tantas vezes antes. E dou alguns beijos em seus olhos, no seu rosto marcado pela cicatriz e na sua boca, que ainda está retesada pela dor.

— Amo você — eu digo a ele. E, como sempre faço, tento alcançá-lo pelo elo entre os consortes. Mas o elo não está mais ali. Não há nada.

Meu Deus, a dor volta mais uma vez.

— Eu amo você também — diz ele e, pela expressão de dor em seu rosto, percebo que ele está sentindo a ausência também. — Mesmo sem o elo entre consortes.

Ele estende os braços e os fecha ao redor de mim, puxando-me para um abraço que é doloroso e reconfortante ao mesmo tempo. Eu encosto o rosto na curva entre o ombro e o pescoço de Jaxon e inspiro o aroma dele. Seja lá o que houver para enfrentar nessa Provação, aconteça o que acontecer, quero me lembrar deste cheiro — e deste momento — por toda a eternidade.

Não demora muito para o som de cornetas ressoar dentro da arena — o aviso de que faltam sete minutos para o jogo começar, conforme me lembro do que aconteceu no torneio.

— Tenho que ir — digo a Jaxon. O meu Jaxon.

— Eu sei. — Ele me solta do abraço devagar, dolorosamente. — Tome cuidado, Grace. Por favor, tome cuidado.

— Vou tentar — digo a ele com um sorriso, porque toda essa tristeza está me rasgando por dentro outra vez. — Mas, às vezes, quem pega leve não ganha o jogo.

Eu deliberadamente imito as palavras que ele e Flint disseram durante uma sessão de estudos há pouco tempo.

Levanto-me outra vez, cambaleando um pouco. Jaxon tenta me firmar, mas eu abro um sorrisinho, quando me afasto do alcance dos braços dele. Não existe nada que ele possa fazer por mim, agora. É algo que eu tenho que fazer sozinha.

— A gente se vê daqui a pouco.

— Acho bom mesmo — responde ele, e o medo fica bem claro em seu rosto.

Há mais coisas a dizer. Sempre há muito mais coisas a dizer quando estou com Jaxon, mas realmente não tenho mais tempo. Assim, lhe dou um último sorriso e viro de costas.

Capítulo 110

E AQUI ESTÁ... HUDSOOOOOOOOOOOOONNN!

Não estou tão longe da entrada da arena, mas, quando estou ali dentro, há um longo corredor pelo qual eu tenho que passar para chegar ao campo. Hudson passa o tempo todo me torrando a paciência para ir mais rápido, mesmo que eu esteja fazendo o melhor que consigo. Não é a coisa mais fácil do mundo se tudo dói quando tento correr.

Ou pior: se tudo dói quando respiro.

Talvez seja por isso que eu não me lembro de algo bem importante quando estou no meio da rampa.

— Espere um minutinho — eu digo a Hudson, parando no meio do caminho.

— *Não dá para esperar, Grace.* — Ele me encara com um olhar impaciente. — *Você tem que chegar ao campo.*

— Bem, acho que não tenho condições de chegar ao campo se não fizer uma coisa antes. Por isso, todo mundo vai ter que esperar um pouco mais, querendo ou não.

Eu abro a mochila e pego uma bolsinha que havia escondido num compartimento secreto. Sei que era um risco levar essas coisas comigo até a caverna da Fera Imortal, mas eu tinha medo de me machucar enquanto estava lá... ou pior. E, se isso acontecesse, queria que os outros pudessem tirar Hudson da minha cabeça.

Não queria que ele tivesse que morrer comigo.

Mas não fui eu que morri naquela caverna. E vou me lembrar de Xavier e me arrepender da sua perda pelo resto da vida, seja ela curta ou longa. Mas eu não estou disposta a entrar em outra situação perigosa ou que possa ficar mortífera a qualquer momento e não cuidar de tudo — ou de todos —, se puder. E isso significa que não há outra oportunidade. Preciso fazer isso agora.

Abro a sacola e, lentamente, com todo o cuidado, tiro cada um dos quatro objetos que estão ali dentro, um por um. Os olhos de Hudson ficam enormes quando percebe o que estou fazendo.

— *Você não pode fazer isso agora* — ele me diz, afastando-se de mim com tanta pressa que quase tropeça nos próprios pés. E provavelmente isso teria acontecido se estivesse em seu próprio corpo. — *Há outras coisas mais importantes para...*

— Eu posso morrer. — Três palavras curtas, mas elas servem para fazer com que ele cale a boca. Ele a fecha com força, mesmo que seus olhos implorem para que eu pare de falar. Para que não diga o que nós dois sabemos que vou dizer.

Mas não posso dar isso a ele. Não quando há tanta coisa em jogo.

— Mesmo considerando que a piada sobre enfiar a bola no focinho de Cole continue valendo, nós dois sabemos que as coisas podem dar muito errado lá no campo. E talvez não haja outro momento para fazer isso. Tipo... Nunca. Eu sei o que devo fazer; a Carniceira me contou. Mas... você pode me ajudar? Só para ter certeza de que eu não vou cometer nenhum erro?

— *Não é com isso que você precisa se preocupar agora, Grace. Você tem que se concentrar. Além disso, se eu ainda estiver na sua cabeça, talvez possa ajudá-la. Talvez eu possa...*

— Morrer comigo. — Eu termino a sentença, balançando a cabeça num gesto negativo e firme. — Sei que você gosta de fazer as coisas do seu jeito, mas a sua opinião não vale nesta questão. De um jeito ou de outro, vou tirar você da minha cabeça. Por isso, você pode me ajudar ou pode correr o risco de ser o primeiro fantasma a assombrar os corredores da Academia Katmere.

Eu ergo as mãos num gesto que traz a pergunta "o que você vai fazer?".

— A escolha é sua.

— *Em primeiro lugar, eu não seria o primeiro fantasma de Katmere. E, em segundo, fantasmas não funcionam desse jeito.*

— E você sabe disso por qual motivo? — pergunto, com as sobrancelhas erguidas.

— *... Eu estava morto?* — diz ele, e em seguida faz uma pausa para pensar. — *Bem, mais ou menos.*

— Mais ou menos? — Isso é novidade para mim. — Como assim?

— *Vou lhe contar depois que você entrar na arena e arrastar aquela cara de bunda de Cole na lama* — responde ele, com aquele sorriso torto que é sua marca registrada. — *Por isso, não estrague tudo.*

— Estragar tudo não está nos meus planos — eu digo. — Mas você sabe que alguma coisa sempre pode dar errado.

— *Às vezes, sim* — concorda ele, com os olhos tristes.

Tenho certeza de que essa é a versão de Hudson para aquela cara de filhote de cachorro sem dono, ou pelo menos o mais próximo que ele consegue chegar disso. E não vou cair nessa tática. Há muita coisa em jogo aqui.

Assim, em vez de olhar para ele, eu me agacho e posiciono os quatro objetos de acordo com o que a Carniceira me explicou: a pedra de sangue voltada para o norte, o osso de dragão para o sul, o dente de lobisomem para o oeste e a Athame das bruxas para o leste, todos dispostos em um círculo grande o bastante para que duas pessoas consigam ficar em pé dentro dele.

Quando ele percebe que não vou mudar de ideia, sinto que Hudson me observa com uma expressão sombria. Mas, toda vez que eu olho para ele, seu olhar é completamente indecifrável.

Depois que termino de colocar os objetos, acendo a vela especial que Macy me deu exatamente para esta ocasião e a coloco do outro lado do quadrado, conforme as instruções que recebi.

Não sou bruxa. Não tenho nem um pouco da magia de Macy em mim. Mas, supostamente, é para isso que esses artefatos servem. Sua magia é tão forte que eu não preciso ter magia própria para fazer com que isso funcione.

Não sei se acredito realmente nisso, mas acho que não vai demorar muito para descobrir.

Eu fecho os olhos, respiro fundo e entro no círculo. Imediatamente, eu percebo sobre o que a Carniceira estava falando. Consigo sentir que alguma coisa começa a acontecer. Não faço ideia do que seja, mas definitivamente é algo enorme.

Há uma descarga no ar, um choque elétrico que vem junto das correntes de vento que passam por mim. E, com isso, cada pelo do meu corpo se eriça, e a minha pele também reage. Sinto um aperto no peito, minha respiração sai com mais dificuldade e tenho a sensação de que vou desmaiar.

— *Saia daí.* — Hudson grita comigo, e o pânico é evidente na sua voz. — *Saia do círculo.*

Mas é tarde demais. Não vou sair daqui para lugar nenhum. Não posso ir a lugar nenhum. A corrente elétrica que me cerca está queimando cada vez mais, ficando mais forte, e até o chão começa a vibrar.

Ouço gemidos de surpresa nas arquibancadas; até mesmo alguns gritos, e é quando percebo que não sou a única que sente aquilo. O chão sob toda a arena está começando a tremer.

Eu recuo um pouco quando percebo isso, quase saindo do círculo, como Hudson implorou que fizesse, mas a corrente elétrica me apanha e se recusa a deixar que eu escape. Em vez disso, ela me acerta com um choque e me empurra para dentro do círculo outra vez.

Sendo bem honesta, me assusta um pouco. Nunca senti nada parecido com isso na vida, nem mesmo quando estava naqueles túneis com Lia e ela invocou aquela nuvem escura que quase matou Jaxon e a mim.

Mas eu não tenho tempo para me preocupar com isso agora. Não quando tenho a sensação de que o universo inteiro vai virar do avesso, começando por este lugar. Meus joelhos estão se transformando em gelatina, quando os movimentos do chão passam de "tremendo" para "terremoto", e eu abro os braços para conseguir me equilibrar.

— Jaxon? — chamo, mas não ouço resposta. Mesmo assim, viro para trás, convencida de que, de algum modo, ele conseguiu entrar aqui, mesmo depois de tudo que aconteceu. Não conheço ninguém mais que seja capaz de fazer a terra tremer desse jeito.

Mas o corredor atrás de mim está vazio.

Não há ninguém aqui além de mim.

O sinal de cinco minutos toca e eu sei que não tenho mais tempo a perder. É agora ou nunca. Abaixo a cabeça para olhar para o círculo e solto um gemido de surpresa, porque os artefatos não estão mais no chão. Em vez disso, estão flutuando no ar a um metro de altura. E não só isso: também estão brilhando e vibrando de um jeito tão violento que eu até consigo sentir essas vibrações no ar ao meu redor.

O chão treme com mais violência e eu espero que algo aconteça, espero que Hudson surja na minha frente. Mas ainda consigo senti-lo na minha mente, consigo ouvi-lo reclamando, me mandando parar com essa loucura antes que seja tarde demais.

Fica óbvio que ele não se tocou da gravidade da situação, porque, dois minutos atrás, sabia que já era tarde demais.

A Carniceira me disse que eu saberia o que fazer no momento certo, mas ainda estou esperando a certeza disso. Tudo que sei, agora, é que o melhor a se fazer é conseguir alguma inspiração mística ou mágica logo, ou esse estádio inteiro vai se despedaçar — junto a mim e a Hudson também.

Os artefatos estão girando ao meu redor agora, circulando como se fossem um bambolê sobrenatural que não precisa da minha interferência para continuar flutuando. Mais uma vez, reviro o cérebro, tentando descobrir o que fazer. E, mais uma vez, não consigo encontrar resposta.

Pelo menos até que os objetos finalmente parem de girar e a pedra de sangue esteja pairando bem na minha frente, brilhando com uma intensidade cada vez maior a cada segundo que passa. Uma luz vermelho-rubi explode a partir dela e se irradia em todas as direções, estilhaços afiados que cortam o mundo ao meu redor em fitas escarlate que são lindas e aterrorizantes ao mesmo tempo.

A pedra está tão próxima agora que eu posso estender a mão e tocá-la. Simplesmente envolvê-la com a mão de maneira firme. Mantê-la em segurança. E, com essa mesma facilidade, eu percebo que a Carniceira tinha razão. Sei exatamente o que preciso fazer.

Estendendo a mão, seguro a pedra e fecho a mão completamente ao redor dela. Mas ela é muito mais afiada do que parece e, no instante em que os meus dedos a tocam, a pedra abre um corte enorme na minha palma.

Grito de dor, sentindo a dor e o medo se misturarem dentro de mim, enquanto olho para o sangue que escorre pela palma. Eu devia estar errada. Não tinha a menor ideia do que devia fazer e agora estraguei tudo. E, pior, não faço a menor ideia de como consertar as coisas.

Imaginando que o melhor a se fazer seja devolver a pedra de sangue ao círculo, eu começo a abrir a mão. Mas antes que consiga soltá-la, os outros três objetos começam a girar ao meu redor, cada vez mais rápido, até se transformarem em um único borrão.

— *Grace* — grita Hudson, e ele está estendendo as mãos na minha direção, mesmo que ainda esteja dentro da minha mente. — *Segure firme, Grace! Não deixe escapar.*

Eu tento. Realmente tento. Mas não sei exatamente o que devo segurar em um mundo que está girando fora de controle. O chão se agita sob os meus pés, o vento passa cortante entre os meus cabelos e minhas roupas, enquanto relâmpagos fritam todas as minhas terminações nervosas.

Estou presa em um redemoinho que eu mesma criei e não sei como vou fazer para parar.

E, no meio de tudo isso, seguro a pedra de sangue na mão, com suas arestas estranhamente afiadas se fincando na minha palma. Gotas do meu próprio sangue estão girando em meio ao tumulto também e, provavelmente, essa é a parte mais pavorosa de toda a experiência.

Sinto vontade de soltar essa pedra, preciso soltá-la, mas a voz dentro de mim — a Fera Imortal ou alguma coisa ainda mais velha, não sei — me diz para continuar a segurá-la só mais um pouco. E, assim, eu obedeço, mesmo com a sensação de que o mundo parece estar ficando louco ao meu redor.

Nesse momento, tão repentinamente quanto começou, a pedra de sangue se racha no meio e tudo para. O vento, o terremoto, a eletricidade e os objetos mágicos que giram. Tudo desaparece num piscar de olhos.

É então que eu sinto, mais uma vez, a sensação de ter algo arrancado de dentro de mim. Mas agora é diferente do que eu senti com Jaxon. Agora, não me sinto como se toda a minha alma estivesse sendo totalmente retalhada; na verdade, é como se algo finalmente estivesse se encaixando em seu devido lugar.

Fico ali por vários segundos, paralisada, sem conseguir me mover, respirar ou mesmo pensar. Mas percebo que tudo acabou, que tudo acabou mesmo, e fecho os olhos. Deixo a pedra de sangue cair no chão. E respiro; simplesmente respiro.

Até eu perceber que o que estou sentindo é um vazio... porque Hudson desapareceu.

Capítulo 111

HORA DE MASSAGEAR O EGO

Não há mais aquela voz sarcástica na minha cabeça, a presença observadora, nada além dos meus próprios pensamentos chacoalhando ali dentro.

Ele realmente se foi.

Eu dou meia-volta e grito.

— Hudson.

Em seguida, fico paralisada. Porque ali está ele, bem diante de mim.

A mesma calça Armani e a camisa social de seda cor de vinho.

O mesmo cabelo cortado ao estilo britânico.

Os mesmos olhos azuis brilhantes.

A única coisa diferente é o sorriso. Aquele sorriso torto e irônico habitual foi substituído por uma expressão retorcida, discreta e confusa, nos lábios.

Ah, e o cheiro. O cheiro dele é novo também. Mas será que eu posso ficar espantada? Como esse cara conseguiu viver tantos meses na minha cabeça e eu não fazia a menor ideia de qual era o cheiro dele?

Uma mistura de gengibre, sândalo e um âmbar morno e convidativo... e autoconfiança. Ele cheira a autoconfiança.

— Oi, Grace. — Ele me cumprimenta com o aceno de dois dedos, como costumava fazer o tempo inteiro dentro da minha cabeça e sempre me exasperava. De algum modo, em pessoa, é tão ruim quanto.

— Hudson... você está... — Eu não termino a frase. Não sei ao certo o que devo dizer, agora que ele está bem diante de mim.

Agora que ele é de verdade.

— Preste atenção, Grace. Não temos tempo. — Ele olha para trás, na direção do estádio, onde os gritos finalmente pararam. Conseguimos ouvir a voz do rei pelos alto-falantes, tentando fazer com que todo mundo se acalme e volte para seus lugares. Dizendo que a Provação via começar em dois minutos... se Grace Foster tiver coragem de aparecer.

— Tenho que ir — digo a ele, sentindo no sangue a urgência na qual ele insistia.

— Eu sei. E é por isso que você precisa me ouvir. Deixei os meus poderes dentro de você para...

— Você deixou os seus poderes dentro de mim? Por quê? Como faço para tirá-los daqui?

— Você pode devolvê-los mais tarde. É só um empréstimo temporário. Você é um conduíte, lembra? Você canaliza a magia, e eu lhe dei a minha para que possa canalizar.

— Um empréstimo? — Eu olho para Hudson como se ele tivesse duas cabeças. — Como assim?

O sorriso torto voltou, mas agora vem junto a um carinho no olhar que nem consigo começar a entender.

— Significa que eu estou mortal agora.

— O quê? — Sinto o horror explodir dentro de mim. — Você disse que não podíamos fazer isso com você. Você disse que isso ia estragar tudo. Nós decidimos que...

— Não se preocupe com o que nós decidimos. Eu conheço os meus pais. Duvido que tenham feito essa Provação de uma maneira que você consiga passar por ela sozinha. Lembre-se, eles fizeram planos para você e Jaxon, e a Provação seria quase impossível para vocês dois. Agora que você está sozinha...

Hudson balança a cabeça.

— É por isso que não tem escolha. Você precisa usar os meus poderes.

— Sim, mas isso o deixa vulnerável, não é? Se você for mortal, isso não quer dizer que eles podem ferir você também?

Hudson dá de ombros.

— Não se preocupe comigo. Eles já fizeram tudo que podiam comigo. Especialmente o meu pai.

Ele não se aprofunda no assunto, e eu também não pergunto. Não há tempo. Mas o meu coração morre um pouco quando percebo como a sua vida foi horrível, assim como a de Jaxon.

— Pegue os seus poderes de volta — digo, segurando em seu braço. — Se eles descobrirem que você está aqui sem os seus poderes...

— Eles não vão descobrir — diz ele, com o sotaque britânico carregado com uma combinação de impaciência e urgência. — Além disso, você está em um perigo muito pior. Sem um consorte para lutar ao seu lado, você vai precisar de toda ajuda que puder usar. E é por isso que eu escondi os meus poderes bem fundo dentro de você, de modo que o Círculo não descubra onde eles estão. A menos que vasculhem todas as suas memórias.

Talvez seja por causa do redemoinho pelo qual eu passei, mas nada do que ele me diz agora faz sentido.

— Mas como? Não se pode simplesmente esconder coisas nas memórias das pessoas.

O olhar com que ele me encara diz que talvez eu não possa, mas ele com certeza pode. Mas a única coisa que ele diz é:

— Quando toda a magia que você acabou de fazer me trouxe de volta, decidi deixá-los para você, na sua lembrança da qual mais gosto. Quando você era pequena e seus pais estavam lhe ensinando a andar de bicicleta. Lembra? Você caiu e esfolou o joelho, e o seu pai disse que estava tudo bem. Que você ia tentar de novo no dia seguinte.

Eu confirmo com um aceno de cabeça, porque me lembro bem desse dia. É uma das minhas favoritas também, e eu penso nela todas as vezes que tenho algo difícil para fazer... e toda vez que sinto saudade dos meus pais.

— Minha mãe disse que eu ia conseguir. Ela disse a nós dois que eu ia conseguir.

— Disse mesmo. E depois ela sorriu para você, um sorriso tão cheio de amor e confiança...

— ... Que eu ergui a bicicleta, bati a poeira dos joelhos e pedalei sozinha até a minha casa.

— Foi isso mesmo. E ela correu ao seu lado durante todo o trajeto, caso alguma coisa acontecesse. — Os olhos de Hudson me encaram com uma expressão suave, enquanto ele continua: — Mas você só precisou dela uma única vez.

— Sim. Quando eu passei por um pedaço da calçada que estava quebrado e comecei a perder o equilíbrio, ela agarrou a parte de trás do selim e me segurou com firmeza por uns segundos, até eu conseguir recuperar o controle.

— É por isso que escondi os meus poderes no sorriso dela. Para que você soubesse que eu também acredito em você. Que sei que você é capaz de fazer isso. E mesmo que eu não possa estar naquele campo para ajudá-la a se levantar se você cair, isso não significa que não vou lhe dar todo o apoio que puder.

Não sei o que devo dizer em relação a isso, no que eu deveria dizer a ele. Essa é a coisa mais desprendida que alguém já fez por mim, e não sei como devo me sentir diante disso.

— Hudson...

— Agora, não — diz ele. — Você tem que ir. Mas lembre-se: eles estão aí, se você precisar deles. Mas tenha cuidado, porque você não cura feridas como eu e também não tem a mesma força física para suportar a pressão que os poderes causam. Por isso, você só vai poder usá-los uma vez, ou vai ficar totalmente drenada. Você vai saber quando deve usá-los. Só uma vez, entendeu?

Ele me olha com uma expressão questionadora.

Não entendi nem um pouco. Estou tão confusa por dentro que meu cérebro parece um saco de confetes; um monte de pedaços individuais em um espaço confinado, mas nada funciona junto. Mas, como não posso dizer isso, eu simplesmente confirmo com um aceno de cabeça.

— Entendi.

— Ótimo. Agora, entre naquele campo e mostre ao meu pai exatamente o que uma gárgula é capaz de fazer.

Capítulo 112

A JUSTIÇA NÃO SE FAZ SOZINHA

Eu busco no fundo de mim mesma e começo a separar os cordões coloridos, enquanto dou os últimos passos até o campo, sentindo o coração na garganta. Quando os outros estavam na arena comigo, não senti muita dificuldade em me transformar em campo aberto. Mas, agora que estou sozinha e todos estão olhando para mim, a sensação é bem desconfortável.

Mesmo assim, não há nada a fazer além de engolir o desconforto. É o que eu faço, me transformando quando estou à vista de todos — diante de qualquer pessoa que queira olhar.

E eu percebo que isso representa todo mundo. Afinal, quem não quer ficar encarando essa nova criatura mágica?

É somente mais uma atrocidade em uma longa linha de atrocidades que sofri nas mãos de paranormais nesses últimos cinco meses. E eu me recuso a deixar que isso me afete. Especialmente porque as pessoas assistem à minha transformação como se tivessem algum direito de vê-la, mas isso é o menor dos meus problemas no momento. O maior deles? Descobrir como vou conseguir ganhar este jogo sem Jaxon ao meu lado ou Hudson na minha cabeça.

Quando vou até o portão que leva ao campo, sinto que todo mundo está olhando para mim. Sinto o desconforto tomar conta e percebo o quanto eu vinha dependendo de Jaxon — e também de Hudson — desde que cheguei à Katmere.

Jaxon agia como se fosse o dono do lugar, então era fácil simplesmente aceitar os olhares das pessoas como parte da rotina. Hudson, por outro lado, basicamente tinha uma postura de "foda-se" que dificultava muito para eu me importar se outras pessoas estivessem me olhando, da mesma forma como tornava quase impossível eu me importar com o que elas pensavam.

Mas agora estou sozinha. Nada de Jaxon para segurar na minha mão, nada de Hudson para dizer coisas irreverentes que me fazem rir e soltar gemidos surpresos ao mesmo tempo. Estou sozinha aqui, num campo cheio de pessoas que só querem me ver fracassar.

É uma pena que eu não esteja disposta a lhes dar essa satisfação.

Fechando os olhos, respiro fundo e, por um momento — só por um momento — finjo que tudo vai ficar bem. Que, de algum modo, vou sair deste campo a salvo e sem nenhum machucado. É uma boa imagem mental. E decido mostrá-la ao universo.

Em seguida, endireito os ombros e vou andando até o centro do campo, onde o rei está à espera e o time de Cole está enfileirado em uma das linhas, que agora estão pintadas de vermelho-sangue. Só o rei mesmo para mudar um detalhe como esse... juntamente a alguns outros que fazem o meu coração bater bem rápido, e a cúpula do estádio se fechando sobre mim.

No dia do torneio, este lugar estava alegre e convidativo, com flâmulas tremulando, pessoas torcendo e lanches e petiscos deliciosos à venda. O tempo lá fora fez com que tudo ficasse escuro e agourento... ou talvez isso se deva somente à presença maligna do rei. Qualquer que seja o caso, é absolutamente pavoroso ver sombras escuras se aproximando por todos os lados. E tenho quase certeza de que isso é exatamente o que Cyrus quer que aconteça.

Sinto calafrios correrem pela minha coluna, e o vento gelado que corta a arena inteira, com a cúpula aberta, faz com que o medo pese no meu estômago como uma pedra de vinte quilos. É algo que me deixa desolada e me faz perceber como o desafio que chamei para mim mesma é impossível. E o quanto eu já estou cansada.

Sinto vontade de dar meia-volta, vontade de fugir, de estar em qualquer outro lugar que não seja aqui, de fazer qualquer outra coisa que não seja isso.

A sensação é tão esmagadora que praticamente me sufoca, enquanto tento desesperadamente colocá-la sob controle. Mas ela simplesmente vai ficando cada vez maior até que eu quase não consiga respirar, quase não consiga pensar. Quando finalmente encontro forças para começar a tarefa hercúlea de revidar, não consigo deixar de imaginar se essa sensação está vindo de dentro de mim ou se Cyrus fez alguma coisa com a arena para que eu me sentisse deste jeito.

A simples ideia de que ele — ou algum outro membro do Círculo — esteja manipulando as minhas emoções me irrita demais. E aumenta ainda mais a minha determinação em não me curvar para essas pessoas. Eles acham que podem fazer o que quiserem, que podem passar por cima de qualquer um que atravesse seu caminho.

Mas eles não vão passar por cima de mim. Não mais.

Eles podem estar fazendo tudo isso comigo agora. Mas, se der certo, não vou ser a única. Se eu não tomar uma atitude, se não mostrar que não podem fazer tudo o que querem com quem quiserem, quem garante que não vão aprontar tudo isso de novo? Não posso ser a única pessoa pela qual eles se sentem ameaçados, não posso ser a única paranormal que o rei odeia apenas por ser quem sou. Se eu não der um fim nisso agora, ele vai trancar muito mais gente naquela masmorra antes de se dar por satisfeito.

Por isso, eu não dou meia-volta. Não fujo dali. Nem mesmo deixo que meus passos vacilem, enquanto vou marchando até o meio do campo. Em vez disso, continuo caminhando e ignorando as sensações agourentas que me pressionam por todos os lados. Posso até mesmo morrer nesse jogo ridículo que vai acontecer hoje. Mas, se eu morrer, vou morrer lutando. Por enquanto, isso é tudo que consigo prometer a mim mesma.

Mas é o bastante. Isso me leva até diante do rei.

Até o Círculo, que está logo atrás de Cyrus em um semicírculo, dando-lhe apoio, enquanto ele incita a torcida até que todo mundo esteja num frenesi.

Não vou mentir. É apavorante.

— É muita gentileza sua estar aqui conosco, Grace — diz Cyrus numa voz tão cheia de farpas que eu tenho a impressão de que ele está arrancando a carne dos meus ossos. — Já estávamos prestes a desistir de esperar.

— Desculpe, eu estava em um compromisso inadiável — digo a ele, enquanto olho para o outro lado do campo, diretamente para Cole, que está de frente para mim.

Nossos olhares se cruzam, e a expressão malévola que ele tem no rosto me dá vontade de gritar. Mas também serve para me dar a força de que preciso para não desviar o olhar. Porque não vou dar a esse cretino a satisfação de perceber o quanto ele me machucou. O quanto ele me destruiu por dentro.

Cyrus me olha da cabeça aos pés, com uma preocupação fajuta no olhar, enquanto desempenha o seu papel para a torcida.

— Está tudo bem com você, Grace? Parece que não começou muito bem o seu dia.

— Estou bem.

A minha resposta não deixa brechas para que ele continue falando e, por um instante, alguma coisa passa pelos olhos de Cyrus. Surpresa? Fúria? Incômodo? Não sei e, sinceramente, não quero saber. As coisas vão acontecer do jeito que têm que acontecer, e todo o resto são só detalhes que eu não tenho a menor energia para analisar... nem para participar, agora.

— Bem-vindos, alunos e professores da Academia Katmere para aquela que é a mais rara das ocorrências. Uma de suas próprias alunas num desafio pela inclusão no Círculo. E não é uma aluna qualquer, como devem saber, mas a primeira gárgula que a Academia Katmere já teve como aluna. É um dia verdadeiramente emocionante e auspicioso.

Todos aplaudem em resposta, mas há um toque malicioso que eu não estava esperando, considerando que essas são as pessoas que aplaudiram e torceram por mim e pelo meu time há alguns dias. Por outro lado, talvez seja só a minha imaginação. Talvez eu esteja vendo e ouvindo coisas que não existam realmente por causa do pânico que sinto.

É muito solitário estar aqui sozinha, neste estádio, quando, na última vez em que estive aqui, tinha todo o apoio do mundo. Mas, neste exato momento, tenho a impressão de que não há ninguém neste lugar que esteja torcendo por mim. A gárgula solitária.

Jaxon, Flint e Éden estão machucados e esperando ajuda.

Macy está tentando levar essa ajuda até eles.

Mekhi e Gwen estão na enfermaria.

Até mesmo o meu tio Finn não podia fazer muito mais do que me aplaudir quando entrei na arena.

E Hudson provavelmente está lá fora, tentando passar despercebido agora que é mortal. Não que eu o culpe; tenho os meus poderes e também os dele e, mesmo assim, gostaria de estar lá fora ou em qualquer outro lugar que não fosse neste campo.

Ainda assim, a última coisa que quero é passar o resto da minha vida trancada em uma masmorra, rezando para que Cyrus não me mate. Não há mais ninguém que esteja disposto a fazer isso agora, ninguém que possa desafiar o poder de Cyrus e Delilah. Ninguém que possa fazer o que tem que ser feito.

É por isso que o que eu quero não tem importância. A única coisa que importa é vencer, porque vencer é a única maneira pela qual vou conseguir impedir que esses problemas se multipliquem.

Cyrus volta a falar para as arquibancadas, com os braços abertos como se estivesse anunciando alguma atração num parque de diversões.

— Nós, os oito membros que estamos aqui — diz Cyrus, virando-se para olhar para os membros do Círculo que estão logo atrás —, queremos muito ver se ela está no mesmo nível, se tem a capacidade para servir na entidade que nos governa. E eu sei que alguns de vocês provavelmente estão se perguntando como isso aconteceu. Como uma garota que chegou há pouco tempo à sua escola e ao nosso mundo pôde receber uma oportunidade como esta. Como Grace Foster tem a audácia de acreditar que merece governar?

O estádio se enche com um silêncio incômodo — e sombrio —, conforme os alunos e os professores se viram para olhar para mim. Mais uma vez, eu não consigo evitar a sensação de que alguma coisa não está certa. Como se houvesse outras coisas acontecendo aqui além dessas pessoas que, de repente, estão loucas para me ver derrotada.

Eu sei que Jaxon não é mais meu consorte. Da mesma forma, o Círculo e todo o time de Cole também sabem. Mas duvido que tenham anunciado isso ao estádio inteiro no tempo que levei para chegar até aqui.

Então, por que essas pessoas passaram a me odiar tanto? O que aconteceu para que tudo ficasse tão tenebroso? Para que pareça que, de repente, todas as pessoas na arena estejam contra mim? E como Cyrus sabe se aproveitar desse fato, a menos que ele mesmo esteja causando tudo isso?

— Não há problemas — continua Cyrus, conforme a plateia sussurra desajeitadamente entre si. — Não há problemas em fazer esse tipo de pergunta a si mesmo. Todos os membros do Círculo, com certeza, já fizeram isso.

Ele tenta dar uma risada sincera, mas o riso acaba soando cruel. O que não me espanta, porque quase tudo que esse homem faz parece cruel. Juro que nunca vou entender como ele conseguiu ser o pai dos dois caras mais heroicos que eu já conheci.

— Mas, sendo estranho ou não, regras são regras. Desafios são desafios, e nós, os membros do Círculo, sempre buscamos fazer as coisas do jeito certo. As regras de inclusão declaram que qualquer membro de uma facção que tenha um assento vago no Círculo pode fazer um desafio pela inclusão. Assim, neste dia tão sombrio e lúgubre, estamos aqui esperando para que Grace, que já está bem atrasada, prove que é digna. — Ele ri outra vez. — Mas não tem importância. Não esperamos que pessoas de fora conheçam todas as regras, não é? Normalmente, os próprios membros do Círculo lutariam ou escolheriam campeões entre os membros de seus próprios exércitos, mas seu diretor, Finn Foster, indicou que estamos no território da escola e, desta forma, temos que obedecer ao regimento da escola. Portanto, em vez trazer generais ou ficar apenas observando, enquanto Grace é rapidamente derrubada caso um dos membros do Círculo entrasse na Provação, nós concordamos em escolher nossos campeões entre o corpo discente. — Aplausos explodem na arena conforme os meus adversários acenam para a arquibancada. — E como estes combatentes são meros alunos, as proteções mágicas contra ferimentos mortais também foram ativadas. Para todos, exceto para Grace, é claro. — O sorriso de Cyrus se abre, largo, e me lembra da boca de um jacaré quando anuncia essa notícia.

Ele acha que, se eu não puder matar um oponente, vou ficar mais fraca — porque é assim que alguém como ele pensaria. Mas, na verdade, está me fazendo um enorme favor. Agora que não preciso me preocupar em matar ninguém, posso usar toda a força dos meus poderes e não me preocupar em fazer algo horrível. Eu ofereço um sorriso que é ainda mais malandro que o dele e não tento esconder a satisfação que faz meu sorriso chegar até os olhos quando Cyrus vacila ao perceber a minha reação.

Mas ele rapidamente se recupera e prossegue:

— Na tentativa de sermos tão justos quanto pudermos... — Nesse momento, finjo que contenho uma risada e tenho certeza de que Hudson ficaria orgulhoso se visse essa reação. — ... e para garantir que não haverá interferência externa de nenhum dos lados, Imogen e Linden blindaram a arena. Os jogadores que estiverem dentro do escudo vão poder ouvir a torcida gritar por eles, mas ninguém que tenha poderes e esteja do lado de fora vai poder interferir no jogo, o que garante que essa será uma Provação totalmente isenta para ambos os lados. Podem ter a certeza de que ninguém vai conseguir entrar no Círculo por meio de trapaças.

Ele para por alguns momentos para deixar que as pessoas absorvam essa informação, olhando fixamente para mim e esperando uma reação. Mas, novamente, ele acha que está limitando as minhas chances, quando, na verdade, só me deixou ainda mais determinada a vencer, agora que não preciso me preocupar com a possibilidade de que o seu time trapaceie. O tio Finn é a única pessoa que vai torcer por mim e com certeza não vai me ajudar a trapacear, então isso não chega a ser uma desvantagem.

Eu abro um enorme sorriso para ele e para o estádio inteiro, que faz com que Cyrus estreite os olhos e tensione o queixo. Mas o show tem que continuar, e assim ele se força a abrir um sorriso de desprezo.

— E ninguém no time adversário vai poder chamar ajuda externa para derrotar a nossa pequena gárgula, também.

Enquanto eu continuo por ali, escutando-o falar sobre o quanto é magnânimo por permitir que a Provação aconteça — como se isso não fizesse parte da porra do regimento do Círculo —, percebo pela primeira vez por que Hudson queria que eu os desafiasse. Não porque ele não acredita em mim. Mas porque ele sabe que não há a menor possibilidade de que seu pai, ou qualquer outra pessoa, me dê uma chance justa. Mesmo com todas essas declarações contrárias.

O meu coração bate aceleradamente quando penso naquilo. Eu sabia que entrar aqui talvez significasse que não sairia viva. Mas reconhecer como essa maldita Provação é injusta me enfurece. E só me deixa ainda mais determinada a sobreviver. Só espero que ainda me restem força física e esperteza o bastante para juntar a essa determinação.

— E, finalmente... — diz Cyrus, com as palavras atraindo a minha atenção porque parece que ele finalmente se cansou de ouvir a própria voz. — ... para provar a imparcialidade do Círculo em relação ao resultado deste teste, Grace vai começar com a bola, o que lhe dá uma boa vantagem no início da Provação.

Ele espera até que Nuri erga a bola — o que ela faz com uma piscadinha de aprovação para mim, que parece ao mesmo tempo algo meigo e completamente deslocado nesta arena que está ficando cada vez mais escura — e depois se vira para a multidão nas arquibancadas.

Cyrus ergue os braços e descreve um arco largo que corta o ar, enquanto proclama:

— Que a Provação comece!

Capítulo 113

UM JOGO INFERNAL

Eu não esperava poder começar com a bola. Não achei que Cyrus me daria algo que pudesse se parecer com uma vantagem. E, quando Nuri vai até o quadrado central com ela, sinto o pânico tomar conta de mim porque não sei o que fazer. Jaxon e eu iríamos passar a bola um para o outro (bem, a menos que ele conseguisse acelerar até a linha de fundo do campo, como planejava fazer), mas agora que estou sozinha essa estratégia não vale mais nada.

Além disso, imaginei que, com dois deles pulando para pegar a bola no início do jogo, não teria a menor chance. Assim, estava esperando deixar que fizessem um pouco do trabalho inicial, enquanto eu analisava o que alguns dos portais podem fazer desta vez.

Mas agora... agora eu tenho uns quinze segundos antes que a bola passe para as minhas mãos e trinta segundos depois disso para me livrar dela, antes que eu comece a perder pedaços do meu corpo de pedra por causa daquela vibração descontrolada. E, pensando bem, talvez isso seja exatamente o que Cyrus planejou. Não há nenhuma vantagem real aqui.

Quando os quinze segundos passam entre uma longa inalada e outra, minha mente pensa em uma dúzia de estratégias e descarta todas. Por um momento, penso em usar o dom da persuasão de Hudson logo no começo; simplesmente acabar com essa Provação e levar a bola até a linha de fundo. Mas, infelizmente, o outro time está espalhado demais. Não sei quanto tempo vou ter quando ativar o poder de Hudson, mas com certeza não será o bastante para ir atrás de cada jogador e persuadi-los a tirar uma soneca em vez de me matar. Não consigo nem considerar a hipótese de transformar todo mundo em poeira, mesmo sabendo que a magia de proteção contra ferimentos mortais vai salvá-los. Além disso, Hudson se esforçou muito para manter esse dom particular em segredo, para convencer Cyrus de que seu poder ficou dormente. E eu não tenho o direito de expor tudo isso agora.

Outras estratégias vêm e vão, também. Todas igualmente ruins. Até que é tarde demais, porque o apito sopra e Nuri joga o cometa diretamente para mim.

Eu o agarro e começo a correr, pois não há mais nada que eu possa fazer no momento. E percebo, não pela primeira vez, que, embora a minha forma de gárgula me dê várias capacidades e vantagens, uma que ela não dá é velocidade e manobrabilidade. Assim, me transformo em humana, enquanto corro. E bem quando Cole e Marc se aproximam de mim, com os dentes arreganhados em suas formas de lobisomem, eu mergulho em um portal.

Já estou preparada para a sensação de ser esticada e digo a mim mesma para simplesmente respirar fundo e aguentar. Mas não é essa impressão que este portal me causa. Em vez de me esticar por todos os lados, tenho a sensação de que estou sendo fustigada por centenas de milhares de agulhas por todo o corpo ao mesmo tempo. Individualmente, cada agulhada não machuca muito, mas considerando todas elas a dor é excruciante.

E, pior, a bola está ficando cada vez mais quente nas minhas mãos e este portal está demorando demais para me jogar de volta no campo.

Digo a mim mesma que não demora mais do que os outros, que não vou passar do limite de trinta segundos, o tempo mais longo que eu aguentei segurar o cometa, mas é difícil pensar em meio à dor de ser espetada um milhão de vezes.

Por outro lado, essa dor não é nada comparada a perder Jaxon e perder meus pais; nada comparada à culpa que sinto pela morte de Xavier ou por não acreditar logo no que Hudson disse sobre o seu pai.

Isso não é nada, procuro lembrar a mim mesma, mesmo quando cada milímetro da minha pele arde. Nada que tenha importância e nada com que eu não possa lidar. Só preciso aguentar firme e respirar.

Finalmente, finalmente, eu começo a perceber aquela sensação estranha de subir à tona que vem com o início e o fim de um portal, e me preparo para ser jogada de volta no campo.

Consigo pousar em pé desta vez, mas ainda estou desorientada. No pouco tempo em que eu passei no portal, a arena ficou escura. Muito, muito escura mesmo.

As arquibancadas estão tão escuras que eu mal consigo enxergar as pessoas na torcida, o que faz com que os gritos, a vibração e o entusiasmo pareçam estar completamente desincorporados. Até mesmo as luzes nas duas extremidades do campo parecem estar mais escuras do que há alguns minutos.

Digo a mim mesma que estou imaginando coisas, mas, quando olho ao redor, não consigo mais ver o campo inteiro. Vejo somente a área ao meu redor — pelo menos na forma humana —, o que só pode indicar que Cyrus está fazendo isso de propósito.

Só pode ser.

É uma vantagem enorme para os meus adversários, porque os lobos, dragões e vampiros são capazes de enxergar no escuro, enquanto a única coisa que posso fazer é apertar os olhos e tentar identificar para que lado devo ir.

O portal me deixa a cerca de vinte metros da minha linha de gol, e agora tenho que avançar cento e trinta metros para passar pela linha deles. A bola já está ardendo num vermelho incandescente nas minhas mãos; assim, faço a única coisa que posso fazer: jogo a bola o mais alto que consigo e, em seguida, me transformo enquanto corro e me jogo no ar.

Os lobos e as bruxas não podem me pegar lá no alto, e os dragões estão bem longe no campo; minha ideia funciona. Agarro a bola em pleno ar e começo a voar o mais rápido que consigo na direção do gol, grata por meus olhos de gárgula funcionarem melhor do que os olhos humanos.

Sei que vou ter que pousar, cedo ou tarde; os dragões estão vindo a toda velocidade na minha direção. E, embora sua magia não funcione em mim, eles ainda podem conseguir me derrubar, enquanto estou voando. Eles são gigantescos e a queda é feia daqui de cima. Vou acabar sendo estraçalhada, tanto na forma humana quanto na de gárgula, com certeza.

Mas, conforme eles vão chegando mais perto, eu percebo que um dos dragões está diminuindo a altitude; obviamente aprenderam o truque que usei durante o Ludares, eliminando essa rota de fuga para mim. O relógio na lateral do campo diz que tenho mais quinze segundos antes que a bola comece a ficar intocável de novo, e isso significa que vou precisar dar um jeito nessa situação agora.

Penso em entregar voluntariamente a bola para um deles — não há aquele ditado sobre medidas desesperadas e coisa e tal? —, mas não consigo fazer isso. Assim, no último instante, quando eles vêm me prensar por lados opostos, num movimento de pinça, disparo para cima, na vertical.

Os dragões vêm atrás de mim, e eu deixo que o façam, trazendo-os cada vez para mais perto de mim conforme subimos. Estou contando com o fato de que Joaquin e Delphina têm asas bem maiores do que as minhas — e são muito mais pesados do que eu. Acho que consigo fazer curvas mais rápidas e mais fechadas do que eles. É o que eu espero, pelo menos...

E é por isso que, quando eles estão quase sobre mim — e bem quando a bola começa a ficar superquente e a vibrar —, eu a deixo cair.

Os dragões urram de fúria e disparam baforadas de fogo e gelo na minha direção. Mas estou na minha forma de gárgula e mal sinto os ataques, enquanto parto a toda velocidade na direção da bola.

No chão, uma das bruxas, Violet, tenta puxar a bola para si com um feitiço, mas eu chego até lá antes que ela consiga fazê-lo. Eu passo por entre o seu feitiço, fazendo com que ela grite — não sei se de raiva ou de dor —, e pego novamente a bola ainda no ar. Em seguida, saio em disparada, voando, voando rumo à linha de gol com os dragões em perseguição.

Eles estão se aproximando bem rápido e, embora eu seja imune aos seus poderes, isso não significa que eu não consiga sentir uma onda de calor quando a baforada de fogo de Joaquin passa pela minha perna. Se chegarem muito mais perto, não vão precisar usar magia. Vão conseguir agarrar em um dos meus pés e me mandar voando pelo céu.

Mas não vou deixar que isso aconteça — nem que me agarrem e definitivamente que me "mandem voando" pelo estádio. Mas uma olhada bem rápida para trás me mostra que não vai demorar muito até que eu não tenha escolha. Assim, escolho a única alternativa que me resta: entro em um dos poucos portais que estão no ar.

E rezo para que não seja igual ao último em que entrei. Há um limite para as coisas que uma garota consegue aguentar quando tanta coisa está indo para o saco ao mesmo tempo ao seu redor, e eu tenho a impressão de que a minha cota já está esgotada no momento. Só para constar.

Percebo que o portal não é nem um pouco parecido com o último em que entrei. É tão pior que eu quase sinto vontade de chorar.

Nem sei o que devo pensar sobre este aqui, exceto para dizer que a pessoa que pensou nisso era completamente cruel. Brilhante, sim, mas também totalmente cruel.

Tem alguma coisa na gravidade deste lugar que está toda errada, e eu passo pelo portal em queda livre, ao mesmo tempo em que vou girando descontroladamente. A cada vez que giro, o alto da minha cabeça e os meus calcanhares raspam nas paredes do portal e recebo um choque elétrico toda vez que isso acontece. Não é nem um pouco divertido.

E o pior: pelos gritos que ouço logo atrás de mim, pelo menos um dos dragões me seguiu pelo portal; seja quem for, está furioso. Mas, também, um dragão é uma criatura tão grande que deve estar raspando nas laterais do portal o tempo inteiro. Tenho dificuldade em sentir pena dele, mas não gostaria que ninguém passasse por esse tipo de choque ou eletrocução.

Tento adivinhar em que ponto do campo nós vamos aparecer — e como vou ganhar controle suficiente para continuar voando quando isso acontecer, enquanto continuo segurando uma bola que começa a vibrar mais uma vez.

E dá para dizer que isso tudo está começando a parecer meio exagerado; é suficientemente ruim ter oito paranormais na minha cola. Será que eu preciso ter que lidar com uma bola cujo único propósito seja me despedaçar por completo? Sei que Flint e Jaxon amam o Ludares, mas tenho certeza de que esse deve ser o PIOR jogo que já inventaram.

O portal finalmente se abre, me jogando para fora em meio a uma escuridão quase completa... E eu percebo, horrorizada, que caí em cima de alguém.

Mas que diabos é isso? Temendo ter pousado em cima de um dos lobisomens, começo a recuar, mas percebo que estou ouvindo gritos humanos. E não somente um ou dois, mas vários deles... todos bem próximos.

O que significa que...

Olho ao redor, desesperada, tentando descobrir onde eu estou e encontrar a linha de gol ao mesmo tempo. Mas percebo que eu nem estou mais dentro do campo. Esse maldito portal defeituoso me largou diretamente no meio da plateia. E isso significa que... ah, merda.

Vamos ser esmagados.

— Vocês precisam sair daqui — grito. — Saiam agora.

Em seguida, levanto voo, passando por cima da cabeça dos meus colegas, enquanto espero que me escutem, que consigam sair dali antes que...

Gritos de todo tipo se erguem quando Joaquin sai do portal e cai bem no meio — e em cima — das pessoas.

Uma olhada para trás me mostra que Delphina veio logo atrás, arrotando gelo. E os dois conseguem destruir uma seção inteira da arquibancada — e esmagar as pessoas que estavam sentadas ali. Cyrus grita, e vários professores e membros do Círculo correm até a área, esperando desfazer a confusão.

Tento me certificar de que ninguém tenha se machucado seriamente e aproveito o caos que se formou para jogar a bola bem alto para que ela esfrie outra vez; em seguida, pego-a novamente, enquanto parto na direção do campo. Estou na minha forma de gárgula; apesar da escuridão, consigo ver bem o bastante para perceber que não estou tão longe da linha de gol deles. Acelero o passo, indo na direção daquela maldita linha vermelha com cada grama de energia que consigo reunir. Tenho trinta segundos para me aproximar da área de gol e, talvez, descobrir mais uma maneira de reinicializar a bola sem me arriscar a perdê-la, especialmente agora que estou perto do fim. Se todas as pessoas neste campo também cooperassem, seria ótimo.

Mas os assentos do balcão superior se projetam sobre o campo nesta área, então eu preciso voar baixo para passar por aqui. Me esforço ao máximo, mergulhando e encolhendo as asas, enquanto vou diretamente para a linha de fundo. Se os dragões continuarem embolados com os espectadores, tenho uma chance de verdade.

Eu volto ao campo a cerca de seis metros da linha de gol, com o caso mais sério de visão em túnel em toda a minha vida. Sei que há coisas acontecendo atrás de mim e à minha volta, mas não me importo mais com nada. Se eles estiverem seriamente machucados, ou prestes a ficar nesse estado, a magia do jogo os tiraria de campo de qualquer maneira. A única coisa com que me importo é chegar até aquela maldita linha de gol antes que os dragões — ou qualquer outra criatura — me peguem.

E se eu puder fazer isso antes que as minhas mãos literalmente caiam por conta da vibração tão intensa da bola, seria ótimo também. Mas estou muito perto do chão agora, perto demais. Assim, começo a subir outra vez, o mais rápido que consigo.

Mas... não consigo. Quinn surge do nada, na sua forma de lobisomem, trombando em mim com tanta força que me faz rolar pelo chão.

Não chega a doer; a pedra impede que eu sinta muita coisa. Mas a falta de dor não muda o fato de que estou no chão com um lobo bem em cima de mim, rosnando como se eu estivesse prestes a me tornar sua próxima refeição.

Sei que ele quer a bola, mas não estou planejando entregá-la. Pelo menos, se puder evitar. Em vez disso, seguro o cometa com uma mão, puxo a outra mão para trás e acerto um soco no focinho de Quinn com o meu punho de pedra, com toda a força que consigo reunir.

Ele grita e se joga para trás, com sangue esguichando pelo nariz, e eu aproveito a oportunidade para rolar para o lado e rastejar para longe, mas a bola está vibrando tanto que é quase impossível carregá-la.

Mas dou um jeito de segurá-la mesmo assim, enquanto me levanto do jeito que posso e tento correr. Aproveito para me transformar novamente em humana para correr mais rápido. Estou bem perto; a linha de gol está somente a seis metros de mim e eu estou quase lá. Quase lá. De volta à forma humana, o calor do cometa está passando rapidamente de "doloroso" para "agoniante", mas se eu conseguir segurá-lo só por mais alguns segundos...

Aparecendo de repente, Cam (Macy tinha razão; ele é um traidor do caralho) me acerta com alguma espécie de feitiço de terra. Trepadeiras brotam do gramado e se enrolam ao redor dos meus tornozelos e pernas. Eu caio no chão com força, levando a bola comigo.

O cometa está queimando agora e, quando caio por cima dele, sinto que o calor queima a minha camisa. Começo a sentir bolhas dolorosas tentando se formar. A dor é forte demais, e eu solto um gemido, rolando para longe da bola e, com toda a tranquilidade, Simone, que em breve vai ser uma ex-amiga de Macy, se aproxima.

Ela recolhe a bola e parte a toda velocidade rumo ao meu gol.

Capítulo 114

O IMPORTANTE É FINGIR
ATÉ ARREBENTAR TUDO

Eu me levanto com um salto, mudando para a minha forma de gárgula, arrebentando as trepadeiras porque o meu corpo fica maior quando é feito de pedra. Mas estou muito atrás de Simone e apavorada com a possibilidade de que talvez eu não a alcance antes que ela passe o cometa para outro jogador do seu time.

Eu me jogo no ar e penso brevemente em acessar os poderes de Hudson. Mas ele disse que eu só poderia fazer isso uma vez e para ter certeza de que, quando eu o fizer, que seja para vencer. Porque isso vai me deixar completamente exausta.

Ainda não estou nesse ponto; no momento, estou tão longe de vencer quanto estava no começo do jogo, e talvez ainda mais distante. Porém, se eu não alcançar Simone agora, não vai importar se eu guardar o poder de Hudson para mais tarde, porque já vou ter perdido.

Desesperada para não deixar que isso aconteça, eu voo mais rápido, determinada a usar o poder se realmente precisar. Um dos dragões — Joaquin, tenho quase certeza — passa por Simone, indo na direção oposta e vindo diretamente na minha, soltando fogo e com as garras expostas.

Não tenho tempo para ele ou para qualquer coisa que ele esteja tentando fazer. Mas é uma pena que não pense a mesma coisa em relação a mim.

Joaquin vem ao meu encontro como se eu fosse pessoalmente responsável por toda a dor e humilhação que ele sofreu quando saiu daquele portal. E agora está querendo descontar.

E também não tenho tempo para isso.

Mas é por esse caminho que Simone está correndo, então é nesse caminho que eu tenho que continuar; e isso significa que não posso me dar ao luxo de me agachar nem mudar de rota. Nem de fazer qualquer coisa além do que estou fazendo agora.

E é exatamente assim que eu ajo. Vou voando diretamente na direção de Joaquin.

Se, seis meses atrás, alguém me dissesse que eu estaria disputando um jogo sobrenatural contra um dragão para ver quem tem coragem de desviar de uma colisão frontal, diria para essa pessoa parar de fumar o que ela estava fumando. Mas seis meses fazem uma diferença enorme. Diabos, até mesmo seis minutos são capazes de fazer uma diferença enorme na Academia Katmere — e eu não posso me dar ao luxo de piscar. Não agora. Não neste momento.

Assim, continuo na minha rota. Não importa quanto medo eu sinta.

Não importa a velocidade com a qual o meu coração esteja batendo.

Não importa o quanto o meu cérebro esteja gritando para eu parar, dar meia-volta, fazer uma curva, porque nunca vou conseguir vencer numa colisão com um dragão que pesa quase uma tonelada.

Mas eu tenho que vencer. Esta colisão e este jogo. Ou seja: não há como voltar atrás agora.

Uma rápida olhada para o campo me mostra que Simone passou a bola para Cam, que agora está correndo para a área de gol ainda mais rápido. E os lobos estão se aproximando rapidamente para proteger seus flancos, um de cada lado. Não faço ideia de onde o outro dragão esteja; tento não deixar que esse medo me distraia porque estou quase alcançando Cam e preciso tirar esse maldito outro dragão da minha frente.

Assim, vou ter que tentar chegar até a linha de fundo antes do feiticeiro e manter a bola em jogo.

Como eu vou conseguir fazer isso é uma questão completamente diferente. Especialmente, porque só consigo pensar em uma maneira de fazer isso enquanto nós dois estamos a dez metros de altura — e é algo realmente horrível.

Sei que todos os outros jogadores acham que estou louca. Sei que estão convencidos de que eu estou prestes a morrer aqui, em pleno ar, e talvez tenham razão. Mas o desespero é maior do que tudo. Assim, aponto para o dragão e me preparo para o impacto.

Eu me permito pensar brevemente em não sobreviver à batida que está para acontecer. E se realmente estou disposta a me arriscar a esse ponto.

Mas a verdade é que, se eu não fizer isso, se não lutar para vencer — e vencer —, não vou sobreviver. Além disso, prefiro morrer lutando pelo que acredito do que viver como a vítima dos caprichos de alguém. Especialmente se essa pessoa for tão cruel quanto Cyrus.

Mesmo com tudo isso, eu não quero realmente morrer. E, assim, aumento a velocidade, usando toda a força e energia que tenho para ir mais rápido, cada vez mais rápido. Joaquin ainda está vindo diretamente na minha direção, mas eu percebo, pelo jeito que ele está voando, que está convencido de que vou me acovardar no último instante. Seguro de que não há a menor hipótese de que vou me envolver numa colisão descomunal com um dragão.

Mas ele está errado, completamente errado. E toda essa certeza significa que tenho uma vantagem. Neste momento, é uma vantagem pequena, mas estou disposta a aproveitar qualquer coisa que puder. E é por isso que, quando o dragão se aproxima de mim, com as asas bem abertas e cuspindo chamas, eu faço a única coisa que posso.

Viro alguns centímetros para a direita, fechando os dois punhos, enquanto estico os braços para a frente e recolho as asas para junto do corpo... e abro um buraco enorme no centro da sua asa, passando por ele e deixando o dragão para trás.

Joaquin grita em agonia e começa a cair, girando em parafuso, sem conseguir fazer nada além de cair com a asa partida. Eu me sinto mal — é claro —, mas uma asa machucada é algo que pode ser curado, especialmente com alguém como Marise na enfermaria.

Passar todo o meu tempo de vida de gárgula acorrentada em uma masmorra? Nem tanto.

Deixar metade do Círculo aprontar o que quiser, com seus membros famintos por poder e sem restrições por todo o mundo paranormal? De jeito nenhum.

Percebo de modo vago que Joaquin desaparece magicamente do céu logo antes de se esborrachar no chão, provavelmente teletransportado para a enfermaria. De qualquer maneira, eles estão agora com um jogador a menos, e isso é uma boa notícia para mim.

A torcida está gritando agora — contra mim ou a meu favor; não sei e sinceramente nem me importo. Mas não perco nem um segundo olhando para eles. Em vez disso, faço um mergulho de costas, girando em parafuso, indo em direção ao chão, enquanto Cam se aproxima do gol. Não vou deixar esse palhaço do ex-namorado de Macy atravessar a linha de fundo com a bola. De jeito nenhum.

Só que Cole está ali também, esperando para me derrubar se eu chegar muito perto de Cam — ou se pensar em alguma outra razão para me atacar. Mas não cheguei até aqui só para perder para um cachorro sarnento com um complexo de Deus, mesmo que esteja em forma humana. Assim, em vez de pousar na frente de Cam para interceptá-lo, eu o ataco por trás — acertando-lhe um pontapé bem na parte de trás do joelho.

Ele grita de dor e começa a perder o equilíbrio, soltando a bola no processo — e isso era exatamente o que eu estava esperando. Agarro a bola ainda no ar e dou uma pirueta para trás, planejando decolar pela segunda vez. Com um dos dragões fora do jogo, minhas chances no ar são bem melhores.

Mas antes que eu consiga subir mais do que meio metro, Cole salta sobre mim. Não sou rápida o bastante para escapar, e ele consegue fechar os braços ao redor da minha cintura, enquanto tenta me puxar para o chão.

Eu luto contra ele o tempo todo; a pedra da gárgula é bem mais eficiente do que o meu corpo humano seria nesta situação. Mas, antes que eu consiga acertar um soco bem dado, nós estamos caindo em outro daqueles malditos portais.

Este portal é estreito e ligeiro; tão estreito que as minhas asas raspam com força nas paredes dele, e tão rápido que a velocidade faz com que as bordas das asas comecem a se esfacelar. Horrorizada com a possibilidade de não conseguir mais voar se perder uma parte muito grande das asas agora — a informação da biblioteca dizia que as gárgulas podem regenerar certas coisas, mas que isso não acontece instantaneamente —, faço a única coisa na qual consigo pensar. Volto à minha forma humana.

Mas a situação não melhora, porque ainda estou neste portal com Cole e com a bola. E, enquanto tento desesperadamente colocar as mãos no cometa, Cole está tentando colocar as mãos em mim. Começo a rastejar para longe dele, usando seu próprio corpo como superfície de apoio e os braços estendidos diante de mim, enquanto tento agarrar a bola girando diante de nós. Mas Cole tem outras ideias; ele segura na cintura da minha calça e me puxa diretamente para si, mesmo enquanto eu arranho o portal de gelo diante de mim.

Ele finalmente consegue me fazer virar de frente para ele. Em seguida, coloca as mãos no meu pescoço e começa a apertar.

Capítulo 115

ELE MERECEU

O pânico toma conta de mim — selvagem, descomunal, desesperado — quando percebo que não é a bola que está em jogo. Não é por causa do jogo, nem mesmo por causa do Círculo. Cole está fazendo isso porque me odeia. É mais uma prova — se ainda houvesse alguma dúvida — de que Cole nunca se importou com a Provação. Ele só quer me machucar mesmo.

E isso o torna um milhão de vezes mais perigoso.

Levante-se, diz a voz no fundo de mim. *Livre-se dele. Ele vai matá-la.*

Sinto vontade de rebater com um *Ora, ora, temos um Xeroque Rolmes aqui*, mas a Fera não merece essa ironia. Ela só está tentando ajudar.

Minhas mãos estão em cima das de Cole agora, com as unhas fincadas em sua pele, enquanto tento arrancar seus dedos de cima da minha garganta. Mas ele é um lobisomem, tem a força de um lobisomem, e não consigo me livrar dele, não importa o que eu faça.

E faço muita coisa.

Giro, me debato, esperneio, arranho e tento virar de um lado para outro, qualquer coisa para fazer com que ele me solte. Qualquer coisa para fazer com que ele afrouxe a pegada, mesmo por um segundo, mas ele não se abala.

De repente, tenho aquela sensação esquisita outra vez, aquela que indica que estamos prestes a sair do portal e me preparo para a única chance que vou ter de correr, de fugir. Mas, mesmo quando o portal nos joga de volta no campo, os dedos de Cole não me dão folga.

Nós batemos no chão rapidamente e com força, e Cole geme com a dor. Eu aproveito aquela fração de segundo em que ele fica desatento para tentar me desvencilhar; meu corpo se agita desesperadamente, enquanto busco o cordão de platina dentro de mim.

Se eu conseguir voltar à minha forma de gárgula, posso acabar com isso agora mesmo; Cole não vai conseguir estrangular pedra, afinal de contas.

Mas não importa o quanto eu tente, não consigo me transformar. Impedir que Cole aperte os dedos e esmague a minha traqueia é algo que toma toda a minha energia e minha capacidade de concentração. Segurar o cordão de platina é algo que exige concentração e precisão; no momento, não tenho nem um nem outro.

De repente, a bola sai voando pelo portal, também, acertando Cole no rosto. Ele nem se abala. Para ser honesta, acho que ele nem percebe que a bola o atingiu. Mais uma coisa que reforça a ideia de que esta Provação não significa nada para ele.

Levante-se agora, é o que a Fera Imortal ordena novamente.

Estou tentando, sério mesmo. Mas não consigo recuperar o fôlego, mal consigo pensar. Tudo está ficando cinzento e nublado na minha cabeça.

Parte de mim que sabe que Cam acabou de passar por perto e pegou a bola e, assim, tenho um pensamento que diz que já perdi este jogo.

E, em seguida, mais um lampejo de pensamento sobre o quanto as coisas vão ficar piores se é nisso que eu estou focada agora, quando a morte parece uma preocupação bem mais iminente.

Desesperada, tento ativar o poder de Hudson — quase certa de que esta é a hora oportuna para usá-lo. Mas não consigo destravá-lo, não consigo me concentrar sem oxigênio para repassar as memórias o suficiente até encontrar aquela onde ele deixou...

— Grace. — O grito de Hudson ecoa, vindo do outro lado do campo. — Levante-se. Afaste-se dele agora.

Quero muito poder fazer isso, de verdade, mas não consigo. A escuridão está tomando conta de mim, me engolindo por inteiro. E eu sinto que tudo vai se apagando, apag...

Todavia, antes que tudo se apague, viro a cabeça para olhar para Hudson. E é quando eu os vejo: Macy, Jaxon e Hudson diante da linha lateral de uma arena que ficou em silêncio, com espectadores que parecem estar no meio de um terremoto.

Macy está diante da cerca que separa o campo das arquibancadas, gritando com os membros do Círculo.

Jaxon ainda parece estar meio morto, mas tem uma expressão assassina nos olhos, enquanto apoia as duas mãos na barreira mágica. Ele está mandando terremotos de energia para fazer com que Cole perca o equilíbrio, mas a magia das bruxas continua firme e ele só está conseguindo sacudir as arquibancadas.

E Hudson... Hudson está olhando fixamente para mim, como um laser. Seus olhos estão focados no meu rosto com uma intensidade que torna impossível não senti-lo e imaginá-lo ainda na minha cabeça.

— Tire esse desgraçado de cima de você, Grace — ordena ele.

Não sei se é o sotaque britânico ou a intensidade da sua voz, mas de repente tenho a sensação de que ele está dentro da minha cabeça novamente, em vez de estar do outro lado do estádio. Dizendo, cheio de sarcasmo, para eu me levantar de novo, dizendo que sou capaz, que sou mais forte do que penso. Me animando para tentar de novo, para buscar o cordão de platina. E, desta vez, embora eu saiba que ele está muito distante, que não tenho forças para segurá-lo, faço um esforço que é apenas o suficiente para que meus dedos rocem no seu brilho suave.

E com o último fôlego que me resta, transformo o meu joelho em pedra sólida e golpeio Cole com toda a minha força, bem no saco.

Ele grita como um cãozinho que levou um chute. E não vou mentir: há um pedaço de mim que fica decepcionado por ele não desaparecer instantaneamente por conta de um ferimento mortal. Vou simplesmente ter que me confortar com a imagem dele mancando por algum tempo. Pelo menos suas mãos não estão mais ao redor da minha garganta, quando ele cai de lado e as leva até o ponto onde eu o acertei, e finalmente consigo respirar.

Eu rolo para o outro lado, ficando de quatro no gramado e tossindo loucamente, enquanto encho de ar os pulmões carentes de oxigênio. Digo a mim mesma que preciso me levantar, que preciso continuar jogando. Mas há um pedaço de mim que sabe que já é tarde demais.

Parece que Cam pegou a bola há uma eternidade. Ele ganhou.

Capítulo 116

MORTE POR CUBOS DE GELO
NÃO É A MELHOR MANEIRA
DE COMEÇAR UM OBITUÁRIO

Mas, olhando ao redor, com minha visão lentamente recuperando o foco, percebo que Cam não saiu correndo pelo campo até chegar à linha do gol. O time adversário está imóvel. E todos os jogadores estão olhando para mim.

Se eu fosse arriscar um palpite, pensaria que eles estavam gostando de ver Cole me estrangulando até a morte. Desgraçados. Mas, agora, estão olhando boquiabertos enquanto Cole se contorce no chão, segurando no saco que, espero, esteja completamente inutilizado. E ninguém parece saber o que vão fazer a seguir.

Por sorte, não tenho esse problema.

Com toda a energia que consigo reunir, salto para a frente e me transformo, voando diretamente para cima de Cam, agitando meu pé de pedra para acertá-lo e mandar o cometa para longe. Mas eu nem precisava ter me preocupado, porque, quando meu pé se aproxima, ele solta a bola e leva as mãos à virilha. Eu estava mirando no queixo dele, mas enfim...

Com um voo rasante, agarro a bola antes que qualquer outro jogador a pegue.

Estava jogando na defensiva desde que peguei a bola no primeiro instante do jogo, tentando descobrir como ficar longe das pessoas contra quem estou jogando em vez de encontrar uma maneira de vencê-las.

Mas isso acaba agora.

Porque não há a menor possibilidade de que eu me coloque novamente numa posição como aquela em que estava há pouco. Cole nunca mais vai colocar seus dedos sobrenaturalmente fortes de lobisomem em qualquer parte da minha anatomia. Nunca mais.

É hora de igualar o jogo. E eu sou a gárgula perfeita para fazer isso.

Mas a minha garganta ainda está doendo demais, o que faz com que respirar seja ainda mais difícil do que deveria. Especialmente com uma dragão azul gigantesca na minha cola, já que Delphina se recuperou rápido da minha roubada de bola e já se lançou ao ar.

Delphina é mais rápida do que eu e agora está disparando petardos sólidos de gelo contra mim. E, embora eu seja imune à magia, não sou imune aos impactos de blocos de gelo de cinco quilos disparados a uma velocidade inacreditável contra as minhas pernas. Gárgulas ainda podem se despedaçar, afinal de contas.

E eu gosto das minhas pernas exatamente onde elas estão agora...

Ou seja: tenho que fazer muitos zigue-zagues e até mesmo volteios e piruetas, enquanto avanço voando pelo campo. Com esta bola vibrando de um jeito cada vez mais ridículo nas minhas mãos a cada segundo.

Problema? Nenhum, não é mesmo?

Mas não há nada como uma experiência de proximidade da morte para fazer com que uma garota continue lutando. Assim, eu simplesmente me apego à praticante de *snowboarding* que existe dentro de mim e tento vários truques que nunca tentei antes. A maioria deles dá certo, de certa forma; afinal, o conteúdo vale mais do que a forma numa situação como esta. Mas a multidão parece não se importar, finalmente torcendo como se estivessem do meu lado.

Especialmente quando um bloco de gelo gigante passa zunindo pela minha cabeça. Graças a Deus. Meu obituário seria zoado para sempre se a causa da morte fosse um cubo de gelo.

E, sinceramente, ter Jaxon, Hudson e Macy aqui me ajuda muito. Eu não sabia exatamente o quanto estava me sentindo sozinha até que os vi ali, tentando me salvar. Escandalizados pelo que estava acontecendo comigo e torcendo por mim. Mesmo que não pudessem me alcançar, o fato de estarem ao meu lado fez toda a diferença. E me deu uma nova oportunidade que nem sabia que estava buscando.

Olho para trás, enquanto disparo loucamente na direção da área do gol. Mas sei que não vou conseguir; ainda estou longe demais. E isso significa que preciso de outro plano. Eu só gostaria de saber qual.

Minha tática habitual de jogar a bola para cima ou deixá-la cair não vai funcionar aqui, especialmente com Delphina na minha cola, só esperando para agarrar a bola e voltar para o outro lado do campo. Assim, em vez de simplesmente largar o cometa, eu aperto os dentes e faço um mergulho vertical, indo para baixo a toda velocidade até estar bem ao lado de Violet e Simone.

E passo a bola direto para as mãos de Violet.

Ela grita, surpresa, e sai correndo, assim como eu imaginei que faria. Simone, por outro lado, me ataca com outro feitiço de ar, agitando loucamente o vento e jogando-o contra mim como um tornado teleguiado que me persegue pelo campo.

O vento se move rápido — bem mais do que eu — e chega a passar à minha frente algumas vezes. Ser pega por ele me dá a sensação de estar num redemoinho que expulsa o oxigênio ao meu redor. E como já passei um tempo sem conseguir respirar esta noite, posso dizer que estou farta disso.

Mesmo assim, acho que posso usar a situação a meu favor se usar as cartadas certas. Por isso, não me esforço muito para despistar o tornado. Em vez disso, mantenho-o bem perto de mim enquanto acompanho Violet de perto, esperando que ela passe a bola para um dos companheiros do time. Vai ser Cam ou Quinn; são os únicos que estão próximos dela. E eu estaria mentindo se dissesse que não tenho a menor vontade de bater de frente contra qualquer um desses idiotas.

Conforme o tempo vai se esgotando, diminuo a velocidade apenas o suficiente para que ela sinta uma falsa sensação de segurança. Mas, para fazê-lo, preciso deixar que o tornado de Simone me alcance. É o que faço, respirando fundo logo antes que o tornado me atinja, e eu prendo a respiração, com toda a minha força, enquanto o vórtice roda à minha volta.

Como eu esperava, Violet passa a bola para Quinn; mergulho diretamente contra ele. Vou pegar aquela bola de volta e, ao mesmo tempo, enfiar esse tornado na garganta de um deles.

Quinn está totalmente despreparado para a emboscada — tanto a minha quanto a do tornado — e acaba soltando a bola quando sente a primeira lufada de vento. Quando a arranco das mãos dele e parto voando para o portal mais próximo, deixando todos para trás em meio ao tornado.

Eu respiro fundo pelo que parece ser a primeira vez em horas, mas provavelmente são só uns quinze segundos. E, em seguida, solto um palavrão baixinho quando percebo que entrei naquele portal que estica. O mesmo daquele primeiro jogo.

É um milhão de vezes melhor do que levar agulhadas por todo o corpo, mas segurar a bola neste portal é um desafio. E cair em pé também, quando finalmente sou despejada de volta ao campo.

Mesmo assim, não tenho tempo a perder. Cole vai vir com sangue nos olhos agora. E, com ele e Delphina na minha cola, vou ter que me concentrar de verdade neste jogo. A menos que eu tenha sorte, é claro, e finalmente tenha entrado em um portal que me jogue perto da linha de fundo aonde preciso chegar. Mesmo assim, nada do que aconteceu hoje me pareceu ser particularmente obra da sorte. Não estou contando com isso agora.

Além de tudo isso, eu não descartaria a possibilidade de que Cyrus tenha feito com que todos os portais desemboquem o mais longe possível da linha de fundo onde tenho que chegar, sem qualquer outra razão além de tornar este jogo tão difícil quanto possível para mim.

A sensação esquisita de vácuo finalmente me atinge e eu me preparo para cair no campo. E caio mesmo, batendo o ombro no chão.

Sinto o impacto, mas ele não me machuca — ser feita de pedra tem várias vantagens, afinal de contas. E me levanto rapidamente com um salto.

Mas ainda assim não sou rápida o bastante, porque Marc está uns poucos passos de distância em sua forma de lobisomem. E basta uma olhada em seus olhos para eu saber que ele está aqui para vingar o seu alfa.

Talvez seja por isso que fico tão furiosa quando ele me ataca com uma mordida no meu braço que carrega a bola, com toda a força. Não é algo que me machuque — afinal, sou feita de pedra —, mas ouvir aqueles dentes raspando em mim me irrita demais.

E assim, quando ele tenta me arrastar para o outro lado do campo, eu decido que já estou de saco cheio desta merda toda. E giro ao redor de mim mesma, acertando um murro naquele focinho feio de lobo com o outro punho. Ele geme, mas não me solta; seu maxilar se transforma em uma morsa ao redor do meu braço.

E isso só me irrita ainda mais. Desta vez, quando o acerto, não tenho dó. Uso absolutamente toda a força que tenho, enquanto golpeio com o meu punho de pedra, acertando na lateral da sua cabeça com tudo. E, em seguida, soco outra vez.

Na terceira vez, a coisa funciona quando ele finalmente me solta, e eu rolo para longe dele. Mas basta uma olhada para perceber que, embora ele esteja balançando a cabeça, está planejando vir atrás de mim outra vez. E isso não pode acontecer.

Já estou bem exausta e não há a menor possibilidade de que eu consiga continuar jogando desse jeito, deixando que cada um dos outros jogadores roube o progresso que consegui fazer, um após o outro. Quando se joga no modo um contra oito (ou mesmo um contra sete), isso é absolutamente brutal.

Além disso, cada vez que me transformo — seja de humana em gárgula ou gárgula em humana —, me exaure um pouco mais. Assim como ser estrangulada por um lobiscuzão superforte por quase um minuto...

E tudo isso significa que tenho que começar a tirar os outros adversários do jogo se eu quiser chegar à linha do gol. E tenho mais do que esperança para fazer isso. Tenho determinação. Decidi que não vou perder para aquele cuzão do Cole de jeito nenhum. De jeito nenhum mesmo.

Assim, no instante em que Marc salta sobre mim, ainda um pouco atordoado, decido que chegou a hora de equilibrar o jogo. Protejo a bola com um lado do corpo e uso o outro para acertá-lo com um chute giratório bastante potente bem na lateral da cara. E agradeço sinceramente por aquelas malditas aulas de *kickboxing* que Heather me obrigou a fazer com ela no segundo ano do ensino médio.

Ele grita de dor, mas ainda assim não desistiu; pelo jeito, lobisomens têm cabeças muito duras. Assim, eu o acerto com mais um pontapé, ainda mais forte, e giro outra vez para dar outro chute... Só que, desta vez, ele não tomba no chão. Marc desaparece magicamente. Eu engulo a náusea quando percebo que, se meu próximo chute o tivesse acertado, teria sido um golpe mortal.

Mas eu tenho problemas maiores agora. Os dez segundos que gastei para tirar Marc do jogo causaram dois novos problemas.

O primeiro é que a bola está vibrando com tanta força que eu sinto que vai me despedaçar inteira.

E o segundo é que Cole está chegando perto de mim. E lhe dei o tempo de que precisava para se aproximar.

Capítulo 117

CHUVA DE DRAGÕES

Há um pedaço de mim que tem vontade de ficar aqui só para ver qual é o melhor golpe que ele tem para desferir, mas tenho coisas mais urgentes a fazer agora — particularmente, reinicializar a bola.

E é isso o que faço, jogando-a o mais alto que consigo e disparando em sua direção, cerca de dois segundos antes que Cole chegue onde eu estou. Ele dá um pulo enorme para me pegar, e seus dedos roçam nas solas dos meus pés, mas já estou voando cada vez mais alto e ele não consegue me agarrar.

É uma pena que não posso dizer o mesmo em relação a Delphina, que parece estar tão concentrada em ganhar o jogo quanto eu.

Estou quase chegando na bola, mas ela a alcança um segundo antes de mim e usa a cauda poderosa para rebatê-la de volta para o chão do campo. De volta para a linha de gol que eu preciso proteger. Que surpresa, não?

Disparo na direção da bola, já sabendo que vou chegar tarde demais e vou ter que arrancá-la das mãos de alguém. Mas estou novamente me esquivando de blocos de gelo gigantes. Assim, no momento, tenho outras coisas ocupando a minha cabeça — especialmente, como não me tornar o alvo principal na minha própria galeria de tiro.

Até que consigo me dar bem, com várias piruetas e curvas que desafiam a morte e que eu nem mesmo sabia ser capaz de fazer até meia hora atrás. Mas Delphina está ganhando mais experiência em seus disparos e me acerta o quadril com um enorme bloco de gelo, que me faz girar pelo ar sem controle, enquanto a dor explode nesse lado do meu corpo.

Despenco do ar, girando em parafuso. Meu cérebro está gritando para que eu recupere altura, para andar logo, para ir para algum outro lugar. Mas a gravidade, a aerodinâmica e a exaustão formam uma combinação letal. No fim das contas, faço o que o meu instrutor da autoescola me ensinou a fazer quando o carro começa a derrapar. Em vez de lutar para impedir a queda em parafuso, aproveito o impulso que ela me dá.

Aparentemente, essa é a coisa certa a fazer, porque tudo muda. Eu recupero o controle em poucos segundos e volto a voar pelo campo, diretamente em direção a Cam, que está com algodão no nariz, a camisa ensanguentada e a bola presa nas mãos desajeitadas.

Meu quadril está me matando de tanta dor, mas isso não importa no momento. Nada importa a não ser deter Cam antes que ele passe a bola para Cole, porque sei que Cole vai querer levar pessoalmente a bola até a linha de fundo e terminar o jogo.

Só que... ou Cam está ficando mais esperto, ou isso está acontecendo com alguma das outras bruxas. Quando eu estou voando a toda velocidade na direção dele, ninguém tenta usar um feitiço em mim. Em vez disso, usam um feitiço nele... e o desgraçado desaparece a meio caminho da linha de fundo.

Que diabos devo fazer agora?

Não tenho mais tempo, nem um pouco. Mas a única coisa a meu favor é que ele também não tem muito mais tempo. Daqui a uns quinze segundos ele vai ter que passar essa bola para alguém, mesmo que esteja invisível.

Mas não quero esperar tanto. Cada segundo que ele corre são mais alguns metros que ele avança rumo à linha de gol. E isso é algo que não posso permitir que aconteça.

Olhando ao redor, fico desesperada em busca de uma ideia, quando uma delas subitamente me surge. Não é nada que eu já não tenha feito antes. Mas, novamente, nunca tinha feito noventa e cinco por cento das coisas que fiz nas últimas vinte e quatro horas.

Será que é uma manobra arriscada? Com certeza. Mas será que importa? A esta altura, nem um pouco.

Quero pousar, mas sei que não é prudente me colocar numa posição em que Cole possa me pegar. Assim, continuo no ar e começo a procurar pelo gelo que Delphina começou a disparar desde que entramos nesta arena dos infernos. Há centenas de pedaços espalhados pelo campo e vou usar todos.

Pelo menos, este é o plano.

A maioria dos livros que Amka separou para mim na biblioteca não falava muito claramente do que as gárgulas são capazes de fazer, mas há uma coisa que todas mencionaram... gárgulas são naturalmente adeptas a manipular água. Supostamente, é por isso que, durante séculos, tantos prédios usavam esculturas decorativas em forma de gárgulas como chafarizes ou bocas de calha. Não sei se isso é verdade ou não, e Jaxon e Hudson também não sabem, já que sou a primeira gárgula que eles conheceram. Mas vou partir do princípio de que isso é verdade.

E provavelmente perder este jogo, se não for.

Mas não vou pensar nessa possibilidade agora. Não vou pensar em nada além de fazer esse gelo trabalhar para mim. E, assim, começo a me concentrar a atrair a água para mim. Da mesma forma que eu canalizava a magia para Jaxon por meio do elo entre consortes ou a magia de Hudson para acender velas, deixo a energia ganhar forma dentro de mim. Sinto seu propósito conforme ela passa pelo meu corpo, concentrando-a na minha mão.

Quando consigo sentir a bola de energia brilhando com força na minha palma, fecho o punho e a puxo de volta para dentro. Depois, começo a puxar, a puxar cada vez mais o gelo para mim, derretendo-o e transformando-o em água mesmo enquanto ele voa pelo ar. E olhe... ele voa mesmo. Todo o gelo. E ninguém fica mais fascinada do que eu.

É uma coisa incrível de se ver. Blocos gigantescos de gelo que vêm de todos os cantos do campo, voando na minha direção e se derretendo em funis de água no ar. Mas a única coisa que eu não previ — aquela coisa que faz com que tudo seja ainda mais legal e ainda mais pavoroso — é o fato de que há muita água no ar.

E eu estou puxando toda essa água para mim.

De repente, meus funis se transformam em uma muralha gigante de água que começa a correr pelo campo, e nunca vi nada como isso. A julgar pela maneira que a torcida está reagindo — gritando e batendo os pés —, eles também nunca viram nada parecido.

Sinto vontade de olhar para os meus amigos — Hudson, Jaxon e Macy — e tentar perceber o que eles acham sobre o que está acontecendo. Mas morro de medo de quebrar a minha concentração e do que vai acontecer se eu perder o foco, mesmo que seja por meio segundo. E também não tenho tempo para isso. Preciso encontrar Cam antes que seja tarde demais.

Com toda sinceridade, estou até mesmo um pouco assustada, mas imagino que seja agora ou nunca. Assim, eu respiro fundo, reúno toda a água com o meu poder e arremesso com toda a força pelo campo, na direção na qual eu acho que Cam está.

E, com certeza, quando a tromba-d'água cai, cai bem ao redor dele, em vez de atravessá-lo. E é o bastante para me mostrar onde ele está — a apenas uns quarenta metros da linha de gol.

Eu parto atrás dele, voando na velocidade máxima, e ainda não sei se vou alcançá-lo a tempo. Assim, volto a reunir toda aquela água para criar uma onda gigante... e fazer com que ela arrebente sobre ele, Violet e Quinn; os três estão naquela parte do campo. Conforme a onda começa a se dissipar, faço a água se agitar novamente e, com um giro do pulso, transformo-a num redemoinho para prender todos.

Cam fica visível novamente no meio de todo o meu ataque aquático, mas não está mais com a bola. Nenhum dos três está com o cometa, e eu aperto os olhos para tentar encontrá-lo antes que alguém o faça.

Finalmente a avisto perto do fundo do redemoinho. Eu estava planejando soltá-los depois de alguns segundos, mas não posso fazer isso agora. Não quando estão tão perto da bola e da linha de gol.

Uma rápida olhada ao redor me mostra que Cole e Simone também avistaram a bola e começaram a correr até lá, enquanto Delphina mergulha para me interceptar. Manter o redemoinho girando está tomando uma parte enorme da minha energia e estou começando a ficar sem ideias.

Não tenho escolha a não ser tentar chegar na bola antes deles.

Por sorte, a pego logo antes de Cole, o que me dá inclusive a oportunidade de acertar um pontapé em seu estômago quando me jogo novamente no ar.

E preciso dizer uma coisa: para alguém que sempre se orgulhou de não ser uma pessoa violenta, estes últimos socos e chutes me deixaram muito feliz. Por outro lado, foi a oportunidade de dar o troco com juros e correção monetária, porque já estou de saco cheio de ser a pobre Grace, pequena e fraca.

Chegou a hora de todo mundo neste campo, todos neste mundo paranormal, descobrirem que eu não sou mais um alvo fácil. E que não preciso me esconder atrás de Jaxon também.

Meu olhar se estreita na direção da linha de fundo, enquanto corro para o meu gol. A empolgação queima no meu peito quando percebo que vou conseguir. Estou voando com as últimas gotas de energia que ainda me restam e, conforme o meu gol fica cada vez mais próximo, não consigo deixar de sentir a felicidade que fervilha no meu peito. Eu vou conseguir de verdade.

Quase não me resta mais energia agora, então tenho que dissipar o redemoinho que mantém Violet, Quinn e Cam longe de mim.

Mas isso não importa. Estou a apenas seis metros do meu gol e todos estão longe demais para me pegar. Desde que Cole não tenha subitamente aprendido a voar, eu consegui. Eu consegui mesmo.

Mas eu passo menos de cinco minutos celebrando antes de me dar conta de que cometi um erro estratégico gigantesco.

Eu perdi Delphina de vista. E ela está muito mais perto do que imaginava, emparelhada comigo enquanto me esforço para alcançar a linha de gol.

Ela me atinge lateralmente em cheio, com toda a sua força e velocidade, e me derruba no chão. E o pior: eu ouço — e também sinto — a pedra da minha asa rachar.

Capítulo 118

PARE DE ARRASTAR ESSA
ASA PARA CIMA DE MIM

Consigo segurar o cometa apenas por estar numa agonia tão grande que o meu corpo inteiro se contrai para me proteger de mais dor ainda. E, desta vez, quando despenco no chão, não consigo fazer nada além de gritar.

A minha asa direita obviamente está rachada. Ainda não vi o tamanho do estrago, mas o trauma já me fez quase desmaiar. E eu não consigo voar em linha reta, por mais que tente. Não consigo nem voar, para ser honesta. A minha única esperança de não me despedaçar por completo quando cair no chão é planar nas correntes de ar. E rápido.

Não é fácil e não é bonito de se ver, mas funciona. E isso é tudo que importa. Mas trinta segundos já se passaram quando eu estou no chão e tenho que me livrar da bola. Caso contrário, as vibrações vão praticamente me destruir. De novo.

Lembro de quando Nuri segurou o cometa por cinco minutos antes do início do primeiro jogo do Ludares, e fiquei admirada com ela. Trinta segundos para mim e já estou disposta a vender a minha alma para poder soltá-la agora.

Eu jogo a bola para o ar e rezo — só desta vez — para conseguir respirar por um instante. Não consigo mais voar. Assim, se Delphina pegar a bola, estou fodida. Mesmo assim, provavelmente eu já estou fodida de qualquer maneira, considerando que agora estou presa ao chão, e Cole está correndo na minha direção como se os cães do inferno o estivessem perseguindo.

Delphina não pega a bola, o que é surpreendente. Mas, pensando bem, sua maneira de voar em círculos meio vacilantes no momento indica que essa última pancada foi tão forte em seu cérebro quanto foi no resto do meu corpo. Em algum outro dia, em alguma outra Provação, isso talvez me entristecesse. Mas, agora, simplesmente fico feliz por ela estar fora de combate por alguns segundos.

Cole está vindo na minha direção — e na da bola — a toda velocidade em sua forma de lobisomem. Eu estou mais perto e sei que, se correr, talvez consiga chegar antes dele. Assim, mudo para a minha forma humana instantaneamente e corro para pegá-la.

Consigo agarrar a bola bem debaixo da bocarra aberta de Cole. Caio no chão e já começo a correr, mas basta uma rápida olhada para trás para perceber que Cole não é o único que está quente nos meus calcanhares; todo o resto do time também está... com exceção de Delphina, que ainda está no ar, imitando um relógio cuco.

Mas Quinn, Violet e Cam finalmente conseguiram sair do redemoinho no qual eu os deixei e agora me perseguem como se sua reputação inteira dependesse de me derrotar neste jogo.

Isso pode ser verdade, mas a minha vida inteira depende em não deixar que eles o façam. Assim, resolvo partir para o tudo ou nada. Aperto os dentes quando passo dos trinta segundos com o cometa. A bola está tão quente que eu tenho a sensação de que a pele das minhas mãos está queimando até derreter. Mas não posso soltá-la, não posso deixar que a peguem. Minha energia está acabando. Estou surrada, machucada, detonada e não vou conseguir lutar por muito mais tempo.

É agora. Eu sei que é. Sinto nos meus ossos, sinto em cada parte do meu corpo. Essa é a minha chance de vencer. E se não aproveitá-la agora, então provavelmente nunca mais vou conseguir outra.

E isso significa que não vou soltar esta bola também, não importa quanta dor eu sinta. Não importa o quanto tenha que sacrificar para continuar com ela.

E eu corro.

Quando estou a uns três metros da linha do gol, olho para trás e não fico nem um pouco surpresa ao ver seis paranormais muito bravos me perseguindo a toda velocidade. Se não fosse o bastante, parece que Delphina finalmente se recuperou da pancada na cabeça, porque ela voltou ao jogo também.

E isso significa que vencer acabou de ficar muito mais difícil.

Estou muito perto.

Mas Cole também está.

Preciso me transformar de novo em gárgula para que esse filho da puta sádico não me mate com suas garras ou dentes afiados. Mas e se a minha asa estiver danificada e a dor me fizer vacilar? Até mesmo um segundo de hesitação é tudo de que Cole precisa para colocar as mãos em mim.

Um dos livros que eu li dizia que mudar de forma pode fazer com que alguns metamorfos se curem, ou pelo menos que se curem parcialmente, conforme a magia transforma o seu corpo, e não a fisiologia. Assim, há uma chance — uma chance bem pequena, diga-se de passagem — de que uma transformação possa me dar uma vantagem contra Cole também. E eu poderia conseguir voar de novo.

Assim, decido arriscar. E me transformo.

Quase desmaio de alívio quando percebo que a minha asa se curou e salto no ar. Não é a melhor decolagem de todos os tempos, pois o cometa agora está tão quente que as lágrimas escorrem pelos lados do meu rosto de pedra. Mas estou somente a um metro e meio da linha de chegada e voando.

Capítulo 119

AS GÁRGULAS SABEM FAZER
AS COISAS COM GRAÇA

Eu quase consigo avançar um metro quando sinto algo rasgar as minhas costas e a dor é excruciante.

Garras afiadas se envolvem ao redor do meu braço e me puxam para o chão com tanta força que é impossível eu me endireitar.

O chão fica cada vez mais próximo, e o meu corpo de pedra cai com um impacto forte, com o cometa ainda preso sob um dos braços. Minha cabeça está voltada para o gol, e quase choro quando percebo que estou a poucos metros daquela linha. Por pouco.

Mesmo se eu conseguisse me mover (algo que definitivamente não consigo), Violet faz com que trepadeiras brotem do chão e se enrolem ao redor das minhas pernas e braços, pressionando-me ainda mais contra o chão. E o cometa agora está vibrando tão rápido e está tão quente que a dor entorpece a minha mente.

Eu consigo vagamente ouvir o estádio irromper em barulho, mas não faço ideia se eles querem pedir que a Provação seja interrompida ou se querem que eu seja castigada por me atrever a questionar a santidade do seu amado Círculo.

Simone rosna para mim e tenta arrancar a bola que está embaixo do meu corpo, mas Cole simplesmente ri.

— Nem se preocupe em tentar pegá-la — diz ele à bruxa, enquanto indica o relógio na lateral do corpo. — Ela já está com o cometa há quarenta e cinco segundos. Vai soltá-lo quando a bola a matar.

Ele se vira para mim com o brilho malévolo em seus olhos ficando cada vez mais cruel a cada segundo.

— Deve estar insuportável, não é mesmo, Grace? Por que você simplesmente não solta a bola? Tudo vai ficar melhor se você desistir.

— Vá se foder — eu digo a ele. — Eu não vou lhe dar essa satisfação.

Ele sorri.

— Era exatamente o que eu estava esperando ouvir. — E, em seguida, me acerta um soco bem no meio da cara.

O resto do time parece achar que aquele soco indica que todos podem fazer o mesmo, e eles saltam em cima de mim. Quinn, agora em sua forma humana, segura no meu braço que ainda está livre e começa a puxá-lo para trás até eu ter a sensação de que ele vai ser arrancado.

Delphina acerta o meu rosto com a cauda e sinto o sangue jorrar no fundo da garganta, me sufocando. Eu nem sabia que podia sangrar na forma de gárgula. Obrigada pela lição.

Cam acerta um pontapé na lateral do meu corpo e grita:

— Hora de levar o troco, sua vaca.

E Cole... Cole vai até um dos bastões pesados que o jogo usa como traves do gol e aciona a sua força de lobisomem para arrancá-lo do chão.

Tento encontrar uma maneira de me proteger de um golpe que pode realmente acabar me despedaçando. Penso em voltar para a forma humana, mas, se fizer isso, um golpe de Cole com essa trave vai me matar.

Estou presa, sentindo os golpes choverem sobre mim. E tento encontrar a lembrança do sorriso da minha mãe. Tento encontrar o poder de Hudson, mas não consigo. Não consigo me concentrar em nada, exceto no próximo golpe que vai castigar o meu corpo e na bola que está me rasgando por baixo, átomo por átomo.

Consigo sentir a visão ficar mais turva e sei que vou morrer.

E desta vez ninguém vai poder me salvar. Nem eu mesma vou conseguir fazer isso.

E mesmo assim não me arrependo de ter vindo para Katmere. Jamais poderia me arrepender de nada que tenha trazido Jaxon para a minha vida. E Hudson. E Macy, Flint, Éden, Mekhi, Gwen, o tio Flint e até mesmo Xavier, aquele pobre coitado. Meus amigos. Minha família.

Meu único arrependimento é que meus pais não viveram para conhecer a vida que eu consegui criar aqui. Eles adorariam os meus amigos tanto quanto eu os adoro. Meu pai adoraria o sentimento de proteção de Jaxon e o senso de humor ridículo de Flint. Minha mãe adoraria o atrevimento de Macy e a maneira como Hudson me estimula a não recuar e a lutar pelo que acredito.

É quando me lembro da minha mãe, a minha mãe risonha e sorridente, que uma imagem tremula diante de mim. Uma imagem tão clara que eu quase consigo tocar nela.

Meus joelhos... meus joelhos doem demais. Estão tão arranhados pelo concreto a ponto de algumas gotas de sangue escorrerem pela minha perna e mancharem as minhas meias cor-de-rosa bonitas. Lágrimas rolam pelas minhas bochechas agora, enquanto pergunto ao meu pai por que ele não me segurou. E eu percebo que ele fica com o coração partido por não estar lá para me ajudar. Onde deveria estar. Mas não estava. Ele se aproxima, coloca uma mecha de cabelo atrás da minha orelha e pede desculpas, dizendo que podemos tentar de novo mais tarde. Ele vai me segurar amanhã. E, em seguida, vem pegar na minha mão para voltar para casa comigo, empurrando a bicicleta.

Eu não aprendi a andar de bicicleta hoje. Em vez disso, caí. Não consegui ser forte. Não me esforcei o bastante. Meus joelhos doem, mas a sensação de ter decepcionado os meus pais, a sensação de fracasso, dói mais do que qualquer arranhão doeria. Eu ergo os olhos para ver se a minha mãe está com vergonha de mim também, mas ela está sorrindo. Seus olhos brilham demonstrando amor incondicional.

— Você consegue, meu bem. — Ela segura na minha mão e a aperta com carinho. Em seguida, dá uma rápida olhada para o meu pai para encorajá-lo a recuar um pouco e me dar espaço. — Agora, levante-se. Levante-se, Grace.

E ela sorri para mim. Um sorriso tão cheio de amor, tão cheio de confiança e de esperança que eu sinto tudo aquilo explodir dentro de mim, envelopando-me com sua força e poder. Um poder enorme, fervendo logo abaixo da superfície. Esperando que eu o toque. Que o pegue para mim. Que eu o use.

E é aí que eu me dou conta. É quando reconheço o que está diante de mim. Esse poder que ilumina cada célula do meu corpo não é somente meu.

É de Hudson.

E é infernal.

Capítulo 120

FÁ, FÉ, FÍ, FÓ, F*DEU!

Não sei como Hudson sabia que eu precisaria dessa lembrança neste momento, mais do que jamais precisei de alguma coisa em toda a minha vida. Não somente o seu poder, mas a confiança da minha mãe em mim também. Talvez, porque ele entendesse o quanto eu estaria exausta, castigada e surrada no final desta Provação. Ou talvez porque, depois de todo esse tempo preso na minha mente, ele simplesmente me entenda.

Sinto o chão tremer sob a bochecha e sei que Jaxon está fazendo tudo que pode para romper a barreira e entrar no campo para me salvar. Ouço Macy gritar feitiços, cada um deles atingindo a barreira como o soar de um sino. E sei que, se Flint estivesse aqui, ele usaria toda a sua força para queimar a magia do feitiço de proteção a fim de desfazê-la também.

Mas não preciso que eles me salvem. Não desta vez. Graças a Hudson, posso fazer isso sozinha. Mesmo que ninguém aqui saiba disso ainda. Porque Hudson é o único que me deu a força para voltar a me levantar outra vez.

Mesmo que isso signifique abrir mão da própria essência de quem ele é. Por mim. Uma garota que passou as últimas duas semanas sentindo ódio dele. Que, até um certo momento, estava determinada a tirar dele aquilo que ele me deu por vontade própria.

Eu respiro fundo e deixo o poder fluir por mim. E percebo que ele não me deu simplesmente uma parte do seu poder. Ele me deu tudo.

E… cara, é inacreditável. Eu sabia que Hudson era poderoso, mas estou acostumada ao conceito de poderoso. Afinal de contas, eu era a consorte de Jaxon, e no mundo de onde vim, não há poder maior do que esse… ou, pelo menos, era o que pensava.

Mas que tipo de poder Hudson tem? De que tipo é o poder que flui pelo meu corpo agora? Não é parecido com nada que qualquer pessoa que eu conheça poderia imaginar… nem mesmo Jaxon.

Mal estou conseguindo tocar nas extremidades dele e já tenho a sensação de que é muito mais do que eu poderia ter a esperança de manipular ou conter. Qual seria a sensação de ter tudo isso dentro de si? Saber que você pode fazer o que quiser, no momento em que quiser?

Por um segundo — um segundo apenas —, todas as peças do que Hudson me contou durante essas últimas semanas, durante todas as nossas conversas, se encaixam na minha cabeça.

Jaxon definitivamente não entendeu direito a situação. Porque, se Hudson realmente quisesse cometer um genocídio, se realmente quisesse matar todo mundo, ele não teria desperdiçado o seu tempo usando apenas o seu poder de persuasão. Eu consigo perceber isso agora, do que ele é realmente capaz. Com um simples pensamento, seus inimigos se transformariam em poeira. E não somente um. Nem dez. Ou mesmo mil. Todos.

E agora não consigo deixar de me perguntar se a única razão pela qual Jaxon derrotou Hudson foi porque Hudson o deixou vencer. Porque sei, sem qualquer dúvida, que a única coisa que preciso fazer é pensar em alguma coisa e essa coisa simplesmente vai deixar de existir.

Mas não tenho tempo para ponderar isso, enquanto Cole dá uma risadinha irônica e se agacha ao meu lado, ainda segurando o poste do gol como se fosse uma criança com seu brinquedo. O que só prova o quanto ele é fraco.

Como se eu precisasse de mais provas. Não consigo acreditar que esse cara é o alfa. Ele é patético. Só não sabia o quanto era patético até agora.

— Mal posso esperar para acabar com a sua raça — zomba ele. — Você não tem o direito de estar aqui. Nunca teve. Foster é covarde demais para admitir isso. Mas eu não sou. Vou fazer um favor para todo mundo e dar um jeito em você de uma vez por todas. — Em seguida, ele se abaixa para sussurrar na minha orelha. — E depois vou acabar com Jaxon e Hudson também. Chegou a hora. Está sentindo? Nenhum deles parece ser como eram, não é? Tenho que admitir que fiquei surpreso quando vi que Hudson estava de volta. Mas pelo menos isso me dá a chance de matá-lo com as minhas próprias mãos por tudo o que ele fez para estragar meus planos no ano passado.

Ele faz um sinal para os outros, mandando que se afastem. E depois ergue a trave, preparando-se para dar o golpe que vai proporcionar o fim do jogo e provavelmente o meu fim.

No fundo, o apito de Nuri está soando, alto e estridente, mas Cole não está prestando atenção. Ninguém mais está. O que não chega a ser um problema para mim. Porque, agora que o poder de Hudson se espalhou por todo o meu corpo, agora que consigo senti-lo em cada parte de mim, sei exatamente o que devo fazer. Porque Cole não vai conseguir tocar em nenhum fio de cabelo de Jaxon ou de Hudson. De jeito nenhum.

Não depois de tudo que eles fizeram por mim.

Não depois de tudo que foram para mim.

— Eles podiam destruir você só com um pensamento — digo para ele por entre os dentes. — Mas, depois que eu acabar com você, não vão precisar se incomodar com isso.

E, assim, eu dissolvo as trepadeiras que me prendem ao chão sem precisar fazer nada além de sussurrar uma ideia que está na minha cabeça. Apoio uma das mãos no chão e vou me levantando até ficar em pé, com a bola agonizantemente dolorosa ainda na mão e o poder de Hudson fluindo pelas minhas veias. Ele se mistura com a minha gárgula, que fica ainda mais poderosa... e em seguida toca em algo que fica ainda mais fundo no meu ser. Algo que consigo sentir, mas para a qual eu ainda não tenho um nome.

Tudo se mistura quando finalmente me ergo, ignorando os hematomas e os pedaços de pedra que faziam parte de mim e que agora estão espalhados pelo chão à nossa volta.

O sorriso arrogante de Cole vacila quando ele olha para mim, mas não entendo o motivo. Provavelmente porque nunca viu ninguém revidar a uma das suas provocações, especialmente a pequena garota humana que ele vem atormentando desde o dia em que ela chegou aqui.

A pequena garota humana que se transformou em algo muito maior do que qualquer um de nós esperava.

Alguma coisa parecida com medo ilumina o rosto dele. Mas os membros da facção das bruxas vêm correndo para ajudá-lo, com as varinhas erguidas, enquanto os três me atingem com um feitiço após o outro.

Mas estou na minha forma de gárgula e imbuída com o poder de um vampiro. Assim, todos os feitiços que eles lançam contra mim simplesmente me atingem, mas sem fazer efeito. Delphina me acerta com uma baforada de gelo tão poderosa que seria capaz de arrancar mais alguns pedaços do meu corpo — ou pelo menos fazer com que eu balançasse um pouco. Mas não causa nada disso. E, quando dou um passo adiante, percebo que o pé para o qual estou olhando não me pertence mais. Pelo menos, não pertence à Grace que tinha um tamanho normal.

Porque, com cada feitiço que eles lançam contra mim, vou ficando maior. Com cada pedaço de gelo que Delphina cospe em mim, vou ficando mais alta e mais forte. E a minha pedra vai ficando cada vez mais impenetrável.

Será que este é o poder de Hudson?, é o que me pergunto quando dou mais um passo adiante.

É isso que ele é capaz de fazer?

Mas alguma coisa dentro de mim — minha gárgula, o poder de Hudson ou alguma mistura estranha de ambos — sussurra não. Sussurra que o que está acontecendo agora é algo completamente diferente. Algo que ninguém viu antes. Mas não me dá nenhuma pista sobre o que é.

Delphina me acerta com mais um jato de gelo, logo antes que Violet, Cam e Simone se juntem, com os rostos assustados e as varetas em punho. Não sei o que eles planejam e não me importo. Tudo que quero fazer é chegar ao gol e acabar com este jogo de uma vez por todas.

Mas, juntos, eles lançam um feitiço que faz com que longas fitas vermelhas voem na minha direção, se enrolando ao redor do meu corpo, prendendo o meu braço livre ao meu flanco e o braço que segura a bola ao meu peito.

Não sei por que eles imaginaram que essas fitas frágeis poderiam me deter, mágicas ou não. Eu as rasgo sem sequer pensar no que está acontecendo e continuo andando conforme as fitas se desintegram em um milhão de flocos de confete que flutuam ao meu redor.

E é quando acontece; é quando Cole e Quinn se jogam em cima de mim. Eles voltaram às suas formas de lobisomem, grunhindo, rosnando e me atacando com as garras, enquanto tentam agarrar em qualquer parte de mim que possa causar dor.

Mas não tenho tempo para eles. Não tenho mais tempo para nenhuma dessas coisas sem importância e agito o braço para afastá-los. Os dois caem ao chão, choramingando e quase sem forma definida. E eu percebo que um simples movimento da minha mão quebrou quase todos os ossos em seus corpos, deixando-os em frangalhos.

Eles estão chorando quando se transformam novamente em humanos para ajudar seus ossos a se recomporem, mas não presto mais nenhuma atenção neles. Se não me incomodarem mais, não vou incomodá-los.

Viro de frente para os outros, preparada para bloquear outro ataque se for necessário, mas eles não estão se aproximando. Estão só me observando com um espanto horrorizado... algo que até acho bom.

Mas Delphina tenta fazer um último ataque, mergulhando na minha direção o mais rápido que consegue, mirando as garras bem na direção do meu coração. Com um simples pensamento e um gesto da minha mão, ela desaparece.

E a torcida grita ainda mais alto. Não porque a matei, embora pudesse ter feito isso sem dificuldade. Mas porque ela reapareceu na tenda da enfermaria, que fica na lateral do campo. É estranho imaginar que eu poderia ter desferido um golpe fatal com um simples pensamento.

Estou apenas a alguns passos da linha de gol agora e, com cada passo que dou, eu encolho um pouco mais, até voltar ao meu tamanho normal.

Paro por um instante antes de atravessá-la, entretanto, e ergo a bola para a torcida do mesmo jeito que Nuri fez. Desafio cada um deles a segurá-la pelo mesmo tempo que eu a estou segurando — o que já deve estar passando de dez minutos, pelo menos, incluindo o tempo em que ela ficou presa, quente e vibrando, sob o meu corpo castigado.

Em seguida, volto para a minha forma humana. De modo que, quando ultrapasso a linha vermelha que marca a linha de gol, é Grace, somente Grace, quem leva a bola até ali.

Grace, somente Grace, que de algum modo conseguiu derrotar Cole, derrotar o Círculo, derrotar o rei e também derrotar as probabilidades.

É uma ótima sensação.

Quando atravesso a linha, a arena explode em aplausos e pés batendo nas arquibancadas, e eu não consigo deixar de provocar o rei. Ofereço o cometa a ele. Não imaginei que o barulho pudesse ficar ainda mais ensurdecedor, mas é isso que acontece. De algum modo, fica ainda mais alto. Nuri baixa a cabeça, respeitosamente, e eu pisco o olho para ela. Em seguida, largo o cometa no chão.

Mas aquela última dose de poder de Hudson acabou comigo. E, no instante em que as palavras ecoam pelo estádio, dizendo que sou a vencedora, eu paro. Simplesmente paro.

E caio de joelhos, conforme uma onda de exaustão após outra tomam conta de mim.

Capítulo 121

E A TORCIDA VAI À LOUCURA

Acabou. Finalmente acabou. É a única coisa que consigo pensar conforme o mundo ao meu redor enlouquece. Sinto vontade de me levantar, de ver como estão Jaxon, Hudson, Macy, Flint, Éden, Mekhi e Gwen — todos que tombaram nas batalhas que me trouxeram até aqui a este momento —, mas estou cansada demais para isso, cansada demais até mesmo para virar a cabeça. Cansada demais para fazer qualquer coisa que não seja permanecer deitada aqui e tentar assimilar tudo o que aconteceu.

A torcida está gritando e batendo os pés com tanta força que eu tenho a sensação de que a arena vai rachar no meio. Os alunos vibram, os professores aplaudem e até mesmo a maior parte dos membros do Círculo me olham como se achassem que talvez tivessem me subestimado.

É um pouco estranho, considerando como, há menos de uma hora, parecia que todas as pessoas neste lugar estavam contra mim. Desconfiadas, irritadas, convencidas de que não tinha o direito de estar aqui... E agora estão torcendo por mim como se eu fosse uma delas.

E a única coisa que mudou é que venci essa Provação do Círculo.

Ainda sou quem sempre fui. A garota metade humana, metade gárgula. Só que agora eles parecem achar que conquistei o direito de estar aqui. O que é interessante, considerando que nunca quis fazer parte deste lugar. Nunca quis nada além de poder sair deste estádio, sem olhar para trás.

Há somente oito pessoas em todo este lugar com quem eu realmente me importo. Os outros podem ir para o inferno.

Irônico? Sim. Mas é algo com que preciso me importar no momento? Nem de longe.

Assim, coloco aquela que espero ser a última coisa na pasta de "Merdas para as quais não tenho tempo de lidar hoje" e apoio a cabeça no chão. E respiro. Simplesmente respiro.

Vou me levantar assim que tiver certeza de que as minhas pernas são capazes de aguentar meu peso. Pelo que estou percebendo, fazer a Provação inteira sozinha, além de uma megaexplosão de poder, é o bastante para acabar com a energia de uma garota, especialmente depois da noite que tive.

Mas, antes que eu consiga ao menos descobrir o que exatamente está doendo — ou, mais exatamente, o que não está doendo, já que essa é uma lista bem menor —, Cyrus baixou o campo de força mágico que protegia a arena apenas o bastante para poder passar por ele e agora está atravessando o gramado às pressas.

Não quero me levantar, mas não estou nem um pouco disposta a encarar esse homem com o rosto no chão. E muito menos de joelhos. Assim, procuro as últimas reservas de energia que ainda tenho e me forço a ficar em pé. Estou um pouco cambaleante, mas estou em pé.

Quando nossos olhares se cruzam, não consigo deixar de perceber uma enorme de fúria em seus olhos. Tanta fúria que fico à espera de que ele comece a gritar e a correr a toda velocidade em minha direção a qualquer momento.

Mas ele consegue se conter.

Em vez de correr, ele caminha devagar e deliberadamente até onde eu estou, com o seu terno e gravata Tom Ford. E só para quando está a poucos centímetros de distância.

Quanto mais ele se aproxima, mais incômodo é ficar na sua presença. Em parte, porque ele parece ser uma versão de trinta anos de idade de Jaxon e Hudson — um pouco mais rude e muito mais sofisticado, com uma postura que inspira obediência. E também porque, quando nossos olhos se encontram, há algo nas profundezas do seu olhar que me assusta de uma maneira completamente nova.

Sinto vontade de recuar um passo — vários passos, na verdade —, mas isso é exatamente o que ele quer que eu faça. Assim, me obrigo a ficar onde estou, erguer o queixo e manter o olhar fixo no dele, apesar da minha insegurança.

Fico na expectativa de que a minha pequena rebelião o irrite, mas, em vez disso, ela traz um sorriso bem discreto ao rosto de Cyrus enquanto ele me olha da cabeça aos pés. Ele não diz uma palavra e não se aproxima de mim. E ainda assim eu sinto todo tipo de asco quando seu olhar sobe de novo, desde os meus tênis enlameados até o meu rosto.

Talvez eu devesse ter recuado aquele passo... Até a montanha vizinha, se possível. Mas é tarde demais. Qualquer movimento em falso da minha parte vai dar a impressão de que estou com medo, e não estou disposta a lhe dar essa satisfação... ou esse poder sobre mim.

De repente, a arena inteira começa a tremer, com o chão vibrando e se agitando por alguns segundos antes de se acomodar outra vez.

— Bem... você conseguiu — diz ele, com uma sobrancelha erguida e o dedo indicador passando pelo lábio inferior como alguns homens fazem quando acham que encontraram um petisco.

Como se isso fosse verdade.

— Consegui — respondo, com o lábio retorcido em sinal de desprezo, mesmo quando todos os meus instintos gritam que eu corra, dizendo que um predador mortífero me avistou. — E agora vou embora daqui.

Vou passar por ele, mas Cyrus estende a mão e me pega pelo cotovelo.

A arena começa a tremer de novo, e olho para os meus amigos. Percebo seus rostos angustiados e sei que Jaxon é a causa disso. Ele está lutando contra a barreira de proteção do seu pai, tentando atravessá-la.

O chão estremece outra vez, e Cyrus ajusta a sua posição. Eu me preparo para a dor, para receber um castigo, para alguma coisa. Mas seu toque continua leve, enquanto ele se aproxima para sussurrar na minha orelha.

— Você não acha que eu vou deixar você ir embora, não é?

— Acho que você não tem escolha — eu respondo. — Joguei o seu joguinho e ganhei. E agora vou para longe de você. Para longe desta arena. E de tudo.

Faço menção de afastar o meu cotovelo da pegada de Cyrus, mas é aí que seus dedos se apertam, me prendendo no lugar. E não há nada que eu possa fazer. Estou lutando contra uma fadiga tão poderosa que o meu corpo inteiro treme com o esforço para ficar em pé.

— Você acha que não sei que você trapaceou?

— Você acha que me importo se você sabe? — rebato.

— Fui eu que criei esta Provação. Seria impossível você vencer sozinha. — Os dedos de Cyrus apertam um pouco mais a carne no meu cotovelo com cada palavra que ele sibila por entre os dentes.

Não me intimido nem tento me desvencilhar, embora a dor esteja aumentando. Em vez disso, simplesmente devolvo o sorriso e respondo:

— Acho interessante que você tenha tentado fazer a Provação mais difícil de todos os tempos para uma garota meio humana que só aprendeu a usar seus poderes há umas duas semanas. Meio exagerado, não?

— Está dizendo que não trapaceou? — pergunta ele.

— E você? Está dizendo que não trapaceou? — retruco.

Porque creio que, tecnicamente, até trapaceei um pouco. Usei o poder de Hudson quando somente consortes podem ajudar um ao outro.

Mas isso não é nada se comparado ao que eles fizeram para garantir que eu falharia. Eles deliberadamente quebraram o meu elo entre consortes poucos minutos antes de eu entrar na arena.

Me deixaram sem um consorte, e não somente para esse jogo ridículo. Para o resto da minha vida.

Eles me destruíram... e fizeram o mesmo com Jaxon.

E Cyrus acha que vai vir até aqui e reclamar que eu trapaceei? Desculpe, mas eu não me arrependo de nada.

— Você acha que isso significa que vai conseguir um lugar no Círculo, garotinha? — ele diz isso com um rosnado, embora seu rosto nunca mude, assim como a pressão dos seus dedos no meu cotovelo. — Nenhuma gárgula vai voltar a fazer parte do Círculo. Não enquanto eu for o rei. Não depois do que elas fizeram.

Não sei do que ele está falando e não me importo. Nem agora, nem nunca.

E é por isso que eu retruco de volta, também rosnando:

— Não quero nem saber do seu Círculo. Nunca quis.

Já estou farta dessa conversa, farta dele, farta de todo esse mundo com suas regras arbitrárias e lutas pelo poder.

— Então, por que você e o seu grupo de amiguinhos fazem as malas e voltam para casa? Ninguém quer vocês aqui.

— Você não tem autoridade para me mandar embora. — Ele começa a andar ao meu redor para ficar atrás de mim e eu sei que alguma coisa está para acontecer, consigo sentir isso nos meus ossos.

Mas continuo sem a menor disposição para recuar desse homem. Não posso. E, mais ainda, não vou fazê-lo. Em vez disso, busco a minha gárgula. E o cordão reluzente de platina que me vem me mantendo a salvo há dias.

— Você não tem autoridade para me dizer nada — continua ele.

Eu viro a cabeça para acompanhar seus movimentos. Só porque me recuso a recuar, não significa que vou tirar os olhos de Cyrus. Especialmente agora que ele está tão perto.

— Eu sinto exatamente o mesmo, Cyrus. — Faço questão de chamá-lo pelo primeiro nome apenas para irritá-lo.

E funciona. A voz dele se transforma em gelo.

— Você sabe que só um de nós pode vencer, não é, Grace?

Eu parabenizaria a mim mesma por conseguir enfurecê-lo, mas há algo no tom de voz de Cyrus que me diz que o irritei além do limite. Alguma coisa que me coloca em alerta máximo e que me faz puxar o cordão de platina com força. Começo a me transformar, mesmo estando exausta e sabendo que isso vai me custar caro. Mas estou cansada demais; minha gárgula está letárgica.

E é aí que Cyrus ataca, com as presas surgindo um milissegundo antes que ele as enfie no meu pescoço, logo acima da artéria carótida.

Capítulo 122

VOCÊ É FEITA DE GELATINA

Eu berro quando o mundo sai completamente do controle. O chão treme com tanta força que eu juro que vai acabar se abrindo por completo. E, em seguida, grito de novo.

Não consigo evitar. A dor é tão esmagadora, tão diferente de quando Jaxon me morde que eu mal consigo compreender o que está acontecendo.

— Pare — grito, empurrando Cyrus para longe, enquanto tento desesperadamente completar a minha transformação.

Mas não consigo me transformar. Meu corpo já se move além da minha capacidade de controlá-lo; a dor começa a percorrer meus braços, enfraquecendo as minhas pernas e transformando meu sangue em fogo.

Meu Deus... dói. Dói muito.

Lágrimas brotam nos meus olhos, mas pisco para afastá-las enquanto empurro Cyrus, desesperada para tirá-lo de cima de mim. Mas ele já está se afastando, já está me soltando. Não entendo como isso é possível quando a agonia dentro de mim só piora.

E é quando eu percebo o que houve. Ele não estava bebendo o meu sangue como Jaxon fazia. A única coisa que Cyrus fez foi me morder. E é essa mordida que queima como a superfície do sol.

Veneno.

Cyrus se vira para as arquibancadas, com os braços abertos, e anuncia com uma voz trovejante que ecoa pelo silêncio como um sino solitário.

— Nossa pequena gárgula admitiu que trapaceou. Todos nós vimos. E o castigo para quem trapaceia nas Provações é a morte, não é? — Ele está com a arena na palma da mão. — Como ela ousou tentar subverter as nossas tradições, nossas regras? Ela não é uma de nós nem nunca será.

E, com isso, ele se vira para mim quando o barulho forte de algo se rasgando corta o ar. De repente, o som da multidão fica ainda mais alto, embora o chão tenha finalmente parado de tremer. O que é bom, eu percebo, conforme tudo começa a se desligar dentro de mim, porque as minhas pernas estão cedendo.

Começo a desabar e me preparo para o impacto no chão, junto de qualquer outra coisa que Cyrus possa fazer quando eu estiver deitada ali, indefesa.

Mas nem chego a cair no chão, porque, tão repentinamente quanto Cyrus me ataca, Hudson está aqui, ao meu lado, me amparando.

Como se eu fosse o lixo de ontem, Cyrus já virou as costas e se afastou. Olho para aquela silhueta alta caminhando pelo campo e me pergunto se alguém vai conseguir desafiar esse vampiro brutal. Por quanto tempo o mundo inteiro ainda vai ficar de joelhos para ele? Como fui ingênua em pensar que poderia interferir em seu reinado. Eu, uma insignificante gárgula meio humana.

Hudson me pega nos braços, com o rosto marcado pelo medo e a fúria como nunca vi antes.

— Grace — ele grita, com a voz rouca. — Grace, aguente firme.

Não há nada distante nele agora. Nada irônico, defensivo ou mesmo sarcástico. E, de repente, eu percebo, mesmo com toda a dor, que posso estar olhando para o verdadeiro Hudson pela primeira vez na minha vida.

E gosto do que vejo. Só que... as lágrimas repentinas em seus olhos azuis só fazem com que eles fiquem ainda mais profundos.

Eu ergo a mão e as enxugo.

— Ei, está tudo bem — digo a ele, mesmo sabendo que nada está bem. — Não faça isso.

Sei que a situação é ruim, mesmo sem as lágrimas de Hudson. Não chega a ser exatamente uma surpresa conforme a dor e a sensação de queimação continuam a se espalhar por cada parte do meu corpo. Não quer dizer que eu não esteja triste, entretanto. Realmente esperava poder conhecê-lo melhor quando ele não estivesse mais na minha cabeça.

Esperava poder fazer várias coisas.

Olho para Jaxon e Macy vejo que estão tentando chegar até mim. Já atravessaram metade do campo, mas Jaxon está com dificuldades. Mal consigo imaginar quanta energia ele deve ter usado para conseguir rasgar aquele escudo mágico, especialmente em seu estado de esgotamento.

Eu queria poder ir até onde ele está. E poder abraçá-lo mais uma vez.

Mas já estou gelada. A chuva e o granizo já conseguem invadir o estádio, agora que a muralha mágica se foi. E eu já consigo sentir todos os lugares onde o veneno de Cyrus chega, conforme ele vai se espalhando cada vez mais profundamente pelo meu corpo.

— Grace, olhe para mim — pede Hudson com uma urgência que nunca ouvi em sua voz antes. — Eu preciso que você olhe para mim.

Eu viro lentamente a cabeça na direção dele, mesmo enquanto me pergunto quanto tempo vai demorar para o veneno me matar. Tudo dói tanto que eu mal consigo respirar, mal consigo pensar.

— Você tem que aguentar firme — sussurra Hudson. — Podemos dar um jeito nisso. Sei que sim. Só preciso que você continue comigo mais um pouco.

— A mordida eterna — sussurro para ele. Apenas para que ele perceba que eu sei o que está acontecendo aqui. Assim como sei que ele está mentindo. Porque ninguém jamais se recupera da mordida eterna de Cyrus, nem mesmo gárgulas. A história provou isso.

— Foda-se a mordida eterna — responde ele. — Você não vai morrer sem que eu possa fazer alguma coisa, Grace.

Eu rio... só um pouco, porque a dor é demais.

— Acho que nem mesmo você é capaz de impedir o que está acontecendo aqui.

— Você não tem ideia do que sou capaz de fazer.

Por falar nisso...

— Acho que tenho uma coisa que pertence a você — sussurro.

Outra onda de dor agita o meu corpo com tanta força que quase desmaio. Mal consigo perceber que Hudson está gritando comigo, implorando, mas não sei ao certo por quê. Ele não quer que eu faça alguma coisa. Provavelmente, não quer que eu morra. Pois então, eu também não quero que isso aconteça. Mas, se eu tiver que morrer, pelo menos vou dar a ele uma chance de viver outra vez.

Quando a dor finalmente arrefece, ergo a mão e a coloco no rosto dele. Em seguida, busco dentro de mim e tento encontrar o cordão azul brilhante que não estava ali antes. Está bem no alto, colocado sobre todos os outros, como se estivesse simplesmente esperando por este momento.

Mas, pensando bem, talvez realmente estivesse esperando. Tenho certeza de que Hudson sabe o que fazer com seus poderes muito melhor do que eu jamais vou saber.

Com o que me resta de forças, fecho a mão ao redor do cordão e envio o poder de Hudson de volta para ele.

Há muito poder, mais do que jamais imaginei ser possível uma pessoa conter dentro de si, e especialmente de manipular. Eu vi o poder de Jaxon e o senti pelo elo entre consortes, e é imenso. Mas este poder... Tenho a sensação de que ele não tem limites.

A troca continua acontecendo. Os olhos de Hudson vão ficando um pouco mais brilhantes a cada segundo que passa. Seus lábios se movem, mas eu não consigo entender as palavras que ele está dizendo por entre o som do seu poder correndo pelas minhas orelhas conforme deixa o meu corpo. Até que finalmente eu estou vazia. Finalmente, o último resquício de Hudson desaparece. E fico verdadeiramente sozinha.

O que me parece bem justo, inclusive. Imagino que, mesmo com tudo que acontece, todo mundo morre sozinho.

— Me desculpe — eu digo a ele, com lágrimas brotando nos olhos mais uma vez e se misturando com a chuva que encharca o meu rosto. — Eu devia ter...

— Você — diz Cyrus, quase incapaz de conter a sua fúria, enquanto olha para o filho que perdeu recentemente. — Como é que você está aqui?

Alguém deve ter dito a ele que Hudson estava ao meu lado e ele veio conferir com os próprios olhos. Eu só queria que ele fosse embora. Percebo que só me restam alguns minutos e gostaria de passá-los com Hudson.

— Faz diferença? — responde Hudson. — Você sempre ia acabar pagando por isso, mesmo que eu não estivesse aqui.

— Ela trapaceou. As regras são bem claras. Somente um consorte pode ajudar alguém a passar na provação, e ela não tem um consorte. Cole garantiu que...

Sinto o coração palpitar no peito; a fúria e o arrependimento queimam dentro de mim com o que Cyrus acabou de revelar. Ele sabia o que Cole havia planejado; talvez tenha até mesmo convencido o lobo alfa a fazer aquilo.

Sinto vontade de dizer algo a Cyrus, quero acusá-lo da atrocidade — ou das atrocidades — que ele cometeu hoje, mas não tenho mais forças para lutar. É preciso usar toda a força que ainda me resta para tentar acompanhar o que está havendo. Discutir é impossível. E não importaria, de qualquer maneira. O que está feito, está feito, e fazer com que Cyrus admita sua cumplicidade não vai mudar nada. Só quero que ele me deixe morrer em paz.

Hudson também não discute. Simplesmente fica encarando o seu pai com uma expressão vazia no rosto e olhos ardentes, até ficar óbvio que Cyrus começa a sentir um certo desconforto. Seu rosto fica pálido enquanto ele vacila, indo para a frente e para trás. Mas continua falando duro. Continua usando sua arrogância para enfrentar a força de Hudson.

— Você conhece as regras — diz ele. — Grace trapaceou.

— Ela não trapaceou — diz Hudson a ele. E nenhum deles diz uma palavra por um segundo, talvez mais. — E eu vou encontrar uma maneira de curá-la. Ela vai governar o Círculo algum dia.

Cyrus empalidece e começa a ceder ao pânico quando ouve as palavras de Hudson; seus olhos se fixam rapidamente no filho e em mim.

— Nenhuma gárgula jamais vai governar o Círculo outra vez — diz ele. — Sugerir isso é abrir as portas para o genocídio da sua própria espécie, Hudson.

— Não, essa é a sua dádiva. É isso que você trouxe ao seu próprio povo — retruca Hudson. — E a muitos outros. Além disso, não vai demorar muito até você estar tão ocupado tentando curar a si mesmo para se preocupar com quem está no Círculo e quem não está.

— Me curar por quê? Eu estou...

Hudson o interrompe com um gesto da mão.

E, com esse gesto simples, Cyrus grita em agonia, enquanto parece derreter bem diante dos meus olhos, desmilinguindo-se sobre si mesmo.

Capítulo 123

E TUDO DESABA

— O que foi isso? — eu sussurro, dividida entre tentar observar o que acontece com Cyrus e fechar os olhos e apoiar a cabeça no peito de Hudson.

Os olhos fechados vencem a disputa, especialmente porque estou muito cansada e meu corpo inteiro dói. Mas também porque o pouco que eu vi — o corpo de Cyrus literalmente desabando sobre si mesmo, como se houvesse implodido por dentro — pode ser a cena mais pavorosa que já testemunhei na vida.

— Nada com que você tenha que se preocupar. Os ossos desse desgraçado vão se regenerar... algum dia — responde Hudson com a voz baixa, afagando os cabelos ao redor do meu rosto. Todavia, quando apoio a cabeça em seu peito e tento bloquear a dor que faz meu estômago se revirar, ele me pede com firmeza: — Não durma, Grace.

— Acho que mordidas de vampiro não funcionam como as concussões — eu digo, forçando cada palavra a sair pelos pulmões que ardem, tentando fazer uma piada para poder ver o sorriso de Hudson uma última vez.

— Claro, porque é exatamente com isso que estou preocupado — diz ele, devolvendo a piada, enquanto me pega nos braços e atravessa o campo comigo. — Com a possibilidade de você ter uma concussão. Certo?

Jaxon e Macy finalmente chegam até nós, e Jaxon exige:

— Deixe que eu a levo. — Mas Hudson nem olha para ele. Simplesmente continua em frente. Ele não está usando o seu poder de acelerar, mas está saindo da arena a passos largos como se tivesse uma missão a cumprir.

A única coisa que ele diz é:

— Afaste todo mundo. Faça com que saiam da arena.

Não sei se Jaxon segue as instruções de Hudson, mas não ouço mais nenhuma voz se aproximando. Parece que tudo está se afastando. Mesmo assim, talvez seja apenas o efeito do veneno no meu corpo.

— Grace, aguente um pouco mais — suplica Macy, com a voz marcada pelas lágrimas. — Nós vamos dar um jeito nisso. Eu juro, deve haver algum feitiço, alguma coisa. Meu pai está conversando com todas as bruxas e vampiros que trabalham na escola. Eles estão tentando encontrar um jeito de...

Ela para de falar, sem querer colocar em palavras aquilo que nós estamos pensando: vai ser necessário mais do que um feitiço para me salvar agora. Cyrus é poderoso demais e sua mordida é irrevogável. Podem procurar o quanto quiserem, mas, se o que Hudson me disse sobre seu pai há algumas noites for verdade, não vão encontrar nada. E, por mais que eu não queira que seja verdade, a dor que me corta agora diz exatamente o contrário.

Ainda assim, detesto ver Macy assim. Ela está devastada; seu rosto está retorcido e úmido pelas lágrimas a ponto de nem se incomodar em tentar contê-las.

— Está tudo bem — eu tento tranquilizá-la, porque alguém tem que fazer isso. — Você vai ficar bem. — Eu esfrego o braço de Macy com a mão; é a única parte do corpo dela que eu consigo alcançar.

— Para onde você está indo? — pergunta Jaxon, enquanto Hudson continua a atravessar a arena. — Aonde você vai levá-la?

— Tive uma ideia — revela ele por entre os dentes, apertando os braços ao meu redor. — É uma tentativa desesperada, mas é melhor do que ficar sentado aqui esperando Grace morrer.

Os outros gemem com aquilo, mas fico feliz por alguém finalmente dizer aquilo em voz alta. Eu vou morrer.

— O que é? — sussurra Macy.

Mas Hudson não está mais escutando. Em vez disso, está concentrado na fúria dentro de si, uma ira tão grande que ameaça ganhar vida própria e nos engolir por inteiro. Não sei se os outros conseguem perceber, já que o rosto dele está completamente impassível. Mas consigo sentir na maneira que ele me segura. Perceber em seu queixo retesado. Ouvir em sua respiração entrecortada e nas batidas aceleradas do seu coração.

— Está tudo bem — tento dizer a ele, mas uma onda mais forte e mais profunda de dor escolhe este exato momento para me atingir e eu não consigo impedir meu corpo de se arquear nos braços dele. De fechar os olhos, os punhos e a boca com toda a força para tentar conter o grito que sobe pela minha garganta.

— Não está nada bem — rosna ele, quando finalmente passamos pela porta do estádio e ficamos sobre a neve e o granizo.

No momento em que fazemos isso, ouço um estrondo atrás de nós.

Macy solta um gemido e seu rosto fica tão branco quanto as montanhas encimadas pela neve à nossa volta. E, segundos depois, toda a estrutura começa a desabar sobre si mesma. Eu observo tudo por cima do ombro de Hudson conforme a madeira, o vidro, a pedra e o metal desmoronam e a arena literalmente se desfaz, pedaço por pedaço.

— O que está acontecendo? — pergunta Macy com a voz esganiçada. — Jaxon, o que você está fazendo?

Jaxon está tão pálido quanto ela ao balançar a cabeça negativamente.

— Não fui eu quem fez isso.

Você não sabe o que é o verdadeiro poder.

As palavras de Hudson ressurgem na minha mente, assim como aquele momento em que eu estava lhe devolvendo os seus poderes. O momento em que percebi exatamente o quanto eram infinitos.

Infinitos a ponto de transformar os ossos do seu pai em pó com um simples gesto.

Infinitos a ponto de fazer desabar um estádio inteiro apenas com um pensamento.

Infinitos para fazer tudo que quiser, sempre que quiser.

E se o gemido mudo de Jaxon for algum indício, ele também sabe. O que significa que ele também sabe que Hudson sempre me disse a verdade. Porque se estivesse realmente decidido a cometer assassinatos, a criar o caos e a executar um genocídio, como Jaxon acreditava ser o seu plano há dois anos, então isso tudo já teria acontecido. Bastaria um estalar de dedos ou um agitar da mão e não haveria nada que alguém pudesse fazer para impedir que isso acontecesse. Jaxon só descobriria depois que tudo estivesse terminado.

Porque esse é o tipo de poder que Hudson tem.

E agora o seu irmão sabe.

As pessoas começam a correr, gritando para fora da arena, e a estrutura continua a desabar, com pedaços enormes se transformando em poeira mesmo antes de caírem no chão. Assentos do alto das arquibancadas, pedaços do teto, fragmentos de pedra da parede externa. Todos desmoronam. Todos implodem em partículas minúsculas de poeira, flutuando até o chão sem causar estrago nenhum.

Sei o que Hudson está fazendo. Consigo sentir a fúria que emana dele em ondas. Ele quer demolir a arena onde as pessoas simplesmente ficaram sentadas, assistindo a Cole tentando me matar. Assistindo a Cyrus me matando. E não fizeram nada. Mas Hudson não está machucando as pessoas. Nem preciso olhar para saber disso. O que ele está fazendo é instilar um medo divino neles e, honestamente, eu não estaria mentindo se dissesse que talvez essa galera mereça um pouco disso.

A quantidade de poder necessária para demolir a arena e não machucar ninguém. A quantidade de controle. Eu sorrio. A única coisa que seu pai tentou negar a ele, o controle de suas capacidades, Hudson aprendeu sozinho. E Cyrus perceberia isso também se pelo menos tivesse dado atenção ao filho. Aquele dia na lembrança... Hudson destruiu tudo na sala, exceto o seu pai.

Isso me faz imaginar o que mais Hudson é capaz de fazer.

Eu estava morto. Ou quase isso.

Quase isso? Como assim?

Significa que muitas das coisas nas quais eu acreditei nessas últimas semanas, meses, foram mentiras.

Significa que muitas das coisas pelas quais eu responsabilizei Hudson não aconteceram por culpa sua. Talvez nem tenham acontecido de verdade. O fato de que ele tentou dizer isso várias vezes só faz eu me sentir pior.

— Por que você não me disse? — pergunto, enquanto ele se afasta da arena e vai até a floresta pela qual chegamos há menos de duas horas.

Meu Deus, a sensação de estar aqui é surreal. Ver como tudo mudou. E também como nada mudou. A dor agora é tão grande que atingiu aquele nível em que meu corpo não consegue nem mais senti-la. Uma calma serena toma conta de mim conforme a dor recua em ondas suaves, e a única coisa que vejo é Hudson. Este momento. As últimas palavras que vamos trocar. E eu quero que ele saiba. Quero que ele saiba que vejo tudo, agora. Que eu consigo vê-lo.

— Dizer o quê? — pergunta ele. — Para não chegar perto do meu pai? Tenho certeza de que já falamos disso várias vezes.

— Não — eu respondo, depois de engolir o nó que se formou na minha garganta. — Por que você não me disse que era uma boa pessoa?

Os olhos azuis assustados encontram os meus, e nossos olhares se fixam um no outro.

Por um segundo, Hudson diminui o passo a ponto de quase tropeçar nos próprios pés, enquanto Macy e Jaxon exigem saber o que está acontecendo.

Mas ele não responde. Na verdade, não diz nada. E eu também não. Ficamos simplesmente nos olhando, conforme uma compreensão estranha passa entre nós.

— A gente conversa sobre isso mais tarde — diz ele, enquanto se põe a caminhar outra vez.

— Não vai ter essa coisa de "mais tarde" — eu respondo em voz baixa. — E você sabe disso.

Ele começa a dizer alguma coisa, mas muda de ideia. Engole em seco. Parece que vai falar de novo, mas continua quieto.

À medida que ele se esforça para falar, explosões soam à nossa volta. Eu afasto os meus olhos daquele azul torturado a tempo de ver uma árvore centenária se transformar em serragem em um piscar de olhos.

— Hudson... — Eu tento tocar na mão dele, no lugar onde ela apoia as minha coxas, com o braço que está por baixo dos meus joelhos, e coloco a mão sobre a dele. — O que você está fazendo?

Ele balança a cabeça e não responde. Mais árvores explodem com cada passo que ele dá, e a floresta à nossa volta se transforma em nada; troncos, raízes e folhas simplesmente desaparecem com cada passo longo. Ele está destruindo uma floresta inteira em um piscar de olhos, com uma fúria perfeita e absoluta.

— Hudson... — sussurro. — Por favor, não aja assim. Não há nada que você possa fazer.

Dúzias de outras árvores explodem à nossa volta quando digo isso, até que, finalmente, ele para no meio de uma clareira que acabou de criar. Uma centena de árvores, talvez mais, que se desfizeram apenas com um pensamento.

O canto da sua boca se ergue discretamente num sorriso zombeteiro.

— Credo, Grace. A sua confiança em mim continua tão forte quanto sempre foi. — Mas o humor não alcança os seus olhos que normalmente são azuis, mas que agora estão quase cinzentos com a tempestade revolta das suas emoções.

— Não é questão de não acreditar em você. É porque consigo sentir o veneno do seu pai se alastrando pelo meu corpo. Você não vai conseguir consertar isso.

Ele tensiona o queixo.

— Você não faz ideia do que eu sou capaz de fazer.

Ele não fala isso com a intenção de ser cruel. Eu o conheço agora. Ele está tentando convencer a si mesmo.

— Talvez não. Mas eu sei que... — Eu paro de falar quando outra onda de dor passa por mim e me faz gemer. Eu devia estar numa espécie de olho do furacão há alguns minutos, mas agora a dor está tomando conta de mim numa agonia cada vez maior. Estou sem tempo.

— Você não sabe de nada — responde ele rispidamente, com os olhos tempestuosos úmidos com mais emoções do que eu sou capaz de acompanhar. — Mas logo vai descobrir.

Capítulo 124

HÁ QUANTO TEMPO...

— Deixe que eu a levo — exige Jaxon pela terceira ou quarta vez desde que Hudson me pegou nos braços, mas é óbvio que Hudson não se importa nem um pouco com o que o irmão quer.

Ele mantém o olhar fixo no meu por vários segundos, examinando o meu rosto enquanto luto contra a dor. Percebo que ele quer me perguntar se eu quero ir... Para os braços de Jaxon.

E ele me passaria para Jaxon. Bastaria uma palavra e ele se afastaria. Mas nem sei do que ele estaria se afastando. Nós mal nos toleramos nessas duas semanas. E eu era a consorte de Jaxon até duas horas atrás. Assim, obviamente quero ficar junto de Jaxon.

Mas não digo nada. Não consigo. Neste momento, não sei o que quero.

Outra onda de dor passa pelo meu corpo e, desta vez, não consigo conter o grito.

— Não lute contra ela — ele me orienta em pouco mais do que um sussurro. — Deixe a dor se estender em você. Absorva, em vez de lutar contra ela. Vai tornar mais fáceis os próximos minutos.

Não discuto com ele; a dor está intensa demais agora. Mas sinto vontade de perguntar como ele acha que posso simplesmente ceder a ela quando tenho a impressão de que cada terminação nervosa do meu corpo está sendo mergulhada em lava... tudo ao mesmo tempo.

Antes que eu consiga pensar em uma maneira de explicar isso, Hudson se debruça e me deposita gentilmente — realmente com muita gentileza — nos braços de Jaxon.

A sensação que eu tenho é de voltar para casa.

Apesar de toda a exaustão que ele sente, Jaxon me recebe com facilidade, segurando-me junto ao peito antes de se afastar um pouco de Hudson e Macy. Em seguida, ele afunda na neve e me aconchega em seu colo.

— Está tudo bem — sussurra ele, enquanto acaricia os meus cachos ainda revoltos, afastando-os do meu rosto. — Você vai ficar bem.

Mas eu percebo nos olhos de Jaxon que ele sabe a verdade. Diferentemente de Hudson, Jaxon entende que já não há mais esperança para mim.

Ele não gosta do que está acontecendo, mas entende.

Ao lado de Hudson, o chão faz um barulho como se estivesse gritando, e todos nós nos viramos para vê-lo transformar a neve em vapor, enquanto abre um buraco no chão rochoso à sua frente.

— O que você está fazendo? — pergunta Macy. — Achei que você ia ajudar Grace. Eu pensei que...

Hudson ergue a mão e ela fica paralisada — o que é ridículo, porque ele não vai machucá-la, mas mesmo assim é totalmente compreensível, considerando que ela acabou de vê-lo vaporizar um estádio inteiro e um monte de árvores no período de apenas dez minutos.

Enquanto observamos, a terra antes congelada sob a neve explode, projetando-se para cima e para fora. Mas Hudson quase não dá atenção a isso conforme cava mais fundo, cada vez mais. Os sons vão ficando piores; o chão raspa contra si mesmo, conforme ele literalmente abre caminho por entre o granito com um simples pensamento.

— O que ele está fazendo? — sussurra Macy.

— Não faço a menor ideia — responde Jaxon, ainda observando o irmão com olhos atônitos.

Também não sei, mas, seja o que for, é a sua ideia desesperada. E como eu não consigo suportar a ideia de ter esperança, de pensar que Hudson possa encontrar uma maneira de me salvar apenas para ver essa esperança se despedaçar no último segundo, eu olho para Jaxon, que parece estar tão exausto e traumatizado quanto eu mesma me sinto.

E detesto isso. Detesto que isso esteja acontecendo com ele, detesto que esteja acontecendo conosco. Talvez seja por isso que eu abro a coisa mais próxima de um sorriso que consigo e peço com a voz baixa:

— Me conte aquela piada do pirata.

— Qual piada do pirata? — ele pergunta a princípio, ainda distraído pelo que o seu irmão está fazendo, observando por cima dos nossos ombros.

— Você sabe exatamente de qual piada do pirata estou falando. — Eu solto um resmungo dolorido, quando outra onda de dor me atravessa.

— A piada do pirata que eu lhe contei no corredor? — diz Jaxon, sem conseguir acreditar. — Você quer ouvir essa piada agora?

— Sempre quis saber a resposta. E não vou ter outra chance. Então...

Os olhos negros de Jaxon se enchem de lágrimas quando ele olha para mim.

— Não diga isso. Puta que pariu, não me diga uma coisa dessas, Grace.

— Me conte a piada — peço de novo, porque não consigo suportar ver a dor em seus olhos. Eu a tomaria dele se pudesse, toda ela, só para tirá-la desse garoto tão torturado e que já sofreu tanto. — Por favor.

— Caralho, sem chance — diz ele com uma expressão tão fechada que quase, quase o faz conter as lágrimas. — Você quer saber a resposta dessa piada? Então não morra, está bem? Continue com a gente e eu digo na semana que vem. Prometo.

Outra onda de dor me atinge e estava acompanhada por um frio que causa calafrios por todo o meu corpo. Juntos, eles me devastam, quase me arrebentam. Eu luto contra a dor; não por muito tempo, mas pelo menos por enquanto. Para poder passar mais alguns minutos olhando para o rosto adorável de Jaxon.

— Eu adoraria — digo a ele depois de um segundo. — Mas acho que não vai ser possível.

Levanto a mão para tocar na face dele, deslizando o polegar de um lado para outro na cicatriz que ele passou tanto tempo odiando e tentando esconder.

— Você sabe que vai ficar bem, não é? — asseguro a ele.

— Não diga isso. Droga, Grace, não fale sobre morrer como se isso fosse tão fácil quanto escovar os dentes e depois diga que tudo vai ficar bem.

— Eu amo você — anuncio a ele devagar, enxugando uma das lágrimas que caem em uma torrente constante pelo seu rosto. E falo com sinceridade. Talvez não da mesma maneira que disse quando cheguei em Katmere, mas de um jeito novo. Talvez um jeito ainda melhor.

— Por favor, não me deixe. — É um sussurro que vem da parte mais profunda e mais castigada de Jaxon. Do garotinho que já perdeu tanto. E isso quase me despedaça.

Eu balanço a cabeça discretamente, porque não vou prometer isso. Não vou ser mais uma que o trata como se ele fosse mais do que um deus e menos do que uma pessoa ao mesmo tempo.

Assim, faço a única coisa que posso fazer nesta situação, a única coisa para a qual ainda temos tempo. Sorrio para ele e pergunto:

— Por que colocaram uma cama elástica no Polo Norte?

Ele fica olhando para mim. O silêncio se estende, enquanto os segundos vão passando sem qualquer esperança de melhora entre nós. Na verdade, ele espera tanto tempo para responder que eu quase imagino que ele não vá fazer isso. Mas Jaxon respira fundo e solta o ar devagar, bem devagar. E diz:

— Não faço a menor ideia.

É claro que ele não sabe. Jaxon nunca entende essas piadas, mas mesmo assim sabe que eu gosto delas. E é por isso que estou com um sorriso enorme quando respondo:

— Para o urso polar.

Jaxon ri, mas bem no meio, seu riso se transforma em choro e ele pressiona o rosto no meu pescoço.

— Me desculpe, Grace — sussurra ele para mim, enquanto lágrimas mornas deslizam pela minha pele. — Me desculpe.

— Eu não me arrependo. — Eu passo os dedos pelos fios sedosos e frios dos seus cabelos. — Nunca vou me arrepender por ter encontrado você, Jaxon, mesmo que não tenhamos passado tanto tempo juntos quanto eu gostaria.

Puxo a boca de Jaxon para junto da minha e pressiono meus lábios nos dele. E quase começo a chorar quando ele sussurra "amo você" junto da minha boca.

Atrás de nós, Hudson finalmente termina de fazer o que estava fazendo com a terra e dá um passo em nossa direção.

— Está na hora — diz Macy, e há lágrimas rolando pelo seu rosto também, quando ela vem pegar na minha mão.

— Vai ficar tudo bem — ela me diz. — Você vai ficar bem.

Não sei como, mas, quando Hudson se curva e me toma novamente dos braços de Jaxon, consigo dar uma boa olhada pela primeira vez no que ele estava fazendo, enquanto eu conversava com Jaxon.

E sinto o horror tomar conta do meu peito. Durante todo esse tempo, Hudson estava esculpindo uma sepultura para mim, usando a terra congelada e o granito que há logo abaixo.

Sinto a minha respiração ficar presa na garganta quando pergunto:

— Por quê?

Capítulo 125

UM LUGAR DURO E FRIO COMO ROCHA

— Não — eu imploro, com a confusão tomando conta do meu cérebro já castigado pela dor. — Hudson, por favor. Não faça isso. Não me faça...

— O que você está fazendo? — pergunta Jaxon, levantando-se e vindo em nossa direção. — Cara, não encoste nela...

Sem tirar os olhos dos meus, Hudson estende a mão e faz uma rachadura explodir no chão, deixando Jaxon e Macy de um lado e ele e eu do outro.

— Você confia em mim? — indaga ele.

— É claro, mas...

— Você confia... mesmo... em mim? — repete ele, e o espaço entre as palavras, assim como o espaço entre nós, engloba todas as coisas que nunca dissemos.

— Não — Jaxon grita para mim. — Não acredite em nada do que ele diz. Você sabe que não se pode confiar nele, Grace. Você sabe que...

— Sim — eu sussurro, mesmo enquanto o meu corpo inteiro se encolhe ao fitar o buraco que ele criou no chão para mim.

— Sim? — pergunta ele, com os olhos azuis um pouco descrentes, mas muito determinados.

— Sim, Hudson. Eu confio em você. — Pode ser a decisão mais ridícula da minha vida que está rapidamente chegando ao fim, mas eu confio nele. Confio, mais do que jamais imaginaria ser possível, mesmo alguns dias atrás.

— Você se lembra daquela noite em que fomos à biblioteca?

— Qual delas?

Ele revira os olhos.

— A noite em que Jaxy-Waxy lhe trouxe aqueles tacos.

Eu rio um pouco, percebendo como ele ficou incomodado, mas em seguida me arrependo de ter feito isso quando outra onda de dor passa por mim por conta do movimento desconjuntado.

— Ah, sim. A noite em que você se comportou como um verdadeiro babaca. Eu me lembro muito bem dela.

— Acho que você está confusa — diz ele com um longo suspiro. — Mas, considerando a manhã que você teve, eu imagino que isso já seja de se esperar. Não vou usar isso contra você.

— Tem certeza? — questiono. — Porque, olhe, vou lhe dizer uma coisa: me enterrar viva parece um belo plano de vingança.

— Esqueça essa porcaria de buraco por um segundo, pode ser? — diz ele, bravo.

— É fácil para você dizer isso, considerando tudo que está acontecendo — devolvo no mesmo tom. Em seguida, passo vários segundos tendo o pior acesso de tosse da minha vida.

— Eu li uma coisa na biblioteca. Depois, nós enfrentamos a Fera Imortal e... — Ele para quando o acesso de tosse me domina por completo, e eu sinto dificuldades a inalar o ar, com lágrimas rolando sem qualquer restrição pelos cantos dos meus olhos. — Não temos tempo para explicações.

— Ah, sim. — Outro acesso de tosse surge, desta vez mais forte e mais doloroso do que o anterior.

— Está piorando — conclui ele, e qualquer traço de humor desapareceu.

Agora eu tenho a sensação de que há um peso pressionando meu peito, mas ainda assim consigo dizer:

— Ora, ora... temos um... Xeroque Rolmes... aqui.

Nós dois sabemos o que eu estou fazendo. Facilitando para que Hudson me enterre no chão.

Ele não quer me colocar ali, não mais do que eu mesma quero estar ali. Mas não temos mais nenhuma opção.

E, assim, Hudson se abaixa e gentilmente me coloca dentro da sepultura que ele entalhou com tanto desespero na pedra para mim.

É pavoroso; a coisa mais pavorosa que já aconteceu comigo, mesmo depois de tudo que enfrentei nesses últimos meses. Eu digo a mim mesma para fechar os olhos. Para fingir que isso não está acontecendo. Para simplesmente respirar e esperar até que tudo termine.

Mas não posso fazer isso. Não quando Hudson faz um sinal para que Jaxon e Macy se aproximem e todos estejam ao redor da minha cova, olhando para mim.

— Enterre-a e... — começa Hudson.

— Não — insiste Jaxon. — Não vou enterrá-la antes que ela morra.

Mas Hudson não está com paciência para nada que ele diga no momento.

— Enterre-a — comanda ele. — Agora. Ou você não vai gostar do que vai acontecer depois. Pode ter certeza.

Os olhos de Macy se arregalam com o medo, e tenho vontade de dizer a ela que Hudson não está falando sério. Mas tanto ela quanto Jaxon devem acreditar, porque Jaxon está usando sua telecinesia para me cobrir metodicamente com pedras pequenas.

Ele começa pelos meus pés, deixando cair cada vez mais das pedrinhas sobre mim. Em seguida, lentamente, faz o mesmo pelo resto do meu corpo, até que as minhas pernas estejam cobertas. Depois os quadris, o tronco e os braços.

Sinto frio, muito frio. Mas luto para aguentar somente um pouco mais. Se esta é a última vez que vou ver essas pessoas — a minha família —, então eu vou aguentar até o último segundo. Vou continuar com eles até não ter mais nenhuma alternativa.

Macy está chorando abertamente agora. Os olhos de Jaxon estão fixos tristemente nos meus. E Hudson... Hudson está agachado na cabeceira da sepultura, acariciando gentilmente, muito gentilmente os meus cabelos.

Eu olho para os três até o fim. Até que as pedras alcançam o meu pescoço e não resta mais tempo. E é somente neste momento que eu fecho os olhos e deixo que a terra e a pedra me tomem.

Capítulo 0

GRAÇA ALCANÇADA

— Hudson —

Estou apavorado.

Não é algo que eu goste de admitir, mesmo que apenas para mim. E é algo que negaria se alguém perguntasse. Mas estou realmente apavorado quando vejo Grace afundar na terra.

Quando vejo que as pedras a cobrem, mesmo enquanto a chuva fria e o granizo caem sobre nós.

Observando quando ela vai desaparecendo um pouco mais a cada vez que ela inspira e expira com esforço.

Não era assim que as coisas deviam acontecer. Nada disso devia acontecer assim. Na primeira vez em que fizemos o plano para voltar, juntos, eu pensei que havíamos previsto todas as possibilidades, pensado em tudo que podia dar errado. Sabia que não seria fácil, mas nunca pensei que as coisas terminariam assim.

Se eu imaginasse algo assim, teria encontrado outra maneira. Qualquer outra maneira, mesmo que isso significasse permanecer preso em pedra, trancado com Grace para sempre.

Eu passo a mão pelos cabelos, olhando ao redor e admirando a destruição que eu causei nesta floresta. Seria bom vir até aqui e plantar algumas mudas na primavera. Grace iria gostar disso.

— Se isso não funcionar, vou destruir você — rosna Jaxon para mim, quando as últimas pedras a cobrem. Ele obviamente está louco para arrumar uma briga.

Mas não vou morder a isca. Não vou deixar que ele me atraia para uma discussão quando ele quer agir como criança. Assim, eu engulo as oito mil coisas que poderia responder e decido usar a verdade simples e sem qualquer verniz.

— Se não funcionar, você nem vai precisar fazer isso.

O que diabos vou fazer se Grace não conseguir sair dessa sepultura? Como eu vou conseguir viver comigo mesmo, ou simplesmente viver, na pior das hipóteses, sem ela?

— Não consigo acreditar que isso está acontecendo — diz a prima dela, com lágrimas ainda lhe escorrendo pelo rosto.

Jaxon me olha com uma expressão irada.

— Isso não devia estar acontecendo.

Eu o encaro de volta com uma ira ainda maior.

— Talvez não estivesse, se você tivesse matado aquele lobo desgraçado quando teve a oportunidade.

Bem, talvez esteja querendo morder a isca. Só um pouco.

Eu consigo suportar bastante quando o meu irmão mais novo decide me perturbar, e fiz isso mesmo. Mas não vou assumir a responsabilidade por um problema que ele deveria ter resolvido desde o começo.

— Você acha que matar Cole impediria o que aconteceu? — pergunta ele.

Não sei. Talvez nada impedisse o que aconteceu aqui além de envolver Grace em algodão e mantê-la o mais distante possível do nosso pai. Mesmo assim, cedo ou tarde, ele a encontraria. Mesmo que eles nem imaginem, Cyrus já estava tentando acabar com ela desde o instante em que soube que Grace era uma gárgula. Provavelmente, desde antes disso.

— E o que nós vamos fazer agora? — pergunta Macy. Sua voz ecoa no silêncio tenso e irritado que pesa entre nós. Suas lágrimas finalmente pararam de escorrer, mas ela fala como se estivesse quase tão vazia quanto eu me sinto quando olho para a sepultura coberta de pedras.

— Agora nós esperamos — diz Jaxon. — O que mais podemos fazer?

Nada. Se eu achasse que há alguma coisa, qualquer coisa que pudesse fazer por Grace, estaria fazendo.

— Quanto tempo vai demorar? — Macy apoia o peso do corpo de um lado para outro, como se estivesse nervosa demais para ficar parada.

— Não sei.

E não me importo. Vou ficar aqui pelo tempo que for necessário, se Grace emergir do chão curada.

— Tem alguma coisa que você saiba? — pergunta Jaxon. E há uma desconfiança em seus olhos que me destrói, ao mesmo tempo que me dá vontade de enchê-lo de socos. — Por que diabos você tinha que voltar, hein? As coisas estavam ótimas antes de você chegar aqui...

— As coisas estavam "ótimas"... Você quer dizer quando todo mundo pensava que eu estava morto e você estava mergulhado na própria tristeza, jogando a sua vida fora como se fosse um idiota? Porque, se essa é a sua definição de "ótimo", então sim. As coisas estavam excelentes.

— Jogando a minha vida fora? Eu estava tentando voltar a ter uma vida normal depois de tudo que você fez, e depois do que a nossa mãe... — Ele deixa a frase no ar, mas a sua cicatriz se destaca num forte contraste com a pele do rosto, apesar do mau tempo.

E talvez eu devesse me sentir mal pelo que a nossa mãe fez com ele. Mas que se foda. Jaxon não faz ideia do quanto as coisas sempre foram fáceis para ele.

— Ah, quer dizer que a mamãe não amou você o bastante? — Eu o encaro com uma expressão fajuta de preocupação. — Coitadinho do Jaxy-Waxy. É tão difícil ser quem você é.

— Devia ter matado você direito quando tive a chance. — Ele me encara, furioso, como se estivesse medindo o meu corpo para ver se cabe em uma bolsa para cadáveres... de novo. Que surpresa.

— Devia ter feito isso mesmo — eu concordo, com uma expressão deliberadamente serena. — Aparentemente, você tem um histórico longo de fazer as coisas da pior maneira possível e depois ficar magoado consigo mesmo. E de esperar que todo mundo sinta pena de você também.

— Quer saber de uma coisa? Vá se foder. Não preciso que ninguém sinta pena de mim.

— Ah... ei, vocês dois — Macy tenta interromper, mas esta é uma briga que já devia ter acontecido há muito tempo, e não é uma garota de dezesseis anos, bruxa ou não, que vai interrompê-la.

— É claro que precisa — eu o provoco, porque não consigo me conter agora que finalmente tenho a chance de colocar para fora um pouco do que está ardendo no meu cérebro há semanas. — Quando estávamos juntos, Grace passou um tempo enorme dizendo o quanto sentia pena de você. Eu dizia que não havia motivo para isso, mas você sabe o quanto o coração da nossa garota é mole.

— Da minha garota — Jaxon me corrige. — Da minha consorte. Com elo ou sem.

As palavras dele me acertam com uma precisão que dá a sensação de serem golpes físicos. As últimas duas semanas e meia foram um inferno na terra para mim e agora ele está agindo como se estivesse com todas as cartas na mão, quando foi ele que deixou que isso acontecesse a Grace. É uma merda, uma merda completa e absoluta, e eu já estou de saco cheio de escutar Jaxon choramingar por causa disso.

— Sua consorte? Ah, é mesmo. Deve ser por isso que você a protegeu tão bem a ponto de nem haver mais um elo entre vocês.

Ele fecha os punhos.

— Você é um desgraçado mesmo, sabia?

— E você é uma criança patética que não consegue nem proteger a si mesmo. Imagine se tivesse que proteger outra pessoa.

— Você realmente vai usar esse argumento comigo? — pergunta ele, sem conseguir acreditar. — Será que podemos discutir, só por um minuto, de quem eu estava tentando proteger Grace no semestre passado, porra? Ah, é mesmo. Daquela sua ex-namorada assassina que queria sacrificá-la para trazer você de volta.

Sinto a culpa bater em mim de novo, porque ele tem razão. Tudo isso é culpa minha. Não porque planejei, mas porque não consegui impedir.

Por isso, aqui estamos. Lia está morta, Grace está enterrada e Jaxon...

— Ei, vocês. — Desta vez Macy fala com um tom mais forte quando tenta atrair a nossa atenção. — Olhem.

O granizo está dando uma trégua, e Jaxon e eu nos viramos juntos, bem a tempo de ver o corpo de Grace finalmente terminar de absorver uma das pedras que o meu irmão colocou sobre seu peito.

— O que está acontecendo? — questiona Jaxon, com os olhos arregalados e a voz um pouco atônita.

— Não tenho certeza — responde Macy. — Mas já é a terceira que ela absorve nos últimos dois minutos.

— É mesmo? — Eu observo enquanto outra pedra parece estremecer, e depois afunda gradualmente em sua carne.

Com a nossa briga esquecida, Jaxon e eu ficamos ao lado de Macy por vários minutos enquanto Grace absorve, bem devagar, bem lentamente, cada pedra, rocha e pedrisco que Jaxon colocou sobre ela — centenas de fragmentos de pedra que afundam por toda a sua pele, um por um.

Quando o processo termina, quando cada fragmento de granito foi absorvido em seu corpo, nós ficamos ao redor de Grace, esperando... por um sinal, por uma respiração, por alguma coisa que prove que ela está viva.

Alguma coisa que prove que esse ato desesperado, esse último recurso da minha parte de fato funcionou.

Vários segundos enervantes se passam em que nada acontece. E, então, bem quando Jaxon começa a soltar uns palavrões e eu estou prestes a desistir, os olhos de Grace se abrem. E preciso me esforçar para não baixar a cabeça e chorar aliviado.

— Meu Deus. — Macy leva a mão à boca, conforme o choque nos abala.

— Grace. Grace, você está bem?

Grace não responde, mas quando Jaxon corre para se sentar ao lado da sua cabeça, ela sorri para ele.

— Você está bem? — indaga Jaxon, e eu nunca ouvi tanta alegria na voz do meu irmão em nossas vidas.

— Eu... — A voz dela fica embargada e Grace tosse, umedecendo os lábios com a língua.

— Aqui. — Macy abre a mochila que sempre traz consigo e pega uma garrafa de água, que entrega para Jaxon.

Ele a abre e ajuda Grace a se sentar em seu leito de granito para poder tomar um gole.

— Como você está? — pergunto, caminhando lentamente até o outro lado e me agachando ao lado dela.

— Bem, eu acho. — Ela tosse um pouco mais, e depois para um pouco, como se estivesse tentando sentir o próprio corpo. — Muito bem, na verdade. Acho que estou... ótima.

Desta vez, quando respira fundo, ela não tosse.

— Você se lembra do que aconteceu? — pergunta Macy, com a empolgação e a preocupação guerreando em seu rosto.

Grace pensa um pouco e diz:

— Lembro, sim.

E, com isso, minhas mãos estão tremendo. E elas nunca tremem. Não sei o que fazer com elas, então as enfio nos bolsos. E espero.

— Eu venci o jogo e Cyrus me mordeu. Vocês me trouxeram até aqui e...

Ela olha para mim.

— Hudson, obrigada. Obrigada mesmo.

A decepção me rasga, mas eu a ignoro. Certamente, já estou acostumado com ela a esta altura. E, vendo a coisa pelo lado positivo, pelo menos as minhas mãos não estão mais tremendo. E daí se ela se lembra dos fatos que aconteceram hoje, mas nada além? Certamente, não se lembra de nada que veio antes. E provavelmente é melhor assim.

— Não me agradeça — eu digo a ela, mesmo quando Grace estende a mão para mim, a mão no meu braço enquanto sorri de um jeito que não a vejo fazer há um bom tempo. Agora o meu corpo todo está tremendo... E eu não faço a menor ideia do que vou fazer a respeito.

Especialmente quando Grace sorri para mim desse jeito, embora não esteja segurando com tanta força no meu braço quanto normalmente faria.

— E por que você está dizendo isso, exatamente?

Meia dúzia de respostas surgem na minha mente, mas, no fim das contas, não digo nenhuma delas.

— Foi o que eu pensei. — Ela revira os olhos. — Admita que você me salvou, Hudson. Eu garanto que isso não vai fazer com que você seja menos babaca no longo prazo.

— Acho que você está confundindo as coisas. — Balanço a cabeça outra vez, mais determinado do que nunca para fazer com que ela entenda desta vez. A última coisa que eu quero de Grace é gratidão. É a última coisa que quero que ela sinta. — Eu estava só...

— Não quero brigar com você — diz ela. — Especialmente por causa de uma coisa tão ridícula.

— Então, não brigue — eu respondo. — Tenho certeza de que você tem coisas melhores a fazer agora.

Além de arrancar o meu coração do peito de novo.

Coisas como voltar a Katmere e assumir o seu lugar no Círculo.

Ambas são necessárias. Ambas são importantes. E ambas são extremamente perigosas.

Porque Grace pode ter sobrevivido à mordida do meu pai, mas isso só serve para transformá-la ainda mais em um alvo, e não menos. Pode levar algum tempo, mas ele vai se curar. E, quando isso acontecer, ele vai estar mais furioso e mais temeroso do que jamais esteve.

E isso significa que já é tarde demais.

A guerra que me esforcei tanto para impedir, a guerra que meu irmão e outros tentaram me culpar por incitar, vai chegar. Independentemente de querermos que chegue ou não.

Independentemente de estarmos prontos para ela ou não.

E agora que sabemos qual é o lado que os lobos vão defender... Foi preciso um exército de gárgulas para derrotá-los da última vez que os vampiros e os lobos lutaram juntos. Quem sabe o que será necessário hoje em dia, especialmente quando tudo que temos é uma gárgula e alguns vampiros rebeldes que vão se juntar às bruxas e aos dragões?

As chances não são das melhores.

Mas pensar na guerra é algo que vai ter que esperar, pelo menos mais alguns dias. Porque, quando Jaxon estende os braços para ajudar Grace a sair do buraco que eu criei para ela, ele coloca os braços ao redor de Grace e a aperta contra o próprio corpo. E eu começo a ver tudo vermelho, mesmo antes que ele se aproxime para beijá-la. E toda a tranquilidade e autopreservação emocional que tenho saem voando pela porra da janela.

Meus punhos se fecham, minhas presas explodem na boca e, embora houvesse um milhão de outras maneiras pelas quais eu estava esperando revelar a informação que acabei de descobrir para Grace, as palavras saem antes que eu consiga pensar em contê-las.

— Jaxon, se não se importa, tire essas mãos sujas de cima da minha consorte.

FIM DO LIVRO II

Mas calma... Tem mais!
Continue lendo e conheça, com exclusividade,
dois capítulos deste livro sob o ponto
de vista de Hudson.
Tudo vai mudar...

EU NÃO QUERIA ACORDAR ASSIM

— Hudson —

Alguma coisa está errada.

Não sei o que é, mas tem alguma coisa aqui que não está certa.

— Grace? — eu pergunto, esperando que ela abra aquele sorriso que reserva apenas para mim. Metade dele é bem-humorado, a outra metade é exasperada, e totalmente meigo.

Mas nada aparece.

Nada exceto um vazio. E isso me assusta demais.

E se alguma coisa deu errado?

— Grace? — tento de novo, deixando a voz ligeiramente mais alta desta vez e a minha presença um pouco mais externada.

Nunca tive que fazer isso com ela antes, quando éramos somente nós dois existindo em um plano separado. Não havia nenhum ruído de fundo para competir, nenhuma tempestade de neve ao redor, nada de alunos fúteis do ensino médio tagarelando consigo mesmo sobre coisas que só Deus sabe e nenhum alto-falante tocando alguma música antiga dos Rolling Stones somente porque o diretor quer parecer descolado.

Éramos somente nós. E embora eu fosse a favor do plano que Grace tinha feito de voltar — porque, quando ela não está por perto, sou simplesmente um otimista de olhos brilhantes (algo que nunca ninguém disse a meu respeito, exceto Grace). E tenho que admitir, não esperava que as coisas fossem começar assim.

Ela ainda não está me respondendo. Em vez disso, está descendo as escadas da Academia Katmere como se fizesse dezesseis minutos que ela está aqui, em vez de dezesseis semanas.

Não estou entendendo.

— Grace. — Desta vez, eu entro no caminho cerebral que faz com que seja impossível ela me ignorar (e vice-versa). O caminho que foi o primeiríssimo indício de que estávamos trancafiados juntos aqui dentro durante todas essas semanas.

Ela vacila. Seu pé pisa meio torto no degrau e ela quase cai. Eu a agarro, tomando o controle do seu corpo por apenas um segundo para poder ajudá-la a se equilibrar. Sei que concordamos que eu só tomaria o controle do corpo dela se achasse realmente necessário, mas impedir que ela caia e role pela escadaria circular me parece ser algo necessário.

Quando está firme, ela para e olha ao redor como se tentasse encontrar alguém... ou procurar por quem chamou seu nome.

Sinto a empolgação crescer em mim com a ideia de que ela finalmente consegue me ouvir. E tento outra vez:

— Grace. Grace, você está me ouvindo?

Ela leva um susto outra vez. E mais uma vez olha ao seu redor. Mas ainda não são nem oito da manhã e nenhum dos alunos que passam por aqui está prestando atenção nela, enquanto correm para as suas aulas.

— Grace, eu estou bem aqui.

Ela dá uma última olhada para o lance de escadas acima dela e balança a cabeça negativamente, enquanto murmura "acorde, Grace" antes de voltar a descer rapidamente os dois ou três degraus que restam e virar no corredor principal.

Droga. Droga. Alguma coisa definitivamente deu errado. Ela definitivamente não faz a menor ideia de que eu estou aqui. Nem sei como isso é possível, depois de todos os nossos planos. E também não entendo por que ela não está pelo menos tentando entender o que deu errado. Pode ser que ela não me ouça, mas será que não está ao menos se perguntando para onde eu fui?

É esse pensamento, mais do que qualquer outro, que me faz passar um pente-fino no seu cérebro, tentando entender o que está acontecendo. Mas é somente quando ela entra na balbúrdia do corredor principal apinhado de alunos sem qualquer hesitação que finalmente me dou conta da verdade. Não é o fato de que ela não me ouve mais. Ela não se lembra mais de mim.

Mas que caralho está acontecendo aqui?

Eu digo a mim mesmo que estou errado, que estou me preocupando com algo que não tem importância. Que é impossível Grace simplesmente ter me esquecido. Ela não pode ter me esquecido.

Mas, em seguida, um vampiro com longas tranças no estilo *dreadlock* — um amigo do meu irmão, se eu bem me lembro — a faz parar no corredor.

— Grace? — pergunta ele, e parece que viu um maldito fantasma. Por outro lado, ele provavelmente está achando que viu mesmo.

Há um pedaço de mim que ainda espera que Grace esclareça tudo. Que diga que está bem, mesmo depois de passar tanto tempo sumida. Mas ela simplesmente sorri e diz para ele:

— Ah, você está aí — digo a ele com um sorriso. — Achei que teria que ler *Hamlet* sozinha hoje.

E é quando eu percebo o quanto tudo está fodido.

Porque ela não se esqueceu somente de mim. Ela esqueceu de tudo.

Pela primeira vez, começo a me preocupar com a possibilidade de que haja alguma coisa errada com ela. Que mudar novamente para a sua forma humana, e me trazer junto, causou algum efeito muito danoso. Só de pensar nisso, já sinto uma vontade imensa de subir pelas paredes. Isso e o fato de perceber que não há nenhuma maneira de me comunicar com ela ou com qualquer outra pessoa. Não há como dizer a ninguém o que pode ter acontecido com Grace.

— *Hamlet?* — indaga o vampiro. E parece estar tão preocupado quanto confuso.

— Sim, *Hamlet*. A peça que estávamos lendo na aula de literatura desde que eu cheguei aqui? — Grace começa a arrastar os pés, e consigo sentir o nervosismo dela. — Nós vamos apresentar uma cena hoje, não lembra?

Estou começando a achar que talvez ela devesse mesmo estar nervosa. Talvez nós dois devêssemos. Mesmo assim, detesto vê-la assim, e faço o melhor que posso para acalmá-la por meio do caminho mental que compartilhamos. Mas não tenho a menor noção se alguma coisa que estou fazendo está funcionando. E também é difícil ajudá-la a manter a calma quando eu mesmo estou a um passo muito curto de entrar num pânico do caralho também.

— Nós não vam… — O vampiro para de falar, enquanto começa a mandar uma mensagem de texto para alguém. E eu acho que sei exatamente para quem ele está mandando essa mensagem.

— Está tudo bem com você? — ela pergunta, dando um passo para junto dele. — Você está meio esquisito.

— Eu estou esquisito? — Ele ri, mas parece que está com tanto humor quanto eu. — Grace, você está…

— Srta. Foster? — Um dos professores vem diretamente até Grace, interrompendo o vampiro. — Você está bem? — pergunta ele.

— Estou bem — diz ela, recuando um passo, assustada.

Mas é óbvio que ela está muito longe de estar bem. Seus pensamentos deixaram de estar calmos e agora são uma massa confusa; sinto que as emoções dela começam a se acumular. Medo, confusão, irritação, preocupação… Vários sentimentos que se aproximam por todos os lados. E o início de um daqueles malditos ataques de pânico que ela tanto detesta estão começando a lhe causar um aperto no peito.

Ela respira fundo. Em seguida, parece conseguir se acalmar um pouco, enquanto explica:

— Estou só tentando chegar à aula antes que o sinal toque.

Eu deslizo a mão pelas suas costas e sussurro:

— Você está bem. Tudo está bem.

Sei que ela não me ouve, que não faz a menor ideia de que estou aqui. Mas ela deve sentir o que eu faço, pelo menos um pouco. Porque sua respiração volta a ficar regular e seu corpo inteiro relaxa um pouco.

— Precisamos conversar com o seu tio — diz o professor, um lobo, enquanto praticamente começa a empurrá-la pelo corredor.

O vampiro quase cai sentado quando tenta abrir caminho para eles, o que não faz com que eu tenha uma opinião muito boa a seu respeito. Mas não tenho tempo para me preocupar com isso, porque, quanto mais Grace avança pelo corredor, mais nervosa ela fica.

Percebo pela maneira que seu coração bate rapidamente.

No gosto metálico que permeia a sua língua.

Na respiração entrecortada que ela está tentando manter sob controle, com bastante dificuldade.

— Estou aqui — tento dizer a ela, usando o mesmo caminho de antes. O caminho no qual eu tenho certeza de que ela já me ouviu pelo menos duas vezes. — Estou com você.

Só que, desta vez, a única coisa que consigo é deixá-la ainda mais abalada.

— O senhor pode me explicar o que está acontecendo? — pergunta ela, com a voz uma oitava mais alta, conforme os alunos abrem caminho à sua frente.

Eu consigo perceber como ela detesta quando as pessoas fazem isso — e também uma rápida referência sobre isso ser algo natural, já que ela namora com o meu irmão. No tempo presente.

E... puta que pariu. Puta que pariu de novo. Nem sei o que devo fazer com isso.

— Você não sabe? — indaga o professor, e o som da voz dele é parecido com a maneira como me sinto. Preocupado, estressado e irritado.

— Grace — chama um dos dragões, saindo da sala de aula onde está para poder andar ao lado dos dois. — Meu Deus, Grace. Você voltou.

Uma olhada mais de perto pelos olhos de Grace faz com que eu perceba quem é. Flint Montgomery. Que inferno. As porradas continuam chegando sem parar.

Ele se parece com o irmão. Parece tanto que eu tenho a sensação de estar levando um soco na porra do estômago simplesmente por estar no mesmo corredor que ele. Já faz quase dois anos desde que Branton morreu; dezenove meses. E a dor da sua traição, a traição do meu melhor amigo, meu único amigo, ainda corta como se fosse uma faca cega.

— Agora não, sr. Montgomery — interrompe o professor, batendo os dentes com força com cada palavra que diz.

Nunca imaginei que ficaria grato a um lobo na minha vida, mas quando o professor — o sr. Badar, como Grace o chama — faz com que nos afastemos de Flint, definitivamente me sinto grato. Lidar com esse desastre que aconteceu com Grace é quase impossível, considerando como as coisas estão. Lidar com isso e também com os pedaços quebrados do meu passado...

— Espere, Grace... — Flint estende o braço para tocá-la, mas o lobo o impede de encostar nela.

— Já disse que agora não é hora disso, Flint. Vá para a sua aula — o professor rosna, arreganhando os dentes.

Flint fica irritado e parece querer discutir a questão. Dragões são parecidos com os vampiros no aspecto de que nenhum deles quer receber ordens de um lobo, mesmo nas épocas mais tranquilas. E seus próprios dentes, de repente, começam a brilhar sob a luz do candelabro do corredor.

Ele provavelmente decide que não vale a pena criar caso por isso, apesar de estar claramente louco para começar uma briga. Porque, no fim das contas, ele meio que para de andar e fica observando, enquanto Grace e o lobo passam, assim como todas as pessoas que estão no corredor.

Várias pessoas tentam dizer alguma coisa, mas o professor solta um rosnado baixo de aviso que mantém todos distantes. Eu, por minha vez, fico feliz quando percebo que esse cara deve ter uma mordida tão agressiva quanto o próprio rosnado. Porque Grace está ficando cada vez mais tensa, com um pânico cada vez maior, e a última coisa de que ela precisa é ter que lidar com mais gente.

Especialmente porque nada do que eu faço parece poder acalmá-la agora.

Não é a primeira vez que isso acontece com ela. Vi isso várias vezes quando estávamos juntos. No começo, ela só fazia coisas sozinha, mas conforme o tempo passou, e ela começou a confiar em mim, Grace começou a deixar que eu a ajudasse.

Não com o meu poder, já que ele não funciona nela, mas com a minha presença. Com a minha voz. Com o meu toque, ou com um simulacro dele, pelo menos. Eu me acostumei tanto a tentar falar com ela — tão acostumado a senti-la tentando falar comigo — que ficar sem isso agora, quando ela está tão abalada, está me matando.

— Aguente firme, Grace. Estamos quase chegando.
— Quase chegando aonde? — ele pergunta. Sua voz está esganiçada, tensa.

Sua mente está funcionando a toda velocidade, enquanto tenta entender o que está acontecendo, o que não está conseguindo perceber. E eu fico preocupado com o que ela vai fazer quando descobrir.

Também fico preocupado com a possibilidade de a verdade fazê-la se enraizar ainda mais neste mundo. O que, por sua vez, vai fazer com que seja muito mais difícil eu alcançá-la.

Puta que pariu, não consigo acreditar que tudo que planejamos com tanto cuidado deu errado. Especialmente bem no começo de tudo, assim como está acontecendo agora.

Viramos para entrar em um corredor estreito, e Grace leva a mão ao bolso para pegar o celular. Enquanto faz isso, a única coisa na qual ela consegue pensar é em Jaxon.

Jaxon, não em mim.

Não estou entendendo.

Sei que o elo entre consortes é supostamente indestrutível, mas o elo que havia entre ela e Jaxon foi desaparecendo até não restar mais nada no primeiro mês em que ficamos presos juntos, antes que cada um de nós conseguisse suportar a existência do outro. Muito antes de desenvolvermos sentimentos um pelo outro. Eu procurei, pelo menos uma vez por semana desde que isso aconteceu, e não consegui ver o elo.

Nós dois pensamos que isso aconteceu porque estávamos presos para sempre. Elos entre consortes se rompem quando as pessoas morrem. Será que a coisa era tão diferente assim?

Mas, quando descobrimos uma oportunidade de voltar, nós dois soubemos que teríamos que aproveitá-la. Devíamos isso a Jaxon, pelo menos.

Mas, agora que ela voltou para Katmere e não estamos mais presos em outro plano, é impossível não perceber o elo entre consortes deles. Está bem ali, bem na frente e no centro de tudo, funcionando como se sempre houvesse sido assim.

Lampejos dele, dos dois juntos, surgem conforme ela pensa em Jaxon. Sorrisos. Toques. Beijos. Ela se perde em uma das memórias e isso acaba comigo. Faz com que eu me sinta como se não valesse porcaria nenhuma.

Fico esperando que a raiva que me atinge, a fúria pela garota que eu amo — a garota que me contou praticamente todos os detalhes íntimos sobre si mesma e que conhece quase todos os meus — estar bem diante de mim sonhando acordada com outro cara. E não é um outro cara qualquer: Jaxon.

Mas a dor surge de repente.

E me atinge como um tsunami, me encobrindo, me afogando.

Rasga o que resta da minha alma em pedaços tão pequenos que não consigo imaginar ser capaz de voltar a juntá-los.

Se eu tivesse um corpo agora, estaria de joelhos. Do jeito que as coisas estão, não tenho mais nada a fazer a não ser ficar aqui e sentir — não, a enfrentar — o amor e a empolgação que crescem dentro dela com a ideia de ver Jaxon outra vez.

Mas nem tudo é empolgação na cabeça de Grace. Há também confusão, apreensão e uma boa dose de raiva, quando ela finalmente faz a pergunta que eu venho esperando e temendo que ela faça.

— Que diabos está acontecendo?

O professor responde:

— Tenho certeza de que Foster está esperando que você mesma consiga explicar isso a ele.

Não é a resposta que ela estava esperando; sua inquietação começa a se aproximar do pânico. Detesto quando isso acontece. Não importa o quanto eu esteja furioso, não importa o quanto esteja magoado; não consigo suportar a ideia de que ela esteja magoada, também. E, assim, tento alcançar o caminho que vai até o centro da sua mente e da sua alma. E mando a ela tudo que ainda tenho dentro de mim para enviar.

Não é muito no momento, e nada comparado ao que eu gostaria de dar a ela. Mas, depois de um minuto, consigo sentir que isso a faz ficar mais firme. Sinto que consigo fazer com que ela se acalme, antes que a secretária que está na escrivaninha diga:

— Um minuto, por favor. Só preciso de um...

A mulher olha para Grace por cima do monitor do computador com seus óculos roxos em forma de meia-lua; em seguida, para no meio da frase quando percebe para quem está olhando. Assim que se dá conta, ela salta de trás da mesa e começa a gritar por Foster, como se tivesse acabado de ver um exército inteiro de fantasmas.

— Finn, venha aqui agora. — A mulher sai de trás da mesa e joga os braços ao redor de Grace de uma maneira que eu só consigo sonhar em fazer. — Grace. Que bom ver você. Estou tão feliz por estar aqui.

Grace retribui o abraço da mulher, mas o fato de que ela não faz a menor ideia do que está acontecendo é mais um tapa na minha cara. Mais uma coisa para me lembrar de que tudo que eu pensei que havia entre nós não significa mais nada.

— É bom ver a senhora também — Grace finalmente responde.

— Finn. — A mulher grita outra vez. Ela está bem ao lado da orelha de Grace, e sua voz faz com que nós dois estremeçamos. Até mesmo as minhas orelhas já estão zunindo antes que ela comece a gritar de novo. — Finn. É...

A porta da sala do diretor se abre com um movimento brusco.

— Gladys, você sabe que temos um interfone... — Foster também para de falar antes de completar a frase. Seus olhos se arregalam ao reparar que é Grace que está diante dele.

— Oi, tio Finn. — A mente de Grace está transformada em uma massa disforme e confusa quando a secretária de Foster finalmente a solta. Ela acena para o tio, mas é óbvio que não sabe o que está acontecendo.

Eu nunca senti tanta falta de estar vivo como agora. Neste momento, não quero nada além de poder me colocar entre ela e as outras pessoas para que Grace possa ter um minuto apenas para pensar. Apenas para respirar.

Mas isso não vai acontecer, pois seu tio continua a olhar para ela, chocado.

Grace o encara de volta antes de finalmente dar de ombros desajeitadamente e dizer:

— Desculpe por incomodar.

Se ela está tão atarantada que não chega nem a perceber que houve um longo intervalo de tempo entre do que ela se lembra e o agora, então já a perdi... antes que pudesse realmente aproveitar a chance de tê-la.

Enquanto observo nossos planos cuidadosos se transformarem em fumaça diante de mim, sinto-me queimar por dentro até virar cinzas. E não consigo deixar de imaginar como Shakespeare conseguiu errar tanto quando escreveu aquela frase. Porque aquela coisa de "mais vale ter amado e perdido" é só uma bobagem.

QUERO QUE VÃO TODOS PARA O INFERNO

— Hudson —

Dois anos atrás

O que um cara precisa fazer para que arrastem o seu rosto na lama por aqui, hein?

Sinto um punho acertar a minha cara. E, num dia normal, me esquivaria e deixaria que ele passasse por mim sem usar meus poderes, mas este não é um dia normal. Nem de longe. Assim, em vez de me inclinar para trás, luto contra o impulso de revirar os olhos quando me projeto para a frente, diretamente na trajetória do soco. E deixo que ele me acerte bem no maxilar.

Eu gostaria de dizer que vejo estrelas ou que pelo menos sinto a explosão de sangue na boca. Mas a verdade é que a minha mãe consegue me bater mais forte do que isso. Bem mais forte.

Mas estou tentando reafirmar uma posição aqui, e por isso faço tudo o que posso para que a pancada pareça ser pior do que realmente é. Claro, tenho que morder a língua para que isso aconteça, mas momentos de desespero pedem medidas desesperadas. Chego até mesmo a cambalear um pouco para dar a impressão de que o golpe foi bom; em seguida, me viro deliberadamente para a esquerda para receber o gancho que está chegando.

Esse chega a arder um pouco e até abre um corte no meu queixo — uma cortesia do anel de pedra de sangue do meu agressor. O cara ri e depois ergue o punho para me acertar outro soco.

É o riso que me abala. E eu não consigo deixar de pensar em arrancar aquele olhar arrogante da cara dele. Irrita, e não por ele ser melhor do que eu; mas exatamente porque não é. Estou literalmente lutando com os meus dois poderes amarrados às costas aqui, e ele ainda age como se estivesse fazendo alguma coisa. Ainda age como se fosse o valentão nessa equação, quando a verdade é que eu estou tendo que me esforçar para não bocejar.

Mas um bocejo não vai fazer o que precisa ser feito, nem esfregar a cara desse bobalhão na lama do jeito que ele merece. Passei muito tempo esperando essa oportunidade para deixar um pouco de orgulho — ou talvez algumas habilidades atléticas básicas — atrapalhar meus planos. Assim, finjo que não vejo o pé do outro cara se aproximando de mim e deixo que me acerte bem no plexo solar. Eu caio de joelhos e levo vários outros golpes no ombro, no pescoço e no queixo.

De soslaio, vejo o meu pai se encostar na parede com os braços cruzados e uma expressão de desprezo. Ao lado dele está um lobisomem brutamontes que parece estar ainda mais enojado — embora pareça também estar se divertindo — do que o meu pai. Por outro lado, o filho dele é um dos cuzões que está me dando essa surra. Cole. Acho que esse é o nome do babaca.

Outro chute — um que me acerta na lateral da cabeça — faz com que o garoto lobisomem comece a rir... e também faz com que eu comece a contemplar a possibilidade de cometer um assassinato. Mas decido que não vale a pena e caio no chão mesmo assim. Quanto mais rápido isso terminar, mais rápido vou conseguir passar para a próxima parte do meu plano. Além disso, por mais que seja necessário, não gosto de fazer com que esses cuzões se divirtam tanto às minhas custas.

Eu caio para a frente e bato o queixo, que já tem um belo corte, com força no chão. Desta vez, o sangue escorre muito mais livremente do que na primeira vez. Ferimentos na cabeça são bem chatos mesmo.

Meu pai dá um passo adiante, o sinal de que já viu o bastante. E eu espero que ele interrompa a surra, agora que sabe exatamente como sou inútil. Mas ele não para. Em vez disso, faz um sinal breve com a cabeça para os meus três agressores e eles começam a me bater com gosto. Recebo socos e pontapés, cotoveladas e joelhadas que vêm de todos os lados.

E mesmo assim eu não revido. Ainda deixo que façam tudo que acham que precisam fazer para impressionar o meu pai. Porque isso não é uma questão do que eles fazem comigo... e sim do que eu deixo que façam. Neste momento, os meios justificam os fins. E já faz um bom tempo que venho trabalhando para este fim. Tempo demais para deixar que o sadismo do meu pai me atrapalhe.

A pancadaria continua até que sinto a cabeça realmente começar a zunir. Tudo dói agora, um latejamento incômodo que eu sei que vai ficar bem pior mais tarde. Mas as coisas parecem estar perdendo a força. Percebo isso pela respiração ofegante dos meus agressores, sinto na maneira que os golpes chegam cada vez mais devagar e vejo na expressão do meu pai, que parece não estar mais enojada. Ele simplesmente parece estar satisfeito, que era o que estava esperando desde o começo.

Finalmente, o velho faz um gesto despreocupado para mandar que se afastem. Os golpes param tão subitamente quanto começaram. Mas, quando eles se afastam, um deles — o garoto lobisomem, eu acho — pisa de propósito na minha mão com força suficiente para que eu consiga ouvir, e sentir, meus ossos se quebrando embaixo da sua bota.

É o primeiro ferimento que recebi hoje com o qual realmente me importo. Definitivamente, o primeiro que me irrita.

Meu pai mal chega a olhar para mim uma última vez antes de sair da sala, com o lobisomem alfa e sua corja logo atrás de si. E, quando a porta se fecha, percebo que finalmente aconteceu. Eu finalmente consegui aquilo que vinha almejando há tanto tempo.

Fico deitado no chão por mais alguns minutos para continuar com a encenação, caso eles voltem... e também porque, talvez, pelo menos um pouco, a minha cabeça agora esteja latejando como a bateria em uma música do Aerosmith. Depois que algum tempo se passa, fica óbvio que o rei não vai voltar para ver como estou.

Percebi que ele estava farto de mim quando fez aquele gesto, que ele perdeu qualquer esperança que tinha em mim, mas nunca é demais tomar cuidado quando se lida com Cyrus. Talvez ele não seja o cara mais inteligente do mundo, mas tem um belo instinto de sobrevivência. Isso, combinado com o fato de que ele está disposto a fazer tudo que for necessário para que as pessoas entendam sua mensagem, faz dele alguém muito perigoso.

Após algum tempo, eu me descolo do chão, fazendo uma rápida avaliação dos machucados. A julgar pelo quanto a minha cabeça dói, definitivamente ganhei uma concussão. Meu maxilar não está quebrado, mas está cheio de hematomas; e meu ombro está luxado. Algumas costelas estão quebradas e o restante — até mesmo as partes que não estão quebradas — me faz perceber que levei uma surra homérica.

É a verdade por trás da propaganda, como dizem por aí.

A pior parte de tudo isso — além de ter que engolir o meu orgulho para deixar que acontecesse — foi a minha mão ser completamente quebrada. Aquele lobisomem desgraçado não é muito pesado, mas aparentemente a sua bota machuca bastante.

Uma olhada no meu relógio me mostra que ele foi quebrado durante a "briga". Uma olhada no meu celular mostra a mesma coisa, o que me irrita mais do que a surra que eu levei. Afinal de contas, passei semanas esperando. Diabos, cheguei até a cortejar. Mas realmente precisava desse maldito celular.

Caminhar é algo que representa um certo desafio, mas estou preocupado em colocar a minha mão e o ombro no lugar antes que o meu corpo comece a se curar do jeito que está. Uma rápida batida do ombro na parede mais próxima o força a voltar para o lugar de onde não devia ter saído. E alguns minutos excruciantes de trabalho na minha mão faz o mesmo. Eu enfaixo a mão — por algumas horas, pelo menos — e depois volto para os meus aposentos. Tenho um compromisso ao qual não posso faltar.

Waters já está lá quando chego. E, embora ele não critique o meu atraso, basta uma fungada mais forte e desdenhosa e uma levantada de sobrancelha para que receba a mensagem.

Pelo menos até que eu diga a ele:

— Esta vai ser a nossa última sessão.

O desdém se transforma em algo totalmente diferente. Cautela? Arrependimento? Esperança? Não sei e, no momento, não estou disposto a me importar. Tenho muitas outras coisas com que me preocupar.

— Você está bem? — pergunta Waters, quando coloca um bloco de madeira para mim na estante perto da janela.

Não me importo em esconder meu próprio desprezo, quando vou até a estação de trabalho que ele preparou para mim. É a única resposta que ele vai receber. E, a julgar pelo seu suspiro, ele sabe disso.

— Tenho orgulho de você — diz ele.

É a primeira vez na minha vida que alguém me diz isso e, por um segundo, sinto que um deserto se forma na minha boca, impedindo-me de falar.

— Não precisa ter — finalmente consigo responder.

— Não é assim que o orgulho funciona. — Ele dispõe com bastante precisão as ferramentas ao lado do bloco de madeira.

— Eu não sei como ele funciona.

A primeira ferramenta que eu pego é a serra de ourives, mas, assim que os meus dedos se fecham ao redor da empunhadura, a minha mão grita em agonia. Aperto os dentes e continuo a segurá-la, mas bastam duas tentativas para que eu perceba que isso não vai dar certo.

A raiva cresce dentro de mim. É irracional ficar irritado com isso depois da surra que levei, eu sei, mas isso não diminui a raiva que sinto. Não me importo com os socos ou os chutes, não me importo com a concussão ou com o ombro machucado. Mas a mão, e mais importante do que isso, esta última aula... Perdê-la dói mais do que jamais vou admitir a qualquer pessoa.

— Acho que não vamos conseguir entalhar hoje — diz Waters. E não há nenhum traço de arrependimento em suas sílabas claras e precisas.

— Eu consigo — asseguro a ele, apertando o maxilar, que ainda dói. — Só preciso de uma ferramenta diferente.

Mas não importa qual eu escolha — a faca de entalhar, a goiva ou o formão; não consigo fazer com que nenhuma delas trabalhe do jeito que quero.

Finalmente desisto, frustrado, enfiando a goiva com força na estante e me virando para olhar pela janela.

— Pode ir — eu digo a Waters, dispensando-o. Ele é somente o meu tutor, afinal de contas.

Um longo silêncio segue as minhas palavras e, logo depois, um suspiro que parece vir dos ossos dele.

— Você vai ficar bem, meu garoto.

— Eu posso cuidar de mim mesmo, apesar das aparências.

— Nunca duvidei disso, nem por um momento. — Ele coloca a mão no meu ombro e não consigo deixar de pensar que esta é a primeira vez que ele me toca em todas essas décadas que vem me ensinando. — Caso eu não tenha outra chance de lhe dizer isso, foi um privilégio e uma honra poder servi-lo como tutor em todos estes anos. Eu...

— Você não precisa dizer isso — digo a ele, enquanto meu coração começa a bater aceleradamente.

— Eu não preciso dizer nada — retruca ele, com as sílabas ainda mais marcadas do que o normal. — Mas isso não torna menos verdadeiro o que eu decido dizer. — Ele faz uma pausa e respira fundo, soltando o ar lentamente. — Meu garoto, ver você crescer nesta... casa me encheu de medo pelo tipo de homem que você se tornaria.

— É, eu sei. Não sou nada que preste.

— Não era isso que eu ia dizer.

— Você não precisa dizer nada — respondo, ignorando o fato de que as suas palavras me causam uma dor que mil socos jamais conseguiriam provocar. — Sei o que sou.

— Ah, sabe? — ele pergunta, e há mais sarcasmo nessas duas palavras do que jamais ouvi vindo Waters. — Sabe mesmo?

Eu agito a mão na direção do sofá que está no centro do cômodo, e ele se desintegra em um instante.

— Eu sou... uma abominação. Um engano.

— Você é aquilo que escolhe ser — responde ele.

— Se pelo menos isso fosse verdade. — Eu pego a madeira com a mão que não está machucada e a viro de um lado para outro. — Sei o que sou. Sei de quem sou filho.

— Mas é exatamente disso que estou falando, garoto. Seus pais são somente a menor parte de quem você é. — Ele me olha da cabeça aos pés. — Esse horror pelo qual você acabou de passar é prova disso.

— Não foi nada — digo a ele.

— Foi tudo — rebate ele. — Não desonre a si mesmo ou a mim tentando fingir que não foi. — Ele olha para a madeira que ainda está girando nas minhas mãos. — Sua origem, as coisas pelas quais você precisa passar são somente uma fração de quem você é e daquilo que pode se tornar. O verdadeiro teste é aquilo que há dentro de você... e o que você vai fazer com isso.

— Eu lhe mostrei o que há dentro de mim. — Eu olho para o lugar onde o sofá estava.

— Não, você me mostrou o que é capaz de fazer. Não é a mesma coisa. Nem de longe. — Ele pega o pedaço de madeira que eu tenho nas mãos e o coloca novamente na estação de trabalho. — Esse poder que você tem pode fazer mais do que simplesmente destruir.

— Isso não é verdade.

— É, sim. — Ele indica a madeira com um meneio de cabeça. — Tente.

— Mas a minha mão...

— Não use a mão desta vez.

No começo, não entendo, mas quando finalmente percebo o que ele quer dizer, meu primeiro instinto é rir. É dizer "não". Mas a verdade é que eu quero que ele tenha razão. Quero que haja mais dentro de mim do que simplesmente o poder de destruir coisas... mesmo que esse poder seja algo de que vou precisar usar se quiser deter o meu pai. Foi por isso que tive que provar a ele que era inútil hoje à tarde. Porque, se ele pensasse que havia uma chance, por menor que fosse, de poder me usar como arma, jamais me deixaria ir para Katmere.

Nunca me deixaria ser livre, nem por um segundo.

Nunca me daria a chance de impedir o horror que ele planejou.

— Não consigo — digo a ele, mesmo enquanto me concentro na madeira. É claro que nada acontece.

— Seu problema é que você associa o seu poder com a morte. Você vê somente a destruição que ele pode causar. Mas ele também pode criar o espaço para que alguma coisa bonita surja.

Eu engulo o nó que se formou na minha garganta.

— Você não sabe do que está falando.

Fico esperando que ele estreite os olhos com o insulto, mas, em vez disso, seu olhar fica mais suave.

— O que nós fazemos quando entalhamos um bloco de madeira, além de remover o espaço negativo? Há algo bonito que já vive dentro do material. E que precisa que a pessoa certa o liberte.

Minhas mãos começam a tremer um pouco, mas eu não pego a madeira. Não posso. Talvez porque queira muito que as palavras dele sejam verdade.

— Não tenha medo de destruir a madeira, garoto. Imagine o que a madeira poderia ser e se solte.

— Se eu me soltar, vou destruir tudo.

— Se você se soltar, vai encontrar o que precisa — responde ele.

Não acredito nele. Não posso me permitir acreditar nele. Mas a expressão em seus olhos verdes-desbotados me dizem que eu não vou conseguir me safar dessa. A única maneira de evitar o pedaço de madeira que está na minha frente é demolir este lugar inteiro, tijolo por tijolo.

E isso vai acabar com tudo que já construí até agora. Não posso deixar que isso aconteça, Jax, e o mundo inteiro, não pode se dar ao luxo de que eu permita que isso aconteça.

Assim, faço a única coisa que consigo nesta situação. Imagino a aparência do produto final. E, em seguida, liberto uma pequena quantidade de poder, sabendo durante todo o tempo que não vai funcionar.

Só que... funciona. Ou quase.

Todas as partes da madeira que eu não quero ali se desintegram, transformando-se na serragem mais fina que pode existir. E o que resta... o que resta é uma cópia do cavalo que fiz para o meu irmão há tantos anos. Quando inspeciono a peça mais de perto, vejo algumas imperfeições. Alguns lugares em que não consegui copiar muito bem a peça original. Mas o meu coração bate com força no peito agora. E se eu realmente for capaz de fazer mais do que simplesmente destruir?

— Muito bom — elogia Waters, quando começa a guardar as ferramentas na bolsa. — Muito bom mesmo.

— Mas o que... — Eu não completo a frase, engolindo o nó na garganta. Eu nunca imaginaria esse maldito cavalo se achasse que havia alguma chance, por menor que fosse, de que a ideia de Waters funcionaria. — O que eu faço agora?

— O que você quiser — responde ele, colocando seu próprio bloco de madeira de volta na bolsa. — O que você puder — continua ele, prendendo a fivela. — O que tiver que fazer — conclui ele, com um último toque no meu braço. — Está tudo sobre os seus ombros agora.

E assim eu pratico. Por horas. Até conseguir duplicar o cavalo, até a perfeição do último volteio da cauda, sem que nenhuma partícula seja removida com exceção das que eu quero.

Nós dois nos afastamos e observamos minha última peça. Eu sempre soube o que precisava fazer. Mas agora eu sei o porquê.

Não estou indo a Katmere para destruir o plano maligno do meu pai. Eu vou a Katmere para remover tudo que há de feio e errado para que a verdadeira beleza que aquela escola pode ter seja revelada.

AGRADECIMENTOS

Escrever um livro tão grande e complicado como este demanda mais do que uma pessoa, então preciso começar agradecendo às duas mulheres que fizeram com que isso fosse possível: Liz Pelletier e Emily Sylvan Kim.

Liz, eu sinto como se tivéssemos passado por uma guerra, ou talvez três. E só posso dizer obrigada, obrigada, obrigada. Obrigada por pressionar a mim e a este livro para fora das nossas respectivas zonas de conforto. Obrigada pela sua determinação inabalável de contar esta história e obrigada pelo esforço hercúleo que você empreendeu para ter certeza de que nós a completaríamos (em um tempo indescritível). Nós formamos uma equipe incrível e eu adoro você, mais do que sou capaz de expressar.

Emily, o que posso dizer? Você esteve comigo durante cada curva do percurso durante os últimos sessenta e quatro livros, e eu sou muito grata. Obrigada por seu entusiasmo, seu apoio, sua amizade e todas as sessões de solidariedade tarde da noite. Você é, sinceramente, a melhor agente e amiga em todo o mundo.

Stacy Cantor Abrams, enquanto eu estava trabalhando neste livro, o aniversário do meu primeiro livro YA passou, e eu percebi que estamos trabalhando juntas há dez anos. Tenho muita sorte por você ter comprado *Tempest* há tantos anos. Aprendi mais com você do que sou capaz de dizer, e fico emocionada em poder considerá-la uma grande amiga, além de uma grande editora.

Para todos na Entangled e na Macmillan que fizeram parte do sucesso da série *Crave*: obrigada, obrigada, obrigada. A Bree Archer e Elizabeth Turner Stokes por sempre criarem capas maravilhosas para mim; a Jessica Turner pela divulgação e o marketing incríveis; a Meredith Johnson por todo o apoio com este livro em todas as diferentes funções; a Toni Kerr por sua flexibilidade e por ter cuidado tão bem do meu bebê; a Curtis Svehlak por fazer com que milagres acontecessem no lado da produção e por aguentar todos os meus atrasos; a Katie Clapsadl por responder a um milhão de perguntas com tanta graça; a Riki Cleveland por ser tão fabulosa sempre; a Heather Riccio por todo o entusiasmo e ajuda com um milhão de coisas diferentes; a Jaime Bode por ser um defensor tão devoto desta série; e a Nancy Cantor, Greta Gunselman e Jessica Meigs por cuidarem tão bem de cada página desta história.

A Eden Kim, por ser uma leitora beta fabulosa e a inspiração para uma das minhas personagens favoritas.

A Sherry Thomas, por todos esses anos de amizade e por suas mensagens diárias que, juro, foram a única coisa que me estimulou a continuar indo em frente quando as coisas ficavam difíceis. Tenho muita sorte em ter você como melhor amiga.

A Megan Beatie, por toda sua ajuda e entusiasmo com o lançamento de *Desejo*. Você é a melhor!

A Stephanie Marquez, por tudo. Por toda a ajuda, apoio, amor, estímulo, entusiasmo e empolgação que eu poderia pedir. Obrigada por manter a paz, por cuidar da minha mãe e dos meus garotos nos dias em que eu não podia tirar as mãos do teclado, por sempre cuidar de mim e por suportar os meus dias mais rabugentos depois de noites sem dormir com tanta graça, gentileza e amor.

Aos meus três garotos, que eu amo com toda a minha alma e coração. Obrigada por compreenderem todas as noites em que precisei me trancar no quarto e trabalhar em vez de ficar com vocês, por me ajudarem quando mais precisei, por me apoiarem durante todos os anos difíceis e por serem os melhores filhos que eu poderia querer.

E, finalmente, para os fãs de Jaxon, Grace e de toda a turma. Obrigada, obrigada, obrigada por seu apoio inesgotável e entusiasmo pela série *Crave*. É impossível dizer o quanto os seus e-mails, postagens e *directs* são importantes para mim. Obrigada por escolherem fazer esta jornada comigo, e eu espero que tenham gostado de *Paixão* tanto quanto gostei de escrevê-lo. Amo e sou grata por cada um de vocês. Beijos.

Cadastre-se no site
seriecrave.com.br
e receba os primeiros capítulos
do **terceiro livro da série**

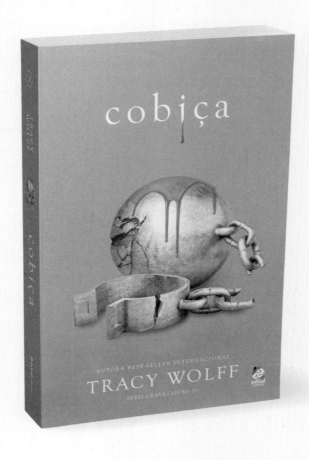

Primeira edição (novembro/2021)
Papel de miolo Ivory 58g
Tipografias Lucida Bright e Goudy Oldstyle
Gráfica LIS